本书为国家社会科学基金项目"乾嘉诗学研究"（项目编号：11CZW044）和河南省高校科技创新人才支持计划（人文社科类）结项成果

国家出版基金项目
NATIONAL PUBLICATION FOUNDATION

王宏林 著

乾嘉诗学研究 上

QIAN-JIA
SHIXUE YANJIU

百花洲文艺出版社
BAIHUAZHOU LITERATURE AND ART PRESS

图书在版编目（CIP）数据

乾嘉诗学研究 / 王宏林著. — 南昌：百花洲文艺出版社, 2017.6
ISBN 978–7–5500–2250–8

Ⅰ.①乾…　Ⅱ.①王…　Ⅲ.①古典诗歌 – 诗歌研究 – 中国 – 清代
Ⅳ.①I207.22

中国版本图书馆CIP数据核字（2017）第115939号

乾嘉诗学研究

王宏林　著

出 版 人　姚雪雪
策　　划　毛军英
责任编辑　梁　菁　臧利娟
书籍设计　方　方
制　　作　何　丹
出版发行　百花洲文艺出版社
社　　址　南昌市红谷滩世贸路898号博能中心一期A座20楼
邮　　编　330038
经　　销　全国新华书店
印　　刷　江西千叶彩印有限公司
开　　本　720mm × 1000mm　1/16　　印张　33.5
版　　次　2017年10月第1版第1次印刷
字　　数　530千字
书　　号　ISBN 978–7–5500–2250–8
定　　价　99.00元（全二册）

赣版权登字　05–2017–184
版权所有，盗版必究

邮购联系　0791–86895108
网　　址　http://www.bhzwy.com
图书若有印装错误，影响阅读，可向承印厂联系调换。

目　录

引　言

　　"乾嘉诗学研究"主要探讨乾隆（1736—1795）、嘉庆（1796—1820）时期的诗坛格局及诗论家对诗歌性质、经典作家作品、创作技巧的认识，进而揭示此时期诗学的时代特征、具体内涵和价值地位。当前文学研究比较重视内部演进规律的探讨，反对机械按照王朝兴衰作为时代断限，而且随着清代诗学研究逐渐成为"显学"，有些学者已经对清代诗学分期做出了卓有成效的工作①。本书没有借鉴这些最新学术成果，而是沿袭按朝代进行分期的传统方式，主要基于以下考虑：

　　第一，在清代政治、经济、学术、思想、文化史研究领域，按朝代分期是相当普遍的做法，至今仍被众多学者所采用。学术、思想、文化作为上层建筑的一部分，其发展演变自然与经济基础息息相关，而不同朝代政治方针往往具有帝王的个人色彩，由此导致社会经济发展水平呈现出朝代的差异，也使属于上层建筑的学术、思想、文化发生相应变化。因此，学术、思想、文化研究按

---

　　①　如蒋寅把清代诗学分为四个阶段，他说："第一阶段，从清初到赵执信下世的乾隆九年（1744）；第二阶段，从乾隆十年（1745）到袁枚下世的嘉庆三年（1798）；第三阶段，从嘉庆四年（1799）到道光末年（1850）；第四阶段，从咸丰初年（1785）到民国八年（1919）。"蒋寅又补充说："历史的转折、过渡或长或短都有一个过程，以某个人物的荣衰或事件的起讫为分期界标仅取其象征意味，不必太拘泥于具体的年代。考虑到赵执信、袁枚暮年对诗坛的影响力已微，而咸丰初太平天国的兴起，则是清代社会与文学发生巨变的契机，所以第一期和第二期的下限也就是雍正朝和乾隆朝的结束，而咸丰初为第四期的开端。这样，清代诗学史的分期也就是顺、康、雍三朝为一期，乾隆朝为一期，嘉、道两朝为一期，咸、同、光三朝为一期。"见蒋寅：《清代诗学史（第一卷）》，中国社会科学出版社2012年版，第49页。

朝代加以分期确有其内在合理性。梁启超《论中国学术思想变迁之大势》把近世学术分为永历康熙间、乾嘉间、最近世三个阶段①，"乾嘉"为其中一个阶段。陈居渊《清代朴学与中国文学》指出："萌发于清初的朴学，百年之后，至乾嘉称为极盛。"②陈祖武、朱彤窗《乾嘉学派研究》认为："清代乾隆、嘉庆两朝，迄于道光中叶的百余年间，经史考证，朴学大兴，在学术史上因之而有乾嘉学派之谓。"③也把"乾嘉"视为清代学术重要阶段之一。如今，"乾嘉考据学""乾嘉学派""乾嘉学风"已为学界常用术语，而文学与思想、文化、学术同为上层建筑，存在着天然的联系，以"乾嘉"命名文学实属自然。如马积高在《清代学术思想的变迁与文学》中说："乾嘉诗歌的崇雅倾向是清初崇雅倾向的继承"④，"论乾嘉诗还有一个现象可注意，北方的诗人有成就者少……乾嘉诗人进一步集中于江南"⑤。同样频繁使用"乾嘉诗歌""乾嘉诗""乾嘉诗人"这些术语。

第二，在清代诗学研究领域，把乾嘉视为其中一个重要阶段仍是学界主流观念。在已出版的影响较大的文学史中，蔡镇楚《中国诗话史》把清代诗话分为初期、中期、末期三个阶段，初期是顺、康、雍三朝，中期是乾、嘉两朝，末期是道光至清末。⑥邬国平、王镇远《中国文学批评通史（清代卷）》把清代文学批评分为明清之际、前期和中期三个阶段，"明清之际是指由明入清和顺治年间，康熙、雍正期间为前期，乾隆、嘉庆和道光初（1840年鸦片战争爆发之前）则为中期"。⑦朱则杰《清诗史》列"乾嘉以降的其他诗人和诗派"一章，同样把"乾嘉"视为一个整体。

---

① 梁启超：《论中国学术之大势》第八章，梁启超《清代学术概论》，中国人民大学出版社2004年版，第91—124页。

② 陈居渊：《清代朴学与中国文学》中编第一章"盛世文化与乾嘉朴学的鼎盛"，百花洲文艺出版社2000年版，第123页。

③ 陈祖武、朱彤窗：《乾嘉学派研究》，河北人民出版社2007年版。

④ 马积高：《清代学术思想的变迁与文学》，湖南人民出版社2002年版，第119页。

⑤ 马积高：《清代学术思想的变迁与文学》，第217页。

⑥ 蔡镇楚：《中国诗话史》，湖南文艺出版社1988年版，第212—213页。

⑦ 邬国平、王镇远：《中国文学批评通史（清代卷）》，上海古籍出版社1996年版，第1—2页。

第三，"乾嘉诗坛"作为一个传统诗学术语，清人已广泛使用。舒位著有《乾嘉诗坛点将录》，共录148位诗人。徐珂《清稗类钞》"诗学名家之类聚"言清代诗学之盛，先言"国初，诗家有声者，如钱谦益、吴伟业、龚鼎孳为江左三大家，皆承明季之旧"，次言"乾嘉之际，海内诗人相望，其标宗旨，树坛坫，争雄于一时者，有沈德潜、袁枚、翁方纲三家"，之后又列"道光以后之诗派"，①把"乾嘉"与"国初""道光以后"并称。可见，"乾嘉诗坛"这种说法具有悠久的历史。

更重要的是，乾嘉诗学的确具有异于其他时代的特质。首先，此期试律取士制度的实行彻底改变了诗歌的社会地位。作为抒情言志的载体，诗歌一直是魏晋以来传统文人最习用的文体，但由于不同时代科举政策的不同，诗歌的地位其实经历了高低起伏的变化。清初吴乔曾言："唐人重诗，方袍、狭邪有能诗者，士大夫拭目待之。北宋犹然，以功名在诗赋也。既改为经义，南宋遂无知诗僧妓，况今日乎？"②唐代以诗赋取士，诗歌迎来了创作的高峰。南宋之后诗歌与"功名"无关，地位的沦落也就难以避免。不仅如此，由于明清两代八股文要求考生大量背诵儒家经义，且写作程式比较固定，而优秀诗歌则讲究独抒性灵，不拘格套，两者似乎难以兼容，这直接导致师长因担心影响科举而反对子弟习诗。如沈德潜《自订年谱》记载康熙二十九年（1690）十八岁时的经历："时文八家间读，曾咏绝句四章，师正之曰：'勿荒正业，俟时艺工，以博风雅之趣，可也。'"③不难想象，当诗歌无法带来实际的功名利禄时，众多迫切需要借科举改变命运的士人又怎么可能对诗歌创作投入过多的精力？不过，诗歌地位在乾隆二十二年（1757）得到根本的改变。当时，乾隆有感于科场论判大多陈陈相因，于是颁旨将会试第二场表文改为五言排律。《钦定大清会典事例》规定："嗣后会试第二场表文，可易以五言八韵唐律一首。……

---

① 徐珂：《清稗类钞·文学类》，中华书局1984年版，第3899—3901页。

② 吴乔：《围炉诗话》卷一，《清诗话续编》上册，上海古籍出版社1983年版，第477页。

③ 沈德潜著，潘务正、李言编辑点校：《沈德潜诗文集》第四册附录二《沈归愚自订年谱》，人民文学出版社2011年版，第2098页。

其即以本年丁丑科会试为始。"①所谓利禄之门既开，名利之徒趋进。伴随着科举制度的变化，明代以来的"作诗妨举"观念轰然倒塌，进而导致诗歌创作及研究之风渐趋高涨。

其次，高度发达的社会经济为乾嘉诗人的创作活动奠定了较好的物质基础。三藩之乱后，清代经济渐渐步入快速发展的轨道，人口总量和财政收入不断增加，几次边境战争巩固了国家疆域并增强了民族自信心，整个社会呈现出欣欣向荣的盛世景象。就全国人口而言，据法式善《陶庐杂录》所载，康熙元年（1662）为19203233人，不到2000万，至乾隆五十八年（1793）十一月为307467200余人，已达3亿，较康熙年间增加15倍左右。②伴随着人口的稳步增加，社会财富总量也日趋增长。张研据《高宗实录》统计，乾隆三十一年（1766）的收入是：地丁银2991万两，盐课574万两，关税540万两，耗羡300万两，捐纳300万两，落地杂税85万两，契税19万两，牙当16万两，芦鱼14万两，矿税8万两，茶税7万两，总计4854万两。支出方面：内务府等56万两，王公百官俸90万两，外藩王公俸12万两，京官各衙门公费饭食14万两，文职养廉347万两，武职养廉80万两，织造14万两，采办颜料等12万两，兵饷1700万两，共计2325万两。尽管此年的缅甸之役使军费开支大大增加，但由于国家巨大的经济实力，财政盈余仍在2000万两以上。③正是此期物质文明高度发达，为包括诗歌创作在内的精神文明活动奠定了扎实的基础。舒位《乾嘉诗坛点将录》所收录的148位诗人中，有109人曾经出任政府官员，未入仕的39位诗人中，据尚小明《清代士人游幕表》所载，有19人曾有过游幕经历。④在传统政治体制下，入仕是文人获得稳定生活保障的重要方式，入幕则是退而求其次的选择。兼之幕主和幕客的关系基本上是一种平等关系，编撰书籍、谈诗论文正

---

① 《钦定大清会典则例》卷六十六，《景印文渊阁四库全书》第622册，上海古籍出版社1987年版，第181页。

② 法式善：《陶庐杂录》卷一，中华书局1959年版，第21—22页。

③ 张研：《清代经济简史》，中州古籍出版社1998年版，第596页。

④ 尚小明：《清代士人游幕表》，中华书局2005年版，第72—306页。详细入幕情况见附录一相关记载。

是幕客从事的主要活动。因此，众多乾嘉诗人即使落第也不至于困顿终身。如黄景仁多次乡试落第，生活落魄，从"惨惨柴门风雪夜，此时有子不如无"（《两当轩集》卷三《别老母》）、"全家都在西风里，九月衣裳未剪裁"（《两当轩集》卷十三《都门秋思》）来看，似乎已沦落到衣食难继的地步。但据许隽超《黄仲则年谱考略》所载，黄景仁24岁即入安徽学政朱筠幕，27岁主寿州正阳书院讲席，28岁充武英殿书签官，32岁入山东学政程世淳幕，35岁入陕西巡抚毕沅幕。其中毕沅在邀请黄景仁入幕时，先支付给他500两白银作为由京城到西安的旅费，并许诺入幕后再予500两，[①]不难推测其生活水平一定远高于普通民众。诚如梁启超所言："欲一国文化进展，必也社会对于学者有相当之敬礼，学者恃其学足以自养，无忧饥寒，然后能有余裕从事于更深的研究，而学乃日新焉。近世欧洲学问多在此种环境之下培养出来，而前清乾嘉时代，则亦庶几矣。"[②]从屈原、司马迁到杜甫、高启，历代文人大多仕途蹇塞，沉沦下僚，甚至英年早逝，令人不免有"人未尽才"之叹。乾嘉诗人则基本摆脱了"诗人多穷"的宿命，多数拥有比较稳定的物质生活，不但有余裕专注于诗学研究或创作，诗人之间有较多切磋交流的机会，而且著述也能够得以出版。这正是乾嘉诗学能够走向鼎盛的重要前提。

综合而言，"乾嘉诗学"的确具有独特的品格，值得深入研究。"乾嘉诗学"的命名既根植于中国文学研究按照朝代划分阶段的传统，又曾被古代和现代学者广泛使用。与"清代诗学中期""清代诗学第二阶段"这类说法相比，"乾嘉诗学"的内涵更加明确，用语更加简洁，更容易传播。因此，本书仍基于朝代对清代诗学进行分期，并对乾嘉这一特定时期的诗学活动加以研究。

道光二十年（1840）发生的鸦片战争通常被认为是中国进入近代社会的标志，"乾嘉"距离这个关捩点仅有20年的时间，乾嘉诗学可以说是中国古典诗学的最后阶段，自然具有不同寻常的地位。从研究现状来看，关于乾嘉诗学的研究专著有10多部，博士论文20多篇，硕士论文60多篇，期刊论文300多篇。

---

① 许隽超：《黄仲则年谱考略》，上海古籍出版社2008年版，第317页。

② 梁启超：《清代学术概论·十八》，中国人民大学出版社2004年版，第189页。

随着清代诗学成为学术热点，研究论著的数量正在迅速增加。

对乾嘉诗学进行整体研究的论著有赵杏根《乾嘉代表诗人研究》①，赵杏根按照诗人生活状态，把乾嘉27位诗人分为达官诗人（沈德潜、钱载、王昶、翁方纲、吴锡麒、阮元）、中下级官员诗人（郑燮、严遂成、刘大櫆、洪亮吉、杨芳灿、宋湘、张问陶）、盛年脱离官场的诗人（杭世骏、袁枚、蒋士铨、赵翼、姚鼐）、淡于科场的诗人（厉鹗、汪中、黎简、郭麐）和困顿科场的诗人（胡天游、黄景仁、王昙、舒位、彭兆荪）5类，并对各家诗歌理论和创作分别予以研究。王济民《清乾隆嘉庆道光时期诗学》依次胪列沈德潜、袁枚、翁方纲、赵翼、洪亮吉、舒位、方东树、龚自珍、魏源、张际亮、姚燮、林昌彝12位诗论家相关理论主张。②此外，部分清代诗学通史类著作也涉及乾嘉诗学总体风貌的研究，包括青木正儿《清代文学评论史》③，吴宏一《清代诗学初探》④，邬国平、王镇远《中国文学批评通史（清代卷）》⑤，张健《清代诗学研究》⑥和李世英、陈水云《清代诗学》⑦等。这些论著大多以格调、性灵、肌理三大诗说为中心，再拓展到姚鼐、法式善、纪昀、阮元等其他一些诗论家。

相对而言，乾嘉诗学大部分成果为个案研究，主要集中于沈德潜、袁枚、翁方纲所代表的格调、性灵和肌理三大诗说。研究格调说的专著有胡幼峰《沈德潜诗论探研》、王宏林《沈德潜诗学思想研究》、王顺贵《清代格调论诗学研究》和陈岸峰《沈德潜诗学研究》。《沈德潜诗论探研》从论诗宗旨、诗体、创作和风格四个方面对沈德潜诗学理论加以探索⑧；《沈德潜诗学思想研究》立足于《古诗源》《唐诗别裁集》《明诗别裁集》《宋金三家诗选》《清

① 本书为苏州大学1999年博士毕业论文，2001年由韩国新星出版社出版。
② 王济民：《清乾隆嘉庆道光时期诗学》，巴蜀书社2007年版。
③ 青木正儿：《清代文学评论史》，中国社会科学出版社1988年版。
④ 吴宏一：《清代诗学初探》，台湾学生书局1986年版。
⑤ 邬国平、王镇远：《中国文学批评通史（清代卷）》，上海古籍出版社1996年版。
⑥ 张健：《清代诗学研究》，北京大学出版社1999年版。
⑦ 李世英、陈水云：《清代诗学》，湖南人民出版社2000年版。
⑧ 胡幼峰：《沈德潜诗论探研》，学海出版社1986年版。

诗别裁集》5部诗歌选本对沈德潜诗学思想加以综合考察①；《清代格调论诗学研究》第三章"清代格调论的集大成：沈德潜——沈德潜的诗学观"、第四章"沈德潜的同调——清盛期其他格调论者"、第六章"袁枚论格调"、第七章"翁方纲论格调"，主要内容也是围绕沈德潜、袁枚、翁方纲等乾嘉诗学大家而展开②；陈岸峰《沈德潜诗学研究》考察了沈德潜对明清诗学的传承与突破，并对沈氏格调说、诗教观进行了相当清晰的梳理。③另外，王玉媛《清代格调派研究》（苏州大学2011年博士论文）主要结合沈德潜生平时代考察了诗学思想、诗歌内容、诗歌风格之间的密切关系，并对"吴中七子"的诗学观念详加论述。

研究性灵说的专著有王英志《性灵派研究》、胡明《袁枚诗学述论》（黄山书社1986年版）、石玲《袁枚诗论》（齐鲁书社2003年版）和沈玲《随心随性　随情随缘——袁枚诗学研究》。《性灵派研究》对性灵派兴起的美学渊源、文化背景、主要成员、理论主张均详加探讨④，《随心随性　随情随缘——袁枚诗学研究》则结合创作对袁枚诗学思想加以阐发⑤。此外，还有一大批学术论文从诗学影响的角度对性灵派进行了相当深入的研究。

对肌理说的研究近年来渐趋丰富，宋如珊《翁方纲诗学之研究》从原理论、方法论、创作论、风格论、流变论、体裁论、声律论等方面考察了翁方纲的诗学体系。⑥张然《翁方纲诗论及其学术源流探析》（华南师范大学2007年博士论文）重点考察了翁方纲诗学的源流，并指出翁方纲肌理说立足于普通人的接受能力，堪称"学诗"的诗学。唐芸芸《翁方纲诗学研究》（中国社会科学院2011年博士论文）先从翁方纲对杜诗的评价总结出肌理说的含义，然后指

---

① 王宏林：《沈德潜诗学思想研究》，人民出版社2010年版。

② 王顺贵：《清代格调论诗学研究》，中国社会科学出版社2010年版。

③ 陈岸峰：《沈德潜诗学研究》，齐鲁书社2011年版。

④ 王英志：《性灵派研究》，辽宁大学出版社1998年版。

⑤ 沈玲：《随心随性　随情随缘——袁枚诗学研究》，南京大学出版社2010年版。

⑥ 宋如珊：《翁方纲诗学之研究》，台北文津出版社1995年版。

出："在翁方纲的诗学中，正面铺写才是最重要的概念。"①吴中胜《翁方纲与乾嘉形式诗学研究》分两部分，第一部分《乾嘉形式诗学》分别从字法、句法、篇法、声律四个方面探讨乾嘉诗学形式批评。第二部分《翁方纲诗学》分七章，分别探讨"肌理说"的渊源、主要内涵及对谢启昆、吴嵩梁、祁寯藻、近代宋诗派的影响。附录一《清乾嘉年间诗学作者小传》，附录二《乾嘉诗学编年》，对乾嘉时期的诗论家与诗学活动加以简要叙述。②

随着近年来清代诗学逐渐成为研究热点，众多学者已把研究领域拓展到沈德潜、袁枚、翁方纲之外那些之前不甚受重视的乾嘉诗人，并取得了相当可观的业绩。如杨子彦《纪昀文学思想研究》共分五章，从学术志趣、诗学观、创作论、诗歌史论、小说理论五个方面对纪昀文学思想加以系统考察，并以"俗""正""老""通""理"五个关键词概括纪昀文学思想的特点，全面深刻地揭示了纪昀在中国文学批评史上的承前启后作用。③李靓《乾隆文学思想研究——以"醇雅"观为中心》（中央民族大学2013年博士论文）主要考察了乾隆"醇雅"文学观在诗学、古文和文学传播中的具体体现。徐国华《蒋士铨研究》（华东师范大学2005年博士论文）、程美华《孙原湘诗歌研究》（华东师范大学2006年博士论文）和石天飞《乾嘉诗人舒位研究》（广西师范大学2011年博士论文）分别对蒋士铨、孙原湘和舒位的生平家世、诗歌创作和诗学观念予以全面考察。至于王昶、钱载、毕沅、阮元、王芑孙、吴锡麒等其他乾嘉著名诗人，均有硕士论文将其作为专题研究对象。

综合来看现有乾嘉诗学成果，基本上都属于个案研究，全面考察乾嘉诗学整体风貌的宏观研究相当罕见，包括赵杏根《乾嘉代表诗人研究》、王济民《清乾隆嘉庆道光时期诗学》两部以"乾嘉"为名的论著，也只是个案研究的汇集。总体而言，现有成果未能呈现乾嘉诗坛的总体格局，也未能揭示乾嘉诗学的时代特征，更未能对乾嘉诗学在中国古典诗学史上的地位加以定位。

之所以出现这种情况，与乾嘉时期诗学文献异常丰富有直接关系。就诗话

---

① 唐芸芸：《翁方纲诗学研究》，中国社会科学院2011年博士论文，第137页。

② 吴中胜：《翁方纲与乾嘉形式诗学研究》，中国社会科学出版社2013年版。

③ 杨子彦：《纪昀文学思想研究》，中国社会科学出版社2015年版。

而言，蒋寅《清诗话考》辑录清代诗话总量超过1500种①，属于乾嘉两朝的近700种。就诗选而言，孙琴安《唐诗选本提要》著录历代唐诗选本有600多部，属乾嘉两朝所选达150部以上。另外，乾嘉诗人在序跋书信中也对诗学问题多有阐发。可以推测，乾嘉诗学文献总量远远大于前代各个时期。与此同时，众多乾嘉诗学文献仅以刻本或抄本传世，又分藏于各地图书馆，在目前阅读古籍善本比较困难的情况下，研究者很难通览乾嘉诗学文献，无法对乾嘉诗学加以整体研究，也很难对乾嘉诗学整体风貌做出相对精准的判断。

进入21世纪以来，随着《续修四库全书》《四库禁毁书丛刊》《四库未收书辑刊》《四库存目丛书》《清代诗文集汇编》等大型丛书的出版和《中国基本古籍库》等数据库的开发，具有一定影响的清代诗人别集已比较容易阅览。另外，中华书局《中国古典文学基本丛书》，上海古籍出版社《中国古典文学丛书》，人民文学出版社《乾嘉名家别集丛刊》《明清别集丛刊》也对众多乾嘉名家别集加以点校整理。就文献资料而言，对乾嘉诗学进行整体性研究的文献条件已初步具备。

本书侧重对乾嘉诗学的整体研究，在研究思路上比较注重以下三个方面：第一，明确研究范围。本书将把研究范围集中于《乾嘉诗坛点将录》所录148位诗人和卢见曾、纪昀、朱珪、朱筠这些具有较高的政治地位和显著创作业绩的人物，他们是诗学风气的开创者和引路人，构成了乾嘉诗学的主体。通过对这些人物相关理论的综合分析，应该能够相对全面地展示乾嘉诗学的基本面貌。第二，以诗学问题为研究线索。本书将以诗歌本体论、作家作品论和创作论等三个诗学基本问题为主要线索展开研究，通过与前代相关诗学主张的纵向比较，以及乾嘉各诗学群体之间诗学观的横向比较，最终归纳出乾嘉诗学的基本内容、独特品质及其所蕴含的文学史观念。第三，注重与前代诗学的联系。辨章学术、考镜源流本是学术研究的基本要求，对乾嘉诗学研究而言尤为重要。因为乾嘉诗学诸多论述乃是承袭前代而来，如果缺少相关背景的说明，则很难展示乾嘉诗学的独特成就。目前，学界公认乾嘉诗学具有集大成的特点，

① 蒋寅：《清诗话考·自序》，中华书局2005年版，第2页。

但多数学者对这个特点具体表现在哪些方面却语焉不详，正是背景研究不够所致。总之，本书将力图避免前代研究依次胪列各家诗说的研究模式，而是注重相关诗学问题历史演进脉络的详细考察，从而揭示乾嘉诗学的具体内涵和整体风貌。

在结构安排上，本书分为六章。前两章分别从并称群体、诗学流派两个角度考察古今学者对乾嘉诗坛格局的认识，它们与附录一《〈乾嘉诗坛点将录〉诗人生平及诗学活动》和附录二《〈清诗纪事〉乾嘉诗人并称群体辑录》相互参照，从而客观全面展现乾嘉诗坛的原始生态和历史进程，目的是对乾嘉"诗人"相关情况加以详细说明。第三章探讨乾嘉诗家对诗歌本质特点的理解，第四章探讨乾嘉诗家对前代诗歌经典体系的建构，第五章考察乾嘉诗家关于创作方法技巧的论述，这三章分别针对"诗道""诗史""诗法"三个中国古典诗学核心问题展开研究，主要阐明乾嘉诗人对"诗是什么？""何为经典？""如何写出好诗？"这三个问题的思考。第六章对乾嘉诗学的成就和不足加以概括。附录三《乾嘉诗学编年》借鉴编年体史书的长处，按时间先后直观而简明地展示乾嘉诗人事迹及诗学活动。

就整体结构而言，本书从诗人、诗道、诗史、诗法、贡献等五个方面对乾嘉诗学展开论述，既从宏观角度对乾嘉诗学的总体风貌、理论主张、时代特征进行了综合考察，又对相关诗学活动加以微观叙述。本书希望能够深入到乾嘉诗学历史进程之中，全面翔实地展示乾嘉诗学的发展历程，进而推动明清诗学和中国古典诗学研究走向深入。

第一章　并称群体与清人视野中的乾嘉诗坛格局

　　诗学上的并称群体①，是依据相似特征对几位诗人的创作成就通过相提并论的方式加以肯定，如"曹刘""二陆""初唐四杰""公安三袁"等。诗人们只要在姓名、字号、家世、籍贯、爵位、艺术风貌、诗学宗尚等任一方面包含着共同特质，且创作成就可观，就有可能被赋予某个群体性称号而受到标举。

　　并称群体在乾嘉诗坛相当常见。基于乾嘉诗人总量的巨大，学界通常推测乾嘉诗人并称群体的数量一定相当惊人②，实际情况并非如此。如袁枚《随园诗话》评论诗人超过千人，但仅提及"辽东三老""浙派""吴中七子""常州文人""江西四子""沈许齐名""桐城诗人""安庆二村""张蒋齐名""金陵二诗人""河东三凤"11个并称群体；李调元《雨村诗话》评论诗

　　① 　本书"并称群体"的提法来源于陈凯玲博士论文《清代诗人并称群体研究》。陈凯玲指出，"并称群体"有狭义和广义两种含义："狭义上的并称群体，一般是人数和成员相对固定的创作团体，其内部成员在诗歌创作方面具有群体化、类型化的特点，或者能够给人某种相似乃至一致的印象。同时，还具有自封的或被封的集体性称号，从而标志成员特定的并称关系。广义的并称群体，其内部构成，少则二人，多则十数家，各成员之间并无稳定的组合形态。对于群体关系的描述，可以没有特定的并称修饰语，往往是在评论家个人主观意愿下，临时性地将某几位诗人相提并论。"（陈凯玲：《清代诗人并称群体研究》，浙江大学2011年博士论文，第4—5页。）

　　② 　陈凯玲指出："有清一代诗人并称群体的总量有多少？想要统计出一个精确的数目，恐怕是个天方夜谭。清代文献素以多、乱、散著称，目前还没有一个可以囊括一切清代文献的数据库供人检索，所以也就无法竭泽而渔地统计分析。据笔者掌握的资料来看，以一个组合为单位，估计清代诗人并称群体（狭义）的数量至少在五、六百个以上。"（《清代诗人并称群体研究》，第21页。）

人也超过千人，仅提及"钱沈""袁蒋赵三家""丁厉""江南十五子""江南七子""通江三李""江西两才子""胡氏三才女""宗吴""吴树萱与吴俊齐名""陈兆仑与杭世骏名望相埒""蕺山四凤""钱塘四布衣""越中三吴""丹棱三彭""丹棱三杨""怀宁二鲁""朝鲜四家"18个并称群体。王昶《湖海诗传》收录诗人600多家，仅提及"陈赵李诸锦齐名""二彭""沈文悫门下""两布衣""浙中诗派""江西两名士""袁蒋赵三家""皖桐诗派""三珠（洪朴、洪桐、洪梧）""三吴""绵州三李""二难""岭南诗家""都下诗人""三珠（蒋莘、蒋蔚、蒋夒）"15个并称群体。钱仲联主编的《清诗纪事》以文献翔实而著称，收录乾隆朝诗人1342家（另有无名氏31家）、嘉庆朝诗人520家（另有无名氏48家），但所引文献提及的并称群体仅仅77个（详见附录二《〈清诗纪事〉乾嘉诗人并称群体辑录》）。总体来看，乾嘉诗坛并称群体的数量是有限的，大概是由于并称群体的初衷是标举典范，而典范毕竟只是少数。

并称群体是对诗人群体创作成就和诗坛地位的肯定，蕴含着丰富的文学史意味，往往成为后代文学史家建构大家序列、划分诗坛格局的重要依据和参考，故本章以并称群体为线索来考察清人对乾嘉诗坛格局建构的特点。

第一节　乾嘉诗坛的时代特征

与其他时代相比，乾嘉诗坛并称群体多数因相同地区而得名，地域性相当明显，但群体成员的诗学主张、艺术风貌并不一致，呈现出鲜明的跨地域特征。这种地域性与跨地域性的似乎矛盾的组合，构成了乾嘉诗坛独特的时代特征。另外，受考据学的影响，乾嘉诗人大多学养深厚，对诗学问题的认识能够汲取前人合理主张，从而使乾嘉诗学呈现出鲜明的集大成特征。

一、地域并称群体的兴盛与跨地域特征

清代地域文化相当兴盛，从督抚到县令常把地方文化研究整理作为要务。

在省志、府志、县志的编撰过程中，地方乡贤、文士都是方志史家刻意标举的内容，地域诗话、诗选应运而生，如杭世骏《榕城诗话》、郑方坤《全闽诗话》、曾燠《西江诗征》、陶元藻《全浙诗话》、阮元《两浙辎轩录》，均是针对特定地域诗歌文献的汇辑。在这种背景下，地域并称群体大量出现也就不足为奇了。

乾嘉诗坛的地域性首先表现为地域并称群体数量众多。以袁枚《随园诗话》为例，该书所提及的11个并称群体中，以地域而得名的有"辽东三老""浙派""吴中七子""常州文人""江西四子""桐城诗人""安庆二村""金陵二诗人""河东三凤"，多达9个。《清诗纪事》所提及77个乾嘉诗坛并称群体中，明确以地域命名的有"东南二老""辽东三老""桐城二诗人""松里五子""京江三诗人""扬州二马""秀水派""江右八家""吴中七子""江东二王""江西两名士""江西四子""嘉定三才子""嘉禾七子""淮南两君子""浙中诗派""绵州三李""常州七子""岭南三子""岭南四家""京江三凤""嘉兴二吴""高密派""金陵两诗人""常州四子""越中七子""白沙二垞""金陵二诗人""京江七子""西园十子""杭州两布衣""粤东三子"，多达32个。其余45个虽然没有以地域命名，但许多群体成员或属兄弟，或属同乡，也来自相同地区，地域性十分明显。

除数量多之外，乾嘉诗坛的地域性的另一个表现是涉及地区更加广泛。明代影响较大的地域并称群体有"北郭十子""吴中四杰""闽中十子""南园五子""公安三袁""钟谭""云间十一子""雪苑六子"等，涉及江苏、福建、广东、湖北、浙江、河南等地。乾嘉时期，不管是东南文化中心还是西南、东北比较偏远的地区，均涌现出众多并称群体。如浙江有"浙派""浙中诗派""浙西六家""钱塘四布衣"等；江苏有"吴中七子""京江三凤""京口五诗人""嘉定三才子"等；江西有"江西两才子""江西四子""江右八家"等；四川有"绵州三李""通江三李""丹棱三彭""丹棱三杨""蓑山四凤"等；云南有"龙湖三子""四杰""诗中三杰""保山二袁"；广西有"西粤二子""桂林二友""二童""桂平三潘"等；贵州有"黔中三畸男""思南二俊"等；关外有"辽东三老""辽东三布衣""燕山十布衣"

等。①地域之广远迈前代。

乾嘉诗坛固然拥有众多以地域命名的并称群体，但这些群体却具有鲜明的跨地域特征。这种跨地域特征的首要表现是京师诗学中心的确立。明代以来，江南一直是诗学中心，如孔尚任《官梅堂诗集序》所言："吾阅近诗选本，于吴、越得其五，于齐、鲁、燕、赵、中州得其三，于秦、晋、巴蜀得其一，于闽、楚、粤、滇再得其一，至于黔、贵则全无之。"②乾嘉时期，京师逐渐成为另一个诗学中心，其原因大概有三：一是随着社会安定，凡是求取功名的士子必须入京参加会试。中式士子常被留入庶常馆学习，之后担任各级官员，而落第士子也会亲身感受到京师浓郁的诗学氛围。二是乾隆三十八年（1773）开始编撰《四库全书》，众多富有诗才的文人被招入京。三是清代翰林院一向为文人荟萃之地，聚集了很多诗人，各地诗人也以结交翰林学士为荣。以上三个因素的交集，使乾隆时期京师成为各地诗人的聚集中心，如翁方纲的苏斋、法式善的诗龛、城南陶然亭、城西万柳堂，均是京师诗人举行集会的常聚之地。可以说，在乾嘉推崇文教的政治背景下，京师既提供了各地诗人交流的平台，又为诗人获得声誉提供了良机，这个诗学中心是以跨地域性为主要特点的。

乾嘉诗坛跨地域性的另一表现是同一群体成员的诗学宗尚并不相同。由于诗学视野的扩展，兼之对明代门户之争的反思，乾嘉诗人很少愿意寄人篱下，亦步亦趋，而是重视个性的舒张。由此导致同一群体成员即使私交甚笃，但诗学追求却各有不同。如"吴中七子"中的王昶官位最显、寿命最长、名气最大，所著《湖海诗传》接续沈德潜《清诗别裁集》，且强调辨体、诗教，被视为沈德潜的继承者。赵文哲与吴泰来却师法王士禛，如赵文哲《娵雅堂诗话》云："王右丞（维）无体不工，五古尤属绝品，其佳处去六朝人已远，而隽永超诣，全是一片妙悟。故王渔洋不入《古诗选》而以冠《三昧集》，学五

---

① 陈凯玲：《清代诗人并称群体研究》第二章"清代诗人并称群体的繁盛"对此有详细考察，浙江大学2011年博士论文，第24—25页。

② 徐振贵主编：《孔尚任全集辑校注评》第二册《湖海集》卷九，齐鲁书社2004年版，第1165页。

古者断断以此为正宗。"①把王维五古山水诗视为最高典范，其观念承继渔洋《唐贤三昧集》。吴泰来创作以山水诗而著称，诗风清秀闲远，颇似王士禛。王昶评曰："企晋才情明秀，尤嗜征君所注《精华录训纂》，故作诗大指一本渔洋。"②王鸣盛虽入沈德潜之门，却有宗宋的经历，王昶评曰："初为沈文悫公入室弟子，既而旁涉宋人。归田后，复守前说。"③钱大昕为著名考据学家，论诗尤重学问，徐世昌《晚晴簃诗汇》评道："竹汀诗溯源汉魏，出入唐宋，春容渊雅，蔚为大宗。"④至于曹仁虎和黄文莲，因创作成就不太显著而未列入《乾嘉诗坛点将录》。不难发现，被沈德潜所推举的"吴中七子"中，群体成员的创作风貌和诗学趣味却有明显差别，赵文哲和吴泰来师法渔洋，王鸣盛和钱大昕以学而著称，曹仁虎和黄文莲诗学成就不足以成家立派，真正继承格调说衣钵的只有王昶一人而已。

　　乾嘉江西籍诗人也是如此。蒋士铨论诗兼综唐宋，推举杜甫、韩愈、黄庭坚，如袁枚《随园诗话》所言："蒋苕生与余互相推许，惟论诗不合者：余不喜黄山谷而喜杨诚斋；蒋不喜杨而喜黄：可谓和而不同。"⑤吴嵩梁作为翁方纲弟子，论诗折中"肌理"与"性情"，其《题陈东浦方伯敦拙堂诗集》称赞陈文述作品道："平生大节忠孝备，以诗为政敷有方。性情所结自沉挚，骨格至老逾坚苍。"⑥曾燠则不主一家，强调人品与诗品的统一，其《陈受笙镜社诗钞序》云："夫学古人之诗，非但学其诗也。子舆氏有言：'诵其诗，知其人，是尚友也。'今学诗者不曰李、杜，则曰韩、苏，而其旷迈之怀、贞素之节、忠爱之意、悱恻之诚未知皆符合否？"⑦可见，乾嘉众多江西诗人的艺术

---

① 赵文哲：《婳雅堂别集》卷四，《四库未收书辑刊》第10辑第26册，第475页。

② 王昶著，周维德校点：《蒲褐山房诗话新编》卷上，人民文学出版社2011年版，第95页。

③ 王昶著，周维德校点：《蒲褐山房诗话新编》卷上，第60页。

④ 徐世昌著，傅卜棠编校：《晚晴簃诗话》卷八十三，华东师范大学出版社2009年版，第586页。

⑤ 袁枚著，顾学颉校点：《随园诗话》卷八，人民文学出版社1982年版，第282页。

⑥ 吴嵩梁：《香苏山馆诗集》卷三，《清代诗文集汇编》第482册，第173页。

⑦ 曾燠：《赏雨茅屋诗集》外集，《清代诗文集汇编》第456册，第318页。

风貌和诗学追求也是多元化的。

乾嘉诗坛跨地域性的形成与诗人丰富阅历和所接受的多方面诗学影响有直接关系。乾嘉诗人的人生轨迹一般是早年在乡里和各地书院读书，之后，少数诗人仕途顺达，多数诗人仕途塞塞，或入幕，或游历，或应聘教习。不管是踏入仕途还是游历入幕，往往有机会突破地域的局限，转益多师，从而导致早年诗学主张或创作风貌的改变。比如，明代岭南诗人有号称"南园五子"的孙蕡、李德、黄哲、王佐、赵介及"南园后五子"的梁有誉、顾大任、黎民表、吴旦、李时行，他们都标举唐音、诗风雄直。[1]乾隆时期，岭南诗风开始发生变化。这种变化始于乾隆二十九年（1764）至三十六年（1771）翁方纲担任广东学政期间，由于翁氏论诗提倡肌理，重视学问，推举宋诗，在他的影响下，众多岭南青年诗人开始突破传承已久的"标举唐音"的地域传统。如"岭南四家"中的冯敏昌"由昌黎、苏、黄上窥李、杜堂奥，乃自具炉冶，独开生面"[2]，张锦芳"诗宗大苏，上溯韩、杜，卓然树骚雅之帜"[3]，其艺术风貌与明代"南园五子"和清初"岭南三大家"均有明显区别。

总体而言，乾嘉时期浓厚的诗学风气使各地诗歌蓬勃发展，也涌现出众多地域并称群体。但乾嘉多数诗人的生活轨迹不再仅限于家乡，或因科举入都，或追随幕主辗转各地，或于京师入职翰林院、四库馆、六部等政府机关，或于地方担任行政官员，这种经历使他们有机会接触、借鉴、吸收不同的诗学观念，也能够把自己的诗学主张扩展到任职之地，由此导致众多地域并称群体成员的诗学宗旨或艺术风貌出现变化。

二、考据学影响下的集大成特征

中国古典诗学虽然群体林立、观念纷呈，但严羽之后，众多诗论家关注的焦点开始集中于学识与才性、格调与性情、复古与新变的关系。以复古为特征

---

① 陈永正：《岭南诗歌研究》，中山大学出版社2008年版，第33—35页。

② 刘彬华：《岭南群雅》初集一，《续修四库全书》第1693册，第100页。

③ 刘彬华：《岭南群雅》初集一，《续修四库全书》第1693册，第125页。

的群体大多把某一时代树立为典范，主张通过典范的学习来写出优秀的作品，格调优先、提倡复古、注重学识是他们论诗的特色；而以新变为特征的群体的基本主张是强调真情、提倡新变、注重才性。乾嘉诗人论诗极力避免极端之论，力图兼容并取，正是考据学风影响的结果。

乾嘉考据学与诗学的密切联系表现为乾嘉诗人同时兼有学者的身份。首先，有些诗人是以乾嘉考据家而著称的，如"吴中七子"中的钱大昕著有《廿二史考异》《元史艺文志》《十驾斋养新录》等；王鸣盛著有《尚书后案》《十七史商榷》《蛾术编》等；"常州七子"中的孙星衍著有《尚书今古文注疏》《孙氏周易集》等；"绵州三李"中的李调元著有《易古文》《尚书古字辨异》《郑氏尚书古文证讹》《诗音辨》《礼记补注》等。这些诗人的学术成就超过了诗歌。其次，有些诗人的创作成就与学术成就同样显著，他们既是第一流的诗人，也是第一流的学者。如"乾隆三大家"中的赵翼著有《陔馀丛考》《檐曝杂记》《廿二史札记》等；肌理说盟主翁方纲著有《礼记附记》《两汉金石记》《经义考补正》《通志堂经解目录》《焦山鼎铭考》《粤东金石考》等；"吴中七子"中的王昶著有《金石萃编》《湖海诗传》等；"三才子"中的法式善著有《成均备遗录》《李文正公年谱》《洪文襄公年谱》等；"常州七子"中的洪亮吉著有《毛诗天文考》《春秋左传诂》《六书转注录》《十六国疆域志》等。第三，还有一些乾嘉诗人虽然学术成就不是特别显著，但他们却有充当四库馆臣、编撰史书方志等学术研究经历，如"乾隆三大家"中的蒋士铨曾供职国史馆，担任《续文献通考》《皇清开国方略》纂修官；"常州七子"中的黄景仁曾授武英殿书签官，入四库馆。可以看出，乾嘉诗人多数具有学术研究的经历。正是这种特殊的经历，使乾嘉诗人的知识视野和学术领域远较前人宽广。如位列"东南二老"的沈德潜常被视为格调说盟主，其交游涉及惠栋、厉鹗等著名学者，其考据学论著有《古文易考》《尚书古文今文考》《周礼缺冬官考》《新旧唐书考》《史汉异同得失辨》，其以学入诗之作有《唐明皇太山封禅碑》《书马文毅公汇草辨疑后》《过黄潜善墓》，不难推测沈德潜的学术素养一定远较明七子深厚。

正是由于乾嘉诗人普遍的深厚学养，使他们对众多传统诗学命题的看法远较前人深刻，并呈现出鲜明的集大成特征。如传统诗学论创作主体要素时常提及才、气、学、习四个方面，并认为四者无先后轻重之分。乾嘉诗人普遍认为，对诗人而言，先天之才固然可贵，后天之学尤为重要。"东南二老"中的沈德潜指出："有第一等襟抱、第一等学识，斯有第一等真诗。"①把"学识"视为创作的基础。"乾隆三大家"中的袁枚指出："人闲居时，不可一刻无古人；落笔时，不可一刻有古人。平居有古人，而学力方深；落笔无古人，而精神始出。"②这位风流自赏、以才著称于世的诗坛盟主也认为学力深是优秀诗人的基本要求。"吴中七子"中的钱大昕进一步指出，诗人应有"四长"，《春星草堂诗集序》云："昔人言史有三长，愚谓诗亦有四长：曰才，曰学，曰识，曰情。放笔千言，挥洒自如，诗之才也；含经咀史，无一字无来历，诗之学也；转益多师，涤淫哇而远鄙俗，诗之识也；境往神留，语近意深，诗之情也。"③认为优秀诗人离不开天生的才华，后天的学问，还要具有分辨高下雅俗的见识，作品最终具有意味深长的抒情效果。这种观念涉及创作主体要素和审美效果，就论述的深刻性而言远迈前人。

以深厚的学养为基础，乾嘉诗人对众多诗学基本问题以及用典、议论、法度等创作技巧的探讨，能够充分吸收前人合理主张，兼收并取，不趋极端。比如，对如何处理继承古人与师古独创的关系，乾嘉诗人均意识到明七子机械复古之弊，故在学习古人的前提下，对真情和创新精神大加推崇；对如何处理用典与直抒性情的关系，乾嘉诗人认为用典应如水中着盐，不露痕迹；对如何处理诗歌议论与抒情的关系，乾嘉诗人认为议论须带情韵以行，不可流露出学究气；对如何处理法度与自然的关系，乾嘉诗人认为法度不能流于雕巧，要大巧若拙，流于自然。正是由于乾嘉诗人学识广博，故对相关诗学问题的认识能够摆脱门户之见，立论通达，呈现出鲜明的集大成特征。

---

① 沈德潜著，王宏林笺注：《说诗晬语笺注》卷上，人民文学出版社2013年版，第14页。

② 袁枚著，顾学颉校点：《随园诗话》卷十，人民文学出版社1982年版，第352页。

③ 钱大昕撰，吕友仁校点：《潜研堂集》文集卷二十六，上海古籍出版社2009年版，第441页。

第二节　乾嘉诗坛大家序列

清人对乾嘉诗坛格局的建构还包括对大家的筛选，其中舒位《乾嘉诗坛点将录》①是一部值得注意的著作。此书仿照《水浒传》排列了乾嘉时期148位诗人的"英雄座次"，高居前列之人是：

诗坛都头领三员：托塔天王沈归愚（沈德潜）、及时雨袁简斋（袁枚）、玉麒麟毕秋帆（毕沅）；

掌管诗坛头领二员：智多星钱萚石（钱载）、入云龙王兰泉（王昶）；

参赞诗坛头领一员：神机军师法梧门（法式善）；

掌管诗坛钱粮头领一员：小旋风阮芸台（阮元）；

马军总头领三员：大刀手蒋心馀（蒋士铨）、豹子头胡稚威（胡天游）、霹雳火赵瓯北（赵翼）；

马军正头领十四员：双枪将邵梦馀（邵飚）、双鞭萧子山（萧抡）、没羽箭舒铁云（舒位）、小李广陈云伯（陈文述）、金枪手彭甘亭（彭兆荪）、扑天雕杨蓉裳（杨芳灿）、病尉迟孙子潇（孙原湘）、青面兽张船山（张问陶）、美髯公姚春木（姚椿）、插翅虎查梅史（查揆）、九纹龙严丽生（严学淦）、急先锋周箌云（周为汉）、没遮拦许周生（许宗彦）、井木犴翁霁堂（翁照）；

步军先锋正头领二员：花和尚洪稚存（洪亮吉）、行者黄仲则（黄景仁）；

步军冲锋挑战正头领一员：黑旋风王仲瞿（王昙）。②

---

① 学界对《乾嘉诗坛点将录》的作者存在争议，周文静《〈乾嘉诗坛点将录〉研究》（扬州大学2013年硕士论文）对此有详细论述，可以参考。

② 舒位：《乾嘉诗坛点将录》，《双梅影闇丛书》本，海南国际新闻出版中心1998年版，第342—346页。

舒位把沈德潜、袁枚等27人分别比附为梁山英雄中的都头领、总头领或正头领，显然在他心目中，这27人具有特殊的诗坛地位。结合清人诗话、笔记相关记载来看，毕沅、阮元、邵飐、萧抡、陈文述、彭兆荪、张问陶、姚椿、查揆、严丽生、周为汉、许宗彦、翁照等13人未被清人以并称群体的方式加以标举。其余14人中，沈德潜与钱陈群被标举为"东南二老"，袁枚与蒋士铨、赵翼被标举为"三家"（又有"乾隆三大家"之称），钱载与王又曾被标举为"钱王"，王昶与王鸣盛等7人被标举为"吴中七子"，法式善与钱保、百龄被标举为"三才子"，胡天游与袁枚、洪亮吉被标举为"三大家"，舒位与王昙、孙原湘被标举为"三君"，杨芳灿与杨揆被标举为"二难"，洪亮吉与黄景仁被标举为"二俊"。以上并称群体中，涉及钱载、法式善、胡天游、杨芳灿的"钱王""三大家""三才子""二难"等4个并称群体很少被清人诗话、笔记、诗选所引述，其余并称群体则不然。结合并称群体的引述频率，沈德潜、袁枚、蒋士铨、赵翼、王昶、洪亮吉、黄景仁、王昙、舒位、孙原湘堪称清人心目中的乾嘉诗坛十大家。

一、"东南二老"之一沈德潜

沈德潜与钱陈群曾被并称为"东南二老"。乾隆二十七年（1762），乾隆第三次南巡，已致仕归里的沈德潜与钱陈群迎驾于常州白家桥，乾隆赐诗有"二老江浙之大老，新从九老会中回"①，此后，"东南二老"之称广为传诵。袁枚《赠归愚尚书》云：

> 手扶文运三朝内，名在东南二老中。②

① 沈德潜：《沈归愚自订年谱》"乾隆二十七年"条（潘务正、李言编辑点校：《沈德潜诗文集》附录二，人民文学出版社2011年版，第2138页）。钱仪吉：《文端公年谱》卷下，《北京图书馆藏珍本年谱丛刊》第93册，北京图书馆出版社1999年版，第434—435页。

② 袁枚著，周本淳标校：《小仓山房诗集》卷十七，上海古籍出版社1988年版，第410页。

李调元《雨村诗话》云：

> 大司寇嘉兴钱文端公香树，诗名与长洲尚书沈归愚齐驱。①

此外，方浚师《蕉轩随录》卷八、杨钟羲《雪桥诗话》卷八、徐世昌《晚晴簃诗汇》卷六十一评钱陈群、郭则沄《十朝诗乘》评沈德潜均引述此称，可知"二老"之称流传甚广。

舒位《乾嘉诗坛点将录》把沈德潜喻为托塔天王晁盖，其《赞》曰："卫武公，文中子，风雅有篇，隋唐无史，然而筑黄金台以延士者，则必请自隗始也。吁嗟乎！东溪村，曾头市。"②以卫武公喻沈德潜高寿，以文中子喻沈德潜门下人才汇聚，以郭隗喻沈德潜实际才能虽然不是特别优异，但仍深受君主的恩宠。三个比喻均相当贴切。沈德潜享年97岁，为清代著名诗人中最高寿者。作为格调说的倡导者，沈德潜弟子广布天下，徐珂《清稗类钞·文学类》云：

> 乾、嘉之际，海内诗人相望，其标宗旨，树坛坫，争雄于一时者，有沈德潜、袁枚、翁方纲三家。……故其时大宗，不能不推德潜。
>
> 当康熙时，吴县有叶横山名燮者，病诗家之喜摹范、陆，作《原诗》内外篇，以杜为归，以情境理为宗旨。德潜少从受诗法，故其诗古体宗汉魏，近体宗盛唐，尤所服膺者为杜。选《古诗源》及三朝《诗别裁集》以标示宗旨，吴下诗人翕然从之。受业者，其初以盛锦、周准、陈樾、顾诒禄为最著。其后则有王鸣盛、王昶、钱大昕、曹仁虎、黄文莲、赵文哲、吴泰来之"吴中七子"。……文哲、泰来后复与法式善同宗士祯，而德潜门下又有褚廷璋、张熙纯、毕沅等之继起。再传弟子则有武进黄景仁。私

---

① 李调元著，詹杭伦、沈时蓉校正：《雨村诗话校正（十六卷本）》卷一，巴蜀书社2006年版，第27页。

② 舒位：《乾嘉诗坛点将录》，《双梅影闇丛书》本，海南国际新闻出版中心1998年版，第342页。

淑弟子则有仁和朱彭。乾、嘉以来之诗家，师传之广，未有如德潜者。①

至于沈德潜所受乾隆的恩宠，更为众多诗人所羡慕。陈康祺《郎潜纪闻》云：

> 诗人遭际，自唐宋至本朝，以长洲沈尚书为第一，天下孤寒，几视为形求梦卜矣。当公进呈新诗时，中有《夜梦俞淑人》一首，未经删去。高宗见之，谓汝既悼亡，何不假归料理，因赐诗送行。还朝后，同内直诸臣恭和悼孝贤皇后挽章，中有儿字、亡字，难于措词，公独云："普天俱洒泪，老耄似童儿。"又云："海外三山杳，宫中一鉴亡。"命即写卷后，传示诸臣。又公告归，命大司马梁诗正奉御制十二本，令德潜逐日校阅，先缴进四本。上命之曰："改几处，俱依汝。惟《大钟歌》中云'道衍俨被荣将命'汝改'荣国'，因道衍封荣国公也。荣将本黄帝时铸钟人，汝偶然误会。然古书读不尽，有我知汝不知者，亦有汝知我不知者。余八本，尽心校阅，不必依违。"至于赐序私集，俯和原韵，称老名士、老诗翁、江浙大老，渥眷殊恩，几于略分，公亦何修得此乎。②

从以上记载可知，沈德潜堪称乾隆诗坛前期影响最大的人物。按《清稗类钞》所载，沈德潜早期弟子有盛锦、周准、陈樾、顾诒禄等，后期有"吴中七子"、褚廷璋、张熙纯、毕沅等，再传弟子有黄景仁等。虽然《清稗类钞》所载部分内容有些失实，如盛锦、周准、陈樾与沈德潜早年共结诗社，只是同辈关系；"吴中七子"等人也不完全宗法沈德潜，但沈德潜的地位确实犹如梁山英雄中的头领晁盖。乾隆声称与沈德潜以诗始以诗终③，并亲自为沈德潜诗集

---

① 徐珂：《清稗类钞》，中华书局1984年版，第八册，第3900页。

② 陈康祺：《郎潜纪闻》二笔卷八，中华书局1984年版，第459页。

③ 沈德潜：《沈归愚自订年谱》"十四年己巳（1749）年七十七"："患噎未愈。上命大司马梁诗正传旨，沈德潜不必到上书房，许其归里，享林泉之乐。朕与之以诗始，亦以诗终。令其校阅诗稿，校毕起行。"（《沈德潜诗文集》第四册附录二《沈归愚自订年谱》，人民文学出版社2011年版，第2124页。）

作序，喻为当代的高启、王士禛。因此，尽管沈德潜诗歌创作成就较袁枚稍逊一筹，但诗坛影响力却能与之相抗，堪为乾嘉诗坛大家。

二、"袁蒋赵三家"：袁枚、蒋士铨、赵翼

袁枚、蒋士铨和赵翼被并称为"三家"，此称源于袁枚《随园诗话》："赵云松观察谓余曰：'我本欲占人间第一流，而无如总作第三人。'盖云松辛巳探花；而于诗只推服心馀与随园故也。"[①]《仿元遗山论诗》又云："云松自负第三人，除却随园服蒋君。"[②]袁枚两次声称赵翼推崇蒋士铨、袁枚，甘居第三人，不过现存赵翼著述却无相关记载。因此，清人崔旭《念堂诗话》指出："乾隆中袁、蒋、赵称为鼎足，此说不知起于何人。《拜袁揖蒋图》，程春宇力辩无其事。"[③]钱锺书也认为："盖'三家'之说，乃随园一人捣鬼。瓯北尚将计就计，以为标榜之资。"[④]

舒位把袁枚喻为《水浒传》及时雨宋江，视为沈德潜之后的诗坛盟主，就袁枚的影响力来看，是有一定道理的。姚鼐《袁随园君墓志铭》曾记载袁枚在乾隆诗坛巨大的感召力：

> 四方士至江南，必造随园，投诗文几无虚日。君园馆花竹水石，幽深静丽，至楶檻器具皆精好，所以待宾客者甚盛。与人留连不倦，见人善，称之不容口。后进少年，诗文一言之美，君必能举其词，为人诵焉。君古文、四六体，皆能自发其思，通乎古法。于为诗尤纵才力所至，世人心所欲出不能达者，悉为达之。士多效其体，故随园诗文集，上自朝廷公卿，下至市井负贩，皆知贵重之。海外琉球，有来求其书者。君仕虽不显，而

---

① 袁枚著，顾学颉校点：《随园诗话》卷十四，人民文学出版社1982年版，第491页。

② 袁枚著，周本淳标校：《小仓山房诗集》卷二十七，上海古籍出版社1988年版，第689页。

③ 钱仲联：《清诗纪事》第二册，凤凰出版社2004年版，第1277页。

④ 钱锺书：《谈艺录》，中华书局1984年版，第137页。

世谓百余年来，极山林之乐、获文章之名，盖未有及君也。①

可见，袁枚虽无显赫政治地位，但他与众多诗家交游密切，对后辈诗人提携有加，兼之超人的天分和巨大创作成绩，故被视为乾隆诗坛继沈德潜之后的盟主。

蒋士铨在乾隆诗坛也享有盛誉，其《学诗记》云：

> 予十五龄学诗，读李义山爱之，积之成四百首而病矣，十九付之一炬；改读少陵、昌黎，四十始兼取苏、黄而学之；五十弃去，惟直抒所见，不依傍古人，而为我之诗矣。②

张维屏《国朝诗人征略》评曰：

> 心馀先生诗，篇篇本色，语语根心，不欲英雄欺人，不肯优孟摹古。言情而出以蕴藉，故无粗率之辞；用事而妙于剪裁，故无堆垛之迹。金银铜铁镕为一炉，而不觉其杂；酸咸辛甘调于一鼎，而愈觉其和。无他，有我以主之，有气以运之故也。③

可见，蒋士铨同样强调真情、独创，其诗题材广泛，体式多样，不拘成法，故被视为清代江西籍诗人第一。蒋士铨与彭元瑞被乾隆称为"江西二名士"，与杨垕、汪轫、赵由仪被袁枚合称为"江西四子"，与陈允衡、王猷定、曾畹、帅家相、汪轫、杨垕、何在田被曾燠合称为"江右八家"。综合蒋士铨的创作成就和影响力，舒位把他推举为《水浒》中的马军总头领第一人大

---

① 姚鼐著，刘季高标校：《惜抱轩诗文集》文集卷十三，上海古籍出版社1992年版，第202页。

② 蒋士铨著，邵海清校，李梦生笺：《忠雅堂集校笺》文集卷二，上海古籍出版社1993年版，第2060页。

③ 张维屏：《国朝诗人征略》卷三十七，《续修四库全书》第1712册，第643页。

刀关胜，符合蒋士铨的影响力。

赵翼天分极高，阅历又广，文学与学术兼擅，实为清朝第一流人物。赵翼论诗既推崇真情和新变，又重视豪放与劲健，故诗坛有赵翼优于袁枚之论。黄培芳《香石诗话》云：

> 瓯北、子才一时并称，就二家论诗观之，固以瓯北为优。瓯北所著《十家诗话》能不失矩矱，不致诒误后生，胜于《随园诗话》矣。[1]

客观而言，赵翼诗歌总量、绝句成就和诗学影响力远不如袁枚，但诗学理论成就与学术造诣极高，无愧于乾嘉诗坛大家的地位。

从实际影响来看，清人对"袁蒋赵三家"引述颇多，多数认同三家的诗歌大家地位。如王昶《湖海诗传》云：

> 云松性情倜傥，才调纵横，而机警过人，所遇名公卿，无不折节下之。初受知于汪文端公，及入中书直军机处，傅文忠公尤爱其才。旋以及第，改翰林数年，简放知府，出守广西镇远。时缅甸用兵，诏选邻省干才助搜军实。君住永昌半载，会文忠将督兵深入，遣之还粤。又为李制府所赏，调广州，并登荐剡，擢贵西道。寻以母老留养，遂不复出，迄今几三十年。同时与袁子才、蒋心馀友善，才名亦相等。[2]

李调元《雨村诗话》云：

> 近时诗推袁、蒋、赵三家，然皆宗宋人。子才学杨诚斋，而能各开生面，此殆天授，非人力也。心馀诗学山谷，而去其艰涩，出以响亮，亦由天人兼之。子才亦自言："余不喜山谷而喜诚斋，心馀不喜诚斋而喜山

---

① 黄培芳：《香石诗话》卷二，《续修四库全书》第1706册，第133页。

② 王昶著，周维德校点：《蒲褐山房诗话新编》卷上，人民文学出版社2011年版，第89页。

谷。"云松则立意学苏，专以新造为奇异，而稗家小说，拉杂皆来，视子才稍低一格，然视心馀，则殆有过之无不及矣。[①]

此外，郭麐《灵芬馆诗话》，林昌彝《海天琴思续录》、《射鹰楼诗话》卷一，邱炜萲《五百石洞天挥麈》卷四，符葆森《国朝正雅集》，黄钧宰《金壶七墨》卷八，陈廷焯《白雨斋词话》卷八，蒋超伯《南漘楛语》卷五，王豫《群雅集》，李祖陶《国朝文录·忠雅堂文录》，梁绍壬《两般秋雨庵随笔》卷二，康发祥《伯山诗话》，陆崟《问花楼诗话》，丁绍仪《听秋声馆词话》，潘瑛和高岑《国朝诗萃二集》，谢堃《春草堂诗话》卷一，王培荀《听雨楼随笔》卷五，潘德舆《夏日尘定轩中取近人诗集纵观之戏为绝句》（《养一斋集》卷五），朱克敏《儒林琐记》，徐世昌《晚晴簃诗汇》卷九十，徐珂《清稗类钞·文学类》均提及此称。尚镕又撰《三家诗话》，专门评价三家诗作。综合来看，"袁蒋赵三家"堪称乾隆诗坛流行最广、影响最广的并称群体。

从三人交游来看，袁枚与蒋士铨首次相见于乾隆二十九年（1764），当时蒋士铨受两江总督尹继善之邀主讲钟山书院，蒋士铨《喜晤袁简斋前辈即次见怀旧韵》（《忠雅堂诗集》卷十三）记载此事，时袁枚49岁，蒋士铨40岁。袁枚与赵翼相见更晚，袁枚《谢赵耘菘观察见访湖上兼题其所著〈瓯北集〉》（《小仓山房集》诗集卷二十六）记载了两人的首次见面，此诗作于乾隆四十四年（1779），袁枚已经64岁，赵翼53岁。此时三人在诗坛均享有盛名，互相推重，共称"三家"，并不为过。尤其是袁枚，堪称乾嘉诗坛万众瞩目的焦点。

值得注意的是，在引述"袁蒋赵三家"并称的文献时，有些诗论家并非一味肯定三人的崇高地位，而是注重辨析三人诗歌艺术风貌的不同。如尚镕《三家诗话》就对李调元之论加以补充：

---

① 李调元著，詹杭伦、沈时蓉校正：《雨村诗话校正（十六卷本）》卷一，巴蜀书社2006年版，第33页。

子才学杨诚斋而参以白傅，苕生学黄山谷而参以韩、苏、竹垞，云松学苏、陆而参以梅村、初白。平心而论，子才学前人而出以灵活，有纤佻之病；苕生学前人而出以坚锐，有粗露之病；云松学前人而出以整丽，有冗杂之病。①

相对李调元之论，尚镕指出三人并非单纯学习某一家，而是能够兼容并取，且对其独特风貌和不足做出更加详细的说明。这些论述均有助于更加准确理解三家的艺术成就。

另外，清人也常把袁枚、赵翼标举为"袁赵"，黄培芳《香石诗话》、陈文述《简松草堂怀张仲雅》（《颐道堂诗选》卷二十一）、陈作霖《焦耐庵先生》（《可园文存》卷十）、邓绎《藻川堂谭艺·三代篇》、丁绍仪《听秋声馆词话》卷二十、朱庭珍《筱园诗话》卷二、徐世昌《晚晴簃诗汇》卷一百二十三评姚椿均提及此称。但与并称群体通常具有标举典范的意味不同，清人提及"袁赵"有时是出于批评的目的。朱庭珍《筱园诗话》云：

赵翼诗比子才虽典较多，七律时工对偶，但诙谐戏谑，俚俗鄙恶，尤无所不至。街谈巷议，土音方言，以及稗官小说，传奇演剧，童谣俗谚，秧歌苗曲之类，无不入诗，公然作典故成句用，此亦诗中蟊贼，无丑不备矣。袁、赵二家之为诗魔，较前明钟、谭，南宋江湖、九僧、四灵，江西诸派，末流之弊，更增十百，实风雅之蠹，六义之罪魁也。②

朱氏基于传统的诗教理论否定两人诗歌，字里行间充满了憎恶和不满，也从反面说明了"性灵"说的巨大影响力。

总体来看，"袁蒋赵三家"这一并称群体的盛行说明了性灵说在乾嘉诗坛

---

① 尚镕：《三家诗话》，《清诗话续编》下册，上海古籍出版社1983年版，第1920页。

② 朱庭珍：《筱园诗话》卷二，《清诗话续编》下册，第2366—2367页。

的重要影响。清代部分诗论家限于传统的诗教理论，无法接纳袁枚、赵翼诗歌中那些不甚典雅的内容，故在提及这一并称群体时，有时不是出于标举典范的目的，而是为了揭示其诗歌创作的流弊。相对而言，当代文学史家均认为袁枚所倡导的性灵说引领清诗走上健康的发展道路，代表了诗歌正确的发展方向，推举意味十足。

三、"吴中七子"之一王昶

王昶曾与王鸣盛、吴泰来、黄文莲、赵文哲、钱大昕、曹仁虎并称为"吴中七子"，此称得名于沈德潜所编《吴中七子诗选》。乾隆十六年（1751）正月，江苏巡抚王师请沈德潜担任紫阳书院院长，接替去年冬天因病请辞的王峻。当年秋，沈德潜选录王昶等七人诗为《吴中七子诗选》。由于沈德潜在诗坛的巨大声望，"吴中七子"遂名扬天下。陈康祺《郎潜纪闻》云：

> 归愚尚书主吴下坛坫时，门下士王光禄鸣盛、钱詹事大昕、王少寇昶、曹侍讲仁虎、赵少卿文哲、吴舍人泰来、黄明府文莲，汇刻吴中七子诗，以文章气节重天下，谈宗派者，至今称颂。[①]

此外，袁枚《随园诗话》卷五、李调元《雨村诗话》卷三、秦瀛《刑部侍郎兰泉王公墓志铭》（《小岘山人集》文集卷五）、沈寿榕《玉笙楼诗录》续录卷一、陈康祺《郎潜纪闻》四笔卷六、江藩《国朝汉学师承记》卷四、潘清《挹翠楼诗话》、钱泳《履园丛话六·耆旧·兰泉司寇》、符葆森《国朝正雅集》评王鸣盛、陈廷焯《白雨斋词话》卷四、钱林《文献征存录》卷五、吴修《昭代名人尺牍小传》"王昶"条、王培荀《听雨楼随笔》卷二、朱庭珍《筱园诗话》卷二、陈融《颙园诗话》、师范《荫椿书屋诗话》、俞樾《补刻春融堂集序》（《春在堂杂文》五编卷六）、徐世昌《晚晴簃诗汇》评曹仁虎与赵文哲、昭梿《啸亭续录》评褚廷璋、杨钟羲《雪桥诗话》三集卷七、《清史

---

① 陈康祺：《郎潜纪闻》二笔卷八，中华书局1984年版，第459页。

稿·钱大昕传》、徐珂《清稗类钞·文学类》都引述这一并称，是仅次于"袁蒋赵三家"的流传最广的并称群体。

"吴中七子"中，影响最大者首推王昶，俞樾《补刻春融堂集序》云：

> 先生少时与王凤喈、吴企晋、钱竹汀、赵升之、曹来殷、黄芳亭诸公齐名，号"吴中七子"。及在京师，与朱笥河互主骚坛，有"南王北朱"之目，海内知与不知皆称为兰泉先生。[1]

由于"吴中七子"中的王鸣盛、钱大昕后来转向经史之学，赵文哲英年早逝，黄文莲仅位至县令，曹仁虎与吴泰来诗学成就有限，唯有王昶官居刑部侍郎，编有《湖海诗传》，能够把沈德潜诗学发扬光大。因此，在清人心目中，沈德潜之后能够与袁枚相抗衡的，只有王昶，这正是舒位把王昶喻为入云龙公孙胜的主要原因。

客观而言，王昶的诗歌创作成就不仅远在袁枚之下，在整个乾嘉诗坛十大家中也最为逊色。"吴中七子"被广为称引，主要原因有三：一是"吴中七子"乃沈德潜所标举，沈德潜论诗先审宗旨、次论格调、终流神韵，"吴中七子"俨然被视为正统诗学的体现者；二是王昶官至刑部侍郎，被公认为沈德潜格调说的传人；三是王鸣盛、钱大昕等人学术成就巨大，众多文献在提及两人时，习惯上会引述他们早年曾被列为七子的经历。总之，"吴中七子"并称的盛行，表明格调说在沈德潜去世后仍有重大的影响力。

四、"二俊"：洪亮吉、黄景仁

洪亮吉与黄景仁曾被标举为"二俊""洪黄"。洪亮吉《伤知己赋》云："青门丈人，来于新昌。垂二俊之誉，共江夏之黄。"其自注云："岁丁亥（乾隆三十二年）戊子（乾隆三十三年），邵先生主龙城书院讲席。余偕黄君

---

[1] 俞樾：《春在堂杂文》五编卷六，《续修四库全书》第1550册，第586页。

景仁受业焉，先生尝呼之为二俊。"①青门丈人为邵齐焘，时主持常州龙城书院，洪亮吉、黄景仁、杨伦、杨梦符时往就学，可知"二俊"之称由来已久。"二俊"又称"洪黄"，李斗《扬州画舫录》云：

> 洪亮吉本名礼吉，字稚存，常州武进人。庚戌榜眼，官编修，博通经史，精于地理之学。诗与黄景仁齐名，号"洪黄"。②

此外，毕沅《吴会英才集》评洪亮吉、江藩《国朝汉学师承记》卷四、喻文鏊《考田诗话》、林昌彝《射鹰楼诗话》卷二十、钱林《文献征存录》卷四、邱炜萲《五百石洞天挥麈》、麟庆《黄少尹诗序》（《两当轩集》附录一）、潘清《挹翠楼诗话》、康发祥《伯山诗话》、金武祥《粟香随笔》四笔卷四、徐世昌《晚晴簃诗汇》卷一百八评洪亮吉均引述"洪黄"之称，可知"洪黄"之称流行甚广。

洪亮吉、黄景仁与吕星垣、孙星衍、杨伦、赵怀玉、徐书受又被标举为"毗陵七子"，此称得名于钱维城所编《毗陵七子诗》，时间应为乾隆三十七年（1772）。按《续修四库全书总目提要》"徐书受《教经堂诗集》"条云："毕沅选《吴会英才集》，钱维城编刻《毗陵七子诗》，书受其一也。"③知钱维城曾有《毗陵七子诗》之选。又洪亮吉《崔恭人浣青诗草序》云："余以壬辰岁七月，以所业受知于同里尚书钱文敏公。"④王昶《刑部左侍郎赠尚书钱文敏公神道碑铭》云："乾隆壬辰冬，刑部侍郎武进钱公以居忧卒于里第。"⑤壬辰为乾隆三十七年，当时担任刑部左侍郎的钱维城以丁忧家居，闻同里七人之名，出于奖拔后进的目的，故有《毗陵七子诗》之编。之后，吴锡

---

① 刘德权点校：《洪亮吉集·卷施阁文乙集》卷二，中华书局2001年版，第376页。

② 李斗：《扬州画舫录》卷三，《续修四库全书》第733册，第607页。

③ 中国科学院图书馆整理：《续修四库全书总目提要（稿本）》第4册，齐鲁书社1996年版，第555页。

④ 刘德权点校：《洪亮吉集·更生斋文续集》卷二，中华书局2001年版，第1168页。

⑤ 王昶著，陈明洁、朱惠国、裴风顺点校：《春融堂集》卷五十二，上海文化出版社2013年版，第904页。

麒《翰林院编修洪君墓表》（《有正味斋集》续集卷六）、钱泳《履园丛话六·耆旧·春嘘叔讷两明府》、吕培等编《洪北江先生年谱》、李斗《扬州画舫录》卷三、徐世昌《晚晴簃诗汇》卷一百八评洪亮吉、杨钟羲《雪桥诗话》余集卷六、金武祥《粟香随笔》二笔、《清史稿·赵翼传》均引述"毗陵七子"之称，可见此称在清代流行甚广。

洪亮吉、黄景仁、吕星垣、孙星衍又有"常州四子"之称。袁枚《随园诗话》云：

> 近日文人，常州为盛。赵怀玉字映川，能八家之文。黄景仁字仲则，诗近太白。孙星衍字渊如，诗近昌谷。洪君亮吉字稚存，诗学韩、杜。俱秀出班行。[①]

朱珪《题黄仲则遗稿序》亦云："予闻常州有'四才子'之目，曰洪北江亮吉、黄仲则景仁、吕叔讷星垣、孙季仇星衍，其乡人假借以为伯仲叔季云。四人皆游竹君先兄之门。乙未，予初自晋归，先识仲则。"[②]朱庭珍《筱园诗话》也引此称。

综合"二俊""洪黄""毗陵七子""常州四子"之称，可知洪亮吉、黄景仁最受推崇。就两人创作成就和影响来看，黄景仁更胜一筹，甚至被推举为乾嘉诗坛第一人。如朱庭珍《筱园诗话》云：

> 常州四子，黄仲则才力恣肆，笔锋锐不可当，如骁将舞梨花枪陷阵，万人辟易，所向无前，自是神勇；又如西域婆罗门，吐火吞刀，变幻莫测，具大神通。[③]

---

① 袁枚著，顾学颉校点：《随园诗话》卷七，人民文学出版社1982年版，第217页。

② 朱珪：《知足斋诗集》卷十四，《续修四库全书》第1452册，第121页。

③ 朱庭珍：《筱园诗话》卷二，《清诗话续编》下册，上海古籍出版社1983年版，第2365页。

张维屏《听松庐诗话》云：

> 古今诗人，有为大造清淑灵秀之气所特钟，而不可学而至者，其天才乎！飘飘乎其思也，浩浩乎其气也，落落乎其襟期也。不必求奇而自奇，故非牛鬼蛇神之奇；未尝立异而自异，故非佶屈聱牙之异。众人共有之意，入之此手而独超；众人同有之情，出之此笔而独隽。亦用书卷，而不欲炫博贪多，如贾人之陈货物；亦学古人，而不欲句摹字拟，如婴儿之学语言。时而金钟大镛，时而哀丝豪竹，时而龙吟虎啸，时而雁唳猿啼。有味外之味，故咀之而不厌也；有音外之音，故聆之而愈长也。如芳兰独秀于湘水之上，如飞仙独立于阆风之巅。夫是之谓天才，夫是之谓仙才，自古一代无几人，近求之，百余年以来，其惟黄仲则乎！①

此外，延君寿又有"四家"之称，《老生常谈》云：

> 海内近人诗，余所及读者不下百数十种，袁子才新颖，蒋心馀雄健，赵瓯北豪放，黄仲则俊逸，当以四家为冠，余则各有好处。②

把黄景仁与袁枚、蒋士铨、赵翼推为清代最优秀的四位诗人。张维屏又有"言情三家"之称，《听松庐诗话》云：

> 国朝诗人善言情者不少，以黄仲则、乐莲裳、郭频伽三家为最。③

把黄景仁与乐钧、郭麐推举为最擅长抒情的诗人。

相较而言，洪亮吉诗歌创作成就逊于黄景仁，但在学术领域也取得巨大成就。另外，乾隆四十八年（1783），黄景仁卒于河东盐运使沈业富署中后，洪

---

① 张维屏：《国朝诗人征略》卷三十九，《续修四库全书》第1712册，第669页。

② 钱仲联：《清诗纪事》第二册乾隆朝卷"赵翼"条，凤凰出版社2004年版，第1855页。

③ 张维屏：《国朝诗人征略》二编卷五十六，《续修四库全书》第1713册，第309页。

亮吉曾扶柩归乡，奔波千里，堪称黄景仁知己。又嘉庆四年（1799），洪亮吉上书直陈时弊，激怒嘉庆而被流放伊犁，赦还当日，久旱京师忽降甘霖，清人视为异数。综合来看，洪亮吉笃于友谊、仗义执言、诗歌与学术成就可观，也不愧为乾隆诗坛第一流人物。

五、"三君"：王昙、舒位、孙原湘

"三君"是法式善《三君咏》对舒位、王昙、孙原湘三人的标举，诗云：

> 舒铁云（位）
>
> 空谷有佳人，十年不一见。相逢托水云，别去如风霰。临行仰视天，遗我诗一卷。中有万古心，事穷道不变。登科易事耳，君胡久贫贱。晒彼幽兰花，无言开满院。
>
> 王仲瞿（昙）
>
> 豪杰为文章，已是不得意。奇气抑弗出，酬恩空堕泪。说剑示侠肠，谈玄托宾戏。有花须饱看，得山便酣睡。愿更道心持，勿使天才逸。人间未见书，时时为我寄。
>
> 孙子潇
>
> 白云游任空，胡为吐君口。明月生自海，胡为出君手。想当落笔时，万物皆吾有。五城十二楼，谁复辨某某。一笑拈花枝，妙谛得诸偶。未必天真阁，独师韦与柳。[1]

此诗系于壬戌（嘉庆七年，1802），当时舒位、王昙、孙原湘三人参加会试，均落第。作品称赞三人天分颇高、品格超俗、诗名早著，并对三人未来登科充满期待。舒位十岁即下笔成章，十六岁随父出镇南关迎接安南贡使，赋《桐柱诗》相赠答，名即大振。[2]王昙也是天性聪颖，读书过目不忘，慷慨

任侠，发语出人意表，诗作不循常规，海内目为"奇才"①。孙原湘虽然17岁始学为诗②，但29岁（乾隆五十三年，1788）在吴蔚光的推荐下即受到袁枚的关注和称赞③。可见，"三君"之称并非虚语，兼之法式善京师诗坛盟主的地位，故此称流传甚广。陆以湉《冷庐杂识》引述此称云：

> 秀水王仲瞿孝廉昙，倜傥负奇气，文辞敏赡，下笔千言立就。家贫，依其外舅以居，赋诗有"娘子军中分半壁，丈人峰下寄全家"之句。举乾隆甲寅乡试，闱作沉博绝丽，脍炙一时。与舒铁云孝廉交最深，舒赠以联云："菩萨心肠，英雄岁月；神仙眷属，名士文章。"在京师时，法梧门祭酒式善重其才，与孙子潇太史、铁云称为"三君"，作《三君咏》。④

此外，陈文述《舒铁云传》（《颐道堂文钞》卷三）和《王仲瞿墓志》（《颐道堂文钞》卷八）、陶梁《国朝畿辅诗传》卷五十一评舒位、金武祥《粟香随笔》二笔卷三、梁绍壬《两般秋雨庵随笔》卷三、陈裴之《乾隆戊申恩科举人拣选知县舒君行状》（舒位《瓶水斋诗集》附）、符葆森《国朝正雅集》评孙原湘、陈康祺《郎潜纪闻》四笔卷一"大兴才士舒位"条、邱炜萲《五百石洞天挥麈》卷十二、王庆勋《题舒铁云孝廉瓶水斋诗后》（《诒安堂诗稿》初稿卷八）、张维屏《国朝诗人征略二编》卷四十三评舒位和卷五十五评孙原湘、徐珂《清稗类钞·文学类》、徐世昌《晚晴簃诗汇》卷一百十八评孙原湘、杨钟羲《雪桥诗话》三集卷八、易宗夔《新世说》评法式善均提及此称，足见"三君"之称流行之广。

---

① 陈文述：《王仲瞿墓志》，郑幸校点：《王昙诗文集》附录二，人民文学出版社2014年版，第405页。

② 孙原湘《天真阁自序》云："原湘十二三时，不知何谓诗也。自丙申（乾隆四十一年，1776）冬，佩兰归予，始学为诗。"（孙原湘：《天真阁集》，《续修四库全书》第1487册，第519页。）

③ 袁枚《随园诗话》云："戊申，过虞山。竹桥太史荐士六人。孙子潇《长干里》云：'门前春风其来矣，珠箔无人自卷起。'……皆少年未易才也。"（《随园诗话》卷十一，人民文学出版社1982年版，第383页。）

④ 陆以湉：《冷庐杂识》卷三，中华书局1984年版，第153页。

舒位、王昙、孙原湘又有"乾隆后三家"之称，此称陈凯玲博士论文《清代诗人并称群体研究》曾提及，但未指明出自何处。笔者查阅众多清人笔记、诗话、诗选，也未见相关记载。舒位乾隆五十三年（1788）中举之后，九应会试不第。王昙乾隆五十九年（1794）中举后，受座师吴省钦牵连而被士人所不齿，八试八黜，甚至改名"良士"仍未中第。孙原湘于乾隆六十年（1795）中举，嘉庆十年（1805）始成进士，但选庶吉士后不久即致仕归里，优游以终。可知在法式善标举"三君"之后，舒位和王昙屡试不第，为生计不得不奔走四方，对人生痛苦、社会不公体验更深，就诗歌思想的深刻性和艺术的感染力而言，远胜前期，并称为"乾隆后三家"，确无愧于此称。相对而言，孙原湘后期诗歌没有太大变化，之所以获得高名可能与时人视其为性灵派中坚人物有关。

总之，"三君"之称主要基于舒位、王昙、孙原湘过人的天分，同时也说明法式善巨大的诗坛影响力。后人把三人并称为"乾隆后三家"，与袁枚、蒋士铨、赵翼"乾隆三大家"隐隐相对，主要基于舒位、王昙后期诗作的巨大成就和孙原湘在性灵派的地位。梁绍壬《两般秋雨庵随笔·瓶水斋诗》云：

> 赵云松先生跋其诗云："开径如凿山破，下语如铁铸成，无一语不妥，无一意不奇，无一字无来历，能于长吉、玉溪之外，自成一家。"龙雨樵先生跋其诗云："他人之诗有六家，铁云则兼有三长。他人之诗有四声，铁云则兼有五音。他人之诗有唐宋元明，铁云则兼有《离骚》、八代。"其为前辈心折如此。①

龚自珍《王仲瞿墓表铭》云：

> 其为文也，一往三复，情繁而声长；其为学也，溺于史，人所不经意，累累心口间；其为文也，喜胪史；其为人也，幽如闲如，寒夜屏人

---

① 梁绍壬：《两般秋雨庵随笔》卷三，《续修四库全书》第1263册，第95页。

语，絮絮如老妪，匪但平易近人而已。其一切奇怪不可迩之状，皆贫病怨恨，不得已诈而遁焉者也。①

龚自珍也对舒位、王昙的文学成就推崇备至，认同两人无愧于乾嘉诗坛第一流诗人的地位。

综合而言，乾嘉诗坛并称群体的得名主要基于同乡、同门和作品巨大的声誉，由此导致清人视野中的诗坛格局与当代文学史所理解的乾嘉诗坛主要由三大诗说或九大流派构成有着明显不同。从并称群体的视角来看，乾嘉诗坛地域并称群体犹如夏夜星空，交相辉映，而沈德潜、袁枚、蒋士铨、赵翼、王昶、洪亮吉、黄景仁、王昙、舒位、孙原湘等人的光彩更加璀璨，他们构成了清人心目中的乾嘉诗坛大家序列。

---

① 龚自珍著，王佩诤校：《龚自珍全集》第二辑，上海人民出版社1975年版，第146页。

第二章　流派之分与当代视野中的乾嘉诗坛格局

与清人通常以并称群体建构格局不同，当代学者常通过流派对乾嘉诗坛格局加以划分。本章先考察乾嘉诗学流派的得名始末，然后结合跨流派现象比较古今学者对乾嘉诗坛格局建构的得失。

第一节　乾嘉诗学流派得名始末

文学流派是现代学术的产物，是指"在一定历史时期里，文学见解和艺术风格近似的作家之自觉或不自觉的结合"①。一般而言，文学流派的判定离不开共同的艺术风格、公认的文学领袖和相对稳定的成员三个要素。不过，从清代诗学研究的实际来看，当代研究者很少严格依据这一标准来划分流派。由于标准的多样化，各家对乾嘉诗学流派的认识不太一致。当代较为全面论述乾嘉诗坛基本风貌的著作有朱则杰《清诗史》、严迪昌《清诗史》和刘世南《清诗流派史》等三部。朱则杰《清诗史》完成于1988年，最初由江苏古籍出版社于1992年出版，2000年列入"中国分体断代文学史"丛书再版。此书列举格调派、浙派、秀水派、肌理派、性灵派、桐城派六个流派，另把黄任、胡天游、黄景仁、舒位、王昙、黎简等知名诗人单列成节加以论述。严迪昌《清诗史》完成于1992年，最早于1997年在台北出版，2002年修订后由浙江古籍出版社出版。此书列举格调说、肌理说、性灵说、八旗诗人、浙派、秀水派、高密诗

① 辞海编辑委员会编：《辞海》，上海辞书出版社1980年版，第1537页。

派、岭南诗群、常州诗群等九个诗派群体，另单列屈复、胡天游、黄景仁、王昙、孙原湘、舒位、郭麐、彭兆荪等知名诗人。刘世南《清诗流派史》完成于1994年，次年由台北文津出版社出版，2003年由人民文学出版社出版。此书列举浙派、格调诗派、肌理诗派、性灵诗派、桐城诗派、高密诗派、常州诗派七个流派。三书均为专门考察清代诗歌发展史的专著，对乾嘉诗坛的论述能够代表当代学界的主流观念。综合三家所论，当代视野中的乾嘉诗坛格局大致包括浙派、秀水派、格调派、肌理派、性灵派、岭南诗派、常州诗派、桐城诗派、高密诗派九个流派，它们构成了当代视野中的乾嘉诗坛基本格局。

一、浙派

"浙派"在乾嘉时期作为流派已被提及。袁枚《随园诗话》云："吾乡诗有浙派，好用替代字，盖始于宋人，而成于厉樊榭。"[①]邱炜萲《五百石洞天挥麈》云："新城王渔洋力宗唐音，范围一世，学者几无以自见性情。钱塘厉樊榭出，乃主张宋诗为教，以救渔洋末流之弊，后人因以浙派尊之。"[②]《清稗类钞》"厉樊榭诗为浙派领袖"条云："钱塘厉樊榭大令鹗著有《樊榭山房诗》，为浙派领袖。然其参会唐宋，于王文简、朱竹垞外，自树一帜。虽以沈文悫之主张汉魏盛唐，亦盛称之。实则五言古、七言律、七言绝句佳者甚多，七言古才力薄弱，局势平常，五言律殊少神味，非其所长耳。"[③]均明确把这一群体称为流派，盟主是厉鹗，诗学宗旨是唐宋兼取。

清人又有"浙中诗派"之说，王昶《湖海诗传》评吴锡麒云："浙中诗派自竹垞、初白两先生后，二十余年，大宗、太鸿起而振之，及两公殂谢，嗣音者少，司成以云蒸霞蔚之文，合雪净冰清之作，驰声艺苑，独出冠时，既工骈体，尤善倚声，而诗才超越，直继朱、查、杭、厉之后，宜中外望之指为景庆也。"[④]纪昀《四库提要》"怀清堂集"条云："论者称浙中诗派，前推

① 袁枚著，顾学颉校点：《随园诗话》卷九，人民文学出版社1982年版，第320页。

② 邱炜萲：《五百石洞天挥麈》卷七，《续修四库全书》第1708册，第180页。

③ 徐珂：《清稗类钞·文学类》，中华书局1984年版，第八册，第3926页。

④ 王昶著，周维德校点：《蒲褐山房诗话新编》卷上，人民文学出版社2011年版，第125页。

竹垞，后推西厓，两家之间，莫有能越之者。"①《清史稿》吴锡麒本传云："浙中诗派，前有朱彝尊、查慎行，继之者杭世骏、厉鹗。二人殂谢后，推锡麒，艺林奉为圭臬焉。"②从所举朱彝尊、查慎行、汤右曾、杭世骏、厉鹗、吴锡麒来看，"浙中诗派"只是泛指浙籍诗人，与袁枚所言"浙派"有所不同。

　　钱锺书是最早把"浙派"视为诗学流派的现代学者。《谈艺录》云："浙派西泠诗家多南宋江湖体，惟秀州诸作者知取法西江大家，上续梨洲坠绪，汪丰玉仲鈖一诗最便例证。"③他认为"浙派"中的"西泠十子""西泠五布衣"等承继江湖诗人，以晚唐诗为师法对象；而汪仲鈖则承继黄宗羲，以黄庭坚所代表江西诗派为师法对象。可以看出，钱锺书所谓的浙派比较接近王昶、纪昀所说的浙中诗派，泛指浙籍诗人。

　　钱锺书之后，把浙派视为诗学流派的是朱则杰。朱著《清诗史》单列"厉鹗和浙派"一节，明确把浙派视为文学流派。朱则杰把厉鹗视为此派盟主，指出"厉鹗诗歌在艺术形式方面的最大特点是宗宋，具体表现有二：一是专法宋代诗人，二是好用宋代典故"④。该书对厉鹗诗歌艺术风貌的分析相当细致深刻，但未涉及浙派其他成员及其创作。

　　严迪昌《清诗史》在第二编第五章"查慎行论"中单列"'浙派'辨"一节，在第三编第六章"乾嘉时期地域诗派诗群巡视"中单列"以厉鹗为代表的'浙派'"一节。严迪昌指出："清代诗有'浙派'之说，究其实乃是清代前期'宗宋诗派'这一模糊复合概念的别称，并非涵盖有清一代浙籍诗群之总体。"⑤严迪昌特别强调浙派"宗宋"这一基本立场，所以把查慎行视为浙派成立的关键人物。严迪昌还指出："到清代中叶，'浙派'尽管启变而且形成多种分流，但其基本色调无改"，"人，是清代'盛世'之人；心，是收缩紧

① 永瑢等撰：《四库全书总目》卷一百七十三，中华书局1965年版，第1527页。

② 赵尔巽等：《清史稿》卷四百八十五，中华书局1977年版，第44册，第13386页。

③ 钱锺书：《谈艺录》，中华书局1984年版，第145页。

④ 朱则杰：《清诗史》，江苏古籍出版社2000年版，第227页。

⑤ 严迪昌：《清诗史》，浙江古籍出版社2002年版，第556页。

裹之心；徜徉的空间原是南宋京畿之域，足可神驰往昔，构想与宋诗心魂相交游；治的是探究宋诗本事的稗官史乘。此即为清代'宋诗派'的或一形象和特质，而从历史规定性来说，是指清中叶前后的'浙派'形象和特质"。[①]严迪昌以"宗宋"作为浙派的基本倾向，明确反对以浙籍作为判别依据，并对"宗宋"的具体表现加以描述。严迪昌还指出，吴焯、周京是查慎行、厉鹗之间对浙派发展很有关系的诗人，与厉鹗齐名诗人有杭世骏，后期浙派重要诗人有吴锡麒，对此派宗旨、盟主、成员进行了较详细的论述。

刘世南《清诗流派史》单列"浙派"一章，并对浙派的产生、宗旨、代表诗人加以系统论述。刘世南把厉鹗视为浙派创始者，并指出其诗学宗旨主要是矫正王士禛、朱彝尊"追求诗歌语言的藻丽"之弊，于是"提倡学习宋诗，以'孤淡'来矫正那种流弊"[②]。此外，刘世南还论及此派重要成员有杭世骏、金农、吴颖芳、丁敬、符曾、陈撰、汪沆、符之恒等。

张仲谋《清代文化与浙派诗》是第一部系统论述浙派的专著。张仲谋认为浙派有四个阶段：顺治朝与康熙前期为创始期，康熙一朝为衍化期，雍正朝与乾隆前期为繁荣期，乾隆朝为终结期。对诗派盟主，他提出"一祖三宗"："以清初黄宗羲为浙派初祖，以康熙朝之查慎行、雍乾时期的厉鹗，与纵跨乾隆一朝的钱载为'三宗'。"[③]从对浙派的分期和所举诗家来看，张仲谋主要参照王昶、纪昀、钱锺书相关论述又有改造，一方面，他把众多浙籍诗人统纳在浙派之内，另一方面又强调浙派宗宋的基本诗学倾向，这样就把朱彝尊从浙派中剥离出去。

综上所论，浙派作为文学流派堪称古今学界共识。现代学者对浙派的认识存在两个分歧：一是浙派的成员，有的学者以浙派涵盖浙籍诗人，有的认为前期代表人物是查慎行，乾嘉时期是厉鹗、杭世骏和吴锡麒；二是浙派的流变，有的学者认为浙派发展贯穿整个清代，有的则限定在查慎行、厉鹗分别代表

---

① 严迪昌：《清诗史》，第873—874页。

② 刘世南：《清诗流派史》，人民文学出版社2004年版，第263页。注：此书曾于1995年由台北文津出版社出版。

③ 张仲谋：《清代文化与浙派诗》，东方出版社1997年版，第4—5页。

的清代前期、中期宗宋诗学群体。客观而言，浙派与秀水派的成员区别十分明显，以浙派涵盖浙籍诗人十分不妥。浙派盟主应为厉鹗，之后高擎浙派大旗的有杭世骏和吴锡麒，重要成员有全祖望、金农、胡天游、汪师韩、汪沆、齐召南等，多为嶰谷诗社、韩江诗社中人。浙派成员大多学养深厚，但仕途不甚显达。除齐召南曾任礼部侍郎外，其他成员大多仕途塞塞，以执教书院或入幕为生。浙派诗论以宗宋为主要特征，但浙派宗宋，不同于明七子派字摹句拟之宗唐，他们主要是学习宋人求新求变、不合凡俗的精神和对学问读书的重视，所以浙派诗人的艺术风格多有不同。由于浙派诗人大多沉沦下僚，所以喜欢使用拗怪的形式表现不合时俗的心态，透露出一种野逸的风味。

二、秀水派

秀水属浙江嘉兴，清代已有"秀水派"之名。钱仪吉认为此派的开创者是朱彝尊，其《山西广灵知县名宦朱君事状》云："吾郡诗学，本朝自君家竹垞太史，名重海内，世谓秀水派。乾隆间，吾从父萚石先生父子、汪厚石桐石兄弟，及比部王谷原孝廉、万柘坡诸先生继起，振兴古学。君与同里蒋先生元龙及寓公戚先生芸生，齿稍后，皆学诗于萚石先生，皆法太史之法而不袭其貌，各具坛坫成一家言。"[①]这种看法似不符合实际。徐世昌《晚晴簃诗汇》评钱载云：

> 萚石斋论诗，取径西江，去其粗豪，而出之以奥折。用意必深微，用笔必拗折，用字必古艳，力追险涩，绝去笔墨畦径。金桧门总宪名辈较先，论诗与相合，而万循初孝廉光泰、王谷原刑部又曾、祝豫堂典籍维诰、汪康古吏部孟锔、丰玉孝廉仲纷相与酬唱，皆力求深造，不堕恒轨，一时遂有秀水派之目。继其后者，萚石子百泉编修世锡、豫堂子明甫孝廉嘉、谷原子秋塍大令复，各能尊其家学。《萚石集》中，君亲师友惓惓不渝，其于万王祝汪诸君死生离合，必见于诗。盖温柔敦厚，发为心声，固

---

① 钱仪吉：《珩石斋记事稿》卷八，《续修四库全书》第1508册，第638页。

自有其本也。①

徐世昌对秀水派的诗学宗旨、演进和成员进行了详细叙述。他指出秀水派
倡导者是金德瑛，盟主是钱载，主要成员有祝维诰、王又曾、万光泰以及汪孟
铕、汪仲鈖兄弟，后继者首推钱载子钱世锡、祝维诰子祝喆和王又曾子王复。
秀水派论诗发源于江西诗派，师法对象是黄庭坚。徐世昌之论应该代表了学界
对此派的主流意见，《清史稿》王又曾本传也有类似论述："同县钱载论诗宗
黄庭坚，务缒深凿险，不堕臼科。又曾与朱沛然、陈向中、祝维诰和之，号
'南郭五子'。又有万光泰、汪孟铕、仲鈖皆与同时相镞砺，力求捐弃尘壒，
毋一语相袭取。为诗不异指趣，亦不同体格。时目为秀水派，而又曾与维诰、
光泰尤工。"②从这些论述来看，秀水派与浙派的诗学旨趣、团体成员区别十
分明显，应属两个不同的派别。

钱锺书《谈艺录》第五十二至五十八条曾对钱载诗歌详加论述，其云：
"朱竹垞力非涪皤，而浙江后起诗人，如万柘坡、金桧门、王谷原、汪丰玉、
沈匏庐辈，皆称山谷。钱箨石与桧门情厚交亲。"③指出钱载与朱彝尊对待山
谷诗态度迥异。又言："箨石好收藏，精鉴赏。顾其题咏书画，有议论，工描
摹，而不掉书袋作考订。"④认为钱诗虽为学人之诗，但与肌理派有所不同。
但钱锺书并没有把这一群体视为流派，《谈艺录》云："乾隆时秀水诸贤，则
钱箨石气魄有余，才思殊钝，抗志希为大家而并不足为名家。万柘坡、王谷原
颇清隽而边幅甚狭，谷原中年且厌薄西江。"⑤似乎基于钱载、万光泰等人有
限的创作成就，固不足以视为流派。

钱仲联是最早把这一群体视为流派的现代学者。他说："钱载诗属浙派，

---

① 徐世昌著，傅卜棠编校：《晚晴簃诗话》卷八十一，华东师范大学出版社2009年版，第
575—576页。

② 赵尔巽等：《清史稿》卷四百八十五，中华书局1977年版，第44册，第13384页。

③ 钱锺书：《谈艺录》，中华书局1984年版，第175页。

④ 钱锺书：《谈艺录》，第179页。

⑤ 钱锺书：《谈艺录》，第148页。

但不同于朱竹垞，而是秀水一派，学韩愈、黄庭坚。朱氏浙派学明七子，是大范围的浙派。秀水在箨石之前尚有金贵文（金德瑛），为秀水派开创者。《滤湖遗老集》中有论诗绝句：'先公手变秀州派，善用涪翁便契真。'秀水派有箨石、梓庐、拓坡、丁辛、襄七，朱氏也是嘉兴人，但非秀水派。"①认为秀水派与浙派明显不同，开创者为金德瑛，盟主是钱载。

之后，朱则杰《清诗史》列"钱载和秀水派"一节，他提出朱彝尊是秀水派的源头："朱彝尊后期诗歌兼学黄庭坚，其部分作品具有'高老生硬'之致，已'得涪翁三昧'。钱载自幼从其父学诗，而其父又为朱彝尊学生，所以他本人事实上也是朱彝尊的再传弟子，其诗学与朱彝尊存在着一定的渊源关系。"并强调说："朱彝尊取径黄庭坚，赋格生硬，这在其整个诗歌创作中所居的比重毕竟有限，而钱载却以此作为基本。"②明确把钱载视为秀水派盟主。

严迪昌《清诗史》也列"钱载与'秀水派'"一节，他似乎不同意朱则杰的观念，故强调说："此诗派上限只能断自金德瑛一辈，与朱彝尊无涉，""'秀水派'与自查慎行到厉鹗称典型的'浙派'已趋变异，""更重要的一点是'秀水派'阵营的馆阁气、翰苑气严重浸入诗心，与'浙派'的野逸情趣有着重大差异"。③

之后，刘世南《清诗流派史》专列"秀水诗派"一章，他一方面继承了朱则杰的观念，把朱彝尊视为秀水派的始祖④，并对朱彝尊诗歌的内容、风格详加分析。另一方面又抛弃了朱则杰把钱载视为秀水派盟主的主张，只是在本章最后一部分"秀水诗派的变化"中引用钱仲联关于浙派和钱载的论述。

客观而言，秀水派作为一个文学流派也是古今学者的共识。秀水派是以不同于浙派的面貌出现的，不宜把朱彝尊视为此派的始祖。秀水派的倡导者是金德瑛，盟主为钱载，主要成员有祝维诰、王又曾、万光泰、汪孟𬭎、汪仲鈖，

---

① 魏中林：《钱仲联讲论清诗》，苏州大学出版社2004年版，第51页。

② 朱则杰：《清诗史》，江苏古籍出版社2000年版，第236页。

③ 严迪昌：《清诗史》，浙江古籍出版社2002年版，第892页。

④ 刘世南：《清诗流派史》，人民文学出版社2004年版，第168页。

后继者有钱世锡、祝喆和王复。与浙派主要成员仕途蹇塞不同，秀水派成员多为馆阁文人。同为学宋，浙派排斥黄庭坚，而秀水派对黄氏情有独钟，讲究字句锤炼，追求生硬奇崛与平淡靖深的融合。

三、格调派

清人在论及沈德潜为代表的诗学群体时，并无"格调派"之称。或基于沈德潜为江苏人而称为"吴派"，如阮葵生《茶余客话》云："诗道陵夷，厥分二派：一曰吴派，谓以盛唐为宗。……一曰浙派，谓以南宋为宗。"①或基于诗学宗旨强调其"格律"内涵，如钱泳《履园丛话》云："沈归愚宗伯与袁简斋太史论诗，判若水火。宗伯专讲格律，太史专取性灵。自宗伯三种别裁集出，诗人日渐日少；自太史《随园诗话》出，诗人日渐日多。然格律太严固不可，性灵太露亦是病也。"②

最早把沈德潜所代表的诗学群体称为"格调派"的是铃木虎雄。1911年，铃木在《艺文》杂志发表《论格调、神韵、性灵之诗说》一文，后被收入1925年出版的《中国诗论史》。铃木似乎没有把"格调说"和"格调派"加以区别，第三编第三章"格调说"论述了明七子四大家的诗学主张，在第五章第二节"沈德潜及其诗说"中指出："沈氏诗论的立足点可以说是温和的格调派，是兼采格调、神韵二说的精华部分而成。"③在第十节"随园对其他诸派的抨击"中列举格调派，并强调："这里所说的格调派，即主要对明七子而言。"④可见，铃木虎雄在论沈德潜时，只是强调其诗学主张属"格调说"，并没有从流派的角度加以论述，故未涉及流派成员、宗旨、流变等内容。

郭绍虞沿袭了铃木虎雄"格调说"与"格调派"混用的做法，在发表于1938年《燕京学报》第二十三期的《性灵说》中，郭绍虞指出："近人每谓他的诗论是格调派神韵派和考证诗的反动，实则随园对于神韵说还相当的推崇，

---

① 阮葵生：《茶余客话》卷十一，《续修四库全书》第1138册，第97页。

② 钱泳：《履园丛话八·谭诗·总论》，中华书局1979年版，第204页。

③ 铃木虎雄著，许总译：《中国诗论史》，广西人民出版社1989年版，第183页。

④ 铃木虎雄著，许总译：《中国诗论史》，第194页。

而且王渔洋的时代较早，神韵一派在当时已成强弩之末，只有沈归愚所创导的格调派，却正在幸运的时期，假使说他对于当时诗坛的反抗，那么无宁指格调一派为较为近理。"①虽提及沈德潜所代表的格调派，但内涵与格调说并无差别。之后，郭绍虞在1947年出版的《中国文学批评史》下卷第五篇第三章"格调说"中，收录申涵光、毛先舒、叶燮、沈德潜、宋大樽、宋咸熙、潘德舆等众多诗家，其论沈德潜曰："昔人之述归愚诗论者，或举其温柔敦厚，或称其重在格调，实则仅得其一端，归愚诗论，本是兼此二义的。"②不再称沈德潜为格调派，也未涉及流派成员组成和发展流变。

朱则杰明确以"格调派"命名沈德潜所代表的诗学群体。《清诗史》第十章单列"沈德潜与格调派"一节，在评述此派诗学宗旨之后，朱则杰又对流派成员做了明确论述："他早年在家乡苏州，曾结举'城南诗社'和'北郭诗社'，联系了一批同行辈的诗人。同时，他又带出了许多学生。其中比较著名的如王鸣盛、王昶、钱大昕等七人，时称'吴中七子'……沈德潜的再传弟子如黄景仁，在诗歌创作上也取得了很大的成就。"③这些论述似乎承继徐珂而来，《清稗类钞》"诗学名家之类聚"云："受业者，其初以盛锦、周准、陈樾、顾诒禄为最著。其后则有王鸣盛、王昶、钱大昕、曹仁虎、黄文莲、赵文哲、吴泰来之'吴中七子'。……再传弟子则有武进黄景仁，私淑弟子则有仁和朱彭。乾、嘉以来之诗家，师传之广，未有如德潜者。"④

严迪昌《清诗史》未明确把沈德潜所代表的诗学群体称为"格调派"。严著列"耆儒晚遇的沈德潜"一章，只是指出沈德潜为诗坛领袖，并对其"格调说"加以阐释，进而指出"吴中七子"、毕沅、曾燠均与沈德潜诗学渊源较深。⑤

刘世南《清诗流派史》则明确把沈德潜所代表的诗学群体称为流派，此书

① 郭绍虞：《照隅室古典文学论文集》上编，上海古籍出版社2009年版，第470页。

② 郭绍虞：《中国文学批评史》，百花文艺出版社2008年版，第620页。

③ 朱则杰：《清诗史》，江苏古籍出版社2000年版，第220页。

④ 徐珂：《清稗类钞·文学类》，中华书局1984年版，第八册，第3900页。

⑤ 严迪昌：《清诗史》，浙江古籍出版社2002年版，第668—707页。

专列"格调诗派"一章,刘世南指出:"它的产生,正是为了矫正浙派末流的缺点","另外,对清初的神韵说,沈氏也有所补充","同时,也针对新兴的性灵派"。[①]刘世南对沈德潜所代表的格调派理论主张和创作成就的分析颇为偏激,如言"反正奴才要做得稳也是不容易的","格调说的内涵,无非是内容要关乎教化,出之以比兴手法","统观他的'襟抱'与'学识',不过是一套腐朽的封建奴化思想"。[②]相对而言,对此派成员和流变论述得较为简略。

王顺贵《清代格调论诗学研究》是研究格调论的专著,王顺贵把沈德潜视为清代格调论的集大成者,把薛雪、李重华、乔亿、黄子云、潘德舆视为清盛期其他格调论者,把刘熙载、朱庭珍、王闿运定位为清代格调论的嗣响。[③]在措辞上,王顺贵很少使用"流派"这样的表述,只是基于个人的理解重新建构了清代格调说的谱系。

综合来看,清人在论及沈德潜所代表的诗学群体时,并未明确称为格调派,此派命名乃是现代学者的产物。结合诗学宗旨、成员和影响来看,这个群体可以称为流派。明代与清代格调派共同特征是重视对各种诗歌体裁的体制规范和审美特征的分析,寻求具有"本色"之美的"第一义"作品,为后学指明师法对象。两者的差异主要表现在以下方面:一是沈德潜颇重儒家诗学传统,即兼有温柔敦厚和格调二义。二是明七子所推崇的最高格是汉魏古诗和盛唐近体,基本上是各种诗体的创始之作。沈德潜则注意到后世诗歌的成就,把师法对象拓展到中晚唐和宋代诗人。三是同为学古,明七子以"神似"古人作为最高追求,所谓"置于古人集中,与古人体制风格一致",这容易导致复古有余、创新不足。沈德潜是以"神韵"作为最高境界,倡导生动传神和缥缈悠远的审美效果,能够部分弥补复古之弊。清代格调派前期盟主是沈德潜,后期是王昶,主要成员包括沈德潜未仕时的诗友和出仕之后的众多追随者。除《清稗类钞》所提及的诗家外,王昶《湖海诗传》明确提及的属于此派的诗人还有王

---

①　刘世南:《清诗流派史》,人民文学出版社2004年版,第281页。

②　刘世南:《清诗流派史》,第286—287页。

③　王顺贵:《清代格调论诗学研究》,中国社会科学出版社2010年版。

庭魁、吴璜、吴照、程际盛、沈景熊、何青、王文潞、朱宗大、邵志纯、项墉等。

四、性灵派

清人在论及袁枚所代表的诗学群体时，似乎也没有"性灵派"之称，只是强调袁枚论诗标举性灵。如孙星衍《游随园赠袁太史》云："等身诗卷著初成，绝地天通写性灵。我愧千秋无第一，避公才笔去研经。"[①]赵怀玉《寄袁丈枚》云："早辞簪绂住烟萝，坐享名山册载过。举世共推文福备，先生独占性灵多。"[②]钱泳《履园丛话》云："宗伯专讲格律，太史专取性灵。"[③]

以"性灵派"命名袁枚所代表的诗学群体是现代诗学的产物。铃木虎雄《中国诗论史》把袁枚诗学主张概括为性灵说，其云："任凭性情流露并加以自由地叙述，不受一切形式法则之束缚，弃去古人糟粕而行之以清新机巧，是为真诗。这种诗论主张，被称之为'性灵'说，大概是取其以能使性情灵妙活用为贵之意。"[④]在"结论"部分，铃木专列"性灵派之弊"标题，但正文并未出现"性灵派"。可见，铃木笔下的"性灵派"等同于"性灵说"，究其实，铃木虎雄基于袁枚提倡性灵，故视为"性灵说"的代表，并没有把袁枚所代表的诗学群体视为流派。这种观念在郭绍虞《中国文学批评史》中也有体现。

最早明确把袁枚所代表的诗学群体称为"性灵派"的是钱仲联。在《三百年来浙江的古典诗歌》中，钱仲联指出清中叶浙诗四大流派，其中之一"是以袁枚为首的性灵一派"。此文侧重论袁枚的诗学观念，对流派的成立、成员等缺少分析，只是说："袁枚流派，如赵翼、张问陶、舒位、孙原湘诸人，都不是浙江人，不在本文论述范围以内。弟子如王昙，则自树一帜，属于另一派。

---

① 孙星衍：《孙渊如先生全集·芳茂山人诗录》卷八，《续修四库全书》第1477册，第646页。

② 赵怀玉：《亦有生斋集》诗卷十一，《续修四库全书》第1469册，第384页。

③ 钱泳：《履园丛话八·谭诗·总论》，中华书局1979年版，第204页。

④ 铃木虎雄著，许总译：《中国诗论史》，广西人民出版社1989年版，第185页。

杭州诗人，为袁枚一派的，有钱琦、张云璈、梁同书诸人，成就都不高。"①

　　之后，朱则杰《清诗史》单列"袁枚和清诗的解放"一章，也把这一群体称为流派。朱则杰指出："他们（笔者注：指赵翼、张问陶、宋湘等）和袁枚的许多弟子门生一起，以袁枚为中心，在不同的距离上共同形成了一个庞大的'性灵'派。"②严迪昌《清诗史》单列"袁枚论"一章，对袁枚诗歌成就、历史意义详加论述，但并没有出现"性灵派"这类措辞。刘世南《清诗流别史》则专列"性灵诗派"一章。刘世南吸收铃木虎雄、郭绍虞等人主张，认为袁枚性灵说是为矫正格调说、浙派和肌理说，进而指出性灵说的核心是"真"与"新"。③然后，刘世南又吸收朱庭珍、钱仲联和朱则杰的观点④，把袁枚、赵翼、张问陶作为性灵派的代表人物。虽然此书对性灵后学未曾涉及，但对性灵派的论诗宗旨、核心人物已有清晰说明。

　　王英志《性灵派研究》是第一部系统论述性灵派的专著。⑤王英志在前言中指出性灵派是一个"自觉型的文学流派"，该书前五章对此派的兴起、特征、理论宗旨、作品艺术特征加以系统论述，第六至第十章对性灵派的组成加以详细阐释，最后一章谈此派的影响。王英志认为，性灵派主将是袁枚，前期代表人物有赵翼和何士颙，后期代表人物有孙原湘、张问陶、舒位，其中张问陶被王英志定位为性灵派的殿军。此派主要成员有袁氏家族诗人和随园女弟子。此书在朱则杰《清诗史》和刘世南《清诗流派史》的基础上，从流派的角度对性灵派进行了全面考察，自此，性灵派的面貌变得清晰。

　　综上所述，清人在论及袁枚所代表的诗学群体时，并未明确称为性灵派，此派命名也是现代学者的产物。此派诗学宗旨是主张诗歌抒发性情，展示个性

---

① 钱仲联：《三百年来浙江的古典诗歌》，《文学遗产》1984年第2期。

② 朱则杰：《清诗史》，江苏古籍出版社2000年版，第265页。

③ 刘世南：《清诗流派史》，人民文学出版社2004年版，第313—314页。

④ 朱庭珍《筱园诗话》卷二云："袁、赵二家之为诗魔，较前明钟、谭，南宋江湖、九僧、四灵、江西诸派，末流之弊，更增十百，实风雅之蠹，六义之罪魁也。至四川之张船山问陶，其恶俗叫嚣之魔，亦与袁、赵相等。"（《清诗话续编》下册，上海古籍出版社1983年版，第2367页。）

⑤ 王英志：《性灵派研究》，辽宁大学出版社1998年版。

和才气。由于强调对性情不加约束，铃本虎雄、郭绍虞等学者均对此派有所批评。结合当时格调说和肌理说盛行的背景，性灵派的诗学主张对创作具有一定的积极意义。性灵派的主将是袁枚，成员众多。一般认为袁枚、赵翼、张问陶为性灵派主将，成就较大者为舒位、王昙、孙原湘，另有何士颙、王文治、孙韶、袁树、陈熙、杨芳灿、秦大士、龚远超、陈蔚、方大章、陈竹士、黄允修、谭霞裳、陆建、胡书巢，以及席佩兰等众多女弟子。不过，当代学者所命名的性灵派也存在一些问题，因为有的被列入性灵派的诗人曾特意与袁枚划清界限，如张问陶《颇有谓予诗学随园者笑而赋此》云："诗成何必问渊源，放笔刚如所欲言。汉魏晋唐犹不学，谁能有意学随园。"[1]似乎刻意标明自己绝非袁枚诗派中人。

五、肌理派

清人提及翁方纲，一是承认其为诗坛盟主之一，如张际亮《刘孟涂诗稿书后》云："自诗道之衰，南则袁子才，北则翁覃溪，咸自命风雅以收召后进；后进者名能诗而不染其流弊者寡矣。"[2]二是指出其论诗主张"肌理"，如陶梁《红豆树馆诗话》云："乾隆中，畿辅前辈以宏奖风流为己任，首推朱文正、纪文达两相国，而覃溪先生鼎峙其间，几欲狎主齐盟，互执牛耳。……生平论诗谓渔洋拈'神韵'二字，固为超妙，但其弊恐流为空调，故特拈'肌理'二字，盖欲以实救虚也。"[3]但综观整个清代，并没有以"肌理派"之名指代翁方纲所代表的诗学群体。

当代"肌理派"的命名是受铃木虎雄和郭绍虞的影响。铃木虎雄《中国诗论史》指出袁枚提倡性灵针对的是"典故派"。郭绍虞《中国文学批评史》明确把肌理说与神韵说、格调说、性灵说并称，此后，学者论及清代诗学常把四大诗说并称。

---

① 张问陶：《船山诗草》卷十一，中华书局1986年版，第278页。

② 张际亮：《张亨甫文集》卷四，《清代诗文集汇编》第601册，第457页。

③ 陶梁：《国朝畿辅诗传》卷三十九，《续修四库全书》第1681册，第486页。

首次以"肌理派"命名翁方纲这一诗学群体的似乎是朱则杰，《清诗史》列有"翁方纲与肌理派"一节，重在阐述肌理说相关理论主张。严迪昌《清诗史》列有"翁方纲及其'肌理说'"一章，虽不言派，但对这一诗学群体成员的论述更加详细。严迪昌指出，与翁方纲诗风近似的有李文藻、桂馥、孔继涵，翁氏门下刘台拱、凌廷堪等亦以学人而兼能诗。①

之后，刘世南《清诗流派史》专列"肌理诗派"一章，刘世南先论述了肌理说的理论价值和翁方纲作品艺术特色，然后详细阐述了肌理派的流派成员，包括谢启昆、翁树培、夏敬颜、张廷济、梁章钜、吴重憙、阮元，相对详细勾勒出这一流派的基本面貌。此外，蔡镇楚《中国诗话史》和朱培高《中国文学流派史》也以"肌理派"命名翁方纲为首的这一群体。

"肌理"来自杜甫《丽人行》，翁方纲《仿同学一首为乐生别》曰："格调、神韵皆无可着手也。予故不得不近而指之曰'肌理'。少陵曰'肌理细腻骨肉匀'，此盖系于骨与肉之间，而审乎人与天之合。微乎观哉，智勇俱无所施，则惟玩味古人之为要矣。"②翁方纲以"肌理"表述自己的诗学主张时，内涵较杜甫诗歌特指杨贵妃之美大大拓展，他强调义理与文理的统一，借真才实学来振兴诗道。与浙派宗宋重在求新求变不同，肌理派提倡宋诗侧重于宋人对读书、学问的主张，它是为补救神韵说玄寂难解和格调说拘泥古法之弊而提出的，其基本内涵如吴兆路《翁方纲的"肌理"说探析》所言："是我国传统诗学中'以学问为诗'理论的总结和发展，对'学人之诗'一派的形成和后来宋诗运动的产生，都发挥了重要作用。"③

结合清人和现代学者的相关论述，"肌理派"这一名称应是现代学者的产物。徐世昌《晚晴簃诗汇》评梁章钜云："翁覃溪言门下诗弟子百十辈，茝林最后至，而手腕境界迥异时流，不名一家而奄有诸家之美云。"④曾提及翁方

---

① 严迪昌：《清诗史》，浙江古籍出版社2002年版，第723—724页。

② 翁方纲：《复初斋文集》卷十五，《续修四库全书》第1455册，第496页。

③ 吴兆路：《翁方纲的"肌理"说探析》，《兰州大学学报》1999年第3期。

④ 徐世昌著，傅卜棠编校：《晚晴簃诗话》卷一百十七，华东师范大学出版社2009年版，第845页。

纲门下弟子众多，从艺术风貌和论诗宗旨来看，这一群体的诗歌风貌具有明显差异。如翁方纲堪称学人之诗的典型，但弟子冯敏昌、黄仲则却以才性见长。参照"文学见解和艺术风貌近似"这一流派成立的基本原则，肌理派似乎很难称为一个文学流派。

六、岭南诗派

最早标举"岭南诗派"的是明代胡应麟，《诗薮》云："国初吴诗派昉高季迪，越诗派昉刘伯温，闽诗派昉林子羽，岭南诗派昉于孙蕡仲衍，江右诗派昉于刘崧子高。五家才力，咸足雄据一方，先驱当代，第格不甚高，体不甚大耳。"[①]朱彝尊也认同这一观念，《静志居诗话》评黄佐云："岭表自'南园五先生'后，风雅中坠，文裕力为起衰，如黎惟敬、梁公实辈，皆其弟子。嘉靖中，'南园后五先生'，二子与焉。盖岭南诗派，文裕实为领袖，不可泯也。"[②]所言"南园五先生"指孙蕡、王佐、黄哲、赵介和李德，"南园后五子"指梁有誉、欧大任、黎民表、吴旦和李时行。清初，王隼编选《岭南三大家诗钞》，以屈大均、陈恭尹、梁佩兰为"岭南三大家"，并未以诗派命名。乾嘉时期，岭南诗歌仍相当兴盛，重要诗人有黎简、张锦芳、冯敏昌、温汝适、潘有为、赵希璜、吕坚、黄丹书、宋湘、张维屏、何太青、谭敬昭、黄培芳等，其中黎简、张锦芳、吕坚和黄丹书被称为"岭南四家"，黎简、冯敏昌、宋湘被称为"岭南后三家"，冯敏昌、张锦芳、胡亦常被称为"岭南三子"，张维屏、谭敬昭、黄培芳号称"粤东三子"。另外，梁善长《广东诗粹》、温汝能《粤东诗海》、刘彬华《岭南群雅》皆为篇幅较大的广东诗歌总集。但是，在论及清代岭南诗人作品时，清代诗坛均无"岭南诗派"之称。

现代学者首次提及"岭南诗派"的是汪辟疆，《近代诗派与地域》列"岭南派"，其云：

---

① 胡应麟：《诗薮》续编卷一，上海古籍出版社1979年版，第342页。

② 朱彝尊著，姚祖恩编，黄君坦校点：《静志居诗话》卷十一，人民文学出版社1990年版，第297页。

岭南诗派，肇自曲江；昌黎、东坡，以流人习处是邦，流风余韵，久播岭表。宋元而后，沾溉靡穷。迄于明清，邝露、陈恭尹、屈大均、梁佩兰、黎遂球诸家，先后继起，沉雄清丽，蔚为正声。……乾嘉之间，黎简、冯敏昌、张维屏、宋湘、李黼平诗尤有名，李氏稍后，卓然名家。①

认为岭南诗派由来已久，乾嘉时期以黎简、冯敏昌、张维屏、宋湘、李黼平五人为乾嘉年间岭南派的代表。汪辟疆又谓："近代岭南派诗家，以南海朱次琦、康有为，嘉应黄遵宪，蕉岭丘逢甲为领袖，而谭宗浚、潘飞声、丁惠康、梁启超、麦孟华、何藻翔、邓方羽翼之。"②在他看来，岭南诗派在明清时期一直绵延不绝。

朱则杰在《清诗史》"乾嘉以降的其他诗人和诗派"一章中曾提及黎简，既没有称为"岭南诗派"，也没有提及冯敏昌等其他岭南诗人。严迪昌《清诗史》"乾嘉时期地域诗派诗群巡视"一章列"岭南诗群"一节，先述"岭南三子""四家"的诗歌艺术风貌，并指出"广东诗歌在这一时期里受'苏黄'诗风影响浓厚，这无疑是翁方纲'肌理说'熏陶之故"③，然后分别论述了黎简和宋湘两位岭南诗界的典型。刘世南《清诗流派史》列"岭南诗派"一章，仅对屈大均、陈恭尹、释函可三位清初诗人详加论述，未涉及乾嘉时期的岭南诗人。

综合来看，乾嘉"岭南诗派"是现代学者的产物。乾嘉之前，岭南诗家不随时风，论诗多标举汉魏三唐，诗风雄直劲厉，音调高亢，具有鲜明的地方色彩。进入乾嘉，岭南诗家与外界交往愈加密切，兼之翁方纲长期担任广东学政，岭南诗人的诗学趣味和艺术风貌趋于多样化，创作成就和诗坛影响力也尚不足以与沈德潜、袁枚等人相抗衡，以流派来概括这一诗人群体似乎不太符合实际。

---

① 汪辟疆：《汪辟疆说近代诗》，上海古籍出版社2001年版，第39页。

② 汪辟疆：《汪辟疆说近代诗》，第40页。

③ 严迪昌：《清诗史》，浙江古籍出版社2002年版，第913页。

七、毗陵诗派

"毗陵"为常州旧称，下辖武进、阳湖、无锡、金匮、宜兴、荆溪、江阴、靖江八县。清代已有"毗陵诗派"之称，赵怀玉《竹初诗钞序》云："吾乡风雅盛于康熙间，邹进士、董文学倡国依社，后君家湘灵继开毗陵诗派，学者翕然从之。于后复有醉吟、浣花、峨眉，一时旗鼓竞雄，故查悔余尝称吾常为诗国。"[①]赵怀玉指出毗陵诗歌创作盛于康熙时期，邹祗谟、董以宁提倡国依诗社为此派开端。在钱湘灵的影响下，醉吟、浣花、峨眉诗社兴起，毗陵诗歌创作达到高峰。赵怀玉把常熟人钱湘灵视为毗陵诗派的开创者，把"毗陵四家"及醉吟、浣花、峨眉诗社成员视为主体。不难发现，赵怀玉所言"毗陵诗派"与乾嘉时期"毗陵七子"并无直接联系。杨钟羲也提及"毗陵诗派"，《雪桥诗话》云：

> 明孝丰吴峻伯中丞维岳，少受业于毗陵，以诗振起嘉靖间，与李先芳辈结社西曹。初与王元美为同舍郎，实弟畜之。弇州尝云："峻伯首进我于社，厥后历下门户浸盛，诗宗北地，号王、李，持论不相洽。"元美作《诗评》，与先芳均置之广五子中。而大函为峻伯所取士，反跻而上之。其评峻伯诗则云："如子阳在蜀，亦具威仪。又如初地人见声闻则进，见大乘则小。"峻伯颇不平之。裔孙应奎蘅皋诗："少日成名众所希，毗陵诗派早知归。敢因历下持牛耳，遽忘云山旧钵衣。"[②]

但细考杨氏所论，所言"毗陵诗派"乃指明代诗人。从清人习论来看，黄景仁、洪亮吉等人常被标举为"毗陵七子""常州四子""洪黄"等，赵怀玉、杨钟羲所言"毗陵诗派"与乾嘉常州诗人没有直接关系。

朱则杰和严迪昌《清诗史》只是把"毗陵七子"视为诗学群体加以论述，

---

① 钱维乔：《竹初诗钞》，《续修四库全书》第1460册，第2页。
② 杨钟羲著，雷恩海、姜朝晖校点：《雪桥诗话全编》三集卷九，人民文学出版社2011年版，第三册，第1891页。

均未视为文学流派。最早把这一群体称为流派的似乎是刘世南，《清诗流派史》列"常州诗派"一章：首节立足洪亮吉的诗学主张，认为此派对清代诗坛盛行的神韵派、学宋派、格调派、肌理派、性灵派、浙派均持反对态度；次节论述了此派的诗学宗旨；第三节论黄景仁诗歌的艺术风貌；最后谈其他常州诗人的诗歌创作和此派的影响。[①]刘世南基于"毗陵七子"共同的诗学主张和创作风格而把这一群体视为文学流派，理由并不充分。主要原因有三：一是"毗陵七子"政治地位不高，虽以创作见长，但影响力非常有限；二是"毗陵七子"以才性见长，诗歌艺术风格存在较大差异；三是"毗陵七子"对当时的袁枚、王昶、翁方纲相当倾慕，并没有以反对者自居。

继承刘世南诗派观念的是纪玲妹，《清代毗陵诗派研究》是迄今为止唯一从流派角度研究这一诗学群体的专著。纪玲妹认为以"毗陵诗派"命名这一群体较为合适，并指出："毗陵诗派是由清初的'毗陵四家'、'毗陵六逸'、清中叶的'毗陵七子'三个诗群为中心，以及诗群周围与之来往较多，并有诗歌唱和，且出生于武进、阳湖两县的诗人们组成的。"[②]对此派成员详细加以说明。全书共分七章，从地域、诗人、诗论、创作、题材等方面对这一群体进行了深入研究，但对流派属性的论述稍感薄弱。如第二章"毗陵诗人的文化人格"指出这一群体"重视忠孝节义的传统"[③]，第三章"毗陵诗派的诗论及与性灵派的区别"指出这一群体论诗"是在力主创新的基础上，主张性情、品格和学识并重"[④]，这些特点多为清代诗人之共性。

客观而言，"毗陵诗派"也是现代学者的产物。这一群体以创作见长，除"毗陵七子"外，著名诗人还有钱维城、钱维乔兄弟和杨梦符、刘嗣绾等人。他们既无共同的诗学宗旨和诗派盟主，作品风格也存在很大不同，参照流派成立的基本原则，把此期毗陵诗人视为流派稍感牵强。

---

① 刘世南：《清诗流派史》，人民文学出版社2004年版，第391—412页。

② 纪玲妹：《清代毗陵诗派研究》，凤凰出版社2009年版，第5页。

③ 纪玲妹：《清代毗陵诗派研究》，第53页。

④ 纪玲妹：《清代毗陵诗派研究》，第98页。

八、桐城诗派

"桐城"作为文学流派一般指以"桐城三祖"方苞、刘大櫆、姚鼐所代表的古文流派，很少用来指代诗歌。王昶曾提及"皖桐诗派"，其《湖海诗传》评韦谦恒云："皖桐诗派，前推圣俞，后数愚山，以啴缓和平为主。约轩承其乡先生之学，故不以驰骋见长。六一居士序《宛陵集》谓'古雅纯粹'；汪尧峰序愚山诗谓'简切淡远'。举似约轩，可谓得其法乳者。约轩以翰林大考受知，不数年直纶扉，出为方伯，缘事罢归。以四库馆编校，加鸿胪少卿，故吟兴至老不衰。"①所言"皖桐诗派"乃指安徽桐城籍梅尧臣、施闰章和韦谦恒等诗人。清代最早以"桐城派"论诗的是程秉钊，其《国朝名人集题词》云："论诗转贵桐城派，比似文章熟重轻。"②指出桐城派的诗歌与文章一样颇有价值，所论仍重在古文。

现代学界最早以"诗派"称呼桐城的是钱锺书，《谈艺录》专列"桐城诗派"一条，其云："桐城亦有诗派，其端自姚南菁范发之。"③姚范（1702—1771）乃姚鼐伯父，字南青，号姜坞。乾隆七年（1742）进士。著有《援鹑堂集》五十卷。徐世昌《晚晴簃诗话》云："姜坞为惜抱世父，世称大姚先生。其诗善于俪事，导源义山，而别开蹊径，实与昆体不同，亦无宋人粗劲之习。包慎伯称其诗文必达其意，绝去依傍，自成体势。在翰林时，同馆袁子才欲其赠诗，竟不可得，可以知其异趣矣。惜抱恒言学所自出。方植之极重姜坞，评定古今人诗话，李申耆推为片语破惑，单义树鹄。盖有表章之者，而其名始著也。"④钱锺书还提及此派论诗不完全排斥明七子，又推崇黄庭坚。

钱仲联也有类似主张，其云："桐城非但是古文派，还是诗派。除上举外，其理论还可见《惜抱轩尺牍》。姚论古文之说也可移之于诗，如阳刚阴柔

---

① 王昶著，周维德校点：《蒲褐山房诗话新编》卷上，人民文学出版社2011年版，第98页。

② 转引自钱锺书：《谈艺录》，中华书局1984年版，第146页。

③ 钱锺书：《谈艺录》，第145页。

④ 徐世昌著，傅卜棠编校：《晚晴簃诗话》卷七十七，华东师范大学出版社2009年版，第545页。

之说，其中较推重阳刚。姚身体较清瘦，读古文未能高声，往往低吟，而其七言古却有气派。姚有诗选、诗论及创作，因而成为桐城诗派，观其诗论及弟子诗论，可见其主张。"①但钱仲联比较重视作品艺术风貌的分析，对诗派成员、流变缺少论述。

朱则杰《清诗史》第十四章"乾嘉以降的其他诗人和诗派"有"姚鼐和桐城派"一节，认同这一流派的成立。严迪昌《清诗史》第四编"风雨飘摇时的苍茫心态——晚近诗潮"第一章"昏沉时世中的悲怆诗群"列"兼辨姚鼐的'桐城诗法'"一节，从章节名称来看，未有流派之称，但从相关论述来看，严迪昌也认同"桐城诗派"的存在。与前人相比，严迪昌对姚鼐诗坛地位的起伏和桐城诗派的确立做了精彩考察，他指出："曾国藩选《十八家诗钞》，定姚鼐七律为'国朝第一家'，才声价扶摇直上。"又言："桐城之有诗派的追认，实系'同光'诗人心香祭成，史实甚明。"②这些观点皆能补前人对此派论述的不足。

之后，刘世南《清诗流派史》专列"桐城诗派"一章，首节论"桐城诗派的形成"，他继承钱锺书观点，以姚范为此派创始人，姚鼐为盟主；次节述"桐城诗派的诗论"，立足于姚鼐相关论述，概括出桐城派六点诗学主张；第三节谈刘大櫆、姚鼐、方东树和梅曾亮的创作风貌；第四节谈"流派与影响"，他指出："刘大櫆、姚鼐在诗的方面传人很不少，除上述方东树、梅曾亮外，还有吴德旋、朱孝纯、疏枝春、陈用光、鲍桂星、周有声、姚莹、姚椿、张裕钊、姚浚昌、张亨嘉、王必达、朱琦、曾国藩、范当世等。"③

综合来看，"桐城诗派"的确立乃是现代学者的产物。从论诗宗旨、诗派成员和影响来看，把姚鼐所代表的这一诗学群体称为"桐城诗派"是能够成立的。桐城诗派论诗与袁枚所代表的性灵派强调自抒性灵相对，主张遵循旧规，熔铸唐宋。此派与翁方纲所代表的肌理派诗学观点也有明显差别，于唐尤重李商隐，于宋尤重黄庭坚，强调用典使事圆融无迹。另外，桐城诗派与浙派、秀

① 魏中林：《钱仲联讲论清诗》，苏州大学出版社2004年版，第44页。

② 严迪昌：《清诗史》，浙江古籍出版社2002年版，第1000—1001页。

③ 刘世南：《清诗流派史》，人民文学出版社2004年版，第370页。

水派等其他以地域命名的诗派不同，其成员并不限于安徽桐城。

九、高密诗派

清人论及乾嘉诗坛，已有"高密派"之称。袁洁《蠹庄诗话》云："山左李石桐辑《中晚唐诗主客图》，分张水部、贾浪仙为两派，登莱一带言诗者多宗之，谓之高密派。"[①]之后民国所编《高密县志》云："李怀民与其弟宪暠、宪乔以中晚唐律诏后进，海内宗之，称为李高密派。"[②]1962年，汪辟疆发表《论高密诗派》一文，他指出："高密诗派，始于清乾隆朝高密李石桐怀民、叔白宪暠、少鹤宪乔兄弟。世所称为'高密三李'者是也。惟三李之诗，亦自有异。语其开派，则石桐实为首倡。"[③]也明确把这一群体称为流派，并对此派的发展流变、诗学宗旨和成员加以明确叙述。

严迪昌《清诗史》第六章"乾嘉时期地域诗派诗群巡视"列"高密诗派述略"一节，对高密"三李"诗学观念和创作风貌考察之后，专门对刘大观的诗学观念加以叙述。[④]之后，刘世南也把这一群体视为流派，《清诗流派史》列"高密诗派"一章，先论此派兴起原因，次论诗学宗旨，再论李宪暠和李宪乔的诗歌艺术风貌，又论此派追随者，最后对此派加以评价。[⑤]该书关于高密诗派的诸多观点乃继承汪辟疆《论高密诗派》，但论述相对更为详细。如关于此派的盟主，刘世南指出："诗派开创者是李宪暠，而扩大诗派影响的则是李宪乔。"[⑥]

宫泉久《清代高密派诗学研究》是目前唯一研究高密诗派的专著。该书重点论述此派的诗学宗旨，其中第一章对此派的成员、产生背景及发展流变加

---

① 钱仲联：《清诗纪事》第二册，凤凰出版社2004年版，第1845页。

② 余友林、王照青：《高密县志》卷十六，《中国方志丛书》华北地方第63号，台北成文出版社1968年版，第1594页。

③ 汪辟疆：《论高密诗派》，《中华文史论丛》1962年第2辑。

④ 严迪昌：《清诗史》，浙江古籍出版社2002年版，第904—909页。

⑤ 刘世南：《清诗流派史》，人民文学出版社2004年版，第377—390页。

⑥ 刘世南：《清诗流派史》，第378页。

以详细论述。在论及此派流变时，宫泉久指出高密"三单"（单楷、单宗元、单烺）对"三李"具有关键的影响，并依次分析了"三单"作品所透露的贫而乐道的隐逸高士形象。宫泉久还指出："在高密诗派的发展中，不断壮大高密诗派实力、扩展其影响的有'后四灵'和'王氏五子'。"[①]对以上诸家分别考察之后，宫泉久还对广西一地的高密派诗人详加论述。在该章结束，宫泉久对高密诗派的流派特点进行了总结："高密诗派是由寒士文人组成的诗人群体，他们没有显赫的社会地位，也没有掌握生死予夺的政治权力，身处窘境，没有兼济天下的机会和能力。但'位卑未敢忘忧国'，他们时刻没有忘怀应该担当的社会责任。他们推尊中晚唐时期的张籍、贾岛，是因为张、贾'才识高远'、'气骨棱棱'，是'古之豪杰'。他们诗学主张中体现的是诗人的文化品格。"[②]相当深刻地揭了此派的艺术风貌和诗学宗旨。

客观而言，高密诗派作为一个文学流派也是古今学者的共识。这一群体具有相对固定的成员和相近的诗学追求、艺术风貌，具备文学流派的基本属性，视为地域文学流派是符合实际的。由于流派成员政治地位不高，创作成就也没有达到一流诗家的高度，所以影响力比较有限。

综合来看，乾嘉诗坛九大流派中，浙派、秀水派、高密诗派是清人已有的观念，格调派和性灵派首先由铃木虎雄提出，桐城诗派首先由钱锺书提出，岭南诗派首先由汪辟疆提出，肌理派首先由朱则杰提出，毗陵诗派首先由刘世南提出。其中刘世南《清诗流派史》出于流派研究的需要，把众多诗学群体视为流派并加以系统阐述，影响尤为广泛。

第二节　诗家交游与流派论诗之得失

并称群体与诗学流派对诗坛格局的反映具有不同的特点。并称群体多是清代诗论家对当时诗坛感受的真实记录，有助于后人了解当时诗坛格局的原始面

---

① 宫泉久：《清代高密派诗学研究》，人民出版社2012年版，第7页。
② 宫泉久：《清代高密派诗学研究》，人民出版社2012年版，第15页。

貌。不过，每个人的阅历总是有限的，诗论家所提及的并称群体只能涉及少数诗人，就反映范围而言难免显得狭窄。另外，并称群体往往具有浓厚的主观倾向性，诗论家对乡贤、亲故的推崇有时并不符合诗人的实际成就，许多并称只是刻意比附"七子""四杰"，故为谀辞。章学诚曾批评清人诗话败坏世道人心[①]，正是批评清代诗坛这种互相标榜的不实之风。

相对而言，以流派论诗的长处是能够相对客观清晰地展示不同群体的诗学宗旨和艺术风貌的特点、差异。诗学流派是后代学者对诗坛格局的梳理，经历过岁月长河的大浪淘沙，经典作家作品比较清晰地得以呈现，学者们自然也就容易客观而全面地勾勒出诗坛的宏观面貌。不过，诗学流派对诗坛格局的反映也有缺陷，出于建构流派的需要，学者们往往刻意强调流派之间的冲突与差异，容易忽略甚至有意遮蔽流派之间的交流与融合，这是应该加以警惕的。

就乾嘉诗坛而言，乾嘉诗人有感于明人门户纷立、各执一端的偏颇，兼受乾嘉兼容并蓄的学术风气的影响，论诗大多能够转益多师，汲取众长，诗坛很少出现明代流派之间相互激烈攻讦的情况，跨流派现象相当普遍。

格调派盟主沈德潜和性灵派盟主袁枚的交往堪称乾嘉诗坛跨流派现象的典型。钱泳《履园丛话》曾言"沈归愚宗伯与袁简斋太史论诗，判若水火"[②]，袁枚有《与沈大宗伯论诗书》《再与沈大宗伯论诗书》，对沈德潜推崇诗教、尊唐贬宋的观念表示不满。但是，诗学观念的不同并不影响两人的友谊，现存沈德潜酬赠袁枚诗作有6首，其《追和望山尹师同袁子才同年游摄山诗次韵》云："清时别见元才子，日下红尘不愿尝。师弟归依情自浃，林泉眠食兴偏长。伞山溪谷寻俱熟，宦海风涛涉久忘。我欲续游偕故友，策将小蹇过丹阳。"[③]《寄袁简斋同年次其见赠元韵》云："踶踶休教涸乃公，胸怀夷白想

---

① 章学诚曰："前人诗话之弊，不过失是非好恶之公。今人诗话之弊，乃至为世道人心之害。失在是非好恶，不过文人相轻之习，公论久而自定，其患未足忧也。害在世道人心，则将醉天下之聪明才智，而网人于禽兽之域也。"（章学诚著，叶瑛校注：《文史通义校注》卷五《诗话》，中华书局1985年版，第560页。）

② 钱泳：《履园丛话八·谭诗·总论》，中华书局1979年版，第204页。

③ 沈德潜著，潘务正、李言编辑点校：《沈德潜诗文集》第二册《归愚诗钞余集》卷二，人民文学出版社2011年版，第462页。

光风。摄山峦岭家园里，曼倩刚方谐语中。学道自能平块垒，观空转复擅明聪。来吴欲访工诗者，旗鼓谁人角两雄？"①对袁枚超人的天分表示由衷的钦佩，虽为次韵，却不乏真情。袁枚对沈德潜也相当尊崇，《小仓山房诗集》现存11首（《闻同年裘叔度沈归愚廷试高等骤迁学士喜赋一章》《怀人诗·沈确士》《寄怀归愚尚书四首》《赠归愚尚书》《同年沈文慤公挽词四首》）怀念或与沈氏唱和之作，如《赠归愚尚书》云："九十诗人卫武公，角巾重接藕花风。手扶文运三朝内，名在东南二老中。"②对沈德潜的风采和地位颇加颂扬。《同年沈文慤公挽词》云："诗律长城在，群儿莫诋呵。梅花香气淡，古瑟雅音多。"③嘲笑诋呵沈德潜之人不自量力。两人尽管诗学主张有异，但相惜相敬，私交相当深厚。

此外，沈德潜与浙派厉鹗、杭世骏也非泛泛之交。其《怀人绝句·厉樊榭》云："未尝獭祭才原富，自爱林居拙独存。新买一船云水外，载将桃叶与桃根。"④又《送杭堇浦太史》云："殿头磊落吐鸿辞，文采何尝惮作牺。王吉上书明圣主，刘蕡对策治平时。邻翁既雨谈墙筑，新妇初婚议灶炊。归去西湖理场圃，青青还艺向阳葵。"⑤前者指出厉鹗作品并非是堆砌学问，而是深厚学力的自然流露；后者称颂杭世骏雄才卓识，并感叹其归隐田园的高逸情怀，对两人的尊崇之意溢于言表。

秀水派、肌理派盟主钱载和翁方纲的交往也相当密切。乾隆十六年（1751），翁方纲中举，座师为钱载从父钱陈群，得与钱载相识，次年两人同登进士第，直至乾隆五十八年（1793）钱载辞世，两人一直保持着密切的联系。在担任广东学政期间，翁方纲多次把诗作寄给钱载指正，钱载均予以详细

---

① 沈德潜著，潘务正、李言编辑点校：《沈德潜诗文集》第二册《归愚诗钞余集》卷六，第534页。

② 袁枚著，周本淳标校：《小仓山房诗集》卷十七，上海古籍出版社1988年版，第410页。

③ 袁枚著，周本淳标校：《小仓山房诗集》卷二十一，第517页。

④ 沈德潜著，潘务正、李言编辑点校：《沈德潜诗文集》第一册《归愚诗钞》卷二十，第404页。

⑤ 沈德潜著，潘务正、李言编辑点校：《沈德潜诗文集》第一册《归愚诗钞》卷十七，第337页。

品评。如乾隆三十二年（1767），钱载回信评论翁诗："七古仍以对为佳，又必以整为佳，不可专作长短句，此也要紧说话也。今已入妙境，有味之至。此后只要准绳秾郁，以情胜，则更妙矣。"[1]称赏与规劝兼备，洵为知己之言。翁方纲对钱载也颇为推重，其《寄祝箨石阁学七十寿诗二首》云：

> 诗坛今代斫轮家，回首江湖阅岁华。五岳师门仍雅颂，万松斋扁即烟霞。丝纶职近森丹地，桃李阴浓列绛纱。自倚云霄铭竹杖，登山时节正黄花。
>
> 嗜酒天真不放杯，论文胸次更奇哉。奔流万里河之曲，上下千年汉以来。雪月花皆成旧识，书诗画尽扫凡材。即今老眼收芹藻，齐鲁层青抱讲台。[2]

翁氏把钱载推举为诗坛"斫轮家"，钦佩之情溢于言表，且以后生晚辈自居。乾隆三十七年（1772），翁方纲广东学政任满抵京，即把次子翁树培过继给钱载，钱载名之曰"申锡"，视为己出。乾隆四十一年（1776），翁方纲选钞钱载诗集为《箨石斋诗钞》四卷，王昶《跋坤一诗钞》云："从覃溪学士获见所钞《坤一诗》四卷，虽不足尽坤一之诗，而坤一诗之佳者毕著于此。"[3]称赞翁方纲慧眼识珠，能够发现钱载优秀的诗歌作品。从这些事迹来看，钱载、翁方纲堪称知己，无丝毫门户习气。

沈、袁、钱、翁的密切交往并非特例，乾嘉诗坛众多大家由于同僚或同门之谊，经常举行修禊、赏花、登高、消寒等活动。如乾隆三十八年（1773）钱载有《小庭桃树作花，翁编修（方纲）、朱编修（筠）、曹赞善（仁虎）、程选部（晋芳）、姚秋曹（鼐）过饮，翁编修有诗，并及余正月以来为丁辛

---

① 转引自潘中华：《钱载年谱》，南京师范大学2008年博士论文，第163页。

② 翁方纲：《复初斋诗集》卷十六，《续修四库全书》第1454册，第493页。

③ 王昶著，陈明洁、朱惠国、裴风顺点校：《春融堂集》卷四十四，上海文化出版社2013年版，第791页。

老屋厚石斋编次遗集，奉答二首》①，这次聚会涉及秀水派钱载、肌理派翁方纲、桐城派姚鼐、格调派曹仁虎，丝毫不见门户之间的排斥。《纪晓岚年谱》"乾隆三十九年"条载："三月三日，与《四库全书》总纂官陆锡熊、纂修翁方纲、朱筠、林澍蕃、姚鼐、程晋芳、任大椿、周永年、钱载等人，出右安门十里，至草桥，举修禊故事，且集于曹学闵斋中，会者凡三十九人。"②乾隆四十年（1775），吴蔚光有《朱学士（筠）、何明经（青）招同翁学士（方纲）、程主事（晋芳）、孝廉（瑶田）、丁孝廉（迸鸿）、家助教（省兰）、孝廉（兰庭）、洪孝廉（榜）、汪子廉（端光）、温舍人（汝适）、黄秀才（景仁）、金秀才（翀）、杨上舍（芳灿）饮于陶然亭，分得乱字，时十二月二十六日也》。③严荣《述庵先生年谱》"乾隆四十一年"条载："先生自庚辰秋寓教子胡同，凡十有七年，至是移寓烂面胡同。京洛名流，如陆健男学士（锡熊）、金辅之殿撰（榜）、周书昌编修（永年）、戴东原庶常（震）、任幼植吏部（大椿）、洪素人刑部（朴）及其弟舍人（榜）、张商言舍人（埙）、吴泉之助教（省兰）、吴竹桥上舍（蔚光）、吴胥石孝廉（兰庭）及门人张汉宣（彤）、黄仲则（景仁）、胡元谨（量），执经谭艺，文酒之盛如初。"④王兰荫《朱笥河先生年谱》"乾隆四十二年"条载："冬，王昶为通政司副使，职事清简，暇时辄与朱筠、钱载、翁方纲、陆锡熊、曹仁虎、程晋芳等举消寒文酒之会，会自七八人至二十余人，诗自古今体至联句诗余，都下传为盛事。朱筠与王昶互主骚坛，称'南王北朱'。"⑤从这些记载来看，诗酒文会参与者众多，涉及众多流派，其乐融融，许多后辈对众多诗派盟主均以师长待之。

---

① 钱载：《箨石斋诗集》卷三十四，《续修四库全书》第1443册，第280页。

② 纪晓岚著，孙致中、吴恩扬、王沛霖、韩嘉祥校点：《纪晓岚文集》第三册附录《纪晓岚年谱》，河北教育出版社1995年版，第356页。

③ 吴蔚光：《素修堂诗集》卷七，《清代诗文集汇编》第405册，第664页。

④ 王昶著，陈明洁、朱惠国、裴风顺点校：《春融堂集》附录，上海文化出版社2013年版，第1153页。

⑤ 王兰荫：《朱笥河先生年谱》，《北京图书馆藏珍本年谱丛刊》第106册，第58页。

乾嘉诗派盟主大都具有广阔的胸怀，能够把大批诗人团结在周围。如王昶《湖海诗传》所选皆交游投赠之作，共得600多人；袁枚庆祝八十寿辰时，各方投赠多达1300多首①。此外，像蒋士铨有《怀人诗四十二首》，程晋芳有《怀人诗十八首》，王芑孙有《岁暮怀人六十四首》，郭麐有《病起怀人诗四十二首》，法式善有《怀远诗六十四首》，陈文述有《海上怀人诗》11首、《西泠怀旧》17首、《滦河行馆秋夜怀都门友人》21首、《寒夜怀人诗用滦河秋夜怀人诗体》60首、《雪夜怀人诗》5首、《除夕怀人诗》6首，等等，所怀之人均涉及众多流派。

总之，古今学者面对相同的对象，所呈现的诗坛格局却存在明显差异。当代学者以流派划分诗坛格局重在揭示各家诗学观念之"异"。由于派别之间壁垒分明，故当代学者所建构的诗坛格局比较清晰。古代学者注重并称群体，重在揭示各位诗家之"同"。并称群体不利于全景式观照诗坛格局，但却能够看出诗学团体之间的密切交游，有助于把握历史的真实细节。以清人并称群体的视角观照今人通过流派对乾嘉诗坛格局的划分，可以发现乾嘉诗坛跨流派现象相当普遍，普通诗人往往拜服在多位盟主的门下，盟主决不以此为嫌。同时，乾嘉诗人大都有书院求学的经历，入仕后同僚之间又有频繁的诗酒文会，一些封疆大吏、各省学政又喜欢招揽文士，这些都大大拓展了乾嘉诗人的交际范围。兼之此期博采众长的学术风气，使乾嘉诗人能够突破狭隘的门派之见，转益多师，从而为诗学活动的开展提供了有利契机，大大促进了诗学的发展。相对而言，当代学者以流派建构乾嘉诗坛格局时，容易忽略流派之间的交流与融合，相应放大了诗学主张的差异，这是应该引起警惕的。

---

① 袁枚《随园八十寿言》卷首"凡例"云："此次寿辰，四方来诗一千三百余首，并若干寿序、词曲。"

第三章　乾嘉诗学对诗歌本质认识的深化与拓展

　　诗是什么？关于诗歌本质的追问堪称不同时代诗学研究的共同出发点。乾嘉诗家多以传统术语对此加以回答，虽是"旧瓶"，但所装之"酒"多有新意。

第一节　"言志"与"缘情"之辨

　　"诗言志"出自《尚书·尧典》，基本内涵为诗歌是情感的表现，这是传统诗学对诗歌本质特点的初始概括。西晋陆机《文赋》又提出"诗缘情而绮靡"，然明代之前，多数诗论家认为"缘情"与"言志"并无差别，因此，周作人在《中国新文学的源流》中指出中国文学领域有"言志派"和"载道派"两种不同的潮流。他说："中国文学始终是两种互相反对的力量起伏着，过去如此，将来也总如此。"①但朱自清却有不同的认识，《诗言志辨序》把"诗言志"视为中国文论的"开山纲领"，又特别指出："现代有人用'言志'和'载道'标明中国文学的主流，说这两个主流的起伏造成了中国文学史。'言志'的本义原跟'载道'差不多，两者并不冲突。"②朱自清还以袁枚《再答李少鹤书》为证，认为"缘情"并非"言志"。③建国之后的多数学者比较认

---

　　① 周作人：《中国新文学的源流》，华东师范大学出版社1995年版，第18页。

　　② 朱自清：《诗言志辨》，华东师范大学出版社1996年版，第5页。

　　③ 朱自清说："'韩熙载之纵伎'也许是所谓'诗外之志'，就是古诗所谓'行乐须及时'；但'发乎情'而不'止乎礼义'，只是'缘情'或'言情'，不是传统的'言志'。"（《诗言志辨》，第44页。）

同朱自清的观点，少数认为"言志"与"缘情"并无根本的不同，如钱志熙指出："传统的诗歌本体论，主要有'言志'、'缘情'、'情性'这几种范畴，都是强调诗歌以人的主观心灵为表现对象，所以在理论上讲，都是典型的东方诗学思想。并且志、情、情性这些概念，彼此之间并没有严格区别，在许多时候是可以相通的。"①乾嘉诗家颇好以古喻今，"诗言志"等诸多范畴虽为旧术语，却被赋予不同的含义，故有再辨之必要。

一、"缘情"非"言志"

乾嘉诗家常弹"诗言志"老调，有些诗家正如朱自清所言，是严格区分"言志"与"缘情"的。他们把"言志"视为"发乎情，止乎礼义"，"缘情"视为"发乎情"而不必"止乎礼义"。这类诗家多数位居高位，如乾隆、沈德潜、纪昀等，区分的目的是强调诗歌能够教化人心，匡正邪枉，反对低俗艳情之作。乾隆《杜子美诗序》云：

> "《诗》三百，一言以蔽之，曰：思无邪。"孰谓诗仅缘情绮靡而无关于学识哉？……是以言诗者必以杜氏子美为准的。子美之诗所谓道性情而有劝惩之实者也。抒忠悃之心，抱刚正之气，虽拘于音韵格律，而言之愈畅，择之益精，语之弥详。其于忠君爱国，如饥之食，渴之饮，须臾离而不能。②

乾隆认为杜诗为雅正之作，劝善惩恶，忠君爱国，故为典范，从情感的政教内涵方面予以褒奖。沈德潜《说诗晬语》云：

> 士衡旧推大家，然通赡自足，而绚彩无力，遂开出排偶一家。降自齐梁，专工队仗，边幅复狭，令阅者白日欲卧，未必非陆氏为之滥觞也。

---

① 钱志熙：《黄庭坚诗学体系研究》，北京大学出版社2003年版，第74页。
② 乾隆：《御选乐善堂全集定本》卷七，《景印文渊阁四库全书》第1300册，第334页。

所撰《文赋》云："诗缘情而绮靡。"言志章教，惟资涂泽，先失诗人之旨。①

沈氏指出陆机诗歌注重铺排对偶、遣词造句和辞采之美，但缺少骨力之美，对齐梁诗歌产生不良影响。《文赋》所云"诗缘情而绮靡"，只讲修辞技巧，有违传统诗教。这种批评正是基于对性情政教内涵的重视。

对"言志"与"缘情"区分最明确的是纪昀，其《云林诗钞序》云：

> 《大序》一篇，确有授受，不比诸篇小序，为经师递有加增。其中"发乎情，止乎礼义"二语，实探《风》、《雅》之大原。后人各明一义，渐失其宗。一则知"止乎礼义"而不必其"发乎情"，流而为金仁山《濂洛风雅》一派，使严沧浪辈激而为"不涉理路，不落言诠"之论；一则知"发乎情"而不必其"止乎礼义"，自陆平原"缘情"一语引入歧途，其究乃至于绘画横陈，不诚已甚与！②

纪昀结合《毛诗序》关于"变风发乎情，止乎礼义"之论，批评道学家之诗仅仅做到"止乎礼义"，又批评陆机"缘情"仅仅做到"发乎情"。他心目中的理想诗歌既要因情而发，所抒之情又要合乎儒家伦理规范，有益教化。

值得注意的是黄培芳对"缘情"的批评，其《香石诗话》云：

> 陆机《文赋》曰："诗缘情而绮靡。"识见甚卑，好《才调》《香奁》者辄奉此语为主臬。谢榛曰："绮靡重六朝之弊。"徐昌谷曰："陆生之所知，固魏诗之（查）［渣］秽耳。"余谓："李诗'自从建安来，

---

① 沈德潜著，王宏林笺注：《说诗晬语笺注》卷上，人民文学出版社2013年版，第122页。

② 纪昀著，孙致中、吴恩扬、王沛霖、韩嘉祥校点：《纪晓岚文集》第一册，河北教育出版社1991年版，第198—199页。

绮丽不足珍。'持论何止上下床之别？"①

黄氏从"绮靡"的角度批评"缘情"，认为此论开启诗歌"重文轻道"的形式主义文风。又郑虎文《藏密诗钞序》云：

> 原夫诗之为教，尽于《虞书》"言志"二字。志有所不容已于言者，因而质言之，则为赋志。有所不能质言而仍不容已于言，因而即目假物以言之，则或为兴、或为比，要皆以达其志而止。故曰：诗以道性情。由性情而有讽刺，由讽刺而有美恶，由美恶而有劝戒讽刺，美恶劝戒备，而风俗之盛衰、政教之得失胥于是乎见。②

郑氏心中的"言志"乃是"劝戒讽刺"，有益教化，也是认为诗歌的政教功用高于艺术审美价值。

　　由此不难发现，乾嘉众多诗家眼中的袁枚性灵说，实与传统"诗言志"有着明显的区别。法式善《梧门诗话》云：

> 随园论诗，专主性灵。余谓性灵与性情相似，而不同远甚。门人鲍鸿起（文逵）辩之尤力，尝云："取性情者，发乎情，止乎礼义，而泽之以《风》、《骚》，汉、魏、唐、宋大家。俾情文相生，辞意兼至，以求其合。若易情为灵，凡天事稍优者，类皆枵腹可办，由是街谈俚语，无所不可。芜秽轻薄，流弊将不可胜言矣。"余深是之。③

法式善认为"性情"乃合乎传统道德的情感，袁枚的性灵说不顾及传统道德观念，所以流于芜秽轻薄。铃木虎雄在《中国诗论史》中批评袁枚："其在

---

① 黄培芳：《香石诗话》卷三，《续修四库全书》第1706册，第166页。

② 郑虎文：《吞松阁集》卷二十六，《四库未收书辑刊》第10辑第14册，第241页。

③ 法式善著，张寅彭、强迪艺编校：《梧门诗话合校》卷七，凤凰出版社2005年版，第309—310页。

不愿作为道德的奴隶的同时，却误入另一个极端，采取如同对道德的叛逆者的态度而滥用自由。"①郭绍虞指出性灵诗的流弊"即是学，即是浮，即是纤佻"②，均是基于这个原因。

总体来看，凡是明确区分"言志"与"缘情"的诗家均强调诗歌合乎礼义，具有雅正内涵。这种观念远绍儒家"重质轻文"的文艺观，近承清初"反经求本"之习论。清初以来，竟陵派成为众矢之的，主要缘于他们所提倡的情感并非洪钟大吕，而是缺少雅正内涵，故黄宗羲提倡诗歌须抒发"万古之性情"。黄氏《马雪航诗序》曰："诗以道性情，夫人而能言之。然自古以来，诗之美者多矣，而知性情者何其少也。盖有一时之性情，有万古之性情。夫吴歈越唱，怨女逐臣，触景感物，言乎其所不得不言，此一时之性情也。孔子删之以合乎兴、观、群、怨、思无邪之旨，此万古之性情也。"③所谓"万古之性情"，是合乎儒家伦理道德，既真且雅，具有丰富的政教内涵；而"一时之性情"，则是触物而感之情，仅是真而已。钱谦益也主张诗歌要"有本"，其《周元亮赖古堂合刻序》曰："古之为诗者有本焉，《国风》之好色，《小雅》之怨诽，《离骚》之疾痛叫呼，结辖于君臣夫妇朋友之间，而发作于身世偪侧、时命连謇之会，梦而噩，病而吟，春歌而溺笑，皆是物也。故曰有本。"④所谓"本"，即是遵从传统之正轨，关注性情的政教内涵。沈德潜、纪昀等人对"言志"与"缘情"的区分正是清初相关诗学之余响。不过，黄、钱等人乃针对明末公安、竟陵诗风而发，重在革新时弊；沈、纪等人则针对刻意追求艺术技巧之美的形式诗风而发，重在建立诗道。

二、"言志"即"本乎性情"

乾嘉时期，也有不少诗家认为诗歌本质即抒发性情，"缘情"与"言志"

① 铃木虎雄著，许总译：《中国诗论史》，广西人民出版社1989年版，第229页。

② 郭绍虞：《中国文学批评史》，百花文艺出版社2008年版，第638页。

③ 沈善洪主编：《黄宗羲全集》第十册，浙江古籍出版社1993年版，第95—96页。

④ 钱谦益著，钱曾笺注，钱仲联标校：《钱牧斋全集》第五册《有学集》卷十七，上海古籍出版社2003年版，第767页。

并无区别，此论仍是承袭传统而来。《毛诗大序》云："诗者，志之所之也。在心为志，发言为诗。情动于中而形于言……情发于声，声成文谓之音。"① 把"志"和"情"并称。故孔颖达释《左传·昭公二十五年》"以制六志"云："此六志，《礼记》谓之六情。在己为情，情动为志，情志一也。"② 李善注陆机"诗缘情而绮靡"曰："诗以言志，故曰缘情。"③ 显然，直至唐代，众多诗家均认为"缘情"与"言志"并无根本不同。在沈德潜、纪昀等位居高位者刻意区分"缘情"与"言志"并强调政教内涵之时，袁枚等人也拈出传统以抗衡。《随园诗话》云："千古善言诗者，莫如虞、舜，教夔典乐曰：'诗言志。'言诗之必本乎性情也。"④ 以"性情"训"诗言志"。又《续诗品·崇意》曰："虞舜教夔，曰'诗言志'。何今之人，多辞寡意？意似主人，辞如奴婢。主弱奴强，呼之不至。穿贯无绳，散钱委地。开千枝花，一本所系。"⑤ 认为"诗言志"即"崇意"，把性情的抒发视为诗这种文体的第一要素。

与传统"言志"说相比，袁枚所论的独特之处表现在两个方面，一是强调经国之志与日常之志的结合，不再突出情感的政治内涵。其《再答李少鹤书》云：

> 来札所讲"诗言志"三字，历举李、杜、放翁之志，是矣。然亦不可太拘。诗人有终身之志，有一日之志；有诗外之志，有事外之志；有偶然兴到，流连光景，即事成诗之志。"志"字不可看杀也。谢傅之游山，韩熙载之纵伎，此岂其本志哉！"多识于鸟兽草木之名"，亦夫子余语及

---

① 郑玄笺，孔颖达等正义：《毛诗正义》卷一之一，《十三经注疏》上册，上海古籍出版社1997年版，第269—270页。

② 杜预注，孔颖达等正义：《春秋左传正义》卷五十一"昭公二十五年"，《十三经注疏》下册，第2108页。

③ 萧统编，李善、吕延济、刘良、张铣、吕向、李周翰注：《六臣注文选》卷十七，中华书局2012年版，第312页。

④ 袁枚著，顾学颉校点：《随园诗话》卷三，人民文学出版社1982年版，第90页。

⑤ 刘衍文、刘永翔合注：《袁枚续诗品详注》，上海书店出版社1993年版，第3页。

之，而夫子之志，岂在是哉！——按此言志有多方也。①

《答蕺园论诗书》也有类似主张：

> 且夫诗者由情生者也。有必不可解之情，而后有必不可朽之诗。情所最先，莫如男女。古之人，屈平以美人比君，苏、李以夫妻喻友，由来尚矣。②

袁枚认为"诗言志"乃是以辞达意，吟咏情性而已。志有"终身之志"，又有"一日之志"，既含忧国济世之怀，也容男女相思之作，故谢灵运游山玩水和韩熙载夜歌之作皆可传世，这是对清初钱谦益、黄宗羲极力否定"一时之性情"的颠覆。

二是袁枚把"真"视为"诗言志"第一要素，不再强调"雅"的内涵。《钱玙沙先生诗序》云：

> 尝谓千古文章，传真不传伪。故曰："诗言志。"又曰："修词立其诚。"然而传巧不传拙，故曰："情欲信，词欲巧。"③

又《随园诗话》云：

> 常宁欧永孝序江宾谷之诗曰："《三百篇》，《颂》不如《雅》，《雅》不如《风》。何也？《雅》、《颂》，人籁也，地籁也，多后王、君公、大夫修饰之词。至十五《国风》，则皆劳人、思妇、静女、狡童矢

---

① 袁枚：《小仓山房尺牍》卷十，《丛书集成三编》第77册，台北新文丰出版公司1985年版，第555页。

② 袁枚著，周本淳标校：《小仓山房文集》卷三十，上海古籍出版社1988年版，第1802页。

③ 袁枚著，周本淳标校：《小仓山房文集》卷二十八，第1754页。

口而成者也。《尚书》曰：'诗言志。'《史记》曰：'诗以达意。'若《国风》者，真可谓之言志而能达矣。"宾谷自序其诗曰："予非存予之诗也；譬之面然，予虽不能如城北徐公之面美，然予宁无面乎？何必作窥观焉？"①

"传真""立其诚""欲信"都强调真实感情的表现，"诗言志"即真实情感的传达，因此，以劳人思妇为主要作者的《国风》堪称"天籁"。在袁枚的诗歌价值体系中，"真"占据了最高地位。

袁枚"言志"说仅强调真实，并不关注诗歌的政教内涵，这种观念在清代也不乏同道。全祖望《宋诗纪事序》云：

> 而诗之为道，盖性灵之所在，不必谓大家之落笔皆可传也。即景即物，会心不远，脱口而出，或成名句，则非言门户者所能尽也。②

孙原湘《孙县圃雪堂兄弟诗集序》云：

> 予惟诗也者，人之性情而已。各言其性情，虽兄弟不能同声也。自世之以流派声格为诗者，弃我之性情，就古人之范，若圭景龠黍之无爽。《传》不云乎："琴瑟之专壹，谁能听之？"③

又《许处士遗集序》云：

> 余惟诗以言志，必先有缠绵悱恻之怀不能已于言者，然后托之吟咏，言之未尽，连章累牍而不厌其多也。无可言而强言，一篇亦觉其赘也。传不传，各有其遇。古诗人之传者，未必尽工，而工者实未必尽传。工与拙

---

① 袁枚著，顾学颉校点：《随园诗话》卷三，人民文学出版社1982年版，第76页。
② 全祖望：《鲒埼亭集外编》卷二十六，《续修四库全书》第1430册，第3页。
③ 孙原湘：《天真阁集》卷四十一，《续修四库全书》第1488册，第323页。

且不足凭，而况乎其多寡哉？①

又《屈子谦遗诗序》云：

　　窃尝谓诗之道，断断于格律对偶字句声调，其末也。即取法于志趣、神韵、才力之间，犹为末也。夫诗，亦视其人耳。有真性情，斯有真诗。虽流连山水、嘲弄风月，下至闺房儿女之词，其蔼然从肺腑中流出者，必有恻恻动人之致。②

法式善《兰雪堂诗集序》云：

　　余维诗以道性情，哀乐寄焉，诚伪殊焉。性情真则语虽质而味有余，性情不真则言虽文而理不足。③

　　以上诸家，皆以"真"为诗之要义，但各有侧重。全祖望借以提倡宋诗，孙原湘反对模拟古人，法式善强调寄托。袁枚以"诗言志"作为反对虚伪礼教的利器，自然也不为正统礼教之士所容。徐时栋评《随园诗话》道：

　　本朝盛行之书，余最恶李笠翁之《一家言》，袁子才之《随园诗话》。《一家言》尚有嗤鄙之者，《随园诗话》则士大夫多好之。其中伤风败俗之语，易长浮荡轻薄之心，为父兄者可令子弟见之耶？尝记其中载乃弟《风怀诗》而誉之曰"阿兄亦此中人，而不能道此等语"云云，猥亵恶俗，居然形之楮墨间，真不知人间有羞耻事者。即以诗论，其大旨以言情为主，而情其所情，非诗人之所谓情也。纤巧挑达，尖冷刻薄，与诗教中温柔敦厚字字相反，岂可谓之知诗者耶？一日余于友人扇头见一律，有

────────────

① 孙原湘：《天真阁集》卷四十一，《续修四库全书》第1488册，第323—324页。

② 孙原湘：《天真阁集》卷四十二，《续修四库全书》第1488册，第329页。

③ 法式善：《存素堂文集》卷二，《续修四库全书》第1476册，第692页。

"印贪三面刻，墨惯两头磨"，余曰："此必随园诗也。"问之果然。才子聪悟亦有过人处，若取《小仓山房集》中遴其无悖诗教者，存为一集，余尽删削之，付之一炬，亦快事也。[1]

徐氏认为《随园诗话》伤风败俗，易于助长浮荡轻薄的不良风气，所倡导的情感也不合乎温柔敦厚的诗教传统，故对违背诗教之作应该删削焚毁。这种观念并非个案，章学诚、黄培芳[2]、朱庭珍等人皆对袁枚提出严厉批评。但是，随着新文化运动和新中国的建立，袁枚这种观念因具有反封建意义而受到众多学者的肯定或包容。郭绍虞指出："在我国文学发展过程中，由于'志'长期被解释成合乎礼教规范的思想，'情'被视为是与政教对立的'私情'，因而在诗论中常常出现'言志'和'缘情'的对立。有时甚至产生激烈的争辩。唐孔颖达早已看出，'志'与'情'是一个东西，'言志'与'缘情'并无本质的区别。这种对立的理论主张之所以在文学批评史上出现，其实质则是要求诗歌发挥不同的教育作用，是不同的政治思想要求在文学理论上的反映。"[3]刘衍文、刘永翔也指出："夫简斋之论'崇意'也，自今日视之，似亦老生常谈，别无新义。顾处于简斋之世，抱杜尊韩者有之，斗巧争多者有之，专倡格调者有之，刻意藻饰者有之，以学问为诗者有之，为唐宋之争刺刺不休者尤夥，是皆失诗之所以为诗者矣。故简斋独标崇意言志，实正本清源之举，有现实意义存。"[4]所论非常符合乾嘉诗学的实际。此期既有沈德潜、纪昀等把"言志"和"缘情"对立，借以强调诗歌的政教作用，又有袁枚等人对传统的回归，强调诗歌的抒情特点，也有章学诚等人对袁枚"性灵说"的抨击，均借传统诗学话语来表达对诗歌本质的认识。

---

[1]　徐时栋：《烟屿楼读书志》卷十六，《续修四库全书》第1162册，第597页。

[2]　黄培芳《香石诗话》卷二云："蒋心馀亦与子才齐名声气相孚，而其持论有与子才不同者。作某诗序云：'诗上通乎道德，下止乎礼义。放其言之文，君子以兴；循其道之序，圣人以成。'"（《续修四库全书》第1706册，第133页。）

[3]　郭绍虞、王文生主编：《中国历代文论选》第一册，上海古籍出版社1979年版，第3页。

[4]　刘衍文、刘永翔合注：《袁枚续诗品详注》，上海书店出版社1993年版，第9页。

综上所述，乾嘉诗家关于"诗言志"的争论，强调"雅"的内涵多为上层官员所取，代表了官方主流话语的看法。乾嘉早期诗论家强调"缘情"非"言志"，乃是承袭清初排挤公安、竟陵的诗学风尚，并迎合了当政者尚雅去俗的文化政策；后期继续强调"缘情"非"言志"，主要针对袁枚"性灵说"而发。袁枚论"诗言志"强调"真"的内涵，附和者多为在野之人，主要针对诗坛复古、虚伪之弊而发。这场争辩使"言志"与"缘情"之差异得以凸显，促进了"诗言志"等传统诗学命题的深入理解。

第二节　"诗教"主流话语的确立

相较"诗言志"，"诗教"堪称乾嘉时期官方主流话语论诗歌本质时更加常用的范畴，几为"诗道"之代称。赵青藜《文学胡御云遗诗集》云："《经解》曰：'温柔敦厚，诗教也。'一言而蔽《三百》，直一言立天下万世诗学之准。"[①]孙原湘《籁鸣诗草序》云："尝谓吴中诗教五十年来凡三变：乾隆三十年以前，归愚宗伯主盟坛坫，其时专尚格律，取清丽温雅近大历十子者为多。自小仓山房出，而专主性灵，以能道俗情善言名理为胜，而风格一变矣。至兰泉司寇，以冠冕堂皇之作倡率后进，而风格又一变矣。"[②]查揆《杜诗集评序》曰："自语录作而禅理尽，笺注纷而诗教衰。何则？道在矢橛者，非形象所能胶；趣在咳唾者，非语言所得捃。"[③]均以"诗教"代指"诗道"。

一、"诗教"上升为主流话语的原因

乾嘉诗家盛行以"诗教"论诗主要缘于帝王的提倡。由于清朝以儒家思想立国，相对"言志""无邪""兴、观、群、怨"等众多儒家论诗术语，"诗教"对文学和社会的关系的重视十分契合统治者对文学的规范，故成为历代官

---

① 赵青藜：《漱芳居文钞》二集卷四，《清代诗文集汇编》第306册，第618页。
② 孙原湘：《天真阁集》卷四十一，《续修四库全书》第1488册，第326页。
③ 查揆：《筼谷诗文钞》文钞卷三，《续修四库全书》第1494册，第552页。

方主流论诗话语。在编撰《四库全书》时，乾隆曾明确要求以"诗教"为标准去取作品：

> 夫诗以温柔敦厚为教，孔子不删郑、卫，所以示刺示戒也。故《三百篇》之旨，一言蔽以无邪。即美人、香草以喻君子，亦当原本风雅，归诸丽则，所谓托兴遥深，语在此而意在彼也。自《玉台新咏》以后，唐人韩偓辈务作绮丽之词，号为香奁体，渐入浮靡，尤而效之者，诗格更为卑下。今《美人八咏》内，所列《丽华发》等诗毫无寄托，辄取俗传鄙亵之语，曲为描写，无论诗固不工，即其编造题目不知何所证据。朕辑《四库全书》，当采诗文之有关世道人心者。若此等诗句，岂可以体近香奁，概行采录？所有《美人八咏》诗，著即行撤出。至此外各种诗集内有似此者，亦著该总裁督同总校、分校等详细检查，一并撤出，以示朕厘正诗体、崇尚雅醇之至意。①

《美人八咏》因无关风教而被勒令撤出，因为乾隆所推崇的作品必须"有关世道人心"。显然，乾隆的诗学立场是诗歌应该教化人心，即文学有益于社会统治。就统治策略而言，国家固然需要严刑酷法约束民众，但也需要诗乐教化，使民众主动向善，所谓"风以动之，教以化之"。

《御选唐宋诗醇》是以乾隆名义编选的诗歌选本，核心宗旨正是为了发扬"诗教"。乾隆《御选唐宋诗醇序》云："夫诗与文岂异道哉？昌黎有言：'气盛，则言之短长与声之高下皆宜。'然五、三、六经之所传，其以言训后世者，不以文而以诗，岂不以尚有铺张扬厉之迹，而诗则优游厌饫入人者深？"②所谓"入人者深"，即在教化民众方面更具优长。乾隆又评杜甫曰：

> 夫子美以疏逖小臣，旋起旋蹶，间关寇乱，漂泊远游。至于负薪拾

---

①　永瑢等：《四库全书总目》卷首，中华书局1965年版，第7页。

②　乾隆：《御选唐宋诗醇》，《景印文渊阁四库全书》第1448册，第1页。

枏，馈糈不给，而忠君爱国之切，长歌当哭，情见乎词，是岂特善陈时事、足征诗史已哉！东坡信其自许稷、契，或者有激而然；至谓其一饭未尝忘君，发于情止于忠孝，诗家者流断以是为称首。鸣呼，此真子美之所以独有千古者矣！予曩在书窗，尝序其集，以为原本忠孝，得性情之正，良足承《三百篇》坠绪。兹复订唐宋六家选，首录其集而备论之，匪唯赏味其诗，亦藉以为诗教云。①

乾隆把杜甫视为诗歌最高成就的典范，理由与元稹《杜君墓系铭序》推崇杜甫"集前人之大成"具有明显不同。元稹所论，侧重于杜甫对前代各期诗作体制、风格的汲取和创新；乾隆所论，侧重于"原本忠孝，得性情之正"，以传统"诗教"作为权衡的标准。白居易被《诗醇》选入亦缘于此。其序曰："唐人诗篇什最富者无如白居易诗，其源亦出于杜甫。"又曰："变杜甫之雄浑苍劲而为流丽安详，不袭其面貌而得其神味者也。"②视为杜甫接绪者。

乾隆对诗歌教化功能的强调与其帝王身份直接相关。乾隆之前，康熙、雍正均有类似之论。康熙《日讲诗经解义序》云：

> 盖人性情之发，不能无所寄托，而诗则兼备六艺，讽诵吟咏之间，足以观感而兴起者，莫善于此。故曰：温柔敦厚，诗教也。自夫子删定而后，《三百篇》之旨粲然。其采之里巷者则为风，陈之朝廷者则为雅，荐之郊庙者则为颂。观其美刺，而善恶之鉴昭矣；观其正变，而隆替之治判矣；观其升歌于庙、朱弦象管之所唱叹，而祖功宗德之具在矣。……朕尝思古人立训之意，既有政教典礼、纪纲法度以维持之矣，而感通乎上下之间，鼓舞于隐微之地，使人从善远恶而不自知，优游顺适而自得，则必赖乎诗。③

---

① 乾隆：《御选唐宋诗醇》卷九，《景印文渊阁四库全书》第1448册，第209页。
② 乾隆：《御选唐宋诗醇》卷九，《景印文渊阁四库全书》第1448册，第209页。
③ 康熙：《圣祖仁皇帝御制文集》二集卷三十一，《景印文渊阁四库全书》第1298册，第632—633页。

雍正《诗经传说汇纂序》云：

> 朕惟诗之为教，所以成孝敬、厚人伦、美教化、移风俗，其用远矣。
> 自说《诗》者各以其学行世，释解纷纭，而经旨渐晦。朱子起而正之，
> 《集传》一书，参考众说，探求古始，独得精意，而先王之诗教藉之以
> 明。国家列在学官，著之功令，家有其书，人人传习，四始六义，晓然知
> 所宗尚。①

他们均重弹《毛诗大序》以来的老调，把诗歌的艺术价值附丽于政治功用之
上，这些论述也很自然地成为诗坛的主流话语。

需要补充的是，乾嘉诗家在使用"诗教"论诗时，理论上侧重于政治教
化，但创作实践却是丰富多彩、不拘一格。乾隆曾曰："且朕所作诗文，皆关
政教，大而考镜得失，小而廑念民依，无不归于纪实。御制集俱在，试随手披
阅，有一连十数首内，专属寻常浏览，吟弄风月浮泛之词，而于政治民生，毫
无关涉者乎？"②标榜自己的作品专注于国计民生，排斥吟风弄月。但乾隆诗
歌决非仅限于伦理纲常、国计民生、忧时伤世，也包括朋友酬唱、流连光景，
题材相当广泛。前者如《江南淮徐等处连年被灾既蠲租赐复旋命大臣前往加赈
今闻麦秋有收喜而有作》云：

> 曾闻古人语，民以食为天。宵衣望岁心，日久倍乾乾。惟愿万宇内，
> 比户免饥寒。念彼淮徐地，水旱数岁连。啼饥彼老幼，孰哺粥与饘？号寒
> 彼妇子，孰衣布与绵？每当大吏奏，或闻舆论传。玉食不能咽，仰吁泣涕
> 涟。匡救尽人事，蠲复遑后焉。旋命大臣往，勘赈德意宣。拯彼沟壑危，
> 登此衽席安。帑藏非所惜，更留转漕船。近接守土臣，封章传喜言。云是

---

① 雍正：《世宗宪皇帝御制文集》卷六，《景印文渊阁四库全书》第1300册，第70页。

② 《高宗实录》卷一三〇一"乾隆五十三年三月下辛巳"，《清实录》第25册，中华书局
1986年版，第495页。

麦有秋，饼饵可佐餐。仍逢雨旸若，秧苗绿畖田。稍慰午夜忧，额手意欢然。皇天溥仁爱，今秋定有年。①

此诗作于乾隆七年（1742），时江淮水旱频繁，灾民衣食无着，乾隆对此颇为忧虑，闻秋收有望，故喜而赋诗。这类关注民生疾苦之作在乾隆《御制诗集》中比比皆是，如"忧心日日在扬州，玉食无能解愁愁"（《览高斌奏报淮水渐消喜而有作》）②、"民瘼遐观在，心忧梦想存。勉伊经画策，为我活黎元"（《赐江南总督尹继善之任》）③、"沟壑多饿殍，玉食岂能旨"（《陈世倌高斌周学健等两江查赈回得悉近日情形稍慰愁愁因而赋此》）④、"虽云比户足衣食，怨咨民瘼刻岂忘"（《躬诣盛京，虽命省驺从，而经过州县岂尽免力役之劳，因诏免今年田租以示如伤之意》）⑤，皆包含着深刻的社会政治内涵，忧国忧民之意流注笔端。不过，乾隆诗集中也有大量的吟风弄月、流连光景之作，如《桃花始开》：

已破仲春始见花，山隈绮绽几枝斜。女夷借得东皇力，一雨催铺满苑霞。⑥

诗歌描绘了桃花盛开、春光烂漫的景象。此类无关教化之作在乾嘉诗人笔下也相当常见，正如钟嵘《诗品》所言："若乃春风春鸟，秋月秋蝉，夏云暑雨，冬月祁寒，斯四候之感诸诗者也。"⑦可以说，除了男女艳情之外，提倡"诗教"的乾嘉诗家们作品题材非常广泛，他们所言"诗教"已不限于狭义的以诗

① 乾隆：《御制诗集》初集卷九，《景印文渊阁四库全书》第1302册，第205—206页。
② 乾隆：《御制诗集》初集卷十一，第230页。
③ 乾隆：《御制诗集》初集卷十三，第249—250页。
④ 乾隆：《御制诗集》初集卷十四，第265页。
⑤ 乾隆：《御制诗集》初集卷十六，第289页。
⑥ 乾隆：《御制诗集》初集卷十三，第151页。
⑦ 钟嵘著，曹旭笺注：《诗品笺注》，人民文学出版社2009年版，第28页。

化民的政治功用，而是拓展到诗歌创作、鉴赏、接受等不同方面。

除帝王提倡之外，"诗教"上升为主流话语还与诗论家习惯于从传统诗学中寻找理论资源有关。传统诗论家为了增加诗学主张的权威性，常附会经典传统。从上层统治者到普通士人均视儒家观念为正统，"诗教"为《礼记》所载孔子论诗之语，出自圣人之门，是各家包装自己理论最好的外衣。更重要的是，"诗教"本身的丰富内涵也为各家展开诗学主张提供了足够的阐释空间。

二、乾嘉"诗教"之内涵

"诗教"出自《礼记·经解》："孔子曰：'入其国，其教可知也。其为人也温柔敦厚，诗教也。'"孔颖达释"温柔敦厚"曰："温谓颜色温润，柔谓情性和柔。《诗》依违讽谏，不指切事情，故云温柔敦厚，是诗教也。"[①]按孔颖达所言，"诗教"即以《诗》教化民众，特指诗歌的社会功用。同时，教化功能的实现取决于表现方式和题材内容。一方面，《诗经》多用比兴手法，婉而多讽，所谓"依违讽谏，不指切事情"，这种方式是民众"温柔敦厚"性情形成的主要原因。另一方面，教化功能离不开诗歌内容的纯正无邪，因为诗歌的题材内容是政治清明与否的晴雨表，所谓"治世之音安以乐，其政和；乱世之音怨以怒，其政乖；亡国之音哀以思，其民困"，只有内容纯正无邪之作才能更好地发挥出诗教的功能。就这样，来自儒家的"诗教"从仅指诗歌的社会政治功用，逐渐拓展到诗歌的题材内容和表现方式。以上三种含义在乾嘉诗学中均被广泛使用。

（一）教化功能

诗歌作为艺术门类之一，艺术价值本为首要追求，但传统诗学却认为艺术价值只是社会价值实现的手段，社会价值才是诗歌的根本追求，故把教化功能视为创作成败之关键，如《毛诗大序》所言："先王以是经夫妇，成孝敬，厚人伦，美教化，移风俗。"[②]乾嘉众多诗家对诗歌教化功能的重视正是承袭传

---

① 郑玄注，孔颖达等正义：《礼记正义》，《十三经注疏》下册，上海古籍出版社1997年版，第1609页。

② 郑玄笺，孔颖达等正义：《毛诗正义》卷一之一，《十三经注疏》上册，第270页。

统而来。乾隆《沈德潜选国朝诗别裁集序》云："诗者何，忠孝而已耳。离忠孝而言诗，吾不知其为诗也。"①把关乎教化和表现礼义纲常视为诗歌第一要义。前文曾言，乾嘉时期众多诗人拥有较高的政治地位，甚至位居宰辅，也有落第文人以游幕、坐馆为生，地位虽然悬殊，但维系儒家伦理纲常的追求却比较一致，自然也就把"诗教"视为诗歌的本质属性。试看代表诗家沈德潜的相关论断，《说诗晬语》云：

> 诗之为道，可以理性情、善伦物、感鬼神、设教邦国、应对诸侯，用如此其重也。秦汉以来，乐府代兴；六代继之，流衍靡曼。至有唐而声律日工，托兴渐失，徒视为嘲风雪弄花草、游历燕衎之具，而"诗教"远矣。②

《高文良公诗序》云：

> 天壤间诗家不一，谐协声律，稳称体势，缀饰辞华皆诗也。然求工于诗而无关轻重，则其诗可以不作。惟夫笃于性情，高乎学识，而后写其中之所欲言于以厚人伦、明得失、照法戒。若一言出而实可措诸家国天下之间，则其言不虚立，而其人不得第以诗人目之。③

沈德潜《说诗晬语》作于59岁尚未入仕时，《高文良公诗序》作于78岁由礼部侍郎致仕之后，当初一介诸生已成为主持风雅的文坛盟主，但他对诗歌功能的认识并无变化，依然固守"诗教"传统，这正是乾嘉诗坛主流话语的缩影。从创作实践来看，除了前代常见的登览、朝省、怀古外，孝妇、节妇、忠义题材在众多乾嘉诗家别集中十分常见，充分表明诗坛主流观念对诗歌教化功能相当

---

① 乾隆：《御制文集》初集卷十二，《景印文渊阁四库全书》第1301册，第114页。

② 沈德潜著，王宏林笺注：《说诗晬语笺注》卷上，人民文学出版社2013年版，第1页。

③ 沈德潜著，潘务正、李言编辑点校：《沈德潜诗文集》第三册《归愚文钞余集》卷一，人民文学出版社2011年版，第1515页。

认同。

乾嘉诗人对诗歌教化功能的重视从地方诗歌总集的编撰也可以看出。清代地方类诗歌总集的编纂蔚然成风，乾嘉时期著名作品总集有卢见曾《国朝山左诗钞》、杨淮《国朝中州诗钞》、王豫《江苏诗征》、阮元《两浙輶轩录》、郑杰《国朝全闽诗录》、曾燠《江西诗征》等，府县两级的地方诗歌总集或诗选同样举不胜举。这类作品的编撰固然是为了缅怀先贤，激昂道义，但根本目的乃是教化一方百姓。孙原湘《海虞诗苑续编序》云：

> 诗之有风，一方之风俗盛衰见焉。美者足以感发善心，刺者可以惩创逸志，使人优游讽味，以化其不善而底于善，故虽民俗之歌谣，上以贡之天子，列之乐官。古者于诗之为教，其用意微矣哉！自采风废而人不知有诗，学士大夫辄鄙为小技而不为，传者类多侍从应制黼黻太平之作，而美刺之义亡矣。美刺之义亡而善恶混，善恶混而廉耻丧，廉耻丧而风俗日以衰。有心世道者诚能取前人之作，别择贞淫，用以激厉讽劝，以自成一乡之风，亦庶几采风之遗意也。[①]

孙原湘本于"诗教"而论诗，认为风俗盛衰见于诗歌，编诗者应激厉道义，劝善惩恶。作为地方诗歌，《国风》多方面地反映了民众的生活和心声，孙原湘被后人视为性灵派主将之一，此处却未提及《国风》男女夫妇之义，而是强调美刺之义、风俗廉耻、世道人心，把"激厉讽劝"视为"采风之遗意"，正是基于官方主流思潮对"诗教"的重视。

乾嘉诗论家对诗歌教化功能的重视是中国传统诗学的主流观念，当代学者对这种观念多有批判，认为一味强调诗歌的社会价值会影响作者情感真实自由地表达，诗歌作为艺术应以审美作为首要追求。客观而言，文学不是道德的传声筒，片面强调文学的道德意味难免会降低文学的美学价值。但是，古今中外凡是伟大的作品，深刻的道德意味是必不可缺的内容，道德不毛之地，即是文

[①]　孙原湘：《天真阁集》卷四十，《续修四库全书》第1488册，第314页。

学不毛之地。乾嘉众多诗家对诗歌政治功用的重视并不是以损害艺术价值为前提的，他们认为理想的诗歌应如《诗经》那样，既具有"善"的内涵，又具有"美"的表达。

（二）性情之正

由于"诗教"功能的实现取决于内容之雅正，故乾嘉诗家常以"诗教"作为诗歌内容的规范要求。《文心雕龙·体性》云："夫情动而言形，理发而文见，盖沿隐以至显，因内而符外者也。"[1]既然内"情"与外"文"相符，文品取决于人品，那么不断提升诗人品格无疑是创作的关键。如朱庭珍所言："温柔敦厚，诗教之本也。有温柔敦厚之性情，乃能有温柔敦厚之诗。本原既立，其言始可以传后世，轻薄之词，岂能传哉！夫言为心声，诚中形外，自然流露，人品学问心术，皆可于言决之，矫强粉饰，决不能欺识者。盖违心之言，一见可知，不比由衷者之自在流出也。古今以来，岂有刻薄小人，幸成诗家，忝入文苑之理。"[2]

乾嘉诗家借"诗教"提倡性情的雅正主要体现为在文质关系上重质轻文，赋予诗歌内容至高无上的地位。赵怀玉《息养斋诗序》云：

> 《记》有之："温柔敦厚，诗教也。"《三百篇》以来，诗之为道不一矣。汉魏醇而古，齐梁隽而新，至唐而诸家竞出，体格咸备，要以温柔敦厚为归，盖得性情之正，非徒以才气华藻相矜尚也。[3]

石韫玉《借秋亭诗草序》云：

> 余因思诗之为道也，以性情为之体，以讽谕为之用。《书》曰："诗言志。"古之诗人不过各道其意中之所欲言，所谓"在心为志，发言为

---

① 刘勰著，范文澜注：《文心雕龙注》卷六，人民文学出版社1958年版，第505页。

② 朱庭珍：《筱园诗话》卷三，《清诗话续编》下册，上海古籍出版社1983年版，第2391页。

③ 赵怀玉：《亦有生斋集》文卷四，《续修四库全书》1470册，第55页。

诗"，而世运之盛衰，风俗之贞淫，与夫生人之忠孝节廉，一切可歌可泣之事皆寓于其中，故孟子以诗为王者之迹。自唐宋以后，以诗取士，而士皆争奇斗巧以求胜，然后诗体日变，亦诗境日开。如韩退之、苏子瞻，诗中之霸才也；李长吉、杨廉夫，诗中之魔道也：此皆求胜于辞而不求胜于意，惟务炫耀世人之目以为快，古人温柔敦厚之教微焉矣。①

杨芳灿《黄秋圃诗序》云：

> 思根于心，心有清浊，而雅俗分；兴发于情，情有厚薄，而真伪判。彼汩没嗜欲，沉溺不返，烦手淫声，慆堙心耳。《防露》、《桑间》，虽悲不雅，君子弗尚也。若夫用情浮泛，应酬率率，游谈无根，否舌不信，纵加涂饰，伪焉而已。……温柔敦厚之旨，流露于笔墨之表，真有裨于诗教者，岂徒求工于语言文字间耶？然后知向之所谓"醲粹恬旷"者，斯言益信；而所谓"缠绵婉笃"者，乃历久而弥挚也。②

赵怀玉把性情雅正、符合诗教视为典范的唯一标准，而非才气华藻。石韫玉批评韩愈、苏轼、李贺、杨维桢追求文辞的创新，忽略作品之"意"，故"温柔敦厚之教微"。杨芳灿认为雅正、温厚之情才有裨于"诗教"，均是立足诗歌内容要素而发，延续儒家重质轻文的传统观念。

　　不过，在阐释经典与指导创作时，乾嘉诗家对"性情之正"的论述并不相同。包括《诗经》在内的前代经典均有大量"怨而怒"之作，对这类作品，乾嘉主流诗学基于诗人用意"善"而予以肯定。沈德潜《说诗晬语》云："《巷伯》恶恶，至欲'投畀豺虎'、'投畀有北'，何尝留一余地？然想其用意，正欲激发其羞恶之本心，使之同归于善，则仍是温厚和平之旨也。《墙茨》、《相鼠》诸诗，亦须本斯意读。"③但是，对于反映当代社会弊端之作，乾嘉

---

① 石韫玉：《独学庐稿》五稿文卷二，《续修四库全书》第1467册，第95—96页。
② 刘奕点校：《杨芳灿集》文钞卷六，人民文学出版社2014年版，第558页。
③ 沈德潜著，王宏林笺注：《说诗晬语笺注》卷上，人民文学出版社2013年版，第57—58页。

众多诗人则不再谈作者的善恶本意，反对讥刺时政，主张以温厚的态度著文。郑虎文《训士八则》"著作宜慎"条告诫弟子：

> 古有三不朽，而立言与焉，此非后世诗文之谓也。然文以明道，诗以言志，固亦有不可苟者。后人惑于"穷而后工"一语，于是有以牢骚、感愤、讥刺、讪谤为事，甚且悖礼犯义，身陷刑戮，殃及后嗣，何其惑也！夫《小雅》怨诽，《离骚》幽忧，杜陵忠愤，其所遇之时然也。使其作于唐、虞、三代之盛，抑亦悖矣。多士幸际休明，沐浴文治，弦歌礼乐，中外同风，我皇上更定科场，昌明诗教，盖将收赓扬之士以黼黻隆平也。所谓和其声以鸣国家之盛者，其在斯时矣！如或粗解操觚，罔知忌讳，据管窥而讥朝政，嗟瓠落而肆狂谈，略同横议之条，将比妖言之律，执而诛之，夫岂云枉然，而悯彼无知，原于不教，使者用是谆谆。愿多士上矢忠爱，下惜身家，远验古人，近征时事，养性情于温厚，蓄道德为文章，达则继明堂清庙之音，穷则续夏谚唐谣之响，不其休欤！[①]

纪昀《俭重堂诗序》云：

> 夫欢愉之辞难工，愁苦之音易好，论诗家成习语矣。然以龌龊之胸，贮穷愁之气，上者不过寒瘦之词；下而至于琐屑寒乞，无所不至，其为好也亦仅。甚至激忿牢骚，怼及君父，裂名教之防者有矣。兴观群怨之旨，彼且乌识哉！是集以不可一世之才，困顿偃蹇，感激豪宕而不乖于温柔敦厚之正，可谓"发乎情，止乎礼义"者矣。[②]

两人都认为生逢盛世，本不该有牢骚、感愤、讥刺、讪谤之情，叹苦嗟穷也应"不乖于温柔敦厚之正"。这些论调表面看是承袭"发乎情，止乎礼义"的传

---

① 郑虎文：《吞松阁集》卷四十，《四库未收书辑刊》第10辑第14册，第413页。
② 纪昀著，孙致中、吴恩扬、王沛霖、韩嘉祥校点：《纪晓岚文集》第一册，河北教育出版社1991年版，第185页。

统，实为清代文化高压政策下诗人明哲保身的无奈选择。

与司马迁"发愤著书"说和韩愈"不平则鸣"说相较，乾嘉诗家对"性情之正"的强调削弱了诗歌批判现实的功能，是王权专制对诗歌消极影响的典型表现。

（三）含蓄蕴藉

孔颖达释"诗教"为"《诗》依违讽谏，不指切事情"，强调《诗经》讽谏功能的实现需要借助比喻、转义等间接方式，这是《诗经》区别于《尚书》《春秋》等其他经典的关键所在。韦勒克、沃伦曾对诗歌属性有过阐释，他们指出："它一般是使用换喻和隐喻，在一定程度上比拟人事，把人事的一般表达转换成其它的说法，从而赋予诗歌以精确的主题。"[1]认为诗歌对人事的表达往往借助象征、隐喻等手法，是一种间接的表述方式。不难发现，中西方论及诗歌文体的特点时，都指出间接的表述方式才能更好地发挥诗歌文体的功能，并易于营造含蓄蕴藉的审美效果。

乾嘉众多诗论家常借助"诗教"强调诗歌应追求含蓄蕴藉的审美效果。查揆《杜诗集评序》云：

> 自语录作而禅理尽，笺注纷而诗教衰。何则？道在矢橛者，非形象所能胶；趣在咳唾者，非语言所得捃。云衣衬月而结璘掩其华，芝房撝流而荣光黮其曜，故夫韩婴輠炙不嫌于骈拇，匡鼎斧藻弥取乎解颐。辨色于秋毫之颠，聆音在孤弦之外，斯诗评为足尚焉。[2]

所谓"笺注纷而诗教衰"，即诗人所抒之情非语言文字所能穷尽，优秀诗作必然具有弦外之音的特征，笺注限制了读者对作品理解，自然会影响诗教功能的发挥。洪亮吉也有类似论断，其《徐南庐先生诗集序》云：

---

① 勒内·韦勒克、奥斯汀·沃伦著，刘象愚、邢培明、陈圣生、李哲明译：《文学理论》，江苏教育出版社2005年版，第210—211页。

② 查揆：《筼谷诗文钞》文钞卷三，《续修四库全书》第1494册，第552页。

诗之道，难言也。自汉魏六朝以来，大抵流连光景之词多，而抒写性情之词少。即云抒写性情矣，如苏、李河梁之什，曹、刘赠答之篇，于友朋交旧缠绵悱恻之情则有之，求其绘门内之至行，状目前之真景，词近旨远，言简意深者，常十不得一焉。岂非以质直则易近于腐，缘饰则又流于伪故乎？①

在他看来，质直之言适用于说理、叙事，如用于诗则不免显得古板。因此，"诗之道"不仅要抒写性情，关键是营造出"词近旨远、言简意深"的审美效果。不难发现，洪亮吉对诗歌本质特点的理解已不再限于传统的"诗言志"。基于同样的认识，王芑孙从作者和读者两个不同的角度论及诗歌的写作，《青芝山馆诗集序》云：

有言之所及，有言之所不及。言之所及而有其所不言者存焉，言之所不及而有其所欲言者出焉，诗之教固如是。②

诗歌既要有言外之意，即"有其所不言者存"，又不能事无巨细流露笔端，即"有其所欲言者出"。总之，优秀作品犹如传统水墨山水画，"空白"之中不乏情感意蕴，这正是"诗教"成败的关键。

在强调含蓄蕴藉的审美效果时，乾嘉诗家常借助比兴手法来表达这种观念。沈德潜《说诗晬语》云：

事难显陈，理难言罄，每托物连类以形之。郁情欲舒，天机随触，每借物引怀以抒之。比兴互陈，反复唱叹，而中藏之欢愉惨戚，隐跃欲传，其言浅，其情深也。倘质直敷陈，绝无蕴藉，以无情之语而欲动人之情，难矣。③

---

① 刘德权点校：《洪亮吉集·卷施阁文甲集补遗》，中华书局2001年版，第248—249页。

② 王芑孙：《渊雅堂全集·惕甫未定稿卷三》，《续修四库全书》第1480册，第658页。

③ 沈德潜著，王宏林笺注：《说诗晬语笺注》卷上，人民文学出版社2013年版，第5页。

沈德潜虽然深受儒家传统的影响，却完全摒弃汉代经师以比兴附会政教善恶的论述，他认为比兴具有"言浅""情深"的特殊功用，堪称诗歌独特的艺术手法。类似论断在《古诗源》评点中比比皆是，如评《古诗十九首·冉冉孤生竹》云："起四句比中用比。'悠悠隔山陂'，情已离矣，而望之无已，不敢作决绝怨恨语，温厚之至也。"[①]评《迢迢牵牛星》曰："相近而不能达情，弥复可伤，此亦托兴之词。"[②]他还指出："言情不尽，其情乃长，后人患在好尽耳。读《十九首》应有会心。"[③]比兴既能够避免情感表达一味地怨恨乖张，又利于营造意味深长的审美效果。秦瀛《东皋先生诗钞序》云：

> 诗之为道，渊源《三百篇》，有赋焉，有比兴焉。近今之诗，有赋无比兴，此诗所以衰也。唐人诗称李、杜，太白歌行得楚骚之遗，少陵则原本变风变雅，而得其所谓怨而不怒者，二公诗往往托物比兴，词旨荒忽，读者莫测其意之所在，而诗于是为极至焉。是故作诗者必其性情，既厚植之以骨干，傅之以采色，谐之以律吕，舍是以言诗，非诗也。[④]

秦瀛也把"赋"与"比兴"视为两种截然不同的修辞手法，并把缺少"比兴"视为诗教衰落的表现。众所周知，比、兴与赋同为"六义"之一，如果说赋是情感的直接抒写，那么比、兴重在借物抒情，是一种间接但更深厚的抒情手法。如钟嵘所言："文已尽而意有余，兴也；因物喻志，比也；直书其事，寓言写物，赋也。"[⑤]比兴借物抒怀，更容易达到含蓄蕴藉的效果。

综合而言，乾嘉诗论家很少仅仅基于"诗教"本义论述诗道，而是赋予其相当丰富的内涵，并借它来表达个人相对独特的诗学理想。清代常被视为集大

---

① 沈德潜：《古诗源》卷四，中华书局1963年版，第90页。

② 沈德潜：《古诗源》卷四，第90页。

③ 沈德潜：《古诗源》卷四，第92页。

④ 秦瀛：《小岘山人集》文集卷三，《续修四库全书》第1465册，第151页。

⑤ 钟嵘著，曹旭笺注：《诗品笺注》，人民文学出版社2009年版，第25页。

成的时期，乾嘉诗家关于"诗教"的论述堪称典型表现。

第三节　诗歌对理的接纳

在传统文体观念中，理是书、论等文体的主要表现对象，所谓"书论宜理"（《典论·论文》）。传统文论家对说理特征比较明显的玄言诗、理学诗评价较低，如刘勰《文心雕龙·明诗》云："乃正始明道，诗杂仙心，何晏之徒，率多浮浅。"①钟嵘《诗品》云："永嘉时，贵黄老，稍尚虚谈。于时篇什，理过其辞，淡乎寡味。爰及江表，微波尚传。孙绰、许询、桓、庾诸公诗，皆平典似道德论，建安风力尽矣。"②视玄言诗为诗歌异类而予以否定。严羽和明七子批评宋诗也是基于诗歌抒情言志的传统观念，《沧浪诗话》云："诗有别材，非关书也；诗有别趣，非关理也。"③并批评宋人不懂诗道："近代诸公乃作奇特解会，遂以文字为诗，以才学为诗，以议论为诗。夫岂不工，终非古人之诗也。"④李梦阳《缶音序》云："诗至唐，古调亡矣，然自有唐调可歌咏，高者犹足被管弦。宋人主理不主调，于是唐调亦亡。黄、陈师法杜甫，号大家，今其词艰涩不香色流动，如入神庙坐土木骸，即冠服与人等，谓之人可乎？夫诗比兴错杂，假物以神变者也，难言不测之妙。感触突发，流动情思，故其气柔厚，其声悠扬，其言切而不迫。故歌之心畅，而闻之者动也。宋人主理，作理语，于是薄风云月露，一切铲去不为，又作诗话教人，人不复知诗矣。诗何尝无理，若专作理语，则何不作文而诗为耶？"⑤两人都给宋诗贴上了"说理"的标签，然后基于诗歌抒情的本质特点对宋诗予以否定。明末以来，随着对七子诗学的反思，诗论家对诗歌说理逐渐有了新的认识。

① 刘勰著，范文澜注：《文心雕龙注》卷二，人民文学出版社1958年版，第67页。

② 钟嵘著，曹旭笺注：《诗品笺注》，人民文学出版社2009年版，第15页。

③ 严羽著，张健校笺：《沧浪诗话校笺》上册，上海古籍出版社2012年版，第129页。

④ 严羽著，张健校笺：《沧浪诗话校笺》上册，第173页。

⑤ 李梦阳《缶音序》，蔡景康编选《明代文论选》，人民文学出版社1993年版，第106页。

一、以理入诗的可能性

较早主张诗歌可以说理的是批评严羽、明七子并提倡宋诗的诗论家，他们认为说理与抒情并非截然对立，理无处不在，诗歌自然可以说理。冯班《钝吟杂录》云："诗者，讽刺之言也，凭理而发，怨悱者不乱，好色者不淫，故曰'思无邪'。但其理玄，或在文外，与寻常文笔言理者不同，安得不涉理路乎？"①诗歌"凭理而发"，故理不可少。周容《春酒堂诗话》云："'诗有别才，非关书也；诗有别趣，非关理也'，此严沧浪之言，无不奉为心印。不知是言误后人不浅。请看盛唐诸大家，有一字不本于学者否？有一语不深于理者否？严说流弊遂至竟陵。"②也对严羽"非关理"之论提出批评。叶燮《原诗》云："自开辟以来，天地之大，古今之变，万汇之赜，日星河岳，赋物象形，兵刑礼乐，饮食男女，于以发为文章，形为诗赋，其道万千。余得以三语蔽一：曰理，曰事，曰情，不出乎此而已。然则诗文一道，岂有定法哉！先揆乎其理；揆之于理而不谬，则理得；次征诸事，征之于事而不悖，则事得；终契诸情，契之于情而可通，则情得。三者得而不可易，则自然之法立。故法者，当乎理，确乎事，酌乎情，为三者之平准，而无所自为法也。"③把宇宙万物视为理、事、情三个要素的统一，诗歌可以抒情、叙事，当然也可以明理，充分阐释了以理入诗的理论根据。

随着乾嘉考据学的兴盛，诗歌可以说理几为诗坛共识。因考据学虽然以文字训诂、名物典章考证为研究对象，但目的是求得对儒家经典义理层面的准确把握。受此影响，诗文领域也出现了追求义理、考证和辞章合一的风尚，对说理的认识也远较前代深刻。翁方纲《志言集序》云："昔虞廷之谟曰：'诗言志，歌永言。'孔庭之训曰：'不学诗，无以言。'言者，心之声也。文辞之于言，又其精者。诗之于文辞，又其谐之声律者。然'在心为志，发言为

---

① 冯班：《钝吟杂录》卷五，《景印文渊阁四库全书》第886册，第553页。

② 周容：《春酒堂诗话》，《清代诗文集汇编》第66册，第317页。

③ 叶燮著，蒋寅笺注：《原诗笺注》内篇上，上海古籍出版社2014年版，第118页。

诗'，一衷诸理而已。"①他先引"诗言志""言为心声"等传统论断，指出诗歌只是内心情志的表现，其特殊性只是注重声律的和谐，最后强调"一衷诸理"，视"理"为裁断、衡量万物之准则，诗歌自然也不能违背"理"。翁氏从诗歌发生的角度强调了"理"对于诗歌的重要性，传统文论"文原于道"中"文"包括诗，"道"同于理，"诗言志"就这样悄然变为诗言"理"。其《韩诗"雅丽理训诂"理字说》又云：

> 近有疑此篇理字者，故不得不为之说。曰理者，综理也，经理也，条理也。《尚书》之文，直陈其事，而诗以理之也。直陈其事者，非直言之所能理，故必雅丽而后能理之。雅，正也，丽，范也，韩子又谓诗正而范者是也。凡治国家者谓之理，治乐者谓之理，治玉者谓之理，治丝者谓之理，故曰"国史明乎得失之迹"，得与失，皆理也。又曰："以一国之事系一人之本，谓之风。言天下之事，形四方之风，谓之雅。颂者，美盛德之形容。"形与系，皆理也。又曰："风雅颂为三经，赋比兴为三纬，经与纬皆理也。"理之义备矣哉！然则训诂者，圣王之作也，理则孰理之欤？曰：作是诗者，不知也，及其成也，自然有以理之。此下句曰"曾经圣人手，议论安敢到"，此即理字自注也。理者，圣人理之而已矣。凡物不得其理则借议论以发之，得其理则和矣，岂议论所能到哉？至于不涉议论而理字之，浑然天成，不待言矣。非圣人孰能与于斯。②

翁氏认为"理"的基本含义是整理、治理、处理，与国家政治相关。《尚书》直陈其事，国史有感于得失而作诗，目的都是为了国家得到治理。因此，"理"是圣人之文的主要表现对象。表面来看，翁氏只是重申文学的政教传统，要求诗人关注国计民生，所论乃是儒家传统观念，但就深层而言，翁氏从理论上说明了"理"对于诗歌的重要性，借以肯定了以理入诗的价值。

---

① 翁方纲：《复初斋文集》卷四，《续修四库全书》第1455册，第390页。
② 翁方纲：《复初斋文集》卷十，《续修四库全书》第1455册，第440—441页。

基于"理"与国家政治的密切关系，"理足"自然成为优秀诗作的标准。陈文述《颐道堂诗自叙》云："余之从伯元先生游也久，萧君之馆余者今亦八年，所得绪论为多。先生之论诗也，曰：'作文之道不尽自文出，作诗之道亦不尽自诗出，自古未有不求根柢于六经诸史而可以自立者。'萧君之论诗也，曰：'诗必理足而后意足，意足而后气格生焉，篇终而不识命意之所在，是理不足也，是妄作也。'两君之论诗如此，虽不可以赅汉魏唐宋以来之诗人，然持论其最胜矣。"[①]陈文述引阮元、萧抡之论，把六经诸史视为作诗的基础，所言"理足""意足"均指作品所包含的与国家政治相关的现实功用，这与姜夔《白石道人诗说》"四种高妙"中的"理高妙""意高妙"颇有不同。姜夔重在艺术表现方式和审美效果，陈文述则是基于诗歌的政教社会功用。

与此同时，乾嘉诗家还列举大量诗作论证优秀作品可以谈理。张谦宜曰：

> 文章名理，世鲜兼长。诗非不要理，只是人不能于诗中见理耳。理无不包，语无不韵者，《三百篇》之《雅》、《颂》是也。不必以理为名，诗妙而理无不通者，《离骚》以迄汉、魏是也。但求词佳不堕理窠者，两晋、六朝以讫三唐是也。只求理胜不暇修词者，程、朱、邵子辈是也。风气日下，得一层必失一层，若天限之，生古人以后者，何处下手？
>
> 诗中谈理，肇自三《颂》。宋人则直泄道秘，近于钞疏，将古法婉妙处，尽变平浅，反觉腐而可厌。[②]

袁枚《随园诗话》云：

> 或云："诗无理语。"予谓不然。《大雅》："于缉熙敬止"；"不闻亦式，不谏亦入"：何尝非理语？何等古妙？《文选》："寡欲罕所缺，理来情无存。"唐人："廉岂活名具，高宜近物情。"陈后山《训

① 陈文述：《颐道堂文钞》卷一，《续修四库全书》第1505册，第552页。

② 张谦宜：《茧斋诗谈》卷一，《清诗话续编》上册，上海古籍出版社1983年版，第792页。

子》云："勉汝言须记，逢人善即师。"文文山《咏怀》云："疏因随事直，忠故有时愚。"又，宋人："独有玉堂人不寐，六箴将晓献宸旒。"亦皆理语；何尝非诗家上乘？至乃"月窟""天根"等语，便令人闻而生厌矣。①

张谦宜、袁枚通过列举经典中实例，表明《诗经》以后历代均不乏言理上乘之作，理不能入诗显然不符合创作实际。尤其是杜甫，乾嘉众多诗家都注意到杜甫说理的特征，并对此大加称赞。沈德潜评杜甫《诸将五首》道："五章议论时事，感慨淋漓，而辞气仍出以丁宁反复，所云'言者无罪，闻者足戒'。"②又评《述古》道："古今治乱判于此，此议论之纯乎纯者，谓作诗必斥议论，岂通论耶？"③翁方纲《杜诗"精熟文选理"理字说》云：

> 杜之言理也，盖根极于六经矣。曰"斯文忧患余，圣哲垂象系"，《易》之理也；曰"舜举十六相，身尊道何高"，《书》之理也；曰"春官验讨论"，《礼》之理也；曰"天王狩太白"，《春秋》之理也。其它推阐事变，究极物则者，盖不可以指屈，则夫大辂椎轮之旨，沿波而讨原者，非杜莫能证明也。④

翁氏采用常见的摘句批评方式，详细论述了杜甫"推阐事变，究极物则"的说理特点及表现。这类论述对"诗有别趣，非关理也"传统观念的批驳相当有说服力，理可以入诗逐渐成为乾嘉诗学被普遍接受的诗学观念。

二、诗歌说理的特殊性

乾嘉诗家普遍认为理可以入诗，但认为玄言诗与理学诗直接议论说理的方

---

① 袁枚著，顾学颉校点：《随园诗话》卷三，人民文学出版社1982年版，第94—95页。

② 沈德潜：《唐诗别裁集》卷十四，上海古籍出版社1979年版，第463页。

③ 沈德潜：《杜诗偶评》卷一，乾隆十二年（1747）赋闲草堂刻本，北京大学图书馆藏。

④ 翁方纲：《复初斋文集》卷十，《续修四库全书》第1455册，第440页。

式决不可取，诗歌说理应具有特殊性。

首先，诗歌说理应当立足于其抒情本质特点，并追求含蓄不尽的审美效果。文章说理追求的是透彻明晰的表达效果，诗歌说理则立于情感的抒发，并善于营造余味深长的表达效果。沈德潜《说诗晬语》云：

> 人谓诗主性情，不主议论。似也，而亦不尽然。试思二《雅》中，何处无议论？杜老古诗中，《奉先咏怀》、《北征》、《八哀》诸作，近体中，《蜀相》、《咏怀》、《诸葛》诸作，纯乎议论。但议论须带情韵以行，勿近伧父面目耳。戎昱《和蕃》云："社稷依明主，安危托妇人。"亦议论之佳者。①

所谓"须带情韵以行，勿近伧父面目"，即诗歌要富有审美趣味，不可像文那样进行抽象地说理议论，否则就粗鄙不堪。沈德潜还对杜甫、邵雍等人的诗歌说理进行分析：

> 读《秋兴八首》、《咏怀古迹五首》、《诸将五首》，不废议论，不弃藻缋，笼盖宇宙，铿戛韵钧，而横纵出没中，复含酝藉微远之致。②
> 杜诗："江山如有待，花柳自无私""水深鱼极乐，林茂鸟知归""水流心不竞，云在意俱迟"，俱入理趣。邵子则云："一阳初动处，万物未生时。"以理语成诗矣。王右丞诗不用禅语，时得禅理；东坡则云："两手欲遮瓶里雀，四条深怕井中蛇。"言外有余味耶？③

杜甫善于将说理融入抒情和叙事之中，能够充分展示其忧国忧民的精神，并给读者更加深厚的审美感受。邵雍《冬至吟》直接阐释阴阳变化，苏轼《三朵

---

① 沈德潜著，王宏林笺注：《说诗晬语笺注》卷下，人民文学出版社2013年版，第383—384页。

② 沈德潜著，王宏林笺注：《说诗晬语笺注》卷上，第234页。

③ 沈德潜著，王宏林笺注：《说诗晬语笺注》卷下，第400页。

花》叙述了人生阅历和感慨，均不足取。翁方纲《杜诗"精熟文选理"理字说》云：

> 自宋人严仪卿以禅喻诗，近日新城王氏宗之，于是有不涉理路之说，而独无以处。夫少陵"熟精文选理"之理字，且有以宋诗近于道学者为宋诗病，因而上下古今之诗，以其凡涉于理路者皆为诗之病，仅仅不敢以此为少陵病耳。然则孰是而孰非耶？曰："皆是也。"客曰："然则白沙、定山之宗《击壤》也，诗之正则耶？"曰："非也，少陵所谓理者，非夫《击壤》之流为白沙、定山者也。"客曰："理有二欤？"曰："理安得有二哉？顾所见何如耳。"①

翁方纲指出杜诗言理与陈献章、庄昶诗歌学习《击壤集》不同，邵雍、陈献章、庄昶诗歌言理是直接议论，没有兼顾诗歌的特殊性，缺少诗歌特有的韵味和美感，故不值得效法。

王夫之和叶燮也曾论及诗歌说理与古文有明显不同，王夫之《古诗评选》评鲍照《登黄鹤矶》云："经生之理，不关诗理，犹浪子之情，无当诗情。"②叶燮《原诗》云："必有不可言之理，不可述之事，遇之于默会意象之表，而理与事无不灿然于前者也。"③他们认识到诗歌说理不同于经学家对文理的阐释，不可直接道出，但对诗歌说理特殊性的具体表现缺少明确论述。乾嘉诗家则注重阐发诗歌说理的特殊表现，对诗歌说理论述得更加明确。

其次，乾嘉众多诗家反对诗歌说理变成语录讲义，贵有理趣。沈德潜《清诗别裁集·凡例》云：

> 诗不能离理，然贵有理趣，不贵下理语。陶渊明"汲汲鲁中叟，弥缝使其淳"，圣人表章《六经》，二语足以尽之。杜少陵"江山如有待，花

---

① 翁方纲：《复初斋文集》卷十，《续修四库全书》第1455册，第440页。
② 王夫之评选，张国星校点：《古诗评选》卷五，文化艺术出版社1997年版，第232页。
③ 叶燮著，蒋寅笺注：《原诗笺注》内篇下，上海古籍出版社2014年版，第194页。

柳自无私",天地化育万物,二语足以形之。邵康节诗,直头说尽,有何兴会?至明儒"太极圈儿大,先生帽子高",真使人笑来也。①

沈德潜所谓的"理趣",也就是运用生动形象的艺术手法揭示物理或事理,且能够引起读者的回味与想象。如杜甫《后游》"江山如有待,花柳自无私"为所游之景,却蕴含天地化育万物之意,与邵雍纯粹议论说理形成了鲜明的对比。袁枚《随园诗话》云:

> 诗家有不说理而真乃说理者。如唐人《咏棋》云:"人心无算处,国手有输时。"《咏帆》云:"恰认己身住,翻疑彼岸移。"宋人:"君王若看貌,甘在众妃中。""禅心终不动,仍捧旧花归。"《雪》诗:"何由更得齐民暖,恨不偏于宿麦深。"《云》诗:"无限旱苗枯欲尽,悠悠闲处作奇峰。"许鲁斋《即景》云:"黑云莽莽路昏昏,底事登车尚出门?直待前途风雨恶,苍茫何处觅烟村?"无名氏云:"一点缁尘涴素衣,瘢瘢驳驳使人疑。纵教洗遍千江水,争似当初未涴时?"②

袁枚同样认同诗歌应立足于形象性的描写来表达人事物理。类似主张在乾嘉诗家中相当普遍,张谦宜《茧斋诗谈》曰:"善谈理者,不滞于理,美人香草,江汉云霓,何一不可依托,而直须仁义礼智不离口,太极天命不去手,始谓之谈理乎?……文章名理,世鲜兼长。诗非不要理,只是人不能于诗中见理耳。"③诗歌应当依托美人、香草等事物来说理,不能直接下理语。可见,乾嘉诗论家认为诗歌可以说理,但义理的表现应当以艺术形象的塑造为基础,又要具有趣味之美,这是对"诗言志"传统观念的重大补充。

---

① 沈德潜等编:《清诗别裁集》,上海古籍出版社1984年版,第2页。

② 袁枚著,顾学颉校点:《随园诗话》卷三,人民文学出版社1982年版,第95页。

③ 张谦宜:《茧斋诗谈》卷一,《清诗话续编》上册,上海古籍出版社1983年版,第792页。

三、"学人之诗"与以学问济性情

随着诗歌说理的深入人心，"学人之诗"渐渐成为乾嘉诗家的常用术语。杭世骏《沈沃田诗序》云：

> 《三百篇》之中，有诗人之诗，有学人之诗。何谓学人？其在商则正考父，其在周则周公、召康公、尹吉甫，其在鲁则史克、公子奚斯。之二圣四贤者，岂尝以诗自见哉？学裕于己，运逢其会，雍容揄扬，而《雅》《颂》以作；经纬万端，和会邦国，如此其严且重也。①

杭世骏所称"学人"为正考父、周公、召康公、尹吉甫等人，他们都是朝廷官员。所谓"学人之诗"乃继承《雅》《颂》而来，特点是关注社会现实政治，艺术表现手法以赋陈、议论说理为主，与《国风》多表现男女之情、注重比兴有所不同。

陈文述《顾竹峤诗叙》云：

> 有诗人之诗，有才人之诗，有学人之诗。汉魏以来，陶之冲淡，鲍之俊逸，小谢之清华，王、孟、韦、柳之隽永澄澹，诗人之诗也。陈思之沉郁，康乐之生新，太白、东坡之旷逸朗秀，才人之诗也。韦孟之《讽谏》，张华之《励志》，少陵之时事，香山之讽谕，邵尧夫之温厚，陆放翁之忠爱，元遗山之睠怀故国，学人之诗也。国朝诗人辈出，踵武前代，亭林、梓亭为学人，愚山、渔洋为诗人，梅村、迦陵为才人。乾嘉以来，于斯为盛，并世诸贤，略可屈指。为诗人之诗者，则有我师仪征阮云台先生、无锡秦小岘司寇、蒙古法梧门祭酒、山左李石桐少鹤兄弟、莱阳赵北岚、山阴邵梦馀、嘉兴吴澹川、长洲王惕甫、彭秋士、吴枚庵、太仓彭甘亭、华亭姚春木、江西乐莲裳、吴兰雪，吴江郭频伽，海昌查梅史，钱塘厉樊榭、袁简斋、吴谷人、朱青湖、马秋药、钱谢庵、东生叔美兄弟、屠

---

① 杭世骏：《道古堂文集》卷十，《续修四库全书》第1426册，第296页。

琴坞从兄曼生。为才人之诗者，则有武进黄仲则、阳湖赵瓯北、洪稚存、湘潭张紫岘、会稽商宝意、大兴舒铁云、嘉兴王仲瞿、扬州汪剑潭、竹素竹海父子、遂宁张问陶、金匮杨蓉裳荔裳兄弟、金华周筼云、丹徒严丽生、常熟孙子潇、吴江赵艮夫。为学人之诗者，娄东萧樊村一人而已。[①]

陈文述把诗歌分为"诗人之诗""才人之诗""学人之诗"三类，"学人之诗"清代以前有韦孟《讽谏诗》、张华《励志诗》、杜甫时事诗、白居易讽谕诗及邵雍、陆游、元好问之作，清代早期有顾炎武、陆世仪，中期有萧抡。所言清代以前的"学人之诗"主要从题材内容加以判定，即反映社会现实、体现儒家伦理道德观念和政治理想之作。清代"学人之诗"主要从诗人是否具有"学者"的身份而判定。顾炎武、陆世仪为著名学者，萧抡曾受学于钱大昕，后入陈文述幕12年。陈文述《萧樊村传》曾载两人论诗之事："余少年所为诗，瓣香梅村，多伤繁富，君谓予曰：'君之诗，春华有余，秋实不足。独不闻'蒲柳之姿，望秋先零；松柏之质，经霜弥茂'乎？愿捐弃故技，更受要道也。'余始憬然，乃更究心于汉、魏、李、杜、韩、白、苏、黄诸家之作，有未合者，君纠摘不遗余力，余必即时改定。"[②]可知陈文述所言"学人之诗"的特点是题材内容关注社会现实，重质轻文，并重视对前代作品的学习。

孙原湘《黄琴六诗稿序》云：

> 言志之谓诗，而所以文其言者殊焉。有诗人之诗，有学人之诗。同一言德行，而《抑戒》学人之诗，《雄雉》则诗人之诗。同一饮酒，而《伐木》诗人之诗，《宾筵》则学人之诗。此辨之于气息，辨之于神味，不当于字句间求之也。[③]

《抑戒》属《大雅》，《毛诗序》云："《抑》，卫武公刺厉王，亦以自警

---

① 陈文述：《颐道堂文钞》卷一，《续修四库全书》第1505册，第553页。
② 陈文述：《颐道堂文钞》卷三，《续修四库全书》第1505册，第585页。
③ 孙原湘：《天真阁集》卷四十一，《续修四库全书》第1488册，第326页。

也。"①《雄雉》属《邶风》，《毛诗序》云："《雄雉》，刺卫宣公也。淫乱不恤国事，军旅数起，大夫久役，男女怨旷，国人患之而作是诗。"②《伐木》属《小雅》，《毛诗序》曰："《伐木》，燕朋友故旧也。自天子至于庶人，未有不须友以成者，亲亲以睦，友贤不弃，不遗故旧，则民德归厚矣。"③《宾筵》属《小雅》，《毛诗序》曰："《宾之初筵》，卫武公刺时也。幽王荒废，媟近小人，饮酒无度，天下化之，君臣上下沉湎淫液，武公既入，而作是诗也。"④孙原湘所言"诗人之诗"应该侧重于曲折委婉的手法抒情言志，如《雄雉》"雄雉于飞，泄泄其羽"，《伐木》"伐木丁丁，鸟鸣嘤嘤"，均托物起兴。"学人之诗"的特点是赋陈时事，直言道理。如《抑》"訏谟定命，远犹辰告""匪面命之，言提其耳"，《宾筵》"宾之初筵，左右秩秩。笾豆有楚，殽核维旅"，其写法与《雄雉》《伐木》讲究比兴明显不同。

杭世骏、陈文述、孙原湘所论乃是承袭传统诗歌分类而来。宋刘克庄《跋何谦诗》云："余尝谓以性情礼义为本、以鸟兽草木为料，风人之诗也；以书为本、以事为料，文人之诗也。"⑤把诗歌分为"风人之诗"和"文人之诗"两大类。明孙承恩《书朱文公感兴诗后》云："诗自《三百篇》后，有儒者、诗人之分。儒者之诗，主于明理；诗人之诗，专于适情，然世之人多右彼而抑此。故云烟风月，动经品题，而性命道德之言，为诗家大禁。少有及者，即曰涉经生学究气。"⑥把诗歌分为"儒者之诗"和"诗人之诗"两类。两人所言"诗人之诗"主于抒情，多借鸟兽草木、云烟风月而抒情；"文人之诗""儒者之诗"主于明理或叙事，多直接铺陈或说理议论。"诗人之诗"比较接近

---

① 郑玄笺，孔颖达等正义：《毛诗正义》卷一八之一，《十三经注疏》上册，上海古籍出版社1997年版，第554页。

② 郑玄笺，孔颖达等正义：《毛诗正义》卷二之二，《十三经注疏》上册，第302页。

③ 郑玄笺，孔颖达等正义：《毛诗正义》卷九之三，《十三经注疏》上册，第410页。

④ 郑玄笺，孔颖达等正义：《毛诗正义》卷十四之三，《十三经注疏》上册，第484页。

⑤ 刘克庄：《后村大全集》卷一百六，《四部丛刊初编》第277册，上海商务印书馆1935年版，第919页。

⑥ 孙承恩：《文简集》卷三十四，《景印文渊阁四库全书》第1271册，第459页。

《国风》，"文人之诗""儒者之诗"比较接近《雅》《颂》传统。

传统诗学对"文人之诗"的评价有所争议，肯定者如刘辰翁，其《赵仲仁诗序》云："后村谓文人之诗与诗人之诗不同，味其言外，似多有所不满，而不知其所乏适在此也。吾尝谓诗至建安，五、七言始生，而长篇反复，终有所未达，则政以其不足于为文耳。文人兼诗，诗不兼文也。杜虽诗翁，散语可见。唯韩、苏倾竭变化，如雷震河汉，可惊可快，必无复可憾者，盖以其文人之诗也。诗犹文也，尽如口语，岂不更胜彼一偏一曲自擅诗人诗。"①认为"文人之诗"能够兼有"诗人之诗"之长，赞誉有加。否定者如许学夷，其《诗源辩体》曰："风人之诗既出乎性情之正，而复得于声气之和，故其言微婉而敦厚，优游而不迫，为万古诗人之经。"②只是把"风人之诗"视为诗歌正统。这种对"文人之诗"地位的不同评价与唐宋诗之争息息相关，正是出于尊唐贬宋的立场，许学夷对韩愈、苏轼所代表的"文人之诗"评价较低。

乾嘉时期，诗坛对以学问见长的"文人之诗"不再一味贬斥，甚至等同于以比兴见长的"诗人之诗"，如翁方纲《谢蕴山〈咏史诗〉序》云：

> 有才人之诗，有学人之诗，二者不能兼也。山谷云："以古人为师，以质厚为本。"然吾尝见山谷手迹，荟萃史事，巨细不遗。自后山以下得其隶事之法，而所以学其学者，知者盖罕矣。昔与南康谢子极论黄诗之所以然，谢子尝以予所合校《任史注》三集锓于南昌，然吾观谢子所以学其学者不尽于此也。既而谢子殚前后十年之力补魏收魏澹之书，此非诗中所得力乎？然吾观谢子所以学其学者，抑仍不尽乎此也。今又积数年而成《咏史诗》八卷，其于唐人不袭胡曾之格调，其于山谷、后山以下隶事之法，亦不沿其面目，可谓勤且博矣。吾尝与谢子研精七律之选，取刘考功之言，名以志彀。今谢子之诗尚未全以付锓，而先举此以质诸学侣，吾知其必有得也。回忆三十年前城南风雪翦烛细论者，半皆才藻中事耳，必合

---

① 刘辰翁：《须溪集》卷六，《景印文渊阁四库全书》第1186册，第521页。

② 许学夷著，杜维沫校点：《诗源辩体》卷一，人民文学出版社1987年版，第2页。

诸学之所得，则学即才矣。谢子方敬承圣主知遇，膺方面封圻之任，慎持经术，以壹乃心，力将必合知能而一之，又岂特合才与学而一之也哉。①

翁方纲先言诗歌有"才人之诗"与"学人之诗"之不同，前者以天分见长，讲究兴会标举；后者以学问为主，讲究隶事之法，两者并无高下之分。又言黄庭坚对历代史实了然于心，堪为"学人之诗"的典范，后代只有陈师道继承了黄庭坚以学为诗的特点。最后指出谢启昆《咏史诗》师法黄庭坚"学人之诗"，且能独出心裁。可见，翁方纲所言"学人之诗"以记事见长，注重学问的积累。赵怀玉也有类似论断，《焦里堂诗序》云：

> 今天下之为学有二：一曰经术，一曰词章。为经术者，穿穴训诂，冥搜苦索，责以登高作赋而有所不暇。为词章者，渔猎载籍，拈新摘芳，求其折角夺席而有所不能。于是或鄙之曰浮，或陋之曰朴。岐性情学问而二之，求其兼者廑矣。吾友焦君里堂则异是……其诗陈言务去，戛戛独造，虽亦流连光景，而涉名教系风化者尤津津乐道之，使人犁然有当于心，夫乃叹君之弗可及矣。夫薪于工而工者，斤斤于格律，屑屑于字句，殚精力而为之，以是专门名家，取誉传世，诗人之诗，世所同也。不薪工而自工者，施之则有本，言之则有物，出余事而为之，以是畅怀舒愤，塞违从正，学人之诗，君是也。予于二者并有慕尚，而皆未窥其堂奥，然窃怪世之各掩其短而交相诋也。若里堂者，庶几合性情学问而兼其长，能不为习俗所囿乎。②

赵怀玉指出，传统观念把"经术"和"词章"视为两个领域，"经术"为学术研究，注重辨析事理，考证名物，缺点是朴实无华；"词章"为文学创作，注重书写性情，讲究辞采，缺点是轻浮浅薄。然后指出"诗人之诗"和"学人

---

① 翁方纲：《复初斋集外文》卷一，《清代诗文集汇编》第382册，第635页。
② 赵怀玉：《亦有生斋集》文卷四，《续修四库全书》第1470册，第48—49页。

之诗"的不同："诗人之诗"追求字句格律的艺术技巧，刻意求工；"学人之诗"则注重内容的充实，非刻意求工而自工，兼有性情和学问之长。他反对"各掩其短而交相诋"的不良风气，最终赋予"学人之诗"与"诗人之诗"同样的地位。

可见，在乾嘉诗人心目中，"诗人之诗"与"学人之诗"代表了两种不同的诗学传统。"诗人之诗"主于言情，表现手法讲究比兴，注重景物的刻画，主要继承《国风》传统；"学人之诗"关注国家政治事务，作者具有比较深厚的经术根柢，表现手法讲究铺叙或说理，主要继承《雅》《颂》传统。乾嘉之前，由于受"诗言志"传统观念的影响，主流诗学视"诗人之诗"为正宗。随着乾嘉考据学的兴盛，通经汲古成为时代风尚，"学人之诗"渐受推崇，以学问入诗也逐渐被众多诗家接受。

乾嘉诗学所说的"学人之诗"包含着以学问入诗和以学问济性情两种不同倾向。所谓以学问入诗，就是以金石考据或其他实学为创作题材，立足于求实精神，引学术研究入诗。如翁方纲《复初斋诗集》中数百首题画、题古迹、题碑之作，孙星衍《再至东省过河温各县》专谈治水方略，阮元《西洋来船初到》谈商贸，程恩泽《橡茧十咏》《橡茧歌》谈蚕桑之业等，均与传统注重感兴的诗歌明显不同。

以学问入诗提倡最力者为翁方纲，其《志言集序》云："士生今日，经籍之光，盈溢于世宙，为学必以考证为准，为诗必以肌理为准。"[①]翁氏之外，桂馥、蒋士铨、程晋芳、吴锡麒、王昶、纪昀、潘有为、冯敏昌等众多诗家也有相当数量的以学问入诗之作。值得注意的是黄景仁这位以天分而著称的诗人，入都之后受此影响，也创作有《王兰泉先生斋头消寒夜集观邝湛若天风吹夜泉砚作歌》《丙申冬于王述庵通政斋见邝湛若八分铭天风吹夜泉研为作歌今覃溪先生复出邝书洗研池三字拓本与研铭合装属题池在广州光孝寺邝读书处也先生视学广东曾访之》《丛竹图为金光禄素中题》《汉吉羊洗歌在程鱼门编修

① 翁方纲：《复初斋文集》卷四，《续修四库全书》第1455册，第390页。

斋头作》等大量鉴古品画之作。①

不过，乾嘉诗家也有否定以学问入诗的声音。程晋芳《望溪集后》云："夫诗有诗人之诗，有学人之诗，有才人之诗，而必以诗人之诗为第一。文有学人之文，有才人之文，而必以学人之文为第一。"②袁枚《随园诗话》云："人有满腔书卷，无处张皇，当为考据之学，自成一家。其次，则骈体文，尽可铺排，何必借诗为卖弄？自《三百篇》至今日，凡诗之传者，都是性灵，不关堆垛……近见作诗者，全仗糟粕，琐碎零星，如剃僧发，如拆袜线，句句加注，是将诗当考据作矣。"③朱庭珍认为："翁以考据为诗，饾饤书卷，死气满纸，了无性情，最为可厌。"④均主张以情入诗。尽管袁枚等人在诗坛具有巨大的影响力，但这种主张并没有完全压倒以学入诗的创作风气。经历过声势浩大的宗唐宗宋之争，乾嘉诗家已经能够兼容两者之长。以学入诗渊源于宋诗，相对于唐诗的丰神情韵难以超越，宋人"以筋骨思理见胜"⑤，其思理学问尚有很大的开掘空间。乾嘉众多诗家普遍具有深厚的学术功底，谙熟四部，故期待在以学问入诗领域开拓出新的天地。

相较于以情入诗与以学问入诗之争，重视学问、主张以学问济性情堪称此期诗坛共识。明确主张学习宋诗的浙派、秀水派、肌理派众多诗家自不待言，以宗唐为主要特征的格调派也是如此。沈德潜《说诗晬语》云：

> 严仪卿有"诗有别才，非关学也"之说，谓神明妙悟，不专学问，非教人废学也。误用其说者，固有原伯鲁之讥。而当今谈艺家，又专主渔猎，若家有类书，便成作者，究其流极，厥弊维钧。吾恐楚则失矣，齐亦

---

① 李圣华《黄仲则与清中叶考据学风》对此有比较深入的分析，文章载于《文艺研究》2007年第8期。

② 程晋芳著，魏世民校点：《勉行堂诗文集》文集卷四，黄山书社2012年版，第771页。

③ 袁枚著，顾学颉校点：《随园诗话》卷五，人民文学出版社1982年版，第146页。

④ 朱庭珍：《筱园诗话》卷二，《清诗话续编》下册，上海古籍出版社1983年版，第2364页。

⑤ 钱锺书：《谈艺录》，中华书局1984年版，第2页。

未为得也。①

沈氏主要批评浙派以学问入诗的不良倾向，在肯定诗歌抒情功能的同时，又指出学问乃是诗家的基本素质。沈氏弟子中，钱大昕、王鸣盛、毕沅等人皆为乾嘉考据大师。王昶《示长沙弟子唐业敬》云：

> 诗道之多，正如汉家宫阙，千门万户。然其择之也，与古文同果，能熟读深思，傅以学问，辅以才气，壮以声调，何患不成大家？至七言古诗，断以杜、韩、苏、陆为宗，余或偶及之，不可为准则也。②

王昶也认为诗家要熟读前代作品，并以学问为依托，方能成为大家，把学问视为诗家的重要素质。

以才性见长的洪亮吉、袁枚等人同样把学问视为涵养性情的重要途径。洪亮吉《北江诗话》云："今世士惟务作诗，而不喜涉学，逮世故日胶，性灵日退，遂皆有'江淹才尽'之诮矣。"③"才"本从天分中来，但洪氏认为只要不断提升学识，就能避免江郎才尽的结局。袁枚《随园诗话》云："诗难其真也，有性情而后真；否则敷衍成文矣。诗难其雅也，有学问而后雅；否则俚鄙率意矣。"④把学问视为避免俚鄙率意的有效手段。他们都认为，只有学问才能提升诗人性情的境界。

另外，法式善、吴锡麒、陈文述等人也把学问视为弥补性情俚俗的重要手段。法式善《鲍鸿起野云集序》云："诗之为道也，从性灵出者，不深之以学问，则其失也纤俗。从学问出者，不本之以性情，则其失也庞杂。兼其得而无

---

① 沈德潜著，王宏林笺注：《说诗晬语笺注》卷下，人民文学出版社2013年版，第342页。

② 王昶著，陈明洁、朱惠国、裴风顺点校：《春融堂集》卷六十八，上海文化出版社2013年版，第1129页。

③ 洪亮吉著，陈迩冬校点：《北江诗话》卷三，人民文学出版社1983年版，第59页。

④ 袁枚著，顾学颉校点：《随园诗话》卷七，人民文学出版社1982年版，第234页。

其失，甚矣其难也。"①认为诗歌应抒发性灵，还要精通学问，这样方能避免纤俗。吴锡麒《任畏斋都督二峨草堂学稿愚稿序》云："力有莫能穷者学，性有不可及者愚，而论诗者往往标举别才，拨张慧业，于是空疏之习、佻巧之风二者交讥焉。夫风雅之旨，剖判甚微，神妙于虚，而诣征诸实，果学而不溺于学，斯鸢鱼之趣通之矣。惟愚而善用其愚，则金石之诚托之矣。"② "别才"即吟咏情性，但容易导致"空疏之习、佻巧之风"，唯济之以学问，方能避免这种缺失。陈文述《颐道堂诗自叙》云："作诗之道，亦不尽自诗出，自古未有不求根柢于六经诸史而可以自立者。"③欲立于诗林，须以经史为根柢。三家均把学问视为诗家的重要素质。

以学问入诗与以学问济性情均体现出对学问的重视，但它们的诗学内涵具有明显的不同。以学问入诗大大拓展了诗歌的表现领域，是对诗歌表达情感传统观念的革新。以学问济性情则是对传统创作主体相关理论的继承。刘勰《文心雕龙·体性》曾指出创作主体包含才、气、学、习四个因素，并把"积学以储宝，酌理以富才"看作"驭文之首术，谋篇之大端"，将作家后天的学识提高到重要地位。杜甫亦重"学"，所谓"读书破万卷，下笔如有神"。乾嘉诗家以学问济性情不但认为学问能够增加才气，而且可以医俗，性灵也离不开学问，由此导致清诗呈现出以学为诗的特点。

综合来看，乾嘉诗学对诗歌本质的理解有两个新意：一是拓展了"诗教"的内涵，把它改造成涉及诗歌功能、题材内容和审美效果等多方面要求的诗学术语。二是乾嘉众多诗论家把说理视为诗歌内容的重要方面，这是对传统诗学观念的巨大修正。这种修正有助于弥缝长期以来《国风》传统与《雅》《颂》传统的对立，也有助于提升以叙事著称的汉乐府、唐代新乐府的诗学地位，大大拓展了传统诗歌经典体系。

---

① 法式善：《存素堂文集》卷二，《续修四库全书》第1476册，第690页。
② 吴锡麒：《有正味斋骈体文》卷三，《续修四库全书》第1468册，第627页。
③ 陈文述：《颐道堂文钞》卷一，《续修四库全书》第1505册，第552页。

第四章 乾嘉诗学对前代诗歌的定位

随着众多前代诗歌别集、总集的大量刊行，乾嘉诗家的阅读范围大大拓展，对历代诗人诗作艺术风貌和历史定位的分析更加客观全面。本章结合诗话、诗选、论诗杂著相关论述来归纳乾嘉诗学所建构的诗史观，拟分古诗、唐诗、宋金元诗和明诗四节，分别考察乾嘉诗学对不同时代经典作家作品的推举过程。

第一节 对唐前诗歌经典体系的修正

传统诗家对唐前诗歌的命名有"八代诗""汉魏六朝诗""古诗"等不同。"八代诗"指汉、魏（三国）、晋、宋、齐、梁、陈、隋八个朝代，如王闿运有《八代诗选》，陆奎勋有《八代诗揆》，张守有《八代诗淘》，当代学者葛晓音有《八代诗史》。以"八代"代指唐前的优点是内涵比较明确，不足是对北朝诗歌有所忽略。"汉魏六朝"较"八代"更为常用，如张溥有《汉魏六朝百三名家集》，周贞亮有《汉魏六朝诗三百首》，吴汝纶有《汉魏六朝百三家集选》等，其不足是"六朝"内涵不一，有时指东吴、东晋和南朝之宋、齐、梁、陈（它们均以金陵为都城），有时指晋、宋、齐、梁、陈、隋（乃建安和唐代两个诗歌高峰之间的低谷），而吴淇《六朝选诗定论》中的"六朝"却指汉、魏、晋、宋、齐、梁。以"古诗"指代先唐诗稍有歧义，因为"古诗"也常用来指诗歌体裁，如毛先舒云："乐府、古诗，相去不远。然大抵古诗以和婉为旨，以详雅为绪，以典则为其辞。乐府以淫泆凄戾为旨，以变乱为绪，以俳谐诘屈为其词。"①不过，由于"古诗"相对较为简洁，故被明清诗家所习用。如李攀龙《古今诗删》分为古诗选、唐诗选、明诗选三部分，钟惺、谭元春《诗归》分为古诗、唐诗两部分，王夫之有《古诗评选》《唐诗评选》，沈德潜有《古诗源》《唐诗别裁集》，均把古诗与唐诗并称，代指唐前诗歌。

一、汉魏诗歌的分野及其诗学意义

汉魏诗歌存在着天然的联系，长期被推举为《诗》《骚》之后的创作高峰和诗学典范。唐代陈子昂《与东方左史虬修竹篇序》云："文章道弊五百年矣，汉魏风骨，晋宋莫传，然而文献有可征者。"②可谓推崇备至。宋代严羽《沧浪诗话》亦云："汉魏之诗，词理意兴，无迹可求"③，"汉魏古诗，气象浑沌，难以句摘"④。同样赞誉有加。但明代以来，汉魏并称的传统观念开始受到质疑。七子派基于辨体的诗学立场，更加关注各个时期诗歌艺术风貌的差异，对魏诗不同于汉诗的特质越来越详尽地加以说明，汉魏分野逐渐成为明末以来的诗学主流观念，甚至直接影响了当代文学史家对诗歌史的书写。本节主要考察汉魏诗歌走向分野的具体过程，并对其中所蕴含的诗学意义加以揭示。

（一）王世贞、胡应麟对汉魏诗歌异质的揭示

严羽《沧浪诗话》在评价历代诗歌时，曾指出汉魏与盛唐诗歌均属最高典范，却又认为学诗者应该"以盛唐为法"，因为汉魏时期诗歌体制尚不完备，所谓"后舍汉魏而独言盛唐者，谓古律之体备也"⑤。明七子对严羽诗学的发展首先表现为区分古体与近体的价值体系，近体可以学习盛唐，古体应该师法

---

① 毛先舒：《诗辩坻》卷一，《清诗话续编》上册，上海古籍出版社1983年版，第23页。

② 陈子昂：《陈拾遗集》卷一，上海古籍出版社1992年版，第10页。

③ 严羽著，张健校笺：《沧浪诗话校笺》，上海古籍出版社2012年版，第525页。

④ 严羽著，张健校笺：《沧浪诗话校笺》，第533页。

⑤ 严羽著，张健校笺：《沧浪诗话校笺》，第185页。

汉魏。何景明《海叟集序》云：

> 盖诗虽盛称于唐，其好古者自陈子昂后，莫若李、杜二家。然二家歌行、近体，诚有可法；而古作尚有离去者，犹未尽可法之也。故景明学歌行、近体有取于二家，旁及唐初、盛唐诸人；而古作必从汉魏求之。①

这里"歌行""近体""古作"并称，可知"歌行"约略等同于七古，"古作"乃指五古。何景明认为近体与七古应该师法李白、杜甫及初、盛唐诗人，而五古需要师法汉魏诗歌。显然，在何景明的诗歌价值体系中，汉魏五古的成就超越了唐人。这种观念被李攀龙所认可，《古今诗删·选唐诗序》云："唐无五言古诗，而有其古诗。陈子昂以其占诗为古诗，弗取也。"②以汉魏五古为正宗，把陈子昂等唐人五古视为旁流，这是对严羽"以盛唐为法"核心诗学主张的巨大修正。

何景明、李攀龙对严羽诗学的修正启发了后世诗论家对各期诗作艺术风貌和历史地位的细致辨析，沿着这一思路，王世贞对严羽汉魏并称的诗学观念提出了质疑，《艺苑卮言》云：

> 曹公莽莽，古直悲凉。子桓小藻，自是乐府本色。子建天才流丽，虽誉冠千古，而实逊父兄。何以故？材太高，辞太华。③

王世贞认为曹操诗歌尚具有汉乐府本色，而曹植诗歌的辞采过于华丽，缺少汉诗特有的质朴浑厚之美，故"实逊父兄"。王世贞还指出："子桓之《杂诗》二首，子建之《杂诗》六首，可入《十九首》，不能辨也。若仲宣、公幹，便觉自远。"④仅把曹丕、曹植《杂诗》等少数篇章推举为最高典范。不难发

---

① 何景明：《何大复集》卷三十四，中州古籍出版社1989年版，第595页。
② 李攀龙：《唐诗选》，《续修四库全书》第1611册，第622页。
③ 王世贞：《艺苑卮言》卷三，《历代诗话续编》，中华书局1983年版，第987页。
④ 王世贞：《艺苑卮言》卷三，《历代诗话续编》，第989页。

现，王世贞心目中的古诗最高典范大多数属于汉代。此前，皎然对汉魏诗歌的不同已有察觉，《文镜秘府论》录皎然《诗议》云："建安三祖、七子，五言始盛，风裁爽朗，莫之与京，然终伤用气使才，违于天真，虽忌松容，而露造迹。"①又云："至如曹刘诗，多直语，少切对。或五字并侧，或十字俱平，而逸价终存。"②但皎然《诗式·邺中集》云："邺中七子，陈王最高。刘桢辞气偏；王得其中。不拘对属；偶或有之，语与兴驱，势逐情起，不由作意，气格自高，与《十九首》其流一也。"③认为汉魏诗歌的艺术风貌虽有不同，但诗学地位约略相仿。相较而言，王世贞把建安与汉代诗歌明确加以区分，又基于魏诗讲究技巧不同于汉诗的自然古质，进而推断建安代表诗人曹植的诗歌成就反而逊于曹操、曹丕，这是对传统汉魏并称观念的根本颠覆。

胡应麟论诗深受王世贞影响，《诗薮》在评价汉魏诗歌时，非常注意阐发王世贞汉魏有别的独特观念。胡应麟认为，从文质关系来看，汉魏诗歌均属文质兼备，但汉诗文质的结合贴切自然，魏诗不免流于生硬。《诗薮》云："汉人诗，质中有文，文中有质，浑然天成，绝无痕迹，所以冠绝古今。魏人赡而不俳，华而不弱，然文与质离矣。"④"文"是作品的修辞技巧，"质"是作品的情感内容，汉诗情感的表达与修辞技巧做到了完美的统一，"质中有文，文中有质"；魏诗却因注重修辞技巧而削弱了情感的表达，故"文与质离"。胡应麟还指出，从艺术风貌来看，汉诗因不刻意追求创作技巧而呈现出天工自然之美，魏诗相反。《诗薮》云："子建《名都》、《白马》、《美女》诸篇，辞极瞻丽，然句颇尚工，语多致饰，视东、西京乐府，天然古质，殊自不同。"⑤魏代诗人追求辞采之美，难免对作品刻意修饰，所以不同于汉诗的"天然古质"。综合来看，胡应麟对汉魏诗歌的不同特征论述得更加透彻，并

---

① 遍照金刚撰，卢盛江校考：《文镜秘府论汇校汇考》南卷，中华书局2006年版，第1394页。

② 遍照金刚撰，卢盛江校考：《文镜秘府论汇校汇考》南卷，第1506页。

③ 皎然著，李壮鹰校注：《诗式校注》卷一，人民文学出版社2003年版，第110页。

④ 胡应麟：《诗薮》内编卷二，上海古籍出版社1979年版，第22页。

⑤ 胡应麟：《诗薮》内编卷二，第29页。

透露出鲜明的崇汉贬魏倾向。

　　基于汉魏有别、崇汉贬魏的诗学立场，胡应麟对严羽关于汉魏诗歌的论述做出了两个重大修正：第一，严羽"气象浑沦，难以句摘"仅适于汉诗。胡应麟认为魏诗有意追求警句，开启了六朝浮靡之风，《诗薮》云："严谓建安以前，气象浑沦，难以句摘，此但可论汉古诗。若'高台多悲风'、'明月照高楼'、'思君如流水'，皆建安语也。子建、子桓工语甚多，如'月霞夹明月，华星出云间'，'秋兰被长坂，朱华冒绿池'之类，句法字法，稍稍透露。仲宣、公幹以下寂寥，自是其才不及，非以浑沦难摘故也。"①第二，古诗最高典范属于汉代，魏诗意味着诗道的沦落。《诗薮》云："两汉之诗，所以冠古绝今，率以得之无意；不惟里巷歌谣，匠心信口，即枚、李、张、蔡，未尝锻炼求合，而神圣工巧，备出天造。今欲为其体，非苦思力索所小，当尽取汉人一代之诗，玩习凝会，风气性情，纤悉具领。若楚大夫于身处庄岳，庶几齐语。建安、黄初，才涉作意，便有阶级可寻，门户可入，匪其才不逮，时不同也。"②所谓"阶级""门户"，即字法、句法、章法的整饬工巧，这正是魏诗不同于汉诗天然古质的重要表现。

　　总之，胡应麟把魏诗视为诗歌发展的分水岭。之前诗歌属严羽所言"不假悟"，无意求工而自工，是自然天成的典范；之后，人工痕迹越来越明显，成就渐趋没落，故落下乘。自此，常被视为一体的汉魏诗歌的界限被清晰地加以揭示。

（二）明清古诗选本对魏诗新变因素的强调

　　王世贞、胡应麟区分汉魏、崇汉贬魏的诗学主张对后世影响很大，此后众多古诗选本开始凸显两者的不同，包括反对七子派的竟陵派也有意无意地吸收了这一观念。《古诗归》入选汉诗4卷，199首，总量高居各代之首；魏诗仅1卷，43首，总量远少于汉诗。《古诗归》把汉诗视为最高典范，大大降低魏诗的地位，在选本领域彻底改变了传统诗学汉魏并称的做法。

---

① 胡应麟：《诗薮》内编卷二，上海古籍出版社1979年版，第32页。

② 胡应麟：《诗薮》内编卷二，第24—25页。

众所周知，竟陵派的审美理想是基于七子派和公安派之弊而发。七子派主张师法古人，易导致诗歌内容流于虚假；公安派主张抒发性灵，易使诗歌流于俚俗，竟陵派则试图在真实和雅正之间开拓出一条新路，"厚"于是成为此派核心诗学观念。钟惺《与高孩之观察》云："诗至于厚而无余事矣。然从古未有无灵心而能为诗者，厚出于灵，而灵者不即能厚。弟尝谓古人诗有两派难入手处：有如元气大化，声臭已绝，此以平而厚者也，《古诗十九首》、苏、李是也。有如高岩峻壑，岸壁无阶，此以险而厚者也，汉郊祀、铙歌、魏武帝乐府是也。非不灵也，厚之极，灵不足以言之也。然必保此灵心，方可读书养气，以求其厚。若夫以顽冥不灵为厚，又岂吾孩之所谓厚哉！"[①]"厚"指诗歌内容的质朴，"灵"指表现方式的自然，所谓"厚出于灵，而灵者不即能厚"强调质朴离不开自然，但表达方式的自然尚不能达到质朴的最高境界，因此，诗人需要读书养气来涵养性情，以求自然与质朴的统一。不难发现，钟、谭论诗与公安派同样强调性情的自然抒发，只是认为性情不能流于俚俗，而应质朴温厚。试看钟惺对汉乐府《华烨烨》的评点：

> 郊庙登歌，事鬼之道也。幽感玄通，志气与鬼神接。肤语、文语，如何用得？汉人不学雅颂，自为幻奥之音，千古特识。魏以下，步步套仿汉人，便失之矣。正以其奇奥处不及雅颂，然语亦有平平者，正是郊庙肃雍之体。谭友夏谓圈点所不能加，正是古人文章大处，至言也。此可类推，然庸者未可借口。[②]

"肤语"是指刻意流于表面，缺少内心真实情感的流露，"文语"是指刻意地修饰，钟惺认为魏诗"步步套仿汉人"，缺少真情实感，自然难为典范。钟惺又评汉诗曰：

---

① 钟惺：《隐秀轩集》卷二十八，上海古籍出版社1992年版，第474页。

② 钟惺、谭元春：《古诗归》卷五，《续修四库全书》第1589册，第407页。

　　苏、李、《十九首》与乐府微异，工拙深浅之外，别有其妙。乐府能着奇想，着奥辞，而古诗以雍穆平远为贵。乐府之妙在能使人惊，古诗之妙在能使人思。然其性情光焰，同有一段千古常新，不可磨灭处，被后人作诗者，人人拟作一番。若以为不可已之例，不容变之规，高者别求奇奥，于本色已远；若但摩揣其面貌音字，使俗人手中、口中、眼中，人人得有十九首，至使读书者喜诵乐府，而不喜诵古诗，非古诗之过，而拟古诗者之过。故乐府犹可拟，古诗不可拟也。①

钟惺指出汉代古诗和乐府的共同特点是"性情光焰，同有一段千古常新，不可磨灭处"，即具有"厚"和"灵"的特点。钟惺还对模仿《十九首》的行径大加嘲讽，越追求与古人相合，反而离"厚""灵"越远。可见，竟陵派认为汉诗情感内容真实雅正、表现方式自然天成，所谓不求工而自工，故堪称诗学最高理想的代表。相对而言，魏诗则是质朴汉音向华美六朝诗转变的关键。钟惺评曹丕《杂诗》云："曹氏父子高古之骨，苍凉之气，乐府妙手，五言古则减价矣。"谭元春则点评道："钟此论极确，作乐府歌行手，以之为五言古，多有格格不入处，作者亦不自知。"②在他们看来，魏诗刻意追求艺术修饰和人工锤炼的做法已经不同于汉诗的自然质朴、语浅情深，两代诗歌之间存在着显著的差别，这种观念与王世贞、胡应麟多有相合，应是钟、谭借鉴七子诗学的结果。

　　入清之后，尽管七子派、竟陵派均颇受非议，但他们对汉魏诗歌的定位却不乏余响。陈祚明《采菽堂古诗选》评曹操道："细揣格调，孟德全是汉音，丕、植便多魏响。取法乎上，仅得乎中。孟德欲为三代以上之词，劣乃似汉；子桓兄弟取法于汉，体遂渐沦矣。"③把曹操诗歌视为承继汉人，曹丕、曹植兄弟则代表魏代新风，汉魏有别的意味十分显著。不过，陈祚明对魏诗新变的

---

　　①　钟惺、谭元春：《古诗归》卷六，《续修四库全书》第1589册，第420页。

　　②　钟惺、谭元春：《古诗归》卷七，《续修四库全书》第1589册，第428页。

　　③　陈祚明评选，李金松点校：《采菽堂古诗选》卷五，上海古籍出版社2008年版，第126—127页。

价值定位与明人多有不同。《采菽堂古诗选》评曹植道：

> 古学之不兴也，以纂绣组织者为才，此非古人所谓才也。夫才也，能也，其心敏，其笔快，能道人不易道之情，状人不易状之景。左驰右骋，一纵一横，畅达淋漓，俯仰自得，是之谓才。得之于天，不可强也。若多识古今，博于故实，此尽人可以及之。且夫纂绣组织，非其多之为贵。五色之丝，锦绮之具也，散陈而未合，不足为华；经纬而织之矣，条理错彩，色不匀称，九章紊乱，颠倒天吴，可谓华乎？……于此观之，可知子建之诗矣！[①]

此论针对王世贞关于曹植"材太高，辞太华"之论而发，陈祚明既肯定曹植具有很高的创作天分，又强调曹诗所呈现的辞采华茂与后世刻意雕琢辞章全然不同，维护之意相当明显。另外，陈祚明同样强调曹植与曹操是两代诗风的代表，所谓"子建既擅凌厉之才，兼饶藻组之学，故风雅独绝，不甚法孟德之健笔"[②]，但对魏诗这种辞华的特色却持肯定的态度。

沈德潜也有类似看法，《古诗源》入选汉诗142首，魏诗96首，在《序》中，沈德潜提到汉魏诗歌的选诗原则："于汉京得其详，于魏晋猎其华。"[③] 入选汉诗务求详备，对魏诗只是撷其英华。沈德潜又评《古诗十九首》云：

> 《十九首》大率逐臣、弃妻、朋友阔绝死生新故之感。中间或寓言，或显言，反覆低徊，抑扬不尽，使读者悲感无端，油然善入，此《国风》之遗也。言情不尽，其情乃长，后人患在好尽耳，读《十九首》应有会心。清和平远，不必奇辟之思、惊险之句，而汉京诸古诗皆在其下，五言中方员之至。[④]

---

① 陈祚明评选，李金松点校：《采菽堂古诗选》卷六，第154—155页。
② 陈祚明评选，李金松点校：《采菽堂古诗选》卷六，第155页。
③ 沈德潜：《古诗源》，中华书局1963年版，第2页。
④ 沈德潜：《古诗源》卷四，第92页。

沈德潜先详细分析了《古诗十九首》的题材内容和表现方式，进而总结说《古诗十九首》继承了《诗经》的传统，风格"清和平远"，是五言古诗的最高典范。所谓"不必奇辟之思，惊险之句"，隐隐透露出对后代愈演愈烈的琢句风气的批评。《古诗源》对魏诗的分析也相当细致，评曹操云："孟德诗犹是汉音，子桓以下，纯乎魏响。"①评曹丕云："子桓诗有文士气，一变乃父悲壮之习矣。要其便娟婉约，能移人情。"②强调曹操承袭汉音，曹丕、曹植开创新风。沈德潜还指出这种开创主要表现为艺术技巧的自觉追求，其评曹植云："子建诗五色相宣，八音朗畅，使才而不矜才，用博而不逞博。苏、李以下，故推大家。"③所谓"五色相宣"，自然是指其辞采华美，"八音朗畅"乃指音韵之美，"大家"则暗示其与代表"正宗"的汉诗有别。又评《名都篇》云："《名都》、《白马》二篇，敷陈藻彩，所谓修词之章也。"④评《赠白马王彪》"章法绝佳"⑤，《杂诗》"最工起调"⑥，从这些评价来看，沈德潜认为曹植诗作不同于汉诗的自然天成、委婉含蓄、语浅情深，开始注重辞采、对偶、章法等艺术技巧，《诗经》风雅传统自曹植之后开始有所改变。

张玉谷《古诗赏析》延续了汉魏有别的倾向，但崇汉贬魏的意味并不明显。全书入选汉诗125首，魏诗80首，比例与《古诗源》十分接近。张氏同样推崇汉诗的天工自然，但不再批评魏诗对艺术技巧的刻意追求，而是从指导后学的角度对这些技巧详加分析并有所接纳。其评曹植《朔风诗》云："总论之，首章起得飘忽，次章承得纤徐，三章落得紧醒，四章叙得曲折，五章收得错综。真乃有美必臻，无懈可击。"⑦又评《赠白马王彪》云："连章诗，通

---

① 沈德潜：《古诗源》卷五，中华书局1963年版，第103页。

② 沈德潜：《古诗源》卷五，第107页。

③ 沈德潜：《古诗源》卷五，第111页。

④ 沈德潜：《古诗源》卷五，第115页。

⑤ 沈德潜：《古诗源》卷五，第122页。

⑥ 沈德潜：《古诗源》卷五，第124页。

⑦ 张玉谷著，许逸民点校：《古诗赏析》卷八，上海古籍出版社2000年版，第187—188页。

长观之，原是一章，须将正意、旁意、总意以及领挈、过峡、开拓诸意相间成章，方无复沓渗漏之弊。如此题与白马王生离，正意也。与任城王死别，旁意也。以死别醒生离，总意也。作者以此三意，位置第二、第四、第六三章，而以挈领、过峡、开拓三意虚实相间出之，谋篇最为尽善。选中连章诸作，虽因题制变，各各不同，善学者无不可以隅反也。"[①]这些评点采用文本细读的方式，基于起、承、转、合的八股文结构模式对作品加以分析，从而为读者提供具体的作诗法门。

综合相关评点不难发现，入清以后，王世贞、胡应麟"汉魏有别"的观念已深入人心，魏诗作为文人诗的肇始隐然成为诗坛共识。

（三）格调论诗、试律取士与清人对魏诗的重新定位

清代陈祚明、沈德潜、张玉谷等人对魏诗的评价是清人对明七子格调论诗吸收完善的结果。有感于明七子格调说极端复古之弊，清人很少主张古诗仅仅师法汉代或汉魏，而是把最高典范扩展到更多时代，因此，崇汉贬魏的诗学主张在清代较少得到响应。如沈德潜《唐诗别裁集·凡例》论五古云：

> 五言古体，发源于西京，流衍于魏、晋，颓靡于梁、陈，至唐显庆、龙朔间，不振极矣。陈伯玉力扫俳优，直追曩哲，读《感遇》等章，何尝在黄初间也？张曲江、李供奉继起，风裁各异，原本阮公。唐体中能复古者，以三家为最。

> 过江以后，渊明诗胸次浩然，天真绝俗，当于语言意象外求之。唐人祖述者，王右丞得其清腴，孟山人得其闲远，储太祝得其真朴，韦苏州得其冲和，柳柳州得其峻洁，气体风神，翛然埃壒之外。

> 苏、李、《十九首》以后，五言所贵，大率优柔善入，婉而多风。少陵材力标举，篇幅恢张，纵横挥霍，诗品又一变矣。要其为国爱君，感时伤乱，忧黎元，希稷、高，生平种种抱负，无不流露于楮墨中，诗之变，

① 张玉谷著，许逸民点校：《古诗赏析》卷八，第194页。

情之正者也。新宁高氏列为大家，具有特识。①

在沈德潜所构建的五古经典体系中，被明七子视为正宗的苏李诗、《古诗十九首》以及曹植、阮籍、左思仍居于典范地位，其风格特点是寓意深远、托词温厚。陶渊明诗以其闲淡高古也居于典范地位，至于杜甫篇幅恢张、纵横挥霍，同样能鼎足为三。从师法对象范围来看，沈德潜远较明七子宽广。而在清代其他诗论家五古经典体系中，不仅是曹植、阮籍、左思，甚至齐梁时期的沈约、谢朓、庾信等人也被接纳。李调元《雨村诗话》云：

> 诗之绮丽，盛于六朝，而就各代分之，亦有首屈一指之人。如梁则以鲍照（明远）为第一，其乐府如五丁开山，得未曾有，谢瞻辈所不及也。齐则以谢朓（玄晖）为第一，名句络绎，俱清俊秀逸，武帝、简文帝所不及也。梁则以江淹（文通）为第一，悲壮激昂，何逊犹足比肩，任昉辈瞠乎后矣。陈则以阴铿为第一，琢句之工，开杜子美一派，徐陵、江总不及也。至北周则唯庾信子山一人而已，不但诗凌轹百代，即赋启四六，上下千古，实集大成，宜为词坛之鼻祖也。②

李调元把谢朓、江淹、何逊、阴铿、庾信推为大家，甚至把庾信誉为"凌轹百代"，可谓推崇备至。郑虎文《训士八则》论"诗学正宗"云："齐则元晖，梁则江淹、何逊，隽永深秀，并各冠冕一代，余子莫及。"③也把谢朓、江淹、何逊视为可以师法的对象。王昶《舟中无事偶作论诗绝句四十六首》、舒位《向读文选诗爱此数家不知其人可乎因论其世凡作者十人诗九首》对齐梁时期的谢朓、江淹和沈约均有好评。

---

① 沈德潜：《唐诗别裁集》，上海古籍出版社1979年版，第2页。

② 李调元著，詹杭伦、沈时蓉校正：《雨村诗话校正（二卷本）》卷上，巴蜀书社2006年版，第10页。

③ 郑虎文：《吞松阁集》卷四十，《四库未收书辑刊》第10辑第14册，北京出版社1997年版，第416页。

从这些论述来看，清代诗论家并不认同明七子"古诗宗汉魏，近体宗盛唐"及"宗汉贬魏"等主张，呈现出鲜明的诗学价值观念多元化的倾向，传统诗学不甚重视的众多诗人也被标举，就最高典范的范围而言，远较前代宽广。清人虽然认同汉诗质朴浑厚、魏诗渐趋精工这种观念，但又承认这种新变乃是诗歌发展的必然趋势，故对汉魏诗歌不再强分高下。

除了对明代格调说的修正，试律取士制度也是清人接纳魏诗的重要原因。作为缘情言志的载体，诗歌一直是魏晋以来传统文人最习用的文体，但由于不同时代科举政策的不同，诗歌的地位其实经历了高低起伏的变化。吴乔云："唐人重诗，方袍、狭邪有能诗者，士大夫拭目待之。北宋犹然，以功名在诗赋也。既改为经义，南宋遂无知诗僧妓，况今日乎？"①唐代以诗赋取士，诗歌迎来了创作的高峰。南宋之后诗歌与"功名"无关，地位的沦落也就难以避免。不仅如此，由于明清两代八股文要求考生大量背诵儒家经义，且写作程式比较固定，优秀诗歌则讲究师心独创，两者似乎难以兼容，这直接导致师长们因担心影响科举而反对子弟习诗。但是，诗歌的社会地位在乾隆二十二年（1757）得到根本的改变。此年，乾隆有感于科场论判大多陈陈相因，于是颁旨将会试二场的表文改为五言排律。《钦定大清会典则例》载："嗣后会试第二场表文，可易以五言八韵唐律一首。……其即以本年丁丑科会试为始。"②所谓利禄之门既开，名利之徒趋进。伴随着科举制度的变化，明代以来的"作诗妨举"观念轰然倒塌。随着诗才成为入仕的基本要求，学诗风气渐趋浓厚。

唐代试律多用五言，召试与应制有时用七言。与唐代相比，清代对试律诗的格式限制得更加严格，诗题、用韵、句数、用字皆有定例，只有合乎这些定例，士子们才有可能中式并步入仕途。商衍鎏《清代科举考试述录》云："试律虽原于近体，但近体与试律实不相同。古近体义在于我，试帖义在于题；古近体不可无我，试帖诗不可无题，此其所以异者。"③作为入仕的敲门砖，

---

① 吴乔：《围炉诗话》卷一，《清诗话续编》上册，上海古籍出版社1983年版，第477页。

② 《钦定大清会典则例》卷六十六，《景印文渊阁四库全书》第622册，第181页。

③ 商衍鎏著，商志醰校注：《清代科举考试述录及有关著作》，百花文艺出版社2004年版，第261页。

试律诗必须满足许多基本条件，如商衍鎏所言："是以作试律者，须先辨体，次审题，次命意，次布格，次琢句，次炼气，次炼神。李守斋桢分类诗脬分为八法，一押韵，二诠题，三裁对，四琢句，五字法，六诗品，七起结，八炼格。"[①]可见，试律诗对基本规范和表现技巧的要求更加精细，故此期纪昀《庚辰集》、李锳《诗法易简录》、翁方纲《五言诗平仄举隅》等众多诗学著作都是结合作品来讲解诗歌的声律、结构、布局、命题等要素，前代诗话常见的印象式批评被实证性讲解所取代。相对而言，以质朴自然而著称的汉诗反而不如讲究技巧的魏诗更利于初学。如张玉谷评曹植《杂诗（高台多悲风）》云：

> 此首隐言君听不聪，己终恋主，可作诸首之冒。首二，于兴意中比出国乱主昏之象，最工远势。"之子"四句，接叙己之被放，路远思深，略逗怀忠心事。后六，申言陈悃无由而心伤也，却从孤雁飞鸣，忽然不见中，插叙而出，不特连者断之，局法变动，且藉此添得色泽矣。妙妙。[②]

张玉谷先论此诗主旨是抒发忠臣恋主之意，又指出前二句"高台多悲风，朝日照北林"以比兴手法写出君主被小人蒙蔽，次四句承接上文抒发忠君忧国之情，最后叙述忠君之情不被理解的痛苦。从措辞到内容，张玉谷的评点呈现出鲜明应试色彩，正是出于试律取士的现实需要。基于这种功利性需求，"无迹可求""难以句摘"的汉诗对初学者的指导意义反而不如魏诗，所以，乾隆之后，众多诗论家论及魏诗"作用之迹"时，已很少再持否定的态度。

综上所述，汉魏诗歌的关系经历了从并称到分野的变化，这种分野又可以分为两个阶段：第一阶段以明代后期王世贞为标志，在承认汉魏有别的前提下，对魏诗较为贬斥。这种观念是格调说逐渐走向深入的反映。此时，众多诗论家不再满足于"取法乎上"的泛泛之论，开始对不同时期各种诗歌体裁的艺术风貌详加辨析，魏诗异于汉诗的特质从而得以揭示。由于此期格调说仍然把

---

① 商衍鎏著，商志醰校注：《清代科举考试述录及有关著作》，百花文艺出版社2004年版，第263页。

② 张玉谷著，许逸民点校：《古诗赏析》卷九，上海古籍出版社2000年版，第198页。

"第一义"之作局限于各种诗体的早期作品，由此导致诗论家常通过揭示汉魏诗歌的不同来凸显汉诗的最高典范意义。第二阶段以清代中期乾嘉诗学群体为标志，同样承认汉魏有别，但对魏诗的新变特征多有接纳。这种接纳有两个原因：一方面，清代诗论家扩大了明代格调说"第一义"之作的范围，吸收了六朝及中晚唐作品，重新建构了各种体裁的经典体系，魏诗也重新受到好评。另一方面，清代以诗取士制度的实行使众多诗论家出于教授初学的目的，更加重视诗法的探讨，在这种背景下，注重技巧的魏诗因利于初学而更受青睐。总之，汉魏诗歌走向分野是格调论诗从兴起趋于深入的反映，也是清代诗论家对格调说逐渐完善的结果，其积极意义不容忽视。

二、晋诗高峰

历代诗家均认为晋诗是继汉魏之后的第二个高峰，但对于这个高峰是处于西晋还是东晋却存在争议。唐前诗论家比较推崇西晋诗，随着陶渊明地位的提升，晋诗高峰逐渐转至东晋。乾嘉诗家延续了宋人对陶渊明的推崇，对西晋代表诗人陆机的批评更加严厉。

沈约较早对西晋诗歌予以高度推崇，《宋书·谢灵运传论》云："降及元康，潘、陆特秀，律异班、贾，体变曹、王，缛旨星稠，繁文绮合。缀平台之逸响，采南皮之高韵，遗风余烈，事极江右。"①指出潘、陆辞采华美的新变特征，且以汉魏为喻。钟嵘《诗品序》云："尔后陵迟衰微，迄于有晋。太康中，三张、二陆、两潘、一左，勃尔复兴，踵武前王，风流未沫，亦文章之中兴也。"②专论太康诗歌创作的巨大成就，视为"文章中兴"。宋代之后，西晋诗家的崇高地位开始动摇。严羽《沧浪诗话·诗评》云："汉魏古诗，气象混沌，难以句摘。晋以还方有佳句，如渊明'采菊东篱下，悠然见南山'，谢灵运'池塘生春草'之类。"③明确认为两晋不如汉魏，且举陶渊明、谢灵运

① 沈约：《宋书》卷六十七，中华书局1974年版，第6册，第1778页。
② 钟嵘著，曹旭笺注：《诗品笺注》，人民文学出版社2009年版，第14页。
③ 严羽著，张健校笺：《沧浪诗话校笺》下册，上海古籍出版社2012年版，第533页。

为两晋代表诗人（笔者注：严羽把阮籍和谢灵运都归为晋代诗人，与传统定位不同）。此后诗家论及晋诗盛衰，或两晋并称，或独标东晋陶渊明，西晋已经不再成为汉魏之后的第二个高峰。胡应麟《诗薮》云："当涂以后人才，故推典午。二陆、二潘、二张、二傅外，太冲之雄才，茂先之华整，季伦之雅饬，越石之清峭，景纯之丽尔，元亮之超然。方外则葛洪、支遁，闺秀则道韫、若兰。自宋迄隋，此盛未睹。"[1]所举涵盖两晋众多诗家。而沈德潜尤为推崇东晋，《古诗源·例言》云："壮武之世，茂先、休奕，莫能轩轾；二陆、潘、张，亦称鲁卫。太冲拔出于众流之中，丰骨峻上，尽掩诸家。钟记室季孟于潘、陆之间，非笃论也。后此越石、景纯，联镳接轸。过江末季，挺生陶公，无意为诗，斯臻至诣，不第于典午中屈一指云。"[2]把陶渊明视为两晋首屈一指之诗人。

两晋诗坛高峰转移的实质是陶渊明和陆机诗坛地位的变化。钟嵘把陆机与曹植、谢灵运相提并论，分别视为建安、太康和元嘉三个时期的代表。《诗品》评陆机曰："其源出于陈思。才高辞赡，举体华美。气少于公幹，文劣于仲宣。尚规矩，不贵绮错，有伤直致之奇。然其咀嚼英华，厌饫膏泽，文章之渊泉也。张公叹其大才，信矣！"[3]基于才气学识和辞藻华美两方面的原因对陆机高度推崇，这正是六朝文坛的主流审美风尚。也正是这个原因，萧统《文选》收陆诗52首，总量居全选之首，且远远多于陶渊明的8首。不过，随着时代文风的变化，陶渊明地位不断提升，陆机却日趋下降。严羽《沧浪诗话·诗评》云："晋人舍陶渊明、阮籍嗣宗外，惟左太冲高出一时，陆士衡独在诸公之下。"[4]认为陆机低于陶渊明、阮籍和左思。王世贞《艺苑卮言》云："陆病不在多而在模拟，寡自然之致。"[5]指责陆诗缺少自然风致之美。

乾嘉诗家对晋诗的评价延续了严羽以来的观念，把陶渊明视为最优秀的诗

---

①　胡应麟：《诗薮》外编卷二，上海古籍出版社1979年版，第144页。

②　沈德潜：《古诗源》，中华书局1963年版，第2页。

③　钟嵘著，曹旭笺注：《诗品笺注》，人民文学出版社2009年版，第75页。

④　严羽著，张健校笺：《沧浪诗话校笺》下册，上海古籍出版社2012年版，第545页。

⑤　王世贞：《艺苑卮言》卷三，《历代诗话续编》中，第993页。

人，对陆机的批评愈加严厉。沈德潜《古诗源》评陆机：

> 士衡诗亦推大家，然意欲逞博，而胸少慧珠，笔又不足以举之，遂开
> 出排偶一家。西京以来，空灵矫健之气，不复存矣。降自齐、梁，专工队
> 仗，边幅复狭，令阅者白日欲卧，未必非士衡为之滥觞也。兹特取能运动
> 者十二章，见士衡诗中，亦有不专堆垛者。○谢康乐诗，亦多用排，然能
> 造意，便与潘、陆辈迥别。○士衡以名将之后，破国亡家，称情而言，必
> 多哀怨。乃词旨敷浅，但工涂泽，复何贵乎？○苏、李、《十九首》，每
> 近于《风》，士衡辈以作赋之体行之，所以未能感人。○《文赋》云"诗
> 缘情而绮靡"，殊非诗人之旨。①

沈氏特意强调了陆机所开创的诗风对后世创作的不良影响，批评陆诗"词旨敷
浅"，并指责"诗缘情而绮靡"之论。《古诗源》入选陆机诗作11首，与左思
并列第十二位，但如果考虑到左思现存诗15首、陆机现存诗约110首的话，不
难发现沈德潜轻陆倾向十分明显。与此相对，他对陶渊明可谓推崇备至，《古
诗源》云：

> 渊明以名臣之后，际易代之时，欲言难言，时时寄托，不独《咏荆
> 轲》一章也。六朝第一流人物，其诗有不独步千古者耶？钟嵘谓其原出于
> 应璩，成何议论！清远闲放，是其本色，而其中自有一段渊深朴茂，不可
> 几及处。唐人王、储、韦、柳诸公，学焉而得其性之所近。②

沈德潜指出，"清远闲放"为陶诗本色，又强调"其中自有一段渊深朴茂，
不可几及处"，此评与苏轼"质而实绮，癯而实腴"③基本同义，均指陶诗平
淡处见警策，朴素中见绮丽，在平常的事物描写中蕴含有丰富的情感，而这

---

① 沈德潜：《古诗源》卷七，第156页。
② 沈德潜：《古诗源》卷八，中华书局1963年版，第182—183页。
③ 苏轼：《和陶诗》，《苏东坡全集》续集卷三，中国书店1986年版，第70页。

种情感又是和陶渊明高洁的理想密不可分的。《古诗源》入选陶诗多达63首，总量高居首位。显然，在沈氏看来，陶诗最接近风雅精神。郑虎文《训士八则》云："诗学宜知正宗也。……左太冲、刘越石、郭景纯，典午之盛。过江而后，笃生渊明，超晋轶魏，浸淫乎汉氏矣。"①认为陶渊明直继两汉，高出魏、晋。可见，陶渊明堪称唐前诗人最杰出的典范，乾嘉诗家对此毫无异议。

陶诗以平淡自然而著称，乾嘉诗家在沿袭苏轼"癯而实腴"侧重于思想内容的分析之外，还注重从法度技巧的角度称赞陶诗。如张玉谷《古诗赏析》评《命子》曰：

> 题名《命子》，而前路历叙家世源流，至第八章方入正面，似乎太缓，不知述祖德正以颂孙谋，皆为后两章己之望子厚集其势，不嫌辞费也。至通体叙次之虚实相生，繁简互用，整散错出，正喻夹写，章法亦复美备。②

前代诗论家很少论及陶氏《命子》这首四言诗，张玉谷认为此诗具有严密的章法，前六章历叙祖宗功德，第七章写自己的颓废和对生子的渴望，第八章写给儿子命名的含义，最后两章望子成才。在叙述祖宗功德时，对功业最显著的远祖陶舍、曾祖陶侃、祖父陶茂叙述较详，其他则略写。可见，陶诗的修辞、章法均经过精心安排。赵文哲也有类似论断，《婳雅堂诗话》云："陶公（潜）之诗，元气淋漓，天机潇洒，纯任自然。然细玩其体物抒情、传色结响，并非率易出之者。世人以白话为陶诗，真堪一哂。"③指出陶诗绝非轻率随意而作，乃精心而为。

此外，乾嘉众多诗家对陶渊明高洁人品纷纷赞颂，仰慕之意溢于言表。如王昶《舟中无事偶作论诗绝句四十六首》论陶渊明：

---

① 郑虎文：《吞松阁集》卷四十，《四库未收书辑刊》第10辑第14册，第416页。

② 张玉谷编撰，许逸民点校：《古诗赏析》卷十二，上海古籍出版社2000年版，第291页。

③ 赵文哲：《婳雅堂别集》卷四，《四库未收书辑刊》第10辑第26册，第474页。

欲试弦歌亦偶然，何堪束带小儿前。不须更说河山感，乐处分明继昔贤。（陶渊明）①

法式善《诗龛十二像·陶彭泽》云：

弹琴不弹琴，饮酒非饮酒。篱下几丛菊，门外五株柳。诗在天地间，适然为我有。②

舒位《向读文选诗爱此数家不知其人可乎因论其世凡作者十人诗九首》云：

云浮鸟倦早怀田，乡里儿来巧作缘。仕宦中朝如酒醉，英雄末路以诗传。五株柳树羲皇上，一水桃花魏晋前。只有东坡闲不过，加餐遍和义熙年。（陶渊明）③

陈文述《画屏怀古诗》云：

吾爱陶渊明，托兴惟酒杯。桃源忘魏晋，莲社期宗雷。作吏不称意，长歌归去来。④

孙原湘《读渊明集》云：

半隐神仙半隐耕，桃花（原）〔源〕记自分明。种桑久已非吾土，采菊聊还竟此生。剑术未忘歌壮士，玉瑕何碍赋闲情。一篇归去来辞在，惭

---

① 王昶著，陈明洁、朱惠国、裴风顺点校：《春融堂集》卷二十二，上海文化出版社2013年版，第433页。
② 法式善：《存素堂诗初集录存》卷八，《续修四库全书》第1476册，第524页。
③ 舒位著，曹光甫点校：《瓶水斋诗集》卷八，上海古籍出版社2009年版，第315页。
④ 陈文述：《颐道堂诗选》卷十七，《续修四库全书》1505册，第119页。

愧储、王学未成。①

顾光旭《论诗四首·陶靖节》云：

> 陶公羲皇上，远我遗世情。北窗弄和风，太音本希声。道腴化为液，
> 冲澹含晶莹。履霜知天寒，木落知松贞。赠答寓形影，意与樽垒倾。遥遥
> 千载心，孤云纵复横。②

他们都极力歌颂了陶渊明高蹈于世、不慕荣利的高逸情怀，并视陶渊明为文人理想的化身。

总体而言，乾嘉诗论家对晋诗的评价基本延续了明七子以来的定位，把东晋陶渊明视为晋诗乃至整个古诗的最高典范。与宋人基于平淡推崇陶诗不同，乾嘉诗论家也非常重视揭示陶诗内涵风格的多样性以及淡泊名利的高逸情怀，陶渊明最终成为中国传统文人诗学理想和人格理想的最高典范。

三、元嘉三大家

元嘉（424—453）是南朝宋文帝年号，共30年，学界常以元嘉代指刘宋文学。元嘉是南朝少有的安定时期，《资治通鉴》评宋文帝刘义隆云："帝性仁厚恭俭，勤于为政；守法而不峻，容物而不弛。百官皆久于其职，守宰以六期为断；吏不苟免，民有所系。三十年间，四境之内，晏安无事，户口蕃息；出租供徭，止于岁赋，晨出暮归，自事而已。间阎之间，讲诵相闻；士敦操尚，乡耻轻薄。江左风俗，于斯为美，后之言政治者，皆称元嘉焉。"③此期也是古诗发展的转折点，许学夷曰："太康五言，再流而为元嘉。然太康体虽渐入俳偶，语虽渐入雕刻，其古体犹有存者；至谢灵运诸公，则风气益漓，其习

---

① 孙原湘：《天真阁集》卷一，《续修四库全书》1487册，第528页。

② 顾光旭：《响泉集》诗卷二，《续修四库全书》1451册，第307页。

③ 司马光编著，胡三省音注：《资治通鉴》卷一百二十三，中华书局1956年版，第8册，第3869页。

尽移，故其体尽俳偶，语尽雕刻，而古体遂亡矣。"①指出元嘉诗歌刻意追求艺术技巧，用字精工，讲究对偶，对景物精心雕刻，汉魏古诗浑厚之气至此不存，标志着汉魏古诗传统的终结和近体抒情传统的开端。历代诗家对元嘉诗歌的这种新变特征并无异议，主要争论是围绕"元嘉三大家"②的地位高下而展开的。

最早推崇颜延之、谢灵运的是齐代文宗沈约，《宋书》评谢灵运曰："灵运少好学，博览群书，文章之美，江左莫逮。"③评颜延之曰："延之与陈郡谢灵运俱以词彩齐名，自潘岳、陆机之后，文士莫及也，江左称颜、谢焉。"④《谢灵运传论》论历代文学之变迁，于刘宋独标颜、谢："爰逮宋氏，颜、谢腾声，灵运之兴会标举，延年之体裁明密，并方轨前秀，垂范后昆。"⑤沈约把谢灵运、颜延之视为潘岳、陆机之后成就最大的诗人。《宋书》虽提及鲍照，但未与颜、谢并论。

梁代萧子显对鲍照较为重视，《南齐书·文学传论》云："颜、谢并起，乃各擅奇，休、鲍后出，咸亦标世。"⑥又把当时创作分为"三体"，一是"出灵运而成"，一是"鲍照之遗烈"，另一类的特点是"缉事比类，非对不发"，即用典繁复，对仗精工，与颜延之诗风比较接近。至此，鲍照得以跻身于颜、谢之列。不过，萧子显的观念并非文坛定论，刘勰和钟嵘在论及刘宋诗歌时，仍然延续了沈约的定位。《文心雕龙·时序》云："王袁联宗以龙章，颜谢重叶以凤采，何范张沈之徒，亦不可胜也。"⑦未提及鲍照。钟嵘《诗品》列谢灵运为上品，颜延之、鲍照为中品，其《序》云："元嘉初，有谢灵

① 许学夷著，杜维沫校点：《诗源辩体》卷七，人民文学出版社1987年版，第108页。

② "元嘉三大家"之称肇始于严羽，《沧浪诗话·诗体》论"元嘉体"曰："宋年号。颜、鲍、谢诸公之诗。"郭绍虞释曰："当时称颜谢，后人以鲍照文辞赡逸，古乐府遒丽，每与颜谢比肩，称为三家。"（严羽著，郭绍虞校释：《沧浪诗话校释》，人民文学出版社1983年版，第54页。）

③ 沈约：《宋书》卷六十七，中华书局1974年版，第6册，第1743页。

④ 沈约：《宋书》卷七十三，第7册，第1904页。

⑤ 沈约：《宋书》卷六十七，第6册，第1778页。

⑥ 萧子显：《南齐书》卷五十二，中华书局1972年版，第908页。

⑦ 刘勰著，范文澜注：《文心雕龙注》卷九，人民文学出版社1958年版，第675页。

运，才高词盛，富艳难踪，固以含跨刘、郭，陵轹潘、左。故知陈思为建安之杰，公幹、仲宣为辅。陆机为太康之英，安仁、景阳为辅。谢客为元嘉之雄，颜延年为辅：斯皆五言之冠冕，文词之命世也。"①也是以谢灵运居首，颜延之其次，鲍照尚不能鼎足而三。

唐宋时，鲍照地位不断提升，一度取代颜延之，与谢灵运并称"鲍谢"。杜甫《遣兴五首》云："赋诗何必多，往往凌鲍谢。"《戏寄崔评事表侄、苏五表弟、韦大少府诸侄》曰："忍待江山丽，还披鲍谢文。"高度褒奖鲍照。之后严羽《沧浪诗话·诗体》论"元嘉体"明确把三人并称，《诗评》则重新排列了三人座次，谓："颜不如鲍，鲍不如谢，文中子独取颜，非也。"②至此，鲍照的诗坛地位大大提升。

明代众多诗话和古诗选本延续了严羽对"元嘉三大家"的座次安排，鲍照越来越受重视，甚至偶尔取代谢灵运，被视为最优秀诗人。如李攀龙《古今诗删》选谢灵运诗16首，颜诗5首，鲍诗多达19首，位居宋人之首。不过《古今诗删》这种观念并未成为共识。另一部著名古诗选本《古诗归》入选谢灵运25首，高于颜延之的14首和鲍照的18首，仍然把谢灵运视为元嘉最优秀的诗人。

清代诗论家对元嘉诗歌的评价仍然集中在"三大家"，仅从古诗选本来看，鲍照被公认为此期最优秀的诗人。下表是清代五部古诗选本对三人的入选数量：

	采菽堂古诗选	古诗笺	古诗评选	古诗源	古诗赏析
谢灵运	72	31	31	25	14
颜延之	34	19	3	20	15
鲍　照	128	46	47	42	28

由上表可知，鲍照诗歌入选数量均高于谢灵运，在清人心目中，鲍照显然被视为元嘉最优秀的诗人。

与诗选不同，乾嘉时期的众多诗话和论诗杂著对"三大家"诗坛地位的

① 钟嵘著，曹旭笺注：《诗品笺注》，人民文学出版社2009年版，第18—19页。

② 严羽著，张健校笺：《沧浪诗话校笺》下册，上海古籍出版社2012年版，第549页。

看法并不一致。乔亿《剑溪说诗》云：“汉魏诗浑然无涯埃，至谢康乐始有致力处，千古标准，不专在游山诗也。”①黄子云《野鸿诗的》云：“康乐于汉、魏外别开蹊径，舒情缀景，畅达理旨，三者兼长，洵堪睥睨一世。”②两人似乎是承继沈约、钟嵘等南朝传统观念，对谢灵运开创一代诗风的作用赞赏有加。不过，乔亿、黄子云这种独推谢灵运的主张并非诗坛主流观念，多数诗论家从辨体的立场出发，把谢灵运和鲍照视为元嘉最优秀的两位诗人。沈德潜《古诗源·例言》云：“诗至于宋，体制渐变，声色大开。康乐神工默运，明远廉隽无前，允称二妙。延年声价虽高，雕镂太甚，未宜鼎足矣。”③明确强调谢灵运和鲍照为元嘉两大家，颜延之不足以并称。《古诗源》评颜延之曰：

> 颜诗，惠休品为镂金错采，然镂刻太甚，填缀求工，转伤真气，中间如《五君咏》、《秋胡行》，皆清真高逸者也。○士衡长于敷陈，延之长于镂刻，然亦缘此为累。《诗》云“穆如清风”，是为雅音。④

所言颜诗“镂刻太甚”，大致指喜用古事、对偶精工之弊。又评谢灵运、鲍照曰：

> 前人评康乐诗，谓东海扬帆，风日流利。此不甚允。大约经营惨淡，钩深索隐，而一归自然。山水闲适，时遇理趣，匠心独运，少规往则。建安诸公，都非所屑，况士衡以下。陶诗合下自然，不可及处，在真在厚。谢诗追琢而返于自然，不可及处，在新在俊。千古并称，厥有由夫。⑤
>
> 明远乐府，如五丁凿山，开人世所未有，后太白往往效之。五言古亦

---

① 乔亿：《剑谿说诗》卷上，《清诗话续编》上册，上海古籍出版社1983年版，第1079页。

② 黄子云：《野鸿诗的》，《清诗话》下册，上海古籍出版社1978年版，第862页。

③ 沈德潜：《古诗源》，中华书局1963年版，第2页。

④ 沈德潜：《古诗源》卷十，第224页。

⑤ 沈德潜：《古诗源》卷十，第232页。

在颜、谢之间。抗音吐怀，每成亮节。其高处远轶机、云，上追操、植。①

　　沈德潜认为谢诗与汉人、陶渊明发自天性的自然不同，而是通过经营安排、琢磨锻炼所达到的自然，标志着新一代诗风的兴起。谢诗之前，诗风总体上是古朴平淡的；谢诗之后，诗人们开始追求声色之美。谢诗之高，在于其追琢词句而又能合于自然。沈德潜还指出，鲍照乐府诗具有慷慨不平之气，与曹操、曹植的沉郁高古是一致的。

　　赵文哲也有相似的看法，《娵雅堂诗话》云："谢康乐（灵运）善谈名理，其写山水之趣，凿险锤幽，迥非后人思议所及，妙在仍出以自然，故有初日芙蓉之目。学五古者不可不以此为根柢。……鲍明远（照）踔厉风发，独出无前，或嫌豪气未除，施于乐府为宜。"②把谢灵运视为五古大家，于鲍照则肯定其乐府的成就。郑虎文《训士八则》"论诗"云："自宋以下，渐事雕华，风格稍替，然宋则康乐、明远，齐则元晖，梁则江淹、何逊，隽永深秀，并各冠冕一代。"③同样把两人视为宋诗典范。此外，齐召南《评选诗十三首》④、舒位《向读文选诗爱此数家不知其人可乎因论其世凡作者十人诗九首》⑤、顾光旭《论诗四首》标举陶渊明、谢灵运、鲍照、谢朓等四位诗人⑥，也未提及颜延之。总体而言，在乾嘉众多诗论家看来，颜延之已经难乎

----

① 沈德潜：《古诗源》卷十一，第249页。

② 赵文哲：《娵雅堂别集》卷四，《四库未收书辑刊》第10辑第26册，第474页。

③ 郑虎文：《吞松阁集》卷四十，《四库未收书辑刊》第10辑第14册，第416页。

④ 齐召南《评选诗十三首》评谢灵运曰："谢氏郁多才，康乐最矫矫。艳丽人所珍，刻意人所少。山水换老庄，陈言岂得扰。屦齿恣冥搜，置身峰缥渺。得意必清新，境则旷而杳。光禄且不如，渌水芙蓉晓。骈偶能若斯，是曰出群鸟。"评鲍照曰："声调日靡然，明远才独健。鸷鸟摩云霄，逸足逐雷电。悲歌溯越石，有气轶公幹。若论七言诗，此子开生面。"（《宝纶堂诗钞》卷一，《续修四库全书》第1428册，第588页。）

⑤ 舒位评谢灵运曰："永嘉游览会稽遍，范水模山好画图。不负平生几两屐，尚捐身后数茎须。池塘生草春如梦，天下量才语太粗。成佛生天等闲事，诗人作贼古来无。"评鲍照曰："俊逸真堪定品评，杜陵老眼胜钟嵘。尤工乐府幽燕曲，谁比参军郑卫声。朝士自来多见嫉，文人从古好相轻。如何更向荆州去，愁杀空梁薛道衡。"（曹光甫校点：《瓶水斋诗集》卷八，上海古籍出版社2009年版，第315页。）

⑥ 顾光旭：《响泉集》诗卷二，《续修四库全书》第1451册，第307页。

元嘉大家之盛名，而谢灵运和鲍照各有所长，是元嘉诗歌最优秀的两位代表。

值得注意的是，此期有少数诗家开始对谢灵运进行严厉批评。汪师韩《诗学纂闻》云：

> 《南史》齐武陵王煜诗学谢灵运体，以呈高帝，帝报曰："见汝二十字，诸儿作中，最为优者；但康乐放荡作体，不辨有首尾，安仁、士衡深可宗尚，颜延之抑其次也。"其称述安仁、士衡、延之，盖不免局于时尚；而谓康乐不辨有首尾一语，卓识冠绝千古。余尝取其全集读之，不但首尾不辨也，其中不成句法者，殆亦不胜指摘。[1]

汪师韩批评谢诗"首尾不辨""不成句法"，即结构不当，用词繁芜，冗长沉闷，性情不彰，[2]主要从艺术上着眼。而潘德舆则立足于人品否定谢诗，《养一斋诗话》云：

> 颜、谢并称，谢诗更优于颜。然谢则叛臣也，颜生平不喜见要人，似有见地，然苟赤松讥其外示寡求，内怀奔竞，干禄祈进，不知极己，文人无行，何足持哉！诸乱臣逆党之诗，一概不选不读，以端初学之趋向，而立诗教之纲维。[3]

潘氏视谢灵运为叛臣，人品卑下，其诗自然不符合诗教原则，价值有限。

汪师韩和潘德舆对谢灵运的批评貌似有些片面，却与整个乾嘉诗坛的主流审美观念基本一致。一方面，随着儒家诗学观念逐渐成为官方主流话语，重视诗歌的教化功能、以人品高下评定诗品成为乾嘉诗坛共识，潘德舆正是基于这个原因，把由晋入宋的谢灵运视为"叛臣"，进而否定其诗作。另一方面，从严羽、明七子到沈德潜，格调诗学理论一直绵延不绝，通过辨体的方式衡量历

---

① 汪师韩：《诗学纂闻》，《清诗话》上册，上海古籍出版社1978年，第454页。

② 参见时国强《元嘉三大家研究》相关论述，陕西师范大学博士论文，2008年，第169页。

③ 潘德舆著，朱德慈辑校：《养一斋诗话》卷三，中华书局2010年版，第46—47页。

代诗家自然是乾嘉诗人的通常做法。就五言古诗而言，汉、魏和晋代陶渊明被公认为最优秀的五古作品。谢灵运五古讲究用字、对偶精工，题材由传统的抒情转向写物，已经不同于传统五古的古朴浑然，受到非议也就不难理解了。

四、齐梁诗风

南朝齐、梁、陈三代因诗风相近，故文学史家常合而论之，统称"齐梁"①。严羽《沧浪诗话》有"齐梁体"，自注曰："通两朝而言之。"仅指朝代而言。但后人基于齐梁诗歌注重格律、风格绮丽的特点，常以"齐梁"代指风格，如冯班《严氏纠谬》所言："若以诗体言，自直至唐初，皆齐梁体也。"②

据逯钦立《先秦汉魏晋南北朝诗》统计，齐诗约430首，梁诗约2270首，陈诗约590首，其中梁诗约占先唐诗歌26.6%，总量居各代之首，但历代均评价较低。其中李谔、陈子昂等人采取完全排斥的态度。李谔《上隋高祖革文华书》云："降及后代，风教渐落。魏之三祖，更尚文词，忽君人之大道，好雕虫之小艺。下之从上，有同影响，竞骋文华，遂成风俗。江左齐、梁，其弊弥甚，贵贱贤愚，唯务吟咏。遂复遗理存异，寻虚逐微，竞一韵之奇，争一字之巧。连篇累牍，不出月露之形；积案盈箱，唯是风云之状。"③陈子昂《与东方左史虬修竹篇序》云："仆尝暇时观齐梁间诗，彩丽竞繁，而兴寄都绝，每以永叹。"④元稹《唐故工部员外郎杜君墓系铭并序》云："宋齐之间，教失根本，士子以简慢歌习舒徐相尚，文章以风容色泽放旷精清为高，盖吟写性灵，流连光景之文也；意义格力，两无取焉。陵迟至于梁陈，淫艳刻饰，佻巧

①　比较特殊的是魏徵，《隋书·文学传序》云"暨永明、天监之际，太和、天保之间，洛阳、江左，文雅尤盛"，又云"梁自大同之后，雅道沦缺，渐乖典则"，认为齐梁各期诗风有较大不同。（魏徵：《隋书》卷七十六，中华书局1973年版，第六册，第1729、1730页。）

②　严羽著，张健校笺：《沧浪诗话校笺》上册，上海古籍出版社2012年版，第210页。

③　郭绍虞、王文生主编：《中国历代文论选》第二册，上海古籍出版社1979年版，第5页。

④　陈子昂：《陈拾遗集》卷一，上海古籍出版社1992年版，第10页。

小碎之词剧，又宋齐之所不取也。"①他们均立足于诗教或风骨传统，认为齐梁诗风浮靡，格调卑下，内容空洞，不足为法。

与李谔、陈子昂不同，李白、杜甫、皎然等人主张扬长避短，要善于吸收齐梁诗歌的长处。如李白推崇谢朓云："我吟谢朓诗上语，朔风飒飒吹飞雨"（《酬殷佐明见赠五云裘歌》），"蓬莱文章建安骨，中间小谢又清发"（《宣州谢朓楼饯别校书叔云》）。杜甫论诗主张转益多师，虽然不愿步齐梁后尘，但《戏为六绝句》云"不薄今人爱古人，清词丽句必为邻"，主张吸收齐梁清丽之长。皎然《诗式》"齐梁诗"云：

> 夫五言之道，惟工惟精。论者虽欲降杀齐、梁，未知其旨。若据时代，道丧几之矣。沈约说诗，人不用此论，何也？如谢吏部诗："大江流日夜，客心悲未央。"柳文畅诗："太液沧波起，长杨高树秋。"王元长诗："霜气下孟津，秋风度函谷。"亦何减于建安。若建安不用事，齐梁用事，以定优劣，亦请论之。如王筠诗："王生临广陌，潘子赴黄河。"庾肩吾诗："秦皇观大海，魏帝逐飘风。"沈约诗："高楼切思妇，西园游上才。"格虽弱，气犹正。远比建安，可言体变，不可言道丧。②

皎然高度推崇齐梁对诗歌艺术发展起到了积极的作用，认为齐梁也有不亚于建安的优秀之作。皎然还指出，齐梁诗歌较前代有所变化，并没有完全背离诗道，虽体格较弱，仍不失正气。

后代诗家论齐梁大多综合唐代各家的观念，既批评其格调卑弱，风力不振，又肯定其清词丽句。而乾嘉诗家论及此期诗歌时，主流观念虽承袭唐人习论，但也有些新意。

首先，从近体诗定型的角度肯定齐梁诗歌，认为齐梁诗对唐人创作具有积

---

① 元稹著，周相录校注：《元稹集校注》卷五十六，上海古籍出版社2011年版，第1361页。

② 郭绍虞、王文生主编：《中国历代文论选》第二册，上海古籍出版社1979年版，第87页。

极影响。沈德潜《古诗源》评梁元帝《折杨柳》云："连上篇，此种音节，竟是五言近体矣。古诗之亡，亡于齐梁之间，唐陈射洪起而廓清之。文得昌黎，诗得射洪，挽回之功不小。"[1]虽然重申李攀龙"唐无五言古诗，而有其古诗"之论，但沈德潜重在指出齐梁诗歌讲究声律、对偶、用字和句法，这些特点正是近体诗的核心体制特征。《古诗源》评谢朓云：

> 玄晖灵心秀口，每诵名句，渊然泠然，觉笔墨之中、笔墨之外，别有一段深情妙理。康乐每板拙，玄晖多清俊；然诗品终在康乐下，能清不能厚也。[2]

沈德潜注意到小谢诗歌对景物刻画之中蕴含不尽之诗意，这与注意营造情景交融、讲究言外之意的近体诗抒情传统完全一致。其评《玉阶怨》云："竟是唐人绝句。在唐人中为最上者。"[3]评《同王主簿有所思》云："即景含情，怨在言外。"[4]评《高斋视事》云："起四句写雪后入神。"[5]都是强调谢诗景物描写的细致入微、景中含情，具备了近体诗的特点。沈德潜所言"诗品终在康乐下"，"下"乃是强调谢朓诗作缺少前代古体诗温厚的特点，但却符合近体诗抒情传统。从所选诗作来看，《古诗源》入选谢朓诗歌39首，居全选第三。除《江上曲》《同谢咨议咏铜雀台》《金谷聚》三诗更多具有古诗特征外，其他诗作形象鲜丽，音韵和美，充满诗情画意，体现了永明新体诗的特点，也是盛唐诗风的渊源。

袁枚和杭世骏也有类似的看法，《随园诗话》云："董浦先生曰：'冯钝吟右西昆而黜西江，固矣。夫西昆沿于晚唐，西江盛于南宋；今将禁晋、魏之不为齐、梁，禁齐、梁之不为开元、大历，此必不得之数。风会流传，人声因

---

① 沈德潜：《古诗源》卷十二，中华书局1963年版，第294页。

② 沈德潜：《古诗源》卷十二，第272页。

③ 沈德潜：《古诗源》卷十二，第273页。

④ 沈德潜：《古诗源》卷十二，第274页。

⑤ 沈德潜：《古诗源》卷十二，第280页。

之，合三千年之人，为一朝之诗，有是理乎？二冯可谓能持诗之正，未可谓遂尽其变者也。'"①已认识到齐梁诗歌对唐人的开启作用，遂从新变的立场接纳齐梁。

其次，乾嘉有些诗家虽未对齐梁诗歌的诗史地位加以明确判断，但却标举谢朓、庾信等人的巨大成就。李调元《雨村诗话》把谢朓、江淹、何逊、阴铿、庾信推为大家，甚至把庾信誉为"凌轹百代"，可谓推崇备至。郑虎文《训士八则》论诗学正宗云："齐则元晖，梁则江淹、何逊，隽永深秀，并各冠冕一代，余子莫及。"②也把谢朓、江淹、何逊视为可以师法的对象。王昶也有类似主张，《舟中无事偶作论诗绝句四十六首》云：

> 范云沈约词皆隽，何逊王筠世亦稀。若向齐梁论作手，要知巨擘是元晖。（谢宣城）
>
> 杂拟成来字字工，蛾眉芳草论原通。后贤从此参流别，莫向诗坛妄异同。（江文通）
>
> 诗到齐梁丽更淫，微茫哀怨总难任。南朝宫体终徐庾，又启温邢变雅音。（徐孝穆、庾子山、温子昇、邢子才）③

王昶在批评齐梁诗风"丽更淫"的同时，特意标举谢朓、江淹。舒位《向读文选诗爱此数家不知其人可乎因论其世凡作者十人诗九首》也有类似看法：

> 大谢生天小谢迟，长城且欲老偏师。吟翻红药当阶后，倾倒青莲对酒诗。天际云飞龙在望，山中雾隐豹留姿。难消文字轮回簿，五百年间杜牧之。（谢玄晖）
>
> 《杂体》诗成有别裁，斯文风雨选楼开。惊心动魄千金字，对影闻声

---

① 袁枚著，顾学颉校点：《随园诗话》卷八，人民文学出版社1982年版，第269页。

② 郑虎文：《吞松阁集》卷四十，《四库未收书辑刊》第10辑第14册，第416页。

③ 王昶著，陈明洁、朱惠国、裴风顺点校：《春融堂集》卷二十二，上海文化出版社2013年版，第433页。

一种才。失意事多言语拙，断肠人远别离催。分明性僻耽佳句，此笔何曾梦里来。（江文通）

酒阑相见郑中丞，老泪沾衣冷似冰。可惜文章千古事，不如云雾六朝僧。清谈未许陪元亮，艳体犹应过彦升。惆怅中原遗响绝，四声偏创沈吴兴。（沈休文）[1]

在舒位所标举的诸多大家中，谢朓、江淹和沈约赫然在列。

总之，齐梁诗作为古体转向近体的重要阶段，越来越受到乾嘉诗家的重视。除鲍照、谢朓、阴铿、何逊外，前代诗学多有贬斥的沈约、江淹在乾嘉时期诗学地位得到根本的提升。

综上而言，乾嘉诗家对唐前各个时期诗歌艺术风貌的评价及古诗经典体系的建构深受明七子的影响，主要表现为承认汉魏诗风的不同，陶渊明具有至高无上的典范价值，对鲍照乐府诗不同于时风的独特性大加称赞。乾嘉诗家的主要贡献表现为两个方面：一是对不同诗人艺术风貌的辨析更加细致；二是基于诗学价值观念的多元化，对之前不甚受重视的众多诗人多有接纳，就师法对象而言更为宽广。

第二节　对唐诗分期及经典体系的补充

唐诗被公认为中国古典诗歌的高峰。清人所编《全唐诗》收诗49403首[2]，之后中华书局《全唐诗补编》收诗6327首[3]，再结合已经发表的其他唐诗补遗专著及各类典籍现存的唐诗，唐诗总量近6万首，约是唐前诗歌的7倍。唐诗也是历代诗家关注的焦点，大至诗风流变，小至名句品评，关于唐诗的研究论著可谓汗牛充栋。基于唐诗文献的丰富性，本节试从唐诗分期、大家推举

---

[1]　舒位著，曹光甫点校：《瓶水斋诗集》卷八，上海古籍出版社2009年版，第316页。

[2]　陈尚君：《〈全唐诗〉的缺憾和〈全唐五代诗〉的编纂》，《唐代文学丛考》，中国社会科学出版社1997年版，第493页。

[3]　陈尚君：《〈全唐诗补编〉编纂工作的回顾》，《唐代文学丛考》，第484页。

和名篇筛选三个方面考察乾嘉诗学关于唐诗的论述。

一、"四唐分期"的演进及其双重内涵

有唐289年，伴随着社会政治经济、时代审美思潮和创作主体的变化，诗歌创作在不同时期很自然地呈现出不同的艺术风貌。历代学者出于对唐诗发展历程理解的不同，曾把唐诗的发展归纳为不同的阶段，其中"四唐分期"说影响最为深远。从本义来看，"初""中""晚"分别指事物发展的起始、中间和后期三个阶段，仅具有客观的时代先后意义；"盛"指兴盛、盛大，蕴含有浓厚的主观价值倾向。由于初、盛、中、晚并不都是纯粹的时代概念，能否客观反映唐诗发展的历程就成为历代诗论家争议的焦点。明清以来关于唐诗分期的众多争论基本上都是围绕"四唐分期"而进行的，这场争论使"四唐分期"所蕴含的时代观念和价值观念的紧张关系得以调和，促成了"四唐分期"不断趋于牢固和完善，最终使它成为文学史和唐诗研究著作使用最为广泛的一个论断。

（一）从时代世次向价值评判的转化

对唐诗发展历程的总体考察始于唐末。司空图《与王驾评诗书》云："国初，上好文章，雅风特盛。沈、宋始兴之后，杰出于江宁，宏肆于李、杜，极矣。右丞、苏州趣味澄复，若清沇之贯达。大历十数公，抑又其次。元、白力勃而气孱，乃都市豪估耳。刘公梦得、杨公巨源，亦各有胜会。浪仙、无可、刘得仁辈，时得佳致，亦足涤烦。厥后所闻，徒褊浅矣。"①大致按时代先后胪列20多位诗家，在评判之中已包含着隐约的分期意识。如"国初"接近于后世习称的"初唐"；所言王昌龄之后的几位诗人除韦应物外，其余均为后世所习称的盛唐诗人，接近"盛唐"；之后所举大历十才子和元、白分别是大历和元和时期的代表诗人，所举刘禹锡、杨巨源、贾岛、无可、刘得仁也是传统意义上中晚唐知名诗人。不过，司空图既没有明确地划分唐诗发展的阶段，所

---

① 祖保泉、陶礼天：《司空表圣诗文集笺校·文集》卷一，安徽大学出版社2002年版，第189—190页。

举诗家也难以反映唐诗的概貌，与成熟的唐诗分期理论尚存在很大距离。

五代刘昫《旧唐书》对唐诗发展历程的概括也比较模糊。由于作者距唐未远，此书保留了大量的唐诗史料，许多诗人事迹及美谈由此而传。不过，涉及唐诗不同时期的艺术风貌时，《旧唐书》极少加以概括，如《文苑传序》云：

> 爰及我朝，挺生贤俊，文皇帝解戎衣而开学校，饰贲帛而礼儒生，门罗吐凤之才，人擅握蛇之价。靡不发言为论，下笔成文，足以纬俗经邦，岂止雕章缛句。韵谐金奏，词炳丹青，故贞观之风，同乎三代。高宗、天后，尤重详延，天子赋横汾之诗，臣下继柏梁之奏，巍巍济济，辉烁古今。如燕、许之润色王言，吴、陆之铺扬鸿业，元稹、刘蕡之对策，王维、杜甫之雕虫，并非肆业使然，自是天机秀绝。若隋珠色泽，无假淬磨，孔玑翠羽，自成华彩，置之文苑，实焕缃图。其间爵位崇高，别为之传。今采孔绍安巳下，为《文苑》三篇，觊怀才憔悴之徒，千古见知于作者。①

刘昫对唐代文学发展的分期似乎很不完善，唯言唐太宗贞观时期"同乎三代"，又言高宗、则天朝"尤重详延"，仅仅涉及通常意义上的初唐，其他时期全未提及。从文体来看，刘昫更重视经国大业之文，对吟咏情性之诗有所忽视。从诗人来看，初唐四杰、沈佺期、宋之问、陈子昂、王昌龄、王维、孟浩然、崔颢、李白、杜甫、李商隐、温庭筠被收入《文苑传》，魏徵、张九龄、高适、韩愈、张籍、孟郊、李贺、刘禹锡、柳宗元、元稹、白居易因爵位单独立传，不过，一些唐诗发展史上标志性人物岑参、刘长卿、韦应物、王建、贾岛、许浑、皮日休、陆龟蒙等未被提及。在论及各位诗人的艺术成就时，刘昫基本上是点到为止，缺少深入阐发。如评沈佺期曰："佺期善属文，尤长七言之作，与宋之问齐名，时人称为'沈宋'。"②评王维曰："维以诗名盛于

---

① 刘昫等：《旧唐书》卷一百九十上，中华书局1975年版，第4982页。

② 刘昫等：《旧唐书》卷一百九十中，第5017页。

开元、天宝间，昆仲宦游两都，凡诸王驸马豪右贵势之门，无不拂席迎之，宁王、薛王待之如师友。维尤长五言诗。书画特臻其妙，笔踪措思，参于造化。"[1]杜甫本传全文引用元稹《唐故工部员外郎杜君墓系铭序》，对杜甫在唐诗史上的地位加以阐发。除此之外，其他诗人的传记很少论及其在唐诗发展史上的开拓作用和地位。清人在论《旧唐书》时曾指出此书较多地引用国史原文[2]，诗人列传部分也是如此，评论性的内容十分缺乏，尤其是后世所习称的"四唐分期"，此书尚未涉及。

入宋之后，伴随着创作上师法唐诗，宋人对唐诗的研究日趋深入，成就之一就是对唐诗发展轨迹及不同时期艺术风貌的考察，如《新唐书·文艺传叙》云：

> 唐有天下三百年，文章无虑三变。高祖、太宗，大难始夷，沿江左余风，缔句绘章，揣合低印，故王、杨为之伯。玄宗好经术，群臣稍厌雕瑑，索理致，崇雅黜浮，气益雄浑，则燕、许擅其宗。是时，唐兴已百年，诸儒争自名家。大历、贞元间，美才辈出，攟摭道真，涵泳圣涯，于是韩愈倡之，柳宗元、李翱、皇甫湜等和之，排逐百家，法度森严，抵轹晋、魏，上轧汉、周，唐之文完然为一王法，此其极也。若侍从酬奉则李峤、宋之问、沈佺期、王维，制册则常衮、杨炎、陆贽、权德舆、王仲舒、李德裕，言诗则杜甫、李白、元稹、白居易、刘禹锡，谲怪则李贺、杜牧、李商隐，皆卓然以所长为一世冠，其可尚已。[3]

《传叙》把唐代文学的发展分为三个阶段：高祖、太宗时沿袭齐梁余风，"四杰"为代表；玄宗时改变了前代文风，复归雅正，张说、苏颋为代表；大历、

---

① 刘昫等：《旧唐书》卷一百九十下，第5052页。翱翔

② 参见赵翼《廿二史劄记》卷十六"《旧唐书》前半全用实录国史旧本"（赵翼撰，曹光甫校点：《赵翼全集》，凤凰出版社2009年版，第一册，第293—296页）；《陔馀丛考》卷十"《旧唐书》多国史原文"条（《赵翼全集》，第二册，第164—165页）。

③ 欧阳修、宋祁：《新唐书》卷二百一，中华书局1975年版，第5725—5726页。

贞元时，在韩愈提倡下，唐文达到了鼎盛。与《旧唐书》不同，《新唐书》所言"文章"更重诗歌，所言"三变"已经包含着比较明确的唐诗分期意识，这种史家意识对后人宏观把握唐诗的发展无疑会产生重要影响。《传叙》又言"侍从酬奉则李峤、宋之问、沈佺期、王维"，"言诗则杜甫、李白、元稹、白居易、刘禹锡，谲怪则李贺、杜牧、李商隐"，视其为"一世冠"，同样涉及这些重要诗人的历史定位。从这些论述可以感到，《传叙》已经意识到众多诗人独到的艺术追求，并试图对唐诗流变发展的脉络加以系统地整理。不过，与《旧唐书》相比，《新唐书》对唐代诗人的艺术特色与各期诗风的流变有所关注，但就唐诗整体风貌的把握而言远未达到完善的地步。比如其注意到了陈子昂在转变六朝诗风中的作用，评论道："唐兴，文章承徐、庾余风，天下祖尚，子昂始变雅正。"①对陈子昂改变六朝文风的功绩把握得相当准确，但尚未从初盛唐诗风演变的角度加以论述。对中唐大家白居易，《旧唐书》把他与元稹合传，十分清楚地阐明了两人在中唐诗风演进中所起的倡始作用。而《新唐书》把白居易归为谏官之中，更重视其事功；安排元稹与李逢吉、牛僧孺同传，在牛李党争的背景下批评元稹节操的瑕疵，这种安排并不利于揭示两人的文学成就。

与《新唐书》相似，宋代诗选和诗话对唐诗发展历程的梳理日渐明确。王安石所选《唐百家诗选》是著名唐诗选本之一，《序》云"欲知唐诗者，观此足矣"。该书共20卷，先列明皇、德宗，次按时代世次分列薛稷、刘希夷、王适等104家诗人。尽管此书选诗宗旨与后世盛行的"诗必盛唐"迥然不同，但就编选体例而言远较唐人选唐诗完备，基本上以时代先后为序展示历代唐诗的成就。另外，宋代诗话也开始关注唐诗不同时期的艺术风貌，尤袤《全唐诗话原序》曰：

> 唐自贞观来，虽尚有六朝声病，而气韵雄深，骎骎古意。开元、元和之盛，遂可追配《风》、《雅》。迨会昌而后，刻露华靡尽矣。往往观世

---

① 欧阳修、宋祁：《新唐书》卷一百七，第4078页。

变者于此有感焉。徒诗云乎哉！①

尤袤视"贞观"为唐诗第一阶段，其后"开元""元和"成就巨大，"会昌而后"渐趋衰落，按时代先后列出唐诗发展的四个时期，虽然杜甫、刘长卿、韦应物等天宝和大历时期的著名诗人未能进入其视野，但对唐诗不同阶段的划分却十分清晰。

与前人按照客观时代先后勾勒唐诗发展历程不同，严羽对唐诗的分期包含着鲜明的主观价值标准，标志唐诗分期从时代世次开始转向价值评判。《沧浪诗话》有三处明确论及唐诗的分期：《诗辨》云："论诗如论禅。汉、魏、晋与盛唐之诗，则第一义也。大历以还之诗，则小乘禅也，已落第二义矣。晚唐之诗，则声闻、辟支果也。"又云："学汉、魏、晋与盛唐诗者，临济下也。学大历以还之诗者，曹洞下也。"②《诗体》云："以时而论，则有：……唐初体（自注：唐初犹袭陈、隋之体）。盛唐体（自注：景云以后，开元、天宝诸公之诗）。大历体（自注：大历十才子之诗）。元和体（自注：元、白诸公）。晚唐体。"③严羽把唐诗的发展分为初唐、盛唐、大历、元和和晚唐五个时期，并对各个时期的代表诗家加以界定，然后明确表示"以盛唐为法"。可以说，严羽分期已经包含了对唐代不同时期创作风貌的归纳及价值高下的评判。严羽使用"盛唐诗"这一概念时，既指"开元、天宝诸公之诗"，包含着客观的时代先后的内涵；又指"第一义""临济下"，赋予其最高格、诗法正宗的内涵，包含着浓厚的主观价值高下的评判。自此，唐诗分期理论开始发生重大转变。

严羽之后，继续沿着价值评判的思路勾勒唐诗发展历程的是宋末元初的方回，其《瀛奎律髓》按题材分登览、朝省等49类，每类诗先五律后七律，每体之中先唐后宋。此选尽管以指导创作为宗旨，但评点之中却包含着丰富的唐诗分期理论。首先是"中唐"概念的提出。在评点时，方回多次把"中唐"与

① 尤袤：《全唐诗话》，《历代诗话》上册，第46页。

② 严羽著，张健校笺：《沧浪诗话校笺》上册，上海古籍出版社2012年版，第7页。

③ 严羽著，张健校笺：《沧浪诗话校笺》上册，第203—217页。

"盛唐""晚唐"并举，如评陆游《顷岁从戎南郑屡往来兴凤间暇日追忆旧游有赋》曰："放翁诗出于曾茶山，而不专用'江西'格，间出一二耳，有晚唐，有中唐，亦有盛唐。此篇虽陈、杜、沈、宋，亦不过如此。"①评许浑《春日题韦曲野老村舍》曰："予选诗以老杜为主。老杜同时人皆盛唐之作，亦皆取之。中唐则大历以后，元和以前，亦多取之。晚唐诸人，贾岛开一别派，姚合继之。"②明确把中唐与盛唐、晚唐并称，且限定为"大历以后，元和以前"，至此"中唐"概念趋于成熟。

另外，方回对唐诗不同时期艺术风貌的概括相当细致。如对盛唐，其评陈子昂《晚次乐乡县》曰："盛唐律，诗体浑大，格高语壮。晚唐下细工夫，作小结裹，所以异也。学者详之。"③评崔颢《送单于裴都护赴西河》曰："盛唐人诗，师直为壮者乎？"④又在"旅况类"中评陈子昂《晚次乐乡县》曰："起两句言题，中四句言景，末两句摆开言意。盛唐诗多如此。全篇浑雄齐整，有古味。"⑤认为盛唐诗具有浑然、豪壮、高古的特点。对于中唐，其评张祜《金山寺》曰："大历十才子以前，诗格壮丽悲感。元和以后，渐尚细润，愈出愈新。而至晚唐，以老杜为祖，而又参此细润者，时出用之，则诗之法尽矣。"⑥评白居易《百花亭》曰："此贬江州司马时作。大抵中唐以后人多善言风土，如西北风沙，酪浆毡幄之区，东南水国，蛮岛夷洞之外，亦无不曲尽其妙。"⑦中唐诗歌风格细润，题材日常化，更趋新变。对于晚唐，方回评贾岛《雪晴晚望》曰："晚唐诗多先锻景联、颔联，乃成首尾以足之。此作似乎一句唱起，直说至底者。"⑧评李商隐《江村题壁》曰："三、四好，

---

① 方回选评，李庆甲集评校点：《瀛奎律髓汇评》卷四，上海古籍出版社2005年版，第181页。

② 方回选评，李庆甲集评校点：《瀛奎律髓汇评》卷十，第338页。

③ 方回选评，李庆甲集评校点：《瀛奎律髓汇评》卷十五，第529页。

④ 方回选评，李庆甲集评校点：《瀛奎律髓汇评》卷二十四，第1037页。

⑤ 方回选评，李庆甲集评校点：《瀛奎律髓汇评》卷二十九，第1256页。

⑥ 方回选评，李庆甲集评校点：《瀛奎律髓汇评》卷一，第14页。

⑦ 方回选评，李庆甲集评校点：《瀛奎律髓汇评》卷四，第158页。

⑧ 方回选评，李庆甲集评校点：《瀛奎律髓汇评》卷十三，第476页。

五、六亦是晚唐。义山诗体不宜作五言律诗。不淡不为极致，而艳而组不可也。"[1]评李频《送凤翔范书记》曰："晚唐诗鲜壮健，频却有此五、六一联。"[2]评陈师道《寄外舅郭大夫》曰："晚唐人非风、花、雪、月、禽、鸟、虫、鱼、竹、树，则一字不能作。'九僧'者流，为人所禁，诗不能成，曷不观此作乎？"[3]晚唐诗风格绮丽，更重技巧，题材趋于闲适。可以看出，方回通过选诗和评注对唐代诗歌整体风貌的梳理相当细腻。

总体来看，严羽与方回都不满意南宋后期"四灵"、江湖诗人为矫正江西之弊而师法晚唐的风气，但两人却提供了不同的解决方案。严羽推崇盛唐、倡导"兴趣"；方回则是通过重新提倡江西诗派来矫正时弊。尽管两人在对待江西诗派的立场上存在根本的差异，但涉及唐诗分期、各期艺术风貌和价值判断时却多有相合，表现为唐诗分期之中蕴含着价值高下的评判。严羽评盛唐诗为"第一义"、大历以还之诗为"小乘禅"、晚唐之诗为"声闻辟支果"；方回称陈、杜、沈、宋"流丽绵密"，中唐诗"善言风土"，"盛唐人诗气魄广大，晚唐人诗工夫纤细"（《瀛奎律髓》卷四十二评李白《赠昇州王使君忠臣》）[4]，初、盛、中、晚均涉及价值高下，而非单纯的时代先后。正如严羽所言："盛唐人诗，亦有一二滥觞晚唐者。晚唐人诗，亦有一二可入盛唐者。要当论其大概耳。"[5]认为盛唐人诗、晚唐人诗并不能够等同于盛唐诗、晚唐诗。至此，晚唐以来以时代世次为主要内涵的唐诗分期开始具有了价值评判的意味。

但严羽和方回的唐诗分期观念在元代及明初的影响十分有限，除杨士弘外，其他诗论家在涉及唐诗分期时仍然沿袭严羽之前的习惯做法，比较侧重自然的时代先后次序。袁桷《书郑潜庵李商隐诗选》云："李商隐诗，号为中唐

---

① 方回选评，李庆甲集评校点：《瀛奎律髓汇评》卷二十三，第955页。

② 方回选评，李庆甲集评校点：《瀛奎律髓汇评》卷二十四，第1040页。

③ 方回选评，李庆甲集评校点：《瀛奎律髓汇评》卷四十二，第1500页。

④ 方回选评，李庆甲集评校点：《瀛奎律髓汇评》卷四十二，第1485页。

⑤ 严羽著，张健校笺：《沧浪诗话校笺》下册，上海古籍出版社2012年版，第510页。

警丽之作。其源出于杜拾遗，晚自以不及，故别为一体。"①视李商隐为中唐名家。其《题乐生诗卷》云："诗于唐三变焉，至宋复三变焉。"②《题闵思齐诗卷》云："唐诗有三变焉，至宋则变有不可胜言矣。"③两次提到唐诗有"三变"，但袁氏诗文集中并无"三变"具体内涵的论述。苏天爵虽言及"盛唐"，内涵与后期"四唐"中的"盛唐"完全不同。其《西林李先生诗集序》云："夫自汉、魏以降，言诗者莫盛于唐。方其盛时，李、杜擅其宗，其他则韦、柳之冲和，元、白之平易，温、李之新，郊、岛之苦，亦各能自名其家，卓然一代文人之制作矣。"④明初诗论家沿袭了元人的做法，侧重对诗人个体风貌的描述，缺少对唐诗发展的宏观考察，不过他们的涉及面更加广阔一些。王祎《练伯上诗序》云：

> 唐初，袭陈、隋之弊，多宗徐、庾，张子寿、苏廷硕、张道济、刘希夷、王昌龄、沈云卿、宋少连，皆溺于久习，颓靡不振。王、杨、卢、骆，始若开唐晋之端。而陈伯玉又力于复古，此又一变也。开元、大历，杜子美出，乃上薄《风》《雅》，下掩汉、魏，所谓集大成者。而李太白又宗《风》《骚》而友建安，与杜相颉颃；复有王摩诘、韦应物、岑参、高达夫、刘长卿、孟浩然、元次山之属，咸以兴寄相高。以及钱、郎、苗、崔诸家，比比而作。既而韩退之、柳宗元起于元和，实有驾李、杜。而元微之、白乐天、杜牧之、刘梦得，咸彬彬附和焉。唐世诗道之盛，于是为至，此又一变也。然自大历、元和以降，王建、张籍、贾浪仙、孟东野、李长吉、温飞卿、卢仝、刘叉、李商隐、段成式，虽各自成家，而或沦于怪，或迫于险，或窘于寒苦，或流于靡曼，视开元遂不逮。至其季年，朱庆馀、项子迁、郑守愚、杜彦夫、吴子华辈，悉纤弱鄙陋而无足观

---

① 袁桷著，杨亮校注：《袁桷集校注》卷四十八，中华书局2012年版，第2110页。

② 袁桷著，杨亮校注：《袁桷集校注》卷五十，第2218页。

③ 袁桷著，杨亮校注：《袁桷集校注》卷五十，第2224页。

④ 苏天爵：《滋溪文稿》卷五，《景印文渊阁四库全书》第1214册，第56页。

矣，此又一变也。①

王祎把王昌龄视为初唐诗人，大历十才子、韩柳、元白均视为"诗道之盛"，而张籍、王建、贾岛、孟郊又归入晚唐，均与后世"四唐"观念根本不同。宋濂《答董秀才论诗书》也对唐诗进行了综合的考察，认为"唐初承陈、隋之弊，多尊徐、庾，遂致颓靡不振"，开元、天宝、大历时期，"诗道于是为最盛"，元和之后，韩愈、柳宗元、元稹、白居易、张籍、王建、贾岛、刘禹锡、杜牧、孟郊、卢仝、李贺、李商隐等人，"虽人人各有所师，而诗之变又极矣"。②这些诗论家多是按照时代先后展开论述，尽管对各家诗风和地位的论述相当全面，不过，更多是凭借自己的阅读体验来阐发对唐代各期诗人的理解，并没有刻意探讨其间所蕴含的诗运升降规律。严羽、方回对唐诗流变的分析并没有被他们所关注，这也客观上印证了杨士弘《唐音》的巨大价值。

（二）时代观念与价值观念的调和

继严羽、方回之后，元代杨士弘和明代高棅堪称对唐诗分期理论做出巨大贡献的里程碑式人物。

杨士弘所编《唐音》是以推尊盛唐为特色的唐诗选本，该选把唐诗分为始音、正音、遗响三部分，始音只列初唐四杰，正音、遗响所列诗人跨越唐代各个时期。其《凡例》言：

> 《始音》不分类编者，以其四家制作初变六朝，虽有五、七之殊，然其音声则一致故也；
>
> 《正音》以五、七言古律绝各分类者，以见世次不同、音律高下，虽各成家，然体制声响相类，欲以便于观者；
>
> 《遗响》不分类者，以其诸家之诗，篇章长短参差，音律不能谐合，故就其所长而采之。③

---

① 王祎：《王忠文集》卷五，《景印文渊阁四库全书》第1226册，第106—107页。

② 宋濂：《文宪集》卷二十八，《景印文渊阁四库全书》第1224册，第461—462页。

③ 陶文鹏、魏祖钦：《唐音评注》，河北大学出版社2006年版。

"始音"初变六朝创作之风，"正音"是音律能够自成一家，"遗响"则是音律不能谐合，主要从音律角度对唐诗进行分类。杨士弘在《自序》中表达了对前代唐诗选本的不满：

> 及观诸家选本，载盛唐诗者，独《河岳英灵集》。然详于五言，略于七言，至于律、绝，仅存一二。《极玄》姚合所选，止五言律百篇，除王维、祖咏，亦皆中唐人诗。至如《中兴间气》、《又玄》、《才调》等集，虽皆唐人所选，然亦多主于晚唐矣。王介甫《百家选唐》，除高、岑、王、孟数家之外，亦皆晚唐人诗。《吹万》以世次为编，于名家颇无遗漏，其所录之诗，则又驳杂简略。他如洪容斋、曾苍山、赵紫芝、周伯弼、陈德新诸选，非惟所择不精，大抵多略于盛唐而详于晚唐也。①

杨士弘评价了前代诸多唐诗选本，透露出其心目中的理想唐诗选本应具备三个特点：一是体裁完备，不能"详于五言，略于七言"；二是各期兼取且重视盛唐，不可"略于盛唐而详于晚唐"；三是选录名篇佳作，不可"驳杂简略"。这三点，尤其是"推尊盛唐"的选诗观，是此选最重要的特点。

杨士弘在《唐音》中相当明确地对唐诗进行了分期。此选前有"《唐音》姓氏"，共列175位诗人，并以世次进行分类："上自武德至天宝末六十五人为唐初盛唐诗人"，涵盖王绩至张志和等65人；"上自天宝至元和间四十八人为中唐诗人"，涵盖皇甫冉至刘禹锡48人；"上自元和至唐末四十九人为晚唐诗人"，涵盖贾岛至吴商浩49人；"上方外及闺秀等自唐初至唐末通得一十三人并无名氏者皆附遗响之末"，涵盖灵澈至无名氏13人。②这个姓氏表把唐诗分为唐初盛唐、中唐和晚唐三个时期，并明确而系统地列出各位诗人所属时代。

---

① 陶文鹏、魏祖钦：《唐音评注》，河北大学出版社2006年版，第7—8页。

② 陶文鹏、魏祖钦：《唐音评注》，第1—7页。

另外，《唐音》的卷数安排也蕴含着对唐诗的分期。此选刻本甚多，卷数安排多有不同，但在元代和明代早期刻本中，"正音"部分按体编选，其中五古、七古、五律、五绝均明确分为上下两卷，上卷入选姓氏所列"唐初盛唐诗人"，下卷入选"中唐诗人"。七律、七绝分为上中下卷三部分，上卷入选"唐初盛唐诗人"，中卷收"中唐诗人"，下卷收"晚唐诗人"。这种安排与书前姓氏表一样，也包含着明确的分期意识。

《唐音》虽然把唐诗分为3个时期，但由于"始音"仅收初唐四杰，实际是已经把"初唐"独立出来，这对后来高棅《唐诗品汇》四唐分期起到了决定性的影响。因此，明清人以初、盛、中、晚论唐诗，实肇始于《唐音》。

不过，杨士弘在"《唐音》姓氏"和卷数安排中对唐诗进行的分期虽然明显受到了严羽、方回的影响，但所言盛唐、中唐、晚唐是就时代先后而言的，其侧重点与严羽等人把盛唐首先作为价值评判的标准并不完全相同。《唐音·正音序》说：

> 是编以其世次之先后，篇章之长短，音律之和协，词语之精粹，类分为卷，专取乎盛唐者，欲以见其音律之纯，系乎世道之盛。附之以中唐、晚唐者，所以弃其遗风之变而仅存世也。[1]

《序》中所言"盛唐"实为盛唐诗人的作品，由于时代之鼎盛导致其创作呈现出"音律之纯"的特点。盛唐诗人之外，中唐、晚唐诗人受其影响，只要呈现出"音律之纯"也可列入"正音"之中。可见，在杨士弘的诗学体系中，盛、中、晚首先是一个时代先后的概念，内涵与严羽等人所言有很大的差异。杨士弘对唐诗高下也有价值的判断，他所使用的是"始音""正音""遗响"，其中"正音"涵盖了初、盛、中、晚四个时期的诗人诗作，并不能等同于"盛唐"。

因此，严羽和杨士弘对唐诗进行分期时，各期内涵不尽相同。严羽按时代

---

① 陶文鹏、魏祖钦：《唐音评注》，第74页。

先后把唐诗分为五个时期，最终归结为"以盛唐为法"，分期观念代表了价值高下的标准；杨士弘作为选家，在选本中是把"四唐"作为时代先后概念来使用的，以始音、正音和遗响来表示价值高下。客观而论，诗人创作难免受到时代的影响而呈现出共同的时代风格特征，但由于才能、气质、学识和习染的不同，又会呈现出独特的风格特征，艺术成就也难免有高下之别，身处"盛唐"时期的诗人不一定必然创作出代表唐诗最高成就的"盛唐诗"，杨士弘标榜"正音"正是为了弥缝"四唐分期"说时代先后与价值高下的矛盾。

与杨士弘相似，高棅在编选《唐诗品汇》时也力图把"四唐"所蕴含的时代先后与价值高下这两个不同的标准统一起来。《唐诗品汇总叙》云：

> 有唐三百年诗，众体备矣。故有往体、近体、长短篇、五七言律句绝句等制，莫不兴于始，成于中，流于变，而陊之于终。至于声律兴象，文词理致，各有品格高下之不同。略而言之，则有初唐、盛唐、中唐、晚唐之不同。详而分之，贞观、永徽之时，虞、魏诸公，稍离旧习，王、杨、卢、骆，因加美丽，刘希夷有闺帷之作，上官仪有婉媚之体，此初唐之始制也；神龙以还，洎开元初，陈子昂古风雅正，李巨山文章宿老，沈、宋之新声，苏、张之大手笔，此初唐之渐盛也；开元、天宝间，则有李翰林之飘逸，杜工部之沉郁，孟襄阳之清雅，王右丞之精致，储光羲之真率，王昌龄之声俊，高适、岑参之悲壮，李颀、常建之超凡，此盛唐之盛者也；大历、贞元中，则有韦苏州之雅淡，刘随州之闲旷，钱、郎之清赡，皇甫之冲秀，秦公绪之山林，李从一之台阁，此中唐之再盛也；下暨元和之际，则有柳愚溪之超然复古，韩昌黎之博大其词，张、王乐府，得其故实，元、白序事，务在分明，与夫李贺、卢仝之鬼怪，孟郊、贾岛之饥寒，此晚唐之变也；降而开成以后，则有杜牧之豪纵，温飞卿之绮靡，李义山之隐僻，许用晦之偶对，他若刘沧、马戴、李频、李群玉辈，尚能黾勉气格，将迈时流，此晚唐变态之极，而遗风余韵，犹有存者焉。[1]

---

[1] 高棅：《唐诗品汇》，上海古籍出版社1988年版，第8页。

《总叙》把唐诗分为初、盛、中、晚4个时期：初唐自高祖武德元年（618）
至玄宗先天二年（713），共95年。又被分为"贞观、永徽之时"和"神龙以
还，泊开元初"两个阶段。前期所举诗人有虞世南、魏徵、初唐四杰、刘希
夷、上官仪，后期所举诗人有陈子昂、李峤、沈佺期、宋之问、苏颋、张说；
盛唐为玄宗开元、天宝时期，共43年，所举诗人有李白、杜甫、孟浩然、王
维、储光羲、王昌龄、高适、岑参、李颀、常建；中唐为大历、贞元时期，
共39年，所举诗人有韦应物、刘长卿、钱起、郎士元、皇甫冉、皇甫曾、秦公
绪、李嘉佑；晚唐自宪宗元和元年（806）至唐亡（907），共101年，被分为
"元和之际"和"开成以后"两个阶段。前期所举诗人有柳宗元、韩愈、张
籍、王建、元稹、白居易、李贺、卢仝、孟郊、贾岛，后期所举诗人有杜牧、
温庭筠、李商隐、许浑、刘沧、马戴、李频、李群玉。这是高棅从时代先后的
角度对唐诗的分期，"四唐"具有明确的时代世次内涵。

　　但在《唐诗品汇》正文之中，高棅又采用"九品"的方式对诗人加以排
比，赋予"四唐"价值高下的内涵。《凡例》云：

　　　　诸体集内定立正始、正宗、大家、名家、羽翼、接武、正变、余响、
　　傍流诸品目者，不过因有唐世次文章高下而分别诸卷，使学者知所趋向，
　　庶不惑乱也。
　　　　大略以初唐为正始，盛唐为正宗、大家、名家、羽翼，中唐为接武，
　　晚唐为正变、余响，方外异人等诗为傍流。间有一二成家特立与时异者，
　　则不以世次拘之，如陈子昂与太白列在正宗，刘长卿、钱起、韦、柳与
　　高、岑诸人同在名家者是也。①

　　按《凡例》所言，正始与初唐，正宗、大家、名家、羽翼与盛唐，接武、正变
与中唐，余响与晚唐，具有相对一致的关系。这里的"四唐"不仅表示时代的

---

　　①　高棅：《唐诗品汇》，上海古籍出版社1988年版，第14页。

先后，也表示成就的高下。试看《唐诗品汇》五古一体"傍流"之外诗人的入选情况：

正始：太宗皇帝、虞世南、魏徵、王绩、许敬宗、岑文本、杨师道、刘孝孙、凌敬、赵中虚、董思恭、王绍宗、上官仪、张文琮、章怀太子、王勃、杨炯、骆宾王、卢照邻、刘庭芝、卢崇道、乔知之、苏味道、李峤、崔融、杜审言、沈佺期、宋之问、李适、薛稷、郑愔、徐彦伯、吴少微、邢象玉、李邕、苏颋、张说、赵冬曦、韦嗣立、崔日知、韦元旦、崔湜、韦述、张九龄、洪子舆、豆卢回、齐澣、王丘、苏晋、孙逖、玄宗皇帝；

正宗：陈子昂、李白；

大家：杜甫；

名家：孟浩然、王维、王昌龄、储光羲、李颀、常建、高适、岑参、刘长卿、钱起、韦应物、柳宗元；

羽翼：崔颢、陶翰、刘昚虚、薛据、崔曙、李嶷、綦毋潜、王湾、崔国辅、张谓、卢象、祖咏、王季友、贺兰进明、阎防、萧华、崔宗之、魏万、张潮、裴迪、丘为、张子容、万楚、包融、蔡希寂、沈颂、韦镒、贾至、萧颖士、李华、颜真卿、王缙、奚贾、赵微明、沈徽、沈千运、于逖、张彪、孟云卿、元结、独孤及、丁仙芝、沈如筠、吴象之、杨谏、林琨、谈戭、刘复、杨俊、戴休珽、宋昱；

接武：德宗皇帝、郎士元、皇甫冉、李端、卢纶、司空曙、令狐峘、朱长文、余延寿、顾况、刘太真、朱放、窦参、姚系、刘湾、李希仲、苏涣、戎昱、李益、于鹄、戴叔伦、长孙佐辅、杨凌、崔元翰、刘商、杨衡、武元衡、羊士谔、权德舆、刘禹锡、李观、杨巨源、孟简；

正变：韩愈、孟郊；

余响：王建、张籍、陈羽、杨贲、陆长源、李涉、白居易、欧阳詹、鲍溶、吕温、李贺、贾岛、姚合、杜牧、许浑、李商隐、马戴、陈陶、温庭筠、刘驾、储嗣宗、李群玉、司马礼、于濆、邵谒、陆龟蒙、朱景玄、张乔、曹邺、罗隐、韩偓、王贞白、李建勋。

以上安排有两点值得关注：一是由于高棅把中晚唐界限定为元和之初，故韩愈、王建、张籍、白居易等诗家被归入晚唐；二是按照高棅的时代观念，本属于初唐的陈子昂被归为"正宗"，本属于中唐的刘长卿、钱起、韦应物和晚唐的柳宗元被归为"名家"。结合《唐诗品汇总叙》关于"四唐"的论述，可以看出在《唐诗品汇》中，"四唐"首先代表时代先后顺序，是一个时间概念。高棅不但明确划分了四唐所代表的时期，并对各个时期活动的诗人加以罗列，作为时代世次观念的"四唐"说自此定型。其次，高棅也注意到严羽以来唐诗分期说中时代先后与价值高下不尽吻合的矛盾。与杨士弘《唐音》标榜"正音"不同，高棅是通过把唐诗划分为九品来调和这种矛盾的。作为时代概念的"盛唐"又包含四个不同价值的品级，就这样，一方面，初、盛、中、晚各期诗人分别创作了初唐诗、盛唐诗、中唐诗和晚唐诗，另一方面，高棅立足于各人创作实际成就，把初、中、晚诗人归属于正宗、大家、名家或羽翼的品级。从这种安排来看，高棅似乎努力把作为时代先后观念的"四唐"与作为价值高下的"四唐"调和起来，既认为初、盛、中、晚各期诗人分别创作了初唐诗、盛唐诗、中唐诗和晚唐诗，又注意到两者的割裂情况，认为陈子昂、刘长卿、钱起、韦应物、柳宗元等少数诗人能够突破时代的局限，但与唐代庞大的创作队伍相比，这点特例并不足以改变整体的时代风貌。因此，高棅的"四唐"说基本内涵是：唐代各个时期的诗人创作了具有不同时代艺术风格的作品，作为时代概念的"四唐"和作为价值标准的"四唐"是基本吻合的。

高棅《唐诗品汇》把之前作为价值标准的"四唐"说改造成一个表示时代先后的概念，这种改造有利于对"盛唐"更加精细地把握，使严羽以来"诗必盛唐"的观念落实到了具体的诗人诗作上。由于这种观念与明代前后七子所代表的复古诗论的核心观点"文必秦汉，诗必盛唐"相契合，所以终明之世，此选颇受重视。但是，《唐诗品汇》这种做法的缺点也相当明显：从分期来看，高棅对中晚唐的分限与严羽所建立的传统不一致，且同一诗人在不同诗歌体裁中处于不同的时期似乎又显得自相矛盾；从创作实际来看，作为时代先后的

"四唐"和作为价值高下的"四唐"并不完全吻合，正如晚唐时期诗人李商隐同样能够创作出符合盛唐典范的作品，盛唐时期的严武、张巡成就并不是十分突出。因此，一旦明确把这两个标准等同起来，这个矛盾无论采用何种方式都难以回避或掩饰。

（三）对"四唐分期"的反思与完善

鉴于"四唐分期"所固有的时代先后与价值高下不尽吻合的情况，后人在编撰唐诗总集时一般采用两种方式来解决这个矛盾：一是不再刻意强调"四唐"分期，而以客观的时代先后为序。如清代彭定求等编撰《全唐诗》，其《凡例》曰：

> 唐人世次前后，最为冗杂，向来别无善本，《全唐诗》及《唐音统签》亦多讹谬。应以登第之年为主，其未曾登第，及虽登第而无考者，以入仕之年为主。处士则以其卒岁为主，若更无卒岁可考，则就其赠答唱和之人先后附入。其他或同一体，或同应省试，并以类相从，不必仍初盛中晚之旧，割裂年代，前后悬殊。[①]

按此则知《全唐诗》不再采用初、盛、中、晚这种时代断限，而是以诗人登第之年为主，登第之年无考则以入仕之年为主，入仕之年无考则以卒年为主，卒年无考就通过参考唱和赠答之作附在相关诗人之后。这种做法的优点是完全按照时间为序，标准一致，也不会出现歧义，比较适用于以搜罗全面为旨归的总集。但对于去芜取精的唐诗选本而言，这种体例既不利于宏观把握近三百年唐诗的发展面貌，又不利于以唐诗为典范的学诗者取法高格，因此很少被选家们使用。

二是仍然强调"四唐"，不过更侧重其时代内涵，把初、盛、中、晚作为唐诗发展的四个时期，再通过四个时期相关诗人成就的论述来体现推崇盛唐的诗学主张，而不是如高棅那样直接把盛唐完全等同于正宗、大家、名家和羽

---

① 彭定求等：《全唐诗》，中华书局1960年版，第7—8页。

翼，此以钟惺、谭元春所编《唐诗归》为代表。

《唐诗归》共36卷，前5卷为初唐诗，次19卷为盛唐诗，次8卷为中唐诗，最后4卷为晚唐诗。以时代为序，各期诗人系于相应时代之下。其中每卷明确标示出"四唐"，诗人具体归属如下：

初唐：太宗皇帝、章怀太子、虞世南、魏徵、杨师道、马周、李百药、王绩、朱仲晦、上官仪、王勃、卢照邻、骆宾王、于季子、杨衡、杜易简、刘允济、韦成庆、崔融、李崇嗣、乔知之、王适、薛稷、张循之、吴少微、长孙正隐、陈子昂、杜审言、刘希夷、李峤、沈佺期、宋之问、崔湜、郑愔、郭元振、阎朝隐、卢僎、张说、苏颋、张敬忠、宋璟、萧嵩、姚崇、李邕、卢崇道、袁恕己、阎丘均、贺遂亮、王琚、张谔、张九龄、王翰、韦述、贺知章、苏晋、徐安贞、袁晖、孙逖、蔡瑰、常理、刘元叔、辛弘智、徐安期、沈祖仙、符子珪、王训、张烜、梁献、庚光先、司马承祯、长孙皇后、则天皇后、徐贤妃、郎大家宋氏；

盛唐：玄宗皇帝、王湾、尹懋、万齐融、贺朝、张若虚、包融、刘睿虚、张子容、卢鸿、孙思邈、李适之、崔惠童、储光羲、王维、王缙、裴迪、崔兴宗、慕容承、丘为、孟浩然、王昌龄、陶翰、卢象、高适、崔颢、常建、岑参、祖咏、万楚、王之涣、张旭、王諲、贾至、李颀、崔国辅、崔曙、綦毋潜、阎防、丁仙芝、张潮、李巅、薛维翰、阎丘晓、李白、张谓、王季友、杜甫、元结、萧颖士、李华、严武、奚贾、李康成、张巡、颜真卿、刘方平、蒋冽、毕耀、梁锽、李琪、任华、宋昱、金昌绪、杨颜、余延寿、殷遥、薛业、楼颖、常非月、杨谏、沈颂、梁德裕、朱斌、郑绍、沈千运、孟云卿、张彪、元季川、赵微明、陶岘、张志和、独孤及、冷朝光、吴象之、刘复、张辂、朱琳、景云、司马退之、吴筠、杨贵妃、元载妻王韫秀；

中唐：刘长卿、钱起、皇甫冉、皇甫曾、韩翃、秦系、李穆、韦应物、卢纶、顾况、耿沣、王建、李端、严维、李益、权德舆、司空曙、戎昱、于鹄、崔峒、羊士谔、畅当、姚系、李湛、刘禹锡、元稹、白居易、欧阳詹、鲍溶、陈闰、薛存诚、杨巨源、李正封、戴叔伦、韩愈、柳宗元、裴度、吕温、姚合、陈羽、朱长文、李观、朱放、徐凝、令狐楚、孟简、张籍、贾岛、卢仝、李廓、李约、孟郊、李贺、杨衡、张祜、周贺、窦庠、窦巩、张建封、王涯、皎然、僧无可、僧灵一、僧法振、灵澈、清江、刘采春、虎丘鬼、无名氏、濡女郎；

晚唐：杜牧、许浑、雍陶、朱庆馀、李商隐、温庭筠、刘威、刘得仁、许琳、郑巢、段成式、薛能、赵嘏、马戴、项斯、曹邺、陈陶、李频、于武陵、李群玉、杜荀鹤、许棠、方干、唐求、周朴、聂夷中、郑谷、王周、皮日休、陆龟蒙、刘驾、皇甫松、刘畋、谭朋、石召、顾在镕、喻凫、祝元膺、司空图、李昌符、戴司颜、吴融、韩偓、王贞白、韦庄、黄滔、张蠙、张乔、李中、李成用、孙光宪、王驾、沈彬、伍乔、崔道融、崔涂、齐己、释泚、贯休、女郎崔公达、任氏、无名氏。

初、盛、中、晚在《唐诗归》中仅代表时代先后，所选各期诗人也完全按照这个标准排列，故而避免了高棅"四唐分期"说时代次序与价值标准不能完全吻合的不足。

不过，在具体的评点中，钟惺和谭元春使用的初、盛、中、晚并不仅仅代表时代先后，同样蕴含着对不同时期唐诗的艺术风貌及价值高下的评判。下面是钟惺关于"初唐"的一些论述：

太宗诗，终带陈、隋滞响，读之不能畅。人取其艳而秀者，句有余而篇不足。①

初唐至陈子昂，始觉诗中有一世界，无论一洗偏安之陋，并开创草昧之意，亦无之矣。以至沈、宋、燕公、曲江诸家，所至不同，皆有一片光大清明气象，真正风雅。②

---

① 钟惺、谭元春：《唐诗归》卷一，《续修四库全书》第1589册，第530页。
② 钟惺、谭元春：《唐诗归》卷二，《续修四库全书》第1589册，第542页。

子问五言古，深健气厚，又脱尽唐初浮滞，朴中藏秀，心目快然矣。
今人但知其律体耳。①

钟惺认为初唐诗早期带有六朝绮艳余风，之后陈子昂、沈佺期等人开创出唐人
新貌，呈现出清明气象，已经具有他理想中的朴、厚的审美特点。对于盛唐，
钟惺评道：

> 读王、储《偶然作》，见清士高人胸中皆似有一段垒块不平处，特
> 其寄托高远，意思深厚，人不能觉。然储作气和，而王作骨傲，储似微
> 胜。②
> 初、盛唐之妙，未有不出于厚者。常建清微灵洞，似厚之一字不必为
> 此公设。③
> 古人虽气极逸，才极雄，未有不具深心幽致而可入诗者。读太白诗，
> 当于雄快中察其静远精出处，有斤两，有脉理。今人把太白只作一粗人看
> 矣，恐太白不粗于今之诗人也。④
> 读初、盛唐五言古，须办全副精神，而诸体分应之。读杜诗，须办
> 全副精神，而诸家分应之。观我所用精神多少分合，便可定古人厚薄偏
> 全。⑤

他认为盛唐诗既内容深厚，又充满个性灵心，能够充分表现诗人的性情面貌，
代表了诗歌创作的典范。其评中、晚唐道：

> 汉、魏诗至齐、梁而衰，衰在艳，艳至极妙，而汉、魏之诗始亡。唐

---

① 钟惺、谭元春：《唐诗归》卷三，《续修四库全书》第1589册，第558页。
② 钟惺、谭元春：《唐诗归》卷八，《续修四库全书》第1589册，第622页。
③ 钟惺、谭元春：《唐诗归》卷十二，《续修四库全书》第1589册，第669页。
④ 钟惺、谭元春：《唐诗归》卷十五，《续修四库全书》第1590册，第15页。
⑤ 钟惺、谭元春：《唐诗归》卷十七，《续修四库全书》第1590册，第38页。

诗至中、晚而衰，衰在淡，淡至极妙，而初、盛之诗始亡。不衰不亡，不妙不衰也。①

中、晚之异于初、盛，以其俊耳，刘文房犹从朴入。然盛唐俊处皆朴，中、晚人朴处皆俊。文房气有极厚者，语有极真者，真到极快透处，便不免妨其厚。②

看晚唐诗，但当采其妙处耳，不必问其某处似初、盛与否也。亦有一种高远之句不让初、盛者，而气韵幽寒，骨响崎嵚，即在至妙之中，使人读而知其为晚唐。③

认为中晚唐诗走向衰落，主要表现为注重创作技巧，情感缺少深厚之气。"淡"是情感不够浓厚，"俊"是字法句法更为高妙，但整体却缺少盛唐人的灵心与深厚之味。由于此选以评点详细而著称，因此关于唐诗各个时期风貌的描述是相当细致而明确的。《唐诗归》这种解决《唐诗品汇》矛盾的做法对后世影响很大，后世唐诗选本往往不再强行把"四唐"所包含的时代先后与价值高下标准完全对应起来，而是侧重通过诗人诗作的评点来概括各期唐诗的总体风貌并间接体现价值高下的评判。

随着明末清初反七子和竟陵诗潮的兴起，众多诗论家明确反对"四唐"论诗，转而强调各位诗人的艺术风貌和价值。钱谦益《唐诗英华序》：

世之论唐诗者，必曰初、盛、中、晚。老师竖儒，递相传述。揆厥所由，盖创于宋季之严仪，而成于国初之高棅。承讹踵谬，三百年于此矣。夫所谓初、盛、中、晚者，论其世也，论其人也。以人论世，张燕公、曲江，世所称初唐宗匠。燕公自岳州以后，诗章凄惋，似得江山之助，则燕公亦初亦盛。曲江自荆州已后，同调讽咏，尤多暮年之作，则曲江亦初亦盛。以燕公系初唐也，遡岳阳唱和之作，则孟浩然应亦盛亦初。以王右

---

① 钟惺、谭元春：《唐诗归》卷二十五，《续修四库全书》第1590册，第135页。
② 钟惺、谭元春：《唐诗归》卷二十五，《续修四库全书》第1590册，第135页。
③ 钟惺、谭元春：《唐诗归》卷三十三，《续修四库全书》第1590册，第219页。

丞系盛唐也，酬春夜竹亭之赠，同左掖梨花之咏，则钱起、皇甫冉应亦中亦盛。一人之身，更历二时，将诗以人次耶？抑人以时降耶？世之荐樽盛唐，开元、天宝而已，自时厥后，皆自郐无讥者也。诚如是，则苏、李、枚乘之后，不应复有建安有黄初；正始之后，不应复有太康有元嘉；开元、天宝已往，斯世无烟云风月，而斯人无性情，同归于墨穴木偶而后可也。①

钱氏认为诗人往往跨越多个时代，机械地把某位诗人划分为某个时代是不符合客观事实的。另外，时代先后不能等同于艺术价值的高下，并非古人皆优，今人皆劣。在钱谦益的影响下，清初众多诗论家均对七子派划分"四唐"表示不满，不过他们否定"四唐"的理由却各有不同。吴乔《围炉诗话》云：

> 或问曰："初盛中晚之界如何？"答曰："商、周、鲁之诗同在《颂》，文王、厉王之诗同在《大雅》，闵管、蔡之《常棣》与刺幽王之《旻》、《宛》同在《小雅》，述后稷、公刘之《豳风》与刺卫宣、郑庄之篇同在《国风》，不分时世，惟夫意之无邪，词之温柔敦厚而已。如是以论唐诗，则初、盛、中、晚，宋人皮毛之见耳。不惟唐人选唐诗，不分人之前后，即宋、元人所选，亦不定也。自《品汇》严作初、盛、中、晚之界限，又立正始、正宗以至旁流、余响诸名目，但论声调，不问神意，而唐诗因以大晦矣。②

吴绮《胡枢巢诗集序》云：

> 夫诗因世降，而历代之风气不同；律本心声，而诸家之体制各别。

---

① 钱谦益著，钱曾笺注，钱仲联标校：《钱牧斋全集》第五册《有学集》卷十五，上海古籍出版社2003年版，第707页。

② 吴乔：《围炉诗话》卷三，《清诗话续编》上册，上海古籍出版社1983年版，第551页。

譬之五色，玄黄不能相混以成文；若比八音，竽瑟不能代宣而入听。乃欲以彼易此，续短为长，是天地昭日月而少风雷，有丘壑而无江海。理唯一致，类写万殊，恶乎宜哉！言之谬矣！不知初、盛、中、晚，递有其时；即李、杜、钱、刘，各成其是。①

朱彝尊《王先生言远诗序》云：

> 顾正、嘉以后，言诗者本严羽、杨士弘、高棅之说，一主乎唐，而又析唐为四，以初、盛为正始、正音，目中、晚为接武、遗响，斤斤权格律声调之高下，使出于一。吾言其志，将以唐人之志为志，吾持其心，乃以唐人之心为心，其于吾心性何与焉？至谓唐以后事不必使，唐以后书不必读，则惑人之甚者矣。②

汪琬《国朝诗选序》：

> 古之为诗者，问学必有所据，依章法句法字法，必有所师承，无唐宋一也。今且区唐之初、盛、中、晚而四之，继又区唐与宋而二之，何其与予所闻异也。③

吴乔以《诗经》不以世次而分风、雅、颂为喻，认为四唐分期模糊了人们对唐诗价值的判断。吴绮和朱彝尊则认为言为心声，时代不同，诗歌风貌自然有所差异，把唐诗分为高下不同的四个时期是不恰当的，一味宗唐也不利于真情实感的抒发。汪琬认为诗歌中有效的表达技巧是没有时代限制的，强行分出四唐，再予以褒贬，这种态度显然有失客观。综合来看，他们认为"四唐"仅仅是一个客观的时代分期，不应该附丽高下褒贬的价值观念，故对七子派"诗必

---

① 吴绮：《林蕙堂全集》卷四，《景印文渊阁四库全书》第1314册，第288—289页。

② 朱彝尊：《曝书亭集》卷三十八，《四部丛刊初编》第358册，第318页。

③ 汪琬：《尧峰文钞》卷二十七，《景印文渊阁四库全书》第1315册，第476页。

盛唐"的核心理论表示不满，转而强调诗歌抒情的本质特点。

尽管反对声音如此强烈，但从他们的论诗话语中，不难发现传统"四唐分期"说巨大的影响力。如钱谦益《唐诗英华序》一方面对"四唐分期"的做法大加驳斥，另一方面又称赞顾有孝《唐诗英华》编次有法，事实上这部选本正是明确按照初、盛、中、晚对唐诗进行编次的。与钱氏不同，不少诗论家仍然大力鼓吹"四唐"，如贺裳《载酒园诗话又编》按初唐、盛唐、中唐、晚唐分为四卷，分论各期诗人，而叶矫然《龙性堂诗话初集》也对钱谦益等人反对"四唐"的看法加以反驳：

> 论诗者谓初盛中晚之目，始于严沧浪而成于高廷礼，承讹踵谬，三百年于兹，则大不然。夫初盛中晚之诗具在，格调声响，千万人亦见，胡可溷也？又谓燕公、曲江亦初亦盛，孟浩然、王维亦盛亦初，钱起、皇甫冉亦中亦盛，如此论人论世，谁不知之？夫所谓初盛中晚者，亦不过谓其篇什格调中同者十八，不同者十二，大概言之而已，非真有鸿沟之画，改元之号也。学者谓有初盛中晚之分，而过为低昂焉，不可也。如谓无低昂而并无初盛中晚之名焉，可乎哉？自前人为此言，周元亮复广而伸之，甚哉其势利之见也。[1]

叶氏指出，既不能把"四唐分期"所包含的时代先后顺序与价值高下观念完全等同起来，也不应完全否定"四唐分期"。

乾嘉时期，仅有极个别诗论家否定"四唐分期"，但他们的主要用意是批评明七子极端复古之论[2]，绝大多数诗论家仍然非常认同这种观念。例如，沈德潜在《唐诗别裁集》相关评点中，指出初唐终结者是张九龄，中唐开启者是

---

[1] 叶矫然：《龙性堂诗话初集》，《清诗话续编》上册，上海古籍出版社1983年版，第950—951页。

[2] 如陈文述《书李空同集后三》云："盖诗本无名家、大家之分，唐人诗亦无初、盛、中、晚之说。初、盛、中、晚始于宋之严沧浪，成于明之高廷礼，本非定论。"（《颐道堂文钞》卷二，《续修四库全书》第1505册，第563页。）

刘长卿，晚唐开启者是李商隐。初唐代表诗人有初唐四杰、陈子昂、沈佺期、宋之问、张九龄等；盛唐代表诗人有李、杜、王、孟、高、岑，涉及通常意义上的山水田园和边塞诗派两大流派；中唐代表诗人有刘长卿、韦应物、大历十才子、元稹、白居易、韩愈、孟郊、张籍、王建、李贺等，晚唐有李商隐、杜牧、温庭筠、许浑等，时代断限相当明晰。在明确时代先后内涵的同时，沈德潜对各期诗歌独特的艺术风貌也有详细说明，《唐诗别裁集》评杜审言《蓬莱三殿侍宴，奉敕咏终南山》云：

> 初唐五言律不用雕镂，然后人雕镂者正不能到，故曰"大巧若拙"。陈、杜、沈、宋，足以当之。[①]

评李白《鹦鹉洲》云：

> 以古笔为律诗，盛唐人每有之，大历后此调不复弹矣。[②]

评刘长卿曰：

> 中唐诗渐秀渐平，近体句意日新，而古体顿减浑厚之气矣。权德舆推文房为"五言长城"，亦谓其近体也。[③]

评李商隐《韩碑》云：

> 晚唐人古诗，秾鲜柔媚，近诗余矣。即义山七古，亦以辞胜。独此篇意则正正堂堂，辞则鹰扬凤翔，在尔时如景星庆云，偶然一见。[④]

---

① 沈德潜：《唐诗别裁集》卷九，上海古籍出版社1979年版，第293页。

② 沈德潜：《唐诗别裁集》卷十三，第447页。

③ 沈德潜：《唐诗别裁集》卷三，第87页。

④ 沈德潜：《唐诗别裁集》卷八，第281页。

沈德潜这种观念堪称乾嘉诗坛共识，绝大多数诗论家既认同严羽以来的四段之分，也承认四期作品各有独特的风貌。杭世骏《闻鹤轩唐诗选序》云：

> 唐运盛于贞观、开元，乱于天宝，中兴于元和，至太和而凌夷衰微，此一代盛衰升降之大概也。而诗亦因之。高仲礼撰《唐诗品汇》，区一代而为初、盛、中、晚，修川郭浚彦深选其中初、盛古诗，详加诠释，厘为一编。①

翁方纲《石洲诗话》云：

> 初唐之高者，如陈射洪、张曲江，皆开启盛唐者也。中、晚之高者，如韦苏州、柳柳州、韩文公、白香山、杜樊川，皆接武盛唐、变化盛唐者也。是有唐之作者，总归盛唐。而盛唐诸公，全在境象超诣。所以司空表圣《二十四品》及严仪卿以禅喻诗之说，诚为后人读唐诗之准的。②

从乾嘉诗坛使用"四唐分期"的情况看，众多诗论家一方面承认"四唐"具有时代世次和价值评判的双重内涵，另一方面，又不断提升中、晚唐诗歌的地位。如袁枚《随园诗话》云："杜紫纶先生选《唐人叩弹集》，专尚中、晚。学者从兹入手，可免粗硬槎枒之病。"③赵文哲《媕雅堂诗话》云："吴汉槎（兆骞）学盛唐之王、李，而上或染指初唐四子，下或滥觞中唐元、白，竟体精研，允堪程序。"④郑虎文《训士八则》云："七律易为难工，宜就其性之所近而造焉。如学盛唐，少陵为上，摩诘次之；学中唐，梦得为上，微之

① 杭世骏：《道古堂文集》卷八，《续修四库全书》第1426册，第277页。
② 翁方纲著，陈迩冬校点：《石洲诗话》卷四，人民文学出版社1981年版，第122页。
③ 袁枚著，顾学颉校点：《随园诗话》补遗卷一，人民文学出版社1982年版，第579页。
④ 赵文哲：《媕雅堂别集》卷四，《四库未收书辑刊》第10辑第26册，第476—477页。

次之，香山又次之；学晚唐，玉溪、樊川为上，温、许次之。"①赵翼《瓯北诗话》评高启诗云："五古、五律，则脱胎于汉、魏、六朝及初、盛唐；七古、七律，则参以中唐；七绝并及晚唐。要其英爽绝人，故学唐而不为唐所囿。"②均体现出鲜明的兼取中、晚唐的观念。

综上所述，源于严羽、方回和杨士弘的"四唐分期"说与宋代史学家、诗选家按照时代先后次序勾勒唐诗发展历程的做法相比，有利于揭示唐诗不同时期的风格特点，故被后人所关注。《唐诗品汇》之后，以"四唐分期"为基础，明清诗论家对唐诗风貌的描述经历了三个阶段：明代七子派注重辨体，对唐诗各个时期的艺术风貌和价值高下的辨析更为细致，相应放大了"四唐分期"时代先后与价值高下不尽吻合的缺陷。明末清初，在抨击七子派诗学背景下，钱谦益、朱彝尊等众多诗论家认为"四唐"说存在着明显的时代世次与价值观念的矛盾，并不符合唐诗发展的实际，也容易导致为迎合盛唐而流于虚假的流弊，为此反对其中包含的价值观念，主要从时代先后的角度使用"四唐分期"。乾嘉时期，众多诗论家有意淡化"四唐分期"所蕴含的价值高下意味，使其成为代表唐诗不同阶段呈现出不同艺术风貌的诗学观念。"四唐分期"说的主要贡献是诗论家在分期过程中对各期诗人艺术风貌的细致辨析，这种辨析启发人们从整体风貌上认识和理解唐诗的流变，有利于揭示唐诗发展不同阶段的艺术特点和差异，其积极意义是不容忽视的。直至今日，"四唐分期"观念依旧深入人心，堪称最富有生命力和诗学影响的传统诗学观念之一。

二、唐诗大家

由于时代审美风尚和创作思潮的差异，历代诗论家对唐诗大家的认定多有不同。下面以陈子昂、李白、杜甫、白居易和李商隐为例，探讨乾嘉诗学所建构的唐诗大家体系的特点。

---

① 郑虎文：《吞松阁集》卷四十，《四库未收书辑刊》第10辑第14册，第416页。

② 赵翼著，江守义、李成玉校注：《瓯北诗话校注》卷八，人民文学出版社2013年版，第347页。

（一）陈子昂大家地位的消解

陈子昂在诗坛甫一出现即发出耀眼的光芒，挚友卢藏用《陈氏别传》载："（子昂）初为诗，幽人王适见而惊曰：'此子必为文宗矣！'"①卒后，卢藏用《右拾遗陈子昂文集序》称赞道："道丧五百岁而得陈君。"②几乎推为圣人。虽然颜真卿、释皎然认为卢氏誉之太甚，特加驳正，不过，仍有众多诗家对其青眼有加。杜甫《陈拾遗故宅》云："有才继骚雅，哲匠不比肩。公生扬马后，名与日月悬。"③韩愈《荐士诗》云："国朝盛文章，子昂始高蹈。"④柳宗元《杨评事文集后序》云："厥有能而专美，命之曰艺成。虽古文雅之盛世，不能并肩而生。唐兴以来，称是选而不作者，梓潼陈拾遗。"⑤白居易《与元九书》云："唐兴二百年，其间诗人不可胜数，所可举者，陈子昂有《感遇》诗二十首，鲍防《感兴》诗十五篇……"⑥均大加推崇。此外，《独异志》曾载陈子昂毁琴赠文之事，虽属小说家言，真伪莫辨，但由于《太平广记》的收录，此事流传颇广，对提升其诗坛地位也起到了重要作用。

宋代对陈子昂的评价更趋理性色彩，多立足于文风流变衡量其地位。《新唐书》本传曰："唐兴，文章承徐、庾余风，天下祖尚，子昂始变雅正。"⑦强调其改变初唐文风之功。欧阳修《书梅圣俞诗稿后》云："盖诗者，乐之苗裔与！汉之苏、李，魏之曹、刘，得其正始。宋、齐而下，得其浮淫流侇。唐之时，子昂、李、杜、沈、宋、王维之徒，或得其淳古淡泊之声，或得其舒和高畅之节，而孟郊、贾岛之徒，又得其悲愁郁埋之气。由是而下，得者时有，而不纯焉。"⑧已把陈子昂置于唐代最优秀诗人之列。值得注意的是朱熹对陈

---

① 彭庆生：《陈子昂诗注》，四川人民出版社1981年版，第259页。

② 董诰等编：《全唐文》卷二百三十八，中华书局1983年版，第2402页。

③ 萧涤非主编：《杜甫全集校注》卷九，人民文学出版社2014年版，第2703页。

④ 韩愈著，钱仲联集释：《韩昌黎诗系年集释》卷五，上海古籍出版社1984年版，第528页。

⑤ 柳宗元：《柳河东集》卷二十一，上海古籍出版社2008年版，第372页。

⑥ 白居易：《白氏长庆集》卷四十五，上海古籍出版社1994年版，第491页。

⑦ 欧阳修、宋祁：《新唐书》卷一百七，中华书局1975年版，第4078页。

⑧ 欧阳修著，李逸安点校：《欧阳修全集》卷七十二，中华书局2001年版，第1048—1049页。

子昂的评价，《斋居杂兴二十首序》云：

> 余读陈子昂《感（寓）［遇］诗》，爱其词旨幽邃，音节豪宕，非当世词人所及。如丹砂空青，金膏水碧，虽近乏世用，而实物外难得，自然之奇宝。①

又《朱子语类·论文下》云：

> 太白五十篇《古风》是学陈子昂《感遇》诗，其间多有全用他句处。
>
> 李太白诗非无法度，乃从容于法度之中，盖圣于诗者也。《古风》两卷多效陈子昂，亦有全用其句处。太白去子昂不远，其尊慕之如此。②

朱熹对《感遇》诗的推崇乃是承袭白居易，但特别强调李白对陈子昂的尊慕和效仿，标志着陈子昂作为盛唐开启者的唐诗大家形象的初步定型。由于朱熹的巨大影响力，这种定位渐成宋元诗家共识。如刘克庄评李白《古风》曰："此六十八首，与陈拾遗《感遇》之作笔力相上下，唐诸人皆在下风。"③方回《瀛奎律髓》首列作品即陈子昂《度荆门望楚》，并评道：

> 陈拾遗子昂，唐之诗祖也。不但《感遇》诗三十八首为古体之祖，其律诗亦近体之祖也。《白帝》、《岘山》二首极佳，已入怀古类，今揭此一诗为诸选之冠。④

又评《白帝怀古》曰：

---

① 朱熹：《晦庵集》卷四，《景印文渊阁四库全书》第1143册，第73页。

② 黎靖德编，王星贤点校：《朱子语类》卷一百四十，中华书局1986年版，第3326页。

③ 刘克庄撰，王秀梅点校：《后村诗话》前集卷一，中华书局1983年版，第8页。

④ 方回选评，李庆甲集评校点：《瀛奎律髓汇评》卷一，上海古籍出版社2005年版，第2页。

律诗自徐陵、庾信以来，叠叠尚工，然犹时拗平仄。唐太宗时，多见《初学记》中，渐成近体，亦未脱陈、隋间气习。至沈佺期、宋之问，而律诗整整矣。陈子昂《感遇》古诗三十八首，极为朱文公所称。天下皆知其能为古诗，一扫南、北绮靡，殊不知律诗极精。此一篇置之老杜集中，亦恐难别，乃唐人律诗之祖。①

方回所言"唐之诗祖""唐人律诗之祖"乃受朱熹和刘克庄的启发，不过朱、刘所论侧重五古，方回则通过与杜甫的比较，认为陈子昂五律的成就同样巨大。《瀛奎律髓》多次以陈子昂为例说明盛唐律诗的特征，如评《晚次乐乡县》曰："盛唐律，诗体浑大，格高语壮；晚唐下细工夫，作小结裹，所以异也。学者详之。"②"旅况类"又入选此诗，并评曰："起两句言题，中四句言景，末两句摆开言意。盛唐诗多如此。全篇浑雄齐整，有古味。"③"送别类"入选《送崔著作东征》，评曰："平仄不粘，唐人多有此体。陈子昂才高于沈佺期、宋之问，惟杜审言可相对。此四人唐律，在老杜以前，所谓律体之祖也。"④"边塞类"入选《和陆明甫赠将军重出塞》，评曰："盛唐诗浑成。'晓风吹画角'犹'池塘生春草'，自然诗句，亦是别用一意。"⑤"释梵类"入选《酬晖上人独坐山亭有赠》，评曰："盛唐人诗，多以起句十字为题目，中二联写景咏物，结句十字撒开，却说别意。此一大机括也。"⑥均把陈子昂视为唐代最优秀的诗家，并开启了盛唐近体的创作。

杨士弘《唐音》也强调陈子昂与盛唐诗人的联系。此选把唐诗分为始音、正音、遗响三部分，仅正音按体编选，其中五古、五律入选陈诗。其《五古

---

① 方回选评，李庆甲集评校点：《瀛奎律髓汇评》卷三，第78—79页。
② 方回选评，李庆甲集评校点：《瀛奎律髓汇评》卷十五，第529页。
③ 方回选评，李庆甲集评校点：《瀛奎律髓汇评》卷二十九，第1256页。
④ 方回选评，李庆甲集评校点：《瀛奎律髓汇评》卷二十四，第1018页。
⑤ 方回选评，李庆甲集评校点：《瀛奎律髓汇评》卷之三十，第1303页。
⑥ 方回选评，李庆甲集评校点：《瀛奎律髓汇评》卷四十七，第1620页。

序》云："五言古诗盛唐初变六朝，作者极多，然音律参差，各成其家。所可法者六人，共诗一百一十九首。"① 六人分别是陈子昂、薛稷、储光羲、王维、孟浩然和常建。《五律序》云："五言律诗唐初作者虽多，选其精纯者十四人，共诗七十六首。"② 十四人分别是陈子昂、杜审言、王维、贾至、孙逖、沈佺期、祖咏、储光羲、孟浩然、高适、岑参、殷遥、王湾和常建。结合始音仅列"初唐四杰"的情况，不难看出杨士弘有意区分陈子昂与"初唐四杰"的联系，特意把他定位为"正音"。

综观唐宋元时期众多诗论家对陈子昂的评价，其共同之处是有意把陈子昂与其他初唐诗人加以区分，重视其五古、五律对李白、杜甫等盛唐大家的引领作用，从盛唐诗风开启者的角度赋予其唐诗大家的诗坛地位。

对陈子昂评价的转折点发生在明代高棅所编《唐诗品汇》。此书按体编选，以时代世次分唐诗为九品，其《凡例》云："大略以初唐为正始，盛唐为正宗、大家、名家、羽翼，中唐为接武，晚唐为正变、余响。"③ 陈子昂身为初唐诗人，列为"正始"本属自然。现存陈子昂诗作涉及体裁是五古、七古、五绝、五律和五言排律，只有五古被列入"正宗"，其余均为"正始"，包括方回极为推崇的五律，《唐诗品汇》仅入选八首，与骆宾王、崔湜、祖咏、李颀、张籍并列第三十七位，已称不上大家。至此，唐宋以来笼罩在陈氏身上的光环开始暗淡。

前后七子论诗延续了严羽、高棅的辨体思路，但对最高典范的认定更趋极端。何景明《海叟集序》云："盖诗虽盛称于唐，其好古者自陈子昂后，莫如李、杜二家，然二家歌行近体，诚有可法，而古作尚有离去者，犹未尽可法之也。故景明学歌行近体，有取于二家及唐初盛唐诸人，而古体必从汉魏求之。"④ 此处"古体"与"歌行近体"对举，当指五言古诗。何景明认为汉魏五古才算最高典范，李白、杜甫两位盛唐大家的五古并不值得师法，陈子昂五

---

① 陶文鹏、魏祖钦：《唐音评注》，河北大学出版社2006年版，第72页。

② 陶文鹏、魏祖钦：《唐音评注》，第72页。

③ 高棅：《唐诗品汇》，上海古籍出版社1988年版，第14页。

④ 何景明：《何大复集》卷三十四，中州古籍出版社1989年版，第595页。

古自不待言。之后，李攀龙《古今诗删》沿袭了这一思路，《唐诗选序》曰："唐无五言古诗，而有其古诗。陈子昂以其古诗为古诗，弗取也。"①明确否定了陈子昂五古的典范地位。对方回所盛称的陈子昂五律，《古今诗删》仅入选三首，与李峤、张九龄、祖咏、严维并列第十一，至此，陈子昂的唐诗大家地位消失殆尽。

李攀龙之后，众多诗论家开始从艺术风貌、创作技巧等诸多方面详细阐释陈诗的缺陷。王世贞《艺苑卮言》云：

> 陈正字陶洗六朝铅华都尽，托寄大阮，微加断裁，而天韵不及，律体时时入古，亦是矫枉之过。②

许学夷《诗源辩体》云：

> 五言自汉魏流至元嘉，而古体亡。自齐梁流至初唐而古、律混淆，词语绮靡。陈子昂始复古体，效阮公《咏怀》为《感遇》三十八首，王适见之，曰："是必为海内文宗。"然李于鳞云："唐无五言古诗，而有其古诗。陈子昂以其古诗为古诗，弗取也。"何耶？盖子昂《感遇》虽仅复古，然终是唐人古诗，非汉魏古诗也。且其诗尚杂用律句，平韵者犹忌上尾。至如《鸳鸯篇》、《修竹篇》等，亦皆古、律混淆，自是六朝余弊，正犹叔孙通之兴礼乐耳。③

王世贞和许学夷均认为陈氏虽提倡复古，但创作实践与汉魏经典作品有着明显差别，其原因在于陈子昂很难摆脱时代的局限。显然，王世贞等人心目中的典范是各种诗体初兴时期的作品，被宋人极端推崇的陈子昂五古已背离汉魏五古

---

① 李攀龙选，王稚登评：《唐诗选》，《续修四库全书》第1611册，上海古籍出版社1995年版，第622页。

② 王世贞：《艺苑卮言》卷四，《历代诗话续编》中，第1005页。

③ 许学夷著，杜维沫校点：《诗源辩体》卷十三，人民文学出版社1987年版，第144页。

传统，不再具有最高典范的地位。

明代后期，随着诗坛不断质疑七子派五古仅宗汉魏这种极端论调，陈子昂的地位一度得以提升。钟惺云："《感遇》诗，正字气运蕴含，曲江精神秀出，正字深奇，曲江淹密，各有至处，皆出前人之上。盖五言古诗之本原，唐人先用全力付之，而诸体从此分焉，彼谓唐无五言古诗，而有其古诗，本之则无，不知更以何者而看唐人诸体也？"①冯班《钝吟杂录》云："陈子昂上效阮公感兴之文，千古绝唱，格调不用沈宋新法，谓之古诗。唐人自此诗有古、律二体。"②不过，钟惺、冯班对陈子昂的维护并没有成为诗坛的共识。与此相对，也有不少人接纳了明七子区别汉魏与唐代五古的观念，进而对陈子昂有所贬斥。毛先舒云："李于鳞云：'唐无五言古诗，而有其古诗。陈子昂以其古诗为古诗，弗取也。'两'其'字竟作'唐'字解，语便坦白。子昂用唐人手笔，规模古诗，故曰'弗取'，盖谓两失之耳。"③王士禛云："沧溟先生论五言，谓：'唐无五言古诗，而有其古诗。'此定论也。常熟钱氏但截取上一句，以为沧溟罪案，沧溟不受也。要之，唐五言古固多妙绪，较诸《十九首》、陈思、陶、谢，自然区别。"④翁方纲则进一步申明道："所谓唐无五言古诗者，正谓其无《选》体之五言古诗也。先生乃谓讥沧溟者，不合其下句观之，而但执唐无五古一句以归咎于沧溟，沧溟不受也。"⑤不难想象，这些诗论家对陈子昂的诗坛定位自然不会太高。王士禛进而从诗品出于人品的传统观念出发，认为陈子昂谄事武后，人品低下。其《香祖笔记》云：

> 子昂五言诗力变齐梁不须言，其表序碑记等作，沿袭颓波，无可观者。上《大周受命颂表》一篇、《大周受命颂》四章，其辞诡诞不经；又

---

① 钟惺、谭元春：《唐诗归》卷五，《续修四库全书》第1589册，第582页。

② 冯班：《钝吟杂录》卷三，《景印文渊阁四库全书》第886册，第538页。

③ 毛先舒：《诗辩坻》卷三，《清诗话续编》上册，上海古籍出版社1983年版，第45页。

④ 郎廷槐：《师友诗传录》，《清诗话》上册，上海古籍出版社1978年版，第129—130页。

⑤ 翁方纲：《格调论》中，《复初斋文集》卷八，《续修四库全书》第1455册，第421页。

有《请追上太原王帝号表》，太原王者士彟也，此与扬雄《剧秦美新》无异，殆又过之，其下笔时不知世有节义廉耻事矣。子昂真无忌惮之小人哉，诗虽美吾不欲观之矣。子昂后死贪令段之手，殆高祖、太宗之灵假手殛之耳。①

潘德舆进一步发挥了王士禛的论断，认为其人其诗皆不足取，《养一斋诗话》云：

> 人与诗有宜分别观者，人品小小缪戾，诗固不妨节取耳。若其人犯天下之大恶，则并诗不得而恕之。故以诗而论，则阮籍之《咏怀》，未离于古；陈子昂之《感遇》，且居然复古也。以人而论，则籍之党司马昭而作《劝晋王笺》，子昂之谄武曌而上书请立武氏九庙，皆小人也。既为小人之诗，则皆宜斥之为不足道，而后世犹赞之诵之者，不以人废言也。夫不以人废言者，谓操治世之权，广听言之路，非谓学其言语也。籍与子昂诚工于言语者，学之则亦过矣！况吾尝取籍《咏怀》八十二首、子昂《感遇》三十八首反覆求之，皆归于黄、老无为而已。其言廓而无稽，其意晦而不明，盖本非中正之旨，故不能自达也。……杜公尊子昂诗，至以《骚》、《雅》忠义目之，子乌得异议？曰：子昂之忠义，忠义于武氏者也，其为唐之小人无疑也。②

与王士禛、潘德舆强调人品不同，也有众多诗论家从阅读体验出发否定了陈子昂五古的典范地位。王夫之《唐诗评选》曰："正字《感遇》诗似诵、似说、似狱词、似讲义，乃不复似诗，何有于古？"③叶燮《原诗》曰："然吾犹谓子昂古诗，尚蹈袭汉魏蹊径，竟有全似阮籍《咏怀》之作者，失自家体

---

① 王士禛著，张宗柟纂集：《带经堂诗话》卷二十四，人民文学出版社1963年版，第704页。

② 潘德舆著，朱德慈辑校：《养一斋诗话》卷一，中华书局2010年版，第7—8页。

③ 王夫之评选，王学太校点：《唐诗评选》卷二，文化艺术出版社1997年版，第39页。

段。"①王氏论诗重"兴"，"狱词""讲义"正是指诗歌缺少特有的韵味；叶氏论诗重"变"，"蹈袭""失自家体段"正是不善通变之失。两家论诗宗旨虽然不同，但均认为陈子昂难孚大家声望。因此，王夫之《唐诗评选》"五古"仅入选陈子昂《送客》，蘅塘退士《唐诗三百首》完全不选陈子昂五古，朱熹极端褒奖的《感遇》诗似乎退出了经典的行列。

值得注意的是，明清诗坛对陈子昂的否定并不是压倒性的，以明代胡震亨和清代沈德潜为代表，也有诗论家虽然沿袭了明七子辨体的思路，但由于他们所确立的最高典范比较宽广，所以陈子昂仍有一定的诗坛地位。胡震亨《唐音癸签》云：

> 唐人推重子昂，自卢黄门后，不一而足。如杜子美则云："有才继骚雅"，"名与日月悬。"韩退之则云："国朝盛文章，子昂始高蹈。"独颜真卿有异论，僧皎然采而著之《诗式》，近代李于鳞，加贬尤剧。余谓诸贤轩轾，各有深意。子昂自以复古反正，于有唐一代诗功为耳。正如夥涉为王，殿屋非必沉沉，但大泽一呼，为群雄驱先，自不得不取冠汉史。②

沈德潜《说诗晬语》云：

> 隋炀帝艳情篇什，同符后主；而边塞诸作，铿然独异，剥极将复之候也。杨素幽思健笔，词气清苍，后此射洪、曲江，起衰中立，此为胜、广云。③

两人均以陈胜、吴广来喻陈子昂，在他们看来，真正建立王朝基业的汉高祖无

---

① 叶燮著，蒋寅笺注：《原诗笺注》内篇上，上海古籍出版社2014年版，第63—64页。

② 胡震亨：《唐音癸签》卷五，上海古籍出版社1981年版，第44—45页。

③ 沈德潜著，王宏林笺注：《说诗晬语笺注》卷上，人民文学出版社2013年版，第151页。

疑属于李白、杜甫等盛唐大家。在《唐诗别裁集》中，陈诗入选28首，总量居第十四。其中五古入选19首，居第六；五律入选6首，与韦应物、郎士元并列第十四位。显然，陈胜、吴广之喻的重点是把陈子昂视为变革六朝诗风之发轫者，与代表最高成就的唐诗大家尚有距离。

　　从陈子昂唐诗大家地位的确立和消解来看，朱熹和李攀龙是其中的关键人物，严羽、高棅以来形成的"四唐分期"观念是导致其地位下降的主要因素。

　　朱熹强调陈子昂对李白的开启作用，把他定位为盛唐诗风的开启者。方回沿袭了朱熹的策略，又树立其"律诗之祖"的地位，从而建构了陈子昂和杜甫的联系。自此，陈子昂成为李白、杜甫两位唐诗大家的先行者，得以跻身于唐代第一流诗人之列。

　　李攀龙所代表的七子派对陈子昂大家地位的消解并不完全是主观臆断。按照"四唐分期"和"古体宗汉魏，歌行近体宗初盛唐"的明七子核心论诗观念，陈子昂作为初唐诗人只能以歌行近体获得大家地位。但从创作实际来看，陈子昂现存诗歌120多首，其中《山水粉图》为杂言，《春台引》《彩树歌》《喜马参军相遇醉歌》为歌行，成就最高的体裁是五古和五律，其中五古约60首，数量最多。明七子论五古以汉魏为最高典范，陈子昂失去了作为唐诗大家的最有利条件。至于五律，明七子以初盛唐为最高典范。陈子昂五律共计30余首，多作于应酬、赠答等集体创作的场合。初唐诗人杜审言、沈佺期、宋之问皆以五律而著称，其中杜五律近30首，几占其全部诗作的四分之三，沈近60首，宋近80首，不但五律数量较多，而且句律极严，均是五律定型的关键人物。三人皆有在朝为官和遭贬外放的经历，在朝作品以应制、酬唱题材为主，风格工整流丽，声律和谐；遭贬外放之后，题材转向迁谪、行旅、离别，往往能感发人意。相较而言，陈子昂五律成就并不十分突出，同样难孚大家声望。因此，尽管李攀龙以极端的方式对陈子昂加以否定，但主要依据陈子昂为初唐诗人这一客观事实，故能引起众多诗论家的响应。

　　相较朱熹和李攀龙的极端臧否，胡震亨和沈德潜的陈胜、吴广之喻颇值得关注。此喻似针对元好问"沈宋横驰翰墨场，风流初不废齐梁。论功若准平吴例，合著黄金铸子昂"①而发。范蠡之功是重建越国，元好问借此以喻陈子昂对盛唐诗风的开启。陈胜、吴广之功首倡叛秦，大业完成需待项羽、刘邦，故胡震亨和沈德潜借此以喻陈子昂对初唐文坛齐梁诗风的终结。这种定位仍是立足于陈子昂的初唐人身份，但有助于弥补明七子极端复古的偏颇，故被后世广为接受。彭庆生《陈子昂诗注序》评价陈子昂道："登上高峰的旗手是光荣的，筚路蓝缕的先驱者也是可敬的。"②正是承继胡震亨和沈德潜之论。

陈子昂地位的起伏反映出时代审美思潮和个人审美倾向对经典建构的决定性影响。一般而言，唐诗经典的建构是诸多因素综合作用的结果，诗作自身的艺术价值是经典建构的前提条件，时代审美风尚和政治思潮是经典建构的土壤，发现人则是经典走向读者的主要媒介和关键因素。陈子昂最早获得广泛好评是在安史之乱后，面对战后的凋零，以儒学济世成为众多文人的共同追求。陈子昂由于提倡风雅兴寄，且一度拥有崇高的声望，故被韩愈、柳宗元、白居易标举，成为复兴儒道的旗帜。朱熹对陈子昂的推崇正是这种思潮的延续，并导致陈子昂唐诗大家地位的确立。明清时期，诗学的首要问题不是如何处理文道关系，而是通过对各个时期诗歌艺术风貌的辨析，为学诗者寻找可供效法的典范。随着高棅《唐诗品汇》"四唐分期"的深入人心，陈子昂作为初唐人的客观事实不断凸显，宋人附丽在他身上的盛唐开启者的光环也就不断消退，最终只能以齐梁余风终结者的身份出现在明清诗坛。

（二）李、杜优劣论

杜甫在世之日，其诗坛地位不足与李白并称。李白、高适、岑参等盛唐名家多有寄赠杜甫之作，但内容多是朋友相思、感世不遇之情，对杜诗的推崇并不明显。天宝之后，杜甫的诗坛地位逐渐提升，但由于与时代诗风的巨大差异，大历诗人很少主动规摹学习杜诗，故王赞《玄英集序》云：

> 唐兴，其音复振。陈子昂始以风气为主，而寝拘四声，五七字律。建

---

① 元好问著，郭绍虞笺释：《元好问论诗三十首小笺》，人民文学出版社1978年版，第63页。

② 彭庆生：《陈子昂诗注》，四川人民出版社1981年版，第1页。

中之后，其诗益善，钱起为最，杜甫雄鸣于至德、大历间，而时人或不尚之。呜呼，子美之诗，可谓无声无臭者矣！①

殷璠《河岳英灵集》、元结《箧中集》、高仲武《中兴间气集》等众多唐诗选本不选杜诗也能说明这一点。首次盛赞杜甫为"当今一人"的是樊晃，其编撰《杜工部小集》，《序》曰："文集六十卷，行于江汉之南。常蓄东游之志，竟不就。属时方用武，斯文将坠，故不为东人之所知。江左词人所传诵者，皆公之戏题剧论耳。曾不知君有大雅之作，当今一人而已。今采其遗文凡二百九十篇，各以事类为六卷，且行于江左。"②元和之后，众多诗家不断对杜诗极力推崇，李、杜并称逐渐成为诗坛习论。③在这个过程中，由于诗论家的目的是推崇杜甫，又多以李白为参照对象，无形中促成了李、杜优劣之争，并造成杜优于李的印象。总之，晚唐五代时，杜甫地位已经大大提升。如光化三年（900）韦庄编《又玄集》，列杜甫为卷首。五代韦縠选《才调集》，虽不选杜诗，但《自叙》云："暇日因阅李、杜集，元、白诗，其间天海混茫，风流挺特，遂采摭奥妙，并诸贤达章句。不可备录，各有编次。"④可知此期杜甫已引起广泛关注，且能够与李白并称。

宋代论李白、杜甫与唐人不同，扬杜抑李十分明显⑤，故南宋后期的严羽《沧浪诗话》特意强调："李、杜二公，正不当优劣。李白有一二妙处，子美不能道；子美有一二妙处，太白不能作。〇子美不能为太白之飘逸，太白不能为子美之沉郁。"⑥这种观念被广为接受，明清两代虽不乏极端崇李或崇杜之人，但主流观念与《沧浪诗话》一致。

① 方干：《玄英集》，《景印文渊阁四库全书》第1084册，第44页。

② 华文轩编：《古典文学研究资料汇编（杜甫卷）》上编唐宋之部第1册，中华书局1964年版，第7页。

③ 罗宗强：《李杜论略》，内蒙古人民出版社1980年版，第8—27页。

④ 韦縠：《才调集》，傅璇琮主编：《唐人选唐诗新编》，陕西人民教育出版社1996年版，第691页。

⑤ 邓元煊：《李杜优劣论再议》，《四川师范大学学报》1988年第5期。

⑥ 严羽著，张健笺注：《沧浪诗话校笺》，上海古籍出版社2012年版，第575—579页。

乾嘉时期，从涉及李白、杜甫的诗学文献的数量来看，杜甫远远多于李白。据孙微《清代杜诗学文献考》，此期见存杜诗学文献有50部，散佚文献58种，高居唐人之首。此外，在以乾隆名义编写的《御选唐宋诗醇》中，杜甫名列首位。这些似乎昭示着乾嘉诗家更加看重杜甫。不过，一旦深入到众多诗家的具体论述，不难发现他们在论及杜甫诗歌的伟大成就时，总不忘强调李白，极力避免给人以崇杜贬李的错觉。如《御选唐宋诗醇》论李白曰："有唐诗人，至杜子美氏集古今之大成，为风雅之正宗。谭艺家迄今奉为矩矱，无异议者。然有同时并出，与之颉颃上下，齐驱中原，势钧力敌，而无所多让：太白亦千古一人也。"[①]又如浦起龙曾撰《读杜心解》，对杜甫推崇备至。其《唐人诗》曰："明皇开元、天宝中，杜甫复继出，上薄《风》、《骚》，下该沈、宋，才夺苏、李，气吞曹、刘，掩颜、谢之孤高，杂应、徐之流丽，真所谓集大成者，而诸作皆废矣。并世而作有李太白，宗《风》、《骚》及建安七子，其格极高，其变化若神龙之不可测。"[②]也是认为两人各有所长，不宜强分高下。

基于李、杜难分优劣的认识，众多乾嘉诗家针对唐、宋崇杜贬李之论加以分析。如乔亿《剑溪说诗》"书元稹论李、杜优劣论后"曰：

> 李、杜诗自元稹之论出，古今谭艺之士，先杜后李者，莫不然矣。以韩退之于二公，辄并举不小为轩轾，虽不敢议，乃终弗于从。盖由子美学博而正，其所为诗，大则有关名教，小亦曲尽事情；加以诗之法度，至杜乃大备。太白神游八表，学兼内典，见之于诗，多荒忽不适世用之语；又才为天纵，往往笔落如疾雷之破山，去来无迹，将法于何执之？后之从事于斯者，但随其分之浅深，功之小大，皆于杜有获也，诸体可兼致其力。而太白历千余年，所云问津者，率皆短制，或一二韵之飘洒，其庶几焉。至于大篇，入笔驱辞，能得其山奔海立之势而音韵自若者谁与？五岳

---

①　乾隆：《御选唐宋诗醇》，《景印文渊阁四库全书》第1448册，第88页。

②　裴斐、刘善良编：《古典文学研究资料汇编（李白资料汇编）》金元明清之部第二册，中华书局1994年版，第815页。

名山，九州之胜概也；蓬、瀛、方丈，海上之仙踪也。以言乎游历，一身无遍及要荒，而五岳之真形，八方之异气，怪禽幽兽，山鬼跳梁，可惊可愕于丛薄深箐之中，世每不绝于传闻，以高僧畸士独往之徒流播人间也。彼三山、五城、十二楼，太史公述之，而谁其一至与？故未蹑蓬、瀛、方丈，谓高于五岳，非也。知有五岳，谓尊于蓬、瀛、方丈，亦非也。李、杜之诗，固若是焉已矣。以是知杜可宗，李不可轻拟，可不可于李、杜云何先后哉！①

乔亿认为杜甫以法度见长，学诗者不管天分才力如何，都能从杜诗中得到收获；李白天才纵逸，常人因天资所限很难因袭效仿。李白如海上仙山，杜甫如世间五岳，高下难分。王鸣盛《蛾术编》"杜子美"认同元稹对李杜优劣的论断，云"千古公论至微之始定"，但连鹤寿不认同王鸣盛对元稹评杜的认可，其辨析道："至以元微之论李、杜之优劣为定论，尤非。李有李之天才，杜有杜之学力，各擅所长，何分优劣？况子美诗无非一片忠君爱国之心所结而成，奈何以铺陈排比赏之邪？若仅赏其铺陈排比，则集中甚多牵强凑集之句。如《寄临邑舍弟》诗'利涉想蟠桃'……尤为拙率，其病即在铺陈排比也。"②驳斥元稹以"铺陈排比"尊杜抑李之论。

吴乔则从作品反映社会现实的角度维护李白，其《围炉诗话》曰：

苏子由云："李白诗类其为人，骏发豪放，华而不实，好事喜名而不知义理之所在也。言用兵则先登陷阵，不以为难；言游侠则白昼杀人，不以为非。此岂其诚能也哉！唐人李、杜首称，甫有好义之心，白不及也。"予谓宋人不知比兴，不独《三百篇》，即说唐诗亦不得实。太白胸怀有高出六合之气，诗则寄兴为之，非促促然诗人之作也。饮酒学仙，用

----

① 乔亿：《剑溪说诗又编》，《清诗话续编》上册，上海古籍出版社1983年版，第1118—1119页。

② 王鸣盛著，连鹤寿参校：《蛾术编》卷七十六，《续修四库全书》第1151册，第23—24页。

兵游侠，又其诗之寄兴也。子由以为赋而讥之，不知诗，何以知太白之为人乎？①

吴乔针对苏辙崇杜贬李之论而发，他认为李白诗作具有比兴寄托的特点，包含着作者济世情怀，对贬李之论予以驳斥。

陈文述继承严羽，论述了李、杜诗风的不同，其《读李杜集书后》：

> 李诗如飞龙，杜诗如香象。香象蹴踏莫敢当，飞龙变化难名状。李诗如老鹤，杜诗如奇鹰。老鹤瘦羽横八表，奇鹰健翮摩千层。李诗静，杜诗动，李诗轻，杜诗重。静如云霞舒卷游虚空，动如江海波涛生濒洞，轻如落花飞絮飘回风，重如奇峰叠嶂森长陇。李诗谨严杜豪纵，消息微茫谁解诵。长歌《洗兵马》，三复《蜀道难》。沉香亭上托讽谏，杜鹃声里攧心肝。学到两公诗境尽，品到两公诗论定。万丈光芒双管劲，李是诗仙杜诗圣。画舸锦袍，空山麻鞋，寒瘦饭颗，飘零酒杯。李诗《离骚》杜变《雅》，我读公诗泪盈把，茫茫万古谁知者。②

陈文述通过一系列比喻说明了李、杜诗风的巨大差异，李诗继承《离骚》，想象奇特，变幻莫测，纵横驰骋，豪放不羁；杜诗继承变《雅》，悲慨满怀，心系国事，肃穆博大，沉郁顿挫。虽风格不同，但一为"诗仙"、一为"诗圣"，难分高下。

相对而言，沈德潜等诗家则从辨体的角度详细阐述李、杜诗歌的特点，对两人为何难分优劣做了比较深刻地回答，有助于客观全面地把握两人的艺术成就和地位。

沈德潜认为，李、杜五古、七古和五律这三种体裁的创作虽然风格不同，但都属正宗，值得师法。对五古，《唐诗别裁集·凡例》云："陈伯玉力扫俳

---

① 吴乔：《围炉诗话》卷四，《清诗话续编》上册，上海古籍出版社1983年版，第580页。

② 陈文述：《颐道堂诗选》卷二十一，《续修四库全书》第1505册，第185页。

优，直追曩哲，读《感遇》等章，何啻在黄初间也。张曲江、李供奉继起，风裁各异，原本阮公。唐体中能复古者，以三家为最。"①又言："苏、李、《十九首》以后，五言所贵，大率优柔善入，婉而多风。少陵材力标举，篇幅恢张，纵横挥霍，诗品又一变矣。要其为国爱君，感时伤乱，忧黎元，希稷、禼，生平种种抱负，无不流露于楮墨中，诗之变，情之正者也。新宁高氏列为大家，具有特识。"认为李白学习阮籍，杜甫宪章汉、魏、六朝且能自成一家，成就都非常可观。对七古，沈德潜评李白说："太白七言古，想落天外，局自变生。大江无风，波浪自涌，白云从空，随风变灭。此殆天授，非人可及。"②评杜甫说："少陵七言古，如建章之宫，千门万户；如巨鹿之战，诸侯皆从壁上观，膝行而前，不敢仰视；如大海之水，长风鼓浪，扬泥沙而舞怪物，灵蠢毕集。别于盛唐诸家，独称大宗。大白以高胜，少陵以大胜，执金鼓而抗颜行，后人那能鼎足！"③又评李白五律道："逸气凌云，天然秀丽，随举一联，知非老杜诗，非王摩诘、孟襄阳诗也。"④评杜甫五律道："杜诗近体，气局阔大，使事典切，而人所不可及处，尤在错综任意，寓变化于严整之中，斯足凌轹千古。"⑤从以上评语可见，沈德潜对李白这三种诗体无绳墨可循和杜甫集前人大成的特点均赞赏有加。

李白、杜甫的七律、五排和绝句，成就差别巨大。沈德潜评价杜甫七律曰："杜七言律有不可及者四：学之博也，才之大也，气之盛也，格之变也。五色藻缋，八音和鸣，后人如何仿佛？王摩诘七言律风格最高，复饶远韵，为唐代正宗。然遇杜《秋兴》、《诸将》、《咏怀古迹》等篇，恐瞠乎其后。以杜能包王，王不能包杜也。"⑥把杜甫视为七律集大成的诗人，成就在正宗王维之上，并对杜甫"格变"的特点大加赞赏。《凡例》论五言排律云："少陵

---

① 沈德潜：《唐诗别裁集》，上海古籍出版社1979年版。
② 沈德潜：《唐诗别裁集》卷六，第183页。
③ 沈德潜：《唐诗别裁集》卷六，第201页。
④ 沈德潜：《唐诗别裁集》卷十，第327页。
⑤ 沈德潜：《唐诗别裁集》卷十，第343页。
⑥ 沈德潜：《唐诗别裁集》卷十三，第447页。

出而瑰奇宏丽，变动开合，后此无能为役。"把杜甫视为五言排律的最高典范。沈德潜还详细分析了杜甫五排的艺术成就，《唐诗别裁集》评杜甫《投赠哥舒开府翰二十韵》云："有气象，有神力，开合变化，自中规矩。长律以少陵为至，元、白动成百韵，颓然自放矣。"[1]总之，从"杜能包王，王不能包杜""后此无能为役"这些评价来看，杜甫在这几种诗体的成就是盛唐其他诗人不能望其项背的。比较而言，李白的绝句成就颇高，沈德潜评李白曰："五言绝右丞、供奉，七言绝龙标、供奉，妙绝古今，别有天地。"[2]评杜甫说："少陵绝句，直抒胸臆，自是大家气度，然以为正声则未也。宋人不善学之，往往流于粗率。杨廉夫谓学杜须从绝句入，真欺人语。"[3]把李白的绝句视为正声，杜甫则不足师法。

综合来看，沈德潜遵循辨体思路，详细阐释了李白、杜甫在不同诗歌体裁上的创作成就和诗坛地位。与严羽《沧浪诗话》仅侧重于风格而言，沈德潜对李、杜优劣的辨析更加精细，元稹以来的李、杜优劣论在此得到相对圆满的阐释。

（三）白居易诗坛地位的提升

白居易诗歌数量众多，影响颇大，但后世著名的唐诗选本对白诗多无好评。杨士弘《唐音》仅入选白诗4首，列于遗响。高棅《唐诗品汇》五古与七古部分列白诗为余响，五绝、七绝、五律、七律部分列白诗为接武，并引用了宋人对白诗的评论："苏东坡云：乐天善长篇，但格制不高，局于浅切，又不能变风操，故读而易厌矣。"[4]又言："《西清诗话》云：乐天诗，自擅天然，贵在近俗，恨如苏小，虽美终带风尘耳。"[5]所谓"不能变风操""终带风尘"，自然和风雅传统尚隔一层。之后李攀龙《古今诗删》和王士禛《唐贤三昧集》均不选白诗，受此影响，沈德潜《唐诗宗》仅入选白居易《邯郸冬

---

① 沈德潜：《唐诗别裁集》卷十七，第567页。
② 沈德潜：《唐诗别裁集》卷二十，第653页。
③ 沈德潜：《唐诗别裁集》卷二十，第657页。
④ 高棅：《唐诗品汇》卷二十一，第238页。
⑤ 高棅：《唐诗品汇》卷三十六，第374页

至夜思家》七绝一首，《凡例》谈及不选白诗的原因时说："后如张、王之恬缛，元、白之近情，长吉之荒诞诡奇，飞卿之秾纤秀丽，皆一时杰作，恐途径多歧，俱未入选，此中微意可参《唐诗宗》。"①可见沈德潜是特意不选白氏诗作。在《唐诗别裁集》十卷本中，增选白居易三首七绝，选诗和评价并无明显变化。值得注意的是在评刘禹锡七律时涉及白居易，其云：

> 中唐七律，梦得可继随州，后人与乐天并称，因刘、白有唱和诗耳，神彩骨干，恶可同日语？②

认为白居易的七律与刘禹锡不可同日而语，评价极低。

两选之后，沈德潜在论诗专著《说诗晬语》中有关白居易的评论共三条。此书著于雍正九年（1731），与成于康熙五十四年（1715）前后的《唐诗宗》、《唐诗别裁集》十卷本相比，大约相距15年。其评白居易曰：

> 白乐天诗，能道尽古今道理，人以率易少之。然"讽谕"一卷，使言者无罪，闻者足戒，亦风人之遗意也。惟张文昌、王仲初乐府，专以口齿利便胜人，雅非贵品。③

> 大历十子后，刘梦得骨干气魄，似又高于随州。人与乐天并称，缘刘、白有倡和集耳，白之浅易，未可同日语也。萧山毛大可尊白诎刘，每难测其指趣。④

> 长律所尚，在气局严整，属对工切，段落分明，而其要在开阖相生，不露铺叙转折过接之迹，使语排而忘其为排，斯能事矣。唐初应制、赠送诸篇，王、杨、卢、骆、陈、杜、沈、宋，燕、许、曲江，并皆佳妙。少陵出而瑰奇鸿丽，一变故方，后此无能为役。元、白滔滔百韵，俱能工

---

① 沈德潜：《唐诗宗》，清康熙抄本，中国国家图书馆藏。
② 沈德潜：《唐诗别裁集》卷八，清康熙刻本，广东中山图书馆藏。
③ 沈德潜著，王宏林笺注：《说诗晬语笺注》卷上，人民文学出版社2013年版，第199页。
④ 沈德潜著，王宏林笺注：《说诗晬语笺注》卷上，第237页。

稳；但流易有余，镕裁未足，每为浅率家效颦。温、李以下，又无论已。七言长律，少陵开出，然《清明》等篇已不能佳，何况学步余子？①

第一条着重评白氏"讽谕诗"，"亦风人之遗意也"，多有肯定之意；第二条是从《唐诗宗》十七卷本和《唐诗别裁集》十卷本而来。前言"恶可同日语"，是认为白远不如刘，此言"未可同日语也"，语气虽缓，但意思相近；第三条评论七言长篇，"流易有余，镕裁未足，每为浅率家效颦"，固然有指责之意，更多是指向后来不善学者。从这些评论来看，沈德潜对白居易的评价比早年有些缓和，但立场并没有发生根本变化，"率易""浅易""流易有余，镕裁未足"这些措辞与司空图、苏轼直至明七子等人的立场基本一致。

但成书于乾隆二十八年（1763）的《唐诗别裁集》重订本对白居易的态度却发生了巨大的转变。从入选作品来看，十卷本《唐诗别裁集》仅入选白居易诗作4首，重订本却入选61首，名次也提高到第五位。五古、七古部分所选多为讽谕诗和长篇叙事诗，五律、七律和五言长律部分入选了一些闲适诗和"元和体"作品，可以说兼顾到了白居易各类作品，其评价也与以前迥异：

> 乐天忠君爱国，遇事托讽，与少陵相同。特以平易近人，变少陵之沉雄浑厚，不袭其貌而得其神也。②
>
> 白乐天同对策，同倡和，诗称元、白体，其实远不逮白。白修直中皆雅音，元意拙语纤，又流于涩。东坡品为元轻白俗，非定论也。③
>
> 大历后诗，梦得高于文房。与白傅唱和，故称刘、白。实刘以风格胜，白以近情胜，各自成家，不相肖也。④

---

① 沈德潜著，王宏林笺注：《说诗晬语笺注》卷上，人民文学出版社2013年版，第247—248页。

② 沈德潜：《唐诗别裁集》卷三，上海古籍出版社1979年版，第105页。

③ 沈德潜：《唐诗别裁集》卷八，第266页。

④ 沈德潜：《唐诗别裁集》卷十五，第490页。

细究以上论述，不难发现沈德潜认为白居易在"忠君爱国，遇事托讽"方面与杜甫完全一致，同样遵从儒家诗教之典范；对白居易浅易的风格，沈氏认为"特以平易近人，变少陵之沉雄浑厚，不袭其貌而得其神也"，并未否定这种风格，反视为得杜甫之神；对"刘、白"这一习称，以前认为白不如刘，此时却言"刘以风格胜，白以近情胜，各自成家，不相肖也"。总体来看，沈德潜在《唐诗别裁集》重订本中对白居易已由以前的总体否定变为相当推崇，地位也由以前的旁流支脉成为诗坛大家，其原因与乾隆《御选唐宋诗醇》强调儒家诗教和推崇白居易有密切关系。

从选本的角度而言，首次把白诗和李、杜、韩相提并论的是《御选唐宋诗醇》。此前的选本无不对白诗毁誉相杂，唯《御选唐宋诗醇》认为白诗源于杜甫且得杜诗之神。乾隆《御选唐宋诗醇序》曰："唐人诗篇什最富者无如白居易诗，其源亦出于杜甫。"又曰："变杜甫之雄浑苍劲而为流丽安详，不袭其面貌而得其神味者也。"[1]其实乾隆更为关注的是诗歌的政治教化作用，其《御制沈德潜选国朝诗别裁集序》指出："且诗者何？忠孝而已耳。离忠孝而言诗，吾不知其为诗也。"[2]站在执政者的立场，最为重视诗歌内容对社会的教化作用，艺术成就的高下反而位居其次，故白氏得以和李、杜、韩相提并论。这类主张对沈德潜修订《唐诗别裁集》有重大影响，其《重订唐诗别裁集序》谈到增入白诗时说："白傅讽谕，有补世道人心，本传所云'箴时之病，补政之缺'也。"已经忽略了白诗浅易直切的特点，远离了他早期一贯倡导的思想内容和审美形式并重的审美理想。又言："乐天忠君爱国，遇事托讽，与少陵相同。特以平易近人，变少陵之沉雄浑厚，不袭其貌而得其神也。"也强调白诗承继杜诗而来，不袭其貌而得其神，与《御选唐宋诗醇》的论述基本一致。《御选唐宋诗醇序》还谈到杜牧对白氏的指责，其曰：

> 杜牧讥其纤艳淫媟，非庄人雅士所为。夫居易之庄雅，孰与牧？牧诗

---

① 乾隆：《御选唐宋诗醇》卷十九，《景印文渊阁四库全书》第1448册，第405页。

② 沈德潜：《钦定国朝诗别裁集》，清乾隆二十六年（1761）刻本，北京大学图书馆藏。

乃纤艳淫媒之尤者，而反唇以訾居易乎？①

乾隆对杜牧指责白诗进行了严厉驳斥，认为白诗的"庄雅"远胜了杜牧。沈德潜也对杜牧评语加以辨析，评白居易《买花》曰：

> 乐天《和答微之诗序》云："每下笔时，辄相顾共患其意太切而理太周。盖理太周则词繁，意太切则言激。与足下为文，所长在此，所病亦在此。"玩此数言，白傅已自定其诗，杜牧之讥之，直是隔壁语耳。②

沈德潜同样认为杜牧的评价并没有真正把握住白居易的特点，只是"隔壁语"。此处所引白居易《和答微之诗序》给人的感觉是白居易早就有自知之明，维护之意十分明显。可见就整体的评价而言，重订本《唐诗别裁集》继承《御选唐宋诗醇》，把白居易和杜甫联系起来，赋予了白氏唐诗大家的地位。

《御选唐宋诗醇》入选李白、杜甫、白居易、韩愈、苏轼和陆游六位诗人，名为"御选"，实为乾隆手下儒臣代笔。乾隆在序言中也承认这一点，他说："兹《诗醇》之选，则以二代风华，此六家为最。时于几暇，偶一涉猎。而去取评品，皆出于梁诗正等数儒臣之手。"③除了六家名单是乾隆亲自所定外，编选评注都由其他人完成。从卷首题名为"校对"的梁诗正、钱陈群和题名为"校刊"的陆宗楷、陈浩、孙人龙、张馨、徐堂等人来看，此选应当主要由这些人来完成，沈德潜并没有参与选编工作。按此书成于乾隆十五年（1750），筹划选编应在此之前。沈德潜于乾隆三年（1738）中举，次年中进士，入选庶常馆。乾隆七年（1742）散馆时第一次见到乾隆，受到赏识，此后仕途一帆风顺，和乾隆交往非常密切。两人和诗四十余首，也多次谈及诗学。沈德潜《自撰年谱》"十年乙丑年七十三"曾记载："五月，旨晋德潜詹事府詹事，谢恩。上召见于勤政殿，问及年纪诗学，儿子几人。又云：'升汝

---

① 乾隆：《御选唐宋诗醇》卷十九，《景印文渊阁四库全书》第1448册，第405—406页。

② 沈德潜：《唐诗别裁集》卷三，上海古籍出版社1979年版，第112页。

③ 乾隆：《御选唐宋诗醇》，《景印文渊阁四库全书》第1448册，第1页。

京堂，酬汝读书苦心。'并论及历代诗之源流升降。"①可知在《御选唐宋诗醇》成书之前这段时间，沈德潜与乾隆的交往相当密切。沈德潜本身是一个以选诗著称的诗人，此时已经完成了《古诗源》《唐诗别裁集》和《明诗别裁集》等选本，按常理考虑，自然会关注这部代表官方立场的御定诗选，乾隆对白居易的态度难免会影响沈德潜对白氏的评价，由此导致《唐诗别裁集》对白居易的评价发生根本性的改变。

（四）李商隐大家地位的起伏

历代对李商隐的推崇有两个高峰，第一个是北宋。北宋之前，李商隐虽享有盛名，但批评之言也一直存在②，直至杨亿和王安石，李商隐才真正确立了唐诗大家的地位。《杨文公谈苑》记载了杨亿发现并推举李诗的经过：

> 至道中，偶得玉溪生诗百余篇，意甚爱之，而未得其深趣。咸平、景德间，因演纶之暇，遍寻前代名公诗集，观其富于才调，兼极雅丽，包蕴密致，演绎平畅，味有穷而炙愈出，钻弥坚而酌不竭，曲尽万变之态，精索推言之要，使学者少窥其一斑，略得其余光，若涤肠而换骨矣。由是孜孜求访，凡得五七言诗、长短韵歌行杂言共五百八十二首。唐末，浙右多得其本。故钱邓帅若水，尝留意撷拾，才得四百余首。钱君举《贾谊》两句云："可怜夜半虚前席，不问苍生问鬼神。"钱云："其措意如此，后人何以企及？"余闻其所云，遂爱其诗弥笃，乃专缉缀。鹿门先生唐彦谦慕玉溪，得其清峭感怆，盖圣人之一体也。然警人之句亦多，予数年类集，后求得薛廷珪所作序，凡得百八十二首。世俗见予爱慕二君诗什，夸传于书林文苑，浅拙之徒，相非者甚众。噫！大声不入里耳，岂足论哉！（《宋朝事实类苑》卷第三十四）③

① 沈德潜著，潘务正、李言编辑点校：《沈德潜诗文集》第四册附录二《沈归愚自订年谱》，人民文学出版社2011年版，第2120页。

② 晚唐五代对李商隐的批评可以参见米彦青《清代李商隐诗歌接受史稿》引言部分论述（中华书局2007年版，第5—6页）。

③ 刘学锴、余恕诚、黄世中编：《李商隐资料汇编》下册，中华书局2001年版，第952页。

从上述记载来看，唐末以来，李商隐一度受到钱若水、唐彦谦等少数人的高度评价，但在宋初的评价并不高。杨亿是李商隐诗学地位转变的关键人物，他认为李商隐才华出众，风格雅丽，构思缜密，表达流畅，韵味无穷又变化多端，堪为学习典范。杨亿、钱惟演等人合作的《西昆酬唱集》正是有意学习李商隐的结果。正是在杨亿的提倡下，李商隐的诗坛地位得以空前提高。

杨亿之后，王安石也大力提倡李商隐，但理由与杨亿不同。《蔡宽夫诗话》记载："王荆公晚年亦喜称义山诗，以为唐人知学老杜而得落藩篱，唯义山一人而已。每诵其'雪岭未归天外使，松州犹驻殿前军'、'永忆江湖归白发，欲回天地入扁舟'，与'池光不受月，暮气欲沉山'、'江海三年客，乾坤百战场'之类，虽老杜亡以过也。"[1]王安石认为，李诗感时伤逝、寄托遥深，具有深厚的社会现实内容，继承了杜甫以来的诗学传统，并视为"唐人知学老杜而得落藩篱，唯义山一人而已"。由于杜甫的崇高地位，李商隐自然堪为唐诗大家。

推崇李商隐的第二个高峰是整个清代。由于宋末严羽倡导独尊盛唐，属于晚唐的李商隐自然难入其法眼。直至明末，诗坛对李商隐的否定声音一直比较强烈。如陈沂《拘虚诗谈》曰："晚唐杜牧、许浑、刘沧、李商隐亦是名家，但声气衰弱，字意尖巧，吟咏无余味，赏鉴无警拔。其余虽有可称，亦是小巧如'郑鹧鸪'之类。回视大历以前，不可同日语也。"[2]王世贞《艺苑卮言》云："义山浪子，薄有才藻，遂工俪对。宋人慕之，号为'西昆'。杨、刘辈竭力驰骋，仅尔窥藩。"[3]认为其文辞绮艳，缺少深厚的思想内涵，故不足为贵。随着清初对七子极端复古诗学的批评，李商隐这位被七子否定的晚唐诗人

---

① 魏庆之著，王仲闻点校：《诗人玉屑》卷十七，中华书局2007年版，第520页。

② 徐志伟编纂：《陈沂诗话》，吴文治主编：《明诗话全编》第2册，凤凰出版社1997年版，第1947页。

③ 王世贞：《艺苑卮言》卷四，《历代诗话续编》中册，第1010—1016页。

重新被推崇。不但出现了众多李诗笺注之作①，众多唐诗选本、诗话也对其高度推崇，李商隐又一次登上了顶峰。

乾嘉诗家延续了清初以来的崇李风尚，也比较认同王安石、朱鹤龄、钱谦益等人所言李商隐出自杜甫的看法，但论述得更加细密。如沈德潜《唐诗别裁集》云：

> 义山近体，襞绩重重，长于讽谕，中有顿挫沉著可接武少陵者，故应为一大宗。后人以温、李并称，只取其秾丽相似，其实风骨各殊也。②

沈德潜指出李商隐继承杜甫，关注现实，擅长讽谕，故不能把他视为纯粹追求秾丽的温庭筠一派。《唐诗别裁集》所选李商隐作品多达50首，入选总量居全选第八。其中七律入选20首，名列第二；七绝10首，名列第三，这是对明七子"诗必盛唐"的重大修正。在所选七律中，《重有感》《井络》《重过圣女祠》分别反映甘露之变、藩镇割据、朋党之争，与杜甫《登楼》《诸将五首》等作品相同，具有深刻的"诗史"内涵；《马嵬》《隋宫》《南朝》《筹笔驿》《九成宫》《茂陵》《隋师东》《曲江》分别借前朝史事或本朝盛世寄寓对现实的忧伤愤激之情；《哭刘蕡》伤悼因抨击宦官而被贬黜的友人；《安定城楼》感叹时人不知己志。以上作品忧国伤时，感慨身世，浸透着作者深挚的人生体验和感慨，绝非纯粹堆砌辞藻典故的西昆诸作所能比拟，而是继承了杜甫所开创的关注时事的七律传统。

沈德潜这种观念也正是乾嘉诗坛对李诗的普遍看法。王昶《书李义山诗后》云：

---

① 如朱鹤龄《笺注李义山诗集》、吴乔《西昆发微》、陆昆曾《李商隐诗解》、黄叔琳《李义山诗集笺注》、姚培谦《李义山诗集笺注》、冯浩《玉溪生诗集笺注》、纪昀《玉溪生诗说》等。相关内容参见米彦青《清代李商隐诗歌接受史稿》引言部分论述（中华书局2007年版，第17—20页）。

② 沈德潜：《唐诗别裁集》卷十五，上海古籍出版社1979年版，第506页。

义山诗前人论之详矣，其文丽，其旨深，其寄托要眇俶诡，而忠义之志悲愤激发而不可掩目，为《离骚》之苗裔，《风》、《雅》之闰位，岂过誉哉？①

又《舟中无事偶作论诗绝句四十六首》其一云：

幕职何缘辱俊豪，清和瑟怨总风骚。打钟晚约清凉去，肯为诸狐奉太牢。（李义山）

路有冤言悼去华，铜驼唤鹤更咨嗟。杨刘演作西昆格，谁识孤忠接浣花。（同上）②

翁方纲《石洲诗话》云：

微婉顿挫，使人荡气回肠者，李义山也。自刘随州而后，渐就平坦，无从睹此丰韵。七律则远合杜陵；五律七绝之妙，则更深探乐府；晚唐自小杜而外，惟有玉溪耳。温岐、韩偓，何足比哉！③

舒位《读三李二杜集竟岁暮祭之各题一首》云：

飘零踪迹别离天，肠断《樊南甲乙编》。作客悲欢聊寄托，依人恩怨忽牵连。官卑不挂中朝籍，诗好难禁后世传。他日《西昆酬倡集》，只教优孟诮当筵。（义山）④

---

① 王昶著，陈明洁、朱惠国、裴风顺点校：《春融堂集》卷四十三，上海文化出版社2013年版，第780页。

② 王昶著，陈明洁、朱惠国、裴风顺点校：《春融堂集》卷二十二，第434页。

③ 翁方纲著，陈迩冬校点：《石洲诗话》卷二，人民文学出版社1981年版，第71页。

④ 舒位著，曹光甫点校：《瓶水斋诗集》卷一，上海古籍出版社2009年版，第36页。

姚鼐《五七言今体诗钞》云：

> 晚唐之才固愈衰，然五律有望见前人妙境者，转贤于长庆诸公，此不可以时代限也。元微之首推子美长律，然与香山皆以多为贵，精警缺焉。余尽不取。惟玉溪生乃略有杜公遗响耳，今抄晚唐，以玉溪为冠。
>
> 玉溪生虽晚出，而才力实为卓绝。七律佳者几欲远追拾遗，其次者犹足近掩刘、白。第以矫敝滑易，用思太过，而僻晦之弊又生。要不可不谓之诗中豪杰士矣。钞玉溪诗一卷，附温诗数首，然于玉溪为陪台，非可与并立也。①

纪昀《纪河间诗话》云：

> 温李齐名，词皆缛丽。然温多绮丽脂粉之词，而李感时伤事，颇得风人之旨。故王安石以为唐人学老杜而得其藩篱者，惟商隐一人。②

以上四家都指出，李诗寄托遥深、措辞委婉，近承杜甫、远绍《风》《雅》，温庭筠、韩偓这些仅以艳辞而著称的诗人很难与李商隐相提并论，西昆诗家也根本没有学到李诗的真谛。自此，严羽基于"诗必盛唐"观念对晚唐李商隐的轻视得到根本的改变。

其次，出于指导创作的需要，此期众多诗家通过诗歌选本对李诗的艺术技巧加以细致分析，并指出李诗情意高远、神完气足，与宋人学杜掇拾字句、生搬硬套不可同日而语，故堪为学习典范。

就章法而言，屈复《唐诗成法》评《无题（幽人不倦赏）》云：

> 秋暑犹言秋热也。一二以不倦赏之幽人，当秋暑之愁时，最贵有招

---

① 刘学锴、余恕诚、黄世中编：《李商隐资料汇编》下册，中华书局2001年版，第681页。

② 刘学锴、余恕诚、黄世中编：《李商隐资料汇编》下册，第665页。

邀者。三四正写所以"贵"意。五六秋暑景物。七八紧接中四，言此时此景，我已怅望寂寥，兼君无聊时，如得携手此地，定当极欢会也，倒法。①

屈复对此诗的叙事脉络加以细致分析，并称赞倒叙的篇章安排。沈德潜《唐诗别裁集》评《马嵬》之二云："五六语逆挽法，若顺说便平。"②纪昀《玉溪生诗说》评《蝉》云："起二句斗入有力，所谓意在笔先。前半写蝉，即自寓；后半自写，仍归到蝉。隐显分合，章法可玩。"③也肯定李诗的章法不墨守成规，且富于变化。

就修辞技巧而言，沈德潜评《隋宫》云："言天命若不归唐，游幸岂止江都而已？用笔灵活。后人只铺叙故实，所以板滞也。末言亡国之祸，甚于后主，他时魂魄相遇，岂应重以《后庭花》为问乎？"④认为结尾通过设问体现出更深刻的讽谕意味。又如《夜雨寄北》，纪昀评曰："探过一步作结，不言当下云何，而当下意境可想。作不尽语每不免有做作态，此诗含蓄不露，却只似一气说完，故为高唱。"⑤则是设问来营造含蓄不尽的审美效果。

就铺叙用典而言，王鸣盛评《喜闻太原同院崔侍御台拜兼寄在台三二同年之什》曰："一篇中用七物，人必以堆砌讥之。当知此为西昆体，组织工妙。自宋人创为空疏鄙俚之格，故反以此为病耳。"⑥指出李诗所写七物组织精妙，不同于宋诗的机械堆砌。屈复评《泪》曰："深宫之怨，离别之思，湘江、岘首生死之伤，明妃出塞之恨，项王天亡之痛，以上数者，皆不及朝来灞桥青袍寒士送玉珂贵人，穷途饮恨之甚也。"⑦称赞此诗所用众多典故十分稳切。

---

① 刘学锴、余恕诚、黄世中编：《李商隐资料汇编》上册，第400—401页。

② 沈德潜：《唐诗别裁集》卷十五，上海古籍出版社1979年版，第506页。

③ 刘学锴、余恕诚、黄世中编：《李商隐资料汇编》下册，第605页。

④ 沈德潜：《唐诗别裁集》卷十五，第507页。

⑤ 刘学锴、余恕诚、黄世中编：《李商隐资料汇编》下册，第605页。

⑥ 刘学锴、余恕诚、黄世中编：《李商隐资料汇编》下册，第594页。

⑦ 孙琴安：《唐七律诗精品》，上海社会科学院出版社1989年版，第278页。

另外，乾嘉诗家对李商隐诗歌的绮丽特点并不讳言，但认为与温庭筠不同。《四库提要》"李义山诗集"条曰："商隐诗与温庭筠齐名，词皆缛丽，然庭筠多绮罗脂粉之词，而商隐感伤时事，尚颇得风人之旨。"①指出李诗的缛丽蕴含着深厚的政治意蕴。王鸣盛《蛾术编》"李义山"条云："'别翻云锦花无样，倒泻珠胎海亦贫'，绮艳有焉；'冰丝织络经心久，瑞玉雕磨措手难'，工巧有焉。义山精心律体，毕竟到古。诗学杜韩处，便如木兰从军，虽着兜鍪，非其本色。"②对"绮艳""工巧"的李商隐律体仍然推崇。翁方纲《近人有仿张为主客图取张司业贾长江以下五律成集者赋此正之四首》其一曰："五字论中晚，谁将杜法参。宗支从渭北，甲乙到樊南。是有君形者，宁徒正味含。罪言如不朽，绮语又何惭。"③这是针对李怀民重订《唐诗主客图》而发，李怀民标举张籍、贾岛，李商隐因淫艳而落选，翁方纲对此表示不满。"绮语又何惭"正是对李诗绮丽特点的肯定。

总体来看，乾嘉诗坛多认为李商隐乃承袭杜甫而来，有意撇开李商隐与温庭筠的联系，强调李诗辞藻华美、诗律精切、用典繁复、造境幽深，且具有深厚的政治意蕴，故堪称唐诗大家，以上观念至今主导着当代人对李商隐的定位。

三、《唐诗三百首》与乾嘉诗家的唐诗经典观

《唐诗三百首》是至今盛行不衰的著名唐诗选本，据朱自清、金性尧考证，编者原名孙洙。④其《题辞》云："乾隆癸未年春日，蘅塘退士题。"⑤

① 永瑢等撰：《四库全书总目》卷一百五十一，中华书局1965年版，第1297页。

② 王鸣盛著，连鹤寿参校：《蛾术编》卷七十七，《续修四库全书》第1151册，第37页。

③ 翁方纲：《复初斋诗集》卷六十三，《续修四库全书》第1455册，第262页。

④ 编者"蘅塘退士"长期湮没无闻，1943年，朱自清在《〈唐诗三百首〉指导大概》中指出："有一种刻本'题'下押了一方印章，是'孙洙'两字，也许是选者的姓名。"（朱自清：《朱自清古典文学论文集》，上海古籍出版社1981年版，第359页。）1980年，金性尧在注释《唐诗三百首》时，将顾光旭《梁溪诗钞》和窦镇《名儒言行录》所载孙洙材料附录于后，编者生平至此变得明晰（金性尧：《唐诗三百首新注》，上海古籍出版社1980年版，第372页）。

⑤ 此《题辞》在中华书局1959年点校排印本中改为"蘅塘退士原序"，并被删去"乾隆癸未年春日，蘅塘退士题"之语。

按"癸未"为乾隆二十八年（1763）。此前著名唐诗选本有王安石《唐百家诗选》、杨士弘《唐音》、高棅《唐诗品汇》、李攀龙《古今诗删·唐诗选》、钟惺和谭元春《唐诗归》、王士禛《唐贤三昧集》和沈德潜《唐诗别裁集》等。面对前代这些著名诗选，哪部选本是孙洙主要的参考对象？孙洙在《唐诗三百首》中所建构的唐诗经典体系有哪些特点？这部选本为何成为当今最为盛行的唐诗选本？下面试对这些问题加以探讨。

（一）《唐诗三百首》对《唐诗别裁集》初刻本的借鉴

对《唐诗三百首》影响最大的前代诗选是《唐诗别裁集》，这似乎已是学界习论。其实，《唐诗别裁集》有初刻本与重订本之别，初刻本成书于康熙五十六年（1717），重订本成书于乾隆二十八年（1763）秋。从《唐诗三百首》成书于乾隆二十八年春来判断，孙洙参考的应该是初刻本。由于《唐诗别裁集》最通行的是重订本，研究者很少注意到初刻本，因此，目前对两书关系的梳理自然存在不少失误，泛泛地说《唐诗三百首》是以《唐诗别裁集》为蓝本编选也是不准确的。本节首先立足于《唐诗别裁集》初刻本，从编选体例、入选篇目、诗作评点和选诗宗旨等方面对这一问题重新考察。

就编选体例而言，《唐诗三百首》共八卷，按体裁编选，卷一选五言古诗、乐府，卷二、卷三选七言古诗，卷四选七言乐府，卷五选五言律诗，卷六选七言律诗、乐府，卷七选五言绝句、乐府，卷八选七言绝句、乐府，这种按体编选的体例与《唐诗别裁集》基本一致。一般来说，诗选的编排体例不外乎体裁、题材、诗家等几种方式，选家采用某种体例往往具有特定的用意。按体裁编选是近体诗成熟之后才出现的，宋代除刘辰翁《王孟诗评》之外，多数诗选仅选一种体裁。元杨士弘《唐音》"正音"始按五古、七古、五律、七律、五绝、七绝分体编排，涵盖众体，但"始音"和"余响"以人系诗，不再分体。明高棅《唐诗品汇》按五古、七古（附长短句）、五绝（附六言）、七绝、五律、七律（附排律）编排，按体编撰的体例贯彻始终。明代格调派兴起之后，按体裁编选逐渐成为众多选家展示唐诗成就的常用体例，它们大多按照先古体再近体、各体以诗人先后为序的方式编选，这种体例能够明确显示唐诗各种体裁的成就，有利于读者更好地效仿。《唐诗别裁集》和《唐诗三百首》

都有指导后学的用意，故均采用按体编选的体例。

值得注意的是孙洙对乐府诗的安排。孙洙之前，诗歌选本对乐府的处理一般采用两种方式：一是把乐府单列，这种体例是承认乐府"入乐可歌"的独特性，如王夫之《唐诗评选》首列乐府歌行，然后依次为五古、七古等；二是把乐府杂入各体之中，这种体例是鉴于后代乐府诗的音乐因素已经丧失的实际，如《唐诗别裁集·凡例》所言："唐人达乐者已少，其乐府题，不过借古人体制，写自己胸臆耳，未必尽可被之管弦也。故杂录于各体中，不另标乐府名目。"孙洙独标乐府系于各体之后，又把乐府根据古体和近体诗的格律分别附录于后，虽然不符合郭茂倩《乐府诗集》以来对乐府的分类，却与《唐诗别裁集》把"乐府杂录于各体中"的体例基本一致。

从入选篇目来看，《唐诗三百首》共入选310首作品[①]，其中225首见于《唐诗别裁集》，相合率高达73.9%，如此高的比例应该是孙洙参照《唐诗别裁集》的结果。特别是杜甫《江南逢李龟年》和杜秋娘《金缕衣》两首，现存唐人选唐诗、《唐音》、《唐诗品汇》、《古今诗删》等著名唐诗选本均未曾关注，沈德潜最先选入《唐诗别裁集》，《唐诗三百首》将其选入应是受到沈德潜的影响。

从作品评点来看，在现存不多的孙洙评点中，有不少乃是借鉴《唐诗别裁集》。如李白《梦游天姥吟留别》，《唐诗别裁集》有四处重要评点，于"海客谈瀛洲"评道："引起。"于"我欲因之梦吴越，一夜飞度镜湖月"评道："'飞度镜湖月'以下，皆言梦中所历。"于"洞天石扉，訇然中开"评道："一路纵横变灭，恍恍惚惚，是梦境，是仙境。"于"世间行乐亦如此，古来万事东流水"评道："因梦游推开，见世事皆成虚幻也。"[②]《唐诗三百首》分别于四处评道："先作陪"，"入梦游"，"倘恍迷离，纯是梦境，与实写

---

① 《唐诗三百首》原刻本已不得见，后世刻本选诗篇数有321、317、313、310、302首之不同。本处数量统计据中华书局1959年版蘅塘退士编、陈婉俊补注《唐诗三百首》，共313首。此选据光绪十一年（1885）四藤吟社刊本断句排印，按照四藤吟社主人题词，原刻于杜甫《咏怀古迹五首》仅入选2首，总量实为310首。

② 沈德潜：《唐诗别裁集》卷三，康熙五十六年（1717）碧梧书屋刻本，广东省中山图书馆藏。

游山景态者迥别"，"二句结穴，点明作诗之旨"①。其对诗歌层次和主旨的分析显然是借鉴《唐诗别裁集》。又如杜甫《阁夜》，《唐诗别裁集》评"卧龙跃马终黄土，人事音书漫寂寥"曰："结言贤愚同尽，则目前人事，远地音书，亦付之寂寥而已。"②《唐诗三百首》则评曰："贤愚同归于尽，则寂寥何足计矣。"③两选的措辞基本相同。类似的还有孙洙对杜甫《丹青引》《闻官军收河南河北》《登高》的评点，也有明显因袭《唐诗别裁集》的痕迹。

从主要选诗倾向和审美情趣来看，《唐诗三百首》与《唐诗别裁集》也非常接近。两选书名皆透露出以《诗经》为最高典范之意，《唐诗别裁集》乃取杜甫《戏为六绝句》其六"别裁伪体亲风雅"而定名，《唐诗三百首》虽取"熟读唐诗三百首，不会吟诗也会吟"之俗谚而命名，但人所共知，《诗经》又称"诗三百"，孙洙以"三百首"为名隐隐透露出继承《诗经》的特殊用意。就选诗宗旨而言，沈德潜选诗首重传统儒家诗教，《唐诗别裁集序》曰："人之作诗，将求诗教之本原也。唐人之诗，有优柔平中顺成和动之音，亦有志微噍杀流僻邪散之响。由志微噍杀流僻邪散而欲上溯乎诗教之本原，犹南辕而之幽、蓟，北辕而之闽、粤，不可得也。"《唐诗三百首》同样遵循这一传统观念，其评郑畋《马嵬坡》曰："唐人马嵬诗极多，惟此首得温柔敦厚之意，故录之。"④也是把儒家传统诗教作为入选的核心标准。评《月夜忆舍弟》曰："录少陵律诗止就其纲常伦纪间，至性至情流露之语，可以感发而兴起者，使学者得其性情之正，庶几养正之义云。"⑤明确指出所选作品是合于纲常伦纪的"至性至情之语"。

除了选诗宗旨，两选对唐诗大家的推举也多有相合。《唐诗别裁集》入选总量居前十位的诗人分别是：杜甫（240首）、李白（137首）、王维（103

①　蘅塘退士编，陈婉俊补注：《唐诗三百首》卷二，中华书局1959年版，第10页。

②　沈德潜：《唐诗别裁集》卷七，康熙五十六年（1717）碧梧书屋刻本，广东省中山图书馆藏。

③　蘅塘退士编，陈婉俊补注：《唐诗三百首》卷六，第11页。

④　蘅塘退士编，陈婉俊补注：《唐诗三百首》卷八，第17页。

⑤　蘅塘退士编，陈婉俊补注：《唐诗三百首》卷五，第12页。

首）、韦应物（63首）、岑参（56首）、刘长卿（55首）、韩愈（38首）、柳宗元（36首）、孟浩然（35首）、李商隐（35首）。《唐诗三百首》入选总量居前十位的诗人分别是：杜甫（36首）、李白（29首）、王维（29首）、李商隐（24首）、孟浩然（15首）、韦应物（12首）、刘长卿（11首）、杜牧（10首）、王昌龄（8首）、李颀（7首）、岑参（7首）。相同者有杜甫、李白、王维、韦应物、岑参、刘长卿、孟浩然、李商隐等8人，其中杜甫均高居两选前列。严羽以来，李、杜并称几成诗坛定论，尽管历代诗论家就两人艺术风貌及诗学地位的高下有过争论，但在选本领域，李、杜一直高居选诗总量的前两位。在《唐诗别裁集》中，杜甫入选240首，远远高于李白的137首。《唐诗三百首》入选杜甫的36首虽然数量仅比李白的29首多7首，但李白在此选中已与王维并列第二，两选都对杜甫更加推崇一些。

总体来看，《唐诗三百首》综合了《唐诗品汇》《古今诗删》和《唐诗别裁集》以来的格调派的唐诗经典观念，五古最推崇李白、杜甫、王维和韦应物，七古最推崇李白、杜甫和李颀，五律最推崇杜甫、孟浩然和王维，七律最推崇杜甫和李商隐，五绝最推崇王维，七绝最推崇李白、王昌龄、杜牧、李商隐，并采用辨体的方式标明各种诗体的"第一义"之作，从而为读者指明了作诗的门径。

（二）《唐诗三百首》的特殊选诗倾向

虽然《唐诗三百首》对《唐诗别裁集》有所继承，但是并不意味着《唐诗三百首》对格调派唐诗经典观亦步亦趋地因袭。毕竟经典的建构是多种因素综合作用的结果，时代审美风尚和选家的个人审美旨趣也会直接影响经典的建构，作为深谙唐诗艺术的选家，孙洙对作品的取舍自然不乏特殊的审美趣味，这主要表现在以下三个方面：

第一，从唐诗大家序列的建构来看，《唐诗三百首》对李商隐等中晚唐诗人更加推重。就入选总量居前20位的中晚唐诗人而言，《古今诗删》仅有韦应物、刘长卿、钱起、刘禹锡等4家；康熙《御选唐诗》有钱起、白居易、刘长卿、韦应物、张籍、刘禹锡、许浑、李商隐等8家；《唐诗别裁集》有刘长卿、钱起、韦应物、韩愈、柳宗元、李商隐等6家；《唐诗三百首》则有韦应物、刘长卿、卢纶、白居易、柳宗元、张祜、韩愈、刘禹锡、元稹、李商隐、杜牧、温庭筠等12家，其中李商隐高居第四。《唐诗三百首》之前的著名唐诗选本中，李商隐固然也曾获得一些好评，但限于其晚唐的身份，入选总量很少进入前五。如《唐音》入选李商隐诗作27首，居第十位；《唐诗品汇》入选48首，与柳宗元并列第二十三位；《古今诗删》入选3首，在前20位之外；康熙《御选唐诗》入选22首，居第十六位；《唐诗别裁集》入选35首，居第九位。《唐诗三百首》入选李商隐作品24首，高居第四位，这是对传统唐诗大家体系的重大修正。

第二，从对各期唐诗的评价来看，《唐诗三百首》在推崇盛唐的同时，对初唐诗有所贬低，对中晚唐更加重视。《唐诗三百首》显著降低了初唐诗的地位，呈现出区分初、盛，崇盛抑初的特点。众所周知，初唐诗人成就最高的诗体首推七言歌行，何景明在《明月篇序》中甚至认为杜甫这种体裁的成就也不如初唐四杰。此后诗论家虽然并不完全赞同何氏之论，但对初唐七古多刮目相看，卢照邻《长安古意》、骆宾王《帝京篇》、刘希夷《代悲白头翁》、李峤《汾阴行》、宋之问《明河篇》、郭震《古剑篇》、张若虚《春江花月夜》、陈子昂《登幽州台歌》均是历代公认的七古名篇。但是，以上名篇除《登幽州台歌》入选《唐诗三百首》之外，其他传统名篇均被黜落。从所选七古篇目来看，《唐诗三百首》共入选42首，其中李白、杜甫各9篇，李颀6篇，王维、岑参各3篇，孟浩然、高适各1篇，盛唐共计32篇，比例高达76.2%，表现出明显的极端推崇盛唐的倾向。这种情况可能有两个原因：一是清代以来矫正七子诗风的延续。由于明七子于七古极端推崇初唐，随着明末以来声势浩大的反对明七子的诗学活动，清代诗论家对极端推崇初唐七古有所不满，开始重视盛唐七古的典范价值。孙洙对初唐七古的黜落，其实正是这种诗潮的延续。二是指导初学的需要。《唐诗三百首》原为指导初学而编，初唐七古长篇多感叹人生不遇、年华易逝，充满沧桑悲凉之感，孙洙大概认为七古长篇最适合表达的题材是叙事，值得效法的七古正宗作品是王维《桃源行》，李白《梦游天姥吟留别》《将进酒》，岑参《走马川行奉送封大夫出师西征》，杜甫《兵车行》《丽人行》《哀江头》，白居易《长恨歌》《琵琶行》这类以叙事见长之作。

因此，尽管孙洙仅选入王勃、骆宾王、杜审言、沈佺期、王湾、宋之问、张九龄、陈子昂等8家初唐诗人，所选作品却多为五律，明清格调派所公认的初唐大家卢照邻、杨炯、张若虚、刘希夷的七古名篇全部落选。从指导初学创作这个角度而言，孙洙选诗所透露的观念与明清主流思潮有所不同。

《唐诗三百首》对中晚唐诗的重视不仅体现在对中晚唐诗人的标举，还体现在相较《唐诗别裁集》所新增的作品。与《唐诗别裁集》初刻本相比，《唐诗三百首》新增作品81首，按照传统的四唐分期，属盛唐者共18首，中晚唐者多达63首，无初唐诗，相对于前代选本，孙洙对中晚唐诗歌更加看重一些。

第三，从对唐诗典范作品的推举来看，《唐诗三百首》与《唐诗别裁集》都重视儒家诗教传统，对那些关乎人伦世用、具有政治内涵之作颇为重视。但是，《唐诗三百首》对一些没有太多政治内涵，但情趣盎然、艺术感染力较强的作品同样推崇。如增选的13首七律都是中晚唐作品，其中元稹《遣悲怀》与李商隐的《无题》最值得关注。《遣悲怀》三首是元稹悼亡诗中传诵最广的一组作品，但著名选本《唐音》《唐诗品汇》《古今诗删》《诗归》均不选这组作品（笔者注：沈德潜在重订《唐诗别裁集》时增入1首）。钟惺、谭元春《唐诗归》评白居易曰："元、白浅俚处皆不足为病，正恶其太直耳。诗贵言其所欲言，非直之谓也。直则不必为诗矣。"[1]对这类直抒胸臆的作品自然不太欣赏。潘德舆《养一斋诗话》云："微之诗云：'潘岳悼亡犹费词。'安仁《悼亡》诗诚不高洁，然未至如微之之陋也。'自嫁黔娄百事乖'，元九岂黔娄哉！'也曾因梦送钱财'，直可配村笛山歌耳。"[2]也批评这组诗过于浅近俚俗。孙洙对这组诗却情有独钟，不但全部入选，且评道："古今悼亡诗充栋，终无能出此三首范围者，勿以浅近忽之。"[3]可知他关注的是情感抒发得真切动人，并不介意表现方式及所属时代。

《唐诗三百首》还特意入选了李商隐的《锦瑟》《春雨》和6首《无题》，这些作品的主旨多有争议，如钱良择《唐音审体》评《无题》"昨夜星

---

[1] 钟惺、谭元春：《唐诗归》卷二十八，《续修四库全书》集部第1590册，第172页。

[2] 潘德舆著，朱德慈辑校：《养一斋诗话》卷三，中华书局2010年版，第49页。

[3] 蘅塘退士编，陈婉俊补注：《唐诗三百首》卷六，中华书局1959年版，第19页。

辰昨夜风"曰："义山无题诗，直是艳语耳。杨眉庵谓托于臣不忘君，亦是故
为高论，未敢信其必然。"①朱鹤龄《李义山诗集笺注》评《无题》"飒飒东
风细雨来"曰："窥帘留枕，春心之摇荡极矣。迨乎香消梦断，丝尽泪干，情
焰炽然，终归灰灭。不至此，不知有情之皆幻也。乐天《和微之梦游诗序》
谓：'曲尽其妄，周知其非，然后返乎真，归乎实。'义山诗即此义，不得
但以艳语目之。"②或认为是艳语，或认为是真情，或认为以男女托兴君臣。
《唐诗别裁集》于李商隐"无题"一概摒弃，仅欣赏李商隐咏史七律，可见沈
德潜重视的是那些关系国家政教的题材，并不认为这类诗是比兴寄托之作。孙
洙也认为这类诗并非比兴寄托之作，其评《锦瑟》曰："义山悼亡之作，集中
屡见，此亦是也。"③评《无题》"昨夜星辰昨夜风"曰"其时"，"画楼西
畔桂堂东"曰"其地"，"身无彩凤双飞翼"曰"形相隔"，"心有灵犀一点
通"曰"心相通"，"隔座送钩春酒暖，分曹射覆蜡灯红"曰"此楼西堂东相
遇之景"，④都是把这些诗视为相思、悼亡、怀人的典范而选入的。可见，孙
洙心目中的唐诗典范包括元稹、李商隐这类至情至性之作，并不拘泥于表现方
式是否含蓄蕴藉、表达效果是否具有言外之意、情感内涵是否关系人伦教化。
因此，在《唐诗三百首》所建构的经典体系中，既有深刻反映现实、符合儒家
诗学传统的杜甫《丽人行》《兵车行》《春望》这类名篇佳作，也有无关诗教
宏旨的作品，如表现李白旷放不拘的《将进酒》、表现朋友之谊的杜甫《奉济
驿重送严公四韵》、描写春景的孟浩然《春晓》、抒写孤寂情绪的白居易《问
刘十九》等，就取法范围而言，反较《唐诗别裁集》为宽。

　　综上所述，《唐诗三百首》在沿袭推尊盛唐诗学传统的同时，其独特经
典观表现为大大降低了初唐诗的地位，相应提升了中晚唐诗歌的地位。《唐诗
三百首》对诗歌艺术审美特质和艺术感染力非常重视，众多没有太多政治内涵
的经典名篇得以彰显，并由此导致晚唐诗人李商隐入选总量高居第四位，改变

193

---

① 陈伯海：《唐诗汇评》，浙江教育出版社1995年版，第2435页。

② 陈伯海：《唐诗汇评》，第2438页。

③ 蘅塘退士编，陈婉俊补注：《唐诗三百首》卷六，第21页。

④ 蘅塘退士编，陈婉俊补注：《唐诗三百首》卷六，第22页。

了《唐诗品汇》《古今诗删》以来传统诗学所建构的唐诗大家体系。如今，诗歌的艺术感染力和审美价值已经成为诗歌品评的重要标准，"四唐分期"虽然被广为接受，但已经不再独尊盛唐，韦应物、刘长卿、白居易、柳宗元、李商隐、杜牧等众多中晚唐诗人已被公认为唐诗大家，均与《唐诗三百首》对明清格调派唐诗观的改变直接相关。

（三）《唐诗三百首》与乾嘉唐诗学的新变

《唐诗三百首》既是孙洙个人审美趣味的体现，也是乾嘉唐诗学新变的缩影。就推尊盛唐、不废中晚而言，这其实是清代中期诗学的共识。严羽所提倡的"以盛唐为法"在后七子李攀龙《古今诗删·唐诗选》那里达到了极致，全书入选740首，盛唐多达445首，占总量的60.1%。此后，性灵派、竟陵派及清初诗学的主流观念均抨击明七子极端推崇盛唐的诗学观念，中晚唐诗歌越来越受重视。传统推尊中晚唐的选本《才调集》《三体唐诗》和《唐诗鼓吹》重新受到关注，偏重中晚唐的诗选纷纷问世。①到了乾隆中期，代表官方诗学立场的《御选唐宋诗醇》共收李白、杜甫、白居易、韩愈、苏轼和陆游6家作品，中唐诗家白居易和韩愈以及宋代诗人苏轼、陆游得以并称，这种定位宣示了唐宋诗之争和初盛、中晚之争两个传统诗学命题论争的官方立场。自此以后，不管是专门的中晚唐诗选，还是四唐兼选或唐宋合选的选本，在肯定盛唐典范的同时均不否定中晚唐诗歌的典范意义和价值。如沈德潜在重订《唐诗别裁集》时，较初刻本新增诗作474首，其中初盛唐91首，中晚唐383首；删除141首，其中初盛唐83首，中晚唐58首，对中晚唐同样重视。②值得注意的是，重订之后，一些诗人的排位发生了变化。初刻本入选前十位的诗人是杜甫、李白、王维、韦应物、岑参、刘长卿、韩愈、柳宗元、李商隐和孟浩然，盛唐和中晚唐各占5位。而在重订本中，前十位诗人是杜甫、李白、王维、韦应物、白居易、岑参、刘长卿、李商隐、韩愈和柳宗元，盛唐4位、中晚唐6位。至于其他一些中晚唐著名诗人，如刘禹锡、张籍、王建和李贺等，在重订本中的入选数

---

① 参阅贺严：《清代唐诗选本研究》第三章第一节"中晚唐诗选与清代的初盛、中晚之争"，人民出版社2007年版，第97—98页。

② 王宏林：《沈德潜唐诗选本考辨》，《文献》2007年第3期。

量都有显著增加。《唐诗三百首》推尊盛唐、不废中晚的倾向不但与沈德潜重订《唐诗别裁集》的立场基本一致，也符合整个乾隆时期的诗学发展潮流。

《唐诗三百首》对杜甫的推崇同样顺应了清代中期诗学思潮的发展。自宋末严羽提出李白、杜甫不当划分优劣以来，两人在众多选本中一直高居前两位。《唐诗三百首》中李白与王维并列第二位，杜甫高居第一的地位被凸显出来。而乾隆时期代表官方立场的《御选唐宋诗醇》已经体现出这种倾向，其评李白道：“有唐诗人，至杜子美氏集古今之大成，为风雅之正宗。谭艺家迄今奉为矩矱，无异议者。然同时并出，与之颉颃上下，齐驱中原，势均力敌，而无所多让，太白亦千古一人也。”①扬李的同时蕴含着浓厚的崇杜意味。这种定位一方面缘于儒家诗教不仅是官方提倡的主流思潮，也是沈德潜、孙洙等传统文人自觉遵奉的评价标准，以忠君爱国为主要特色的杜甫比李白更合乎这个标准。另一方面，相对于李白的天才奔放，杜甫诗法严密，体制多变，开启了后世诗歌创作的众多法门，从指导后学的编选目的来看，杜诗更为适合一些。

《唐诗三百首》对那些没有太多政治内涵，但情趣盎然、艺术感染力较强作品的推崇也与清代中期诗学思潮的新变相一致。就官方主流思潮而言，儒家诗教为论诗唯一宗旨，如乾隆《御制沈德潜选国朝诗别裁集序》云：“诗者何，忠孝而已耳。离忠孝而言诗，吾不知其为诗也。”不过，这种极端的论断并不具有普遍性。此期，不仅有声势浩大的性灵派的崛起，即使是官方诗学立场浓厚的格调派也不再强调单一的政治伦理价值标准，如沈德潜《〈练江诗钞〉序》云：

> 夫诗之为道，古今作者不一。予独有取于司空表圣所云“俯拾即是，不取诸邻，与道俱往，著手成春”者，盖其说以自然为宗。而皮袭美自序其《松陵集》又云：“穿穴险固，破碎阵敌，卒造平淡而后已。”是两家者，皆有惩于形模、沿袭之弊而发焉者也。……明代前后七子号称复古，其后形模者众，渐失自然之趣，而沿袭之弊遂至陈陈相因。由是徐、袁、

① 乾隆：《御选唐宋诗醇》卷一，《景印文渊阁四库全书》集部第1448册，第88页。

钟、谭，纷然矫枉，诗道乃不复振甚矣。诗贵以自然为宗，以奇变为用也。①

"以自然为宗，以奇变为用"就是要求诗歌创作不能形模古人而失去自然之趣，导致性灵不存。在《题方西畴诗册》中，沈德潜又说："画西施之貌，规孟贲之目。近人作诗少性灵，汉魏三唐唯刻鹄。摹腔窃句步后尘，不作子孙作奴仆。"②不难发现，沈德潜也重视自然和性灵，与袁枚性灵说多有相合。不过，沈德潜所提倡的真情须合乎儒家伦理传统，包含着道德的内涵，实为"真"和"雅"的结合。其《〈施觉庵考功诗〉序》说："惟夫后之为诗者，哀必欲涕，喜必欲狂，豪则纵放，而戚若有亡，粗厉之气胜，而忠厚之道衰，其于诗教，日以偾矣。"③真情还需要积淀和升华，不能有感即书，否则就违背了诗教。因此，沈德潜在重订《唐诗别裁集》时，大量增入被传统诗论家评为浅露直白甚至流于俚俗的白居易新乐府类作品。《唐诗三百首》的审美观念比较接近清代中期的性灵说，重视诗歌所抒发的真实情感及其表现形式的工巧奇妙，并不苛求其道德伦理内涵。相对于《唐诗别裁集》初编本，孙洙所增选的李商隐《无题》、孟浩然《春晓》、白居易《问刘十九》和大量赠别诗、怀人诗、闺怨诗并没有太多的政治内涵，却均体现出非常高超的艺术技巧，情感表达的真实自然、不落窠臼、风趣动人成为筛选经典的重要标准，实现了"专就唐诗中脍炙人口之作，择其尤要者"的目的。

总之，《唐诗三百首》体现了乾隆中期以来推尊盛唐、兼及中晚的诗学倾向，刘长卿、李商隐、杜牧等中晚唐诗人的大家地位依靠此选而更加稳固。它在沿袭推尊诗教传统观念的同时，又能打破这个传统的局限，不少清新自然、至情至性之作得以彰显。孙洙的评点侧重于总结作法，较少涉及唐诗发展流

---

① 沈德潜著，潘务正、李言编辑点校：《沈德潜诗文集》第三册《归愚文钞余集》卷一，人民文学出版社2011年版，第1528页。

② 沈德潜著，潘务正、李言编辑点校：《沈德潜诗文集》第一册《归愚诗钞余集》卷三，第467页。

③ 沈德潜著，潘务正、李言编辑点校：《沈德潜诗文集》第三册《归愚文钞》卷十一，第1314页。

变及各期风貌的总体论述，这是出于指导初学创作的编撰目的。今天，《唐诗三百首》指导初学的实际功用已日渐淡化，但它对诗歌艺术审美特质的重视却非常契合当代的文学观念。正是由于孙洙这种独特、宽广且富有前瞻性的审美趣味，从而使这部选本对唐诗大家和唐诗名篇的推举颇为后人所接受，并成为当今流行最广的唐诗选本。

综上而言，乾嘉诗家对唐诗流变的看法主要继承严羽、明七子以来的"四唐分期"说，但不再拘泥于独尊盛唐的极端立场。乾嘉诗家对唐代不同时期众多诗人艺术风貌的辨析更加细致，对各期诗人地位的定位较为圆融，一些中、晚唐诗人被赋予诗坛大家的地位，众多中、晚唐作品也被视为效法典范。

第三节　融合唐宋的倾向与对金元诗史的初步梳理

唐诗所取得的巨大成就一直影响着后代对宋诗的定位，所谓盛名之下，实难为继。现存严羽《沧浪诗话》和方回《送罗寿可诗序》这些较早涉及宋诗流变的文献，对宋诗的定位虽截然不同，但都以唐人作为参照，也不认可宋诗创新特点的价值。《宋史》在论及宋代文学时，甚至没有注意到宋诗。《文苑传序》云："国初，杨亿、刘筠犹袭唐人声律之体，柳开、穆修志欲变古而力弗逮。庐陵欧阳修出，以古文倡，临川王安石、眉山苏轼、南丰曾巩起而和之，宋文日趋于古矣。南渡文气不及东都，岂不足以观世变欤！"[1]所提及的杨亿、刘筠、欧阳修、王安石、苏轼在诗歌方面虽有建树，但史家只是针对古文流变加以阐释，并未涉及宋诗的特殊成就和地位。随着清初诗人对七子派复古思潮的反对，被严羽和七子派完全否定的宋诗渐受重视，大批宋诗别集、总集陆续编撰刊刻，对宋诗整体发展风貌的探讨也日渐增多。

一、宋诗流变

清初诗家钱谦益、黄宗羲等人论及宋诗时，既重视欧阳修、王安石、苏

---

[1]　脱脱等：《宋史》卷四百三十九，中华书局1977年版，第37册，第12997—12998页。

轼、黄庭坚、陆游、杨万里、范成大等宋诗大家的成就，又重视宋诗整体艺术风貌及其诗坛地位的探讨，希望借以纠正严羽以来"宋无诗"的观念。乾嘉时期，由于"宋有诗"观念已成共识，众多诗家对宋诗流变的探讨日渐增多，部分诗家借鉴"四唐分期"的做法，尝试对宋诗加以分期，借以考察各个时期的独特艺术风貌，这些探讨标志着宋诗学的发展更加深入。全祖望《宋诗纪事序》云：

> 宋诗之始也，杨、刘诸公最著，所谓西昆体者也。说者多有贬辞，然一洗西昆之习者欧公，而欧公未尝不推服杨、刘，犹之草堂之推服王、骆，始知前辈之虚心也。庆历以后，欧、梅、苏、王数公出，而宋诗一变。坡公之雄放，荆公之工练，并起有声。而涪翁以崛奇之调，力追草堂，所谓江西派者，和之最盛，而宋诗又一变。建炎以后，东夫之瘦硬，诚斋之生涩，放翁之轻圆，石湖之精致，四壁并开，乃永嘉徐、赵诸公，以清虚便利之调行之，见赏于水心，则四灵派也，而宋诗又一变。嘉定以后，江湖小集盛行，多四灵之徒也。及宋亡，而方、谢之徒相率为急迫危苦之音，而宋诗又一变。盖此三百五十年中，更番间出，如晋楚狄主齐盟，风气皆因乎作者而迁，而要莫能相掩也。[①]

全祖望把宋诗发展分为宋初、庆历以后、建炎以后、嘉定以后、宋亡等5个阶段：宋初以西昆诸家成就最著；庆历以后有欧阳修、梅尧臣、苏舜钦、王安石，宋诗开始形成独特的艺术风貌，另有黄庭坚所代表的江西诗派；建炎以后有萧德藻、杨万里、陆游、范成大等四位诗人和"永嘉四灵"；嘉定以后为受"永嘉四灵"影响下的江湖诗人；宋亡有方回、谢翱等遗民诗人。此文是一篇比较难得地全面客观概括宋诗流变的文献，对宋诗的分期、各期大家的标举、各家艺术风貌的概括非常精练中肯。

全祖望这种观念并非特例，摆脱"宋无诗"习见之后，众多乾嘉诗家对

---

① 全祖望：《鲒埼亭集外编》卷二十六，《续修四库全书》第1430册，第3页。

宋诗的新变特征尤为赞赏，李重华《贞一斋诗说》云："赵宋诗家，欧、梅始变西昆旧习，然亦未诣其盛。至坡公始以其才涵盖今古，观其命意，殆欲兼擅李、杜、韩、白之长；各体中七古尤阔视横行，雄迈无敌，此亦不可时代限者。黄山谷虽同时并称，才调迥不相及。至谓江西诗祖，追配杜陵者，妄也。南宋陆放翁堪与香山踵武，益开浅直路径，其才气固自沛乎有余，人以范石湖配之，不知石湖较放翁，则更滑薄少味，同时求偶对，惟紫阳朱子可以当之。盖紫阳雅正明洁，断推南宋一大家。故知范、陆并称，犹之温、李、元、白，优劣自较然也。"①虽对"苏黄""范陆"并称颇有微词，但不乏对各家独特艺术风貌的接纳和称赏。

另外，也有乾嘉诗家借鉴严羽、方回等人的论诗方式，通过与唐诗传统的比较，梳理各期宋诗艺术风貌及流变规律，并肯定宋诗的艺术价值。姚壎《宋诗略序》云：

> 呜呼！岂知宋诗皆滥觞于唐人哉！如晏元献、钱文僖、杨大年、刘子仪诸公，则学李义山。王黄州、欧阳文忠，精深雄浑，始变宋初诗格，而一则学白乐天，一则学韩退之。梅圣俞则出于王右丞，郭功父则出于李供奉。学王建者有王禹玉，学陈子昂者有朱紫阳，又若王介甫之峭厉，苏子美之超横，陈去非之宏壮，陈无己之雄肆，苏长公之门有晁、秦、张、王之徒，黄涪翁之派有三洪、二谢、陈、潘、汪、李之辈，俱宗仰浣花草堂，或得其神髓，或得其皮骨，而原本未尝不同。南渡之尤、杨、范、陆，绝类元和。永嘉四灵，格近晚唐。晞发奇奥，得长吉风流。月泉吟社，寒瘦如郊、岛。以两宋较诸三唐，宫商可以叶其音也，声病可以按其律也，正变可以稽其体也。譬诸伶伦之典雅乐，铸于方响，皆合钧韶；仙灵之炼神丹，金碧元黄，都归炉鞲。使必拘拘然形貌之惟肖，万喙同声，千篇一律，亦何异捧西施之心，而抵优孟之掌哉！②

---

① 李重华：《贞一斋诗说》，《清诗话》下册，上海古籍出版社1978年版，第927页。

② 姚壎：《宋诗略》，乾隆三十五年（1770）竹雨山房刻本。转引自高磊：《清代宋诗选本研究》，苏州大学2010年博士论文，第127页。

姚壎字和伯，嘉定人，王鸣盛婿，与汪景龙合辑《宋诗略》。姚壎认为"宋诗皆滥觞于唐人"，如晏殊等人学李商隐，王禹偁学白居易，欧阳修学韩愈，梅圣俞学王维，郭功父学李白，王珪学王建，朱熹学陈子昂，王安石、苏舜钦、陈去非、陈师道、苏轼、黄庭坚及其弟子学杜甫。南渡之后，中兴四大诗人学习元和体，永嘉四灵学晚唐，谢翱学李贺，月泉吟社中人学孟郊、贾岛，故两宋乃承袭三唐而来。姚壎所论主要针对严羽而发，《沧浪诗话·诗辨》云：

> 国初之诗，尚沿袭唐人。王黄州学白乐天，杨文公、刘中山学李商隐，盛文肃学韦苏州，欧阳公学韩退之古诗，梅圣俞学唐人平澹处。至东坡、山谷，始自出己意以为诗，唐人之风变矣。山谷用工，尤为深刻，其后法席盛行，海内称为江西宗派。近世赵紫芝、翁灵舒辈，独喜贾岛、姚合之诗，稍稍复就清苦之风。江湖诗人多效其体，一时自谓之唐宗，不知止入声闻、辟支之果，岂盛唐诸公大乘正法眼者哉！①

严羽指出宋诗发展约为三个时期：欧阳修、梅圣俞之前学习唐人，苏轼、黄庭坚开始形成宋人独特的诗风，南宋永嘉四灵倡导学习晚唐。基于"诗必盛唐"的诗学宗旨，严羽认为苏、黄等宋诗大家完全背离了唐诗传统，故予以否定。姚壎则强调宋诗诸多大家皆出自唐人，故值得肯定。姚壎是站在宗唐的立场上肯定宋诗，对宋诗和唐诗的比附明显牵强，既抹杀了宋诗迥异于唐诗的新变特征，又没有展示出宋诗的独特风貌和艺术价值。

综合来看乾嘉诗家对宋诗流变的论述，可以发现并没有形成类似"四唐分期"的宋诗观念，其根本原因在于乾嘉诗人对宋诗新变特征的评价并不相同，故而导致对宋诗的分期和各期的诗史地位也存在较大差异。

---

① 严羽著，张健校笺：《沧浪诗话校笺》上册，上海古籍出版社2012年版，第181—185页。

二、乾嘉诗学融合唐宋的倾向

入清以后，随着明末以来对严羽和明七子"古诗宗汉魏，近体宗盛唐"极端复古诗学主张的批判，宋诗逐渐进入诗家的视野，并陆续出现众多以宗宋而著称的诗人，包括康熙诗坛盟主王士禛也曾一度倾心于宋诗。乾嘉众多诗论家固然存在宗唐或宗宋的微妙差别，但在他们公开打出的旗帜上，极力避免极端宗唐或宗宋，融合唐宋成为此期最醒目的口号。

（一）基于"诗教"传统对宋诗的接纳

沈德潜论诗比较接近明七子，以宗法盛唐而著称。如徐世昌《晚晴簃诗汇》所评："归愚论诗，专宗盛唐，持论纯正，守律谨严。"[①]《清史稿》也有类似论断："德潜少受诗法于吴江叶燮，自盛唐上追汉、魏，论次唐以后列朝诗为《别裁集》，以规矩示人。承学者效之，自成宗派。"[②]不过，沈德潜虽然宗唐，但他宋诗的态度并不像明七子那样完全排斥。其《清诗别裁集·凡例》云："唐诗蕴蓄，宋诗发露，蕴蓄则韵流言外，发露则意尽言中。愚未尝贬斥宋诗，而趣向旧在唐诗，故所选风调音节，俱近唐贤，从所尚也。"[③]临终之年，又曾编选《宋金三家诗选》，于宋代特意标举苏轼和陆游。陈明善《宋金三家诗选序》曰："师曰：苏子瞻天才奔放，铸古镕今；陆放翁志在复仇，沉雄悲愤；元遗山遭时变故，登临凭吊，声与泪俱之。三家者，皆不可不熟习者也。第全集卷帙浩繁，艰于披阅，选本虽多，惜未尽善，能汇而钞之，亦大快事。"[④]

除了通过诗选标举宋诗，沈德潜《书〈剑南诗稿〉后》也对陆游相当推崇：

剑南诗草多复多，中间岂无复与讹。后人嗤点太容易，以枚数阉伤

---

① 徐世昌著，傅卜棠编校：《晚晴簃诗话》卷七十六，华东师范大学出版社2009年版，第544页。

② 赵尔巽等：《清史稿》卷三百五，中华书局1977年版，第35册，第10513页。

③ 沈德潜等编：《清诗别裁集》，上海古籍出版社1984年版，第2页。

④ 沈德潜：《宋金三家诗选》，齐鲁书社1983年亦园藏版影印本。

繁苛（朱竹垞太史）。名篇堆积若蓬葆，得精遗粗贵检校。忘身报国表孤忠，切理厌心闻大道。来读晦庵新著书（放翁句），盛气豪情期一扫。醉犹温古梦斋庄，外物不移仁义饱（放翁诗中语意）。杜、韩后劲眉山公，诗笔回斡分天功，一炉镕冶金银铜。异世谁人许接武，剑南老子堪追踪。仙才学力各分擅，曲则异矣功归同。宗唐桃宋非吾事，继续东坡有放翁。①

沈德潜认为朱彝尊的批评过于苛刻，陆游忧时伤世，满怀忠义，善于创新，乃继承杜甫、韩愈而来，是苏轼之后的优秀诗人。所谓"宗唐桃宋非吾事"，正是对严羽、明七子完全排斥宋诗的矫正。又《书东坡诗集后》曰："海外何愁瘴疠深，华严法界入高吟。宣仁龙驭回天后，谁见孤臣万里心。"②称赞苏轼心系朝廷。《答某太史书》评陆游诗曰："七言古诗，沉雄激壮，恢复中原之志，时流露于笔墨之间，位虽卑微，独存忠爱，得杜少陵一体，不必毛举麻列，概没其志节也。"③肯定陆游的忠君爱国之心。总之，这位以宗唐而著称的诗论家已全然不同于明七子，从审宗旨的角度对合乎"诗教"传统的宋诗多有接纳。

沈德潜对宋诗的接纳与晚年政治地位的改变有关。沈德潜于乾隆三年（1738）中举，十二年（1747）授礼部侍郎，这种特殊身份使其论诗难免体现出官方色彩。《宋金三家诗选》于宋代入选苏轼、陆游，正是为了迎合乾隆《御选唐宋诗醇》。《御选唐宋诗醇》入选李白、杜甫、韩愈、白居易、苏轼、陆游六家诗人，于宋只取苏、陆两家。沈德潜晚年被赐礼部尚书衔，可以想象其对官方诗学观念必然十分留意，也会有意弥合其中的分歧。《宋金三家诗选》入选苏轼作品185首，其中142首见于《御选唐宋诗醇》，相合比例高达

---

① 沈德潜著，潘务正、李言编辑点校：《沈德潜诗文集》第二册《归愚诗钞余集》卷七，人民文学出版社2011年版，第552页。

② 沈德潜著，潘务正、李言编辑点校：《沈德潜诗文集》第一册《归愚诗钞》卷二十，第402页。

③ 沈德潜著，潘务正、李言编辑点校：《沈德潜诗文集》第三册《归愚文钞》卷十五，第1375页。

77%。《御选唐宋诗醇》评苏轼曰："轼之器识学问，见于政事，发于文章，史称言足以达其有猷，行足以遂其有为，节义足以固其有守，皆志与气为之也。"①评陆游曰："观游之生平，有与杜甫类者：少历兵间，晚栖农亩，中间浮沉中外，在蜀之日颇多。其感激悲愤，忠君爱国之诚，一寓于诗。酒酣耳热，跌荡淋漓。至于渔舟樵径，茶椀炉熏，或雨或晴，一草一木，莫不著为咏歌，以寄其意。此与甫之诗何以异哉？"②均重两人诗作主旨对儒家诗教传统的继承。沈德潜基于"诗教"传统对两人的接纳显然有迎合《唐宋诗醇》之意，代表了官方主流诗潮对宋诗的定位。

（二）"诗有工拙而无今古"——袁枚对唐宋诗之争的消解

与沈德潜基于"诗教"传统对宋诗有所接纳不同，袁枚反对以时代先后分唐宋诗以高下。《随园诗话》云：

> 论诗区别唐、宋，判分中、晚，余雅不喜。尝举盛唐贺知章《咏柳》云："不知细叶谁裁出，二月春风似剪刀。"初唐张谓之《安乐公主山庄》诗："灵泉巧凿天孙锦，孝笋能抽帝女枝。"皆雕刻极矣，得不谓之中、晚乎？杜少陵之"影遭碧水潜勾引，风妒红花却倒吹"；"老妻画纸为棋局，稚子敲针作钓钩"，琐碎极矣，得不谓之宋诗乎？不特此也，施肩吾《古乐府》云："三更风作切梦刀，万转愁成绕肠线。"如此雕刻，恰在晚唐以前。耳食者不知出处，必以为宋、元最后之诗。③

> 徐朗斋（嵩）曰："有数人论诗，争唐、宋为优劣者，几至攘臂。乃授嵩以定其说。嵩乃仰天而叹，良久不言。众问何叹。曰：'吾恨李氏不及姬家耳！倘唐朝亦如周家八百年，则宋、元、明三朝诗，俱号称唐诗；诸公何用争哉？须知：论诗只论工拙，不论朝代。譬如金玉，出于今之土中，不可谓非宝也。败石瓦砾，传自洪荒，不可谓之宝也。'众人闻之，乃闭口散。"余谓：诗称唐，犹称宋之斤、鲁之削也，取其极工者而言，

---

① 乾隆：《御选唐宋诗醇》卷三十二，《景印文渊阁四库全书》第1448册，第605页。

② 乾隆：《御选唐宋诗醇》卷四十二，第828—829页。

③ 袁枚著，顾学颉校点：《随园诗话》卷七，人民文学出版社1982年版，第242页。

非谓宋外无斤、鲁外无削也。①

《续诗品·戒偏》曰：

> 抱杜尊韩，托足权门；苦守陶、韦，贫贱骄人。偏则成魔，分唐界宋。霹雳一声，邹鲁不閟。江海虽大，岂无潇湘？突夏自幽，亦须庙堂。②

袁枚认为作品优秀与否并不取决于时代，并非古诗皆佳，今诗皆劣。唐、宋在袁枚眼中只是两个时代的名称，并无价值高下的意味。因此，袁枚对宗唐的沈德潜有所不满，其《答沈大宗伯论诗书》曰：

> 尝谓诗有工拙而无今古。自葛天氏之歌至今日，皆有工有拙，未必古人皆工，今人皆拙。即《三百篇》中，颇有未工不必学者，不徒汉、晋、唐、宋也；今人诗有极工极宜学者，亦不徒汉、晋、唐、宋也。然格律莫备于古，学者宗师，自有渊源。至于性情遭际，人人有我在焉，不可貌古人而袭之，畏古人而拘之也。③

他认为沈德潜提倡宗唐，只是袭唐人面目，不利于真性情的表现。由于沈德潜以宗唐而著称，袁枚这种批评很容易给人造成宗宋的印象。对此，袁枚《答施兰垞论诗书》特意强调道：

> 足下见仆答沈宗伯书，不甚宗唐，以为大是。蒙辱谠言，欲相与昌宋诗以立教。嘻！子之惑更甚于宗伯，仆安得无言。夫诗无所谓唐、宋也。唐、宋者，一代之国号耳，与诗无与也。诗者，各人之性情耳，与唐、宋

---

① 袁枚著，顾学颉校点：《随园诗话》卷十六，人民文学出版社1982年版，第537页。

② 刘衍文、刘永翔合注：《袁枚续诗品详注》，上海书店出版社1993年版，第185页。

③ 袁枚著，周本淳标校：《小仓山房文集》卷十七，上海古籍出版社1988年版，第1502页。

无与也。若拘拘焉持唐、宋以相敌，是子之胸中有已亡之国号，而无自得之性情，于诗之本旨已失矣。①

施兰垞因《答沈大宗伯论诗书》反对沈德潜宗唐，故来信欲与袁枚共同提倡宋诗。袁枚在信中批评了施兰垞之偏颇，认为优秀作品应关注真情的抒发，不应拘泥于宗唐或宗宋。在《随园诗话》中，袁枚对以学问入诗、考据入诗的厉鹗、翁方纲多有批评②，他反对诗人追求时尚，只要尽个人之天性，自能作出好诗。

（三）宗宋诗人对唐诗的推崇

乾嘉时期，以宗宋而著称的重要诗家有浙派厉鹗、秀水派钱载和肌理派翁方纲等。尽管他们以宗宋而著称，但对唐诗却多有好评，呈现出鲜明的融合唐宋的倾向。

厉鹗是雍正、乾隆时期浙派的领军人物，朱庭珍《筱园诗话》评道："浙派自西泠十子倡始，先开其端，至厉太鸿而自成一派……其宗派囿于宋人，唐风败尽。"③但通观厉鹗诗论，于唐宋诗并无轩轾。其《赵谷林爱日堂诗集序》称赞其友赵谷林诗歌道："综论君之诗，大概格高思精，韵沉语炼，昭宣备五色，锵洋叶六义，胚胎于韦、柳、韩、杜、苏、黄诸大家，而能自出新意，不袭故常。"④所标举的典范诗家有韦应物、柳宗元、韩愈、杜甫、苏轼、黄庭坚，涵盖唐宋两代。厉鹗特意强调单纯学习唐诗或者宋诗都会流于偏颇，《懒园诗钞序》云："夫诗之道不可以有所穷也。诸君言为唐诗，工矣；拙者为之，得貌遗神，而唐诗穷。于是能者参之苏、黄、范、陆，时出新意。末流遂澜倒无复绳检，而不为唐诗者又穷。物穷则变，变则通。当繁哇噪聒

---

① 袁枚著，周本淳标校：《小仓山房文集》卷十七，第1506页。

② 参见王英志《清代唐宋诗之争流变史》第四章关于性灵派"对宗宋者的批评"相关论述（人民文学出版社2012年版，第368—371页）。

③ 朱庭珍：《筱园诗话》卷二，《清诗话续编》下册，上海古籍出版社1983年版，第2367页。

④ 厉鹗著，董兆熊注，陈九思标校：《樊榭山房集》文集卷三，上海古籍出版社1992年版，第731页。

之会，而得云山《韶濩》之响。"①唐宋诗各有其弊，学者应该融会贯通。在《查莲坡蔗塘未定稿序》中，厉鹗提出了他的创作总纲："诗不可以无体，而不当有派。诗之有体，成于时代，关乎性情，真气之所存，非可以剽拟似、可以陶冶得也。是故去卑而就高，避缛而趋洁，远流俗而向雅正，少陵所云'多师为师'，荆公所谓'博观约取'，皆于体是辨。众制既明，炉鞴自我，吸揽前修，独造意匠，又辅以积卷之富，而清能灵解，即具其中。盖合群作者之体而自有其体，然后诗之体可得而言也。"②所谓"体"，即各种诗歌体裁的体制规范和常规，即刘勰《文心雕龙·通变》所谓"设文之体有常"之"体"；所谓"派"即不同诗人的特殊艺术风貌。厉鹗认为诗人在遵守各种体裁常规的前提下，要善于体现个人的艺术风貌，决不可因袭前人。因此，诗人的学习对象不必限于唐人或宋人，正确的做法是"转益多师"或"博观约取"。可见，厉鹗并没有刻意区分唐宋诗之优劣。

翁方纲是乾嘉时期另一位以宗宋而著称的诗人。在论及唐宋诗特点时，一反严羽以来根深蒂固地把言情说理视为诗文异途之观念，从考据说理的角度赋予宋诗独立的审美价值。其云：

> 唐诗妙境在虚处，宋诗妙境在实处。初唐之高者，如陈射洪、张曲江，皆开启盛唐者也。中、晚之高者，如韦苏州、柳柳州、韩文公、白香山、杜樊川，皆接武盛唐、变化盛唐者也。是有唐之作者，总归盛唐。而盛唐诸公，全在境象超诣。所以司空表圣《二十四品》及严仪卿以禅喻诗之说，诚为后人读唐诗之准的。若夫宋诗，则迟更二三百年，天地之精英，风月之态度，山川之气象，物类之神致，俱已为唐贤占尽。即有能者，不过次第翻新，无中生有。而其精诣，则固别有在者。宋人之学，全在研理日精，观书日富，因而论事日密。如熙宁、元祐一切用人行政，往往有史传所不及载，而于诸公赠答议论之章，略见其概。至如茶马、盐

---

① 厉鹗著，董兆熊注，陈九思标校：《樊榭山房集》文集卷三，第734页。

② 厉鹗著，董兆熊注，陈九思标校：《樊榭山房集》文集卷三，第735页。

法、河渠、市货，一一皆可推析。南渡而后，如武林之遗事，汴士之旧闻，故老名臣之言行、学术，师承之绪论、渊源，莫不借诗以资考据。而其言之是非得失，与其声之贞淫正变，亦从可互按焉。今论者不察，而或以铺写实境者为唐诗，吟咏性灵、掉弄虚机者为宋诗。所以吴孟举之《宋诗钞》，舍其知人论世、阐幽表微之处，略不加省，而惟是早起晚坐、风花雪月、怀人对景之作，陈陈相因。如是以为读宋贤之诗，宋贤之精神，其有存焉者乎？①

翁方纲首先肯定司空图、严羽对唐人"境象超诣"特点的推崇。并认为宋诗之长，在于"研理日精，观书日富""论事日密"，唐宋诗各有所长。翁方纲并没有回避宋诗说理、议论、考据的特点，但强调宋诗之妙在于与政事、学术密切相关之"实处"。可见，翁方纲确立了一种全新的美学标准，所谓："宋人精诣，全在刻抉入里。而皆从各自读书学古中来，所以不蹈袭唐人也。"②认为宋诗与唐诗一样，皆因具有独特的艺术风貌而具有典范价值。

此外，秀水诗人钱载、王又曾、诸锦也都在宗宋的同时肯定唐诗的典范。黄培芳评钱载曰："钱箨石先生诗，大约不拘唐宋，空所依傍，生面独开。或议其别调，不知仍从小心入扣来，非无故掀翻也。其七律之独到者，体大思精，字字真实沉着，洗尽矜浮之气，非绨章绘句之徒专事皮相者所能望见。"③毕沅评王又曾曰："于汉魏六朝及唐宋诸家外，能融会变化自成一家。"④徐天秩序诸锦《绛跗阁诗稿》云："其发之于诗，酝酿百家，牢笼一切。以灵奇渊奥之笔，吐垒块结辖之胸。而又能拟议以成其变化，经营以致其匠心。其于古昔诸大家，瓣香必自有在，而终不能测其底蕴。"⑤他们都认

---

① 翁方纲著，陈迩冬校点：《石洲诗话》卷四，人民文学出版社1981年版，第122—123页。

② 翁方纲著，陈迩冬校点：《石洲诗话》卷四，第120页。

③ 黄培芳：《香石诗话》卷三，《续修四库全书》第1706册，第168页。

④ 徐世昌著，傅卜棠编校：《晚晴簃诗话》卷八十三，华东师范大学出版社2009年版，第586页。

⑤ 诸锦：《绛跗阁诗稿》卷首，《四库全书存目丛书》集部第274册，第541页。

可唐诗的经典地位，主张唐宋兼取。

总体而言，乾嘉时期以宗宋而著称的众多诗家虽然接纳宋诗，但并没有独尊宋人，而是踏上了融合唐宋的道路。清初吴之振《宋诗钞序》言："自嘉、隆以还，言诗家尊唐而黜宋，宋人集，覆瓿糊壁，弃之若不克尽，故今日搜购最难得。黜宋诗者曰'腐'，此未见宋诗也。宋人之诗，变化于唐，而出其所自得，皮毛落尽，精神独存。"①肯定宋人在精神层面上对唐人的学习，批评明七子句摹字拟的学唐之弊。黄宗羲亦言："天下皆知宗唐诗，余以为善学唐者唯宋。"②也是从合乎唐诗传统的角度肯定宋诗。乾嘉诗人肯定宋诗，以肯定唐诗为前提，严羽以来贯穿诗坛的唐宋诗优劣之争，以唐宋兼取、转益多师画上了句号。

三、论金元诗

金诗总集有元好问《中州集》和康熙《御订全金诗增补中州集》。前者共10卷（后附中州乐府1卷），作者240多人，作品1980多首；后者72卷，作者近720人，作品近4000首。就数量而言，尚为可观。不过，由于金朝建国仅120年，且长期与宋、蒙古交战，诗歌成就并不突出，故王士祯曰："弇州《卮言》评《中州集》云：'直于宋而太浅，质于元而少情。'二语最确。牧斋先生推之太过，所未喻也。"③认为金诗逊于宋、元，并不赞同钱谦益《列朝诗集序》对金诗的推崇。

乾嘉诗家较少论及金诗流变及总体艺术风貌，唯对元好问颇为关注。沈德潜《说诗晬语》云：

> 《中州集》钱牧斋极为奖激。然可取者，元裕之小序。诗品薄弱，又在南宋诸公下也。集中所传，如"好景落谁诗句里？蹇驴驼我画图间"，

---

① 吴子振：《宋诗钞》，中华书局1986年版，第3页。

② 黄宗羲：《姜山启彭山诗稿序》，沈善洪主编：《黄宗羲全集》第十册，浙江古籍出版社1993年版，第60页。

③ 王士祯：《古夫于亭杂录》卷二，中华书局1988年版，第34页。

好句不过尔尔。王元美谓"直于宋而太浅，质于元而少情"，岂苟论哉？①

元裕之七言古诗，气王神行，平芜一望时，常得峰峦高插、涛澜动地之概，又东坡后一能手也。绝句寄托遥深，如出都门、过故宫等篇，何减读庾兰成《哀江南赋》？②

沈德潜基于王世贞、王士禛的立场，对金诗持否定态度。不过，沈德潜却认为元好问为苏轼之后成就最著之人，其诗伤时感世，颇有"诗史"意味。《宋金三家诗选·遗山诗选例言》云："遗山值金主守绪，时蒙古宋师交攻之，君臣淆惑，生死不能自主。七言近体诗，愁惨之音，皆泪痕血点凝结而成，读其诗应哀其志。"又曰："王新城尚书咏遗山诗有'落日青山望蔡州'句，缘稿本中多黍离行迈之感，后之诗人，徘徊嘉赏之。"③可谓推崇备至。

沈德潜之论堪为乾嘉诗家共识，赵翼《题元遗山集》云："身阅兴亡浩劫空，两朝文献一衰翁。无官未害餐周粟，有史深愁失楚弓。行殿幽兰悲夜火，故都乔木泣秋风。国家不幸诗家幸，赋到沧桑句便工。"④对元好问诗作所透露的故国之思大加赞赏。黄景仁《诗评》云："遗山诗学杜兼李，天资才力，为后起之劲。微嫌其成句少多，然不害为盘盘大手笔也。"⑤认为元好问兼综李、杜，堪为"大手笔"。翁方纲则认为元好问学习苏轼，成就堪与陆游并称。其《读元遗山诗四首》其三云：

　　遗山接眉山，浩乎海波翻。效忠苏门后，此意岂易言。尔日读坡诗，胸有节制存。元精贯当中，耿耿谁与论。我观宾书品，于褚斥篱藩。萧

---

①　沈德潜著，王宏林笺注：《说诗晬语笺注》卷下，人民文学出版社2013年版，第293页。

②　沈德潜著，王宏林笺注：《说诗晬语笺注》卷下，第295页。

③　沈德潜：《宋金三家诗选》，齐鲁书社1983年亦园藏版影印本。

④　赵翼撰，曹光甫校点：《赵翼全集》第六册《瓯北集》卷三十三，凤凰出版社2009年版，第621页。

⑤　黄景仁著，李国章校点：《两当轩集》卷二十，上海古籍出版社1983年版，第484页。

阮羊薄上，遂拟探本根。未审防浇漓，如何追胚浑。望古俯众流，兴定之初元。令人缅星汉，峻极穷昆仑。傥以质坡翁，孰竟委与原。秦（亳）[晁] 诸君子，恐未参妙门。①

翁方纲认为苏门诸君子成就在元好问之下，元氏关注国计民生，人品直追苏轼，其诗不拘成法，集前人之大成，也是承袭苏轼而来。《石洲诗话》也有相似论断："至于遗山所自处，则似乎在东坡，而东坡又若不足尽之。盖所谓乾坤清气，隐隐自负，居然有集大成之想。"②基于元好问的巨大成就，翁方纲把他与南宋陆游相提并论，《又书遗山集后三诗》其二云："金源南宋分疆后，天放奇葩角两雄。"③把两人视为南宋和金代最优秀的诗人。

清初以来，随着对明七子的批评，元诗反被视为宗唐的典范。较早全面梳理元诗流变的是顾嗣立，其《元诗选》初集、二集、三集，所录多达300家，《四库提要》评曰："有元一代之诗，要以此本为矩观矣。"顾嗣立《寒厅诗话》论元诗流变云：

> 元诗承宋、金之季，西北倡自元遗山（好问），而郝陵川（经）、刘静修（因）之徒继之，至中统、至元而大盛。然粗豪之习，时所不免。东南倡自赵松雪（孟頫），而袁清容（桷）、邓善之（文原）、贡云林（奎）辈从而和之，时际承平，尽洗宋、金余习，而诗学为之一变。延祐、天历之间，风气日开，赫然鸣其治平者，有虞、杨、范、揭，（虞集，字伯生，号道园，蜀都人。杨载，字仲宏，浦城人。范梈，字亨父，一字德机，清江人。揭傒斯，字曼硕，富州人。时称虞、杨、范、揭，又称范、虞、赵、杨、揭，赵谓孟頫。）一以唐为宗，而趋于雅，推一代之极盛，时又称虞、揭、马（祖常）、宋（本褧）。④

---

① 翁方纲：《复初斋诗集》卷六十六，《续修四库全书》第1455册，第299页。

② 翁方纲著，陈迩冬校点：《石洲诗话》卷五，人民文学出版社1981年版，第154页。

③ 翁方纲：《复初斋诗集》卷六十七，《续修四库全书》第1455册，第301页。

④ 顾嗣立：《寒厅诗话》，《清诗话》上册，上海古籍出版社1978年版，第83—84页。

顾氏把元诗分为三个时期，初期有元好问、郝经、刘因，承宋、金余绪；中期有赵孟頫、袁桷、邓文原、贡奎，元诗独特风貌渐趋定型；后期有虞集、杨载、范梈和揭傒斯，以唐诗为宗。此论被多数乾嘉诗家所接受。沈德潜《说诗晬语》云：

> 虞、杨、范、揭四家，诗品相敌，中又以"汉廷老吏"（伯生自评其诗）为最。他如吴渊颖之兀奡，乃易之之流利，萨天锡之秾鲜耀艳，故应并张一军。赵王孙暨金华诸子，声价虽高，未宜方驾。[1]

沈德潜把虞、杨、范、揭视为典范，并指出四人诗风各有特色，只是虞诗典雅精切，艺术技巧更为成熟一些。另外，吴莱、乃贤、萨都剌也享有盛名。至于赵孟頫因人品被人所诟病，故历代评价较低。沈氏所论亦为明清习论，翁方纲曰：

> 当时之论，以虞、杨、范、揭齐名。或者又以子昂入之，称虞、杨、赵、范、揭。杨廉夫序贡师泰《玩斋集》，又称"延祐、泰定之际，虞、揭、马、宋，下顾大历与元祐，上逾六朝而薄《风》、《雅》。"金华戴叔能序陈学士基《夷白斋集》云："我朝自天历以来，以文章擅名海内者，并称虞、揭、柳、黄。"（铁崖又序郏九成曰："虞诗为宗，赵、范、杨、马、陈、揭副之。"此言是矣，而不及袁伯长。）由此观之，可见诸公齐名，元无一定之称。杨、范、揭与马、宋等耳，皆非虞之匹。赵子昂亦马伯庸伯仲。黄、柳虽皆著作手，而以诗论之，亦不敌虞。尔时论者必援虞以重其名耳。[2]

---

[1] 沈德潜著，王宏林笺注：《说诗晬语笺注》卷下，人民文学出版社2013年版，第297页。

[2] 翁方纲著，陈迩冬校点：《石洲诗话》卷五，人民文学出版社1981年版，第171页。

除以上诗家外，乾嘉诗家还对杨维桢特别推崇。沈德潜《说诗晬语》云：

> 铁崖乐府，诋訾者比于妖魅。然廉折棱棱，异于男子而巾帼服者。论宋元诗，不必过于求全也。铁门诸子中，玉笥生亦复可采。过此以往，近乎填词，等之自郐已。①

杨维桢乐府造语诡丽夸张，意象谲异奇峭，喜用古乐府体，故时人多认为出于李贺。沈德潜对杨维桢乐府奇谲豪健之风颇为赞赏。王士禛《戏仿元遗山论诗绝句三十二首》之十六云："铁崖乐府气淋漓，渊颖歌行格尽奇。耳食纷纷说开宝，几人眼见宋元诗？"②沈氏对杨维桢的推崇乃是继承王士禛而来。

综上而言，乾嘉诗家很少再重申明七子"宋无诗"这种观念，他们基于各自的诗学理想从不同方面对宋诗加以肯定，自此宋诗成为几乎与唐诗并称的诗学典范，诗学地位得到根本的提升。相对而言，乾嘉诗家对金元诗的评价仅涉及部分著名诗人，缺少总体风貌、流变的综合考察。

第四节　明诗分歧与对七子四大家的肯定

古今对明诗的定位存在巨大差异，明七子派拘于"宋无诗"之偏见，认为接续唐诗的仅有明诗，故李攀龙《古今诗删》分古诗选、唐诗选、明诗选三部分，胡应麟《诗薮》云："自三百篇以迄于今，诗歌之道，无虑三变：一盛于汉，再盛于唐，又再盛于明。典午创变，至于梁、陈极矣，唐人出而声律大宏，大历积衰，至于元、宋极矣，明风启而制作大备。"③随着明末清初对复古诗潮的批判，七子派对明诗的定位开始受到质疑，接续唐诗传统的是宋诗还是明诗逐渐成为清代诗学的重要话题。

---

① 沈德潜著，王宏林笺注：《说诗晬语笺注》卷下，人民文学出版社2013年版，第300页。

② 王士禛著，李毓芙、牟通、李茂肃整理：《渔洋精华录集释》卷五，上海古籍出版社1999年版，第339页。

③ 胡应麟：《诗薮》续编卷一，上海古籍出版社1979年版，第336页。

一、明诗流变

清代较早比较全面梳理明诗发展脉络的有黄昌衢和朱彝尊。黄昌衢《藜照楼明二十四家诗定序》云：

> 明诗亦三变……明人一变而乱，再变而离，三变而始复乎正……如青田以下，茶陵而上数公，皆矫然大雅不群，初无可变也。乃李、何作意复古，欲以驾轶前辈，七子承之，生拮活剥，大类西昆……于是公安、竟陵之徒乘其弊坏，立说反之……幸而虞山、娄江、云间、西陵诸公一时继起，立乎叔季，上溯皇初。①

黄氏认为明初刘基以上直至李东阳等诗人，堪称典范。之后前后七子机械模拟唐人，诗道走向衰落。公安、竟陵反对七子，却一味趋新，诗道衰落达到极致。直至钱谦益、吴伟业、陈子龙、西泠派，诗道方复归于雅正。朱彝尊也是立足于"变"论述明诗发展，《明诗综》评曹学佺云：

> 明三百年诗凡屡变，洪、永诸家称极盛，微嫌尚沿元习。迨"宣德十子"一变而为晚唐，成化诸公再变而为宋，弘、正间，三变而为盛唐，嘉靖初，八才子四变而为初唐，皇甫兄弟五变而为中唐，至七才子已六变矣。久之公安七变而为杨、陆，所趋卑下，竟陵八变而枯槁幽冥，风雅扫地矣。②

朱彝尊把明诗发展分为九个阶段：一是明初，代表诗人有刘基、高启、杨基、袁凯等，成就最高；二是"宣德十子"（或为钱谦益《列朝诗集》所言"景泰十子"即刘溥、汤胤绩、苏平、苏正、沈愚、王淮、晏铎、邹亮、蒋忠、王贞庆），诗学初唐；三是成化时期的"三杨"，师法宋人；四是弘、正年间的

---

① 黄昌衢：《藜照楼明二十四家诗定》，康熙二十八年刻本。转引自尹玲玲：《清人选明诗总集研究》，苏州大学2012年博士论文，第96页。

② 朱彝尊著，姚祖恩编，黄君坦校点：《静志居诗话》卷二十一，人民文学出版社1990年版，第636页。

"前七子"，师法盛唐；五是嘉靖年间的"八才子"李开先、王慎中、唐顺之、陈束、赵时春、熊过、任瀚、吕高，师法初唐；六是皇甫兄弟，师法中唐；七是"后七子"，仍师法盛唐；八是公安派，师法杨万里、陆游；九是竟陵派，倡导"幽深孤峭"。朱彝尊把明初视为明诗的鼎盛时期，然后从新变的立场考察了各期创作，认为明诗一代不如一代，总体予以否定。

乾嘉诗家对明诗总体风貌的认识并不一致，沈德潜出于宗唐的立场，把明七子树立为明诗的典范。沈德潜《明诗别裁集序》云：

> 宋诗近腐，元诗近纤，明诗其复古也。而二百七十余年中，又有升降盛衰之别。尝取有明一代诗论之：洪武之初，刘伯温之高格，并以高季迪、袁景文诸人，各逞才情，连镳并轸，然犹存元纪之余风，未极隆时之正轨。永乐以还，体崇台阁，骫骳不振。弘、正之间，献吉、仲默，力追雅音，庭实、昌谷，左右骖靳，古风未坠。余如杨用修之才华，薛君采之雅正，高子业之冲淡，俱称斐然。于鳞、元美，益以茂秦，接踵曩哲。虽其间规格有余，未能变化，识者咎其鲜自得之趣焉；然取其菁英，彬彬乎大雅之章也。自是而后，正声渐远，繁响竞作，公安袁氏，竟陵钟氏、谭氏，比之自郐无讥，盖诗教衰而国祚亦为之移矣。①

沈德潜首先认为明诗成就高于宋诗，又指出明初刘基、高启等人沿袭元风，尚未达到鼎盛。之后台阁体使明诗陷入低谷，而前后七子方为明诗高峰，前后七子同时的杨慎、薛蕙、高叔嗣成就也十分可观。明代后期，公安、竟陵无足称道。沈德潜论诗以唐人为典范，故对宗唐的七子四大家评价甚高。

沈德潜这种定位在当时颇有响应者，朱琰选《明人诗钞》评陈子龙曰："刘、高开宗于前，西涯接武于继，李、何、王、李振兴于中，黄门撑持于后，此明诗大概也。其间师友渊源及同时卓卓能成家者，随时附见，为之羽

---

① 沈德潜、周准：《明诗别裁集》，上海古籍出版社1979年版。

翼。读明诗者可以观矣。"①标举刘基、高启、李东阳、七子四大家和陈子龙，并把七子四大家视为振兴诗道的典范，师法四大家的陈子龙被视为使诗道不坠之人，也是基于宗唐的诗学立场对明诗流变的考察。

纪昀则立足于各个时期新变的特点考察了各期的创作，《四库提要》评《明诗综》云：

> 明之诗派，始终三变。洪武开国之初，人心浑朴，一洗元季之绮靡。作者各抒所长，无门户异同之见。永乐以迄弘治，沿三杨台阁之体，务以春容和雅，歌咏太平。其弊也冗沓肤廓，万喙一音，形模徒具，兴象不存。是以正德、嘉靖、隆庆之间，李梦阳、何景明等崛起于前，李攀龙、王世贞等奋发于后，以复古之说，递相唱和，导天下无读唐以后书。天下响应，文体一新。七子之名，遂竟夺长沙之坛坫。渐久而摹拟剽窃，百弊俱生，厌故趋新，别开蹊径。万历以后，公安倡纤诡之音，竟陵标幽冷之趣，么弦侧调，嘈嘈争鸣。佻巧荡乎人心，哀思关乎国运，而明社亦于是乎屋矣。大抵二百七十年中，主盟者递相盛衰，偏袒者互相左右。诸家选本，亦遂皆坚持畛域，各尊所闻。至钱谦益《列朝诗集》出，以记丑言伪之才，济以党同伐异之见，逞其恩怨，颠倒是非，黑白混淆，无复公论。彝尊因众情之弗协，乃编纂此书，以纠其谬。每人皆略叙始末，不横牵他事，巧肆讥弹。里贯之下，各备载诸家评论，而以所作《静志居诗话》分附于后。虽隆、万以后，所收未免稍繁。然世远者篇章易佚，时近者部帙多存。当亦随所见闻，不尽出于标榜。其所评品，亦颇持平。于旧人私憎私爱之谈，往往多所匡正。六七十年以来，谦益之书久已渐灭无遗，而彝尊此编，独为诗家所传诵，亦人心彝秉之公，有不知其然而然者矣。②

纪昀肯定了朱彝尊《明诗综》对明诗流变的梳理，批评钱谦益《列朝诗集》刻

---

① 朱琰：《明人诗钞》正集卷十二，《四库禁毁书丛刊》集部第37册，第534页。
② 永瑢等：《四库全书总目》卷一百九十，中华书局1965年版，第1730页。

意排斥七子的门户意识。不过，与朱彝尊八变九段说相比，纪昀把明诗发展归纳为"三变"：一是永乐、弘治时期的台阁体，其弊"冗沓肤廓"；二是前后七子提倡复古，但久而流于模拟剽窃；三是万历以后公安、竟陵两派，纤诡幽冷，自此明诗流弊达到极致。在《爱鼎堂遗集序》中，纪昀也有类似论述："明二百余年，文体亦数变矣。其初，金华一派蔚为大宗。由三杨以逮茶陵，未失古格。然日夕相沿，群以庸滥肤廓为台阁之体。于是乎北地、信阳出焉，太仓、历下又出焉，是皆一代之雄才也。及其弊也，以诘屈聱牙为高古，以抄撮饾饤为博奥。余波四溢，沧浪横流，归太仆断断争之弗胜也。公安、竟陵乘间突起，么弦侧调，伪体日增，而汛滥不可收拾矣。"①与朱彝尊相比，纪昀也把明初诗家视为明诗的高峰，并认为公安、竟陵一无可取，但他对明诗发展脉络的梳理更加清晰简明，对七子派评价更高。

袁枚提倡性灵，反对门户习气，他对明诗的梳理迥异于他人。《随园诗话》云：

> 前明门户之习，不止朝廷也，于诗亦然。当其盛时，高、杨、张、徐，各自成家，毫无门户。一传而为七子；再传而为钟、谭，为公安；又再传而为虞山：率皆攻排诋呵，自树一帜，殊可笑也。凡人各有得力处，各有乖谬处，总要平心静气，存其是而去其非。试思七子、钟、谭，若无当日之盛名，则虞山选《列朝诗》时，方将搜索于荒村寂寞之乡，得半句片言以传其人矣。故必当王，射先中马：皆好名者之累也！②

袁枚把明初高启、杨基、张羽、徐贲视为典范，之后的七子派、公安派、竟陵派、虞山派标宗立派，各有所偏。另外，对于饱受攻击的七子和竟陵，袁枚却主张要注意他们的长处。《随园诗话》曰："钟、谭论诗入魔，李崆峒作诗落套。然其佳句，自不可掩。钟云：'子侄渐亲知老至，江山无故觉情生。'

---

① 纪昀著，孙致中、吴恩扬、王沛霖、韩嘉祥校点：《纪晓岚文集》第一册，河北教育出版社1991年版，第188—189页。

② 袁枚著，顾学颉校点：《随园诗话》卷一，人民文学出版社1982年版，第2页。

《慰人下第》云：'似子何须论富贵，旁人未免重科名。'皆妙。李《游黄曾岭》云：'搔首黄曾霄汉近，旧题应被紫苔封。'《舟饮》曰：'贪数岸花杯不记，已冲江雨缆犹牵。'《春暮》云：'荷因有暑先擎盖，柳为无寒渐脱绵。'俱有风味，不似平时阔落。"①立场较朱彝尊、沈德潜更为圆通。

综上而言，明初诗人、七子派、公安派、竟陵派仍是乾嘉诗家关注的焦点。对公安、竟陵均评价较低，各家一致认为他们试图改变七子派模拟剽窃的流弊，但却使诗道偏离了雅正的传统。乾嘉诗家争论的焦点在于成就最大的是明初高启、刘基等人还是七子派，出于格调的论诗立场，沈德潜对七子派较为推崇。纪昀等继续朱彝尊以来的观念，认为明初诗家能够代表明诗的顶峰。

二、明诗选本对七子四大家的评选

七子派是明代人数和作品最多的诗学流派，他们还有明确的理论主张，涉及性情和格调、复古和新变、法度和自然、宗唐和宗宋等中国诗学诸多核心范畴，就影响而言，其他流派无出其右。明末以来诗论家在梳理明诗流变时，出于诗学立场的差异，对七子派的评价分歧颇大。下面通过《皇明诗选》《列朝诗集》《明诗综》和《明诗别裁集》等四部诗选对七子四大家的评价，借以勾勒明末清初直至乾嘉时期诗学观念的演进轨迹。

（一）门户习气与《皇明诗选》《列朝诗集》

《皇明诗选》为陈子龙、李雯和宋征舆合选，共13卷，入选诗人196家，选诗1265首，首刻于崇祯十六年（1643）。此选对明诗极为推崇，陈子龙《皇明诗选序》云：

> 是以昭代之诗，较诸前朝，称为独盛。……大较去淫滥而归雅正，以合于古者九德六诗之旨。于是郊庙之诗肃以邕，朝廷之诗宏以亮，赠答之诗温以远，山薮之诗深以邃，刺讥之诗微以显，哀悼之诗怆以深，使闻其音而知其德和，省其词而知其志慤。洋洋乎有明之盛风，俪于周、汉

---

① 袁枚著，顾学颉校点：《随园诗话》卷七，人民文学出版社1982年版，第236页。

> 矣。……或谓诗衰于齐、梁而唐振之，衰于宋、元而明振之。夫齐、梁之衰，雾縠也；唐黼黻之，犹同类也；宋、元之衰，沙砾也；明英瑶之，则异物也。功斯迈矣！[①]

陈子龙认为明诗直承《诗经》优良传统，救宋、元之弊，故“较诸前朝，称为独盛”。按李攀龙《古今诗删》分古诗选、唐诗选和明诗选三部分，否定宋、元，以明诗接续唐人。两选对明诗的诗史定位较为接近。

此选还认为七子派代表了明诗的最高成就。从入选数量来看，居《皇明诗选》前十位的诗人分别是李攀龙（155首）、何景明（150首）、王世贞（118首）、李梦阳（116首）、谢榛（69首）、吴国伦（53首）、徐祯卿（33首）、皇甫涍（23首）、薛蕙（22首）、徐中行（19首），除薛蕙外均属七子派。此选按体编选，所选各体作品，古乐府数量最多的是李攀龙（17首）、五古是李梦阳（43首）、五律是何景明（58首）、七律是李攀龙（42首）、五绝是谢榛（3首）、七绝是李攀龙（44首），同样把七子派视为各体典范。

陈子龙等人对七子派的推崇主要缘于其诗学观念乃是承继七子派。陈氏《仿佛楼诗稿序》曰：“既生于古人之后，其体格之雅，音调之美，此前哲之所已备，无可独造者也。”[②]认为古人已经确立了体格音调之典范，后人学诗自然应掌握这些典范，故反对公安派和艾南英等人对七子的抨击，重倡复古。这种认识并非孤立，当时复社也以“兴复古学”为口号，在士人中产生极大影响，如《明史·张溥传》所载：“崇祯元年以选贡生入都，采方成进士，两人名彻都下。已而采官临川。溥归，集郡中名士相与复古学，名其文社曰复社。四年成进士，改庶吉士。以葬亲乞假归，读书若经生，无间寒暑。四方啖名者争走其门，尽名为复社。溥亦倾身结纳，交游日广，声气通朝右。所品题甲乙，颇能为荣辱。诸奔走附丽者，辄自矜曰：‘吾以嗣东林也。’”[③]

与明末文坛盛行的复古潮流相对，也有诗人强调新变，否定复古。《明

① 陈子龙、李雯、宋征舆：《皇明诗选》，华东师范大学出版社1991年版。

② 陈子龙：《陈子龙文集》，华东师范大学出版社1988年版，第376页。

③ 张廷玉等：《明史》卷二百八十八，中华书局1974年版，第24册，第7404页。

史·艾南英传》云："（艾南英）文日有名。负气陵物，人多惮其口。始王、李之学大行，天下谈古文者悉宗之，后钟、谭出而一变。至是钱谦益负重名于词林，痛相纠驳。南英和之，排诋王、李不遗余力。"①可见，在对待七子派的立场上，双方势同水火，究其实质，实为双方对复古与新变的截然对立态度所致。

《列朝诗集》为钱谦益以诗存史之作，寄寓着深厚的故国之思。按《钱牧斋先生年谱》和《列朝诗集序》，天启元年（1621），钱谦益就开始编选《列朝诗集》，随后社会动荡，编书之事暂时中止。直至顺治二年（1645），钱降清，随后北上入京。次年正月任《明史》副总裁，六月引疾归，继续编撰此书。顺治六年（1649），此书编成付梓。顺治九年（1652）刻成。当绛云楼失火之时，钱氏许多藏书和著作被焚，而《列朝诗集》因已付梓而幸免，故钱谦益对此书尤为重视。《列朝诗集序》云：

　　"录诗何始乎？自孟阳之读《中州集》始也。孟阳之言曰：'元氏之集诗也，以诗系人，以人系传，《中州》之诗，亦金源之史也。吾将仿而为之。吾以采诗，子以庀史，不亦可乎？'山居多暇，撰次国朝诗集几三十家，未几罢去。此天启初年事也。越二十余年而丁开宝之难，海宇板荡，载籍放失，濒死讼系，复有事于斯集。托始于丙戌，彻简于己丑。乃以其间论次昭代之文章，搜讨朝家之史乘，州次部居，发凡起例，头白汗青，庶几有日。庚寅阳月，融风为灾，插架盈箱，荡为煨烬。此集先付杀青，幸免于秦火汉灰之余。于乎惝矣！"……"然则，何以言集而不言选？"曰："备典故，采风谣，汰冗长，访幽仄，铺陈皇明，发挥才调，愚窃有志焉。讨论风雅，别裁伪体，有孟阳之绪言在，非吾所敢任也，请以俟世之作者。"

　　孟阳名嘉燧，新安程氏，侨居嘉定。其诗录《丁集》中。余虞山蒙叟

---

① 张廷玉等：《明史》卷二百八十八，第24册，第7402—7403页。

钱谦益也。集之告成，在玄黓执徐之岁，而序作于玄月十有三日。^①

此序作于顺治壬辰九年（1652）九月十三日。细读此序，不难发现此书名为选诗，实为存史。钱谦益有修《明史》之志，不得如愿，故在诗选中使用了很多史家的笔法。如诗人小传注重诗人师承、交游，多引史实与逸事，考论结合。同时，其对人物的品评有时并不限于诗学立场，而是仿照《史记》"太史公曰"的手法来寄托自己的情感，褒贬分明，声情并茂。如评刘基曰："岂古之大人志士义心苦调，有非旗常竹帛可以测量其浅深者乎！呜呼，其可感也。孟子言诵诗读书，必曰论世知人。余故录《覆瓿集》列诸前编，而以《犁眉集》冠本朝之首。百世而下，必有论世而知公之心者。"^②《明史》多有承袭《列朝诗集》，确非偶然。

此书人物次序颇类正史本纪、列传之体，特意把同一流派或地域的诗人集中论述。如乾集为帝王，甲前集为元遗民，甲、乙、丙、丁四集按时代顺序，闰集为高僧、道士、异人、香奁、宗室、内侍、青衣、外国等。诗选以丁集结束，按序言所说"万物盛于丙，成于丁，茂于戊。于时为朱明，四十强盛之时也"，实寓有期望明室复兴之意。

钱氏虽标榜此选乃以诗存史之作，但不难发现其中充溢着门户习气。在《题怀麓堂诗钞》中，他认为明代中后期的诗歌有弱、狂、鬼三病，七子派剽窃汉魏盛唐，生吞活剥，为狂病代表。^③尽管《列朝诗集》入选徐祯卿、李梦阳、何景明的作品超过了40首，但远远少于高启（884首）、刘基（464首）等人。同时，钱氏对七子派的诗学理论和诗歌创作都极度贬低、讽刺。其评李梦阳道：

献吉以复古自命，曰古诗必汉魏，必三谢；今诗必初盛唐、必杜；舍

① 钱谦益撰集，许逸民、林淑敏点校：《列朝诗集》，上海古籍出版社2007年版，第1—2页。

② 钱谦益：《列朝诗集小传》甲前集，古典文学出版社1957年版，第12页。

③ 钱谦益著，钱曾笺注，钱仲联标校：《钱牧斋全集》第三册《初学集》卷八十三，上海古籍出版社2003年版，第1758页。

是无诗焉。率率模拟剽贼于声句之间，如婴儿之学语，如童子之洛诵，字则字，句则句，篇则篇，毫不能吐其心之所有，古之人固如是乎？天地之运会，人世之景物，新新不停，生生相续，而必曰汉后无文，唐后无诗，此数百年之宇宙日月尽皆缺陷晦蒙，自待献吉而洪荒再辟乎？①

钱谦益批评李梦阳所代表的七子派名为复古，实为拟古，格调类似古人却缺乏真情。可见，明末清初的诗学冲突相当激烈，陈子龙与钱谦益对七子派的不同定位，正是诗学观念迥异的必然结果。

（二）宗唐诗风的兴起与《明诗综》

《列朝诗集》刊行后，由于立论鲜明，且钱谦益为文坛宗师，门生遍天下，故影响颇为巨大。对钱氏摒弃七子，不少诗家并不认同。唐孙华《读列朝诗选》云：

> 一代词章缀辑全，鸟言鬼语入余编。独将列事刊除尽，千载人终笑褚渊。
> 高下从心任品裁，东林意气未全灰。看渠笔舌风霜在，犹是当年旧党魁。②

田雯《古欢堂集杂著》云：

> 《列朝诗集》，其人系西涯门下，多怀袒护；乃于前后七子空同、历下辈同贬之；又为海陵生之恶言，以诋历下，不遗余力，亦惑甚矣。③

此外，王士禛也对钱谦益的门户之见提出批评④，他们都认为钱谦益有党人

---

① 钱谦益：《列朝诗集小传》丙集，古典文学出版社1957年版，第311页。
② 唐孙华：《东江诗钞》卷六，《清代诗文集汇编》第136册，第560页。
③ 田雯：《古欢堂集杂著》卷一，《清诗话续编》上册，上海古籍出版社1983年版，第695页。
④ 王士禛著，张宗柟纂集：《带经堂诗话》卷二，人民文学出版社1963年版，第62页。

习气，辑录失当，主要表现在对程嘉燧之作收录过多，在选录七子派之时，掩其所长，录其所短。在这种背景下，以学术见长的朱彝尊遂通过《明诗综》来矫正《列朝诗集》之失。其《答刑部王尚书论明诗书》透露出此书编选动机：

> 明自万历后，作者散而无纪，常熟钱氏不加审择，甄综寥寥。当嘉靖七子后，朝野附和，万舌同声，隆庆钜公，稍变而归于和雅。定陵初禩，北有于无垢、冯用韫、于念东公孝与暨季木先生，南有欧桢伯、黎惟敬、李伯远、区用孺、徐惟和、郑允升、归季思、谢在杭、曹能始，是皆大雅不群。即先文恪公不以诗名，而诸体悉合。窃谓正、嘉而后，于斯为盛。又若高景逸之恬雅，大类柴桑。且人伦规矩，乃钱氏概为抹杀，止推松圆一老，似非公论矣。故彝尊于公安、竟陵之前诠次稍详，意在补《列朝》选本之阙漏，若启、祯死事诸臣，复社文章之士，亦当力为表扬之，非宽于近代也。[①]

朱氏认为《列朝诗集》选诗不当，表现在对隆庆时期的七子后学的成就过于抹杀，又对程嘉燧过于推崇，有党同排异之失，另外钱氏不选明遗民。上述原因，成为《明诗综》编选的主要动机。此书刻成于康熙四十四年（1705），距《列朝诗集》成书约53年。据容庚考证，《明诗综》的编辑约在康熙三十八年（1699），但在康熙三十二年（1693）之前，朱彝尊已开始收集材料，着手准备编撰之事。[②]

朱彝尊不像钱谦益那样对七子派毫无好感，即使是一些否定的意见，也多举出实例加以叙述，不那么感性化。其评李梦阳道：

> 北地一呼，豪杰四应，信阳角之，迪功犄之，律以高廷礼《诗品》。浚川、华泉、东桥等为之羽翼，梦泽、西原等为之接武。正变则有少谷、

---

① 朱彝尊：《曝书亭集》卷三十三，《清代诗文集汇编》第116册，第282—283页。

② 容庚：《论〈列朝诗集〉与〈明诗综〉》，《岭南学报》1950年第1期。

太初，傍流则有子畏，霞蔚云蒸，忽焉丕变，呜呼盛哉！献吉五古，源本陈王、谢客，初不以杜为师，所云杜体者，乃其摹仿之作，中多生吞语，偶附集中，非得意诗也。至效卢、骆、张、王诸体，特游戏耳。惟七古及近体，专仿少陵，七绝则学供奉。盖多师以为师者。其谓："唐以后书不必读，唐以后事不必使。"此英雄欺人之言。如"江湖陆务观"，"司马今年相宋朝"，"秦相何缘怨岳飞"等句，非唐以后事乎？①

　　对于七子复古模拟习气太重的缺陷，朱彝尊也深表不满。他举出李梦阳的诗句来说明李攀龙"不读唐以后书"不过是"英雄欺人"之谈。至于其他七子诗人所存在的食古不化之失，他毫不留情地加以批判。其评李攀龙乐府诗"止规字句，而遗其神明"；五古"学步苏、李、曹、刘"；"七古五律绝句，要非作家。惟七律人所共推，心慕手追者，王维、李颀也。合而观之，句重字复，气断续而神孤离，亦非绝品。"②但仔细体会朱氏的语气，已与陈子龙、钱谦益的极端推崇与贬斥有所不同，比较重视实证，显得较为客观冷静。这种转变大概是出于两个原因：首先，在康熙时代，"变则其久，通则不乏"已经成为一种共识，经历过钱谦益的大肆抨击之后，很少有人再重弹七子派复古的老调，所以新变这一问题已经不再是讨论的热点，大家关注的是如何新变，宗唐还是宗宋成为新的焦点。其次，朱彝尊论诗立足点多是诗学争论，而不是站在党派的立场上，因此少了意气的成分，更多的是摆事实讲道理，辨析概念。由于这种立场，他对于李梦阳等七子派在诗坛的巨大影响和当时诗歌创作的盛况给予了比较客观的评价。从选诗情况来看，《明诗综》共有23家选诗超过30首，属于七子派的李梦阳、何景明、徐祯卿、王廷陈、王世贞、欧大任、皇甫汸、皇甫涥都名列其中。

　　朱彝尊肯定七子与清初宗唐诗风的复兴有密切关系。众所周知，宗唐贬宋是七子诗学的重要特征。《列朝诗集》之后，七子食古不化之弊人皆尽知。

---

① 朱彝尊著，姚祖恩编，黄君坦校点：《静志居诗话》卷十，人民文学出版社1990年版，第260页。

② 朱彝尊著，姚祖恩编，黄君坦校点：《静志居诗话》卷十三，第381页。

出于对假盛唐的反感，以吴子振编《宋诗钞》为标志，宋诗渐渐被人接受。但染习日久，弊端渐显，康熙中叶之后，宗唐又成为主流。王士禛《唐贤三昧集》于康熙三十一年（1692）刻成，标志其"由宋入唐"的转变。朱彝尊一贯坚持宗唐，作于康熙四十三年（1704）的《斋中读书十二首》其十一曰："吾观赵宋来，诸家非一体。东都导其源，南渡逸其轨。纷纷流派别，往往近粗鄙。"①这种坚定的批判宋诗的态度与七子如出一辙，由此不难理解《明诗综》为何对七子派持同情接纳的态度。

（三）推崇七子的《明诗别裁集》

沈德潜、周准合选《明诗别裁集》完成于雍正十二年（1734）。钱谦益和朱彝尊都标榜其诗选是"以诗存史"之作，但他们的"史"主要是"一代之国史"。《明诗别裁集》则是一部比较纯粹以艺术高下选择作品的诗歌选本。沈德潜认为宋代和元代是诗歌发展史上的逆流，只有明诗才继承了古诗和唐诗的优良传统。《明诗别裁集序》曰："宋诗近腐，元诗近纤，明诗其复古也。"②这种观念显然是承继七子派而来。不过，此选与《皇明诗选》倾向存在不少差异，沈德潜《明诗别裁集序》又对前代著名明诗选本一一评述：

> 编明诗者，陈黄门卧子《皇明诗选》，正德以前，殊能持择；嘉靖以下，形体徒存。尚书钱牧斋《列朝诗选》，于青邱、茶陵外，若北地、信阳、济南、娄东，概为指斥；且藏其所长，录其所短，以资排击。而于二百七十余年中，独推程孟阳一人。而孟阳之诗，纤词浮语，只堪争胜于陈仲醇诸家，此犹余丹砂而珍溲勃，贵筝琶而贱清琴，不必大匠国工，始知其诬妄也。国朝朱太史竹垞《明诗综》，所收三千四百余家，泯门户之见，存是非之公，比之牧斋，用心判别。然备一代之掌故，匪示六义之指归，良楛正闰杂出错陈，学者将问道以亲风雅，其何道之由？

---

① 朱彝尊：《曝书亭集》卷二十一，《清代诗文集汇编》第116册，第196页。

② 沈德潜、周准：《明诗别裁集》，上海古籍出版社1979年版。

沈氏认为《皇明诗选》和《列朝诗集》均有门户之见，《明诗综》虽欲矫门户之弊，但由于篇幅太大，览之不易，再加上有擅改之失，三选均未能如实反映明诗概貌，沈德潜希望借《明诗别裁集》使后人能够总览明诗优秀之作。从上文对有关选本的分析来看，沈德潜论《列朝诗集》和《明诗综》是比较合乎实际的。至于《皇明诗选》，沈德潜认为陈子龙对嘉靖以后的诗选择不当。按嘉靖之后是隆庆、万历、泰昌、天启和崇祯五朝，主要诗派有后七子、公安派和竟陵派，此外还有徐渭、汤显祖、沈明臣、李流芳、高攀龙、程嘉燧等人，《皇明诗选》对这些诗人较少注意，这正是沈德潜对《皇明诗选》批评的原因。此外，沈德潜序中所说《皇明诗选》"正德以前，殊能持择"，但从实际选诗情况来看，陈子龙对明初越派、吴派和闽派不是特别重视，入选数量与其地位颇不相副，并不像沈德潜所说的"殊能持择"，这些不足在《明诗别裁集》中都得以纠正。

从批评方式上看，《明诗别裁集》避免了《皇明诗选》和《列朝诗集》偏执于复古或革新的做法。沈德潜《王东溆〈柳南诗草〉序》曰："夫诗道之坏，在性情境地之不问，而务期乎苟同。前明中叶，李献吉、何大复以复古倡率天下，天下靡然从风，家北地而户信阳。于是土苴文绣诟讪。当时咎学李、何者，并李、何而咎之。后济南、娄东，绍述李、何，天下皆王、李也。公安、竟陵，掊击王、李，天下皆二袁、钟、谭也。"①他认为复古和革新乃是一体，应当兼收并存，否则就会流于矫枉过正之失。从《明诗别裁集》入选作品较多的诗人来看，既有七子派的何景明（49首）、李梦阳（47首）、王世贞（40首）、李攀龙（35首）、谢榛（26首）、徐祯卿（23首）、陈子龙（19首），还有非七子的高启（21首）、刘基（20首）、徐熥（15首）、顾绛（16首）和杨慎（15首），此外对主情派的徐渭、汤显祖、李流芳、程嘉燧等人都能兼顾，这就避免了陈子龙等人的狭隘门户之见。

从诗人的评语来看，沈德潜比较明确地对钱谦益的观点加以批驳。其评李

---

① 沈德潜著，潘务正、李言编辑点校：《沈德潜诗文集》第三册《归愚文钞》卷十二，人民文学出版社2011年版，第1329—1330页。

梦阳曰："空同五言古宗法陈思、康乐，然过于雕刻，未极自然；七言古雄浑悲壮，纵横变化；七言近体开合动荡，不拘故方，准之杜陵，几于具体。故当雄视一代，邈焉寡俦。而钱受之诋其模拟标贼，等于婴儿学语，至谓读书种子从此断绝，吾不知其为何心也！"①评李攀龙曰："历下诗，元美诸家推奖过盛，而受之掊击，欢呼叫呶，几至身无完肤，皆党同伐私之见也。分而观之，古乐府及五言古体，临摹太过，痕迹宛然；七言律及七言绝句，高华矜贵，脱弃凡庸。去短取长，不存意见，历下之真面目出矣。"②

但从选诗实际来看，此选却对《列朝诗集》多有吸收。首先，沈德潜对明初诗人也很重视，以高启为代表的吴中诗人和刘基为代表的越派诗人都受到了沈德潜较高的评价，这一点和钱谦益的立场是相同的。其次，在选择七子派的诗作时，沈德潜对七子模拟习气很浓的古乐府选择严谨。七子作品中都有大量的古乐府之作，《皇明诗选》就专列乐府一卷，但这类诗也是后人讥讽的对象。沈德潜在选诗时就较少选这类诗，而且入选的《士兵行》《豆萁行》《去妇词》《朝饮马送陈子出塞》和《胡马来再赠陈子》均深刻反映现实，言之有物，较好地体现了乐府"感于哀乐，缘事而发"的精神，决非模拟之作。反观《列朝诗集》，所选李梦阳《子夜四时歌》《杨白花》《相和歌》和《春曲》这类有明显模拟痕迹的乐府，并非七子优秀之作。

综合四家诗选对七子派的选评，不难发现《皇明诗选》的态度最为推崇，《列朝诗集》的评价则跌入谷底，此后渐呈上升趋势，这种转变与编选者对诗歌一些重大理论问题的认识密切相关。

一方面，清初诗论家出于对七子复古观念的批评，文学代变渐为诗坛共识。钱谦益多次声称本朝自有本朝之诗，讥讽七子派为"俗学谬种"，"不过一赝"。他这种从公安派吸收来的观念曾引起广泛共鸣，顾炎武、黄宗羲、叶燮、冯班等人都认为文学盛衰相继是必然现象，这对七子派的打击是致命的。但是，随着时间的流逝，争论渐趋冷静之后，任何一位诗人在写作时不可避免

---

① 沈德潜、周准：《明诗别裁集》卷四，上海古籍出版社1979年版，第89页。

② 沈德潜、周准：《明诗别裁集》卷八，第193页。

要面临如何对待传统的问题，"变而不失其正"成为诗坛的主流声音。正如朱彝尊讽刺袁宏道《西湖》"一日湖上行，一日湖上坐。一日湖上住，一日湖上卧"完全是滑稽之言一样①，任何诗歌创作一旦完全抛弃传统，往往流于平庸。所谓"设文之体有常，变文之数无方"，诗歌无论如何新变，各种体裁的形式体制和传统艺术风貌应当保留。朱彝尊注重辨体，沈德潜重倡格调，他们对七子派诗学观念的吸收表明，清代诗学观念已由单纯重视新变开始转向新变与复古的结合。

另一方面，在清初文人观念中，"诗者，吟咏情性"也成共识。七子派的缺陷主要是过于追求格调合乎古人而使真情受到扭曲，这在七子派的古体诗，尤其是乐府诗中表现得尤其明显。《列朝诗集》和《明诗综》较少入选七子古体，所选古体又极少乐府，至于那些模拟之作、唱和之作和故作道学体面之诗基本落选，表现出一定的共性，正是基于这个原因。沈德潜虽然立足于七子派的诗学立场，但《明诗别裁集》有意修正《皇明诗选》的门户习气，对钱、朱两家诗论多有吸收，体现出格调与真情各不偏废的诗学立场。

总之，《皇明诗选》和《列朝诗集》对七子派高度推崇和极端否定反映了明末清初诗坛的激烈论争，背后则蕴含着如何处理格调与性情、复古与新变、雅正与真实在诗歌创作中的优先地位的问题。《明诗综》和《明诗别裁集》对七子派的接纳则体现出清代诗学对前代众多诗学命题加以综合的趋势，这种趋势正是乾嘉诗学集大成特征的表现。

综合来看，乾嘉诗论家对明诗总体风貌和发展流变的看法尚未形成共识，对高启、刘基等明初诗人和七子四大家地位的高下也存在明显的分歧。这种分歧既与诗家诗学宗旨的不同直接相关，又因明代距清人最近，许多乾嘉诗论家对明人的评价受地域、师门的影响而难以做到客观公允。

---

① 朱彝尊著，姚祖恩编，黄君坦校点：《静志居诗话》卷十六，人民文学出版社1990年版，第478页。

第五章　乾嘉诗学论诗法

　　诗法指诗歌的写作法则和表现技巧。唐人诗格多为诗法类著作，宋代诗话多有诗法专篇，明清时期众多诗歌选家对作品的评点也包含着丰富的诗法内容。但是，由于诗法只是初学者的入门之阶，且所有诗人都需超越这些具体法门方能迈入大家行列，所以被视为"小道"，极受轻视。正如陆时雍《诗镜总论》所言："余谓万法总归一法，一法不如无法。水流自行，云生自起，更有何法可设？"①另外，随着新文化运动以来新体诗的兴起，那些指导旧体诗创作的诗法类著作也失去了实际功用。因此，当代学者比较重视古典诗学观念的变化和古人对历代诗歌作品的评价，同样不太重视古典诗学中的诗法理论。

　　乾嘉是诗法理论的兴盛期。相较于其他时代，科举几乎是清代文人踏入仕途的唯一正途，诗歌创作自然成为文人学子必须掌握的基本技能。早在顺治、康熙时期，朝廷尽管沿袭明代八股取士制度，但进士朝考、博学鸿词、翰林散馆等考试已采用诗歌。乾隆二十二年（1757），清政府正式下令，会试第二场表文改为五言八韵唐律，不久，乡试及生员岁考科考也采用这种方式，童试则采用五言六韵唐律。至此，如何写出符合规范的诗歌作品就成为清代文人所面临的迫切问题。在这种试律取士的背景下，以指导初学为目的的诗法类著作大量涌现。据蒋寅《清诗话考》统计，乾嘉时期这类诗话有张潜《诗法醒言》，袁若愚《学诗初例》，宋弼《声调汇说》《通韵谱说》，周春《杜诗双声叠韵谱》，蔡钧《诗法指南》，李其彭《廿一种诗诀》，徐文弼《汇纂诗法

---

　　① 陆时雍：《诗镜总论》，《历代诗话续编》下册，第1415页。

度针》，顾龙振《诗学指南》，朱琰《诗触》，恽宗和《新订声调谱》，吴镇《松花庵八病说》，张象魏《诗说汇》，李锳《诗法易简录》，翁方纲《五言诗平仄举隅》《七言诗平仄举隅》《小石帆亭著录》，朱燮《古学千金谱》，谢鸣盛《范金诗话》，李汝襄《广声调谱》，翟翚《声调谱拾遗》，叶葆《应试诗法浅说详解》，纪昀《我法集》，吴绍溁《声调谱说》，魏景文《古诗声调细论》，延君寿《老生常谈》，雪北山樵《花薰阁诗述》等。必须承认，这些诗话出于指导初学、重在实用的编撰目的，难免存在陈陈相因、烦琐细碎的缺陷，但总体而言它们的论述是注重实践、切实可行的。由于诗法内容庞杂，且众多观念为古今共识，所以本章将以古诗声调论为核心探讨乾嘉诗学的声韵理论，再联系试律取士和诗歌日常化的创作背景，分别考察乾嘉诗学对诗歌表现技巧和特殊题材的写作理论。

第一节　古体诗声调论

近体诗发展到杜甫，已经形成比较严密固定的声调规范，后世对诗歌声调的争议主要是围绕古体诗而开展的。

古体诗声调论与严羽"以盛唐为法"的理论主张有密切关系，《沧浪诗话·诗辨》云："推原汉、魏以来，而截然谓当以盛唐为法。"严氏还补充道："后舍汉魏而独言盛唐者，谓古律之体备也。"[1]按严羽所论，盛唐由于古体和近体兼备，故成为师法对象。明代格调派改变了严羽独尊盛唐的理论主张，把汉魏五古提升到典范的地位，何景明《海叟集序》云："盖诗虽盛称于唐，其好古者自陈子昂后，莫若李、杜二家。然二家歌行近体，诚有可法；而古作尚有离去者，犹未尽可法之也。故景明学歌行、近体有取于二家，旁及唐初、盛唐诸人；而古作必从汉魏求之。"[2]认为近体与七古可以师法李杜及初盛唐诗人，而五古应该上溯汉魏。之后李攀龙选《古今诗删》，其《选唐诗

---

① 严羽著，张健校笺：《沧浪诗话校笺》上册，上海古籍出版社2012年版，第185页。

② 何景明：《何大复集》，中州古籍出版社1989年版，第595页。

序》所言"唐无五言古诗，而有其古诗"正是对何景明诗学观的明确阐释，"五古学汉魏"也自然成为明代格调派的标志性诗学主张。进入清代，七子派所主张的五古仅学汉魏成为众矢之的，唐人五古的地位逐渐上升。但是，唐人五古创作于近体诗格律渐趋完善之时，诗人们是仍然按照汉魏五古自然的声调进行创作，还是讲究像近体诗一样遵循特定的声调规范呢？如果遵循，唐人五古的声调规范的特定内容又是什么呢？乾嘉诗家在王士禛、赵执信等前人的基础上，对这两个问题进行了相当深入的探讨，本节试对此加以探讨。

一、明代及清初诗论家对古体诗声调的认识

在传统观念中，汉魏古诗并无特定的声律规范，诚如钟嵘《诗品序》所言："余谓文制，本须讽读，不可蹇碍。但令清浊通流，口吻调利，斯为足矣。"[1]严羽《沧浪诗话·诗体》论及"四声""八病"道："四声设于周颙，八病严于沈约。八病谓平头、上尾、蜂腰、鹤膝、大韵、小韵、旁纽、正纽之辨。作诗正不必拘此，敝法不足据也。"[2]既视为"弊法"，可知严羽并不认同这种声律规范。但是，明代以来，随着对前代诗歌研究的深入，诗论家们意识到古体诗的风格特点与其声调存在着某种联系，古体诗声调是否和近体一样也具有特定的结构方式成为一个广受关注的问题。李东阳《怀麓堂诗话》云：

> 古诗与律不同体，必各用其体，乃为合格。然律犹可间出古意，古不可涉律。古涉律调，如谢灵运"池塘生春草"、"红药当阶翻"，虽一时传诵，固已移于流俗而不自觉。若孟浩然"一杯还一曲，不觉夕阳沈"，杜子美"独树花发自分明，春渚日落梦相牵"，李太白"鹦鹉西飞陇山去，芳洲之树何青青"，崔颢"黄鹤一去不复返，白云千载空悠悠"，乃律间出古，要自不厌也。予少时尝曰："幽人不到处，茅屋自成村。"又

---

① 钟嵘著，曹旭笺注：《诗品笺注》，人民文学出版社2009年版，第208页。
② 严羽著，张健校笺：《沧浪诗话校笺》上册，第296页。

曰："欲往愁无路，山高溪水深。"虽极力摹拟，恨不能万一耳。[①]

李东阳指出古体诗与近体诗在声律方面要求不同，风格也有差异，两者必须合乎各自约定俗成的体式规范，才算"合格"。如谢诗"池塘生春草，园柳变鸣禽""红药当阶翻，苍苔依砌上"，讲究对仗工整，反而流于俗调。但对古诗声律的具体内容，李东阳只是举到一个实例：

> 　　五七言古诗仄韵者，上句末字类用平声。惟杜子美多用仄。如《玉华宫》、《哀江头》诸作，概亦可见。其音调起伏顿挫，独为矫健，似别出一格。回视纯用平字者，便觉萎弱无生气。自后则韩退之、苏子瞻有之，故亦健于诸作。此虽细故末节，盖举世历代而不之觉也。偶一启钥，为知音者道之。若用此太多，过于生硬，则又矫枉之失，不可不戒也。[②]

李东阳从阅读的体验中发现古体诗的平仄安排与审美风格有密切关系，古体诗仄韵的上句末字纯用平声则萎弱无生气，用仄声则顿挫矫健。这个发现意义巨大，开启了七子派研究古体诗声调的序幕，但他并没有总结出如近体诗那样明确的古体诗声律规范。

　　之后何景明、王世贞、胡震亨和胡应麟均对古体声律有所涉及，所论并没有太多的新意。一方面，他们承认古体具有不同于近体的声律，如何景明在《明月篇序》中批评杜甫七古道："子美辞固沉著，而调失流转，虽成一家语，实则诗歌之变体也。"[③]"变体"意味着在何景明心目中，七古声律本存在一个"正体"。另一方面，绝大多数诗论家又不能对这个"正体"加以具体描述，始终无法总结出如近体诗那样的古体平仄范式，只能含糊地指出久而自然悟入。

　　进入清代，古体诗声律论成为一个焦点，影响最大的首推王士禛，《然镫

---

①　李东阳著，李庆立校释：《怀麓堂诗话校释》，人民文学出版社2009年版，第6—7页。

②　李东阳著，李庆立校释：《怀麓堂诗话校释》，第203页。

③　何景明：《何大复集》，中州古籍出版社1989年版，第210页。

记闻》《师友诗传录》和《师友诗传续录》多处涉及古体诗声律问题：

> 古诗要辨音节。音节须响，万不可入律句，且不可说尽，像书札语。①

> 问："乐府五、七言与五、七言古何以分别？学乐府宜宗何人？"阮亭答："古乐府五言，如'孔雀东南飞'、'皑如山上雪'之属，七言如《大风》、《垓下》、《饮马长城窟》、《河中之水歌》之属，自与五、七言古音情迥别。于此悟入，思过半矣。"②

> 问："萧亭先生尝以平中清浊、仄中抑扬见示，究未能领会。"答："清浊如通、同、清、情四字，通、清为清，同、情为浊。仄中如入声，有近平、近上、近去等字，须相间用之，乃有抑扬抗坠之妙，古人所谓一片宫商也。"③

王士禛也承认古体具有不同于近体的声律要求，且认为古体诗声律直接影响到诗歌的审美风格。但他同样没有明确归纳出这种范式的具体内容，只是泛泛地强调通过吟咏来领悟，所论与明人并无根本差异。

值得注意的是清人翁方纲和赵执信均提及王士禛曾作《古诗声调谱》，可知王氏曾试图对古体声调的范式加以归纳。但从王士禛回答弟子关于古体诗平仄的问题上看，他特意否定并不存在某种"定式"。刘大勤《师友诗传续录》记载道：

> 问："又曰：'每句之间，亦必平仄均匀，读之始响亮。'古诗既异于律，其用平仄之法，于无定式之中，亦有定式否？"答："毋论古、律、正体、拗体，皆有天然音节，所谓天籁也。唐、宋、元、明诸大家，

---

① 王士禛口授，何世璂述：《然镫记闻》，《清诗话》上册，上海古籍出版社1978年版，第119页。

② 郎廷槐：《师友诗传录》，《清诗话》上册，第132页。

③ 刘大勤：《师友诗传续录》，《清诗话》上册，第149页。

无一字不谐。明何、李、边、徐、王、李辈亦然。袁中郎之流，便不了了矣。"①

可知王氏对古体诗的平仄规范相当慎重，"无定式之中，亦有定式"，正是明代以来众多诗论家对古体诗声调矛盾立场的鲜明反映。

与前人不同，赵执信《声调谱》最引人注目的是改变了谈古体声调习用"自然""悟入""和谐"等模糊用语的做法，通过举例明确地标出古体诗的平仄范式，这是继沈约倡导"四声八病"之后对古体平仄问题的又一次明确阐述，其在诗学史上的地位无疑是十分重要的。不过两人又有着根本的差异，沈约是在古体独盛的创作背景下对声律的探讨，重在开创新风；赵执信是在古体和近体兼盛的背景下对诗歌声律范式的研究，重在总结传统。

二、赵执信所归纳的古体诗声调范式

赵执信《声调谱》以"声调"为名，主要是探讨各体诗歌的声律规范。诗歌的声律主要涉及对仗、用韵和平仄三个要素。就对仗而言，古体诗可以不讲究对仗，诗论家自然不须对此问题加以探讨。就用韵而言，古体诗既可以押平韵，也可以押仄韵；既可不出韵，又可以押邻韵或转韵，可知古体诗的押韵既有轨可循又十分灵活，也不须过多讲究。平仄则不然，从明代开始，众多诗论家纷纷对此予以注目，有人认为古体平仄并无固定规范，有人则认为有固定范式，并试图对这个范式加以归纳。因此，古体诗声调论著大多重在探讨古体诗的平仄问题，赵执信《声调谱》古体部分正是如此。他采用举例的方式明确标示出古体诗的平仄，能够使读者一目了然地看到这个范式，迥然不同于众多古体诗声调论著的含混模糊，因此就显得弥足珍贵。此外，赵执信还在《声调谱》"论例"中对古体诗声调有一个重要的说明：

　　凡平声俱用○，仄声俱用●，与律句同者，不著笔，近体中不拗者，

---

①　刘大勤：《师友诗传续录》，《清诗话》上册，第152页。

亦不著笔。①

这条"论例"对理解赵执信所建构的古体诗平仄范式非常重要，它透露出一个信息，那就是古体诗声调论问题是在近体诗产生之后才出现的。唐代之前，除讲究"四声八病"的永明体之外，诗人对平仄的安排只是顺其自然。随着近体诗的产生，这种情况发生了变化，诚如王力所言："自从律诗产生以后，诗人们做起古风来，却真的着意避免律句了。试比较《古诗十九首》和杜甫的古风，则前者的'律句'较多，后者的'律句'倒反极为罕见，这当然是极意避免的结果。越不像律句就越像古句，至少有些唐人的心理是如此。"②赵执信在"论例"中提出结合近体诗的平仄来理解古体诗，无疑是符合近体诗定型之后的古体诗创作实际的。

在《声调谱》"五言古诗"部分，赵执信举出两首作品，分别标出其平仄，并加以注释：

秦越人洞中咏　于鹄

1. 扁鹊得●（拗字）仙处，

2. 传是西○南○峰○（三平声字）。

3. 年年山○下人○（下句是律，上句第五字必平。第三字平，亦拗以别律），

4. 长见骑○白●龙（上注言凡下句是律之调如此，非谓此句，而此句亦非律也）。

5. 洞门黑●无底（拗句同律），

6. 日夜惟○雷○风○（三平）。

7. 清斋将入时○（平），

8. 戴●星兼○抱松（拗律句。拗在第一字仄，第三字平）。

---

① 赵执信：《声调谱》，《清诗话》上册，上海古籍出版社1978年版，第322页。

② 王力：《汉语诗律学》，上海教育出版社1962年版，第381页。

9. 石径阴且寒（平）。

10. 地响●知○远●钟（古句）。

11. 似行○山○林○（三平）外，

12. 闻叶履声重（上句不律，下句可律。此句律）。

13. 底●碍●更●俯●身○（平。上四字仄），

14. 渐●远●昼●夜●（四仄）同。

15. 时时白蝙蝠（律句），

16. 飞入茅○衣○中○（三平）。

17. 行久●路●转●窄●（四仄），

18. 静闻○（平。不平则为律矣）水淙○淙。

19. 但愿逢一人○（平），

20. 自得朝○天○宫○（三平）。

（总之两句一联中，断不得与律诗相乱也。）

息舟荆溪入阳羡南山游善权寺呈李功曹　羊士谔

1. 结缆●兰渚●晓，

2. 紫岩○（平）上●（仄）连○（平）冈。

3. 晏温○值初○霁，（二四平。起句二四仄，得此句调甚协）

4. 去绕山○河○长○（三平）。

5. 献岁●冰雪●尽，

6. 细●（仄，在律诗则为失调）泉在路傍。

7. 行○披○松○杉○入（四平），

8. 激澜横石梁。

9. 层阁表精庐○（律），

10. 飞甍切●云○翔○。

11. 冲襟得高○步，

12. 清○眺●极●远●（三仄）方。

13. 潭嶂○积●（仄）佳气，

14. 莫英多○（平）早芳（二句律中拗，救句可用。）

15. 具观泽●（仄）国秀，

16. 重使春○心○伤○（三平）。

17. 念遵烦○（平）促涂，（与泽国句并拗律）

18. 荣○利●鹜●隙●光。

19. 勉君○脱冠○意，

20. 共匪无○何○乡○（三平）。①

　　根据"论例"所言："与律句同者，不著笔。"可以推断，以上诗作中凡是明确标明平仄的，就是赵执信所理解的五古所特有的声调；凡是未注明平仄的，则是五古具有与五律相同的平仄。因此，赵执信的五古声调是以五律为前提和基础的。就五律平仄安排而言，其基本原则是要求不单调，王力在《汉语诗律学》"平仄的格式"中对此归纳道："为要不单调，所以（一）平声和仄声必须递换，（二）一联之中，平仄必须相对；但若每联的平仄相同，又变为单调了，所以（三）下一联的出句的平仄必须和上一联的对句的平仄相黏，这样，相近的两联的平仄才不至于相同。"②根据这个原则，王力列出了五律的四种基本形式：（一）仄仄平平仄；（二）仄仄仄平平；（三）平平平仄仄；（四）平平仄仄平。③结合王力所归纳的四种五律句式，首先分析赵执信关于《秦越人洞中咏》第3、4句的注释：

　　　　下句是律，上句第五字必平。第三字平，亦拗以别律。

　　这两句的平仄是：平平平仄平，平仄平仄平。按照近体五律的声调规范，首联之后，其他几联的出句第五字一定是仄声，以便与对句韵脚的平声相"对"。而赵执信却强调"第五字必平"，显然是主张古体诗不必讲究近体所

① 赵执信：《声调谱》，《清诗话》上册，上海古籍出版社1978年版，第323—324页。
② 王力：《汉语诗律学》，上海教育出版社1962年版，第73页。
③ 王力：《汉语诗律学》，第74页。

谓的"对"的原则。之后他又强调"第三字平"，这是因为在近体诗中由于平仄必须递换，既然本句前两个字是平声，第三个字必须是仄声，否则就变成三平调了。而在古体诗中，三平调却十分常见且被允许，本诗第2、6、16、20句和第二首的第4、7、12、16、20句都明确标出"三平""三仄"或"四平"，显然是强调在古体诗中此为常调，也是古体诗不同于近体声调的重要特征。

其次是赵执信关于《秦越人洞中咏》第8句的注释：

> 拗律句。拗在第一字仄，第三字平。

本句的平仄是"仄平平仄平"，赵氏所言"拗律句"，缘于按照近体声调规范，这个对句应该是"平平仄仄平"，第一字应该是平声，第三字应该是仄声，而本诗却分别是仄声和平声，故与律句相"拗"。显然，赵执信也是按照近体的声调规范来总结古体的声调规范，并把不同于近体平仄视为古体诗的特征。在第二首第6句"细泉在路傍"首字"细"后注明"仄。在律诗则为失调"也属这种情况。此联首句不能套用"一三五不论"，必须用平声字，否则就犯孤平，于古体诗则可。

再次是《秦越人洞中咏》第12句注释：

> 上句不律，下句可律。此句律。

所谓"上句不律"，指"似行山林外"一句中间三字均为平声，属三平调；"此句律"指"闻叶履声重"一句，按五律的基本形式有"仄仄平平仄"，其中第一字的平仄可以变化，而这句的声调是"平仄平平仄"，符合五律的规范，故言"此句律"。

最后是《秦越人洞中咏》诗后注释：

> 总之两句一联中，断不得与律诗相乱也。

这是具有总结性的评注，核心是强调古体诗决不可有两句完全符合近体的声调规范。

结合以上分析，不难发现赵执信五古声调论的核心是反律化倾向。在赵氏看来，五古声调的基本规范主要有二：其一，古体具有与近体不同的声调。比如《秦越人洞中咏》首句"扁鹊得仙处"，赵执信特意在第三字标出"仄"和"拗"，原因是在近体中，仄起五律的平仄规范是"仄仄平平仄"，第三字必须用平声。而在古体中，本句的第三字必须用仄声。之所以注明"拗"，正是针对五律近体的平仄而言的。又如《秦越人洞中咏》第19句"但愿逢一人"，赵执信特意于第五字标出平声，原因是按照五律规范，第五字必须是仄声，否则就流于三平调，但古体不但不必顾忌，而且必须如此安排。由此可见，赵执信五古声调的基本观念就是强调古体与近体声调的不同。如四平一仄、四仄一平，甚至五平、五仄这些近体不允许出现的形式，古体均可使用。反之，近体常用的四种范式，古体诗则应当特意回避。

其二，在无法做到第一条规范的情况下，可以通过一联之中的出句或对句加以补救。也就是说，如果古体中某句的平仄符合近体规范，那么本联的出句或对句就决不能符合。《秦越人洞中咏》第11和12句这一联就属于这种情况，"闻叶履声重"的平仄为"平仄平平仄"，基本吻合五律句式"仄仄平平仄"，属律句，而上句"似行山林外"的平仄为"仄平平平仄"，为古句，两句一古一律，合格。本诗最后的总论"总之两句一联中，断不得与律诗相乱也"，正是对这一原则的总结，这也是赵执信声调论与前人相比最有创新之处。

与论述五古声调的方式相似，《声调谱》列举苏轼《西山诗和者三十余人再次前韵为谢》和《和蒋夔寄茶》两首作品直观说明七古声调，其《和蒋夔寄茶》如下：

和蒋夔寄茶　苏轼

1. 我生百事●常○随○缘○，
2. 四方水陆无○不●便（第五字平，第六字仄，便非律句）。

3. 扁舟渡江○适吴○越●（仄。此字不可轻用平声），

4. 三年饮食穷○芳○鲜○（此三字平，第四字必仄，如第四字平，则第六字必仄以救之，此法人多不知）。

5. 金虀玉脍饭●炊雪（拗律句），

6. 海螯江○柱●初○脱●泉。

7. 临风饱食甘寝●罢，

8. 一瓯花乳●浮○轻○圆○。

9. 自从舍舟○入●东武，

10. 沃野便到●桑○麻○川○。

11. 剪毛胡羊○大●如马，

12. 谁记鹿●角●腥○盘○筵○。

13. 厨中蒸粟埋饭●瓮，

14. 大杓更取●酸○生○涎○。

15. 柘罗铜碾弃●不●用，

16. 脂麻白土●须○盆○研○。

17. 故人犹作旧●眼●看，

18. 谓我好尚●如○当○年○。

19. 沙溪北苑强●分别（拗律），

20. 水脚一线●争○谁○先○。

21. 清诗两幅寄●千里（上句虽不论，亦宜少拗乃健。拗律句，此正谓第五字拗也），

22. 紫金百●饼●费●万●钱（即六字仄，独令末一字平亦可）。

23. 吟哦烹噍两●奇绝（拗律），

24. 只恐偷乞●烦○封○缠○。

25. 老妻稚子不●知爱（拗律），

26. 一半已入●姜○盐○煎○。

27. 人生所遇无不●可，

28. 南北嗜好●知○谁○贤○？

29. 死生祸福久●不●择，

30. 更论甘苦●争○媸○妍○！

31. 知君穷旅不●自●释，

32. 因诗（此二字不论）寄谢●聊○相○镳○。①

此诗所标平仄最多涉及最后五个字，这是因为七古和五古的关系有点类似
七律和五律。五律句首加上两个字，即仄头加成平头，平头加成仄头，就构成
了七律的基本格式。五古句首加两个字，就构成了七古，而且这两个字没有特
定要求，不需讨论。

从赵氏所标注的七古平仄来看，七古声调的规律之一是下三字三平调乃
最常用格式，同时要求第四字须为仄声。此诗共32句，第1、4、8、10、12、
14、16、18、20、24、28、30、32等13句均属这种情况，此规则即第4句所注
"此三字平，第四字必仄"。

第二种七古平仄常用格式是对于平起句式而言，第六字须为仄声。如果第
六字为平声，则第四字应为平声、第五字为仄声。此诗第2、7、13、15、17、
22、27、29、31等9句均属第六字为仄声的情况。按七律平仄格式中，平起最
常用的句式是"平平仄仄平平仄"和"平平仄仄仄平平"，其第六字必须为平
声，赵执信强调古体诗"第五字平，第六字仄，便非律句""拗律"，正是强
调七古与七律的声调有着根本不同。另外，如果第六字为平声，则第四字应为
平声、第五字为仄，此诗第9、11、19、21句属这种情况。按七律平起仄结的
基本形式"平平仄仄平平仄"，此时第六字为平声，第四字为仄声、第五字为
平声。赵执信特意标明第四字应为平声、第五字为仄，同样表明他认为七古与
七律声调存在根本差异。

此外，还有3句较为独特。第3句"扁舟渡江适吴越"为"平平仄平仄平
仄"，赵执信注第四字、第六字为平声，第七字为仄声，并云"此字不可轻用
平声"，正是针对七律平仄基本形式而发，如第四字为仄声，则符合"平平仄

---

① 赵执信：《声调谱》，《清诗话》上册，上海古籍出版社1978年版，第324—325页。

仄平平仄"七律格式，所以在第七字为仄声的前提下，第四字必须为平声。第6句"海鳌江柱初脱泉"为"仄平平仄平仄平"，第22句为"仄平仄仄仄仄平"，赵注曰"即六字仄，独令末一字平亦可"，两者都是针对七律"平平仄仄仄平平"基本形式而发，只有第六字为仄，才能把古体与近体区分开来。

综上所论，赵执信《声调谱》对七古声调的归纳以下四字为主，"仄平平平"为古体最常用格式，律体所避的"三平调"被接纳；其次是"仄平仄仄"或"仄仄仄平"，其核心特征是第六字为仄声，这种情况在近体中最容易出现孤平，于古体却成为常例。另有"平仄平仄"和"仄平仄平"等特例。王力《汉语诗律学》指出："七古的平仄，也像五古一样，以下三字为主；下三字的四种常式，平平平，平仄平，仄平仄，仄仄仄，都和五古相似。又可以是仄仄平，仄平平，平仄仄，平平仄，只须上四字配起来不入律就是了。"[1]相较王力之论，赵执信的总结似乎不够全面，但两人都认为七古具有不同于律诗的声调。

三、乾嘉诗家论古体诗平仄

对王士禛、赵执信关于古体诗具有不同于律诗声调的论断，乾嘉诗家的回应相当热烈。少数诗家认为这是虚妄之言，并不符合古体诗创作实际。如袁枚《随园诗话》曰："近有《声调谱》之传，以为得自阮亭，作七古者，奉为秘本。余览之，不觉失笑。夫诗为天地元音，有定而无定，到恰好处，自成音节，此中微妙，口不能言。试观《国风》、《雅》、《颂》、《离骚》、乐府，各有声调，无谱可填。杜甫、王维七古中，平仄均调，竟有如七律者；韩文公七字皆平，七字皆仄；阮亭不能以四仄三平之例缚之也。倘必照曲谱排填，则四始六义之风扫地矣。此阮亭之七古，所以如杞国伯姬，不敢挪移半步。"[2]多数诗家认为古体诗与律诗声调并不相同，并在王、赵的基础上进一步做了细致探讨。

---

① 王力：《汉语诗律学》，上海教育出版社1962年版，第398页。

② 袁枚著，顾学颉校点：《随园诗话》卷四，人民文学出版社1982年版，第122页。

翟翚《声调谱拾遗》采用赵谱相同的体例，于五言古诗举李白《寻高凤石门山中元丹丘》《月下独酌》，韦应物《郡斋雨中与诸文士燕集》和杜甫《画鹘行》，并总结道：

> 凡律诗拗调，皆古诗句法也。但古诗句法，有可以参入律体者，有必不可以参入律体者。是当细捡有所分辨耳。[1]

仍立足于五律来把握五古声调，"有必不可以参入律体"，正是强调两者存在根本不同。在七言古诗中，翟翚举李白《侍从宜春苑奉诏赋龙池柳色初青听新莺百啭歌》，杜甫《戏题画山水图歌》《天育骠骑歌》《醉歌行》《陪王侍御同登东山最高顶宴姚通泉晚携酒泛江》，韩愈《八月十五夜赠张功曹》，李益《夜上西城听梁州》，韩翃《送客之江宁》，高适《人日寄杜二拾遗》，岑参《喜韩樽相过》，杜甫《入奏行》，其中韩翃《送客之江宁》为"纯用律调者"，翟翚评曰：

> 赵谱谓："中唐后古近体判不相入。"或未可信。然衷观李、杜、韩、柳诸集，无古诗纯用律调者。古诗用律调，诗格之卑也。昔人谓："晚唐无古诗。"亦谓此也。[2]

他一方面举出实例否定赵执信"中唐后古近体判不相入"的论断，另一方面又把古体诗用律调视为格卑，核心观念仍然强调古近体声调有明显的区别，其基本诗学立场与赵执信非常相近。

翁方纲则不赞同赵执信所论，其《赵秋谷所传声调谱》先引赵氏原作，然后辨其"谬误"，论五言古诗云：

---

① 翟翚：《声调谱拾遗》，《清诗话》上册，上海古籍出版社1978年版，第356页。

② 翟翚：《声调谱拾遗》，《清诗话》上册，第359—360页。

　　方纲按：此所举五言二首，内以"闻叶履声重"、"时时白蝙蝠"、"层阁表精庐"皆目为律句，非也。又所谓拗律句、古句者，亦皆非也。凡为古诗必无有意与律体相拗之理，其目为似拗者，皆其极和谐处也。前卷已于七言诗具论其概矣。五言正变源流，则愚于下卷详之。又按：于、羊二家皆中唐时诗人。而五言之作，上自汉、魏，下及唐、宋，音节因乎格调，格调因乎家数，家数因乎风会，渊流品藻，万有不同，乌可执一时之体制，赅万世之绳墨乎？自渔洋先生论五七言诗，大约以对句末三字叠峙三平，以见苍劲，是固然已。相传秋谷得绪论于渔洋，及其笔之于书，抑又不屑墨守渔洋三平之式，故特于贞元之世，举此三篇，稍于三平之调，润泽大略，以为五言之则，具在此矣。然黄初以降，陶、谢擅其精能，王、孟以还，杜陵屹为砥柱，多师以为师，言岂一端已也。愚于此谱，信知是秋谷所自述，而非渔洋之原本尔。[1]

翁氏主要观点有三：第一，赵执信把"闻叶履声重""时时白蝙蝠""层阁表精庐"视为"律句"是错误的；第二，赵执信所谓的"拗律句""古句"也是错误的；第三，以于鹄、羊士谔古体诗为标准衡量其他诗家是不妥的。结论是赵执信《声调谱》在常识方面的错误太多，故此书决不可能如赵氏所言为王士祯原本，乃是赵氏自创。下面对翁方纲所述辨析如下：

　　首先，在翁方纲所论及的三句诗中，"闻叶履声重"和"时时白蝙蝠"的平仄分别是"平仄仄平仄"和"平平仄平平"，不符合五言近体的声律规范，赵执信称为"律句"确实有误。"层阁表精庐"的平仄是"平仄仄平平"，不符合律诗规范，翁方纲的批评是成立的。

　　其次，翁方纲认为传统古体诗并无特定规范，又不可能有意与律体相拗，故赵执信标明"拗律句""古句"是错误的。从创作实际来看，近体拗救是近体声律日趋严密的产物，在古体诗的创作中，不存在有意与律体相拗的情况。

---

　　[1]　翁方纲：《赵秋谷所传声调谱》，《清诗话》上册，上海古籍出版社1978年版，第246页。

翁方纲的批评有一定道理。

再次，翁方纲指责赵执信所举诗家为中唐诗人，难以涵盖汉魏以来众作，有一定道理。但从创作实际来看，汉魏五古并无特定声律规范，平仄听其自然，无所谓入律或不入律。如王力在《汉语诗律学》中曾举到《古诗十九首》中，"西北有高楼""交疏结绮窗""音响一何悲""谁能为此曲？无乃杞梁妻""中曲正徘徊""慷慨有余哀""奋翅起高飞"皆入律。①直至近体诗的产生，诗人们才开始有意在古体中避免律句。而近体诗的兴盛正是中唐之后，通过北京大学中文系所开发的"全唐诗电子检索系统"统计可知，盛唐时期古体诗与近体诗创作总量之比是76：100，至中唐这一比例下降为41：100。因此，中唐是诗歌体裁发生巨变的时期，在近体诗兴盛的同时伴随着对诗歌体制的探讨，有意区别古体与近体的关键时期正是中唐，赵执信举于鹄、羊士谔并无不妥。

至于翁方纲指责赵执信《声调谱》非王士禛原本则无法确证。按赵执信《谈龙录》言："阮翁律调，盖有所受之，而终身不言所自；其以授人，又不肯尽也。有始从之学者，既得名，转以其说骄人，而不知己之有失调也。余既窃得之，阮翁曰：'子毋妄语人。'余以为不知是者，固未为能诗；仅无失调而已，谓之能诗可乎？故辄以语人无隐，然罕见信者。"②结合上文所述王士禛关于古体诗声调的看法，可知在"古体具有与近体不同的声调"这个基本原则方面，两人主张完全一致，但赵执信毕竟论述得更为细密。蒋寅在《王渔洋与古诗声调论》中曾详加考辨，认为"秋谷之说虽本自渔洋，但图谱却是弟子们编录的"。③翁方纲特意强调两人并无承继关系，是基于否定赵执信声调论的立场而做的臆测。

按翁方纲《五言诗平仄举隅》云："二十年前，在粤东使院九曜池上与学侣论诗，偶识此二卷，不足示人也。……壬子十月二日方纲识。"④知此书著

---

① 王力：《汉语诗律学》，上海教育出版社1962年版，第380—381页。

② 赵执信：《谈龙录》，《清诗话》上册，上海古籍出版社1978年版，第310页。

③ 蒋寅：《王渔洋与康熙诗坛》，中国社会科学出版社2001年版，第108页。

④ 翁方纲：《五言诗平仄举隅》，《清诗话》上册，第261页。

于乾隆三十六年（1771）翁氏担任广东学政期间。在试律取士的背景下，声律已经成为士子必须掌握的基础知识，诗论家对诗歌声律的探讨正是基于现实的功利需要，由此不难理解乾嘉诗家对诗歌声律的论述为何更加精密。

李锳《诗法易简录》是乾嘉时期比较著名的一部诗法著作，蒋寅评曰："余遍考清人论古诗声调之说，觉此书持论通达而细致，颇具学术性。"①其评韩愈《石鼓歌》云："秋谷《声调谱》但就本句本联中论平仄，至通篇音节抑顿拍合之妙，俱未之及。兹录必合通篇论定，不泥于一字一句间，差足补秋谷之所未尽。"②可知其诗学深受赵执信的影响。首先，李锳指出在汉代古诗初兴时，于平仄并无一定之规：

> 汉人诗不可以平仄拘也。声调初开，必无某字宜平，某字宜仄，如后人按谱填词之理。故其为诗，包罗千古而不名一格，不必三平，亦不必不三平，不必同律，亦不必不同律。称情而出，无不合节，殆所谓天籁乎？而其音节之妙宛转相生，翕纯皦释，各极其致。大要以气为主，以句法为辅，而以平仄之乘承抑扬激宕于其间。③

唐代之后，随着近体诗的定型，出于与近体的区别，古体诗平仄渐有定规，因此学诗应当以唐人古体诗作为入门之阶：

> 以上三诗（王维《送别》、常建《江上琴兴》、刘长卿《宿怀仁县南湖寄东海荀处士》），三平之调备矣。初学先从此入，庶可渐造深微。又按秋谷《声调谱》所引五古，亦不尽系三平，则以五言原与七言有别，其云两句一联中，断不得与律诗相乱。则力严五古与齐梁体之辨，扶持风雅，亦有功于来学。

诗以声为用，故古诗所重，尤在音节。自秋谷《声调谱》出，人皆知

---

① 蒋寅：《清诗话考》，中华书局2005年版，第371页。
② 李锳：《诗法易简录》卷四，《续修四库全书》第1702册，第526页。
③ 李锳：《诗法易简录》卷一，《续修四库全书》第1702册，第499页。

三平为古调矣。而古诗有不尽三平者，且汉魏五言不拘三平者尤多，于是矫之者遂有反律之说，以为古者别于律而已，但使平仄与律诗相反，则可谓古诗矣。不知汉魏五言，句与律合者正复不少，六朝愈多，而自有天然一定之音节。若但执反律之说，是第作一平仄不谐律法之诗，遂可称古诗矣。有是理乎？①

可见，李锳基于当前古体和近体并行的创作实际，认为古体诗应当有不同近体的平仄规范。不过，他又指出诗人创作古体诗不能刻意寻求与律诗相反，这样就会使音节失去天然之美。

另外，李锳也对古体诗平仄规律有所探讨。《诗法易简录·七言古诗·平韵法》选韩愈《谒衡岳庙遂宿岳寺题门楼》，并评曰：

> 七言长篇，对句俱用三平及平仄平脚，不参以变调，无逾此者。王渔洋所谓出句以二五为节，对句以三平为式，正指此种。今欲为初学示以晓然可循之矩，自当从此种入。俾先知门径，然后可以徐窥其变化之奥。
>
> 出句以二五为节，谓第二字宜平，第五字宜仄也。此诗出句第五字唯"喷云"句"藏"字、"我来"句"秋"字用平，余俱用仄。第二字唯"紫盖"句、"庙令"句、"窜逐"句用仄，余俱用平，观其合于正调之多，可知渔洋非臆说矣。对句以三平为式，谓第五六七字连三平也。下连三平，则第四字必仄，否则连四平五平，非三平矣。若第四字用平，则第六字变用仄，以调剂之，自无四平五平之弊。其第五字则必以平为正调，此诗对句，第五字通首皆用平声，规矩森严，初学所宜取法。②

李锳认为平韵七言古诗平仄规则是：出句第二字宜平声、第五字宜仄声，对句以三平脚和平仄平脚为基本规范，且第五字必以平声。同时，对句第四字如果

---

① 李锳：《诗法易简录》卷一，《续修四库全书》第1702册，第509页。
② 李锳：《诗法易简录》卷四，《续修四库全书》第1702册，第524页。

为平，则第六字应变为仄声。

李锳在评杜甫《忆昔》时又论及仄韵七古的平仄之法：

> 仄韵音节与平韵不同，平韵音节谐畅，对句落脚多用三平，乃能健劲。仄韵音节峭厉，若对句皆用三仄，便失和谐，故必须参以律句，或拗律句，或不必合律句，而第五字用平，以和其节，亦自然之势也。[①]

他指出仄韵七古对句不同于平韵七古，落脚须参以律句，"或拗律句，或不必合律句"，总之，除第五字多参以平声之外，落脚不必像平韵七古那样以三平调作为常式。

李锳认为古体诗的平仄规定应当服从于情感表现的前提，《诗法易简录》："大凡声调之高下，必附气以行，而平仄因之，以成节奏，故离平仄以言音节不得也，泥平仄以言音节亦不得也。字之平仄，显然可见，而鼓荡于字句之间，神之流溢于字句之外，不可得而遽见也。非熟读精思，心识其意，岂易得其要领？深造逢原，是所望于善学者。"[②]所谓"气"就是作者个性的表现，诗歌以情感表现为旨归，诗句音节取决于平仄但又不必拘泥于平仄规则。

总体来看，随着唐代近体诗格律的定型，众多诗人已经有意在古体创作时避免使用近体格律，那些在近体中属于拗体的声律反而被视为古体的常体，只是由于中晚唐诗人的成就主要在近体诗，古体诗从来没有上升到典范的地位，这就导致中晚唐诗人刻意回避近体格律的做法并没有成为后人尊奉的法则。李东阳、王士禛和赵执信等人对古体诗平仄的探讨有助于揭示古体近体两种体裁的声调规范，他们所提出的古体平仄法则部分符合中晚唐诗坛的主流创作实际。乾嘉诗家在前人的基础上，又进一步把古体诗分别汉魏和唐代以后两个传统，认为汉魏古诗不拘平仄，唐后古体诗有意追求与近体不同的规范。虽然乾嘉诗家对这些规范的理解并不完全相同，在创作实践中也没有完全尊奉这些规

---

① 李锳：《诗法易简录》卷五，《续修四库全书》第1702册，第530页。
② 李锳：《诗法易简录》卷四，《续修四库全书》第1702册，第523页。

范，但这些探讨比较明确地揭示了古体与近体两大传统的声律差异，理应受到充分的重视。

四、乾嘉诗家论古体诗转韵

近体诗用韵相当严格，无论律诗、绝句、排律，必须一韵到底，严禁"出韵"。唐宋人用韵是根据《切韵》或《唐韵》，元人把可以同用的韵归并为一百零六韵，即"平水韵"，这成为明清时期普遍所谓的"诗韵"。由于近体用韵规范既严格又明确，并无太大的讨论空间，故乾嘉诗家关于诗歌用韵的研究主要围绕古体诗而进行。

唐人对古诗用韵的探讨已经相当细致，《文镜秘府论·天·七种韵》曰："凡诗有连韵、叠韵、转韵、叠连韵、掷韵、重字韵、同音韵。"[1] "连韵"即"第五字与第十字同音"，因普通五言诗第一句不押韵，因此第一句押韵是连韵。"叠连韵"即"第四、第五与第九、第十字同韵"，即每两句句末两个字都押韵。"同音韵"即"同音而字别"。其余四种押韵方式遍照金刚仅举出诗句而未明确归纳，结合所举例句和卢盛江按语所言，"叠韵"即隔句句末押韵，"转韵"即中间换韵，"掷韵"是同一句中押韵，不涉及他句。"重字韵"很像叠韵，叠韵只是韵重叠，重字韵是完全同音的字重叠。[2] 总体来看，唐代古诗的押韵方式相当灵活多变。但在近体诗的影响下，古体诗押韵逐渐严格。王力《汉语诗律学·古体诗的用韵》指出唐人古体诗用韵有本韵、通韵和转韵三种情况：押本韵时，平韵古风"严格的时候可真严格，连险韵也不让它出韵"[3]，"仄韵古风如系用本韵，仍旧是以《唐韵》或《广韵》为标准"[4]；通韵又分偶然出韵、主从通韵和等立通韵三种情况，除偶然出韵外，

---

① 遍照金刚撰，卢盛江校考：《文镜秘府论汇校汇考·天·七种韵》，中华书局2006年版，第一册，第188页。

② 遍照金刚撰，卢盛江校考：《文镜秘府论汇校汇考·天·七种韵》，第一册，第190—198页。

③ 王力：《汉语诗律学》，上海教育出版社1962年版，第316页。

④ 王力：《汉语诗律学》，第322页。

其余两种皆有定规①；转韵可分为"随便换韵"和"在换韵的距离上和韵脚的声调上都有讲究"两种情况，并对第二种情况详加论证②。乾嘉诗家对古体诗用韵的探讨主要集中于转韵这种现象，一方面由于古体诗不管是押本韵还是通韵皆有常式，不难掌握，而转韵比较复杂。另一方面，转韵诗自唐代之后非常盛行，自然也成为众多诗家关注的焦点。

首先，乾嘉诗家认为七古长篇以转韵为贵，因为转韵能够造成感情跌宕起伏的效果。袁枚《随园诗话》云：

> 顾宁人言："《三百篇》无不转韵者。唐诗亦然。惟韩昌黎七古，始一韵到底。"余按《文心雕龙》云："贾谊、枚乘，四韵辄易；刘歆、桓谭，百韵不迁：亦各从其志也。"则不转韵诗，汉、魏已然矣。③

所论主要针对"不得转韵，转韵即无力"④习论而言。袁枚引顾炎武之语，认为从《诗经》到唐诗，诗歌一直可以转韵，只是韩愈创作七古却一韵到底。袁枚还引鲍之钟（字雅堂）之语曰："雅堂常言：'作七古诗，雅不喜一韵到底。'余深然其言。顾宁人云：'诗转韵方活，《三百篇》无不转韵。'"⑤认为七古长篇只有善于转韵，方能灵动。

赵翼也有类似看法，《瓯北诗话》评吴伟业道：

> 梅村古诗胜于律诗。而古诗擅长处，尤妙在转韵。一转韵，则通首筋脉，倍觉灵活。如《永和宫词》，方叙田妃薨逝，忽云："头白宫娥暗颦蹙，庸知朝露非为福，宫草明年战血腥，当时莫向西陵哭。"又如《王

---

①　王力：《汉语诗律学》，第334—350页。

②　王力：《汉语诗律学》，第350—362页。

③　袁枚著，顾学颉校点：《随园诗话》卷六，人民文学出版社1982年版，第168页。

④　遍照金刚撰，卢盛江校考：《文镜秘府论汇校汇考·南·论文意》，第三册，第1373页。

⑤　袁枚著，顾学颉校点：《随园诗话》卷九，第288—289页。

郎曲》，方叙其少时在徐氏园中作歌伶，忽云："十年芳草长洲绿，主人池馆空乔木，王郎三十长安城，老大伤心故园曲。"《雁门尚书行》，已叙其全家殉难，有幼子漏刃，其兄来秦携归，忽云："回首潼关废垒高，知公于此葬蓬蒿。"益觉回顾苍茫。此等处，关椾一转，别有往复回环之妙。其秘诀实从《长庆集》得来；而笔情深至，自能俯仰生姿，又天分也。①

赵翼对吴伟业《永和宫词》《王郎曲》《雁门尚书行》长篇歌行相当推崇，主要就是缘于这些作品善于通过转韵使情感的表达更加丰富细腻，富于变化。

其次，乾嘉诗家认为转韵要做到整体匀称和谐，但也不可刻意追求某种范式。沈德潜《说诗晬语》云：

> 转韵初无定式，或二语一转，或四语一转，或连转几韵，或一韵叠下几语。大约前则舒徐，后则一滚而出，欲急其节拍以为乱也。此亦天机自到，人工不能勉强。②

沈氏指出转韵本无定式，一般随着情感表达的需要而自然换韵。按杜甫七古已开始有意全诗押一韵，韩愈等人则把押一韵视为才气纵横的表现，刻意追求。叶燮等人对此颇多非议。沈德潜等乾嘉诗家出于诗歌表达性情的诗学立场，均反对刻意地一韵到底。乔亿《剑溪说诗》云："转韵无定句，或意转、气转、调转，而韵转亦随之。"③也持同样立场。

相对而言，李锳对古诗转韵的规范论述较为细密，《诗法易简录》评张衡《四愁诗》第四节道：

---

① 赵翼著，江守义、李成玉校注：《瓯北诗话校注》卷九，人民文学出版社2013年版，第368—369页。

② 沈德潜著，王宏林笺注：《说诗晬语笺注》卷上，人民文学出版社2013年版，第179页。

③ 乔亿：《剑溪说诗》卷下，《清诗话续编》上册，第1092页。

后四句换仄韵，又与前三首异，可见古人用韵无印板法也。此汉人古诗也，少陵七歌本此。①

又评苏轼《书丹元子所示李太白真》云：

前后两韵各七句，音节便动荡。句句用韵，平又换平，少陵集中已有之，不始东坡也。《天厨禁脔》谓其法不得双杀，盖前后两韵末各缀以单句，则音节摇曳，有以化其平板之气故也。与前诗参看，愈见音节变化不可以一格拘。②

按郎廷槐《师友诗传录》曾引张笃庆语曰：“初唐或用八句一换韵，或用四句一换韵，然四句换韵其正也。此自从《三百篇》来，亦非始于唐人。若一韵到底，则盛唐以后骎骎多矣。四句换韵，更以四平、四仄相间为正。平韵换平，仄韵换仄，必不叶也。”③认为转韵以四句换韵为正格，且四平四仄相间。李锳通过《四愁诗》和《书丹元子所示李太白真》转韵规则的归纳，认为转韵并无定格。

第三，乾嘉诗家还对转韵是否杂入律句进行了深入探讨。沈德潜《说诗晬语》云：

歌行转韵者，可以杂入律句，借转韵以运动之，纯绵裹针，软中自有力也。一韵到底者，必须铿金锵石，一片宫商，稍混律句，便成弱调也。不转韵者，李杜十之一二（李如《粉图山水歌》，杜如《哀王孙》、《瘦马行》类），韩昌黎十之八九，后欧、苏诸公，皆以韩为宗。④

251

---

① 李锳：《诗法易简录》卷六，《续修四库全书》第1702册，第533页。

② 李锳：《诗法易简录》卷六，《续修四库全书》第1702册，第538—539页。

③ 郎廷槐：《师友诗传录》，《清诗话》上册，上海古籍出版社1978年版，第136页。

④ 沈德潜著，王宏林笺注：《说诗晬语笺注》卷上，人民文学出版社2013年版，第194页。

沈氏认为，古诗如果一韵到底则不可杂入律句，如果转韵，则可以杂入律句。李白、杜甫作品不一韵到底的作品较多，因为他们才气纵横，即使一韵到底，也能使作品显得波澜变化。但对一般人而言，须靠转韵使诗意跌宕起伏。因为律句能够有效地调节情感，使文风舒缓，这样就能使全诗血脉动荡又浑然一体，方为妙文。

李锳也有类似论断，《诗法易简录》评岑参《卫节度赤骠马歌》云：

> 此四句一换韵法。其换韵处必参以律调，乃有抑扬抗坠之妙。其参入律调处，或在未换之前，或在方换之始，须相其前后节拍定之，但不可如齐梁体纯用律调，至连四句连八句耳。初学换韵当以平仄相间为式，若得心应手之后，妙合自然，平又换平，仄又换仄，顿挫激昂，不以板格拘矣。[1]

评杜甫《乐游园歌》云：

> 此前后二韵格。通篇多用律句，将换韵处"拂水"二句纯用律调，下换平韵，即紧以律调接之，而音节却妙，不流入齐梁格之卑靡者。在"人醉时"，"人"字用平，"那抛得"，"那"字用仄，于律调之中参以古节，便觉柔婉中自藏风骨。下接"圣朝"句，"朝"字用平以提其气，而又接以"皇天慈"三平古调，益觉谐畅健劲，而非齐梁格之可同矣。[2]

评杜甫《韦讽录事宅观曹将军画马图歌》云：

> 大凡换韵处入律，则下用古调以振起之。换韵处不入律，则下用律句

---

① 李锳：《诗法易简录》卷六，《续修四库全书》第1702册，第535页。

② 李锳：《诗法易简录》卷六，《续修四库全书》第1702册，第536页。

以和婉之。此诗末四句二四六皆合律粘，而音节不失之弱者，以"朝"字"江"字皆用平声，参以古调，复用"君不见"长句参错其间。末二句虽纯用律调，转觉谐畅矣。又须识其气之雄劲，排宕处自与律诗音节不同，其消息甚微，非熟读精思不能悟也。①

李锳指出，换韵有四句一换、前后二韵等不同格式，对初学者而言，以平仄相间为基本规范，但不可拘泥于这些常式。另外，古诗中参入律句是造成情感风格丰富变化的重要手段，因为仄韵容易造成"顿挫激昂"的效果，平韵则是"柔婉""谐畅"。因此，恰当地换韵就能使整诗显得谐畅健劲。

总体来看，乾嘉诗家通过前人创作实践的归纳，不再机械地把用韵视为形式要素，而是联系情感表达详细探讨了转韵的使用及其效果。从这些论述来看，乾嘉诗学对古体、近体两大体裁的艺术传统有了更加深刻的认识，这正是传统诗学在乾嘉时期更趋成熟的具体表现。

第二节　试律取士与诗歌表现技巧

试律取士始于唐代，一般考试多用五言，召试与应制有时用七言。与唐代相比，清代对试律诗的格式限制得更加严格，诗题、用韵、句数、用字皆有定例，只有合乎这些定例，士子们才有可能中式并步入仕途。试律诗与抒情言志的传统诗歌迥然不同，商衍鎏《清代科举考试述录》云："试律虽原于近体，但近体与试律实不相同。古近体义在于我，试帖义在于题；古近体不可无我，试帖诗不可无题，此其所以异者。"②作为入仕的敲门砖，试律诗必须满足许多基本条件，如商衍鎏所言："是以作试律者，须先辨体，次审题，次命意，次布格，次琢句，次炼气，次炼神。李守斋桢分类诗腋分为八法，一押韵，二

---

① 李锳：《诗法易简录》卷六，《续修四库全书》第1702册，第539-540页。

② 商衍鎏著，商志覃校注：《清代科举考试述录及有关著作》，百花文艺出版社2004年版，第261页。

诠题，三裁对，四琢句，五字法，六诗品，七起结，八炼格。"①可见，试律诗对基本规范和表现技巧的要求更加精细，由此导致乾嘉时期对诗法的探讨更加深入。

一、赋法

对赋法的重视是乾嘉诗法理论与前代不同的重要表现。传统诗论家在提及诗歌表现手法时，虽然强调赋比兴应当互相补充，不可或缺，但多把比兴视为诗歌特有的艺术表现手法。李东阳《怀麓堂诗话》云："诗有三义，赋止居一，而比兴居其二。所谓比与兴者，皆托物寓情而为之者也。盖正言直述，则易于穷尽，而难于感发。惟有所寓托，形容摹写，反复讽咏，以俟人之自得，言有尽而意无穷，则神爽飞动，手舞足蹈而不自觉。此诗之所以贵情思而轻事实也。"②指出赋是情感的直接抒发，长处在于叙事，却不利于营造含蓄不尽的审美效果；比兴是托物寓情，有利于抒情，并易于营造言有尽而意无穷的效果。因此，比兴在诗歌创作中具有特殊的功用，这是钟嵘以来传统诗论家对赋比兴关系的基本定位。但在试律诗中，这条规则被打破了。试律诗既不重视情感的抒情，又不讲究含蓄不尽的审美效果，比兴的优势对试律诗而言无关紧要。更重要的是，由于试律诗以合题为第一要义，题目之字必须在首联或次联点出，点出方式正是直赋题事，如此一来，在试律诗中，赋的手法反而更加常用一些，故张潜《诗法醒言》于咏物、赋得、试帖体后引沈兴之语曰："诗体繁多，不必具论，唯咏物及试帖三体俱要从赋而入。即使傍衬，亦必由比而入。若局外闲语，此体多用不着。"③如叶葆《应试诗法浅说》所收毕程《山呼万岁》，诗云：

紫盖蟠云汉，黄旗映碧岚。崇班群岳冠（去声），欢意万灵含。音似

---

① 商衍鎏著，商志醰校注：《清代科举考试述录及有关著作》，第263页。

② 李东阳著，李庆立校释：《怀麓堂诗话校释》，人民文学出版社2009年版，第80页。

③ 张潜：《诗法醒言》卷八，《四库未收书辑刊》第6辑第30册，第763页。

卷（音拳）阿矢，筹从海屋探。辰居星拱北，午位极当南。宝瑞疑森五，金鞭宛听（去声）三。精诚空际出，嘘吸静中涵。苕管谐鸾吹（去声），瑞笙应鹤骖。豫游隆上轨，父老洛滨谈。

叶氏分析道：

> 先从武帝登封中岳说起，是原题法。次联暗透山灵欢呼之意，是浑承法。五六用矢音醒呼字，用海筹醒万岁字，是借点法。七八作比喻，是证佐法。九十旁托呼字借点三字，是衬托法。十一十二乃透写所以山呼之故，是实疏题义法。十三十四又为呼字作旁衬，是点缀法。末就父老传闻称颂宸游作结，是颂扬法。①

叶氏指出此诗首联是"起"，末联是"结"，中间6联分别起到承接、点明、佐证、衬托等不同作用，大致接近八股文常见的起、承、转、合结构模式。就写法而言，叶氏归纳出"原题法""浑承法""借点法""证佐法""衬托法""实疏题义法""点缀法"和"颂扬法"，其中一些正是八股文常用的表现技巧。可见，试律诗与时文在结构和写法方面颇多共通之处，乾嘉诗家论试律诗时常言"诗与文同"，恐怕正与此有关。

与试律诗对赋法的重视相关，乾隆诗家在其他诗体的写作中也对赋法更加重视。吴雷发《说诗菅蒯》云：

> 尝见论人诗者，谓赋体多而兴比少。此世俗之责人无已也。诗岂以兴比为高而赋为下乎？如诗果佳，何论兴比赋；设令不佳，而谬学兴比，徒增丑态耳。况诗在触景生情，何必先横兴比赋三字于胸。今必以备体为工，无乃陋甚。②

---

① 叶葆：《应试诗法浅说》卷六，清乾隆五十四年（1789）悔读斋刻本，河南大学图书馆藏。

② 吴雷发：《说诗菅蒯》，《清诗话》下册，上海古籍出版社1978年版，第897页。

吴氏认为作为表现手法，赋、比、兴本身无所谓优劣，也不能依据三者的使用情况来判定诗歌的优劣。显然，赋法对于诗歌写作同样重要，比、兴也不再是诗歌特有的表现手法。

随着诗坛对赋法的重视，司空图、严羽、王士禛等诗论家所代表的传统审美理想开始发生明显变化。众所周知，艺术手法与审美效果有直接关系，如钟嵘《诗品序》所言："文已尽而意有余，兴也；因物喻志，比也；直书其事，寓言写物，赋也。"①比兴手法最易于营造"言有尽而意无穷"的效果，而这种效果正是传统诗学中司空图"四外"说、严羽兴趣说和王士禛神韵说的核心内容。伴随着重视赋法的变化，一些不以蕴蓄见长的作品逐渐上升为经典。如沈德潜于乾隆二十八年（1763）重订《唐诗别裁集》，其中白居易由初刻本所选4首增加到61首，名次进入前五，推为唐诗大家。沈德潜评白居易《买花》曰："乐天《和答微之诗序》云：'每下笔时，辄相顾共患其意太切而理太周。盖理太周则词繁，意太切则言激。与足下为文，所长在此，所病亦在此。'玩此数言，白傅已自定其诗，杜牧之讥之，直是隔壁语耳。"②已经不再把意切、理周、词繁完全视为缺陷。袁枚强调好诗必须真实，也不再把含蓄蕴藉视为唯一条件。《随园诗话》云："或有句云：'唤船船不应，水应两三声。'人称为天籁。吾乡有贩鬻者，不甚识字，而强学词曲，《哭母》云：'叫一声，哭一声，儿的声音娘惯听；如何娘不应？'语虽俚，闻者动色。"③对这类直抒胸臆又平铺直叙之作加以推崇。翁方纲也把正面直写视为诗歌的更高境界，《石洲诗话》云："元相作《杜公墓系》有铺陈、排比、藩翰、堂奥之说，盖以铺陈终始，排比声韵之中，有藩篱焉，有堂奥焉。……诗家之难，转不难于妙悟，而实难于铺陈终始，排比声律，此非有兼人之力，万夫之勇者，弗能当也。"④他甚至还从这个角度来肯定李白等盛唐大家，《石

---

① 钟嵘著，曹旭笺注：《诗品笺注》，人民文学出版社2009年版，第25页。
② 沈德潜：《唐诗别裁集》卷三，上海古籍出版社1979年版，第112页。
③ 袁枚著，顾学颉校点：《随园诗话》卷八，人民文学出版社1982年版，第276页。
④ 翁方纲著，陈迩冬校点：《石洲诗话》卷一，人民文学出版社1981年版，第39页。

洲诗话》云："即如白之《和梦游春》五言长篇，以及《游悟真寺》等作，皆尺土寸木，经营缔构而为之，初不学开、宝诸公之妙悟也。"[1]邬国平曾对清代康熙、雍正、乾隆三朝诗风转移的趋势做出一个精彩的判断："一言以蔽之：走出神韵论。"[2]这是基于格调、性灵、肌理各家诗说而言。在诗歌表现手法领域也是如此，众多乾隆诗人不再把神韵说最推崇的"兴象超诣"作为唯一审美标准，以正面实写、铺陈终始为特点的"赋法"受到重视，以这种手法为主的叙事纪实诗自然也可以成为典范。

二、咏物

咏物诗是以客体事物作为表现主体内容的诗歌。[3]原始歌谣和《诗经》中已有咏物的内容，但成为时代风尚则在太康以后，尤其是齐梁宫体诗，大量描写女性的服饰、器物、姿态，迥异于言志抒情的诗歌传统。唐代有意且大规模创作咏物诗的有李峤，纯粹的咏物之作达120首。此外，杜甫、白居易、李商隐、陆龟蒙、皮日休也有很多咏物诗篇。宋代阮阅编《诗话总龟》，专列"咏物"一门。元代谢宗可和明代瞿佑分别有《咏物诗集》。尽管咏物诗创作相当兴盛，但由于拘于"诗言志"的传统，咏物诗长期不被主流诗学所重视。张戒《岁寒堂诗话》云："建安、陶、阮以前诗，专以言志；潘、陆以后诗，专以咏物，兼而有之者，李、杜也。言志乃诗人之本意，咏物特诗人之余事。古诗、苏、李、曹、陶、阮本不期于咏物，而咏物之工，卓然天成，不可复及。其情真，其味长，其气胜，视《三百篇》几于无愧，凡以得诗人之本意也。潘、陆以后，专意咏物，雕镌刻镂之工日增，而诗人之本旨扫地尽矣。"[4]直至清代，咏物诗的创作和理论探讨方出现了转机，不但出现了《佩文斋咏物

---

① 翁方纲著，陈迩冬校点：《石洲诗话》卷一，第39页。

② 邬国平：《赵执信〈谈龙录〉与康雍乾诗风转移》，《徐州师范大学学报》2012年第1期。

③ 关于咏物诗的定义学界争议较大，详情可参见刘利侠《清初咏物诗研究》第四章第二节"《佩文斋咏物诗选》编者的咏物诗学观"，陕西师范大学2011年博士学位论文。

④ 张戒：《岁寒堂诗话》卷上，《历代诗话续编》上册，第450页。

诗选》和《咏物诗选》两部大型咏物诗总集，而且在清初和乾嘉时期分别出现了两次创作高潮。清初，屈大均创作咏物诗460多首，王夫之咏梅诗110多首，钱谦益咏物诗计300多首。[1]时至乾嘉，咏物也是诗歌的常见题材，法式善有《咏物诗一百二十首》《续咏物诗一百二十首》组诗。不过，清代两次咏物诗创作高潮的原因却不相同，清初是迫于文字高压政策，众多诗人只好以咏物的方式来寄托家国之悲，乾嘉时期则与试律取士制度有直接关系。

试律诗由皇帝钦命，咏物是最常见考试内容。从乾隆二十二年（1757）至光绪二十四年（1898）共举行67次会试，据杨春俏、吉新宏统计，这67次会试的试律诗的内容涉及君王共21次（包括君之道5次、君之事9次、颂圣明7次）、选贤任人共9次、道德修养和时事各5次、时令时景共25次、其他2次。[2]不难发现，时令时景是试律诗的主要题材，叶葆《应试诗法浅说》把试律诗分为典制和景物两大类恐怕也正是基于这个原因。对有志于通过科举入仕的士子来说，拥有熟练而高超的咏物诗写作能力尤为重要。正是在这种背景下，从创作实践到理论研究，乾嘉诗论家对咏物诗有了全新的认识和探求。

就写作技巧而言，优秀的咏物诗须具备两个要素：切而不着，即物达情。咏物诗以表现事物为主旨，传神地写出事物的本质特点是成败的基础。王士禛云："咏物之作，须如禅家所谓不粘不脱，不即不离，乃为上乘。"[3]"不粘"即不能仅限于外形细节的刻画，"不脱"即不能背离事物的本质特点，优秀的咏物诗对事物的反映是形神兼备的。不过，咏物诗如果仅限于状物，尚不能跻身于一流作品，即物达情才是咏物的最高境界。王夫之《姜斋诗话》云：

> 咏物诗，齐、梁始多有之。其标格高下，犹画之有匠作，有士气。征故实，写色泽，广比譬，虽极镂绘之工，皆匠气也。又其卑者，饾凑成

---

① 以上数据引自刘利侠：《清初咏物诗研究》，陕西师范大学2011年博士论文。

② 杨春俏、吉新宏：《清代会试试帖诗题目出处及内容类型分析》，《晋阳学刊》2007年第2期。

③ 王士禛著，张宗柟纂集：《带经堂诗话》卷十二，人民文学出版社1963年版，第305页。

篇，谜也，非诗也。李峤称大手笔，咏物尤其属意之作，裁剪整齐而生意索然，亦匠笔耳。至盛唐以后，始有即物达情之作，"自是寝园春荐后，非关御苑鸟衔残"，贴切樱桃，而句皆有意，所谓正在阿堵中也。"黄莺弄不足，含入未央宫"，断不可移咏梅、桃、李、杏，而超然玄远，如九转还丹，仙胎自孕矣。

王夫之批评齐、梁咏物诗有"匠气"，因为它们只是注重外形的雕镂。优秀咏物作品应该是"即物达情"，借物的描写来寄托个人情感，所谓"烟云泉石，花鸟苔林，金铺锦帐，寓意则灵"。方贞观《辍锻录》云："咏物题极难，初唐如李巨山多至数百首，但有赋体，绝无比兴，痴肥重浊，止增厌恶。"[1]薛雪《一瓢诗话》云："咏史以不著议论为工，咏物以托物寄兴为上；一经刻画，遂落蹊径。"[2]都强调比兴寄托才是咏物诗意义之所在。这种观念显然是根植于《诗经》以来的比兴传统，强调诗歌的抒情功能和政教意义。

不过，传统诗学对咏物诗的这两点要求并不适合试律诗。就"即物达情"而言，试律以颂圣为主旨，尤忌讽谏，比兴寄托并不适合这种场合。就"切而不著"而言，试律诗许多题目出自前人诗句，士子在洞悉出处的前提下，围绕主旨而展开。因此，切题是试律诗的基本要求。如纪昀《庚辰集》录钱大昕《野含时雨润》，诗云：

> 甘泽依旬降，东皋生意多。如酥笼翠柳，积润长青莎。薄雾漾漾澹，油云渗渗过。浓添螺髻绿，肥涨曲尘波。湿压烟千缕，斜披雨一蓑。太平天泽早，节候近清和。

纪昀评道：

---

① 方贞观：《辍锻录》，《清诗话续编》下册，上海古籍出版社1983年版，第1939页。

② 薛雪：《一瓢诗话》，叶燮、薛雪、沈德潜著，霍松林、杜维沫校注：《原诗 一瓢诗话 说诗晬语》，人民文学出版社1979年版，第136页。

第一句便切时雨二字，二句便紧切野字含字润字，一切喜雨肤词无从阑入矣。三四句先描润字。五六句七八句妙写含字，而五六是天上之景，是远景，是乍时之景；七八句是地下之景，是近景，是既晴之景，层次亦最分明。①

此题出自宋之问《夏日仙萼亭应制》："野含时雨润，山杂夏云多。"描写了初夏时雨到来时的勃勃生机。从评语来看，此诗优点在于点缀清楚，刻画工巧，非常切合题目。纪昀又评郑虎文《清露点荷珠》云："细意刻画，妙造自然，凡摹形写照之题，固以工巧为尚，然巧而纤，巧而不稳，巧而有雕琢之痕，皆非其至者也，当以此种为中声。"②明确指出这类作品以"工巧为尚"，但不可流于纤细或刻意雕琢。赵翼也有类似主张，《论诗》云："吾试为转语，案翻老斫轮。作诗必此诗，乃是真诗人。"③可以看出，"切"乃是试律诗的关键。张潜《诗法醒言》云：

苏子瞻云：发纤秾于简古，寄至味于淡薄，以奇趣为宗，反常合道为趣。又云：作诗定此诗，必非作诗人。夏卤均即其言而反之曰，作诗定此诗，始是作诗人。李客山曰：子瞻之说太放，令人泛滥无所归。卤均之说太拘，令人寸步不可移。大抵作即事诗虽不必着迹，亦要有点题处。作咏物诗，虽句句切题，亦要有用松处。此确论也。④

苏轼"作诗定此诗，必非作诗人"向来被视为真谛，夏卤均则认为"作诗定此诗，始是作诗人"。李果中和两家之论，强调切题的重要性，这是对苏轼以来

① 纪昀著，孙致中、吴恩扬、王沛霖、韩嘉祥校点：《纪晓岚文集》第三册《庚辰集（五）》，河北教育出版社1991年版，第212页。

② 纪昀著，孙致中、吴恩扬、王沛霖、韩嘉祥校点：《纪晓岚文集》第三册《庚辰集（四）》，第194页。

③ 赵翼撰，曹光甫校点：《赵翼全集》第六册《瓯北集》卷四十六，凤凰出版社2009年版，第938—939页。

④ 张潜：《诗法醒言》卷一，《四库未收书辑刊》第6辑第30册，第662页。

咏物诗论的巨大修正。叶葆《应试诗法浅说》也认为："如草木禽鸟咏物等题是也，法只肖形赋物足矣。"[①]可见，试律诗只是强调"切物"。受试帖诗的影响，也有诗论家认为一般咏物诗也不必讲究比兴寄托。吴雷发《说诗菅蒯》云：

> 咏物诗要不即不离，工细中具缥缈之致。若今人所谓必不可不寓意者，无论其为老生常谈，试问古人以咏物见称者，如郑鹧鸪、谢蝴蝶、高梅花、袁白燕诸人，彼其诗中寓意何处，君辈能一一言之否？夫诗岂不贵寓意乎？但以为偶然寄托则可，如必以此意强入诗中，诗岂肯为俗子所驱遣哉？总之：诗须论其工拙，若寓意与否，不必屑屑计较也。[②]

只是把工拙视为评价诗歌的唯一标准，不再刻意强调比兴寄托，这无疑是对《诗经》所代表的传统诗学理想的巨大修正。

总体来看，在试律取士背景下，诗歌以合题为第一要义，情感退居次要地位。此时，物已不再是借物抒情的媒介，而具有了独立的艺术价值，技巧的工拙相应成为评价作品艺术高下的重要依据，咏物诗借物抒情的传统至此得以根本修正。

三、用典

在诗文写作中，作者通过引用古代典籍的语句、故事来抒情或说理，就是用典，又称用事，即《文心雕龙·事类》所言"据事以类义，援古以证今"[③]。受"诗言志"传统观念的影响，众多诗论家对诗歌用典并不提倡。如钟嵘《诗品序》云："至乎吟咏情性，亦何贵于用事？"[④]皎然《诗式·诗有

---

① 叶葆《应试诗法浅说》卷一"审题法浅说"，清乾隆五十四年（1789）悔读斋刻本，河南大学图书馆藏。

② 吴雷发：《说诗菅蒯》，《清诗话》下册，上海古籍出版社1978年版，第901页。

③ 刘勰著，范文澜注：《文心雕龙注》卷八，人民文学出版社1958年版，第614页。

④ 钟嵘著，曹旭笺注：《诗品笺注》，人民文学出版社2009年版，第98页。

五格》云："不用事为第一。"①严羽《沧浪诗话·诗法》云："不必太着题，不必多用事。"②直至明清仍有类似论断，谢榛《四溟诗话》云："用事多则流于议论。"③徐增《而庵诗话》云："诗言志。古人善诗者，皆不喜以故事填塞；若填塞则词重而体不灵、气不逸，必俗物也。"④随着试律取士制度的实行，类似论调几乎绝迹，因为试律诗首重典故。如史贻直《乾坤为天地》：

> 太极中含蕴，萌芽肇窈冥。一奇还一耦，成象更成形。动静根相互，阴阳户自扃。德原昭健顺，撰已体清宁。阖辟从此始，周流未始停。潜龙占地位，牝马合天经。六子绵生化，三才聚秀灵。珍符归阐握，圣道契千龄。⑤

此诗首句用《易·系辞传》"是故易有太极，是生两仪"，二句用扬雄《剧秦美新》"权舆天地未袪，睢睢盱盱，或玄而萌，或黄而芽"，三句用《易·系辞传》"阳卦奇，阴卦耦"，四句用《易·系辞传》"在天成象，在地成形，变化见矣"，五句用《周子太极图说》"太极，动而生阳，动极而静；静而生阴，静极复动。一动一静，互为其根；分阴分阳，两仪立焉"，六句用元稹《书异》"吾闻阴阳户，启闭各有扃"，七句用《易·说卦传》"乾，健也；坤，顺也"，八句用《老子》"昔之得一者，天得一以清，地得一以宁"，九、十句分别用《易·系辞传》"阖户谓之坤，辟户谓之乾""变动不居，周流六虚"，十一、十二句分别用《易·乾卦》"初九，潜龙勿用"、《坤卦》"坤地亨利，牝马之贞"和陆肱《乾坤为天地赋》"乾为奇矣，以三而契彼天

---

① 皎然著，李壮鹰校注：《诗式校注》卷一，人民文学出版社2003年版，第30页。

② 严羽著，张健校笺：《沧浪诗话校笺》下册，上海古籍出版社2012年版，第423页。

③ 谢榛：《四溟诗话》卷一，《历代诗话续编》下册，第1139页。

④ 徐增：《而庵诗话》，《清诗话》上册，上海古籍出版社1978年版，第429页。

⑤ 纪昀著，孙致中、吴恩扬、王沛霖、韩嘉祥校点：《纪晓岚文集》第三册《庚辰集》（一），河北教育出版社1991年版，第65页。

经；坤盖偶焉，以六而昭乎地位"，十三句用《易·说卦传》关于父母、六子之论，十四句用《易·系辞传》"《易》之为书也，广大悉备，有天道焉，有人道焉，有地道焉，兼三才而两之，故六六者非他也，三才之道也"，十五句用班固《东都赋》"于是圣皇乃握乾符，阐坤珍"，十六句用《晋书·礼志》"方今天地更始，万物权舆，荡近世之流弊，创千龄之英范"，可谓句句用典，无一字无来历，这正是试律诗的典型特征。与试律诗重典风气相应，乾嘉诗人关于用典较前代有三点明显的变化：

首先，乾嘉诗人认为用典具有特殊的表达效果，对诗歌而言具有不可或缺的作用，很少人再像钟嵘、皎然那样完全排斥用典。赵翼《瓯北诗话》云：

> 诗写性情，原不专恃数典；然古事已成典故，则一典已自有一意，作诗者借彼之意，写我之情，自然倍觉深厚，此后代诗人不得不用书卷也。吴梅村好用书卷，而引用不当，往往意为词累。初白好议论，而专用白描，则宜短节促调，以道紧见工；乃古诗动千百言，而无典故驱驾，便似单薄。故梅村诗嫌其使典过繁，翻致腻滞；一遇白描处，即爽心豁目，情余于文。初白诗又嫌其白描太多，稍觉寒俭；一遇使典处，即清切深稳，词意兼工。此两家诗之不同也。如初白与朱竹垞各咏甘泉汉瓦，两诗相较：竹垞诗光怪陆离，令人不敢逼视；初白诗平易近人，便难争胜。至与竹垞《水碓联句》、《观造竹纸联句》，各搜典故，运用刻划，工力悉敌，莫可轩轾。有书无书之异，了然可见矣。[①]

赵翼认为典故本身包含着特定的内涵，用典可以增加诗歌的意蕴。他还指出查慎行诗歌的缺点在于白描太多，过于平易，故无法与朱彝尊争胜。类似主张也见于乔亿，《剑溪说诗》云：

263

---

① 赵翼著，江守义、李成玉校注：《瓯北诗话校注》卷十，人民文学出版社2013年版，第456—457页。

少陵曰："作诗用事，要如释语'水中著盐，饮水乃知盐味。'"东坡曰："用事当以故为新，以俗为雅，好奇务新，乃诗之病。"荆公曰："用汉人语，止可以汉人语对，若参以异代语，便不相类。"愚谓少陵语尤精到，坡语亦佳，荆舒则太拘忌矣。他诗不具论，李、杜二集可睹也。

古人用事即是用意，加以真气行之，健笔举之，故征引虽繁，不为事累。

《诗品》曰："吟咏情性，亦何贵于用事。"愚谓情性有难以直抒者，非假事陈词则不可，顾所用何如耳！①

乔亿先历数前代各家关于用典的主张，对钟嵘完全否定用典和王安石严格按照时代用典两种极端主张均予以否定。他认为用典有助于情感的表达，既要做到水中着盐，不露痕迹，又要立足于真实情感的表达。

其次，在用典的最高境界上，前代诗家以不露痕迹为高，乾嘉诗家则崇尚不用生典。传统论及用典，非常重视自然贴切，水中着盐堪称共识。如《文心雕龙·事类》云："凡用旧合机，不啻自其口出。"②《西清诗话》论述得更加详细："杜少陵云：作诗用事，要如禅家语'水中作盐，饮水乃知盐味'。此说，诗家秘密藏也。如'五更鼓角声悲壮，三峡星河影动摇'，人徒见凌轹造化之工，不知乃用事也。《祢衡传》：'挝渔阳掺，声悲壮。'《汉武故事》：'星辰动摇，东方朔谓民劳之应。'则善用事者，如系风捕影，岂有迹耶！"③

但是，不露痕迹的用典要求并不完全适合试律诗，因为试律诗以展示才华为目的，而用典恰恰能够显示作者的学养。因此，在试律取士制度下，士子们并不避讳诗歌显示出用典，而是讲究用典是否贴切、内容是否雅正，尤其重视使用四部常见之典。受此影响，乾嘉诗人主张不用生典。袁枚《随园诗话》云：

① 乔亿：《剑溪说诗》卷下，《清诗话续编》上册，上海古籍出版社1983年版，第1099页。

② 刘勰著，范文澜注：《文心雕龙注》卷八，人民文学出版社1958年版，第616页。

③ 魏庆之著，王仲闻点校：《诗人玉屑》卷七，中华书局2007年版，第204页。

唐人近体诗，不用生典：称公卿，不过皋、夔、萧、曹；称隐士，不过梅福、君平；叙风景，不过"夕阳"、"芳草"，用字面，不过"月露风云"，一经调度，便日月（斩）［崭］新。犹之易牙治味，不过鸡猪鱼肉；华佗用药，不过青粘漆叶：其胜人处，不求之海外异国也。余《过马嵬吊杨妃》诗曰："金乌锦袍何处去，只留罗袜与人看。"用《新唐书·李石传》中语，非僻书也，而读者人人问出处。余厌而删之，故此诗不存集中。①

李调元《雨村诗话》云：

诗不可用僻事，亦如医家不可用僻药。善医者不得已而用药，必择其品之善、用之良，如参苓、耆术可以久服而无害者，必无不验；善诗者不得已而用事，必择其典之雅、词之丽，如经史、诸子可以共知而无晦者，必无不精。②

他们均反对以生典、僻事入诗，很明显，这些生典僻事会造成语义理解的障碍，进而影响读者对作品情感的把握。钱泳曾嘲笑说："有某孝廉作诗善用僻典，尤通释氏之书，故所作甚多，无一篇晓畅者。一日，示余二诗，余口噤不能读，遂谓人曰：'记得少时诵李、杜诗，似乎首首明白。'闻者大笑。"③乾嘉诗人常常用"生客"来比喻生典，薛雪《一瓢诗话》云："有意逞博，翻书抽帙，活剥生吞，搜新炫奇。犹夫生客满座，高贵接席，为主人者，虚躬浃洽，有何受用处？"④袁枚《续诗品·选材》云："用一僻典，如请生客。"⑤

265

---

① 袁枚著，顾学颉校点：《随园诗话》卷六，人民文学出版社1982年版，第186页。

② 李调元：《雨村诗话（十六卷本）》卷一，李调元著，詹杭伦、沈时蓉校正：《雨村诗话校正》，巴蜀书社2006年版，第40页。

③ 钱泳：《履园丛话》卷八，《续修四库全书》第1139册，第119页。

④ 薛雪：《一瓢诗话》，叶燮、薛雪、沈德潜著，霍松林、杜维沫校注：《原诗　一瓢诗话　说诗晬语》，人民文学出版社1979年版，第111页。

⑤ 刘衍文、刘永翔合注：《袁枚续诗品详注》，上海书店出版社1993年版，第30页。

另外，对用典的具体技巧，乾嘉诗家相对于前人论述得更加细密。元代杨载《诗法家数》曾总结出用典的基本原则："陈古讽今，因彼证此，不可著迹，只使影子可也。虽死事亦当活用。"①主张典故的使用要联系个人思想情感的表达，不能拘泥于典故的本义，"死事活用"被视为典故使用的基本原则。乾嘉诗家对这一原则的阐发更加具体。张潜《诗法醒言》"用事"云：

> 先辈云：熟事要生用，生事要熟用，始可与用事。何谓熟事？六经、《史》《汉》所常见之文也。诗人用之如蓄绣储缯，裁剪由我，此之谓熟事生用。何谓生事？凡时行之事、新制之物、异征之景，皆旧日所无，此生事也。若谓此事此物不见于经传，诗人用之则目为杜撰，试问经传未有之前其事其物，生于何代？始自何人？盖天下之物生于有，有生于无，道之所在也。诗家用之，譬如生铜矿铁收入洪炉，铸成鼎鼐，遂为一代奇观，此之谓生事熟用也。世人亦必服其出于自然，又谁能窥其衅隙、目为杜撰耶？②

张潜主张用典要灵活善变，"熟事生用"是作者对常见之文要根据表达的需要加以剪裁，"生事熟用"是作者要善于表现新事物，使自己的作品能够成为别人可以汲取的典故。

此外，也有诗人联系创作实际对"死事活用"进行了具体说明，如施补华《岘佣说诗》云："死典活用，古人所贵。少陵《禹庙》诗：'空庭垂橘柚，古屋画龙蛇。'橘柚、龙蛇用禹事，如此点化成即景语，甚妙。"③称赞杜诗用典的灵活。

总体而言，基于应试的需要，试律诗对诗法要求更加严密。在这种背景下，乾嘉诗人对赋法、咏物、用典众多诗法进行了更加精细的探讨，诸多论述不免有些琐碎，却是古典诗学创作理论成熟的具体表现。

---

① 杨载：《诗法家数》，《历代诗话》下册，第728页。

② 张潜：《诗法醒言》卷二，《四库未收书辑刊》第6辑第30册，第678—679页。

③ 施补华：《岘佣说诗》，《清诗话》下册，上海古籍出版社1978年版，第975页。

第三节 特殊题材的写作

按题材选诗由来已久，如方回《瀛奎律髓》列登览、朝省等49类，张之象《唐诗类苑》把唐诗分为天、地等36部，部下又分若干小类。这种做法源于《文选》，它把同类作品集中列举，主要目的是便于初学者揣摩学习。与以题材选诗的悠久传统相比，从题材的角度系统论述诗歌创作的理论专著并不常见。宋代严羽《沧浪诗话》有"诗法"专篇，但未涉及题材。元代杨载《诗法家数》仅论荣遇、讽谏、登临、征行、赠别、咏物、赞美、赓和、哭挽9种题材，范围相当有限，论述也较肤浅。明清两代按照体裁系统评论历代诗歌的诗话相当常见，却没有一部专论题材的诗话作品。大概是诗歌题材具有鲜明的时代特色，不像体裁那样相对固定，诗论家很难总结出某种题材的写作范式，只能以选诗的方式提供创作的实例。相对而言，沈德潜、袁枚、李调元等乾嘉诗家出于指导初学的目的，对咏史、怀古、咏梅、咏雪等题材相对比较关注。本节即以此四种题材为例，立足于诗选和诗话，从题材角度探讨乾嘉诗学对前代诗法理论的发展和新变。

一、咏史

咏史诗是歌咏历史人物、历史事件的诗歌。[①]班固《咏史》是现存最早的咏史诗，之后曹植、王粲、左思等众多诗人也有这类作品。《文选》专列"咏史"类，收录王粲、左思等9人的21首作品，既有以"咏史"为题，也有以"览古"为题，吕向解释"咏史"说："谓览史书，咏其行事得失，或自寄情焉。"[②]从这个定义来看，咏史诗是作者阅读史书的感受，表现方式有两种：一是"咏其行事得失"，侧重于客观叙述史实。如班固《咏史》，详细记录了缇萦救父之事；二是"自寄情"，借史讽今，侧重于主观情感的抒发。如左

---

① 目前学界对"咏史诗"概念的认识并不一致，李翰《汉魏盛唐咏史诗研究》第一章对此有详细辨析（广西师范大学出版社2006年版，第1—17页）。

② 萧统编，李善、吕延济、刘良、张铣、吕向、李周翰注：《六臣注文选》卷二十一，中华书局2012年版，第386页。

思《咏史》，主要是抒发个人在门阀制度下壮志难酬的痛苦。左思《咏史》之后，另一位以咏史而著称的诗人是唐代胡曾，他创作的组诗从咏共工的《不周山》到咏隋炀帝的《汴水》，数量多达150首。与左思《咏史》不同，胡曾侧重表现"行事得失"。历代关于咏史诗的争论主要是围绕左思、胡曾所代表的两种不同模式而展开的。

　　乾嘉之前，仅有少数诗论家对班固、胡曾所代表的客观叙述史实一派大加赞赏，如辛文房《唐才子传》评胡曾道："作咏史诗，皆题古君臣争战，废兴尘迹。经览形胜，关山亭障，江海深阻，一一可赏。人事虽非，风景犹昨，每感辄赋，俱能使人奋飞，至今庸夫孺子亦知传诵。"①何焯也有类似论断，《义门读书记》云："咏史者，不过美其事而咏叹之，櫽括本传，不加藻饰，此正体也。太冲多摅胸臆，乃又其变。"②赞赏胡曾诗歌真实反映史实，并认为这才是咏史的正宗。不过，辛文房、何焯的看法仅属特例，大部分诗论家基于"诗言志"的传统，强调咏史诗虽然记载史实，但应当寄寓作者的思想情感，所以视左思《咏史》为正宗。杨慎《升庵诗话》云：

　　　　"漠漠黄沙际碧天，问人云此是居延。停骖一顾犹魂断，苏武争销十九年。"此诗全用杜牧之句。慎少侍先师李文正公，公曰："近日儿童村学教以胡曾《咏史诗》，入门先坏了声口矣。"慎曰："如咏苏武一首，亦好。"公曰："全是偷杜牧之《闻胡笳》诗。"退而阅之，诚然。曾之诗，此外无留良者。③

杨慎引李东阳之语，严厉批评胡曾作品。结合《升庵诗话》"李太白论诗""唐诗主情"等条目，可知杨慎论诗强调诗歌的抒情本质，推崇兴寄深微之作。胡曾作品杂咏史事，意主劝诫，但缺少兴寄，所以李东阳、杨慎认为可取

---

　　①　辛文房：《唐才子传》，中州古籍出版社1987年版，第357页。

　　②　何焯著，崔高维点校：《义门读书记》卷四十六，中华书局1987年版，第893页。

　　③　杨慎撰，王大厚笺证：《升庵诗话新笺证》卷十一"胡曾咏史"条，中华书局2008年版，第631页。

者不多。显而易见，李东阳等人心目中的咏史正宗应是以左思《咏史》为代表的借咏史事而抒己情之作。此后，胡应麟、许学夷、毛先舒、吴乔、王士禛均有类似主张。①

与主流观念相近，乾嘉诗家对左思《咏史八首》评价颇高。沈德潜《说诗晬语》云：

> 太冲《咏史》，不必专咏一人，专咏一事，己有怀抱，借古人事以抒写之，斯为千秋绝唱。后人粘着一事，明白断案，此史论，非诗格也。至胡曾绝句百篇，尤为堕入恶道。②

张玉谷《古诗赏析》云：

> 太冲《咏史》，初非呆衍史事，特借史事以咏己之怀抱也。或先述己意，而以史事证之。或先述史事，而以己意断之。或止述己意，而史事暗含。或止述史事，而己意默寓。各还悬解，乃能脉络贯通。③

---

① 胡应麟云："咏史之名，起自孟坚，但指一事。魏杜挚《赠毋丘俭》，叠用入古人名，堆垛寡变。太冲题实因班，体亦本杜，而造语奇伟，创革新特，错综震荡，逸气干云，遂为千古绝唱。"（《诗薮》外编卷二，上海古籍出版社1979年版，第147页。）许学夷云："晚唐七言绝，周昙有咏史一百四十六首，胡曾一百首……俱庸浅不足成家。"（《诗源辩体》卷三十一，人民文学出版社1987年版，第300页。）毛先舒云："近体咏史自不能佳，胡曾百首，竟坠尘溷，《平城》、《望夫石》二诗，结句尤恶。茂秦顾独称之，何邪？"又云："咏史宜明白断案，非徒不解近体法，是且未经见晋以前咏史者。"（《诗辩坻》卷三，《清诗话续编》上册，上海古籍出版社1983年版，第65页。）吴乔云："古人咏史，但叙事而不出己意，则史也，非诗也；出己意，发议论，而斧凿铮铮，又落宋人之病。"（《围炉诗话》卷三，《清诗话续编》上册，第558页。）王士禛云："唐周昙《咏史诗》绝句上、下二卷，起唐虞讫隋，凡二百首，每首有论断缀诗后，词旨陈腐，亦胡曾之流也。昙不知何时何许人，《全唐诗话》、《唐诗纪事》皆不列其姓名。"（王士禛著，张宗柟纂集：《带经堂诗话》卷六，第134页。）

② 沈德潜著，王宏林笺注：《说诗晬语笺注》卷下，人民文学出版社2013年版，第349页。

③ 张玉谷著，许逸民点校：《古诗赏析》卷十一，上海古籍出版社2000年版，第251页。

在他们看来，左思《咏史》不再专注于历史事件本身，转而强调所咏人物的境遇，增强了主观的抒情色彩。名为"咏史"，实是抒情，与班固《咏史》、曹植《三良诗》、胡曾《咏史》这类重视史实的作品相比，左思《咏史八首》才是正宗，更值得效仿。

不过，也有乾嘉诗人对重视史实一派的咏史诗并非完全排斥。袁枚《随园诗话》云：

> 咏史有三体：一、借古人往事，抒自己之怀抱：左太冲之《咏史》是也。一、为隐括其事，而以咏叹出之：张景阳之《咏二疏》，卢子谅之《咏蔺生》是也。一、取对仗之巧：义山之"牵牛"对"驻马"，韦庄之"无忌"对"莫愁"是也。①

袁枚把咏史分为三类，一是左思《咏史》所代表的借史抒怀，二是张协《咏二疏》所代表的檃栝史实，三是李商隐所代表的注重艺术技巧。抛开分类是否得当不谈，仅就分类而言，似乎并无刻意的褒贬。洪亮吉《北江诗话》云：

> 咏古诗，虽许翻新，然亦须略谙时势，方不贻后人口实。如唐末李昌符《绿珠咏》曰："谁遣当年堕楼死，无人巧笑破孙家。"意极新颖。然按《晋书》纪传，石崇被杀未久，赵王伦即败，秀亦同诛，不待绿珠之入而家已破矣。若崇肯遣绿珠，绿珠即从命以往，亦徒丧名节耳。诗人作诗，自当成人之美，如"一代红颜为君尽"，何等气色！而昌符顾为此语，吾卜其非端人也。②

洪亮吉批评李昌符《绿珠咏》不符合史实，显然他心目中的咏史诗首先应当以史实为基本的出发点。

---

① 袁枚著，顾学颉校点：《随园诗话》卷十四，人民文学出版社1982年版，第467页。

② 洪亮吉著，陈迩冬校点：《北江诗话》卷一，人民文学出版社1983年版，第3页。

从袁枚、洪亮吉的论述中，不难发现乾嘉时期对咏史诗已经不再拘泥于李东阳、杨慎所提倡的重寄托而轻客观描述的观念，这种观念与乾嘉时期咏史诗的创作实践有直接关系。据李鹏统计，乾嘉时期大型咏史组诗有严遂成《明史杂咏》4卷182首，洪亮吉《拟两晋南北史乐府》2卷120首，舒位《春秋咏史乐府》140首、《五代十国读史绝句》30首，谢启昆《树经堂咏史诗》8卷526首，曹振镛《话云轩咏史诗》2卷200首，汤运泰《金源纪事诗》8卷800余首，鲍桂星《觉生咏史诗钞》3卷300首，王廷绍《澹香斋咏史诗》223首，乾隆有《御批通鉴辑览》及咏史《全韵诗》106首，嘉庆有《御制全史诗》64卷。正如李鹏所说：“受制于大型组诗这一形式，作者不可能对所咏的每一历史人物、历史事件都有自己独到的看法或情感，因此在创作过程中更多依赖历史知识的储备而不是灵感，也不大可能对组诗中每一首诗进行精益求精的艺术加工，这就必然导致组诗中大多诗歌只能是隐括史事的‘传体咏史诗’。”[1]在这种背景下，袁枚、洪亮吉等诗论家抛弃了把借古抒怀视为咏史诗正宗的传统观念，转而接纳叙述史实类的咏史诗，自然也就可以理解了。

二、怀古

怀古诗是诗人登临古迹时有感而作的诗歌。较早以“怀古”命名的作品是李百药《郢城怀古》，之后陈子昂、李白、孟浩然等众多诗人均有这类作品。《文选》所列“咏史”类入选有卢谌《览古诗》，吕延济引徐广《晋纪》注云：“谌善属文，西晋之末，天下丧乱，北投刘琨。琨以为从事中郎，后为段匹磾别驾。尝览史籍至蔺相如传，睹其志，思其人，故咏之。”[2]遍照金刚《文镜秘府论》论“览古诗”道：“诗有览古者，经古人之成败咏之是也。”[3]比较而言，卢谌《览古诗》所称“览古”乃阅读古籍，内涵与咏史诗

---

① 李鹏：《论乾嘉时期的咏史组诗热——兼论清诗中的组诗现象》，《山西师大学报》2011年第5期。

② 萧统编，李善、吕延济、刘良、张铣、吕向、李周翰注：《六臣注文选》卷二十一，中华书局2012年版，第391页。

③ 遍照金刚撰，卢盛江校考：《文镜秘府论汇校汇考·南·论文意》，中华书局2006年版，第三册，第1350页。

基本一致；《文镜秘府论》所称"览古"乃游览古迹，基本等同于后世所习称的怀古诗。之后，《文苑英华》诗歌"悲悼"类下列"怀古"小类，收诗48首。方回《瀛奎律髓》专列"怀古类"，收五言32首、七言78首。从这些总集的分类来看，怀古诗是唐代以来逐渐兴起的一种特殊题材，它与咏史诗关系密切，又有比较明显的区别。《瀛奎律髓》释"怀古"云："怀古者，见古迹，思古人。其事无他，兴亡贤愚而已。可以为法而不之法，可以为戒而不之戒，则又以悲夫后人也。齐彭殇之修短，忘尧桀之是非，则异端之说也。有仁心者必为世道计，故不能自默于斯焉。"①可知两者的主要区别在于创作的触发因素，咏史诗多由阅读史籍而发，怀古诗多因目睹古迹而作。

唐代以来，虽然产生了陈子昂、孟浩然、李白、杜甫、刘禹锡、杜牧、许浑等众多擅长怀古题材的诗人和大批怀古经典作品，但诗论家很少从题材角度专论怀古诗的创作。《诗人玉屑》"唐人句法"下列"怀古"，仅列举杜甫、杜牧、孟浩然等人一些诗句，未做理论分析。南宋吴子良《荆溪林下偶谈》"词人怀古思旧"云：

> 词人即事睹景，怀古思旧，感慨悲吟，情不能已。今举其最工者，如刘禹锡《金陵诗》："山围故国周遭在，潮打空城寂寞回。淮水东边旧时月，夜深还过女墙来。"《愚溪诗》："溪水悠悠春自来，草堂无主燕飞回。隔帘惟见中庭草，一树山榴依旧开。"又："草圣数行留断壁，木奴千树属邻家。惟见里门通德榜，残阳寂历出樵车。"窦巩《南游诗》："伤心欲问前朝事，惟见江流去不回。日暮东风春草绿，鹧鸪飞上越王台。"东坡《昆阳城赋》："横门谺以四达，故道宛其未改。彼野人之何知，方伛偻而畦菜。"张安国《题黄州东坡诗》："老仙骑鹤去，稚子饭牛歌。"盖人已逝而迹犹存，迹虽存而景随变，古今词云语言百出，究其意趣大概不越诸此，而近世仿效尤多，遂成尘腐，亦不足贵矣。②

---

① 方回选评，李庆甲集评校点：《瀛奎律髓汇评》卷三，上海古籍出版社2005年版，第78页。

② 吴子良：《荆溪林下偶谈》卷三，《景印文渊阁四库全书》第1481册，第505—506页。

吴氏所列作品有诗有赋，诗歌既包括刘禹锡《金陵五题·石头城》《伤愚溪二首》、窦巩《南游感兴》这些面对古迹感伤古人之作，也有张安国《题黄州东坡诗》感念旧人之作。吴氏又指出，这类作品的旨趣多为"人已逝而迹犹存，迹虽存而景随变"，众多续作逐渐成为一种俗套，不足为贵。可以看出，吴氏对怀古思旧诗的表达方式做出的明确概括，并不是专门针对怀古诗而发，且批评过为严苛。

　　乾嘉时期，众多诗人因为科试、仕宦、游幕、贬谪等，足迹遍及天下大半，怀古诗成为他们常用的题材。在这种背景下，诗论家对怀古诗的表现手法、结构模式、情感内容等要素进行了全面论述，理论成就远迈前人。沈德潜《说诗晬语》云：

> 怀古必切时地，老杜《公安县怀古》中云："洒落君臣契，飞腾战伐名。"简而能该，真史笔也。刘沧《咸阳》、《邺都》、《长洲》诸咏，设色写景，可互相统易，是以酬应为怀古矣。许浑稍可观，然落句往往入套。①

沈德潜批评晚唐刘沧部分怀古诗景物描写流于俗套，未能体现出景物的特点，其抒情效果难免会受到影响。许浑怀古诗结尾过于模式化，大多寄寓对历史的反思和浓厚的感伤之情，与杜甫等盛唐人丰富多样的内容有所不同。可以看出，沈德潜认为优秀的怀古诗对古迹的描写应真实贴切，情感表达应富于变化，老杜正是怀古诗写作的典范。袁枚《随园诗话》云：

> 怀古诗，乃一时兴会所触，不比山经地志，以详核为佳。近见某太史《洛阳怀古》四首，将洛下故事，搜括无遗，竟有一首中，使事至七八

---

① 沈德潜著，王宏林笺注：《说诗晬语笺注》卷下，人民文学出版社2013年版，第351页。

者。编凑拖沓，茫然不知作者意在何处。因告之曰："古人怀古，只指一人一事而言，如少陵之《咏怀古迹》：一首武侯，一首昭君，两不相羼也。刘梦得《金陵怀古》，只咏王濬楼船一事，而后四句，全是空描。当时白太傅谓其'已探骊珠，所余鳞甲无用。'真知言哉！不然，金陵典故，岂王濬一事？而刘公胸中，岂止晓此一典耶？"①

袁枚指出怀古乃诗人兴会所至，是以抒情为主要特点的。怀古诗对古迹的描写不必详核，尤其不必堆砌典故。袁枚显然意识到怀古诗因为涉及古迹，容易出现因为卖弄书袋而轻视性灵的弊端，所以提出怀古诗要立足于抒情的本质特点，讲究兴会触发。杨际昌《国朝诗话》也有类似论述：

予意宫词、怀古、题画、《竹枝》诸体，点染生新，自是作手，终以眼前情景，天然有兴会有情寄者，为最上乘。②

怀古诗，唐人推刘沧、许浑，然求其波澜切、评断确，终须宗杜，若《咏怀古迹》诸首，可按也。后人不论何地，略切一二语，即倚残山剩水、蔓草荒烟为活计，其实不作可也。③

杨氏也强调怀古诗上乘之作是兴会标举之作，最高典范是杜甫，鄙弃那些景物描写模式化、缺少真情实感之作。

与此同时，众多诗论家对唐代以来杜甫等人的怀古作品加以详细的评论，试图为读者提供师法的典范。如杜甫《公安县怀古》，沈德潜《唐诗别裁集》评曰："'洒落'二字，形得欢如鱼水意出。结松。"④冒春荣《葚原诗说》云："作怀古诗，必切时地。杜甫《公安县怀古》中联云：'洒落君臣契，

---

① 袁枚著，顾学颉校点：《随园诗话》卷六，人民文学出版社1982年版，第187—188页。

② 杨际昌：《国朝诗话》卷一，《清诗话续编》下册，上海古籍出版社1983年版，第1666页。

③ 杨际昌：《国朝诗话》卷一，《清诗话续编》下册，第1674页。

④ 沈德潜：《唐诗别裁集》卷十，上海古籍出版社1979年版，第359页。

飞腾战伐名。'简而能该，真史笔也。"[1]又如怀古名作刘禹锡《西塞山怀古》，屈复《唐诗成法》评曰：

> 题甚大，前四句止就一事言，五以"几回"二字包括六代，繁简得宜，此法甚妙。七开八合。前半是古，后半是怀。五简练，七、八奇横，元、白之所以束手者在此。全首俱好，五尤出色，记事人止赏三、四，未为知音。[2]

汪师韩《诗学纂闻·刘梦得金陵怀古诗》云：

> 假使感古者取三国、六代事，衍为长律，便使一句一事，包举无遗，岂成体制？梦得之专咏晋事也，尊题也。下接云："人世几回伤往事。"若有上下千年，纵横万里在其笔底者。山形枕水之情景，不涉其境，不悉其妙。至于芦荻萧萧，履清时而依故垒，含蕴正靡穷矣。所谓骊珠之得，或在于斯者欤？[3]

薛雪《一瓢诗话》云：

> 刘宾客《西塞山怀古》，似议非议，有论无论，笔著纸上，神来天际，气魄法律，无不精到，洵是此老一生杰作，自然压倒元、白。[4]

张谦宜《茧斋诗谈》云：

① 冒春荣：《葚原诗说》，《清诗话续编》下册，第1583页。
② 陈伯海：《唐诗汇评》中，浙江教育出版社1995年版，第1827页。
③ 汪师韩：《诗学纂闻》，《清诗话》上册，上海古籍出版社1978年版，第462—463页。
④ 薛雪：《一瓢诗话》，叶燮、薛雪、沈德潜著，霍松林、杜维沫校注：《原诗　一瓢诗话　说诗晬语》，人民文学出版社1979年版，第147页。

"今逢四海为家日，故垒萧萧芦荻秋"，太平既久，向之霸业雄心消磨已净。此方是怀古胜场。七律如此作自好，且看他不费气力处。①

结合以上评论可以发现，乾嘉诗家认为优秀的怀古诗大致符合这几个要素：第一，怀古诗是诗人登览古迹的感受，所以对古迹的描写要切合历史事实，但在描写历史事实时贵在"简而能该"，不可"包举无遗"；第二，怀古诗的结构有一定模式，大致是通过景物人事的描写来抒发古今兴亡之感，但优秀诗家又要善于突破这类固定模式，结构应该富于变化；第三，怀古诗一般落实在古今兴亡之感的抒发，但情感的表现方式不能机械地议论，诗人要善于营造含蕴不尽的艺术效果，引发读者无尽的联想。

三、梅

梅花是咏物诗中的一大门类，李东阳《怀麓堂诗话》云："天文，惟雪诗最多；花木，惟梅诗最多。"②现存较早的梅诗是陆凯《赠范晔诗》，其云："折花逢驿使，寄与陇头人。江南无所有，聊赠一枝春。"③借折梅表达对朋友的思念。之后，谢朓、鲍照等众多南北朝诗人创作了大量梅花诗，这些作品大多把梅花作为供人赏玩的花卉，偏重于外在形态的描写和自然规律变化。诗中的梅花内涵与桃李相当，并与松柏相对，尚不具备傲霜斗雪的高士意蕴。如"春情寄柳色，鸟语出梅中"（萧子范《春望古意诗》）④，"梅花一时艳，竹叶千年色。愿君松柏心，采照无穷极"（鲍照《中兴歌十首》）⑤，"梅性本轻荡，世人相陵贱"（吴均《梅花诗》）⑥，均是早发惊时、花落伤情的绮

---

① 张谦宜：《茧斋诗谈》卷八，《清诗话续编》上册，上海古籍出版社1983年版，第899—900页。

② 李东阳著，李庆立校释：《怀麓堂诗话校释》，人民文学出版社2009年版，第228页。

③ 逯钦立：《先秦汉魏晋南北朝诗》宋诗卷四，中华书局1983年版，第1204页。

④ 逯钦立：《先秦汉魏晋南北朝诗》梁诗卷十九，第1897页。

⑤ 逯钦立：《先秦汉魏晋南北朝诗》宋诗卷七，第1272页。

⑥ 逯钦立：《先秦汉魏晋南北朝诗》梁诗卷十一，第1751页。

怨感伤形象。

入唐以后，梅花越来越受到关注，出现了审美意蕴较为浓厚的咏梅佳作，如张谓《早梅》，王适《江滨梅》等，都属于即景写生之作。《早梅》云："一树寒梅白玉条，迥临村路傍溪桥。不知近水花先发，疑是经春雪未销。"①描绘出早梅凌霜冒雪、傲然独放的风姿。此时也出现了赞赏梅花独立精神的作品，如王初《春日咏梅花二首》：

> 靓妆才罢粉痕新，递晓风回散玉尘。若遣有情应怅望，已兼残雪又兼春。
>
> 青帝来时值远芳，残花残雪尚交光。隔年拟待春消息，得见春风已断肠。②

诗中的梅花形象凄美又富于清韵，不仅仅是供人观赏的景观。这种由赏玩到赋予梅花以独立品格的态度上的转变，也为后世梅花完整精神内涵的形成奠定了一定基础。此外，杜甫《和裴迪登蜀州东亭送客逢早梅相忆见寄》写道："东阁官梅动诗兴，还如何逊在扬州。此时对雪遥相忆，送客逢春可自由。幸不折来伤岁暮，若为看去乱乡愁。江边一树垂垂发，朝夕催人自白头。"③借梅花来抒发乡愁，与梅花的审美意蕴基本无关，可视为特例。

入宋以后，梅花越来越为人们所重视。赏梅已成为一种时尚，梅花诗数量也远远超迈前代。其中开创咏梅诗繁盛先河的是林逋，《山园小梅》是影响最大的作品：

> 众芳摇落独暄妍，占尽风情向小园。疏影横斜水清浅，暗香浮动月黄昏。霜禽欲下先偷眼，粉蝶如知合断魂。幸有微吟可相狎，不须檀板共金

---

① 彭定求等：《全唐诗》卷一百九十七，中华书局1960年版，第2022页。

② 彭定求等：《全唐诗》卷四百九十一，第5559页。

③ 萧涤非主编：《杜甫全集校注》卷八，人民文学出版社2014年版，第2081页。

尊。①

诗歌细致刻画了梅花的清秀风采和幽雅神韵，使梅花不同于其他花种的形神在特定的背景中得到充分的体现。

然而，林逋偏重的只是对梅花的形神描摹，能够托梅寄兴、赋予梅花高尚品格的则是苏轼。《梅花二首》云：

> 春来幽谷水潺潺，的皪梅花草棘间。一夜东风破石裂，半随飞雪度关山。
>
> 何人把酒慰深幽，开自无聊落更愁。幸有清溪三百曲，不辞相送到黄州。②

苏轼寄情于梅花，也以梅花自况，宣泄自己的怨愤与孤独，也标榜自己不同于世俗的幽洁情怀。与前代梅花诗相比，苏轼梅花诗更专注于主观感情的寄托。此后，托梅言志成为相当流行的创作模式，梅花最终在两宋之际上升为崇高的道德人格象征。

明代诗论家受宗唐贬宋诗学思潮的影响，对林逋、苏轼等咏梅名作评价相当偏颇，如王世贞《艺苑卮言》云：

> 宋诗如林和靖《梅花》诗，一时传诵。"暗香""疏影"，景态虽佳，已落异境，是许浑至语，非开元大历人语。至"霜禽""粉蝶"，直五尺童耳。老杜云："幸不折来伤岁暮，若为看去乱乡愁。"风骨苍然。其次则李君玉云："玉鳞寂寂飞斜月，素手亭亭对夕阳。"大有神采，足为梅花吐气。③

---

① 北京大学中文系编：《全宋诗》第二册，北京大学出版社1991年版，第1218页。
② 北京大学中文系编：《全宋诗》第十四册，第9298页。
③ 王世贞：《艺苑卮言》卷四，《历代诗话续编》中，第1017页。

胡应麟《诗薮》云：

> "疏影横斜水清浅，暗香浮动月黄昏"，本唐诗，易二字耳。虽颇得梅趣，至格调音响，略无足取。而宋人一代尊之，黄、陈亦无异议，何也？古今题梅，五言惟何逊，七言惟老杜，绝句惟王适，外此无足论者。[①]

王世贞指出林诗只是刻画细致，类似于晚唐许浑等人的对仗工稳，用词妥帖，却缺乏盛唐诗歌特有的气象雄浑特征。胡应麟指出林诗只是因袭五代江为"竹影横斜水清浅，桂香浮动月黄昏"诗句，且未能写出梅花特有的精神意蕴。两人都推崇杜甫《和裴迪登蜀州东亭送客逢早梅相忆见寄》，对宋人广为推崇的林逋梅花诗提出批评，并认为梅花诗应该以六朝和唐代作品为师法典范。

入清以后，随着对七子极端推崇盛唐的批评，诗论家对梅花诗的推崇有了巨大变化。王士禛《蚕尾文》云：

> 咏物之作，须如禅家所谓不粘不脱，不即不离，乃为上乘。古今咏梅花者多矣，林和靖"暗香、疏影"之句，独有千古，山谷谓不如"雪后园林才半树，水边篱落忽横枝"；而坡公"竹外一枝斜更好"，识者以为文外独绝，此其故可为解人道耳。[②]

王士禛认为林逋咏梅只是对梅花的刻画生动细腻，远不如苏轼等人的作品具有言外之意。王氏论诗主张神韵，优秀的梅花诗同样应该具备传神生动和悠远之味等基本要素。

与前人相比，田同之、沈德潜等诗论家对梅花诗的论述呈现出兼取众家、即物寄情等两个特点。

---

① 胡应麟：《诗薮》外编卷五，上海古籍出版社1979年版，第208页。
② 王士禛著，张宗柟纂集：《带经堂诗话》卷十二，人民文学出版社1963年版，第305页。

首先，田同之等人在树立梅花诗典范时，不再局限于唐人或宋人，而是兼取众家，体现出鲜明的集大成的特点。田同之《西圃诗说》云：

> 梅花诗，东坡"竹外"七字及和靖"雪后"一联，自是象外孤寄。若唐释齐己"前村风雪里，昨夜一枝开"，明高季迪"流水空山见一枝"，不落刻画，亦堪并响。①

田氏认为宋代苏轼《和秦太虚梅花》、林逋《山园小梅》、唐代释齐己《早梅》以及高启《次韵西园公咏梅》都是咏梅典范，也就是说，梅花诗既可以讲究形神的刻画，也可以寄寓超世脱俗的情怀。沈德潜《说诗晬语》也有类似主张：

> 咏梅诗应以庾子山之"枝高出手寒"，苏东坡之"竹外一枝斜更好"为上。林和靖之"雪后园林才半树，水边篱落忽横枝"，高季迪之"流水空山见一枝"，亦能象外孤寄；余皆刻画矣。杜少陵之"幸不折来伤岁暮，若为看去乱乡愁"，此纯乎写情，以事外赏之可也。②

沈德潜论诗以宗唐为主要特点，但在论梅花诗时，他推崇的典范涉及六朝庾信，唐代杜甫，宋代林逋、苏轼和明代高启，呈现出鲜明的兼取众家的倾向。

其次，在众多乾嘉诗家看来，优秀的梅花诗固然需要形神兼备，但既然诗歌以言志为本质属性，对梅花的描写也应该以寄情为最终目的。杨际昌《国朝诗话》云：

> 咏物诗有刻划惟肖者，有淡远传神者，总以情寄为主，风格佐之，乃不失比兴之义。咏花一体，最易涉荡子女郎声口，试举所见以立标准：如"百年冰雪身仍在，十日春风花已生"，万年少（寿祺）《赋草堂旧梅》

---

① 田同之：《西圃诗说》，《清诗话续编》上册，上海古籍出版社1983年版，第758—759页。

② 沈德潜著，王宏林笺注：《说诗晬语笺注》卷下，人民文学出版社2013年版，第361页。

句也。①

杨氏指出咏物诗应该以情感的表现为主要目的，讲究比兴寄托，对继承苏轼咏梅传统表现高逸情怀的万寿祺《赋草堂旧梅》大加赞赏。李锳《诗法易简录》评崔道融《梅》云："不假刻划，自然切合，咏梅而有性情流贯于其间也。"②也把性情视为梅花诗的关键。

当然，乾嘉诗论家所理解的情感不再局限于宋人所赋予梅花的崇高道德人格象征，而是涵盖友情、亲情等多个方面。袁枚《随园诗话》云：

> 海宁陈心田寅，与诸友以禁体《咏梅》云："已看无不忆，未见必先探。"汪秋白云："一枝怀故宅，几度忆前生。"陈谷湖云："交枝香不断，一白树难分。"顾竹坡《咏绿梅》云："窥春自怯荷衣薄，倚竹谁怜翠袖寒？"俱妙。③
>
> 丽川方伯《和高青丘梅花诗》九首，《诗话》第二卷中，仅载数联。今见全璧，为再录二首，云："枝头何处认轻痕，霜亦精神雪亦温。一径晓风寻旧梦，半林寒月失孤村。吟情欲镂冰为句，离恨应敲玉作魂。寄语溪桥桥上客，莫从香里误柴门。""点额谁教入汉宫，冻云合处路难通。朦胧斜照月疑路，瓣瓣擎来雪又空。无梦不随流水去，有香只在此山中。松间竹外谁知己？地老天荒玉一丛。"谢蕴山观察《种梅诗》风调，亦与奇公相埒。词云："修得多生到此花，不分山墅与官衙。惜春如命恒支俸，种树成围便是家。香色都空寒彻骨，栽培要厚玉生芽。他年留作甘棠爱，何用诗笼壁上纱。"④

袁枚所标举的几首咏梅诗风格和主题各不相同，陈寅等人的梅诗继承六朝传

---

① 杨际昌：《国朝诗话》卷一，《清诗话续编》下册，第1684页。

② 李锳：《诗法易简录》卷十三，《续修四库全书》第1702册，第595页。

③ 袁枚著，顾学颉校点：《随园诗话》卷十二，人民文学出版社1982年版，第422页。

④ 袁枚著，顾学颉校点：《随园诗话》补遗卷五，第685页。

统，借梅来表现朋友思念之情。而奇丰额（字丽川）《和高青丘梅花诗》和谢启昆《种梅》却是继承苏轼，借咏梅寄托对高士形象的向往。

今人言及清代诗学，常视为具有集大成的特点。就梅花诗而言，这一特点表现得尤为突出。从创作实际来看，乾嘉梅花诗数量众多，风格与主题也呈现出丰富多彩的面貌。与此相应，乾嘉诗论家论梅花诗不再拘泥于唐宋之变、形神兼备或比兴寄托，而是广泛汲取前代相关论述，呈现出融通广大的特征。

四、雪

雪是一种常见的自然现象，众多类书一般把描写雪的作品收入"天部"或"天文部"，但它们对最早咏雪诗的收录很不一致。《文苑英华》首列南朝梁简文帝《同刘咨议咏春雪》，张之象《古诗类苑》首列东晋庾肃之《雪赞》[①]，康熙《御定佩文斋咏物诗选》首列晋清商曲辞《冬歌》[②]。作为诗歌意象，雪在《诗经》和汉诗中频频出现，"北风其凉，雨雪其雱"（《北风》）、"今我来思，雨雪霏霏"（《采薇》）、"我所思兮在雁门，欲往从之雪纷纷"（张衡《四愁诗》）、"前日风雪中，故人从此去"（汉无名氏《古诗》）都是千古传颂的咏雪名句。晋代之后，专门的咏雪之作大量出现，并逐渐成为一种颇具特色的诗歌题材。

历代咏雪诗的创作从情感意蕴到表现手法经历了比较明显的变化。两晋南北朝时期，诗人对雪比较重视摹写形态，如简文帝《同刘咨议咏春雪》："晚霰飞银砾，浮云暗未开。入池消不积，因风堕复来。思妇流黄素，温姬玉镜台。看花言可插，定自非春梅。"[③]先言傍晚时分雪花从阴暗的天空降落，次言雪花或融入水中，或被风吹起，然后用白素和玉镜比喻雪花之色，再以梅花对比出雪花可赏玩而不可插入瓶中。此诗以赋实为主，注重眼前之景的真切表达，这正是此期

---

① 庾肃之《雪赞》："百籁哀吟，广莫长挥。霰雨驱洒，皓雪其霏。轻质飘飘，与风回散。望之凝映，浩若天汉。即之皎洁，色踰玉粲。"（张之象：《古诗类苑》，《四库全书存目丛书》集部第320册，第48页。）

② 《冬歌》："寒云浮天凝，积雪冰川波。连山结玉岩，修庭振琼柯。"（康熙：《御定佩文斋咏物诗选》卷十四，《景印文渊阁四库全书》第1432册，第91页。）

③ 逯钦立：《先秦汉魏晋南北朝诗》梁诗卷二十二，中华书局1983年版，第1956页。

咏雪诗的显著特征。在逯钦立《先秦汉魏晋南北朝诗》所收40多首专门的咏雪诗中，多数作品都是采用这种写作方式，并创作了众多咏雪典故，如"白雪纷纷何所似（谢安），撒盐空中差可拟（胡儿），未若柳絮因风起（谢道蕴）"（《咏雪联句》），"散葩似浮玉，飞英若总素"（任昉《同谢朏花雪诗》），"倏忽银台构，俄顷玉树生"（丘迟《望雪诗》），"本欲映梅花，翻悲似玉屑"（何逊《咏春雪寄族人治书思澄诗》），等等，从直观视觉出发，以盐、柳絮、玉、银为喻。整体而言，六朝咏雪诗以体物之工而著称。

唐代咏雪诗远多于前代，张之象《唐诗类苑》录雪诗212首。在这些作品中，应制、奉和之作有40多首，它们延续了六朝传统，注重外形的精细刻画。相对而言，唐代咏雪诗的一些短篇小诗，如刘长卿《逢雪宿芙蓉山主人》、柳宗元《江雪》、祖咏《终南望余雪》、郑谷《雪中偶题》等，非常注重景物的传神描写和言外之意审美效果的营造，言简意丰，成为颇具时代艺术特征的咏雪名篇。此外，还有一些古体长篇，如岑参《白雪歌送武判官归京》、白居易《雪中晏起偶咏所怀兼呈张常侍韦庶子皇甫郎中杂言》、孟郊《饥雪吟》等，或借咏雪来抒发对塞外瑰丽风光的赞美，或表现对民生疾苦的关切，或书写个人贫寒的生活，大大开拓了传统咏雪题材的表现领域。

咏雪诗在宋代苏轼手中呈现出两个明显的变化，一是用僻典、押险韵。代表作是《雪后书北台壁二首》：

　　黄昏犹作雨纤纤，夜静无风势转严。但觉衾裯如泼水，不知庭院已堆盐。五更晓色来书幌，半夜寒声落画檐。试扫北台看马耳，未随埋没有双尖。

　　城头初日始翻鸦，陌上晴泥已没车。冻合玉楼寒起粟，光摇银海眩生花。遗蝗入地应千尺，宿麦连云有几家。老病自嗟诗力退，空吟冰柱忆刘叉。①

----

① 苏轼：《苏东坡全集》前集卷六，中国书店1986年版，第106页。

前者押盐韵，后者押佳韵，俱属窄韵。此外，诗还用到道家文献中的典故"玉楼""银海"。赵令畤《侯鲭录》载："东坡作雪诗云：'冻合玉楼寒起粟，光摇银海眩生花。'后见荆公，云：'道家以两肩为玉楼，目为银海，是使此事否？'坡退曰：'惟荆公知此出处。'"①

二是刻意回避描写雪的常用语言，借以营造生新的艺术效果。代表作品是《聚星堂雪》：

> 窗前暗响鸣枯叶，龙公试手行初雪。映空先集疑有无，作态斜飞正愁绝。众宾起舞风竹乱，老守先醉霜松折。恨无翠袖点横斜，只有微灯照明灭。归来尚喜更鼓暗，晨起不待铃索掣。未嫌长夜作衣棱，却怕初阳生眼缬。欲浮大白追余赏，幸有回飙惊落屑。模糊桧顶独多时，历乱瓦沟裁一瞥。汝南先贤有故事，醉翁诗话谁续说。当时号令君听取，白战不许持寸铁。②

此诗描绘了雪起、雪盛和清晨雪停的场景，结尾特意言及欧阳修在聚星堂与宾客不用玉、月等常见喻体赋雪之事，隐隐透露出对才华的自信。

苏轼咏雪诗以展示才学为首要追求，刻意求新，完全不同于前人咏雪讲究意境、兴会，体现出宋代诗歌鲜明的日常化、学问化倾向。在苏轼的影响下，大批诗人在咏雪时有意避开那些常见喻体，刻意追求僻典、险韵、避字，把咏雪诗变成了炫耀才学的重要方式，并逐渐形成"禁体诗"③这类特殊的咏雪模式。

---

① 阮阅编，周本淳校点：《诗话总龟》后集卷八，人民文学出版社1987年版，第47页。

② 苏轼：《苏东坡全集》后集卷一，第469—470页。

③ 赵翼释"禁体诗"云："禁体诗始于欧阳公守汝阴日，因小雪会饮聚星堂赋诗，约不得用玉、月、梨、梅、练、絮、白、舞、鹅、鹤等字，欧公所云'脱遗前言笑尘杂，搜索万象窥冥漠'者也。其后东坡在颍，因祷雪于张龙公获应，亦举此体，其末云：'汝南先贤有故事，醉翁诗话谁能说。当时号令君听取，白战不许持寸铁。'盖用欧公故事也。然《六一诗话》记述士许洞会诸僧分题，出一纸约曰，不得犯此一字，于是诸僧皆阁笔。其字乃山、水、风、云、竹、石、花、草、霜、雪、星、月、禽、鸟之类也。然则此又欧公所本欤？"（赵翼撰，曹光甫校点：《赵翼全集》第二册《瓯北集》卷三十三《陔馀丛考》卷二十三，凤凰出版社2009年版，第412页。）

苏轼之后，咏雪诗再也没有较大的开拓，或讲究赋物精工，或借物抒怀，或提倡险韵、僻典、奇字，很少有其他的写作模式。相对而言，乾嘉诗论家更加推崇借物抒怀这种咏雪模式，对苏轼所开创的押险韵、用僻典奇字的刻意求新炫奇的模式则严厉批评。沈德潜《古诗源》评陶渊明《癸卯岁十二月中作与从弟敬远》云：

> 渊明咏雪，未尝不刻划，却不似后人粘滞。○愚于汉人得两语曰："前日风雪中，故人从此去。"于晋人得两语曰："倾耳无希声，在目皓已洁。"于宋人得一语曰："明月照积雪。"为千古咏雪之式。[①]

《说诗晬语》又云：

> 古人咏雪，多偶然及之，汉人"前日风雪中，故人从此去"，谢康乐"明月照积雪"，王龙标"空山多雨雪，独立君始悟"，何天真绝俗也。郑都官"乱飘僧舍茶烟湿，密洒歌楼酒力微"，已落坑堑矣。昌黎之"凹中初盖底，凸处尽成堆"，张承吉之"战退玉龙三百万，败鳞残甲满天飞"，是成底语？东坡尖叉韵诗，偶然游戏，学之恐入于魔。[②]

结合前面所归纳的三种咏雪模式来看，沈德潜对那些外貌摹写细致入微的作品并不推重，他推崇的乃是借物抒怀之作，如"前日风雪中，故人从此去""倾耳无希声，在目皓已洁""明月照积雪""空山多雨雪，独立君始悟"，均属兴会神到之语，且能够带来言外之意、弦外之音的审美效果，故而对以险斗胜的苏轼咏雪诗明确反对。袁枚也有类似论断，《随园诗话》云：

> 咏雪佳句：缪雪庄云："卷帘半树带花落，吹烛一窗如月明。"章智

---

① 沈德潜：《古诗源》卷八，中华书局1963年版，第192—193页。

② 沈德潜著，王宏林笺注：《说诗晬语笺注》卷下，人民文学出版社2013年版，第357—358页。

千云："伏枕旅人惊看月，扫阶童子学为山。"陈明卿云："填平世上欹崎路，冷到人间富贵家。"皆昔人所未有。①

从袁枚推崇的作品来看，缪漠（号雪庄）、章智千咏雪善于表达瞬间的感受，陈明卿诗句借雪抒发不平之气，均属借物抒怀的咏雪模式。潘德舆《养一斋诗话》云："退之《雪》诗：'随车翻缟带，逐马散银杯。'诚不佳。然欧阳永叔、江邻几以'坳中初盖底，埠处遂成堆'为胜，亦琐细而无味也。"②批评韩愈《咏雪赠张籍》过于琐细无味，也是强调咏物诗应该以寄情为主。

不过，从乾嘉诗人咏雪诗的创作实践来看，乾嘉诗论家的主张并没有被贯彻到创作实践之中。乾嘉诗人非常喜欢效仿苏轼，以禁体诗或尖叉韵诗这两种方式咏雪。如乾隆有《雪拟苏轼聚星堂体兼用其韵》《命梁诗正等赓前题因迭韵再作一首》《西山积雪联句仍拟聚星堂体》，沈德潜有《庄大中丞滋圃次东坡聚星堂雪诗见示仍白战体也余亦属和》，周京、顾宗泰、毕沅、陈兆仑、程晋芳、戴璐、德保、杭世骏、厉鹗、陆锡熊、彭元瑞、钱大昕、奚冈、孙梅、沈钦韩、唐仲冕、屠倬、王又曾、翟灏、曹仁虎、韦谦恒、吴铭道、吴嵩梁、吴锡麒、英廉、曾燠、赵怀玉、赵良澍、周长发、朱珪、周煌、朱休度等人也有这类作品，其中曹仁虎多达15篇，以禁体咏雪堪称乾嘉诗坛一大奇观。

乾嘉诗坛禁体咏雪的兴盛不外乎两个原因：一是出于与古人争胜的心理。推陈出新、超越前人是历代文人共同的理想抱负。苏轼是著名的天才诗人，自然也成为众多乾嘉诗人潜意识中需要超越的典范。《御选唐宋诗醇》评苏轼《雪后书北台壁二首》云："尖叉韵诗，古今推为绝唱。数百年来，和之者亦指不胜屈矣。然在当时，王安石六和其韵，用及'诸天夜叉''交戟叉头'等字，支凑勉强，贻人口实。即轼《谢人见和因再用韵》二诗亦未能如原作之精采。"③指出王安石和诗有些"支凑勉强"，苏轼再和诗也"未能如原作之精采"。在这种背景下，乾嘉诗人力图通过这种模式咏雪与天才诗人争胜也就不

① 袁枚著，顾学颉校点：《随园诗话》卷十四，人民文学出版社1982年版，第481页。

② 潘德舆著，朱德慈辑校：《养一斋诗话》卷二，中华书局2010年版，第35页。

③ 乾隆：《御选唐宋诗醇》卷三十四，《景印文渊阁四库全书》第1448册，第662页。

足为奇了。二是出于乾嘉时期浓厚的以诗为戏风气。随着皇权专制的一贯强化和社会政治形势的相对稳定，乾嘉诗歌的讽谏批判功能一直比较薄弱，众多诗人位居高位，眼中所见只是大清王朝的蒸蒸日上，应和酬唱、朋友交际、以诗为戏成为乾嘉诗人创作的重要动因，述酣宴、叙友情、炫才学自然成为此期诗歌的重要内容。禁体诗和聚星堂体本来就是文人聚会逞才斗巧的产物，出于对古人诗酒风流的仰慕，乾嘉诗人大量采用这种咏雪模式作为交际的手段实属自然。

理论批评与创作实践相互脱节的情况在文学史上十分常见，一般而言，这种脱节往往表现为理论批评滞后于创作实践的发展。一些理论家对前代经典的地位过于推崇，对当代作品中的新变因素的文学价值尚不能充分认识，如钟嵘《诗品》对永明声律论、陈子昂《与东方左史虬修竹篇序》对齐梁文学辞采之美的完全否定，都是拘于复古而不重新变的表现。而乾嘉诗人关于咏雪诗的论述比较特殊，对苏轼所代表的以禁体诗或尖叉韵诗这两种方式咏雪的流弊，明清众多诗论家有着清醒的认识，但此期的创作实践却落后于诗论家的认识水平，不免令人感到意外。

百花洲文艺出版社
BAIHUAZHOU LITERATURE AND ART PRESS

乾嘉诗学研究

QIAN-JIA
SHIXUE YANJIU

王荣 著

国家出版基金项目
NATIONAL PUBLICATION FOUNDATION

第六章　乾嘉诗学的主要成就与不足

　　乾嘉诗学作为中国古典诗学的最后一环，它做出了哪些贡献？存在哪些不足？在古典诗学发展史上处于怎样的地位？在二百年后的今天，应该对这些关键问题加以初步回答。

第一节　学理化批评与诗歌经典体系的完美建构

　　乾嘉诗学的主要成就表现为以学理化批评方式对中国诗学传统问题做出了相对圆满的解答。在考据学盛行的时代背景下，乾嘉诗论家普遍具有深厚的学养，能够熟练运用归纳、演绎等科学手段对相关诗学问题加以考察，学理化批评在乾嘉时期达到了新的高度。与此相关，乾嘉诗人对历代诗歌的定位更加符合实际，他们所建构的古典诗歌经典体系在当代文学史著作中仍具有深远的影响。

一、学理化批评的深入发展

　　在部分现代学者看来，中国古代诗学批评方法与西方文学批评习惯使用的归纳法或演绎法迥然不同。叶维廉《中国诗学》说："中国的传统批评中几乎没有娓娓万言的实用批评，我们的批评（或只应说理论）只提供一些美学上（或由创作上反映出来的美学）的态度与观点，而在文学鉴赏时，只求'点到即止'。"①叶维廉还指出这种批评方式固然较西方的辩证批评方式更加"着实",但最大的问题是容易变成"任意的,不负责任的印象批评"。②事实并非如此。随着乾嘉考据学的深入发展,众多诗论家学术素养的提高,他们诗学理论的体系化、实证性大大增强,符合科学精神的学理化批评在此期相当普遍。

(一)考据学对诗歌批评方法的影响

不可否认,中国传统学术主观随意性相当突出,尤其是宋明理学"六经注我"的经典解释方式,更与现代讲究实证的科学精神格格不入。相对而言,乾嘉考据学讲究"无征不信""孤证不立",在列举大量事实基础上归纳出具有普遍意义的结论,就学术方法而言与近代所倡导的科学精神相当接近。诗歌批评是学术研究的一个分支,科学有效的批评方法也是准确分析诗歌作品的关键因素,并直接影响到诗论家的理论建树。张伯伟曾归纳出三种最能体现中国传统文学批评精神的方法:"受儒家思想影响的'以意逆志'法,受学术传统影响的'推源溯流'法,以及受庄禅思想影响的'意象批评'法。"③从乾嘉诗学批评实践看,"意象批评"法立足于审美直觉,不讲究严谨的归纳推理,与考据学关系不大,而其他两种方法由于受到考据学的影响,在乾嘉时期呈现出许多新的特征。

"以意逆志"是指理解作品要结合写作背景和作者所处时代环境,才能把握主旨,避免望文生义、断章取义。乾嘉诗论家对这种批评方法的运用相当普遍、娴熟,表现为在整理前人诗集时多附新撰或补订年谱,以便更加准确理解作品。如陶澍有《靖节先生年谱考异》,赵殿成有《王右丞年谱》,王琦有《李太白年谱》,杨伦有《杜工部年谱》,冯浩有《玉溪生年谱》,蔡上翔有《王荆公年谱考略》,钱大昕有《陆放翁年谱》《弇州山人年谱》,翁方纲有《元遗山先生年谱》《虞文靖公年谱》,凌廷堪有《元遗山先生年谱》,李调元有《升庵先生年谱》,温汝适有《张曲江年谱》,汪立名有《白香山年

---

① 叶维廉:《中国诗学》,生活·读书·新知三联书店1992年版,第4页。

② 叶维廉:《中国诗学》,第9—10页。

③ 张伯伟:《中国古代文学批评方法研究》,中华书局2002年版,第8页。

谱》。这些年谱广泛搜集传记史料，考证精密，为正确理解作品奠定了坚实的基础。如《玉溪生诗详注》乃有感于前代注家未能透彻阐明义山诗作主旨而作，冯浩《玉溪生诗详注发凡》云：

年谱乃注释之根干，非是，无可提挈也。义山官秩未高，事迹不著，史传岂能无讹舛哉？今据诗文证之时事，一生之历涉稍详，史笔之遗漏或补，读者宜细阅之。

说诗最忌穿凿，然独不曰"以意逆志"乎？今以"知人论世"之法求之言外隐衷，大堪领悟，似凿而非凿也。如《无题》诸什，余深病前人动指令狐，初稿尽为翻驳，及审定行年，细探心曲，乃知屡启陈情之时，无非借艳情以寄慨，盖义山初心依恃，惟在彭阳，其后郎君久持政柄，舍此旧好，更何求援？所谓"何处哀筝随急管"者，已揭其专壹之苦衷矣。今一一诠解，反浮于前人之所指，固非敢稍为附会也。若云通体一无谬戾，则何敢自信？①

冯浩强调对诗歌的理解应结合诗家生平事迹，知人论世，这样才能避免穿凿附会，这也是乾嘉考据学所遵守的基本学术原则。如《故番禺侯以赃罪致不辜事觉母者他日过其门》："饮鸩非君命，兹身亦厚亡。江陵从种橘，交广合投香。不见千金子，空余数仞墙。杀人须显戮，谁举汉三章。"前代注家一般仅注东吴丹阳太守李衡种橘和东晋广州刺史吴隐之把沉香投湖两个典故，冯浩首先考辨了诗题"母者"，其云："徐曰：'者，一作老，当从之。'按：诸本或无此二字，朱氏笺本席氏所刊从宋本，皆有之。'母者'，谓母之者。制题欲晦之耳，不可改老……玩诗意，'母者'二字不可删。过其门，乃母者过其门，非义山过之也。《后汉书·刘盆子传》：'琅邪海曲有吕母者，子为县吏，犯小罪，宰论杀之。吕母聚客，规以报仇。'字似可借据。"②先结合前

① 李商隐撰，冯浩注：《玉溪生诗详注》，《续修四库全书》第1312册，第282页。
② 李商隐撰，冯浩注：《玉溪生诗详注》卷一，《续修四库全书》第1312册，第326页。

代版本，认为"母者"不可改为"母老"，又结合《后汉书》对题目含义加以说明。对诗篇结构、主旨，冯浩也有详细阐释：

> 《旧书·胡证传》：太和二年，证卒于岭南使府。广州有海之利，货贝狎至，证善蓄积，务华侈，童奴数百，于京城修行里起第，岭表奇货，道途不绝，京邑推为富家。证素与贾𫗧善，及李训事败，禁军利其财，称证子溵匿𫗧，乃破其家。一日之内，家财并尽。执溵入左军，士良命斩之以狗，诗为此发也。首用萧望之事，取事由宦官，非天子意，不重饮鸩事；次句伤溵之不能散遗赀；三四言遗子以财，当善为术，奈何以黩货害之；五六伤母之者过其门也；结联从母者意中说，方见冤痛之情张。读《宣室志》，亦载此事，云溵以文学知名，太和七年春，登进士第。盖贾𫗧为礼部侍郎也。[①]

冯浩先引《旧唐书·胡证传》详细说明胡溵被杀始末，点明创作缘由，然后对正文详加阐释，首联斥责宦官草菅人命，颔联叹息胡证处世不敏，颈联对胡母遭遇表示同情，最后以胡母口吻叹惜冤情。可以看出，冯浩立足于相关史料，再结合个人的阅读体验，对作品创作背景、主旨、结构做出了相对令人信服的分析，完全避免了中国古典诗学常见的"任意的，不负责任的印象批评"的流弊。

值得注意的是，乾嘉诗家已意识到使用"以意逆志"评价作品容易出现机械附会史实的偏颇，故强调结合个人审美体验等多种因素，审慎地理解作品。黄子云《野鸿诗的》云："当于吟咏时，先揣知作者当日所处境遇，然后以我之心，求无象于窅冥惚恍之间，或得或丧，若存若亡，始也茫焉无所遇，终焉元珠垂曜，灼然毕现我目中矣。"[②]认为理解作品首先要结合作者当日的境遇，"先揣知作者当日所处境遇"，还要调动个人的审美体验。吴雷发《说诗

---

① 李商隐撰，冯浩注：《玉溪生诗详注》卷一，第327页。

② 黄子云：《野鸿诗的》，《清诗话》下册，上海古籍出版社1978年版，第847—848页。

菅蒯》云：

> 诗贵寓意之说，人多不得其解。其为庸钝人无论已；即名士论古人诗，往往考其为何年之作，居何地而作，遂搜索其年、其地之事，穿凿附会，谓某句指某人，某句指某事。是束缚古人，苟非为其人、其事而作，便不得成一句矣。且在是年只许说是年话，居此地只许说此地话；亦幸而为古人，世远事湮，但能以意度之耳。若今人所处之时与地，昭然在目，必欲执其诗而一一皆合，其尚可逃耶？难乎免矣！ [①]

他认为作品虽然根植于时代、社会，但不是机械地反映，其间难免会融入诗人的主观体验，读者要善于体会作品蕴含的意旨，切忌把诗歌与史事机械混同。这些论述兼顾了诗歌艺术审美特征，有助于更加恰当地运用"以意逆志"这种批评方法。

"推源溯流"法主要考察作品与作品的关系。诗人创作离不开对前人的继承和学习，通过考察诗人的创作渊源，更有利于准确把握诗家独特的艺术风貌。钟嵘《诗品》已经非常熟练地运用这种方法评论诗家作品，如论古诗"其体源出于《国风》"、论李陵"其源出于楚辞"等。乾嘉诗家论诗人创作，也非常重视考辨源流。如李调元《雨村诗话》云：

> 李诗本陶渊明，杜诗本庾子山，余尝持此论，而人多疑之。杜本庾信矣，李与陶似绝不相近。不知善读古人书，在观其神与气之间，不在区区形迹也。如"问余何事栖碧山，笑而不答心自闲。桃花流水杳然去，别有天地非人间"，岂非《桃源记》拓本乎？ [②]

对李白、杜甫两家诗歌艺术风貌、创作渊源的揭示颇具新意。这种论诗方式在

---

① 吴雷发：《说诗菅蒯》，《清诗话》下册，上海古籍出版社1978年版，第903页。

② 李调元著，詹杭伦、沈时蓉校正：《雨村诗话校正（二卷本）》卷下，巴蜀书社2006年版，第13页。

诗话和诗集序跋之中相当普遍。

除了通过考辨源流论述个体的作品风貌，众多乾嘉诗论家有意通过诗话或诗选凡例对某种体裁的诗歌流变加以系统论述，如沈德潜《唐诗别裁集·凡例》论七律云：

> 七言律，平叙易于径直，雕镂失之佻巧，比五言更难。初唐英华乍启，门户未开，不用意而自胜。后此摩诘、东川，春容大雅，时崔司勋、高散骑、岑补阙诸公，实为同调，而大历十子及刘宾客、柳柳州，其绍述也。少陵胸次阔阔，议论开辟，一时尽掩诸家，而义山咏史，其余响也。外是曲径旁门，雅非正轨，虽有搜罗，概从其略。①

沈德潜一方面继承明七子，承认盛唐王维、李颀、崔颢、高适七律的典范地位，另一方面，又认为中唐大历十才子、刘禹锡、柳宗元继承盛唐，同样可以成为师法的对象。然后强调杜甫七律的创新意义，并视为最高典范，并指出李商隐咏史七律承袭老杜，不能因晚唐身份而否定其价值。可以看出，乾嘉诗论家不但具有明确的体系意识，而且建构起相对符合创作实际的理论体系，态度相当严谨，结论相当缜密，绝非"武断"或"印象式"。

（二）乾嘉诗学对传统诗学命题的修正

乾嘉学者的丰硕成果离不开对实事求是治学精神的坚持和科学研究方法的使用，这种治学精神和研究方法促使他们在诗学领域同样不盲从古人、不迷信权威，对众多诗学问题的思考也更加成熟。

其一，关于创作主体修养，乾嘉诗论家均认识到学问的关键作用。传统诗学论及创作主体修养，大致有两种观念：一是强调后天道德境界的提高，如《孟子》"知言养气"说、韩愈"气盛言宜"说，他们认为既然诗品是人品的表现，道德修养自然是诗歌价值的决定因素。二是主张先天气质个性对诗品的决定因素，如曹丕"文以气为主"之论。从乾嘉诗论家对主体修养的论述来

---

① 沈德潜：《唐诗别裁集》，上海古籍出版社1979年版，第3页。

看，他们都认为学问是提升诗艺的决定因素。一方面，道德境界只是诗歌创作的前提条件，优秀诗人必须广泛阅读前人作品，熟练掌握诗歌技巧，这些都离不开读书学习。另一方面，创作天分来自天赋，非人力所为，对多数人而言，通过读书提高能力比较切实可行。因此，重视学问成为乾嘉诗学的共识。如沈德潜《许双渠〈抱山吟〉序》云："古人无不学之诗。李太白旷世逸才也，而其始读书匡山，至十有九年；杜少陵自言所得云：'读书破万卷，下笔如有神。'知古人所以神明其业者，未有不从强学而得者也。自严沧浪有'诗有别才，非关学也'之语，而误用其说，遂以空疏鄙倍之辞时形简帙，而原本载籍者罕焉。其去诗道日以远矣，故诗虽超诣之难，而尤不根柢于学之足患。"①以天分著称的袁枚同样重视学问，其云："后之人未有不学古人而能为诗者也。然而善学者，得鱼忘筌；不善学者，刻舟求剑。"②钱大昕《瓯北集序》云："夫唯有绝人之才，有过人之趣，有兼人之学，乃能奄有古人之长，而不袭古人之貌，然后可以卓然自成为一大家，今于耘菘先生见之矣。"③也把学问视为大家的基础。可以看出，乾嘉诗论家对创作主体修养的论述已经不再拘泥于人品或天分，不约而同地强调学问。

其二，关于诗歌表现领域，传统观念认为"诗言志"，受此影响，钟嵘《诗品》对以说理为主的玄言诗、刻画景物的山水诗有所排斥，严羽《沧浪诗话》也对诗歌议论说理持否定意见。乾嘉时期，在认同诗歌抒情本质的前提下，乾嘉诗论家并不排斥说理、叙事、摹景、咏物诗，大大拓展了诗歌的表现领域。他们虽然强调诗歌创作中学问的重要作用，但已经意识到诗歌和学术的明显区别，如沈德潜《汪荼圃诗序》云："作诗谓可废学，持严仪卿'诗有别才'之说而误用之者也。而反其说者，又谓诗之为道，全在征实，于是融洽贯穿之弗讲，而剿猎僻书，纂组繁缛以夸奥博，若人挟类书一部，即可以诗人自

---

① 沈德潜著，潘务正、李言编辑点校：《沈德潜诗文集》第三册《归愚文钞》卷十三，人民文学出版社2011年版，第1344页。

② 袁枚著，顾学颉校点：《随园诗话》卷二，人民文学出版社1982年版，第49页。

③ 钱大昕撰，吕友仁校点：《潜研堂集》文集卷二十六，上海古籍出版社2009年版，第439页。

诩者。究之驳杂支离，锢其灵明，愈征实用愈无所得。"①诗歌创作离不开学问，但重在表现性情。浙派诗人同样意识到两者的区别，杭世骏《李太白集辑注序》云："作者不易，笺疏家尤难。何也？作者以才为主，而辅之以学，兴到笔随，第抽其平日之腹笥，而纵横曼衍，以极其所至，不必沾沾獭祭也。为之笺与疏者，必语语核其指归而意象乃明，必字字还其根据而证佐乃确。"②他认为要以诗人的态度从事诗歌创作，以学者的态度从事学术研究。包括被袁枚讥讽为"误把抄书当作诗"的翁方纲，当时已被好友钱载规劝：

> 七古仍以对为佳，又必以整为佳，不可专作长短句，此也要紧说话也。今已入妙境，有味之至。此后只要准绳秾郁，以情胜，则更妙矣。从前之作，可存者须即挨次存之。其有长序者，略节之，否则改为题下注。又有成题，诗后有一段记出者，此皆非本例，况亦不可烦言。诗所以不注而自明。不多注而易明者，为上。不得已而注，则亦不可多。③

钱载在信中提醒翁方纲作诗要"以情胜"，诗歌题目不宜过长，不要依靠注释使诗意彰显。可见，在重情的前提下，乾嘉诗论家对诗歌本质的理解更加具有开放性。因此，一度被前代诗学视为"异端"的齐梁诗、宫体诗、山水诗、以叙事见长的新乐府、西昆体等作品，在乾嘉时期重新获得关注。

其三，复古与革新的统一。传统诗学虽然强调复古与创新统一，但就某一时期而言，往往是偏重于一端。乾嘉诗论家既重视对古代典范的学习，又提倡个人面目的彰显，较好做到了复古与革新的统一。袁枚《续诗品》独标"著我"一目，云："不学古人，法无一可。竟似古人，何处著我？字字古有，言言古无。吐故吸新，其庶几乎？孟学孔子，孔学周公，三人文章，颇不相

---

① 沈德潜著，潘务正、李言编辑点校：《沈德潜诗文集》第三册《归愚文钞》卷十二，第1328页。

② 杭世骏：《道古堂文集》卷八，《续修四库全书》第1426册，第278页。

③ 潘中华：《钱载年谱》，南京师范大学2008年博士论文，第163页。

同。"①强调诗歌要表达出自己的精神风貌，学古中要有创新。赵翼认为创新是诗歌发展的必然要求，《论诗》云："满眼生机转化钧，天工人巧日争新。预支五百年新意，到了千年又觉陈"，"李杜诗篇万口传，至今已觉不新鲜。江山代有才人出，各领风骚数百年"。②追求创新的精神跃然纸上。而格调派也并非向袁枚所批评的那样一味拟古，沈德潜《王东溆〈柳南诗草〉序》言："夫诗道之坏，在性情境地之不同，而务期乎苟同。前明中叶，李献吉、何大复以复古倡率天下，天下靡然从风，家北地而户信阳。于是土苴文绣诟讪。当时咎学李、何者，并李、何而咎之。后济南、娄东绍述李、何，天下皆王、李也。公安、竟陵，掊击王、李，天下皆二袁、钟、谭也。"③也批评那种师古不知变化的学诗方式。舒位在《乾嘉诗坛点将录》中为自己写的赞语中，也强调善于变化的重要性："弃尔弓，折尔矢，高固王篇有如此，似我者拙，学我者死，一一击走十五子。"④至于翁方纲，其倡导肌理说，一个重要的原因是他想在宗唐或宗宋之外探索出一条新的诗学道路，体现的仍是一种探索追求的进取精神。

二、古典诗歌经典体系的完美建构

由于学理批评的深入发展，乾嘉诗论家对"何为经典"做出了更加令人信服的回答，那些一度受到忽视的优秀作家作品在此期获得了应得的诗学地位，所建构的古典诗歌经典体系更加完美。

（一）古体诗经典体系的拓展

近体诗在唐代的定型是中国诗歌发展的分水岭，受其影响，唐代古体诗的

---

① 刘衍文、刘永翔合注：《袁枚续诗品详注》，上海书店出版社1993年版，第177页。

② 赵翼撰，曹光甫校点：《赵翼全集》第六册《瓯北集》卷二十八，凤凰出版社2009年版，第510页。

③ 沈德潜著，潘务正、李言编辑点校：《沈德潜诗文集》第三册《归愚文钞》卷十二，人民文学出版社2011年版，第1329—1330页。

④ 舒位：《乾嘉诗坛点将录》，《双梅影闇丛书》本，海南国际新闻出版中心1998年版，第344页。

创作已不同于汉、魏古诗，走上了人工声律的道路。[①]历代诗论家关于古体诗的争论则是围绕唐代这种人工声律古体诗的诗学地位而展开的。

对五言古诗，明代诗学的主流观念是坚持汉、魏诗歌的正宗地位，否定唐代诗歌。如何景明《海叟集序》云："盖诗虽盛称于唐，其好古者自陈子昂后，莫若李、杜二家。然二家歌行近体，诚有可法；而古作尚有离去者，犹未尽可法之也。故景明学歌行、近体有取于二家，旁及唐初、盛唐诸人；而古作必从汉、魏求之。"[②]与此相关，李攀龙《古今诗删》也明确提出："唐无五言古诗，而有其古诗。陈子昂以其古诗为古诗，弗取也。"[③]随着明末以来对明七子极端复古主张的批评，乾嘉诗家很少再把五古经典局限于汉、魏古诗，而是认为阮籍、陶渊明及众多唐诗大家均堪称典范。在沈德潜《唐诗别裁集·凡例》中，可供师法的五言古诗最高典范包括三类：一是传统诗学所公认的汉魏作品，它们采用《诗经》比兴手法，具有比较深厚的社会政治内涵。汉魏之后，阮籍、陈子昂、张九龄、李白都属此类。二是陶渊明，其作虽对政治时事较少涉及，但在自然景物的描写之中透露作者高蹈于世的情怀，语言平淡但不乏警策，朴素之中见绮丽，唐代王维、孟浩然、韦应物、柳宗元属于此派。三是杜甫，杜诗多使用铺叙手法，以叙事见长，同时融入家国之感，完美地践行了诗歌的观风知政、讽谏上政的功能。

沈德潜对五古经典体系的建构并非个案，乾嘉众多诗人很少再把汉、魏五古视为唯一典范，而是承认不同时代的作品各有所长，主张兼容并取。如纪

---

① 陈伯海说："唐代古体诗固然没有像近体诗那样建构出一套严整的格律，但它既然与近体共存共荣，就不能不受到近体诗声律的影响。这种影响又可以大别为两个方面：一是正面的影响，导致古体诗的律化运动；二是负面的影响，造成古体诗的反律化倾向。前者多用律句，骈散相间，平仄互转，产生和谐流畅的音韵节奏，称为'入律的古风'，从'四杰'、盛唐的歌行到元、白'长庆体'多取这条路子；后者常用拗句，破偶为奇，平仄倒置，构成拗怒顿挫的声腔调门，叫做'不入律古风'，杜甫、韩愈的长篇大章喜用此调。而不论是入律或不入律，是律化或反律化，它们共同表明：唐代古体诗在体制形式上已经不同于汉、魏古诗，它失去了那种自然的音节，走上了人工声律的道路。"（陈伯海：《唐诗学引论》，东方出版中心2007年版，第14页。）

② 何景明：《何大复集》卷三十四，中州古籍出版社1989年版，第595页。

③ 李攀龙：《沧溟先生集》卷十五，上海古籍出版社1992年版，第377页。

昀评王士禛《古诗选》云："夫五言肇于汉氏，历代沿流，晋、宋、齐、梁，业已递变其体格。何以武德之后不容其音响少殊？使生于隋者，如侯夫人《怨词》之类，以正调而得存；生于唐者，如杜甫之流，亦以变声而见废。且王粲《七哀》何异杜甫之'三别'？乃以生有先后，使诗有去留。揆以公心，亦何异李攀龙'唐无五言古诗，而有其古诗'之说乎？"①明确指出《古诗选》于唐代只选陈子昂、张九龄、李白、韦应物、柳宗元等五人过于偏狭，重蹈李攀龙覆辙。翁方纲也有类似论断，其《书李石桐重订主客图后二首》云："五言古诗，汉魏以上区为高格，唐宋以下区为变格，此非知言者也。"②承认唐宋五古的经典地位。

随着唐人五古地位的上升，之前不甚受重视的一些诗人的诗学地位大大提升。如王昶《舟中无事偶作论诗绝句四十六首》对江淹、徐陵、庾信、温子升、邢邵多有赞赏。赵文哲《娵雅堂诗话》云："五言古，如《古诗十九首》及苏（武）、李（陵）'河梁'诸作，犹是《三百篇》之遗，皆当熟读深思，然却规模不得。陈思王（植）首开风气，下如阮（籍）之《咏怀》、左（思）之《咏史》、郭（璞）之《游仙》以及二陆、三张之属，皆卓然大家，并宜讽诵，然其境诣，犹非初学所易津逮也。"③接着又提及陶渊明、谢灵运、谢朓、颜延年、鲍照、江淹、何逊、庾信等众多诗人。

明代胡应麟在总结五古发展史时曾说："五言盛于汉，畅于魏，衰于晋、宋，亡于齐、梁。"④乾嘉诗家很少有人认同这种论断。一方面，陶渊明已被普遍视为足以与汉、魏并称的最高典范之一。另一方面，唐代五古的经典地位也成为共识，影响所及，六朝颜延年、江淹等曾被钟嵘《诗品》列为中品的诗家也受到关注，明七子所建构的五古经典体系得到了根本拓展。

---

① 永瑢等：《四库全书总目》卷一百九十四，中华书局1965年版，第1769页。

② 翁方纲：《复初斋文集》卷十八，《续修四库全书》第1455册，第532页。

③ 赵文哲：《娵雅堂别集》卷四，《四库未收书辑刊》第10辑第26册，第474页。

④ 胡应麟：《诗薮》内编卷二，上海古籍出版社1979年版，第22页。

明清诗学的主流观念是把歌行等同于七言古诗①，一般认为曹丕《燕歌行》是第一首标准的七言古诗。之后，七言诗创作逐渐增多，如《玉台新咏》第九卷除部分四言诗、六言诗和不含七言的杂言诗外，其余都是七言诗，达74首。总体来看，七古在唐前的创作总量远远少于五古，它的创作高峰是唐代。

唐人七古根据声律的不同可分两个时期：初唐时期，四杰、刘希夷、张若虚等人讲究自然的声律；初唐之后，众多诗人的七古创作不可避免地走上了人工声律的道路。历代诗论家对七古的争论主要是围绕两个时期七古的地位高下而展开的。何景明《明月篇序》曰：

> 仆读杜子七言诗歌，爱其陈事切实，布辞沉着，鄙心窃效之，以为长篇圣于子美矣。既而，读汉魏以来歌诗及唐初四子者之所为。而反复之，则知汉魏固承三百篇之后，流风犹可征焉。而四子者虽工富丽，去古远甚，至其音节，往往可歌。乃知子美辞固沉着，而调失流转，虽成一家语，实则诗歌之变体也。夫诗本性情之发者也，其切而易见者，莫如夫妇之间。是以三百篇首乎雎鸠，六义首乎风。而汉魏作者，义关君臣、朋友，辞必托诸夫妇，以宣郁而达情焉。其旨远矣！由是观之，子美之诗，博涉世故，出入夫妇者常少，致兼雅颂，而风人之义或缺，此其调反在四子之下与？②

何景明认为初唐七古虽"去古远甚，至其音节，往往可歌"，而杜甫七古"调失流转"，又事理填塞，相对于汉、魏以来的七古审美特征来说是变体，因此从高下价值评判来看，初唐七古其实是高于盛唐诸人的。此序可代表明七子对七古体裁的经典论述，包括胡应麟在内的诸多诗论家均受此论影响，《诗

---

① 薛天纬指出，歌行始出乐府，宋人始将歌行与乐府相区分，并强调了歌行的"歌辞性诗题"，《文苑英华》还将一些不具有"歌辞性诗题"的七古纳入歌行。王世贞、胡应麟、胡震亨、许学夷等人明确将歌行与七古视为一体，但吴讷与徐师曾却将歌行与七古相区别。至清代，将歌行等同于七古几乎成为论者的共识。（薛天纬：《唐代歌行论》，人民文学出版社2006年版，第460—473页。）

② 何景明：《何大复集》卷十四，中州古籍出版社1989年版，第210—211页。

薮》云："《燕歌》初起魏文，实祖柏梁体，《白纻词》因之，皆平韵也。至梁元帝'燕赵佳人本自多，辽东少妇学春歌。黄龙戍北花如锦，玄兔城头月似娥'，音调始协。萧子显、王子渊制作浸繁，但通章尚用平韵转声，七字成句，故读之犹未大畅。至王、杨诸子歌行，韵则平仄互换，句则三五错综，而又加以开合，传以神情，宏以风藻，七言之体，至是大备。"[1]同样基于自然声律所带来的审美效果而对初唐七古加以推崇。

乾嘉诗家论七古时，很少单独以自然或人工的声律作为衡量标准，而是基于艺术风貌、情感内容等因素加以综合评判，在肯定各期作品各有所长的前提下，把盛唐七古树立为创作的最高典范。沈德潜《唐诗别裁集·凡例》云：

> 《大风》《柏梁》，七言权舆也。自时厥后，魏、宋之间，时多杰作，唐人出而变态极焉。初唐风调可歌，气格未上。至王、李、高、岑四家，驰骋有余，安详合度，为一体。李供奉鞭挞海岳，驱走风霆，非人力可及，为一体。杜工部沉雄激壮，奔放险幻，如万宝杂陈，千军竞逐，天地浑奥之气，至此尽泄，为一体。钱、刘以降，渐趋薄弱，韩文公拔出于贞元、元和间，踔厉风发，又别为一体。七言楷式，称大备云。

沈德潜认为汉高祖《大风歌》和武帝《柏梁台诗》是七古的开始，至唐代才迎来七古创作的高峰。唐人七古由于艺术风貌的不同可以分为四类：王维、李颀、高适、岑参"安详合度"，李白才力标举，杜甫"沉雄激壮"，韩愈"踔厉风发"，它们都堪称师法典范。初唐七古虽然如何景明所言，音节婉转可歌，但缺少雄浑的气势，不足以成为最高的典范。在沈德潜所建构的七古经典体系中，盛唐和韩愈被树立为最高典范，其他时期只是处于从属的地位。

赵文哲对七古典范的建构更加宽容，除了认同王维、李颀、李白、杜甫、韩愈的崇高地位外，他对晚唐李商隐及后代许多诗人均有接纳。《媕雅堂诗话》云：

---

① 胡应麟：《诗薮》内编卷三，上海古籍出版社1979年版，第46页。

　　李义山（商隐）《韩碑》一篇，格律俱妙，可为程序。

　　七古以盛唐人为极则，然尽其变，必极之宋人而后已，所谓变而不失其正者也。欧阳文忠（修）、王荆公（安石）皆称大家，而苏东坡（轼）尤变化不可方物。东坡本深于禅，即不作禅语，而拈来是道，皆从妙悟流出。陆放翁笔力雄独，词气悲壮，读之令人感慨。后人反学其七律，慎矣。后如元遗山（好问）、虞伯生（集），皆堪继美，然才力已弱。

　　有明七古，如刘伯温（基）之《二鬼》学唐之卢同、马异、刘叉，而才气十倍前人，然已稍诡于正矣。高季迪颇近太白，间学韩、苏，其清俊处如王谢子弟，健利处如幽并少年，洵属神品，同时吴中四杰惟张来仪（羽）七古足与季迪并驱。后如李东阳全学昌黎，稍伤平衍。李空同、何大复竟体杜陵，其顿挫断续擒纵处已得神髓，为有明一代之冠。徐昌谷（祯卿）规抚摩诘、东川，而逸气实近太白，亦堪鼎足。王元美（世贞）乐府千秋绝调，而七古颇放，可以无取。

　　本朝王渔洋七古全学韩、苏，稍嫌清薄，然无可瑕摘，究为初学所宜取法。朱竹垞初学盛唐，晚乃入宋，其才气突过渔洋。陈其年亦学韩、苏，较之渔洋，才似胜而所造较浅。梁药亭（佩兰）豪气未除，要非小才可及。吴汉槎（兆骞）学盛唐之王、李，而上或染指初唐四子，下或滥觞中唐元白，竟体精研，允堪程序。惜其集流传绝少，又未见于选本也。[①]

　　赵文哲把晚唐李商隐《韩碑》视为典范，又认为宋代欧阳修、苏轼、陆游，明代刘基、高启、张羽、李东阳、李攀龙、何景明、徐祯卿，清代王士禛、朱彝尊、陈其年、梁佩兰、吴兆骞在七古创作中成就巨大，堪为典范。在他建构的七古经典体系中，既不再依据时代先后，又不再拘泥于声律的自然与人工，兼容并取的特点相当鲜明。

　　王昶也持同样论断，《示朱生林一》云："七言古诗，变化多端。要以风

------

① 赵文哲：《娟雅堂别集》卷四，《四库未收书辑刊》第10辑第26册，第476—477页。

橧阵马，行于盘旋屈曲中，而开阖顿挫，言之高下，声之长短，无不皆宜。此必将杜、韩、苏、陆、元遗山、高青邱、李空同、陈卧子及本朝王贻上、朱竹垞诸家，择而熟读，当自得之。"①对宋、明、清众多诗家加以接纳。郑虎文《训士八则》论述得更加细密：

> 七言古，高祖《大风歌》、武帝《秋风辞》，其权舆也。宋之鲍照，
> 唐之青莲，其先河后海也。工部沉雄顿挫，出没变化，无体不备，当时与
> 为抗者，青莲一人而已。王摩诘、岑嘉州、高达夫，又其次也。若唐之退
> 之，宋之永叔、介甫、东坡、鲁直，皆工部之云礽也。北宋以后，若陆放
> 翁、元遗山、虞伯生、高青邱，又东坡之云礽也。学者以工部为宗主，以
> 苏、韩为阶梯，而出入于诸家之间于以沿波讨源，则是非可不谬矣。②

他虽然重申《大风歌》七古初始的地位，但认为七古的高峰是盛唐李白、杜甫两家。此外，王维、岑参、高适等盛唐诗人七古成就仅次于李、杜，韩愈、欧阳修、王安石、苏轼、黄庭坚继承杜甫，陆游、元好问、虞集、高启继承苏轼，都值得效法。可见，郑虎文对何景明独尊初唐的偏狭特加纠正，对历代七古创作的定位更加圆融。

综上而言，乾嘉诗家虽然沿袭明七子辨体思路，但他们不再机械地把时代先后与艺术高下等同起来，而是基于艺术风貌的细致辨析，对各家作品的诗学地位做出较为客观的定位。他们所推崇的五古、七古典范，已不再局限于汉、魏、初唐，而是拓展到盛唐以至元、明，转益多师、兼收并取的特征尤其鲜明。

（二）盛唐近体诗正宗地位的重新确立

传统诗学论及近体诗典范，以严羽影响最大。《沧浪诗话》云："推原

---

① 王昶著，陈明洁、朱惠国、裴风顺点校：《春融堂集》卷六十八，上海文化出版社2013年版，第1130页。

② 郑虎文：《吞松阁集》卷四十，《四库未收书辑刊》第10辑第14册，第416页。

汉、魏以来,而截然谓当以盛唐为法。"①受此影响,明七子论及近体诗师法典范,对中晚唐诗人一直持否定态度。下表是李攀龙《古今诗删》所选唐人五律、七律、五绝和七绝的数量和比例:

	初唐	盛唐	中晚唐	共计
五律	32（25.8%）	78（62.9%）	14（11.3%）	124（100%）
七律	16（20.8%）	51（66.2%）	10（13%）	77（100%）
五绝	10（12.8%）	34（43.6%）	34（43.6%）	78（100%）
七绝	9（13.6%）	81（48.8%）	76（45.8%）	166（100%）

从李攀龙所选这四类近体诗的数量和所占比例来看,中晚唐律诗的入选数量和比例均远远少于初盛唐,但绝句似乎相差不大。是不是李攀龙比较重视中晚唐绝句呢?如果结合这两种体裁创作总量来看,并非如此。施之愉曾就《全唐诗》中存诗一卷以上的诗人加以统计,初唐五绝共172首,盛唐279首,中唐1015首,晚唐674首,中晚唐五绝的创作总量约是盛唐的7倍;初唐七绝77首,盛唐472首,中唐2930首,晚唐3591首,中晚唐七绝的创作总量约是盛唐的14倍。②与创作总量相比,不难发现李攀龙肯定盛唐、否定中晚唐诗歌的倾向是多么明显。胡应麟《诗薮》云:"学五言律,毋习王、杨以前,毋窥元、白以后。先取沈、宋、陈、杜、苏、李诸集,朝夕临摹,则风骨高华,句法宏赡,音节雄亮,比偶精严。次及盛唐王、岑、孟、李,永之以风神,畅之以才气,和之以真澹,错之以清新,然后归宿杜陵,究竟绝轨,极深研几,穷神知化,五言律法尽矣。"③又云:"五七言律,晚唐尚有一联半首可入盛唐,至绝句,则晚唐诸人愈工愈远,视盛唐不啻异代。非苦心自得,难领斯言。"④这正是七子派比较普遍的诗学观念。

随着明末对七子诗学的批评,时代先后已不再等同于价值高下,中晚唐和宋、元、明等各期近体诗均在诗学史上占有一定的诗学地位,由此导致清初诗论家所建构的近体诗经典体系已不再仅限于盛唐,中晚唐甚至宋元大家多被

① 严羽著,张健校笺:《沧浪诗话校笺》上册,上海古籍出版社2012年版,第185页。

② 施之愉:《唐代科举制度与五言诗的关系》,(香港)《东方杂志》第40卷第8期,1933年4月。

③ 胡应麟:《诗薮》内编卷四,上海古籍出版社1979年版,第58—59页。

④ 胡应麟:《诗薮》内编卷六,第109—110页。

接纳。①如康熙《全唐诗序》云："夫性情所寄，千载同符，安有运会之可区别？而论次唐人之诗者，辄执初、盛、中、晚，岐分疆陌，而抑扬轩轾之过甚。此皆后人强为之名，非通论也。"②这种观念堪称乾嘉诗学共识。赵文哲《媕雅堂诗话》云：

> 五律当以右丞为正宗，襄阳、嘉州为辅。太白逸矣，工部大矣，句语不无利病，择之须精。明之李空同、何大复、徐昌谷学李、杜而得其神者，后则谢茂秦（榛）明秀华整，斯为正则。
>
> 七律最难，鄙意先不取《黄鹤楼》诗，以其非律也。当以右丞、东川、嘉州数篇为准的。……稍降为中唐之钱、刘，无妨大雅。即再降为温、李，再降而为苏、陆，亦所不废。
>
> 五七绝以盛唐为主，蹊径颇狭，无歧出之患。然七绝当兼中晚之刘禹锡、李益、杜牧、李商隐诸家，并宋之苏东坡、陆放翁、姜白石（夔）及明之高青邱（季迪）、袁海叟（凯）、李空同、何大复、徐昌谷、李于鳞、徐惟和（熥）诸家。若王渔洋之婉约轻妍，其风致全学北宋人，故是神品。③

在赵文哲所建构的近体诗经典体系中，李梦阳、何景明、徐祯卿、谢榛五律均被视为"正则"，钱起、刘长卿、温庭筠、李商隐、苏轼、陆游七律"亦所不废"，七绝可供师法的典范更加宽广，从中唐刘禹锡、李益，到清代王士禛，均是"神品"。同是格调立场，赵文哲所建构的近体诗经典体系较明七子已大大拓展。郑虎文《训士八则》也有类似看法：

---

① 关于清初诗学对中晚唐诗歌的态度，可以参看张健先生《清代诗学研究》第三章、第四章相关论述（北京大学出版社1999年版）。

② 康熙：《圣祖仁皇帝御制文集》三集卷二十，《景印文渊阁四库全书》第1299册，第163页。

③ 赵文哲：《媕雅堂别集》卷四，《四库未收书辑刊》第10辑第26册，第477—478页。

五律宜求端梁陈间古诗，而以唐之李、杜、王、孟、韦、柳为矩矱。七律易为难工，宜就其性之所近而造焉。如学盛唐，少陵为上，摩诘次之。学中唐，梦得为上，微之次之，香山又次之。学晚唐，玉溪、樊川为上，温、许次之。学宋，东坡为上，剑南次之。五绝，六朝之小乐府皆是也，唐则摩诘为上。七绝，断以青莲、龙溪为准的，而依类以求之，历代可诵法者甚多。惟少陵一体，毕竟别调，不必学也。①

在郑虎文所建构的经典体系中，绝句仍然只有盛唐，但五律推崇韦应物、柳宗元，七律推崇刘禹锡、元稹、白居易、李商隐、杜牧、苏轼、陆游，仍然明确把这些中晚唐诗人纳入经典体系之中。

值得注意的是，与清初诗学尤喜中晚唐不同，乾嘉多数诗家对中晚唐的接纳是以把盛唐近体诗视为正宗为前提的。如沈德潜《唐诗别裁集》入选五律451首，其中初唐65首、盛唐191首、中晚唐195首，从数量和比例来看相当重视中晚唐。但沈德潜评刘长卿却云："中唐诗近收敛，选言取胜，元气不完，体格卑而声调亦降矣。"②评司空曙《云阳馆与韩绅宿别》云："三四写别久忽遇之情，五六夜中共宿之景，通体一气，无馀钉习，尔时已为高格矣。"③评贾岛《赠王将军》云："中晚五律，亦多佳制，然苍莽之气不存，所以难与前人分道。此篇庶几近之。"④言语之间流露出对中唐创作风气渐衰的不满，似乎又在重弹明七子否定中晚唐的老调。翁方纲《唐人律诗论》云：

律诗则自唐始也，其必以唐人律诗俎豆不祧，无疑也。然而源流升降之故难言之矣。古诗自汉、魏讫陈、隋，其正变得失，人皆知之。至于律则概之曰唐律云尔，岂惟浑概云唐律哉。乃至言五律者，专习为大历十子，以为五律之正也。乃至近日言七律者亦自中晚唐作者言之，其他人不

---

① 郑虎文：《吞松阁集》卷四十，《四库未收书辑刊》第10辑第14册，第417页。
② 沈德潜：《唐诗别裁集》卷十一，上海古籍出版社1979年版，第363页。
③ 沈德潜：《唐诗别裁集》卷十一，第377页。
④ 沈德潜：《唐诗别裁集》卷十二，第400页。

知者勿论已，即以新城王渔洋深于诗者，亦首举刘文房七律以教后学，然则古诗第从何逊、吴均以下为圭臬也，可乎？论古诗者，必由建安、黄初以衷诸谢、鲍，则唐律自必由右丞、少陵基之，未有可畏难而小就者也。若近人之拈举贾长江、姚武功五律者，则将谓古诗必以齐梁陈之作为职志欤？①

翁方纲也承认唐人律诗的经典地位，但同时指出，诗坛一味推崇大历十才子、刘长卿、贾岛、姚合等中晚唐诗人，犹如把齐梁诗视为古诗最高典范一样，并不恰当。

总之，在建构近体诗经典体系时，乾嘉诗家一方面吸收了明末以来否定七子、肯定中晚的主张，对中晚唐及后代近体诗多有接纳。另一方面，他们也吸收了严羽、明七子师法盛唐的观念，重申盛唐近体诗的典范地位，呈现出转益多师、兼收并取的特点。

（三）宋诗典范地位的确立

乾嘉诗学的另一贡献是确立了宋诗在中国诗歌史上的经典地位，彻底否定了"宋无诗"这类极端主张。此后，宋诗作为与唐诗艺术风格迥异的诗学典范被诗坛普遍接受。

首先，乾嘉诗家对宋诗艺术特点做出相当细致的分析，并对其诗学地位加以高度推崇。蒋士铨《辩诗》云："唐宋皆伟人，各成一代诗。变出不得已，运会实迫之。格调苟沿袭，焉用雷同词？宋人生唐后，开辟真难为。一代只数人，余子故多疵。敦厚旨则同，忠孝无改移。元明不能变，非仅气力衰。能事有止境，极诣难角奇。"②肯定了宋人勇于求变的创新精神。翁方纲《石洲诗话》指出："唐诗妙境在虚处，宋诗妙境在实处。"③对宋诗的特质加以详细辨析。所谓"唐诗妙境在虚处"，主要指唐诗以抒情为主，诗人通过富有韵

---

① 翁方纲：《复初斋文集》卷八，《续修四库全书》第1455册，第425—426页。

② 蒋士铨著，邵海清校，李梦生笺：《忠雅堂集校笺》第二册《忠雅堂诗集》卷十三，上海古籍出版社1993年版，第986页。

③ 翁方纲：《石洲诗话》卷四，人民文学出版社1981年版，第122—123页。

味的意境的营造，力求达到令读者体味不尽的审美效果。所谓"宋诗妙境在实处"，乃是指宋诗表现内容拓展到论事、言理、民生、国事，诗人不是追求言外之意的审美效果，而是力求叙事翔实，说理透彻，有助于国计民生。因此，唐宋诗不是朝代之分，而是代表两种不同的诗学传统。

翁方纲关于宋诗艺术风貌的论述是对严羽以来"唐宋诗之争"问题的完美解答，自此，宋诗作为一种全新的诗学典范逐渐成为诗坛普遍观念。如斌良《述怀》云："唐诗尚格律，宋诗贵机警。李杜万丈芒，黄苏驾并骋。余为漫评骘，代易笔则一。但写真性情，轩轾妄评骘。有唐三百载，有宋四百叶。国祚倘如周，一朝那分别。人心如其面，霎时千万变。秋蝉与春鹂，各自扬其声。"[①]同样从宋诗不同于唐诗的特征来肯定宋诗的诗学地位。钱锺书云："唐诗、宋诗，亦非仅朝代之别，乃体格性分之殊。天下有两种人，斯分两种诗。唐诗多以丰神情韵擅长，宋诗多以筋骨思理见胜。"[②]一方面指出诗分唐宋，另一方面又认为各有所长，这些精彩论断正是对乾嘉相关论述的发展。

其次，从创作实践来看，乾嘉众多诗家明确以宋诗作为师法对象，并从唐宋兼取的角度称赞宋人的诗歌创作。经历过清初声势浩大的宗宋诗潮，乾嘉时期众多诗家已经明确把宋诗作为效法的典范，并取得令人瞩目的创作成就。在学界公认的乾嘉九大诗学流派中，除高密诗派明确标举中晚唐诗之外，其他流派均有宗宋或唐宋兼取的倾向。如王昶《湖海诗传》评浙派诗人厉鹗云："所作幽新隽妙，刻琢研炼，五言尤胜，大抵取法陶、谢及王、孟、韦、柳，而别在自得之趣，莹然而清，窅然而邃，撷宋诗之精诣，而去其疏芜。时沈文悫公方以汉、魏、盛唐倡于吴下，莫能相掩也。"[③]徐世昌《晚晴簃诗汇》评秀水派诗人祝维诰云："豫堂与钱箨石、王受铭、朱偶圃、陈乳巢号南郭五子。诗宗西江，而去其生涩，宏肆类竹垞，雅洁俪秋锦，至其凌轹波涛，穿穴险固，

---

① 斌良：《抱冲斋诗集》卷二十六，《续修四库全书》第1508册，第357页。

② 钱锺书：《谈艺录》，中华书局1984年版，第2页。

③ 王昶著，周维德校点：《蒲褐山房诗话新编》卷上，人民文学出版社2011年版，第4页。

独往独来，自成馨逸，有拔戟劌垒于两家之外者。"①"宗宋"意味着创新求变，并不具有贬斥意味。因此，许多乾嘉诗家评论诗歌时，不但不避讳宋诗，反而立足于宋诗而称赞对方。如孙原湘《李昧霞诗序》云：

> 其为诗，输写性灵，牢笼物态。初若无所师承，徐味其旨，时出入于剑南、石湖之间。②

赵怀玉《息养斋诗序》云：

> 其诗出入乐天、务观，或作尧夫《击壤》嗣音，庶几得性情之正，一归温柔敦厚者欤。③

孙原湘认为李昧霞诗学习陆游、范成大，赵怀玉称赞蒋辛仲诗继承白居易、陆游、邵雍，且不说陆游和范成大，理学诗代表邵雍在这里也被赵怀玉接纳。可见，乾嘉诗论家的师法对象是多么宽广，更好地实践了杜甫"转益多师是汝师"的论诗宗旨。格调派盟主王昶《示戴生（敦元）》云："诗学。如《古诗纪》、《乐府解题》、《全唐诗》、《宋诗钞》、《宋诗存》、《元诗选》三集、《明诗综》诸书，亦宜浏览，其取法也，杜、韩、苏、陆称最，亦以一家为宗。"④格调派本以宗唐为特征，但在王昶心目中，苏轼、陆游与杜甫、韩愈均属第一流大家，学者应该兼取《宋诗钞》《宋诗存》。

由于宋诗典范地位的深入人心，乾嘉诗家的诗学理想自然是唐宋兼取。王昶《吴照南〈听雨斋诗集〉序》云："照南之从余游，盖十余年，于此每一见

---

① 徐世昌著，傅卜棠编校：《晚晴簃诗话》卷七十五，华东师范大学2009年版，第533页。

② 孙原湘：《天真阁集》卷四十二，《续修四库全书》第1488册，第327页。

③ 赵怀玉：《亦有生斋集》文卷四，《续修四库全书》第1470册，第55页。

④ 王昶著，陈明洁、朱惠国、裴风顺点校：《春融堂集》卷六十八，上海文化出版社2013年版，第1127页。

则其诗一变。初为盛唐，既而出入中晚，近又参以南北宋诸家。咸谓照南学之富，才之长，故能无所不能，而人莫能拟议，以测其变化，余独谓不然。"①潘奕隽《徐西湾同年诗集序》云："自为诸生逮入承明，赠答之篇，奏进之什，言情述德之作，罔不具在。皆根柢经术，抒写性灵，原本风骚，出入唐宋，渢渢乎温柔敦厚之遗，克谐和声之正则也。"②他们均已跳出"唐宋之争"的藩篱，在承认宋诗独特艺术风貌的前提下，高度肯定宋诗的典范地位，融合唐宋逐渐成为较为普遍的审美理想。

结合中国古代文学史著作来看，乾嘉诗家对古典诗歌体系的建构无疑是这些论著的重要理论资源。尽管不同文学史家所建构的古诗经典体系各有特色，但他们都以传统诗学作为基石，大量吸收乾嘉诗学相关论述。"汉魏风骨""四唐分期""双子星座""盛唐气象""中唐新变""晚唐余晖""唐宋之别"等诸多传统诗学观念或隐或显地出现在众多文学史著作之中，牢固支撑着不同文学史家所建构的古典诗歌经典体系。可以说，现代文学史家对古典诗歌富有个性色彩的论断是以乾嘉诗学诸多共识作为前提的。

第二节　乾嘉诗学的不足

任何人都难以摆脱时代造成的局限，乾嘉诗人也不例外。作为中国传统诗学的集大成时期，乾嘉诗学尚存在哪些不足？这些不足对后代诗学理论建设有哪些启发借鉴意义？应该是当代学者不容回避的问题。

一、经世传统的衰落

乾嘉诗学的主要不足表现为经世传统的衰落。韦勒克、沃伦《文学理论》曾指出文学研究有"内部研究"和"外部研究"之分，"内部研究"侧重于文学本身的研究，涉及作品体裁、类型、韵律、意象等；"外部研究"侧重于不

---

① 王昶著，陈明洁、朱惠国、裴风顺点校：《春融堂集》卷三十九，第713页。

② 潘奕隽：《三松堂集》文集卷一，《续修四库全书》第1461册，第74页。

属于文学本身的研究，如社会、心理、其他学科等。①中国诗学中的经世传统主要涉及文学和社会的关系，强调诗歌关注现实，反映民生疾苦，为社会的改良起到积极作用。从创作实践来看，《诗经》中的《小雅》，汉代乐府诗，杜甫、白居易新乐府诗，都是体现经世传统的名作。与此相关，孔子"兴、观、群、怨"论、《毛诗大序》"变风""变雅"论、白居易新乐府理论均包含着对诗歌创作经世精神的要求。从乾嘉士风及诗风来看，传统诗学的经世精神在此期明显走向了衰落。

从士风来看，乾嘉时期优越的生活环境、强权专制的政治体制使乾嘉文人形成了极大的官场惰性和消极退缩的政治态度，卑弱畏慎成为乾嘉士大夫整体精神风貌的写照。苏轼《六一居士集叙》曾称赞欧阳修道："自欧阳子出，天下争自濯磨，以通经学古为高，以救时行道为贤，以犯颜纳谏为忠。"②与欧阳修相比，乾嘉士人"通经学古"有余，"救时行道"不足，"犯颜纳谏"几乎绝迹。以洪亮吉为例，嘉庆四年（1799）八月二十四日，洪亮吉有感于川陕民变频发，特上书提出"肃吏治""贷胁从""专责守""信赏罚"等建议。建议虽然切中时弊，但由于翰林没有议论时事的权利，他预感将会获罪。吕培《洪北江先生年谱》载："发书后，始以原稿示长子饴孙，告以当弃官待罪。是日，宿宣南坊莲花寺，与知交相别，同人皆惧叵测，先生议论眠食如常。"③值得注意的是同人"皆惧叵测"，无疑说明众人行事不敢越雷池一步的谨慎。次日，洪亮吉果然因言获罪，被系入狱。二十六日拟斩立决，二十七蒙"圣恩"宽大免死，流放伊犁。8个月后，又蒙"圣恩"释放还乡。《庚申又四月廿七日特奉恩命释回感事纪恩四首》表达了洪氏闻听"喜讯"的心情：

　　出关无别念，止有首邱愿。何期圣人恩，特赦返乡县。将军阶下九叩头，微臣之命天所留。上惭螟蟓下蝼蚁，百计无能报天地。

---

① 勒内·韦勒克、奥斯汀·沃伦著，刘象愚、邢培明、陈圣生、李哲明译：《文学理论》，江苏教育出版社2005年版。

② 苏轼：《苏轼文集》卷十，中华书局1986年版，第316页。

③ 李金松：《洪亮吉年谱》，人民出版社2015年版，第288页。

累臣七十人，臣罪最不赦。宁知未旬日，先已诏书下。一人泥首百众随，阶下戴德声如雷。命轻恩重无所惜，挺剑终南杀残贼。

虞翻作逐臣，一世未赐环。纵有骨肉亲，不敢期生还。圣恩直与天地参，投畀有北仍归南。鸺鹠怪啼魑魅笑，此客入关真再造。

五月始生魄，送者盈北关。捆载戚友书，代致闾里间。入关一日走一驿，计到江南止三月。兹还梦想所不及，到日闭门先感泣。①

组诗充满被赐还的惊喜，对浩荡"君恩"的感激以及无以报答"圣恩"的惭愧，却难觅"九死而犹未悔"的凛凛风骨。归里之后，洪亮吉主讲洋川书院、梅花书院，与赵翼、孙星衍、曾燠等人文会频繁，诗歌题材也以山水、诗酒、文会为主，全无家国之念、民生之忧。洪亮吉尚且如此，不难推测乾嘉整体士风是多么卑弱畏慎。

与士风卑弱畏慎相关，乾嘉诗歌虽然不乏反映民生疾苦的作品，但反映重大社会政治题材的作品并不多见，故后代论及乾嘉诗歌，多有贬意。朱庭珍云：

沈归恩先生持论极正，持法极严，便于初学。所为诗，平正而乏精警，有规格法度而少真气，袭盛唐之面目，绝无出奇生新，略加变化处，殊无谓也。朱竹君、翁覃溪北方之雄，记问淹博。朱讲经学，不长诗文。翁以考据为诗，饾饤书卷，死气满纸，了无性情，最为可厌。

赵云松翼，则与钱塘袁枚，同负重名，时称袁、赵。袁既以淫女狡童之性灵为宗，专法香山、诚斋之病，误以鄙俚浅滑为自然，尖酸佻巧为聪明，谐谑游戏为风趣，粗恶颓放为雄豪，轻薄卑靡为天真，淫秽浪荡为艳情，倡魔道妖言，以溃诗教之防。一盲作俑，万瞽从风，纷纷逐臭之夫，如云继起。……赵翼诗比子才虽典较多，七律时工对偶，但诙谐戏谑，俚

---

① 刘德权点校：《洪亮吉集·更生斋诗》卷二，中华书局2001年版，第1228页。

俗鄙恶，尤无所不至。①

在朱庭珍眼中，沈德潜、翁方纲、赵翼、袁枚这些诗坛宗主的创作并无太大价值。梁启超也有类似看法，《清代学术概论》云：

> 其文学，以言夫诗，真可谓衰落已极。吴伟业之靡曼，王士祯之脆薄，号为开国宗匠。乾隆全盛时，所谓袁（枚）蒋（士铨）赵（翼）三大家者，臭腐殆不可向迩。诸经师及诸古文家，集中多亦有诗，则极拙劣之砌韵文耳。嘉道间，龚自珍、王昙、舒位，号称新体，则粗犷浅薄。②

梁启超也把乾嘉诗歌成就一概抹杀。客观而言，朱庭珍、梁启超立论明显有些偏激，不过这种印象决非空穴来风。此前，龚自珍、魏源已对乾嘉以来士风、诗风极其不满。龚自珍《西域置行省议》云：

> 自乾隆末年以来，官吏士民，狼艰狈蹷，不士、不农、不工、不商之人，十将五六；又或飧烟草，习邪教，取诛戮，或冻馁以死；终不肯治一寸之丝、一粒之饭以益人。承乾隆六十载太平之盛，人心惯于泰侈，风俗习于游荡，京师其尤甚者。自京师始，概乎四方，大抵富户变贫户，贫户变饿者，四民之首，奔走下贱，各省大局，岌岌乎皆不可以支月日，奚暇问年岁？③

龚氏先指出乾隆末年以来严峻的社会形势，又指出整个社会根本没有意识到这种危机，天下大势已经岌岌可危。魏源《明代食兵二政录叙》也有类似危机意识：

---

① 朱庭珍：《筱园诗话》卷二，《清诗话续编》下册，上海古籍出版社1983年版，第2364—2366页。

② 梁启超：《清代学术概论·三十一》，中国人民大学出版社2004年版，第221页。

③ 龚自珍著，王佩诤校：《龚自珍全集》第一辑，上海人民出版社1975年版，第106页。

黄河无事，岁修数百万，有事塞决千百万，无一岁不虞河患，无一岁不筹河费，此前代所无也；夷烟蔓宇内，货币漏海外，漕鹾以此日敝，官民以此日困，此前代所无也；士之穷而在下者，自科举则以声音诂训相高，达而在上者，翰林则以书艺工敏、部曹则以胥史案例为才，举天下人才尽出于无用之一途，此前代所无也；其他宗禄之繁，养兵之费，亦与前世相出入。①

魏源通过与明代的比较，指出当前有三个问题尤为严重：一是清朝对黄河的治理花费巨大却无成效，二是鸦片泛滥导致白银外流，进而影响漕运和盐政，三是缺少选拔经世治国人才的正确途径，导致士人追求的都是无用之学。

不难发现，龚自珍和魏源都意识到国家面临的深刻危机，并认为进行根本的改革才能避免国家覆亡的命运。正是基于这种强烈的政治使命感，他们在论诗学问题时不再汲汲于理论的博大、深刻和精致，而是重新提倡经世传统，希望诗歌能够揭露艰难时世，展现痛苦心灵，进而唤醒民众，有益社会。龚自珍在《书汤海秋诗集后》中，把李、杜、韩等传统大家视为典范，指出诗歌创作要做到"诗与人为一，人外无诗，诗外无人，其面目也完"②，所谓"完"，就是诗歌能够充分展示个性，做到诗品和人品的统一。表面来看这似乎是"文如其人"传统诗学命题的翻版，其实不然。龚自珍所指向的是当时那种点缀升平、虚假应酬的创作风气，故而特别强调诗中有"情"。《长短言自序》云："情之为物也，亦尝有意乎锄之矣；锄之不能，而反宥之；宥之不已，而反尊之。"③所谓"尊情"，就是要做到"无住""无寄""无境而有境、无指而有指、无哀乐而有哀乐"，在以情感为诗歌第一要素的前提下，竭力维护自身

---

① 魏源：《魏源集》上册，中华书局1976年版，第163页。

② 郭绍虞、王文生主编：《中国历代文论选》第四册，上海古籍出版社1980年版，第1页。

③ 龚自珍著，王佩诤校：《龚自珍全集》第三辑，第232页。

体验和那种特殊情绪的倔强和执着。①那么，龚自珍所提倡的"情"是否具有特殊的内涵呢？《送徐铁孙序》云：

> 于是乎乃放之乎三千年青史氏之言，放之乎八儒、三墨、兵、刑、星气、五行，以及古人不欲明言，不忍卒言，而姑猖狂恢诡以言之之言，及亦摭证之以并世见闻，当代故实，官牍地志，计簿客籍之言，合而以昌其诗，而诗之境乃极。则如岭之表、海之浒，磅礴浩汹，以受天下之瑰丽而泄天下之拗怒也亦自然。②

龚自珍认为诗歌从风格上应当雄伟豪放，内容上应该宣泄出"天下之拗怒"。在这个终极目标下，诗人不能故步自封，应多方汲取前代文化遗产，并立足当前现实，这才能使诗歌创作达到极致。在他看来，诗人应该敏锐地觉察到当前社会的萧瑟悲惨之气，并作为天下民众的代言人把这种抑郁不平之气宣泄出来，如《毛诗大序》所言："是以一国之事，系一人之本，谓之风。"诗人要成为社会的代言人，能够真实传达出衰世现实中的普遍怨愤情怀。

魏源也大声疾呼诗歌要恢复"诗教"传统，担负起匡世济时的使命。他在《默觚上·学篇二》中说："文之用，源于道德而委于政事，百官万民，非此不丑；君臣上下，非此不牖；师弟友朋，守先待后，非此不寿。夫是以内蘦其性情而外纲其皇极，其缊之也有原，其出之也有伦，其究极之也动天地而感鬼神，文之外无道，文之外无治也；经天纬地之文，由勤学好问之文而入，文之外无学，文之外无教也。"③主张文与道德、政事的统一，直接关系到国家的治乱。因此，魏源评价诗歌，是把政治价值放在首位的，《诗比兴笺序》云：

> 自《昭明文选》专取藻翰，李善《选注》专诂名象，不问诗人所言何志，而诗教一敝；自钟嵘、司空图、严沧浪有《诗品》、《诗话》之学，

---

① 相关论述可参看程亚林《龚自珍"尊情说"新探》，《文艺理论研究》2000年第1期。
② 龚自珍著，王佩诤校：《龚自珍全集》第二辑，上海人民出版社1975年版，第166页。
③ 魏源：《魏源集》上册，中华书局1976年版，第8页。

专揣于音节风调，不问诗人所言何志，而诗教再敝；而欲其兴会萧瑟嵯峨，有古诗之意，其可得哉？①

魏源不但否定了《文选》的典范意义，且颠覆了钟嵘至严羽的诗学传统。在他看来，《文选》只重辞藻，李善尤重名物训诂之阐释；钟嵘、司空图、严羽只重视表现技巧和艺术风貌的分析，却忽略了作品的内容要素和社会政治内涵，"诗教"传统就这样走向了断裂。魏源心中的典范是《诗经》《离骚》所代表的寄托深厚忧患意识的作品，他的《秦中杂感十三首》《寰海后十首》正是时局危机之实录。他对陈沆诗歌的推崇也是这一原因，评陈沆《卖儿女》云："末四句苦语令人不忍多读，比'天阴雨湿声啾啾'，倍觉凄怆。"评《狗食人》云："末二句惨绝。"评《逃饥荒》云："'官府'二句可悯。"评《濮州道中》云："五六句凄惋沉痛。"②这些作品均继承杜甫、白居易新乐府传统，直陈民生疾苦。

从这些论述可以看出，龚自珍、魏源虽然也提倡儒家诗学传统，但与乾嘉诗论家有着明显的区别。就提倡"诗教"而言，沈德潜、洪亮吉等乾嘉诗家认为"诗教"的本质首先是教化，把诗歌视为教育民众的有效手段，进而拓展到内容的雅正或艺术效果的含蓄不尽；龚自珍和魏源把"诗教"理解为诗歌感时伤世的忧患意识，他们认为只有真实地反映现实的缺失才能有益于国家，这才是"诗教"功用的最高境界。因此，龚自珍和魏源更加强调诗歌的批判精神，诗歌的艺术审美效用则退居次要地位。就重视真情而言，乾嘉诗家可以分为两派：沈德潜等人强调诗歌"发乎情，止乎礼义"，重视"真"和"雅"的结合；袁枚等人强调"发乎情"，对情感的内涵不加约束。龚自珍和魏源迥异于两者。他们既把真情视为优秀诗歌的要素，同时强调情感内容要关系国计民生，表现方式可以是怨而怒。表面来看，龚自珍、魏源仍然强调文以贯道及传统诗教说，其实更加突出"政事"的中心地位，强调文学必须为救世济时服

---

① 魏源：《魏源集》上册，第231页。

② 钱仲联：《清诗纪事》第三册，凤凰出版社2004年版，第2202页。

务。正是伴随着经世意识的逐步复苏，中国古典诗学才迎来了近世的曙光。

二、创新步伐的迟滞

乾嘉诗学的不足还表现为创新步伐的迟滞。首先，从艺术批评要素来看，乾嘉诗学关注的焦点仍然是艺术家，与传统诗学相比并没有太多突破。艾布拉姆斯在《镜与灯》中曾指出艺术批评涉及作品、艺术家、世界、欣赏者四个要素，任何理论都只是明显地倾向于某一个要素。①中国传统诗学倾向于艺术家这个要素，认为诗歌本质是诗人内心情感的外化，并以此为基础，对诗歌的主题、语言、价值有着系统的认识，这种观念比较接近西方文学传统中的"表现说"。乾嘉诗学关注的重点与前代诗学没有太大变化，乾嘉诗人对诗歌"言志""缘情"的论述，对历代经典的梳理，对创作方法的探讨，都是围绕诗人内心情感的表现这个目的而展开的。当然，传统诗学对作品、世界、欣赏者三个要素并没有完全忽视，"观风知政"倾向于世界因素，"诗教"说倾向于欣赏者因素，也有诗论家把诗歌看成一个自足体加以分析。例如，何景明曾根据诗歌音调是否可歌判定初唐七古高于杜甫七古，《明月篇序》云："四子者虽工富丽，去古远甚，至其音节，往往可歌。乃知子美辞固沉着，而调失流转，虽成一家语，实则诗歌之变体也。"②这是倾向于作品因素的艺术判断，已经孕育了艾布拉姆斯所概括的"客观说"理论的雏形。不过，这些观念在乾嘉诗人那里并未取得长足发展，诗歌是诗人情感的表现以及如何表现仍然是乾嘉诗学关注的核心。

其次，从时代审美理想来看，乾嘉诗学尚未形成富有时代特征的创作风尚。一代有一代之文学，一代也有一代之风尚。六朝文论家推崇风骨与辞采的统一，《文心雕龙·风骨》云："若风骨乏采，则鸷集翰林，采乏风骨，则雉窜文囿；唯藻耀而高翔，固文笔之鸣凤也。"③《诗品》评曹植云："骨气

317

---

① M. H. 艾布拉姆斯：《镜与灯》，北京大学出版社1989年版，第5—6页。

② 何景明：《何大复集》卷十四，中州古籍出版社1989年版，第210—211页。

③ 刘勰著，范文澜注：《文心雕龙注》卷六，人民文学出版社1958年版，第514页。

奇高，词彩华茂，情兼雅怨，体被文质。"①唐人尚意境，所谓"长于思与境偕，乃诗家之所尚者"②。宋人重平淡，如黄庭坚《与王观复书》云："但熟观杜子美到夔州后古律诗，便得句法简易，而大巧出焉。平淡而山高水深，似欲不可企及。文章成就，更无斧凿痕，乃为佳作耳。"③明代七子派以格调而著称，公安派受心学影响而提倡性灵。乾嘉诗坛提倡风骨、辞采、意境、平淡、格调、性灵者不乏其人，均承袭前人，仅翁方纲所言"肌理"似为创见。但从翁氏弟子对师门学说的引述情况来看，"肌理"这个范畴并没有被普遍引述。如谢启昆论诗深受翁方纲影响，但谢氏论诗并未使用"肌理"一词，《上覃溪师》是一篇全面体现谢氏诗学主张的文献，其云："启昆学诗于门下者四十年矣，诗之律欲其细，句欲其安，章法欲其浑成，每当构思握管时，惴惴然唯恐失之。"④"律细""句安""章法浑成"，都是前人论诗常用概念，却未张大"肌理"这面旗帜。可以说，不同时代的审美风尚在乾隆时期均得到了回应，但非常遗憾的是，乾嘉诗人却没有锻造出富有时代特色的审美风尚或诗学理论。

另外，从诗歌经典的发现来看，乾嘉诗论家的创新性也不是特别明显。中国诗学史其实是一部经典发现的历史，六朝人标举建安诗歌，苏轼推崇陶渊明，严羽、明七子对盛唐气象的阐发，清初人从不同立场肯定宋诗，都是中国诗学史上具有里程碑意义的重大事件。乾嘉诗学文献相当丰富，诗歌选本、诗话及论诗杂著对前代诗歌作品的考察范围也相当全面，但对古典诗歌经典体系重构的贡献十分有限。如王昶《舟中无事偶作绝句四十六首》标举汉乐府、曹植、阮籍、刘琨、陶渊明、谢灵运、谢朓、江淹、徐陵、庾信、温子升、邢邵、初唐四杰、杜甫、李商隐、王禹偁、苏舜钦、石介、梅尧臣、苏轼、黄庭

---

① 钟嵘著，曹旭集注：《诗品集注》，上海古籍出版社1994年版，第97页。

② 祖保泉、陶礼天：《司空表圣诗文集笺校》文集卷一，安徽大学出版社2002年版，第190页。

③ 郭绍虞、王文生主编：《中国历代文论选》第二册，上海古籍出版社1979年版，第324页。

④ 谢启昆：《树经堂文集》卷四，《续修四库全书》第1458册，第321页。

坚、李纲、宗泽、杨万里、周必大、范成大、陆游、程俱、沈与求、陈与义、林景熙、《谷音》、虞集、宋濂、刘基、高启、李东阳、高叔嗣、杨巍、皇甫兄弟、归子慕、何大复、徐祯卿、王世贞、陈子龙、夏完淳、吴伟业、王士禛、朱彝尊、潘耒、吴兆骞、沈德潜、商盘、杭世骏、王又曾、蒋士铨、赵文哲、程晋芳、吴泰来、曹仁虎①，其中唐前12家，唐代6家，宋代16家，元代2家，明清两代各14家，可知王昶的主要目的是梳理宋代以后的诗歌成就。在王昶所建构的经典体系中，比较有创见的是对宋代和清代的标举。宋代16家中，石介、李纲、宗泽、程俱、沈与求等6人较少被前人视为典范。按石介为宋初反对西昆体的文人，以重道而著称；李纲、宗泽皆主张抗金，以事功著称；程俱、沈与求以气节而著称，6人诗歌成就很难进入大家行列。王昶标举的清代14人中，商盘、王又曾、赵文哲、程晋芳、吴泰来、曹仁虎等6人的成就远逊于袁枚、赵翼、黄景仁等人。可以看出，王昶论诗过于拘泥于其师沈德潜所提倡的"先审宗旨"，却未兼顾格调、神韵等因素，因此对宋代石介、李纲等人的标举虽然富有新意，却名不副实。而对吴泰来、赵文哲、程晋芳、曹仁虎的标举又因私交甚笃，有门户之见之偏颇。可见，王昶对经典大家的发现并无太多创新，这正是乾嘉诗学的普遍特征。

综合而言，乾嘉诗学的主要成就表现为能够汲取前代诗学之优长，故而所建构的诗歌经典体系更加完美，但这种集大成的优点相应伴随着创新性不足的缺憾。由于乾嘉时期没有产生具有颠覆性的诗学观念的革命，由此导致乾嘉诗学所建构的经典体系只是在前代基础上加以补充和完善。

---

① 王昶著，陈明洁、朱惠国、裴风顺点校：《春融堂集》卷二十二，上海文化出版社2013年版，第433—436页。

结　语

　　如果把中国古典诗学视为滔滔黄河，那么清代诗学无疑是奔流入海前的最后一程。这里虽然缺少急流飞瀑式的激情，但宽广浩瀚的水面却不乏曾经沧海的成熟与睿智。相对而言，乾嘉诗论家对"诗是什么？""何为经典？""如何写出好诗？"这三个古典诗学核心问题做出了更加令人信服的回答。

　　对"诗是什么？"这一问题，乾嘉诗论家综合了前代"诗言志""诗教""以理为主"三种观念，在承认诗歌抒发情感为基本属性的前提下，认为诗歌可以议论说理，并能够发挥教化民众的功用。相较于《尚书》"诗言志"至严羽"吟咏情性"这一悠久的诗歌抒情传统，乾嘉诗家对说理的接纳则拓展了诗歌的表现领域，对"诗教"的强调则避免了情感流于卑俗。相较于黄庭坚"以理为主"这种主张，乾嘉诗家则指出"议论须带情韵以行"[1]"诗家有不说理而真乃说理者"[2]"善谈理者，不滞于理"[3]，认为说理不能背离特有的抒情传统。相对于传统"诗教"仅侧重于教化功能，乾嘉诗论家大大拓展了它的内涵，认为"诗教"兼指性情的雅正和艺术效果的含蓄蕴藉。相对而言，对理的接纳堪称乾嘉诗学的鲜明特色，这种接纳并不限于诗歌表现领域的开拓，而是涉及主体的修养和表现方式的创新，并由此导致乾嘉各种诗学主张与前代相似

---

① 沈德潜著，王宏林笺注：《说诗晬语笺注》卷下，人民文学出版社2013年版，第384页。

② 袁枚著，顾学颉校点：《随园诗话》卷三，人民文学出版社1982年版，第95页。

③ 张谦宜：《茧斋诗谈》卷一，《清诗话续编》上册，上海古籍出版社1983年版，第792页。

诗学划清了界限。如袁枚提倡性灵与公安三袁最大的差异在于强调学问，"诗难其雅也，有学问而后雅；否则俚鄙率意矣"①，认为性灵离不开学问，这与袁宏道所提倡的不拘一格、自然流露的抒情方式就存在明显的差异。

对"何为经典？"这一问题，乾嘉诗学旗帜鲜明地肯定齐梁诗和宋诗在诗歌发展史上的典范地位。齐梁诗是古体诗迈向近体诗的关键转折点，齐梁诗人对诗歌格律、技巧的自觉探讨开启了诗歌创作的新纪元。出于根深蒂固的复古传统，历代对齐梁诗多有菲薄，乾嘉诗论家从诗体演变、创作实际等不同角度论证了齐梁是诗歌发展中的重要环节。宋诗是唐诗之外又一美学范式的代表，宋代诗人对日常题材的倾斜，对读书的重视，对平淡的倾心，使宋诗风貌迥异于唐诗。乾嘉时期，不同诗论家在宗唐或宗宋的立场上各有侧重，但他们都极力避免极端宗唐或宗宋，融合唐宋成为此期最醒目的口号，再无人重弹严羽、明七子以来的"宋无诗"论调。

对"如何创作出好诗？"这一问题，乾嘉时期有众多以指导初学为目的的诗法类著作，与前代相比，它们立足于普通人的接受水平，结合创作实践来分析诗法，不做玄远之论，而是立论平实，务求详备。如纪昀《庚辰集》、李锳《诗法易简录》、翁方纲《五言诗平仄举隅》都是结合作品来讲解诗歌的声律、结构、布局、命题等要素，前代诗话常见的印象式批评被实证性讲解所取代，现实指导意义自然大大增强。当然，伟大的诗人离不开天分，完备的技巧并不能造就诗歌大家，但这种学院式的指导方式却能培养出大批的合格诗人。

总体来看，乾嘉诗论家的治学精神更加严谨，研究方法更加科学，所建构的作家作品经典体系更加符合实际。乾嘉诗学最大限度地避免了前代诗学印象式批评的弊端，学理化批评的色彩更加浓厚，对传统诗学命题的辨析更加系统、全面、深刻，不管是诗学文献的数量，还是诗学理论所达到的高度，都堪称中国古典诗学的顶峰。

---

① 袁枚著，顾学颉校点：《随园诗话》卷七，第234页。

附录一 《乾嘉诗坛点将录》诗人生平及诗学活动

姓名字号	籍贯	生平及诗学活动
沈德潜，字确士，号归愚	江苏苏州	康熙十二年（1673）生。五十六年（1717）编《唐诗别裁集》。雍正三年（1725）编《古诗源》。九年（1731）撰《说诗晬语》。十二年（1734）编《明诗别裁集》。乾隆二年（1737）批选《唐宋八大家文选》。三年（1738）中举，次年中进士。九年（1744）任湖北乡试正主考。十二年（1747）任礼部侍郎，选《杜诗偶评》。十四年（1749）归里。十六年（1751）掌江苏紫阳书院。十六年（1751）编《吴中七子诗选》。二十二年（1757）加礼部尚书衔。二十四年（1759）编《国朝诗别裁集》。二十七年（1762）与钱陈群被乾隆称为"东南二老"。二十八年（1763）重订《唐诗别裁集》。三十四年（1769）编《宋金三家诗选》，卒，年97岁。
袁枚，字子才，号简斋、随园老人	浙江钱塘	康熙五十五年（1716）生。乾隆三年（1738）中举，次年中进士。七年（1742）任江苏溧水知县，后改江浦，次年任沭阳知县，十年（1745）任江宁知县。十三年（1748）以疾辞官。十七年（1752）正月入都谋职，五月抵西安候补知县，九月接父亡讯，南归，不复出仕。四十年（1775）全集编成，凡六十卷。四十三年（1778）李调元编《袁诗选》。四十五年（1780）张怀溎编《小仓选集》八卷。四十六年（1781）作《仿元遗山论诗》三十八首。五十二年（1787）《随园诗话》刻行。五十六年（1791）编《续同人集》。六十年（1795）选刻《随园八十寿言》六卷。嘉庆二年十一月十七日（公元1798年1月3日）卒，年82岁。

姓名字号	籍贯	生平及诗学活动
毕沅，字湘衡、缨蘅，号秋帆、灵岩山人	江苏太仓	雍正八年（1730）生。乾隆十五年（1750）从沈德潜游。十八年（1753）中举，次年抵京，授内阁中书，入值军机处。二十五年（1760）状元及第。三十六年（1771）授陕西按察使，不久署陕西巡抚。四十七年（1782）编《乐游联唱集》。五十年（1785）任河南巡抚。五十三年（1788）任湖广总督。五十六年（1791）《续通鉴》修成。五十九年（1794）任山东巡抚，辑《吴会英才集》，次年复任湖广总督。嘉庆二年（1797）卒，年68岁。
钱载，字坤一，号萚石、瓠尊、万松居士	浙江秀水	康熙四十七年（1708）生。乾隆十七年（1752）三月中举，九月中进士。十九年（1754）授翰林院编修。二十四年（1759）任江西乡试副考官。三十年（1765）任江南乡试副考官。三十八年（1773）授内阁学士兼礼部侍郎，次年任江西乡试正考官。四十一年（1776）任山东学政，翁方纲选钞《萚石斋诗钞》。四十四年（1779）任江南乡试副考官，次年任礼部左侍郎，又任江苏乡试正考官。四十八年（1783）归里。五十八年（1793）卒，年86岁。
王昶，字德甫、琴德，号述庵、兰泉	江苏青浦	雍正二年十一月二十二日（公元1725年1月6日）生。乾隆十四年（1749）入江苏紫阳书院读书，次年随沈德潜游。十八年（1753）中举，次年中进士。二十一年（1756）入两淮盐运使卢见曾幕。二十三年（1758）授内阁中书。三十三年（1768）因向卢见曾私通信息被革职，从军云南。三十六年（1771）放还，授主事，随温福往四川，次年授吏部员外郎。三十九年（1774）因军功擢吏部郎中。四十一年（1776）擢鸿胪寺卿，次年任大理寺卿、通政司副使，职事清简，暇辄举诗会，与朱筠并称为"南王北朱"。四十四年（1779）授都察院左副都御史，次年授江西按察使。四十八年（1783）任陕西按察使。五十一年（1786）任云南布政使。五十三年（1788）授江西布政使，次年授刑部右侍郎。五十九年（1794）归里，与王鸣盛、钱大昕被称为"江南三老"。嘉庆元年（1796）主娄东书院。三年（1798）编《湖海诗传》毕，次年主敷文书院。十一年（1806）卒，年83岁。

姓名字号	籍贯	生平及诗学活动
法式善，原名运昌，字开文、梧门，号时帆、陶庐	蒙古正黄旗	乾隆十八年（1753）生。四十四年（1779）中举，次年中进士。四十六年（1781）任检讨。五十一年（1786）任翰林院侍讲学士。五十九年（1794）任国子监祭酒。嘉庆二年（1797）续编《成均课士录》《槐厅载笔》《九家诗》。九年（1804）纂《熙朝雅颂集》。十八年（1813）卒，年61岁。
阮元，字伯元，号芸台	江苏仪征	乾隆二十九年（1764）生。五十一年（1786）中举，五十四年（1789）中进士，次年授编修。五十六年（1791）授詹事府詹事。五十八年（1793）任山东学政。六十年（1795）任浙江学政、内阁学士兼礼部侍郎。嘉庆三年（1798）编《淮海英灵集》《辒轩录》，授兵部右侍郎、礼部右侍郎。四年（1799）任浙江巡抚，刻《经籍纂诂》。十一年（1806）纂刊《十三经校勘记》。次年任河南巡抚。十三年（1808）任浙江巡抚。十六年（1811）编《经郛》。十九年（1814）授江西巡抚。二十一年（1816）授湖广总督、两广总督。道光元年（1821）刻《江苏诗征》，次年修《广东通志》。六年（1826）任云贵总督。十五年（1835）授体仁阁大学士。二十九年（1849）卒，年86岁。
蒋士铨，字心馀、苕生，号清容、藏园、定甫、离垢居士	江西铅山	雍正三年（1725）生。乾隆十二年（1747）中举。十八年（1753）入金德瑛幕。二十二年（1757）中进士。二十五年（1760）任翰林院编修。二十九年（1764）归里。三十一年（1766）主蕺山书院。三十七年（1772）主安定书院。四十四年（1779）与翁方纲、程晋芳结都门诗社。四十六年（1781）充国史馆纂修官，补御史，未几以病乞休归南昌。五十年（1785）卒，年61岁。
胡天游，初名骙，字稚威，号云持	浙江山阴	康熙三十五年（1696）生。雍正七年（1729）副贡生。乾隆元年（1736）至十一年（1746）客礼部尚书任兰枝第。十二年（1747）馆宗丞王晋川第，次年客宁武太守周景柱署。十五年（1750）馆礼部侍郎田懋邸，次年馆兵部侍郎裘曰修邸。十七年（1752）至十八年（1753）先后应直隶总督方观承、天津都转运使卢见曾、河间知府杜甲修邀请游保定、天津、河间。十九年（1754）客蒲州知府周景柱署。二十二年（1757）主山西河中书院，次年卒，年63岁。

姓名字号	籍贯	生平及诗学活动
赵翼，字云松、云崧，号瓯北、三半老人	江苏阳湖	雍正五年（1727）生。乾隆十四年（1749）入都，刘统勋延于家纂修宫史，次年中举。十九年（1754）考取内阁中书。二十一年（1756）选入军机处行走。二十六年（1761）中进士。三十一年（1766）授广西镇安府知府。三十五年（1770）调广东广州知府，次年授贵州分巡贵西兵备道。三十七年（1772）归里。四十九年（1784）主扬州安定书院，五十七年（1792）辞。嘉庆四年（1799）《廿二史札记》刻成，次年编成《陆放翁年谱》。六年（1801）著《瓯北诗话》。十九年（1814）卒，年88岁。
邵飚，字无恙，号梦馀	浙江山阴	乾隆十五年（1750）生。以副贡生为四库写书之官。三十五年（1770）中顺天乡试，历任江苏桃源、阜宁、仪征、江浦、昆山、崇明、金匮等县知县，后罢官归里。60岁尚在世，卒年不详。
萧抡，字冠英，号子山、樊酎	江苏太仓	生年不详，约与陈文述同时（陈文述生于乾隆三十六年）。廪生。嘉庆十二年（1807）馆陈文述家，历十二年，直至二十三年（1818）卒。
舒位，字立人，号铁云	顺天大兴	乾隆三十年（1765）生于苏州。五十三年（1788）中举。嘉庆元年（1796）入河间知府王朝梧幕，次年随其赴黔，即入云贵总督勒保幕。嘉庆五年（1800）因母老返吴。此后幕游近地，岁归省母。二十年除夕（公元1816年1月28日）卒，年52岁。
陈文述，字文伯，号退庵、颐道居士	浙江钱塘	乾隆三十六年（1771）生。嘉庆元年（1796）被时任浙江学政阮元所称赏，遂为弟子。三年（1798）随阮元入都，次年回浙江。五年（1800）中举，次年入都，居京五年。十三年（1808）起，先后任全椒、繁昌、昭文、江都、崇明知县，历十四年。道光二年（1822）入两广总督阮元幕。二十三年（1843）卒，年73岁。
彭兆荪，字湘涵，号甘亭	江苏镇洋	乾隆三十四年（1769）生。四十八年（1783）援例为国子生。六十年（1795）客王秉韬幕。嘉庆四年（1799）馆陈希哲家。七年（1802）客王昶幕，校勘《湖海诗传》《续词综》《陈黄门全集》。九年（1804）入曾燠幕，校勘《骈体正宗》等。十一年（1806）《小谟觞馆集》刻行。十三年（1808）客胡克家幕，校勘《文选》《通鉴》等，次年成《文选考异》十卷。二十二年（1817）《小谟觞馆续集》刻行。二十五年（1820）客林则徐幕。道光元年（1821）卒，年53岁。

姓名字号	籍贯	生平及诗学活动
杨芳灿，字才叔，号蓉裳	江苏无锡	乾隆十八年十二月十八日（公元1754年1月10日）生。三十六年（1771）入袁枚门下。四十二年（1777）拔贡，次年以知县用。四十四年（1779）赴甘肃，先后任西和、环县、伏羌知县。五十二年（1787）任灵州知州。嘉庆三年（1798）任平凉府知府，次年任宁夏水利同知。五年（1800）入都，先后任户部广东司行走、会典馆纂修、陕西司坐办司事。十一年（1806）丁母忧，贫甚，鬻书以归。十三年（1808）主讲衢州正谊书院，后入阮元幕，旋主关中书院。十六年（1811）抵成都修《四川通志》，兼主锦江书院。嘉庆二十年十二月二十一日（公元1816年1月19日）卒，年63岁。
孙原湘，字子潇、长真，号心青	江苏昭文	乾隆二十五年（1760）生。五十三年（1788）入袁枚门下。六十年（1795）中举。嘉庆八年（1803），与王昙、舒位有"三君"之名。十年（1805）中进士，充翰林院庶吉士，未散馆归，历主玉山、毓文、紫琅、娄东、游文诸书院。道光九年（1829）卒，年70岁。
张问陶，字仲冶、柳门，号船山	四川遂宁	乾隆二十九年（1764）生于山东馆陶县。五十三年（1788）中举。五十五年（1790）中进士。五十八年（1793）授检讨，寄袁枚《推袁集》一册，袁枚引为生平第一知己。嘉庆十年（1805）官江南道御史。十五年（1810）官山东莱州知府。十七年（1812）辞官就医吴门，侨寓虎邱。十九年（1814）卒，年51岁。
姚椿，字春木、子寿，号樗寮	江苏娄县	乾隆四十二年（1777）生。五十九年（1794）为国子生，次年会试不第，与洪亮吉、杨芳灿、张问陶交好。嘉庆四年（1799）拜见王昶于杭州，颇受推重。后至江宁书院，从学姚鼐。十四年（1809）往四川。二十年（1815）复至金陵江宁书院，不久姚鼐卒，为其营葬。道光四年（1824）主讲开封夷山书院。十八年（1838）林则徐任两湖总督，聘主荆南书院。二十五年（1845）归里，主讲松江景贤书院。咸丰三年（1853）卒，年77岁。
查揆，原名初揆，字伯葵，号梅史	浙江海宁	乾隆三十五年（1770）生。嘉庆九年（1804）中举，先后任巢县、清远、宣城县令，后改直隶。道光五年（1825）任永年、饶阳、肥乡县令，擢滦州知州。十四年（1834）卒于官，年65岁。

姓名字号	籍贯	生平及诗学活动
严学淦，字丽生	江苏丹徒	乾隆四十年（1775）生。嘉庆九年（1804）中举，会试七次皆不第。道光六年（1826）大挑分发湖南，任湘乡知县，改耒阳，擢湖南武冈知州。卒年不详。
周为汉，字嶓东、倬云	浙江浦江	乾隆三十九年（1774）生。诸生。屡试不第，以亲老援例补县主簿，未赴任。嘉庆十七年（1812）卒，年39岁。
许宗彦，字积卿，又字周生	浙江德清	乾隆三十三年（1768）生。乾隆五十一年（1786）中举。嘉庆四年（1799）中进士，授兵部车驾司主事。两月后以亲老引病归，不复仕。二十三年十二月二十二日（公元1819年1月17日）卒，年51岁。
翁照，字朗夫，号霁堂，初名玉行，字子静	江苏江阴	康熙十六年（1677）生。监生。雍正十年（1732）至十一年（1733）客南河总督稽曾筠幕。乾隆初游浙江巡抚卢焯幕。乾隆十二年（1747）客东河总督完颜伟幕。十六年（1751）秋至十七年（1752）春与钱大昕等客河督高斌幕。二十年（1755）卒，年79岁。
洪亮吉，初名莲，又名礼吉，字君直、稚存，号北江、更生、藕庄	江苏阳湖	乾隆十一年（1746）生。三十一年（1766）入龙城书院，与黄景仁、杨伦、杨梦符同窗。三十五年（1770）与袁枚交，次年先后入太平知府沈业富、安徽学政朱筠幕。三十八年（1773）入沈业富幕。四十年（1775）先后入江宁太守陶易、句容县令林光照幕，次年依浙江学使王杰。四十三年（1778）入安徽学政刘权之幕，次年入都，时翁方纲、蒋士铨、程晋芳、周厚辕、吴锡麒、张埙结都门诗社，邀洪亮吉、黄景仁加入。四十五年（1780）中举，次年离京赴陕西入毕沅幕。五十五年（1790）中进士，授编修。五十七年（1792）任贵州学政。嘉庆元年（1796）充咸安宫总裁，在上书房行走。四年（1799）因上书极陈时政遣戍伊犁，次年赦归，归里。七年（1802）主洋川书院，次年主梅花书院。十四年（1809）卒，年64岁。
黄景仁，字仲则、汉镛，号鹿菲子	江苏武进	乾隆十四年（1749）生。三十年（1765）补常州府学附生。三十三年（1768）与袁枚结识，次年依湖南按察使王太岳。三十六年（1771）先后入太平知府沈业富、安徽学政朱筠幕。四十年（1775）主寿州正阳书院，年底入京。四十三年（1778）受业王昶门下。四十五年（1780）入山东学政程世淳幕，次年赴陕西入陕西巡抚毕沅幕。四十八年（1783）卒于山西运使沈业富署，年35岁。

姓名字号	籍贯	生平及诗学活动
王昙,又名良士,字仲瞿,号瓶山,又号秋泾生	浙江秀水	乾隆二十五年(1760)生。四十四年(1779)补国子监生。五十八年(1793)入江宁知府李尧栋幕。次年中举。嘉庆四年(1799),吴省钦荐能掌中雷,嘉庆斥为荒谬,自此被排斥,八次会试皆不中。十三年(1808)掌教江苏宝山学海书院。十四年(1809)入河督徐端幕。二十一年(1816)与钱泳客海州知府师亮采幕。二十二年(1817)卒,年58岁。
郭麐,字祥伯,号频伽、蘧庵	江苏吴江	乾隆三十二年(1767)生。四十七年(1782)补诸生。五十四年(1789)读书钟山书院,结识袁枚,拜姚鼐为师。五十八年(1793)入淮安严守田幕。六十年(1795)入都,馆于刑部尚书金光悌家。嘉庆六年(1801)客曾燠题襟馆。十二年(1807)《灵芬馆诗集》付梓,次年入阮元诂经精舍。二十一年(1816)《灵芬馆诗话》刻行。道光十一年(1831)卒,年65岁。
姚鼐,字姬传、梦谷,号惜抱	安徽桐城	雍正九年(1731)生。乾隆十五年(1750)中举。二十八年(1763)中进士。三十一年(1766)任兵部主事,次年补礼部仪制司主事。三十五年(1770)任湖南乡试副考官。三十八年(1773)任《四库全书》纂修官,次年秋,因与四库馆臣不和,辞官归里。四十一年(1776)应两淮盐运使朱孝纯之聘主讲梅花书院。四十四年(1779)编选《古文辞类纂》,次年主讲安庆敬敷书院,凡八年。五十三年(1788)主讲歙县紫阳书院。五十五年(1790)主讲江宁钟山书院。嘉庆元年(1796)《九经说》付刻。三年(1798)《五七言今体诗钞》付刻。六年(1801)主讲安庆敬敷书院。十年(1805)主讲钟山书院,凡十一年。十五年(1810)赐刑部郎中。二十年(1815)卒,年85岁。

姓名字号	籍贯	生平及诗学活动
翁方纲，字正三，号覃溪	直隶大兴	雍正十一年（1733）生。乾隆十六年（1751）中举，与钱载定交，次年中进士。十九年（1754）授编修。二十四年（1759）任江西乡试副考官。二十七年（1762）任湖北乡试正考官。二十九年（1764）任广东学政。三十三年（1768）撰《石洲诗话》。三十六年（1771）任满还京。三十八年（1773）任《四库全书》纂修官。四十四年（1779）任江苏乡试副考官，与蒋士铨、程晋芳、周厚辕、吴锡麒、张埙共结都门诗社。四十七年（1782）《七言律诗钞》付梓，次年《苏诗补正》刻成，任顺天乡试副考官，选刻黄景仁，题曰《悔存诗钞》。五十一年（1786）任江西学政。五十四年（1789）刻《黄庭坚诗全注》，江西学政任满还京，授内阁学士兼礼部侍郎。五十六年（1791）任山东学政。五十八年（1793）《小石帆亭著录》刻成，山东学政任满还京。嘉庆四年（1799）任鸿胪寺卿。九年（1804）原品休致回籍。十一年（1806）重订《渔洋先生五言诗》付梓。二十三年（1818）卒，年86岁。
卢见曾，字抱孙，号雅雨、澹园	山东德州	康熙二十九年（1690）生。五十年（1711）中举。六十年（1721）中进士。雍正二年（1724）授四川洪雅知县。九年（1731）任安徽蒙城知县，后迁六安知州。十二年（1734）调亳州知州。次年擢庐州知府。秋，调江宁知府。乾隆元年（1736）擢江西广饶九南道。为都转盐运使，兼督理扬州关务。二年（1737）罢职。五年（1740）遣戍伊犁。八年（1743）赐还，次年任直隶滦州知州。十年（1745）擢永平知府。十六年（1751）迁长芦盐运使。十八年（1753）复任两淮盐运使，此后曾延惠栋、严长明、沈大成、王昶、戴震、金兆燕、程廷祚入幕。二十年（1755）在扬州首次举行红桥修禊。二十二年（1757）复举行红桥修禊。次年刻《国朝山左诗抄》。二十七年（1762）致仕。三十三年（1768）因两淮盐引案去职，并查封家产，系狱死，年79岁。

姓名字号	籍贯	生平及诗学活动
李廷敬，字景叔，号宁圃、味庄	直隶沧州	生年不详。乾隆三十八年（1773）中举，四十年（1775）成进士。五十四年（1789）任常州知府，延修府志并选唐百家诗。嘉庆四年（1799）任江苏布政使，次年任江苏按察使。七年（1802）任苏松太兵备道。十年（1805）邀赵怀玉、何琪、林镐等人修《廿三史》。十一年（1806）卒于任。
曾燠，字庶蕃，号宾谷	江西南城	乾隆二十五年（1760）生。四十五年（1780）中举，次年中进士。四十九年（1784）授刑部主事。五十三年（1788）擢贵州司员外郎。五十七年（1792）授两淮盐运使。嘉庆十二年（1807）授湖南按察使，次年调湖北按察使。十五年（1810）擢广东布政使。二十年（1815）擢贵州巡抚。道光二年（1822）复任两淮盐运使。十一年（1831）卒，年72岁。
程晋芳，初名廷璜，字鱼门，号蕺园	江苏江都	康熙五十七年（1718）生。乾隆二十七年（1762）召试，赐举人，授内阁中书。三十六年（1771）中进士，授吏部主事。三十八年（1773）任《四库全书》纂修官。四十三年（1778）授翰林院编修。四十九年（1784）乞假赴陕，入毕沅幕，至毕署仅一月而卒，年67岁。
戴敦元，字士旋，号金溪	浙江开化	乾隆三十三年（1768）生。四十八年（1783）中举，次年入其师王昶幕。五十八年（1793）中进士，选庶吉士，散馆授刑部主事。后典山西乡试。累迁刑部郎中。嘉庆二十四年（1819）出为广东高廉道。道光元年（1821）擢江西按察使，次年迁山西布政使。三年（1823）署湖南巡抚。后授刑部侍郎，擢刑部尚书。十二年（1832）任会试副考官。道光十四年（1834）卒，年67岁。
全祖望，字绍衣，号谢山	浙江鄞县	康熙四十四年（1705）生。雍正十年（1732）中举。乾隆元年（1736）进士，选庶吉士，散馆列下等，遂归乡。十年（1745）续选《甬上耆旧诗集》，兼修《宋儒学案》。十二年（1747）主绍兴蕺山书院。十七年（1752）主广东端溪书院。十九年（1754）至扬州马氏畲经堂，整理《水经注》。二十年（1755）卒，年51岁。
刘嗣绾，字醇甫，号芙初	江苏阳湖	乾隆二十七年（1762）生。五十九年（1794）中举。嘉庆十三年（1808）会试第一，改庶吉士，授编修。道光元年（1821）告归，旋卒，年60岁。

姓名字号	籍贯	生平及诗学活动
乐钧，初名宫谱，字符淑，号莲裳	江西临川	乾隆三十一年（1766）生。五十四年（1789）拔贡。五十八年（1793）馆京师怡邸芳阴别业，入翁方纲门下。嘉庆元年（1796）客潮州道胡克家幕。六年（1801）中举。后客江苏布政使、安徽巡抚胡克家幕。十九年（1814）卒，年49岁。
杨梦符，字六士、西躔，号西岑	浙江山阴	乾隆十五年（1750）生。四十二年（1777）以国子监生中陕西乡试。五十二年（1787）中进士，历官刑部提牢厅及湖广清吏司主事、江苏清吏司员外郎。五十八年（1793）卒，年44岁。
吴嵩梁，字子山，号兰雪	江西东乡	乾隆三十一年（1766）生。四十九年（1784）受诗法于蒋士铨。嘉庆五年（1800）中举，官内阁中书。王昶、翁方纲、法式善并相推重。篇什流播海外，朝鲜侍郎申纬推为诗佛。后官黔西知州。道光十四年（1834）卒，年69岁。
吕星垣，字叔讷，号湘皋、映薇	江苏武进	乾隆十八年（1753）生。贡生。历官直隶赞皇、河间知县。与洪亮吉、孙星衍、杨伦、黄景仁、赵怀玉、徐书受友善，以词章称毗陵七子。道光元年（1821）卒，年69岁。
钱维乔，字树参，号竹初、曙川	江苏武进	乾隆四年十二月十四日（公元1740年1月12日）生。二十七年（1762）中举。五应会试不第。四十二年（1777）官杭州总捕同知。四十四年（1779）至五十三年（1788），先后任浙江吴兴、长兴、遂昌、鄞县知县。嘉庆十一年（1806）卒，年68岁。
高文照，字润中，号东井	浙江武康	乾隆三年（1738）生。三十年（1765）拔贡。三十六年（1771）至三十八年（1773）与黄景仁等客安徽学政朱筠幕。三十九年（1774）中举。四十一年（1776）卒，年39岁。
陈熙，字梅岑	浙江秀水	乾隆十六年（1751）生。乾隆间国子监生。充武英殿抄书，年满议叙州佐，分发安徽，改拨南河，旋擢郡丞。少从袁枚学诗，诗名甚著。四十一年十二月（1777）曾至江宁，袁枚留住于随园十日。五十七年（1792）曾邀袁枚至淮。道光元年（1821）尚在世，卒年不详。
袁棠，字甘林、尚林，号湘湄	江苏吴江	乾隆二十五年（1760）生。嘉庆元年（1796）举孝廉方正，为两江总督铁保记室。十五年（1810）卒，年51岁。

姓名字号	籍贯	生平及诗学活动
李鼎元，字味堂、和叔，号墨庄	四川绵州	乾隆十五年（1750）生。四十三年（1778）进士，选翰林院庶吉士，散馆授翰林院检讨。改官宗人府主事，调兵部主事。嘉庆四年（1799）以内阁中书出使册封琉球副使，正使为赵文楷。与从兄调元、弟骥元被誉为"绵州三李"。二十年（1815）卒，年66岁。
袁鸿，字笛生，号达堂	江苏吴县	乾隆二十七年（1762）生。官福建永春州知州。卒年不详。
李骥元，字称其，号凫塘	四川绵州	乾隆二十一年（1756）生。四十九年（1784）进士，选翰林院庶吉士，散馆授编修。六十年（1795）任山东乡试副考官，迁左春坊左中允，入值上书房。其诗与张问陶齐名。嘉庆三年（1798）卒，年43岁。
钱枚，字枚叔，号谢庵	浙江仁和	乾隆二十六年（1761）生。嘉庆四年（1799）进士，授吏部主事。八年十二月二十六日（公元1804年1月24日）卒，年43岁。
钱杜，字叔美，号松壶	浙江钱塘	乾隆二十八年（1763）生。官工部主事。道光二十四年（1844）卒，年82岁。
王芑孙，字念丰，号德甫、惕甫、铁夫、楞伽山人	江苏长洲	乾隆二十年（1755）生。五十三年（1788）举人，由国子监典簿出为华亭县教谕。客京师，馆董文浩家六年，客睿邸又六年。中间往来梁诗正、王杰、刘墉、彭元瑞诸家，为诸公代削草。嘉庆二十二年十二月一日（公元1818年1月7日）卒，年63岁。
孙士毅，字智治、致远，号补山	浙江仁和	康熙五十九年（1720）生。乾隆二十六年（1761）进士，授内阁中书、侍读、晋大理寺少卿。历官广西布政使、云南巡抚，以失察革职。命纂校《四库全书》，授翰林院编修。书成，擢太常寺少卿。旋授山东布政使，迁广西巡抚、广东总督、兵部尚书。五十六年（1791），以吏部尚书协办大学士摄四川总督督饷，入藏。后征缅甸，讨安南，镇压湖南苗民起义及湖北白莲教起义。官至文渊阁大学士。曾任《四库全书》馆总纂官。嘉庆元年（1796）卒，年77岁。
李因培，字其才，号鹤峰	云南晋宁	康熙五十六年（1717）生。乾隆十年（1745）进士，改庶吉士，授编修。擢侍讲学士，历任山东、江苏、浙江等省学政，升内阁学士。十八年（1753）任刑部侍郎兼顺天府尹，二十八年（1763）后官湖北、湖南、福建巡抚。三十二年（1767）以亏银案令自裁，年51岁。

姓名字号	籍贯	生平及诗学活动
赵文哲，字损之、升之，号璞函	江苏上海	雍正三年（1725）生。乾隆二十七年（1762）南巡召试，赐举人，授内阁中书，值军机处，擢户部河南司主事。三十三年（1768）被革职从事。三十八年（1773），讨金川，从温福死于木果木之战，追赠光禄少卿，年49岁。
张熙纯，字策时，号少华	江苏上海	雍正三年（1725）生。乾隆二十七年（1762）举人。三十年（1765）召试，赐内阁中书，充方略馆纂修官。与赵文哲齐名。三十二年（1767）卒，年43岁。
顾光旭，字晴沙、华阳，号响泉	江苏无锡	雍正九年（1731）生。乾隆十七年（1752）恩科乡试、会试中第。授户部山东司主事，擢员外郎，选都察院浙江道监察御史，迁工科给事中。三十三年（1768）任宁夏知府，次年任平凉知府。三十七年（1772）署四川按察使。五十年（1785）主无锡东林书院。嘉庆二年（1797）卒，年67岁。
钱大昕，字晓征、及之，号辛楣、竹汀居士	江苏嘉定	雍正六年（1728）生。乾隆十九年（1754）进士，选翰林院庶吉士，散馆授编修。历官詹事府右赞善、翰林院侍讲学士、广东学政，入值上书房，选詹事府少詹事。尝奉敕与修《音韵述微》《热河志》《续文献通考》《续通志》《大清一统志》《天球图》诸书，四十年（1775）丁忧归里，不复出。其后历主钟山、娄东、紫阳书院。嘉庆九年（1804）卒，年77岁。
孙星衍，字渊如，号季述、芳茂山人、五松居士	江苏阳湖	乾隆十八年（1753）生。五十二年（1787）进士，授编修，改刑部直隶司主事。六十年（1795），官山东兖沂曹济道。嘉庆十年（1805）为山东督粮道，旋擢布政使。十六年（1811），引疾归。少与杨芳灿、洪亮吉、黄景仁以文学齐名，与洪亮吉并称"孙洪"。嘉庆初，应阮元聘，主讲诂经精舍。尝从钱大昕游。二十三年（1818）卒，年66岁。
吴泰来，字企晋，号竹屿	江苏长洲	康熙六十一年（1722）生。乾隆二十五年（1760）进士，召试赐内阁中书，不赴。毕沅抚陕西，延其主讲关中书院，后随至河南，主讲大梁书院。与洪亮吉、钱泳等赋诗无虚日。五十三年（1788）卒，年67岁。
吴锡麒，字圣征，号谷人	浙江钱塘	乾隆十一年（1746）生。四十年（1775）进士，选翰林院庶吉士，散馆授编修，官至国子监祭酒。曾主讲扬州安定、乐仪书院。与邵齐焘、王太岳、刘星炜、袁枚、洪亮吉、孙星衍、孔庆森并称八家。嘉庆二十三年（1818）卒，年73岁。

姓名字号	籍贯	生平及诗学活动
梦麟，字文子、谢山，号午堂	蒙古正白旗	雍正六年（1728）生。乾隆十年（1745）进士，选翰林院庶吉士，散馆授检讨。历官内阁学士、江南乡试正考官、工部侍郎。乾隆二十三年（1758）卒，年31岁。
张埙，字商言，号瘦铜、吟乡	江苏吴县	雍正九年（1731）生。乾隆三十八年（1773）举人，官内阁中书。少与蒋士铨齐名。与翁方纲为金石友。曾遍游四方。五十四年（1789）卒，年59岁。
史善长，字仲文、诵芬，号赤崖	浙江山阴	乾隆三十三年（1768）生。捐纳为知县，选江西余干县。嘉庆二十一年（1816）因事夺职，戍乌鲁木齐。二十四年（1819）释归。江西知县恽敬称之为七十二同官诗人第一。道光十年（1830）卒，年63岁。
赵怀玉，字亿孙、味辛，号牧庵	江苏武进	乾隆十二年（1747）生。四十五年（1780）召试举人，授内阁中书。后任山东青州府海防同知、登州知府、兖州知府。晚年主通州石港、关中书院讲席。与孙星衍、洪亮吉、黄景仁并称"孙洪黄赵"。道光三年（1823）卒，年77岁。
伊秉绶，字组似，号墨卿、默庵	福建宁化	乾隆十九年（1754）生。四十四年（1779）乡试中举。五十五年（1790）赐进士，授刑部主事。嘉庆三年（1798）任湖南乡试副主考。次年任广东惠州知府。十年（1805）任扬州知府。十二年（1807）丁忧返闽。二十年（1815）卒，年62岁。
查礼，字恂叔，号俭堂、铁桥	顺天宛平	康熙五十四年（1715）生。由监生授户部主事，历官广西太平府知府、四川宁远府知府、川北道、松茂道等，官至湖南巡抚。乾隆四十七年十二月二十九日（公元1783年1月31日）卒，年68岁。
刘大观，字正孚，号松岚	山东邱县	乾隆十八年（1753）生。四十二年（1777）拔贡，四十四年（1779）署柳州府融县令。历官永福、天保、开原知县。嘉庆元年（1796）任宁远知州。十年（1805）任山西河东道。十八年（1813）主覃怀书院讲席。道光十四年（1834）卒于怀庆。年82岁。
薛雪，字生白，号一瓢	江苏吴县	康熙二十年（1681）生。诸生。乾隆初，举博学鸿词，未就。三十五年（1770）卒，年90岁。

姓名字号	籍贯	生平及诗学活动
杭世骏，字大宗，号堇浦	浙江仁和	康熙三十五年（1696）生。雍正二年（1724）举人，受聘为福建乡试同考官。乾隆元年（1736）召试博学鸿词，授翰林院编修，校勘武英殿《十三经》《二十四史》，纂修《三礼义疏》。旋改御使，八年（1743）罢归。归里后，主广州粤秀、扬州安定书院讲席十余年。三十七年（1772）卒，年77岁。
齐召南，字次风，号琼台、息园	浙江天台	康熙四十二年（1703）生。雍正七年（1729）副贡生。乾隆元年（1736）召试博学鸿词，改庶吉士，散馆授检讨。历充《大一统志》《大清会典》《续文献通考》纂修及副总裁官。十三年（1748）入值上书房，擢内阁学士，迁礼部侍郎。翌年因病归里。归里后主绍兴蕺山书院、杭州敷文书院讲席。三十二年（1767）因事夺职放归。次年（1768）卒，年66岁。
郑虎文，字炳也，号诚斋	浙江秀水	康熙五十三年（1714）生。乾隆七年（1742）进士，官左赞善。主河南乡试，三充顺天乡试同考官，提督湖南、广东学政，晚年主讲安徽紫阳书院，杭州紫阳、崇文书院。与朱筠、程晋芳、王太岳、张九钺唱酬往来。四十九年（1784）卒，年71岁。
王鸣盛，字凤喈，号礼堂、西庄、西沚	江苏嘉定	康熙六十一年（1722）生。乾隆十九年（1754）进士，授翰林院编修，官至内阁学士，兼礼部侍郎。三十四年（1769）迁光禄寺卿。寻丁母忧，不复出。与王昶等并称"吴中七子"。嘉庆二年十二月初二日（公元1798年1月18日）卒，年76岁。
吴蔚光，字哲甫，号竹桥	安徽休宁	乾隆八年（1743）生。四十一年（1776）献赋天津，取二等第五名，次年举顺天乡试。四十五年（1780）成进士，选翰林院庶吉士，改礼部主事，以病假归。嘉庆八年（1803）卒，年61岁。
祝维诰，字宣臣，号豫章	浙江海宁	康熙三十六年（1697）生。乾隆元年（1736）以诸生举博学鸿词，报罢。三年（1738）中举，授内阁中书。在京师时与钱载、万光泰等交最契。沈德潜、全祖望等人亟赏其诗。三十一年（1766）卒，年70岁。
吴慈鹤，字韵皋，号巢松	江苏吴县	乾隆四十三年（1778）生。嘉庆十四年（1809）进士，授编修。曾任河南、山东学政。官至翰林院侍讲学士。道光六年（1826）卒，年49岁。

姓名字号	籍贯	生平及诗学活动
祝德麟，字止堂、芷塘	浙江海宁	乾隆七年（1742）生。二十八年（1763）进士，选翰林院庶吉士，散馆授编修，尝充续三通馆纂修、四库馆提调。四十三年（1778）督学陕甘，五十一年（1786）考选都察院湖广道御使，旋以事罢归。归里后，主讲松江云间书院。嘉庆三年（1798）卒，年57岁。
袁树，字芬香，号香亭	浙江钱塘	雍正八年（1730）生。袁枚从弟。乾隆二十八年（1763）进士，授河南正阳知县。四十六年（1781）任广东肇庆知府。卒年不详。
朱彭，字亦筿，号青湖	浙江钱塘	雍正九年（1731）生。诸生。嘉庆元年（1796）诏举孝廉方正，辞不就。尝遍游江南名胜。诗与袁枚并峙，于西泠诗派中独倡唐音。八年（1803）卒，年73岁。
项墉，字金门，号秋子	浙江钱塘	生卒年不详。钱塘贡生，候选同知。乾隆四十五年（1780）献赋行在。四十七年（1782）至四十八年（1783）被浙闽总督聘修《西湖志》。
宋大樽，字左彝，号茗香	浙江仁和	乾隆十一年（1746）生。三十九年（1774）举人。官国子监助教，以母老引疾归。尝辑弟子李方湛、蒋炯诸人及子械等十三人诗为《同岑诗选》。嘉庆九年（1804）卒，年59岁。
陈奉兹，字时若，号东浦	江西德化	雍正四年（1726）生。乾隆二十五年（1760）进士，授四川彭山知县，迁茂州知州，擢四川按察使，五十二年（1787）任河南按察使。居二年任江宁布政使，居四年调安徽，未半岁又调江宁布政使。嘉庆四年（1799）卒，年74岁。
盛锦，字庭坚，号青嶂	江苏长洲	康熙三十年（1691）生。诸生，沈德潜弟子。乾隆二十一年（1756）卒，年66岁。
徐书受，字尚之	江苏武进	乾隆十六年（1751）生。乾隆四十五年（1780）拔贡，四库馆议叙，官河南南召、叶县知县。与洪亮吉、孙星衍、赵怀玉、黄景仁、杨伦、吕星垣称为"毗陵七子"。嘉庆十年（1805）卒，年55岁。
王太岳，字基平，号芥子	直隶定兴	康熙六十一年（1722）生。乾隆七年（1742）进士，选翰林院庶吉士，散馆授检讨。历官甘肃平庆道，西安督粮道，湖南按察使，云南按察使及布政使。后罢官，任《四库全书》馆编次黄签考证官，国子监司业，与曹锡宝等纂辑《四库全书考证》。乾隆五十年（1785）卒，年64岁。

姓名字号	籍贯	生平及诗学活动
王复，字敦初，号秋塍	浙江秀水	乾隆十三年（1748）生。监生。乾隆四十九年（1784）入毕沅幕。嘉庆元年（1796）任偃师知县。三年（1798）卒，年51岁。
方正澍，字子云	安徽歙县	乾隆七年（1742）生。国子生，五十年（1785）至五十二年（1787）在毕沅河南巡抚幕。五十三年（1788）至五十八年（1793）前后在毕沅湖广总督幕。寓居金陵，为袁枚弟子。毕沅选《吴会英才集》，推为吴会诗人第一。嘉庆十四年（1809）卒，年68岁。
陈毅，字直方，号古渔	江南上元	生年不详。太学生。以布衣终老。与袁枚、陈制锦、岳梦渊等为"竹轩诗社"成员，诗被袁枚所推重。乾隆五十二年（1787）卒。
何士颙，又名士容，字南园	江苏江宁	雍正四年（1726）生。诸生。诗为袁枚所推重，曾言"金陵有两诗人，一为陈古渔，一为何南园"。乾隆五十二年（1787）卒，年62岁。
王文潞，字介人	江苏太仓	乾隆四十一年（1776）生。诸生。嘉庆元年（1796）王昶主娄东书院，授其诗法。三年（1798）卒，年23岁。
陈声和，字叶宫，号筠樵	江苏常熟	生卒年不详。乾隆间廪贡生。年30卒。
沈清瑞，字吉人，号芷生	江苏长洲	乾隆二十三年（1758）生。四十八年（1783）中举，五十二年（1787）成进士，任江宁府教授。五十六年（1791）卒，年34岁。
吴文溥，字博如，号澹川	浙江嘉兴	乾隆五年（1740）生。贡生。四十二年（1777）秋陕西巡抚毕沅招入关中，佐幕二载。四十五年（1780）至四十七年（1782）客泾阳三年。五十一年（1786）秋入闽，留巡抚徐嗣曾幕，后入学政陆锡熊幕。五十八年（1793）冬至五十九年（1794）春客湖广总督毕沅幕，后入湖北巡抚惠龄幕。嘉庆四年（1799）冬至五年（1800）夏客浙江巡抚阮元幕，校订《两浙𬨎轩录》。阮元定其诗为浙中之冠。六年（1801）卒，年62岁。
陈鸿寿，字子恭，号曼生	浙江钱塘	乾隆三十三年（1768）生。嘉庆六年（1801）拔贡，官江苏溧阳知县，擢江南海防河务同知。以古学受知于阮元，与从兄云伯同在幕府，有"二陈"之称。道光二年（1822）卒，年55岁。

姓名字号	籍贯	生平及诗学活动
钱沣,字东注、约甫,号南园	云南昆明	乾隆五年(1740)生。乾隆三十六年(1771)进士,选翰林院庶吉士,散馆授检讨。四十六年(1781)考选都察院江南道监察御史,擢通政司副使,后任湖南学政。师从姚鼐,受诗古文法。六十年(1795)卒,年56岁。
谢振定,字一斋,号芗泉	湖南湘乡	乾隆十八年(1753)生。四十五年(1780)进士,改庶吉士,授编修。五十九年(1794)任京畿道监察御史。嘉庆十四年(1809)卒,年57岁。
尤维熊,字祖望,号二娱	江苏长洲	乾隆二十七年(1762)生。五十四年(1789)拔贡,授怀安县训导,秩满膺荐,简发云南蒙自知县,后以亲老引疾归。嘉庆十四年(1809)卒,年48岁。
胥绳武,字燕亭	山西凤台	乾隆二十二年(1757)生。四十二年(1777)拔贡,任萍乡知县,署饶州府同知。嘉庆十三年(1808)卒于浙江藩司幕中,年52岁。
王文治,字禹卿,号梦楼	江苏丹徒	雍正八年(1730)生。乾隆二十五年(1760)进士。授翰林院编修,侍读学士。后任云南临安知府。曾主讲崇文书院、镇江书院。嘉庆七年(1802)卒,年73岁。
邵晋涵,字与桐、二云,号南江	浙江余姚	乾隆八年(1743)生。乾隆三十六年(1771)进士,改翰林院庶吉士,授编修。充广西乡试正考官,擢翰林院侍讲学士,任文渊阁直阁事、日讲起居注官。嘉庆元年(1796)卒,年54岁。
毛大瀛,字又芰,号海客	江苏宝山	雍正十三年(1735)生。由附监生充四库馆誊录,议叙州同,分发陕西试用,旋丁忧。服阕,署汉阳通判。寻赴四川,以军功升中江知县。嘉庆元年(1796)迁四川简州知州。五年(1800)阵亡,年66岁。
徐鑅庆,原名嵩,字阆斋	江苏金匮	乾隆二十三年(1758)生。五十一年(1786)举人。历官黄梅、崇阳知县,湖北蕲州知州。嘉庆七年(1802)卒,年45岁。
杨揆,字同叔,号荔裳	江苏金匮	乾隆二十五年(1760)生。四十五年(1780)召试一等,赐举人,授内阁中书,充文渊阁检阅,入军机处行走。历任内阁侍读、四川按察使、甘肃布政使、四川布政使等。嘉庆九年(1804)卒,年45岁。
杨潮观,字阆度,号笠湖	江苏无锡	康熙四十九年(1710)生。乾隆元年(1736)举人。历宰晋、豫、滇南三省,迁知四川简、卬二州,再调泸州。五十三年(1788)卒,年79岁。

姓名字号	籍贯	生平及诗学活动
石韫玉，字执如，号琢堂、竹堂、独学老人	江苏吴县	乾隆二十一年（1756）生。五十五年（1790）一甲一名进士，授翰林院修撰。历官湖南学政、重庆知府、陕西潼商道、山东按察使。嘉庆十六年（1811）致仕，主金陵尊经书院讲席。二十一年（1816）归里，主苏州紫阳书院。道光十七年（1837）卒，年82岁。
顾敏恒，字立方，号笠舫	江苏无锡	乾隆十三年（1748）生。五十二年（1787）进士，官苏州府教授。五十七年（1792）卒，年45岁。
侯嘉繙，字符经，号夷门	浙江临海	康熙三十六年（1697）生。五十六年（1717）选贡，乾隆元年（1736）应博学鸿词试，为制府程某所抑，考职得上元县丞。十一年（1746）卒，年50岁。
谢启昆，字蕴山，号苏潭	江西南康	乾隆二年（1737）生。二十六年（1761）进士，改庶吉士，授编修。典试河南，出守润州，三十七年（1772）任镇江知府。官至广西巡抚。嘉庆七年（1802）卒，年66岁。
蒋知让，字师退	江西铅山	乾隆二十一年（1756）生。四十一年（1776）召试举人，官河南唐县知县。卒年不详。
潘奕隽，字守愚，号榕皋、三松居士	江苏吴县	乾隆五年（1740）生。三十四年（1769）进士，授内阁中书。迁户部贵州司主事，充贵州乡试副考官。旋即归田。道光十年（1830）卒，年91岁。
陶元藻，字龙溪，号篁村、凫亭	浙江山阴	康熙五十五年（1716）生。诸生。客两淮盐运使卢见曾幕。后走京师，游闽粤扬州，多以诗文记录行程。与郑板桥、齐召南、杭世骏等唱和交游。嘉庆六年（1801）卒，年86岁。
秦瀛，字凌沧，号小岘、遂庵	江苏无锡	乾隆八年（1743）生。三十九年（1774）举人。四十一年（1776）赐内阁中书。五十八年（1793）任杭嘉湖道，嘉庆五年（1800）任湖南按察使，后任浙江布政使、光禄寺卿、太常寺卿、顺天府尹、刑部右侍郎等。道光元年（1821）卒，年79岁。
汪端光，字剑潭	江苏仪征	乾隆十三年（1748）生。三十六年（1771）举人，南巡召试授国子监学正，选授广西百色同知，历署柳州、平乐、庆远知府，补授镇江府知府。寻解组归，两淮盐政延校《全唐文》，历主安定乐仪书院讲席。道光六年（1826）卒，年79岁。

姓名字号	籍贯	生平及诗学活动
铁保，字冶亭，一字铁卿，号梅庵	满洲正黄旗	乾隆十七年（1752）生。三十七年（1772）进士，授吏部主事。历官礼部侍郎、漕运总督及广东、山东巡抚。嘉庆九年（1804）加太子太保，寻以事革职留任，次年擢两江总督，复遭降革。十四年（1809），谪戍乌鲁木齐，旋充叶尔羌办事大臣、喀什噶尔参赞大臣，官至礼部、吏部尚书。十八年（1813）再谪吉林。工诗文，为《八旗通志》总裁，成《白山诗介》，复增辑改编为《八旗诗》，嘉庆帝赐名《熙朝雅颂集》。道光四年（1824）卒，年73岁。
徐夔，字龙友，号西塘	江苏长洲	康熙十五年（1676）生。雍正二年（1724）春应聘游广东学政惠士奇幕。三年（1725）卒，年50岁。
周准，字钦来，号迂村	江苏长洲	生年不详。诸生，与沈德潜友善。乾隆二十一年（1756）卒。
李果，字硕夫，号客山、在亭、悔庐	江苏长洲	康熙十八年（1679）生。布衣。五十一年（1712）至五十三年（1714）客扬州巡盐李煦幕，掌典文章之事。与陈鹏年订交，与翁照、查为仁等皆为当时有名之士。乾隆二年（1737）客江都都转署。七年（1742）至八年（1743）应苏州太守雅尔哈善聘。晚年文誉隆盛，过吴门者争识其面。自定《在亭丛稿》，多载明末遗老事迹。十六年（1751）卒，年73岁。殁后次年，沈德潜为之刊刻《咏归亭诗钞》。
张锦芳，字粲夫、药房，号花田	广东顺德	乾隆十二年（1747）生。五十四年（1789）进士，改庶吉士，授编修。乾隆五十七年（1792）卒，年46岁。
陈廷庆，字兆同，号古华、桂堂	江苏奉贤	乾隆十九年（1754）生。四十六年（1781）进士，改庶吉士，授户部广西司主事。五十四年（1789）充山东乡试副考官，迁员外郎，出为湖南辰州知府。嘉庆十八年（1813）卒，年60岁。
孙韶，字九成，号莲水居士	江苏上元	乾隆十七年（1752）生。诸生。五十九年（1794）入黄州知府先福幕。次年春入山东学政阮元幕。嘉庆四年（1799）冬至七年（1802）夏入浙江巡抚阮元幕。十四年（1809）至十六年（1811）入江西巡抚先福幕。十六年（1811）卒，年60岁。

姓名字号	籍贯	生平及诗学活动
赵函，字符止，号艮甫	江苏吴江	乾隆四十五年（1780）生。诸生。尝在邗上佐盐运使郑祖琛选乾隆、嘉庆两朝诗百四十卷，所见别集独多。道光二十五年（1845）卒，年66岁。
蒋业晋，字绍初，号立崖	江苏宝山	雍正六年（1728）生。少从沈德潜游，又从王鸣盛学诗。乾隆二十一年（1756）举人，授湖北汉阳府知县，擢黄州同知。四十六年（1781），以事充发乌鲁木齐，五十年（1785）放还归里。嘉庆九年（1804）卒，年77岁。
屠倬，字孟昭，号琴坞、潜园	江苏长洲	乾隆四十六年（1781）生。嘉庆十三年（1808）进士。选翰林院庶吉士，散馆授江苏仪征知县。道光元年（1821）擢江西袁州知府，未赴任，调九江知府，皆以疾辞。诗与郭麐齐名。道光八年（1828）卒，年48岁。
范起凤，字紫庭	江苏宝山	生卒年不详。诸生。沈德潜弟子。乾隆四十一年（1776）献赋天津。晚客李保泰扬州学署。
薛起凤，字家三，号香闻居士	江苏长洲	雍正十二年（1734）生。乾隆二十五年（1760）举人，会试辄黜。晚主沂州书院讲席，三十九年（1774）自沂州归，不久卒，年41岁。
杨之灏，字簏山	江苏娄县	雍正五年（1727）生。诸生。屡试不中。乾隆三十九年（1774）稆承谦任陕甘学政，邀之校文。四十一年（1776）甘凉道魏椿年聘以课子。乾隆四十二年（1777）卒，年51岁。
沙维杓，字斗初，号白岸	江苏长洲	生年不详。布衣。乾隆间隐于商，来往江西、湖北间。与吴泰来、王昶、钱大昕订文酒之交。四十七年（1782）卒。
黎简，字简民，号二樵	广东顺德	乾隆十二年（1747）生。十岁能诗，受知于李文藻、李调元。五十四年（1789）拔贡生。王昶举岭南人，以简为魁。嘉庆四年（1799）卒，年53岁。
宗圣垣，字介藩、芥骚	浙江会稽	乾隆元年（1736）生。三十九年（1774）举人。五十二年（1787）大挑一等，授广东文昌知县，调碣石、佛山知县，迁德庆、罗定州同知，署雷州知府。嘉庆十五年（1810）以老疾归。与袁枚、蒋士铨交善。二十年（1815）卒，年80岁。

姓名字号	籍贯	生平及诗学活动
崔龙见，字翘英，号幔亭	山西永济	乾隆六年（1741）生。二十五年（1760）举人，次年中进士，任陕西南郑知县。三十六年（1771）任陕西三原令。四十八年（1783）任杭州通判。后迁湖北荆州知府。嘉庆十二年（1807）卒，年67岁。
严长明，字道甫，号东有、东友	江苏江宁	雍正九年（1731）生。幼奇慧，年十一为李绂所赏，荐之从方苞受业。乾隆二十七年（1762）高宗南巡，以诸生献赋，召试，赐举人，授内阁中书，旋入值军机处。连遭父母丧，服终不复出。五十二年（1787）卒，年57岁。
英廉，字计六，号梦堂	汉军镶黄旗人	康熙四十六年（1707）生。雍正十年（1732）顺天举人。由笔帖式授内务府主事，历官大名府知府、永定河道、江宁布政使、内务府大臣、《四库全书》馆总裁、刑部尚书、户部尚书、汉大学士、直隶总督。乾隆四十八年（1783）卒，年77岁。
金农，字寿门，号冬心、司农	浙江钱塘	康熙二十六年（1687）生。乾隆元年（1736）举博学鸿词，不赴。久为两淮盐运使卢见曾上客。晚寓扬州近二十年，为"扬州八怪"之一。二十八年（1763）卒，年77岁。
张庚，字溥三，号浦山、公之干、瓜田逸史	浙江秀水	康熙二十四年（1685）生。雍正十三年（1735）应博学鸿词，不遇，乾隆元年（1736）以布衣应湖北学使荐博学鸿词，又未中，后不应科举。入江西志局与诸名士相唱和。二十五年（1760）卒，年76岁。
李符清，字仲节，号载园	广东合浦	乾隆十九年（1754）生。四十二年（1777）拔贡，充《四库全书》馆誊录生。四十八年（1783）中举，五十一年（1786）分发直隶以知县用。先后任保守府束鹿县知县、天津府天津县知县。嘉庆八年（1803）升大名府开州知州。十三年（1808）卒，年55岁。
郑沄，字晴波，号枫人	江苏仪征	生卒年不详。乾隆三十年（1765）召试，授内阁中书，官至浙江督粮道。
詹应甲，字鳞飞，号湘亭	安徽婺源寄籍江苏吴县	乾隆二十五年（1760）生，五十三年（1788）举人。屡应会试不第，乃游幕于燕齐晋豫之间。嘉庆七年（1802）任湖北天门知县，后历官南漳、恩施、应山、通山、云梦、汉阳知县，署宜昌府通判，升任直隶州知府。与王芑孙、秦瀛、黄丕烈、鲍桂星、长麟交善。卒年不详，年八十余岁。

姓名字号	籍贯	生平及诗学活动
吴省钦，字冲之，号白华	江苏南汇	雍正七年十二月十四日（公元1730年2月1日）生。乾隆帝南巡，召试赐举人，授内阁中书。二十八年（1763）成进士。选翰林院庶吉士，散馆授编修。历官翰林院侍读、日讲起居注官、四川学政、顺天府尹、都察院左都御史等。嘉庆四年（1799）革职回籍。八年（1803）卒，年75岁。
毕华珍，字松心，号子筠	江苏太仓	生卒年不详。毕沅族孙。嘉庆十二年（1807）举人，官浙江淳安、龙游、慈溪知县。咸丰八年（1858）尚健在，年七十余卒。
王藻，字载阳、载扬，号梅沜	江苏吴江	生卒年不详。监生，乾隆元年荐博学鸿词，官国子监学正。
汪淮，字兰皋，号小海	浙江桐江	乾隆十一年（1746）生。诸生。侨居江宁。嘉庆二十二年（1817）卒，年72岁。
屈复，字见心，号悔翁	陕西蒲城	康熙七年（1668）生。诸生。乾隆元年（1736）荐博学鸿词，不就。年七十余复游江南。十年（1745）归蒲城，卒于郯城，年78岁。
童钰，字二树，号璞岩	浙江山阴	康熙六十年（1721）生。布衣。幼学诗于女史徐昭华。乾隆四十七年（1782）卒，年62岁。
金兆燕，字钟越，号棕亭	安徽全椒	康熙五十七年十二月二十九日（公元1719年2月17日）生。乾隆十二年（1747）中举。三十一年（1766）成进士。三十三年（1768）官扬州府教授。四十四年（1779）入都任国子博士，兼四库馆缮书处分校官。四十六年（1781）辞官南归，客扬州盐商江春之康山草堂。五十六年（1791）卒，年74岁。
许乃济，字作舟、叔舟，号青士	浙江仁和	乾隆四十二年（1777）生。嘉庆十四年（1809）进士，改翰林院庶吉士，散馆授编修，二十五年（1820）考选山东道御史。道光十二年（1832）官高廉道，署广东按察使，官至太常寺少卿。十九年（1839）卒，年63岁。

姓名字号	籍贯	生平及诗学活动
沈初，字景初、云椒，号萃岩	浙江平湖	雍正七年（1729）生。乾隆二十八年（1763）一甲二名进士，授翰林院编修。官至户部尚书。曾任福建、顺天、江苏、江西等省学政，历充四库馆、三通馆、实录馆副总裁。嘉庆四年（1799）卒，年71岁。
林镐，字远峰，号双树生	福建龙岩	生卒年不详。国子监生。先学诗于袁枚，后与吴锡麒、洪亮吉等唱酬。曾以游幕为生。
郑燮，字克柔，号板桥	江苏兴化	康熙三十二年（1693）生。乾隆元年（1736）进士，授山东范县知县，旋改调潍县知县。十一年（1746）至十二年（1747），潍县大饥，以请赈济饥民忤大吏，罢归。为"扬州八怪"之一。三十年十二月十二日（公元1766年1月22日）卒，年73岁。
彭绍升，字允初，号尺木、二林居士	江苏长洲	乾隆五年（1740）生。彭启丰第四子。二十一年（1756）中举，次年与兄绍观同榜中进士，未殿试而归。二十六年（1761）补殿试，以知县用，不就选。三十八年（1773）受菩萨戒。嘉庆元年（1796）卒，年57岁。

附录二 《清诗纪事》乾嘉诗人并称群体辑录

序号	并称群体	所指诗人	《清诗纪事》相关论述	原始出处
1	东南二老	沈德潜、钱陈群	乾隆《故礼部尚书衔原侍郎沈德潜》："东南称二老，曰钱沈则继。"（页1164）又郭则沄《十朝诗乘》（页1267）也有此称。另杨钟羲《雪桥诗话》（页1169）、徐珂《清稗类钞·恩遇类》（同上）则引乾隆诗称二人为"江浙大老"。	乾隆御制诗
2	齐杭厉鼎足	齐召南、杭世骏、厉鹗	康发祥《伯山诗话》："天台齐次风召南宗伯，与杭、厉之名为鼎足。"（页1173）	康发祥《伯山诗话》
3	厉杭	厉鹗、杭世骏	王豫《群雅集》："太史朴讷如乡野间人，而文章秀美，为一时所宗。与厉樊榭齐名，称'厉杭'。"（页1175）	王豫《群雅集》
4	辽东三老	李锴、戴亨、陈景元	朱庭珍《筱园诗话》："辽东三老，今惟李铁君集传于世，其诗笔峭拔，骨力高瘦，亦近代诗人之杰者。"（页1188）	卢见曾《辽东三老诗》
5	海内四布衣	赵宁静、车文、屈复、张庚	袁枚《随园诗话》："丙辰，以布衣荐鸿词者，海内四人：一江西赵宁静，一河南车文，一陕西屈复，一嘉禾张庚。"（页1196）	袁枚《随园诗话》

序号	并称群体	所指诗人	《清诗纪事》相关论述	原始出处
6	农曹七子	纳兰峻德、胡星阿、保禄、卓奇图，余三人不详	徐世昌《晚晴簃诗汇·诗话》："慎斋诸生时即以文名，诗才敏丽，落笔成篇，与保雨村、胡紫锋、卓误庵辈相酬唱，时称为'农曹七子'。"（页1203）	铁保《选刻八旗诗集序》
7	二村	李葂、鲁璵	袁枚《随园诗话》："李啸村与鲁星村齐名，时号'二村'。"（页1205）	袁枚《随园诗话》
8	桐城二诗人	方世举、方贞观	袁枚《随园诗话》："桐城二诗人，方扶南与方南塘齐名。"（页1215）	袁枚《随园诗话》
9	松里五子	汪沆、王曾祥、杭世骏、符之恒、张熷	阮元《两浙輶轩录》卷二十一引《杭州府志·文苑传》："汪沆早岁能诗，为学博涉无津涯，与王曾祥、杭世骏、符之恒、张熷称'松里五子'。"（页1219）又吴振棫《国朝杭郡诗辑》（同上）也有此称。	邵晋涵《槐塘遗集序》
10	二林	赵信、赵昱	阮元《两浙輶轩录》卷二十一引《碧溪诗话》："意林与兄谷林同有诗名。"（页1223）又吴振棫《国朝杭郡诗辑》称二人"一时有'二林'之目"（同上）。	朱文藻《碧溪诗话》
11	京江三诗人	鲍皋、余京、张曾	符葆森《国朝正雅集·寄心庵诗话》："鲍步江征君诗有奇气，与余江干、张石帆齐名。沈文悫尝称为'京江三诗人'。"（页1224）	沈德潜《石帆诗集序》
12	扬州二马	马曰璐、马曰琯	吴修《昭代名人尺牍小传》"马曰璐"："与兄曰琯齐名，称'二马'。"（页1226）又阮元《淮海英灵集·乙集》称二人为"扬州二马"（同上），徐世昌《晚晴簃诗汇》评马曰璐"与其兄齐名"（页1227）。	李斗《扬州画舫录》卷四

序号	并称群体	所指诗人	《清诗纪事》相关论述	原始出处
13	秀水派	金德瑛、钱载、朱休度、万光泰、王又曾、诸锦	金蓉镜《澹湖遗老集·论诗绝句寄李审言》自注:"竹垞不喜涪翁,先公(金德瑛)首学涪翁,遂变秀水派。箨石(钱载)、梓庐(朱休度)、柘坡(万光泰)、丁辛(王又曾)、襄七(诸锦)皆以生硬为宗。"(页1229)又徐世昌《晚晴簃诗汇》(页1352)也有此称。	钱仪吉《山西广灵知县名宦朱君事状》
14	江右八家	陈允衡、王猷定、曾畹、帅家相、蒋士铨、汪轫、杨垕、何在田	王豫《群雅集》:"卓山气格沉雄,有幽燕气。与从父念祖时有大小帅之目。曾都转宾谷合陈伯玑、王于一、曾廷闻、蒋心馀、汪莘云、杨之载、何鹤年诗刻之,名《江右八家诗》。"(页1257)	曾燠《国朝江右八家诗选》
15	三彭	彭端淑、彭肇洙、彭遵泗	李调元《雨村诗话》:"丹棱彭端淑,字乐斋,乾隆丙辰进士,官至广东肇罗道,有《白鹤堂集》;次肇洙,字仲尹,雍正癸丑进士,历官河南道御史,有《抚松亭集》;次遵泗,字磬泉,乾隆丁巳进士,官至江防同知。兄弟皆由庶常起家,世称'三彭',皆有诗名。"(页1259)	李调元《雨村诗话》
16	南郭五子	祝维诰、王又曾、钱载、朱沛然、陈向中	徐世昌《晚晴簃诗汇·诗话》:"豫堂与钱箨石、王受铭、朱偶圃、陈乳巢,号'南郭五子'。"(页1262)	阮元《两浙輶轩录》引沈珽语

347

序号	并称群体	所指诗人	《清诗纪事》相关论述	原始出处
17	袁蒋赵三家	袁枚、蒋士铨、赵翼	崔旭《念堂诗话》："乾隆中袁、蒋、赵称为鼎足，此说不知起于何人。"（页1277）又尚镕《三家诗话》（同上）、康发祥《伯山诗话》（页1278）、陆蓥《问花楼诗话》（页1278）、丁绍仪《听秋声馆词话》（页1279）、王豫《群雅集》评蒋士铨（页1427）、郭麐《灵芬馆诗话》（页1428）、林昌彝《海天琴思续录》（同上）、崔旭《念堂诗话》（同上）、符葆森《国朝正雅集》评赵翼（页1463）、朱克敬《儒林琐记》（同上）、徐世昌《晚晴簃诗汇》评赵翼（页1464）也有此称。另袁枚《仿元遗山论诗》："云松自负第三人，除却随园服蒋君。"（页1427）袁枚《随园诗话》："赵云松观察谓余曰：'我本欲占人间第一流，而无如总作第三人。'盖云松辛巳探花；而于诗只推服心馀与随园故也。"（页1461）	袁枚《随园诗话》
18	袁赵	袁枚、赵翼	朱庭珍《筱园诗话》："赵云松翼，则与钱塘袁枚，同负重名，时称袁、赵。"（页1279）又黄培芳《香石诗话》："瓯北、子才一时并称。"（页1462）	黄培芳《香石诗话》
19	二朱	朱珪、朱筠	吴修《昭代名人尺牍小传》："与叔兄筠有'二朱'之目。"（页1236）又徐世昌《晚晴簃诗汇》称："竹君少与弟石君齐名，论者比之郊祁、轼辙。"（页1396）	沈兆沄《篷窗随录》

序号	并称群体	所指诗人	《清诗纪事》相关论述	原始出处
20	吴中七子	王鸣盛、吴泰来、王昶、黄文莲、赵文哲、钱大昕、曹仁虎	潘清《挹翠楼诗话》："嘉定王西沚鸣盛为沈文（恪）［悫］高弟，沈刻'吴中七子'诗，以公居首。"（页1392）又符葆森《国朝正雅集》评王鸣盛（同上）、吴修《昭代名人尺牍小传》评王昶（页1404）、江藩《汉学师承记》评王昶（页1405）、朱庭珍《筱园诗话》（同上）、陈融《颙园诗话》（页1419）、师范《荫椿书屋诗话》（页1483）、徐世昌《晚晴簃诗汇》评曹仁虎（页1484）、袁枚《随园诗话》（页1499）、昭梿《啸亭续录》（页1515）也有此称。	沈德潜《吴中七子诗选》
21	北朱南王	朱筠、王昶	符葆森《国朝正雅集》引《畿辅诗钞》："笥河学士闳通博览，名满海内。初为诸城刘文正公所知，目为奇士。兰泉司寇与公为同年友，官京师，齐名，人称'北朱南王'。"（页1396）又胡思敬《九朝新语》（页1405）也有此称。	王昶《翰林院编修朱君墓表》
22	钱王	钱载、王又曾	吴修《昭代名人尺牍小传》评王又曾："少与同里钱宗伯以诗名，有'钱王'之目。"（页1402）	朱休度《小木子诗三刻·侯宁居偶咏》卷上
23	江东二王	王昶、王鸣盛	王豫《群雅集》："司寇幼从文悫游，才名飚发，与西沚有'江东二王'之誉。"（页1404）	王豫《群雅集》
24	钱大昕王昶王鸣盛曹仁虎齐名	钱大昕、王昶、王鸣盛、曹仁虎	康发祥《伯山诗话》："嘉定钱竹汀大昕少詹研精经史，实事求是。著有《潜研堂集》。诗与王司寇昶、王光禄鸣盛、曹侍讲仁虎齐名。"（页1419）	康发祥《伯山诗话》

序号	并称群体	所指诗人	《清诗纪事》相关论述	原始出处
25	北纪南钱	纪昀、钱大昕	胡思敬《九朝新语》："本朝词臣以文章名世者，……河间纪文达与嘉定钱詹事齐名，曰'北纪南钱'。"（页1419）	陈康祺《郎潜纪闻初笔》
26	江西两名士	彭元瑞、蒋士铨	王昶《湖海诗传·蒲褐山房诗话》："裘文达公曰修尝以君与彭司空元瑞并荐上前，故御制诗有'江西两名士'之目。"（页1427）又仲山《批本随园诗话》称"蒋心馀与其同年彭芸楣，皆江西人，一时才名并称"（同上）。	乾隆御制诗
27	江西四子	杨垕、汪轫、赵由仪、蒋士铨	《波阳县志·蒋士铨传》："少时与汪轫、杨垕、赵由仪有'四子'之目。"（页1429）又袁枚《随园诗话》（页1745）、法式善《梧门诗话》（同上）、尚镕《三家诗话》（页1746）、杨钟羲《雪桥诗话续集》（同上）也有此称。王豫《群雅集》称四人为"江右四才子"（页1775）。	袁枚《随园诗话》
28	嘉定三才子	王鸣盛、钱大昕、曹仁虎	廖景文《罨画楼诗话》引《古藻诗话》："曹习庵编修（仁虎）为'嘉定三才子'之一，其诗华赡妍媚，如鱼油龙劅，列堞明霞。"（页1483）	徐芛坡《古藻堂诗话》
29	嘉禾七子	朱炎、夏銮、陆以谦、董潮、李集、李旦华，余一人未详	阮元《两浙轩轩录》："陈鸿寿曰：笠亭先生为'嘉禾七子'之一。"（页1544）	阮元《两浙轩轩录》

序号	并称群体	所指诗人	《清诗纪事》相关论述	原始出处
30	张锦麟与胡同谦齐名	张锦麟、胡亦常	张维屏《国朝诗人征略·听松庐诗话》："玉洲诗骨格清苍，情韵绵邈，与胡同谦齐名，两人《太白楼诗》亦相伯仲。"（页1546）	张维屏《国朝诗人征略》
31	淮南两君子	任大椿、施朝干	王豫《群雅集》："侍御清谨伉直，不阿权贵。读书嗜古，萧然寒素。与施小铁有'淮南两君子'之目。"（页1547）	王豫《群雅集》
32	张埙与蒋士铨齐名	张埙、蒋士铨	袁枚《随园诗话》："吴门张瘦铜中翰，少与蒋心馀齐名。蒋以排奡胜，张以清峭胜。"（页1549）又陆元铉《青芙蓉阁诗话》（同上）也有此称。	袁枚《随园诗话》
33	三才子	铁保、百龄、法式善	王豫《群雅集》评铁保："时与百菊溪制府、法时帆学士天下称'三才子'。"（页1571）又徐世昌《晚晴簃诗汇》评铁保（页1572）、易宗夔《新世说》（页1612）也有此称。	王豫《群雅集》
34	二才子	高文照、黄景仁	徐世昌《晚晴簃诗汇·诗话》："东井早擅诗名，朱竹君督学皖江，与黄仲则同入幕襄校，称'二才子'。"（页1582）	朱筠
35	浙中诗派	朱彝尊、查慎行、杭世骏、厉鹗、吴锡麒	王昶《湖海诗传·蒲褐山房诗话》评吴锡麒："浙中诗派自竹垞、初白两先生后，二十余年，大宗、太鸿起而振之。及两公俎谢，嗣音者少。司成以云蒸霞蔚之文，合雪净冰清之作，驰声艺苑，独出冠时。"（页1582）	王昶《湖海诗传》
36	朱宋	朱彭、宋大樽	王豫《群雅集》："茗香豪宕负至性。……时朱青湖以清稳沉郁胜，学者称'朱宋'。"（页1596）	王豫《群雅集》

序号	并称群体	所指诗人	《清诗纪事》相关论述	原始出处
37	绵州三李	李鼎元、李骥元、李调元	王昶《湖海诗传·蒲褐山房诗话》："'梁为西南屏，水厉山刻峭'，而数十年来，未有钟其灵异者。近日绵州称'三李'，以墨庄为最，意沉挚，辞警拔。"（页1606）又徐世昌《晚晴簃诗汇》（同上）。	王昶《湖海诗传》
38	孙洪黄赵	孙星衍、洪亮吉、黄景仁、赵怀玉	吴修《昭代名人尺牍小传》："赵怀玉工诗，与同里孙渊如、洪稚存、黄仲则并称'孙洪黄赵'。"（页1619）	吴修《昭代名人尺牍小传》
39	二难	杨揆、杨芳灿	毕沅《吴会英才集》："杨舍人俊逸清新，才兼庾鲍，年才弱冠，赋咏盈千。与其兄蓉裳齐名，人有'二难'之目。"（页1621）又王昶《湖海诗传》（同上）、法式善《梧门诗话》（同上）、王培荀《听雨楼随笔》（页1622）、徐世昌《晚晴簃诗汇》（同上）也有此称。	毕沅《吴会英才集》
40	常州七子	洪亮吉、黄景仁、吕星垣、孙星衍、杨伦、赵怀玉、徐书受	金武祥《粟香二笔》："乾嘉时，常州有'七子'之目，为吕星垣叔讷、孙星衍渊如、洪亮吉稚存、杨伦西䜣、黄景仁仲则、赵怀玉亿孙、徐书受尚之也。"（页1630）又徐世昌《晚晴簃诗汇》（页1702）、杨钟羲《雪桥诗话余集》（页1779）也有此称。	钱维城《毗陵七子诗》
41	孙洪	孙星衍、洪亮吉	法式善《梧门诗话》："洪稚存与孙渊如交最深，俱榜眼及第，诗篇酬酢，人以元、白拟之。"（页1644）又毕沅《吴会英才集》（页1700）、邱炜萲《五百石洞天挥麈》（页1702）也有此称。	法式善《梧门诗话》

序号	并称群体	所指诗人	《清诗纪事》相关论述	原始出处
42	孙黄洪齐名	孙星衍、黄景仁、洪亮吉	潘瑛、高岑《国朝诗萃二集》："观察天才超轶，少与洪稚存、黄仲则两先生齐名。"（页1611）又朱克敏《儒林琐记》也有此称（同上）。	潘瑛、高岑《国朝诗萃二集》
43	洪顾孙杨	洪亮吉、顾敏恒、孙星衍、杨芳灿	喻文鏊《考田诗话》："顾立方与蓉裳户部中外自幼齐名，时有'洪顾孙杨'之目，谓稚存亮吉，渊如星衍，其二即立方、蓉裳也。"（页1649）又袁枚《仿元遗山论诗》（页1700）、毕沅《吴会英才集》（页1750）也有此称。	袁枚《仿元遗山论诗》
44	顾杨	顾敏恒、杨芳灿	潘清《挹翠楼诗话》："金匮顾进士立方敏恒，少与杨蓉裳齐名。"（页1649）	潘清《挹翠楼诗话》
45	三君	王昙、舒位、孙原湘	舒位《题梧门三君咏后并寄》自序："三君者，谓秀水王昙仲瞿、昭文孙原湘子潇，而谬以位附之。"（页1660）又易宗夔《新世说》（页1612）、陆以湉《冷庐杂识》（页1725）、符葆森《国朝正雅集》（页2114）、张维屏《国朝诗人征略二编》（页2115）也有此称。	法式善《三君咏》
46	张锦芳与张瑞夫齐名	张锦芳、张瑞夫	刘彬华《岭南群雅初集·玉壶山房诗话》："药房天性友于，少与弟瑞夫以诗齐名。"（页1682）	刘彬华《岭南群雅初集》
47	岭南三子	张锦芳、冯敏昌、胡亦常	张维屏《国朝诗人征略》引《广东通志》："锦芳……于诗所造尤邃，与钦州冯敏昌、同邑胡亦常称'岭南三子'。"（页1682）	《广东通志》

序号	并称群体	所指诗人	《清诗纪事》相关论述	原始出处
48	岭南四家	黎简、张锦芳、吕坚、黄丹书	张维屏《国朝诗人征略》引《广东通志》："锦芳……既又与黄丹书、黎简、吕坚号'岭南四家'。"（页1682）又刘彬华《岭南群雅初集》（页1759）也有此称。温汝能《粤东诗海·例言》则称四人为"岭南四子"（页1760）。	《广东通志》
49	张锦芳与黎简齐名	张锦芳、黎简	林昌彝《海天琴思录》："顺德张逃虚锦芳与黎二樵同时齐诗名。二人诗格不同，二樵好作拗折老辣之句，逃虚则一味清空。"（页1682）	林昌彝《海天琴思录》
50	洪黄	洪亮吉、黄景仁	毕沅《吴会英才集》："洪常博奇思独造，远出常情，五古歌行杰立一世。早年与仲则齐名江左，时号'洪黄'。"（页1700）又徐世昌《晚晴簃诗汇》（页1702）、邱炜蒌《五百石洞天挥麈》（同上）、麟庆《黄少尹诗序》（页1855）、潘清《挹翠楼诗话》（页1856）、康发祥《伯山诗话》（页1857）也有此称。	李斗《扬州画舫录》
51	三大家	洪亮吉、胡天游、袁枚	朱克敬《儒林琐记》评洪亮吉："为诗文有奇气。尤工骈体，与胡天游、袁枚并称'三大家'。"（页1701）	朱克敬《儒林琐记》
52	乾隆二仲	黄景仁、王昙	张维屏《国朝诗人征略二编·老渔闲话》："余欲选黄仲则诗、王仲瞿文合刻之，题曰'乾隆二仲'。"（页1725）又易宗夔《新世说》（页1857）也有此称。	张维屏
53	京江三凤	程梦湘、王文治、鲍皋	王豫《群雅集》："衡帆五言，述庵先生推为正宗，足以津逮后学。毕宫保秋帆与家梦楼太守、鲍雅堂郎中称'京江三凤'。"（页1771）	毕沅

序号	并称群体	所指诗人	《清诗纪事》相关论述	原始出处
54	三吴	吴森、吴照、吴嵩梁	王昶《湖海诗传》："予江西门人中有'三吴'之号，谓云衣、兰雪及照南也。"（页1778）	王昶《湖海诗传》
55	嘉兴二吴	吴文溥、吴东发	阮元《定香亭笔谈》："嘉兴有二吴：吴澹川可谓登高能赋，吴侃叔可谓铸器能铭。"（页1800）	阮元《定香亭笔谈》
56	陈蔡	陈毅、蔡元春	法式善《梧门诗话》："蔡芷杉（元春）与陈古愚居相近，兼自负诗名，时称'陈蔡'。"（页1818）	法式善《梧门诗话》
57	高密派	李怀民等	袁洁《蠹庄诗话》："山左李石桐辑《中晚唐诗主客图》，分张水部、贾浪仙为两派，登莱一带言诗者多宗之，谓之高密派。"（页1845）	袁洁《蠹庄诗话》
58	金陵两诗人	何士颙、陈毅	袁枚《仿元遗山论诗》："白门从古诗人少，今剩南园与古渔。更喜闭门工觅句，无人解叩子云居（陈古渔、何南园、方子云）。"（页1846）又林昌彝《海天琴思续录》（页1847）、徐世昌《晚晴簃诗汇》（同上）也有此称。	袁枚《仿元遗山论诗》
59	三珠	蒋莘、蒋征蔚、蒋夔	王昶《湖海诗传·蒲褐山房诗话》："于野兄弟，时号'三珠'。"（页1849）又阮元《定香亭笔谈》（页1850）、徐珂《清稗类钞·知遇类》（页1850）、宋咸熙《耐冷谭》（页1883）则称"三蒋"。	王昶《湖海诗传》
60	四家	袁枚、蒋士铨、赵翼、黄景仁	延君寿《老生常谈》："海内近人诗，余所及读者不下百数十种，袁子才新颖，蒋心馀雄健，赵瓯北豪放，黄仲则俊逸，当以四家为冠，余则各有好处。"（页1855）	延君寿《老生常谈》

序号	并称群体	所指诗人	《清诗纪事》相关论述	原始出处
61	常州四子	洪亮吉、黄景仁、吕星垣、孙星衍	朱庭珍《筱园诗话》："常州四子，黄仲则才力恣肆……"（页1856）	朱珪《题黄仲则遗稿序》
62	言情四家	黄景仁、乐钧、郭麐、黄任	潘飞声《在山泉诗话》："本朝诗人善言情者不少，以黄仲则、乐莲裳、郭频伽、黄莘田四家最擅长，悱恻芬芳，寻味无尽。"（页1857）	潘飞声《在山泉诗话》
63	越中七子	刘鸣玉、刘文蔚、姚大源、沈翼天、陈芝图、茅逸、童钰	杨钟羲《雪桥诗话余集》："刘鸣玉、刘文蔚、姚大源、沈翼天、陈芝图、茅逸、童钰，联吟倡和，称'越中七子'。"（页1884）又陶元藻《凫亭诗话》（页1963）也有此称。	陶元藻《全浙诗话》
64	白沙二垞	黄裕、张锡德	王豫《群雅集》："北垞与张南垞并负诗名，称'白沙二垞'。"（页1886）	王豫《群雅集》
65	金陵二诗人	蔡元春、燕以筠	袁枚《随园诗话》："金陵有二诗人：一蔡芷衫元春，一燕山南以筠。蔡专主风格浑古，燕专尚心思雕刻：两家不可偏废也。"（页1890）	袁枚《随园诗话》
66	京江七子	张学仁、吴朴、鲍文逵、钱之鼎、王豫、应让、顾鹤庆	杨钟羲《雪桥诗话续集》："张治虞与吴朴庄、鲍野云、钱鹤山、王柳村、应地山、顾弢庵号'京江七子'。"（页1892）	鲍文逵《京江七子诗钞》

序号	并称群体	所指诗人	《清诗纪事》相关论述	原始出处
67	西园十子	商盘、刘鸣玉、茅逸、童钰、刘文蔚、姚大源，余未详	杨钟羲《雪桥诗话续集》："山阴童二树与同邑刘凤冈鸣玉、茅少菊逸、并以能诗善画称，与商宝意、刘豹君辈结社，号'西园十子'。"（页1963）	商盘《越风·山阴刘豹君文蔚》诗注（蒋士铨《越风序》引）
68	杭州两布衣	吴颖芳、何琪	符葆森《国朝正雅集·寄心庵诗话》："乾隆中杭州前后两布衣：吴西林颖芳、何春渚琪，皆居江村僻处，皆以诗名。"（页1969）	符葆森《国朝正雅集》
69	薇垣五名士	龚自珍、魏源、宗稷辰、吴嵩梁、端木国瑚	胡思敬《九朝新语》："道光朝内阁中书舍人多异才隽彦，龚自珍定庵以才，魏源默深以学，宗稷辰越岷以文，吴嵩梁兰雪以诗，端木国瑚鹤田以经术，时号'薇垣五名士'。"（页2063）	胡思敬《九朝新语》
70	二陈	陈文述、陈鸿寿	铁保《颐道堂诗选序》："余于淮安工次得二陈焉，曰云伯，曰曼生，俱余及门门下。"（页2067）又郭麐《灵芬馆诗话》（页2068）、符葆森《国朝正雅集》（页2231）也有此称。	铁保《颐道堂诗选序》
71	杨陈	杨芳灿、陈文述	《清史列传·陈文述传》："游京师，与杨芳灿齐名，一时谓之'杨陈'。"（页2068）又徐世昌《晚晴簃诗汇》（同上）也有此称。	《清史列传》
72	二陆	陆继辂、陆耀遹	杨钟羲《雪桥诗话》："陆祁孙与兄子邵闻齐名，时称'二陆'。"（页2075）	杨钟羲《雪桥诗话》

序号	并称群体	所指诗人	《清诗纪事》相关论述	原始出处
73	刘嗣绾与莫宝斋齐名	刘嗣绾、莫晋	陆以湉《冷庐杂识》："阳湖刘芙初太史嗣绾，天才藻发，早岁入成均，与莫宝斋侍郎齐名。"（页2138）	陆以湉《冷庐杂识》
74	粤东三子	黄培芳、谭敬昭、张维屏	刘彬华《岭南群雅二集·玉壶山房诗话》："吾粤黄文裕公为前明名儒，家学相承，世传儒雅，子实其云孙。……覃溪学士所称'粤东三子'，子实其一也。"（页2259）又何日愈《退庵诗话》（同上）、邱炜萲《五百石洞天挥麈》（同上）也有此称。	翁方纲《粤东三子诗序》
75	郭麐屠倬查揆齐名	郭麐、屠倬、查揆	法式善《梧门诗话》："郭频伽诗清雄，屠琴坞诗超拔，查梅史诗瑰丽，三君可称鼎峙。"（页2273）	法式善《梧门诗话》
76	言情三家	黄景仁、乐钧、郭麐	张维屏《听松庐诗话》："国朝诗人善言情者不少，以黄仲则、乐莲裳、郭频伽三家为最。"（页2274）	张维屏《国朝诗人征略》
77	三才子	郭麐、金学莲、吴嵩梁	符葆森《国朝正雅集·寄心庵诗话》："频伽才思秾至，与金手山、吴兰雪有'三才子'之目。"（页2274）	符葆森《国朝正雅集》

附录三　乾嘉诗学编年

凡　例

一、《乾嘉诗学编年》依据时间先后叙录乾嘉时期（1736—1820）重要诗人相关诗学活动。

二、重要诗人以《乾嘉诗坛点将录》所录为主，间及纪昀、朱筠、朱珪、戴震、章学诚等影响力较大之人。

三、相关诗学活动包括诗人生卒、仕履、交游、诗学文献撰写与刊刻、诗学论争等，与诗学直接相关的政治举措和学术活动酌情叙录。

四、文中时间皆按农历，力求翔实。不能具体到日的，置于本月后；不能具体到月的，置于本季后；不能具体到季的，置于本年后。

五、文献来源于年谱、行状、传记、别集、笔记、正史、方志、《清实录》和当代学者相关研究成果，均以"（　）"标识于后。

乾隆元年（1736）丙辰

正月，袁枚父亲命其投叔父袁鸿，时鸿在广西巡抚金𫓧幕中。（郑幸《袁枚年谱新编》）

四月，金德瑛成状元，郑燮、全祖望成进士。（《明清进士题名碑录索引》下册"乾隆元年丙辰科"）

五月四日，袁枚抵桂林。金鉷奇袁枚状貌，命为诗，大异之，目为国士。（郑幸《袁枚年谱新编》）

七月，卢见曾擢江西广饶九南道。未久，授两淮盐运使，兼督扬州关务。（胡晓云《卢见曾年谱》）

八月，袁枚被广西巡抚金鉷保荐，入京试博学鸿词。抵京后，寓居同乡赵大鲸家，识张问陶之父张顾鉴。之后与胡天游、齐召南、商盘、杭世骏、王峻等人定交。（郑幸《袁枚年谱新编》）

九月二十八日，博学鸿词考试举行，与试者176人。（《清实录》第九册《高宗实录》卷二七"乾隆元年九月下己未"）

十月十五日，博学鸿词发榜。中第者十五人。一等五名：刘纶、潘安礼、诸锦、于振、杭世骏，授翰林院编修；二等十名：陈兆仑、刘玉麟、夏之蓉、周长发、程恂，授翰林院检讨，杨度汪、沈廷芳、汪士锽、陈士璠、齐召南，授翰林院庶吉士。（《清实录》第九册《高宗实录》卷二八"乾隆元年十月上乙丑"）

屈复被举荐博学鸿词，未与试。沈德潜、金农、张庚、厉鹗、钱载、祝维诰、侯嘉璠、袁枚、王藻等人俱落第。（杭世骏《词科掌录》卷首举目）

胡天游被礼部尚书任兰枝举荐博学鸿词，以持服不与试，遂客任公第。（胡天游《石笥山房集》附胡元琢《先考稚威府君年谱纪略》）

冬，袁枚博学鸿词落第后馆高景蕃家。与李重华第三子李光运定交，并结识李重华。（郑幸《袁枚年谱新编》）

是岁

杨潮观中举。（袁枚《小仓山房文集》卷三十四《邛州知州杨君笠湖传》）

张潜《诗法醒言》十卷刻行。（蒋寅《清诗话考》）

屈复、方苞69岁，沈德潜64岁，翁照60岁，李果58岁，薛雪56岁，张庚52岁，金农50岁，卢见曾47岁，盛锦46岁，厉鹗45岁，郑燮44岁，胡天游、杭世骏41岁，祝维诰、侯嘉璠40岁，刘大櫆39岁，金德瑛36岁，齐召南34岁，全祖望、英廉32岁，钱载29岁，杨潮观25岁，郑虎文23岁，查礼22岁，袁枚、陶元藻21岁，李因培20岁，程晋芳19岁，金兆燕18岁，孙士毅17岁，童钰16岁，吴泰来、王鸣盛、王太岳15岁，王昶、纪昀13岁，蒋士铨、赵文哲、张熙纯12岁，陈奉兹、何士颙11岁，赵翼10岁，钱大昕、梦麟、蒋业晋9岁，朱筠、吴省钦8岁，毕沅、袁树、王文治7岁，朱珪、曹仁虎、姚鼐、顾光旭、张埙、朱彭、严长明6岁，翁方纲4岁，薛起凤、段玉裁、毛大瀛2岁，宗圣垣1岁。

乾隆二年（1737）丁巳

帅家相成进士。（《明清进士题名碑录索引》下册"乾隆二年丁巳恩科"）

夏，厉鹗客扬州。（朱文藻《厉樊榭先生年谱》）

五月，庶常馆散馆，全祖望列下等，左迁外补，遂归乡。（董秉纯《全谢山先生年谱》）

七月十六日，补试博学鸿词。一等万松龄授翰林院检讨，二等朱荃、洪世泽授翰林院庶吉士，张汉授翰林院检讨。（《清实录》第九册《高宗实录》卷四七"乾隆二年七月下壬寅"）

胡天游补试博学鸿词，鼻血污卷，扶病出。留礼部尚书任兰枝第，直至乾隆十一年任兰枝致仕。（胡元琢《先考稚威府君年谱纪略》）

是月，卢见曾因被控植党营私，被罢职，居扬州，常与马曰琯论诗。（胡晓云《卢见曾年谱》）

秋，沈廷芳延袁枚为幕客。（郑幸《袁枚年谱新编》）

是岁

沈德潜在蒋重光家坐馆，批选《唐宋八大家文选》。（《沈归愚自订年谱》）

谢启昆（—1802）生。（姚鼐《惜抱轩文集》后集卷七《广西巡抚谢公墓志铭》）

袁若愚《学诗初例》五卷刻行。（蒋寅《清诗话考》）

黄子云《野鸿诗的》刻行。（蒋寅《清诗话考》）

乾隆三年（1738）戊午

春，袁枚馆嵇璜家。（郑幸《袁枚年谱新编》）

八月，沈德潜、袁枚乡试中第。（《沈归愚自订年谱》；郑幸《袁枚年谱新编》）

胡天游中顺天乡试副榜。（胡元琢《先考稚威府君年谱纪略》）

是岁

屈复著《楚辞新注》八卷。（武晓丹《清代诗人屈复及其诗歌研究》）

章学诚（—1801）生。（胡适、姚名达《章实斋先生年谱》）

高文照（—1776）生。（张慧剑《明清江苏文人年表》）

乾隆四年（1739）己未

正月初一，袁枚与李重华、钱之青、邓时敏、张栋、李治运、李泰运、李光运等效柏梁体联句。（郑幸《袁枚年谱新编》）

三月，厉鹗编定《樊榭山房集》诗八卷、词二卷。（朱文藻《厉樊榭先生年谱》）

四月三日，方苞所选《钦定四书文》颁行。（陈祖武、朱彤窗《乾嘉学术编年》）

是月，袁枚、裘曰修、沈德潜成进士。（《明清进士题名碑录索引》下册"乾隆四年己未科"）

七月二十五日，《明史》刊刻告成。（陈祖武、朱彤窗《乾嘉学术编年》）

十一月，沈德潜乞假归里。（《沈归愚自订年谱》）

十二月十四日（公元1740年1月12日），钱维乔（—1806）生。（陆萼庭《清代戏曲家丛考·钱维乔年谱》）

冬，袁枚乞假归娶。过淮安，与程志铨、程晋芳、程卫芳兄弟交。（郑幸《袁枚年谱新编》）

是岁

屈复著《玉溪生诗意》八卷，《弱水集》编成。（武晓丹《清代诗人屈复及其诗歌研究》）

毕沅始学为诗。（史善长《弇山毕公年谱》）

沈德潜、周准《明诗别裁集》十二卷刻行。（《中国古籍善本书目》）

马位《秋窗随笔》一卷撰成。（蒋寅《清诗话考》）

乾隆五年（1740）庚申

三月初七，潘奕隽（—1830）生于苏州阊门内刘家浜之谦益堂。（《三松自订年谱》）

四月初一，钱沣（—1795）生于昆明大东门外之太和街。（方树梅《钱南园先生年谱》）

五月，袁枚返京，途中结识钱维城。（郑幸《袁枚年谱新编》）

夏，厉鹗五客扬州，旋归。（朱文藻《厉樊榭先生年谱》）

八月，卢见曾遣戍伊犁。郑板桥、程梦星、吴敬梓等友人在扬州为其送行。马位、马相如、杭世骏在京为卢送行。（胡晓云《卢见曾年谱》）

沈德潜仍课徒于吴江袁氏。十二月返京赴词馆。（《沈归愚自订年谱》）

是岁

赵翼十四岁，性好诗古文词，因妨举业，师长每禁之。（《赵翼全集》附录一《瓯北先生年谱》）

吴文溥（—1801）生。（《文学遗产》1999年第1期蒋寅《吴文溥生卒年考》）

彭绍升（—1796）生。（彭希涑《净土圣贤录》续编卷二《彭绍升》）

沈祖禹《吴江沈氏诗录》十二卷刻行，起于明成化沈奎，至裔孙沈培福止，凡七十人，闺秀二十人，诗951首，沈德潜序。（法式善《陶庐杂录》卷三）

查为仁选刻《沽上题襟集》五卷，张鹏翀序。（法式善《陶庐杂录》卷三。按：《中国古籍善本书目》载乾隆六年，查为仁、查学礼《沽上题襟集》

八卷刻行）

乾隆六年（1741）辛酉

二月，沈德潜抵京赴词馆。（《沈归愚自订年谱》）

八月初八，崔龙见（—1807）生。（赵怀玉《亦有生斋集》文卷十九《诰授中宪大夫分巡湖北荆宜施道崔府君墓志》）

九月九日，袁枚招沈廷芳、沈德潜等于家平台登高赋诗。（郑幸《袁枚年谱新编》）

秋，全祖望旅居扬州，成《困学纪闻三笺》。（董秉纯《全谢山先生年谱》）

王太岳乡试中举。（王昶《春融堂集》卷六十三《国子监司业王公行状》）

是岁

王昶得《东野堂韩集》《归震川集》和张炎《山中白云词》，始学为诗词。（严荣《述庵先生年谱》）

段玉裁从祖父读《论语》，家甚贫。（刘盼遂《段玉裁先生年谱》）

张庚客游睢州。（尚小明《清代士人游幕表》）

曹庭栋《宋百家诗存》刊竣。（曹庭栋《宋百家诗存序》）

查为仁《莲坡诗话》三卷撰成，杭世骏为序。（蒋寅《清诗话考》）

乾隆七年（1742）壬戌

四月，庶常馆散馆，沈德潜留任。与乾隆唱和甚多。校勘《新唐书》与《旧唐书》，分修《明史纲目》。（《沈归愚自订年谱》）

四月，全祖望与陈汝登、钱中盛、李世法、董宏方、胡君山等为真率社，至十月得诗三百余篇，题曰《句余土音》，后删定为《句余唱和集》。（董秉纯《全谢山先生年谱》）

是月，袁枚以廷试翻译未工，定为末等，以知县用。（郑幸《袁枚年谱新

编》）

郑虎文、王太岳成进士。（《明清进士题名碑录索引》下册"乾隆七年壬戌科"）

五月，袁枚赴江南知县任。初授溧水，后改江浦。（郑幸《袁枚年谱新编》）

是岁

曹仁虎父设帐家中，钱大昕来受业，曹仁虎、王鸣盛、钱大昕过从甚密。（王鸿逵《曹学士年谱》）

李果应苏州太守雅尔哈善聘，至次年。（尚小明《清代士人游幕表》）

方正澍（—1809）生。（方正澍《子云诗集》附钱坫《序》）

厉鹗辑《辽史拾遗》。（朱文藻《厉樊榭先生年谱》）

彭廷梅《据经楼诗选》十四卷刻行。（法式善《陶庐杂录》卷三）

王辅铭《国朝练音集》十二卷刻行，专辑清代嘉定籍诗，共300人，张鹏翀、沈德潜序。（法式善《陶庐杂录》卷三）

屈复《弱水集》二十二卷刻行。（李灵年、杨忠《清人别集总目》）

乾隆八年（1743）癸亥

正月二十八，秦瀛（—1821）生。（陈用光《太乙舟文集》卷八《予告刑部右侍郎秦公遂庵墓志铭》）

二月八日，杭世骏因对策言今上用人"内满而外汉"遭革职。归乡后，与友人共识诗社。（陈琬婷《杭世骏年谱》）

初春，袁枚改官沭阳。（郑幸《袁枚年谱新编》）

三月，袁枚作《落花二十首》，和者甚众。（郑幸《袁枚年谱新编》）

是月，沈德潜晋左春坊左中允。（《沈归愚自订年谱》）

春，阎若璩遗著《尚书古文疏证》在扬州开刻。（陈祖武、朱彤窗《乾嘉学术编年》）

五月，沈德潜晋翰林院侍读。（《沈归愚自订年谱》）

夏至，卢见曾承恩赐还。（胡晓云《卢见曾年谱》）

九月，沈德潜晋侍讲学士。（《沈归愚自订年谱》）

是岁

厉鹗客扬州。（朱文藻《厉樊榭先生年谱》）

全祖望有《秒秋江行集》《七峰草堂唱和集》。（董秉纯《全谢山先生年谱》）

扬州马氏兄弟编藏书书目成，全祖望应约撰序。（《鲒埼亭集》卷三十二《丛书楼书目序》）

严长明为李绂所赏，荐之从方苞受业。（钱仪吉《碑传集》卷四十二钱大昕《内阁侍读严长明传》）

邵晋涵（—1796）生。（黄云眉《邵二云先生年谱》）

吴蔚光（—1803）生。（法式善《存素堂文集》卷四《例授奉直大夫礼部主事吴君墓表》）

程梦星《广陵倡和集》四卷刻行。（《中国古籍善本书目》）

姚宏绪《松风余韵》五十卷《末》一卷刻行。（《中国古籍善本书目》）

郑燮《板桥诗钞》刻行。（李灵年、杨忠《清人别集总目》）

乾隆九年（1744）甲子

六月，翁方纲补顺天府附学生。（沈津《翁方纲年谱》）

六月九日，卢见曾补任直隶滦州知州。（胡晓云《卢见曾年谱》）

是月，沈德潜晋詹事府少詹事，任湖北乡试正主考。（《沈归愚自订年谱》）

秋，钱大昕应乡试，落第。与王昶定交。（佚名《钱辛楣先生年谱》）

梦麟乡试中第。（王昶《春融堂集》卷五十二《户部侍郎署翰林院掌院学士梦公神道碑》）

是岁

厉鹗客扬州。（朱文藻《厉樊榭先生年谱》）

鄂尔泰、张廷玉荐胡天游入三礼馆任纂修。（胡元琢《先考稚威府君年谱纪略》）

汪中（—1794）生。（汪喜孙《容甫先生年谱》）

赵执信（1662—）卒，年八十三。（徐植农《赵执信年谱》）

吴定璋采历代文人产太湖七十二峰间诗词《七十二峰足征集》刻行，沈德潜、秦蕙田序。（法式善《陶庐杂录》卷三）

徐夔《凌云轩诗》六卷《外集》一卷刻行。（李灵年、杨忠《清人别集总目》）

乾隆十年（1745）乙丑

春，袁枚移知江宁。（郑幸《袁枚年谱新编》）

钱维城成状元，李因培、梦麟成进士。（《明清进士题名碑录索引》下册"乾隆十年乙丑科"）

梦麟改庶吉士，散馆授检讨。（王昶《春融堂集》卷五十二《户部侍郎署翰林院掌院学士梦公神道碑》）

五月二十一，屈复（1668—）卒于陕西郯城，年七十八。（武晓丹《清代诗人屈复及其诗歌研究》）

是月，沈德潜晋詹事府詹事。（《沈归愚自订年谱》）

秋，阎若璩遗著《尚书古文疏证》刻行。（陈祖武、朱彤窗《乾嘉学术编年》）

十一月二十九日，袁枚《袁太史稿》刻成，门人秦大士序之，比之袁宏道。（郑幸《袁枚年谱新编》）

是岁

卢见曾擢永平府知府。（胡晓云《卢见曾年谱》）

蒋蔚督学四川复招张庚往，至次年。（尚小明《清代士人游幕表》）

武亿（—1799）生。（孙星衍《五松园文稿》不分卷《武亿传》）

袁枚《袁太史时文》刻行。（李灵年、杨忠《清人别集总目》）

李果《在亭丛稿》十二卷刻行。（李灵年、杨忠《清人别集总目》）

董燧编《董氏诗萃》二十卷刻行。（法式善《陶庐杂录》卷三）

全祖望续选《甬上耆旧诗集》。（董秉纯《全谢山先生年谱》）

程梦星《山心室倡和甲乙集》一卷《城南联句诗》一卷刻行。（《中国古籍善本书目》）

吴定璋《七十二峰足征集》八十八卷《文集》十六卷刻行。（《中国古籍善本书目》）

乾隆十一年（1746）丙寅

正月，礼部尚书任兰枝致仕，将归籍，薨于第。胡天游遂僦居于米市胡同。至是始赁屋于外。（胡元琢《先考稚威府君年谱纪略》）

三月，沈德潜授内阁学士。（《沈归愚自订年谱》）

四月初一，宋大樽（—1804）生。（戚学标《鹤泉文钞续选》卷七《国子助教茗香宋君墓志铭》）

是月，蒋士铨从学金德瑛。时金德瑛任江西学政。（蒋士铨《清容居士行年录》）

九月初三，洪亮吉（—1809）生于常州中河桥东南兴隆里赁宅中。（李金松《洪亮吉年谱》）

十一月，沈德潜返乡。（《沈归愚自订年谱》）

是岁

袁枚门人谈羽仪代刊袁枚少作，成《双柳轩诗集》《双柳轩文集》各一卷。（郑幸《袁枚年谱新编》）

郑燮以请赈济潍县饥民忤大吏，罢归。（周积寅、王凤珠《郑板桥年谱》）

侯嘉璠（1697—）卒，年五十。（袁枚《小仓山房文集》卷五《侯夷门墓志铭》）

汪淮（—1817）生。（秦瀛《小岘山人文集》续集卷二《贡生汪小海墓志

铭》）

杨梦符（—1793）生。（洪亮吉《卷施阁文乙集》卷八《刑部江苏司员外郎杨君墓表》）

吴锡麒（—1818）生。（张慧剑《明清江苏文人年表》）

卢见曾《出塞集》刊行，沈起元作序。（胡晓云《卢见曾年谱》）

杭世骏《订讹类编》约成于此年。（陈祖武、朱彤窗《乾嘉学术编年》）

吴省钦与赵文哲、张韫辉始定交。（《吴白华自订年谱》）

全祖望仍录《耆旧诗》兼修黄宗羲《宋儒学案》。（董秉纯《全谢山先生年谱》）

李重华《贞一斋集》刻行。（李灵年、杨忠《清人别集总目》）

厉鹗《宋诗纪事》一百卷刻行。（朱文藻《厉樊榭先生年谱》）

贺君召《扬州东园题咏》四卷刻行。（《中国古籍善本书目》）

唐英《辑刻琵琶亭诗》不分卷刻行。（《中国古籍善本书目》）

乾隆十二年（1747）丁卯

正月，沈德潜与张钺、谢淞洲、李果、薛雪、周准等同门往二弃草堂拜见叶燮之位。（《沈归愚自订年谱》）

三月初五，赵怀玉（—1823）生于武进县学西白云溪旧宅。（《收庵居士自叙年谱略》）

初六，清廷重刻《十三经注疏》《二十一史》成。（《清实录》第十二册《高宗实录》卷二八六"乾隆十二年三月上丙申"）

二十日，杨伦（—1803）生。（赵怀玉《亦有生斋集》文卷十八《广西荔浦县知县杨君墓志铭》）

春，厉鹗客当湖。夏，客扬州。（朱文藻《厉樊榭先生年谱》）

五月二十三日，黎简（—1799）生。（周锡𬭁《黎简诗选》附《黎简年谱》）

六月，两江总督尹继善、江苏布政使王师以袁枚荐高邮知州。十月，部驳

不准，袁枚有辞官之意。（郑幸《袁枚年谱新编》）

沈德潜授礼部侍郎。（《沈归愚自订年谱》）

八月十一日，冯敏昌（—1806）生于钦州长墩之南雅乡。（冯士镳《先君子太史公年谱》）

九月，蒋士铨中举。（蒋士铨《清容居士行年录》）

纪昀以第一名中举。（孙致中《纪晓岚年谱》）

翁方纲中举。（沈津《翁方纲年谱》）

朱珪以第六名中顺天乡试举。（朱锡经《南厓府君年谱》）

陈奉兹中举。（姚鼐《惜抱轩文集》卷十三《江苏布政使德化陈公墓志铭》）

金兆燕中举。（陆萼庭《清代戏曲家丛考·金兆燕年表》）

张锦芳（—1794）生。（邵晋涵《南江诗文钞》文钞卷十《翰林院编修张君行状》）

秋，全祖望主蕺山书院讲席。（董秉纯《全谢山先生年谱》）

冬，全祖望旅居扬州，再客马氏耷经堂，为友人陈章诗集撰序。（全祖望《鲒埼亭集》卷三十二《宝瓶集序》）

是岁

翁照客东河总督完颜伟幕。（尚小明《清代士人游幕表》）

胡天游馆宗丞王晋川第。（胡元琢《先考稚威府君年谱纪略》）

褚廷璋通过王昶族兄王鸣盛与王昶定交；王昶与吴泰来定交。（严荣《述庵先生年谱》）

彭廷梅《国朝诗选》十四卷刻行。（《中国古籍善本书目》）

梁善长编《广东诗粹》十二卷编成，录唐至清代广东籍诗人之作，王之正序。（法式善《陶庐杂录》卷三）

胡期恒、唐建中、程梦星、马曰琯、汪玉枢、厉鹗、方士庶、王藻、方士廙、马曰璐、陈章、闵华、陆钟辉、全祖望、张四科、方士序等十六人所作《韩江雅集》十二卷刻行。（法式善《陶庐杂录》卷三）

乾隆十三年（1748）戊辰

正月，蒋士铨入京参加会试，后落第。（蒋士铨《清容居士行年录》）

二月二十五，乾隆诣孔庙释奠，行三跪九拜礼。在诗礼堂，命举人孔继汾讲《中庸》、贡生孔继涑讲《周易》。（《清实录》第十三册《高宗实录》卷三〇九"乾隆十三年二月下己卯"）

是月，王昶与张熙纯、赵文哲、凌应曾等十六人为文酒之会。（严荣《述庵先生年谱》）

胡天游赴山西宁武，入太守周景柱署修宁武府志。十一月返京。（胡元琢《先考稚威府君年谱纪略》）

三月，沈德潜任会试副总裁。（《沈归愚自订年谱》）

春暮，厉鹗由水路入都参加会试，抵津门，客查为仁水西庄，同撰《绝妙好词笺》，遂不就选而归。（朱文藻《厉樊榭先生年谱》）

四月，朱珪成进士。（《明清进士题名碑录索引》下册"乾隆十三年戊辰科"）

金兆燕会试不第。（陆萼庭《清代戏曲家丛考·金兆燕年表》）

五月，王昶通过惠栋与沈彤、李果结识。（严荣《述庵先生年谱》）

李因培擢侍讲学士，充日讲起居注官。（《汉名臣传》卷二十五《李因培列传》）

六月，袁枚购得江宁隋氏废园，易名随园。（郑幸《袁枚年谱新编》）

八月，李因培任山东学政。（《汉名臣传》卷二十五《李因培列传》）

秋，全祖望任蕺山书院院长。（董秉纯《全谢山先生年谱》）

翁方纲始读杜甫、李商隐诗。（沈津《翁方纲年谱》）

秋冬之际，袁枚以疾辞官。（郑幸《袁枚年谱新编》）

是岁

毕沅向惠栋请教经学。（史善长《弇山毕公年谱》）

齐召南入值上书房，擢内阁学士，迁礼部侍郎。（袁枚《小仓山房文集》卷二十五《原任礼部侍郎齐公召南墓志铭》）

张庚游山左，转大梁。（尚小明《清代士人游幕表》）

查礼授户部陕西司主事，以同知发云南，旋改广东，补庆远府理苗同知。（吴省钦《白华后稿》卷二十《诰授通议大夫例授资政大夫兵部侍郎湖南巡抚都察院左副都御史查公神碑》）

顾敏恒（—1792）生。（张慧剑《明清江苏文人年表》）

汪端光（—1826）生。（法式善《存素堂文集》卷四《例授奉直大夫礼部主事吴君墓表》）

王复（—1798）生。（武亿《授堂诗文钞》卷八《偃师县知县王君行实辑略》）

吴元桂《昭代诗针》十六卷刻行。（《中国古籍善本书目》）

陈檀《长洲二陈先生诗集》十四卷刻行。（《中国古籍善本书目》）

冯一鹏《忆旧游诗话》二卷撰成。（蒋寅《清诗话考》）

乾隆十四年（1749）己巳

正月初四，黄景仁（—1783）生于高淳学署。（许隽超《黄仲则年谱考略》）

二月，胡天游客太原，旋赴榆次，应知县钱之青聘，修县志。七月返京。（胡元琢《先考稚威府君年谱纪略》）

三月，袁枚率从弟袁树、外甥陆建同居随园，读书其中。与程廷祚相近，多有往来。（郑幸《袁枚年谱新编》）

六月，沈德潜致仕归里。（《沈归愚自订年谱》）

八月十八日，方苞（1668—）卒于南京。（雷铉《经笥堂文钞》卷下《方望溪先生行状》）

十一月，袁枚病，为薛雪治愈，两人遂订交。（郑幸《袁枚年谱新编》）

是岁

赵翼入都，刘统勋延于家纂修宫史。（《瓯北先生年谱》）

中丞觉罗公雅尔哈善檄苏州属县选择俊才入紫阳书院读书，曹仁虎、王

昶、王鸣盛、钱大昕、褚寅亮等入选。（王鸿逵《曹学士年谱》；严荣《述庵先生年谱》；佚名《钱辛楣先生年谱》）

全祖望辞蕺山书院讲席，校《水经注》。（董秉纯《全谢山先生年谱》）

齐召南因病归里，后主绍兴蕺山书院、杭州敷文书院讲席。（袁枚《小仓山房文集》卷二十五《原任礼部侍郎齐公召南墓志铭》）

杨梓、萧殿扬《诗岑》二十二卷刻行。（《中国古籍善本书目》）

曹锡黼《石仓世纂》三十三卷刻行。（《中国古籍善本书目》）

乾隆十五年（1750）庚午

正月，沈德潜同周准游黄山。（《沈归愚自订年谱》）

五月，王昶、王鸣盛、钱大昕、曹仁虎皆游沈德潜门。（严荣《述庵先生年谱》）

梦麟迁翰林院侍讲学士，充广西乡试副考官。（王昶《春融堂集》卷五十二《户部侍郎署翰林院掌院学士梦公神道碑》）

夏，杨绳武（？—）卒。（宁楷《修洁堂集略》卷首《先府君家传》）

八月，赵翼应顺天乡试中式。座师为汪由敦。后汪延赵翼代笔札。又考取礼部义学教习。（《瓯北先生年谱》）

汪孟钶、仲钫兄弟同登浙榜。（潘中华《钱载年谱》）

姚鼐举江南乡试。冬至京师预备参加次年会试。（郑福照《姚惜抱先生年谱》）

朱筠应顺天乡试落第。刘统勋延于家，修《盛京志》。（罗继祖《朱笥河先生年谱》）

吴省钦乡试落第，仍馆于刘氏。（《吴白华自订年谱》）

九月，梦麟任河南学政。（王昶《春融堂集》卷五十二《户部侍郎署翰林院掌院学士梦公神道碑》）

是岁

沈德潜以风雅总持东南，海内翕然宗之，毕沅从之游。（史善长《弇山毕

公年谱》）

胡天游在京师，馆礼部侍郎田懋邸。（胡元琢《先考稚威府君年谱纪略》）

钱大昕与黄文莲、赵文哲、张熙纯、吴省钦、凌应曾、翁照订交。（佚名《钱辛楣先生年谱》）

王太岳充日讲起居注官。（王昶《春融堂集》卷六十三《国子监司业王公行状》）

张庚东归。（尚小明《清代士人游幕表》）

杨梦符（—1793）生。（洪亮吉《卷施阁文乙集》卷八《刑部江苏司员外郎杨君墓表》）

李鼎元（—1815）生。（李调元《童山诗集》卷二十四《喜凫塘成进士》）

王随悦《觐辇集》一卷刻行。（《中国古籍善本书目》）

《御选唐宋诗醇》四十七卷刻行。（《中国古籍善本书目》）

李果《在亭丛稿》十二卷刻行。（张慧剑《明清江苏文人年表》）

乾隆十六年（1751）辛未

正月，江苏巡抚王师请沈德潜掌紫阳书院。（《沈归愚自订年谱》）

二月一日，乾隆首次南巡。（《清实录》第十四册《高宗实录》卷三八二"乾隆二年二月上己巳"）

三月十一，谢墉、陈鸿宝、王又曾以献诗行在，召试考取优等，特赐举人，授内阁中书。（《清实录》第十四册《高宗实录》卷三八四"乾隆十六年三月上戊申"）

三月三十日，蒋雍植、钱大昕、吴烺、褚寅亮、吴志鸿以献诗行在，召试考取优等，特赐举人，授内阁中书。（《清实录》第十四册《高宗实录》卷三八五"乾隆十六年三月下丁卯"）

春，卢见曾迁长芦盐运使，创立问津学院。（胡晓云《卢见曾年谱》）

四月，钱大昕入高斌幕，同幕有翁照、周让谷、庄有恭。（佚名《钱辛楣先生年谱》）

姚鼐会试下第，时刘大櫆在京，为序送之。（郑福照《姚惜抱先生年谱》）

五月十四日，薛雪招袁枚、叶长扬、虞景星、许廷鑅、李果同集薛氏扫叶庄之水南居，雅会赋诗，时沈德潜以事阻而未至。（郑幸《袁枚年谱新编》）

是月，庶常馆散馆，朱珪授编修。（朱锡经《南厓府君年谱》）

七月，翁方纲招蒙童授读。（沈津《翁方纲年谱》）

秋，沈德潜选录王昶、王鸣盛、吴泰来、钱大昕、赵文哲、曹仁虎、黄文莲等七人诗为《吴中七子诗选》。（严荣《述庵先生年谱》）

十二月，乾隆为沈德潜诗文集作序。（《沈归愚自订年谱》）

是岁

钱载与翁方纲交识。（潘中华《钱载年谱》）

胡天游馆兵部侍郎裘曰修邸。（胡元琢《先考稚威府君年谱纪略》）

梦麟授内阁学士兼礼部侍郎。（王昶《春融堂集》卷五十二《户部侍郎署翰林院掌院学士梦公神道碑》）

李果（1679—）卒，年七十三。（张慧剑《明清江苏文人年表》）

徐书受（—1805）生。（洪亮吉《更生斋文续集》卷二《徐君墓志铭》）

沈德潜《归愚全集》刊行，乾隆为序，士林荣之。（《沈归愚自订年谱》）

厉鹗编定《樊榭山房续集》，序而刊之。冬复客扬州。（朱文藻《厉樊榭先生年谱》）

顾奎光《金诗选》四卷刻行。（《中国古籍善本书目》）

顾奎光《元诗选》六卷《补遗》一卷刻行。（《中国古籍善本书目》）

乔亿《剑溪说诗》二卷《又编》一卷刻行，沈德潜序。（蒋寅《清诗话考》）

劳孝舆《春秋诗话》五卷刻行。（蒋寅《清诗话考》）

乾隆十七年（1752）壬申

正月十二日，袁枚北上入都谋职。（郑幸《袁枚年谱新编》）

十四日，铁保（—1824）生。（《梅庵自编年谱》）

三月，杭世骏任粤秀书院山长。（陈琬婷《杭世骏年谱》）

是月，钱载举恩科顺天乡试。（潘中华《钱载年谱》）

袁枚入陕赴任。（郑幸《袁枚年谱新编》）

四月，全祖望被邀担任端溪书院讲席。（董秉纯《全谢山先生年谱》）

是月，工部侍郎德保回京供职，所任山东学政由金德瑛接任。（《清实录》第十四册《高宗实录》卷四一二"乾隆十七年三月四月上乙未"）

五月，钱大昕入都，始入内阁学习行走。（佚名《钱辛楣先生年谱》）

六月初三日，钱陈群致仕归里。（钱仪吉《文端公年谱》）

吴省钦父亲参加恩科省试，卒于省邸。（《吴白华自订年谱》）

九月十一日，厉鹗（1692—）卒，年六十一。（朱文藻《厉樊榭先生年谱》）

是月，卢文弨成探花，钱载、翁方纲、顾光旭成进士。（《明清进士题名碑录索引》下册"乾隆十七年壬申恩科"）

顾光旭以户部主事用。（王昶《春融堂集》卷五十四《甘肃凉庄道署四川按察使司顾君墓志铭》）

蒋士铨、姚鼐、赵翼会试未中。（蒋士铨《清容居士行年录》；郑福照《姚惜抱先生年谱》；《瓯北先生年谱》）

袁枚接父亡讯，即刻南归，自此不复出。（郑幸《袁枚年谱新编》）

冬，汪仲鈖抱病南归。（潘中华《钱载年谱》）

是岁

胡天游应直隶总督方观承礼聘游保定、天津。应天津都转运卢见曾礼聘游天津。（胡元琢《先考稚威府君年谱纪略》）

李因培充浙江乡试正考官。（《汉名臣传》卷二十五《李因培列传》）

张庚主湖州知府李堂署。（尚小明《清代士人游幕表》）

孙韶（—1811）生。（恽敬《大云山房文稿》二集卷四《孙九成墓志铭》）

卢见曾重编王士禛《感旧集》，刻于扬州。（法式善《陶庐杂录》卷三）

梅鼎祚辑《宛雅》初编十卷，施闰章、蔡蓁春续辑《宛雅》二编八卷，张汝霖、施念曾补辑《宛雅》三编二十卷刻行。（法式善《陶庐杂录》卷三）

李果《咏归亭诗钞》八卷刻行。（李灵年、杨忠《清人别集总目》）

黄景仁父黄之琰卒。（黄景仁《两当轩集》卷首《自叙》）

乾隆十八年（1753）癸酉

正月十七日，法式善（—1813）生于西安。（阮元《梧门先生年谱》）

二月十五日，汪仲鈖殁于里。（潘中华《钱载年谱》）

三月，李因培任刑部侍郎。（《汉名臣传》卷二十五《李因培列传》）

春，卢见曾复任两淮盐运使。（胡晓云《卢见曾年谱》）

四月初五，刘大观（—1834）生于邱县。（许隽超《刘大观年谱考略》）

六月，李因培兼顺天府尹。（《汉名臣传》卷二十五《李因培列传》）

七月初九，张埙受业于金德瑛，凡二十四日。（李伟《张埙年谱》）

是月，王昶赴金陵，与陶湘、严长明、程晋芳订交。（严荣《述庵先生年谱》）

全祖望因病辞端溪书院讲席返家。（董秉纯《全谢山先生年谱》）

吕星垣（—1821）生。（吕星垣《白云草堂文钞》卷六《先考对宸府君行状》）

梦麟任江南乡试正考官。（王昶《春融堂集》卷五十二《户部侍郎署翰林院掌院学士梦公神道碑》）

八月，王昶、朱筠、毕沅乡试中第。（严荣《述庵先生年谱》；罗继祖《朱笥河先生年谱》；史善长《弇山毕公年谱》）

吴省钦乡试落第。（《吴白华自订年谱》）

九月初二，孙星衍（—1818）生于常州府城观子巷。（张绍南《孙渊如先

生年谱》）

是月，梦麟任江苏学政。（王昶《春融堂集》卷五十二《户部侍郎署翰林院掌院学士梦公神道碑》）

十月，潘森千刻沈德潜《杜诗偶评》成。（《沈归愚自订年谱》）

十一月十二，江西生员刘震宇《治平新策》案发，后刘被处死。（《清实录》第十四册《高宗实录》卷四五〇"乾隆十八年十一月上癸亥"）

胡天游应赴河间知县杜甲邀修县志。十一月，应山西蒲州知府周景柱邀入幕。（胡元琢《先考稚威府君年谱纪略》）

十二月十八日（公元1754年1月10日），杨芳灿（—1816）生于无锡县天授乡幸皋里北门下塘祖宅。（杨芳灿、余一鳌《杨蓉裳先生年谱》）

是岁

蒋士铨到山东，入金德瑛幕。（蒋士铨《清容居士行年录》）

卢见曾在宋弼、董元度协助下，开始征选山左诗。（胡晓云《卢见曾年谱》）

王太岳任江南乡试副考官。（王昶《春融堂集》卷六十三《国子监司业王公行状》）

谢振定（—1809）生。（秦瀛《小岘山人文集》续集卷二《礼部员外郎前监察御史谢君墓志铭》）

廖元度汇集《楚诗纪》二十二卷、方外一卷，始于顺治二年（1645），止于康熙三十二年（1693）。《楚风补》二十六卷、拾遗一卷，皆明代之作，共五十卷，刻行。（法式善《陶庐杂录》卷三）

沈澜编《西江风雅》十二卷刻行，王兴吾、汤聘序，录雍正元年（1723）至乾隆十八年（1753）江西籍诗人之作。（法式善《陶庐杂录》卷三。按：《中国古籍善本书目》误录为金德瑛所编）

程廷祚著《青溪诗说》二十卷。（程廷祚《青溪诗说自序》）

郭毓《越中三子诗》三卷刻行。（《中国古籍善本书目》）

吴仕潮《汉阳五家诗选》十四卷刻行。（《中国古籍善本书目》）

乾隆十九年（1754）甲戌

正月十一日，伊秉绶（—1815）生。（吴奇唯《伊墨卿先生年谱》）

是月，李因培由刑部侍郎、顺天府尹革职。（《汉名臣传》卷二十五《李因培列传》）

王昶入京参加会试。（严荣《述庵先生年谱》）

二月，秦惠田邀请王昶协助编修《五礼通考》。（严荣《述庵先生年谱》）

三月十六日，以太常寺卿金德瑛为内阁学士兼礼部侍郎。（《清实录》第十四册《高宗实录》卷四五九"乾隆十九年三月下丙寅"）

是月，王昶与汪孟锔、蒋士铨、钱载交识。（潘中华《钱载年谱》）

卢见曾从朱彝尊孙子手中得《经义考》手稿，刻行。（胡晓云《卢见曾年谱》）

春，戴震避仇入都。寓歙县会馆，结识纪昀、王鸣盛、钱大昕、王昶、朱筠等。（段玉裁《戴东原先生年谱》）

全祖望至扬州马氏畬经堂，仍治《水经》兼补《宋元学案》。（董秉纯《全谢山先生年谱》）

江宁知府董榕邀吴省钦入幕编订府志。（《吴白华自订年谱》）

四月，李因培起用，任光禄寺卿。（《汉名臣传》卷二十五《李因培列传》）

闰四月，王鸣盛成榜眼，纪昀、王昶、朱筠、沈业富、钱大昕、王又曾中进士。（《明清进士题名碑录索引》下册"乾隆十九年甲戌科"）

姚鼐会试落第，之后留京师。（郑福照《姚惜抱先生年谱》）

蒋士铨会试落第。考取内阁中书。（蒋士铨《清容居士行年录》）

秦蕙田邀请钱大昕商订《五礼通考》。（佚名《钱辛楣先生年谱》）

五月，钱载授翰林院编修。告假，归嘉兴葬父。（潘中华《钱载年谱》）

翁方纲授编修。（沈津《翁方纲年谱》）

沈德潜开始评选《国朝诗别裁集》。（《沈归愚自订年谱》）

八月，钱载至扬州，马曰琯、曰璐兄弟招饮，同席有沈大成、程梦星、全祖望、朱稻孙、陈章、闵峄、张四科。（潘中华《钱载年谱》）

秋，赵翼来江宁，于尹继善署中见袁枚诗而爱之，赋诗四首。（郑幸《袁枚年谱新编》）

十月二十八日，蒋士铨在吴门与张埙游虎邱，落水，蒋士铨作《贺新凉·吴门坠水后题张吟芗词卷》。（蒋士铨《清容居士行年录》；李伟《张埙年谱》）

是月，吴敬梓卒，卢见曾为其出资下葬。（胡晓云《卢见曾年谱》）

胡天游留山西蒲州修蒲州府志，十月返京。（胡元琢《先考稚威府君年谱纪略》）

岁暮，毕沅抵京，补授内阁中书，入值军机处。（史善长《弇山毕公年谱》）

是岁

杭世骏以母老辞粤秀书院讲席北归。（陈琬婷《杭世骏年谱》）

赵怀玉捐监。（《收庵居士自订年谱略》）

陈廷庆（—1813）生。（陈廷庆《谦受堂全集》卷首附《传》）

李符清（—1808）生。（康锐《李符清及其〈濮阳策蹇图〉》，《学理论》2013年第27期）

邹一桂《本朝应制琳琅集》十卷刻行。（《中国古籍善本书目》）

郑方坤《全闽诗话》十二卷刻行。（蒋寅《清诗话考》）

乾隆二十年（1755）乙亥

三月三日，卢见曾在扬州首次举行红桥修禊。（胡晓云《卢见曾年谱》）

十一日，前任广西学政胡中藻《坚磨生诗钞》案发。（《清实录》第十五册卷四八四"乾隆二十年三月上甲申"）

三月，胡天游赴山西蒲州。（胡元琢《先考稚威府君年谱纪略》）

春，袁枚往谒尹继善，见赵翼去岁题诗，喜而赋答。（郑幸《袁枚年谱新

编》）

四月十一日，胡中藻被斩首。（《清实录》第十五册《高宗实录》卷四八六"乾隆二十年四月上甲寅"）

五月，李因培任山东学政。（《汉名臣传》卷二十五《李因培列传》）

梦麟授工部右侍郎。（王昶《春融堂集》卷五十二《户部侍郎署翰林院掌院学士梦公神道碑》）

袁枚接家人入居随园，遂绝意仕宦。（郑幸《袁枚年谱新编》）

六月，赵翼补授内阁中书。与同年邵齐熊、贺五瑞、李汪度诸公酬唱颇多。（《瓯北先生年谱》）

七月二日，全祖望（1705—）卒于家，年五十一。（董秉纯《全谢山先生年谱》）

是月，王太岳补甘肃平庆道。（王昶《春融堂集》卷六十三《国子监司业王公行状》）

秋，钱载起程返京。（潘中华《钱载年谱》）

胡天游应田懋之邀赴阳城修志。（胡元琢《先考稚威府君年谱纪略》）

是岁

王昶丁母忧在家。汪为善、汪奂兄弟来受业。《吴中七子诗选》流传日本，大学头默真迦附书沈德潜。（严荣《述庵先生年谱》）

钱维乔补博士弟子员。（陆萼庭《清代戏曲家丛考·钱维乔年谱》）

朱筠始交戴震。（罗继祖《朱笥河先生年谱》）

翁照（1677—）卒。（沈德潜《归愚文钞》卷十七《征士翁霁堂传》）

王芑孙（—1818）生。（秦瀛《小岘山人集》续文集补编《王惕甫墓志铭》）

乾隆二十一年（1756）丙子

正月十九日，常熟朱思藻因辑《四书》成语获罪，流放黑龙江。（《清实录》第十五册《高宗实录》卷五〇五"乾隆二十一年正月上丁亥"）

是月，黄叔琳（1672—）卒于大兴里第。（钱仪吉《碑传集》卷六十九陈兆仑《詹事府詹事加侍郎衔刑部右侍郎黄公叔琳墓志铭》）

三月，袁枚过访钱陈群。（郑幸《袁枚年谱新编》）

三四月中，周准、盛锦、汪俊、朱受新等相继卒。（《沈归愚自订年谱》）

五月初五，沈德潜为张埙《碧箫词》作序。（李伟《张埙年谱》）

夏，赵翼选入军机处行走。（《瓯北先生年谱》）

纪昀为戴震刻所著《考工记图》。（孙致中《纪晓岚年谱》）

八月，程晋芳来江宁应乡试，试毕宿随园。（程晋芳《勉行堂文集》卷六《毛氏妹哀辞》）

蒋业晋中举，授湖北汉阳府知县。（王昶《湖海诗传》卷二十）

吴玉纶中举。（王昶《春融堂集》卷五十六《翰林院检讨前兵部右侍郎吴君墓志铭》）

彭绍升中举。（彭希涑《净土圣贤录》续编卷二《彭绍升》）

潘奕隽首次参加乡试不第。（《三松自订年谱》）

孙星衍父亲中顺天乡试十三名。（张绍南《孙渊如先生年谱》）

九月，李因培调江苏学政。（《汉名臣传》卷二十五《李因培列传》）

闰九月，石韫玉（—1837）生。（陶澍《陶文毅公全集》卷四十五《恩赏翰林院编修前山东按察使司按察使琢堂石公墓志铭》）

十一月二十二日，蒋士铨携母赴京。（蒋士铨《清容居士行年录》）

是月，江苏学政李师橄紫阳书院，吴省钦得以赴书院读书。（《吴白华自订年谱》）

十二月，翁方纲携家就馆于保定府蠡县刘村彭氏家。（沈津《翁方纲年谱》）

冬，王昶入卢见曾幕。（胡晓云《卢见曾年谱》）

是岁

胡天游在蒲州知府周景柱幕。（胡元琭《先考稚威府君年谱纪略》）

朱筠始交王鸣盛。（罗继祖《朱笥河先生年谱》）

汪由敦、裘曰修、董邦达修《热河志》，钱大昕与纪昀任编纂，以能诗名噪翰林院庶吉士馆，有"南钱北纪"之称。（佚名《钱辛楣先生年谱》；孙致中《纪晓岚年谱》）

郑虎文任河南乡试正考官。（《清史列传》卷七十二）

李骥元（—1798）生。（李调元《童山诗集》卷二十四《喜凫塘成进士》）

卢见曾刊刻《李啸村三体诗》。（胡晓云《卢见曾年谱》）

马曰琯《摄山游草》一卷刻行。（《中国古籍善本书目》）

席玙《湖山灵秀集》十六卷刻行。（《中国古籍善本书目》）

马翀《梁溪马氏三世遗集》十五卷刻行。（《中国古籍善本书目》）

乾隆二十二年（1757）丁丑

正月，王昶教卢见曾子孙。与程梦星，马曰琯、马曰璐兄弟，江昱、江恂兄弟，王昉，王炎，汪棣，张四科等交游。（严荣《述庵先生年谱》）

三月三日，卢见曾第二次举修禊事于红桥，赋诗四章，唱和者包括高凤翰、郑燮、金农、边寿民等二千余天下名士。（胡晓云《卢见曾年谱》）

二十一日，高宗乾隆第二次南巡抵江宁府，召试江苏、安徽二省文士。王昶考取一等第一名，授内阁中书，遇缺即补。曹仁虎、韦谦恒、吴省钦、褚廷璋、吴宽、徐曰琏特赐举人，授内阁中书。（《清实录》第十五册《高宗实录》卷五三五"乾隆二十二年三月下壬子"）

是月，沈德潜迎驾，诏加礼部尚书职衔。（《沈归愚自订年谱》）

敕会试第二场表文易以五言八韵唐律一首。（《钦定大清会典则例》卷六十六）

四月二十日，河南夏邑生员段昌绪收藏吴三桂伪檄案发，牵连出前布政使彭家屏收藏明季野史案。（《清实录》第十五册《高宗实录》卷五三七"乾隆二十二年四月下辛巳"）

蒋士铨、彭元瑞成进士。（《明清进士题名碑录索引》下册"乾隆二十二年丁丑科"）

彭绍升会试中第，遵父彭启丰之命，未殿试而归里。（彭希涑《净土圣贤录》续编卷二《彭绍升》）

姚鼐会试不第，离京归里。（郑福照《姚惜抱先生年谱》）

五月，庶常馆散馆，钱大昕、朱筠授翰林院编修，充方略馆纂修官。（佚名《钱辛楣先生年谱》；罗继祖《朱笥河先生年谱》）

六月，王昶往随园，见尹继善、程廷祚。（严荣《述庵先生年谱》）

八月，王昶赴钱塘，拜见梁诗正、齐召南、杭世骏，齐召南时任敷文书院院长。（严荣《述庵先生年谱》）

岳梦渊招袁枚、王箴舆等二十余人集岳氏竹轩，大作诗会。（岳梦渊《海桐书屋诗钞》卷七《竹轩诗社即事序》）

卢见曾为惠栋《渔阳山人精华录训纂》作序。（胡晓云《卢见曾年谱》）

十月十五日，胡天游病，时主河中书院讲席。（胡元琢《先考稚威府君年谱纪略》）

十一月，沈德潜批选《国朝诗别裁集》毕。（《沈归愚自订年谱》）

冬，戴震入卢见曾幕，纂《金山志》，并与惠栋交。（胡晓云《卢见曾年谱》）

朱珪充日讲起居注官。（朱锡经《南厓府君年谱》）

是岁

段玉裁因词名受知于沈德潜，时江苏学政李因培颇为赏识。（刘盼遂《段玉裁先生年谱》）

胥绳武（—1808）生。（唐仲冕《陶山文录》卷八《原任江西萍乡县知县胥君墓志铭》）

张庚《强恕斋文钞》五卷《诗钞》四卷刻行。（李灵年、杨忠《清人别集总目》）

周京、王鼎等《唐律酌雅》七卷刻行。（《中国古籍善本书目》）

宋弼《诗说二种》（包括《声调汇说》和《通韵谱说》）刻行。（蒋寅《清诗话考》）

乾隆二十三年（1758）戊寅

正月初二，胡天游（1696—）卒于山西河中书院，年六十三岁。（胡元琢《先考稚威府君年谱纪略》）

是月，王昶到扬州，有诗《观剧六绝》。（严荣《述庵先生年谱》）

三月，钱大昕擢右春坊右赞善。（佚名《钱辛楣先生年谱》）

是月，朱珪升侍读学士。（朱锡经《南厓府君年谱》）

四月，吴省钦赴京。七月赴内阁学习行走。（《吴白华自订年谱》）

五月十二日，惠栋（1697—）病逝于苏州里第，年六十二岁。（陈黄中《东庄遗集》卷三《惠征君栋墓志铭》）

六月，卢见曾刊刻方扶南《韩昌黎诗集编年笺注》，又资助刊刻万斯大遗著《经学五书》。（胡晓云《卢见曾年谱》）

七月，梦麟署翰林院掌院学士，次月卒（1728—），年三十一。（王昶《春融堂集》卷五十二《户部侍郎署翰林院掌院学士梦公神道碑》）

八月，日本人高彝来书愿为沈德潜弟子，拒之。（《沈归愚自订年谱》）

十月，翁方纲携家自蠡县还都。（沈津《翁方纲年谱》）

十一月，袁枚往苏州，沈德潜邀其赋诗，挽悼薛雪之外孙。（郑幸《袁枚年谱新编》）

翁方纲授编修。（沈津《翁方纲年谱》）

十二月，钱载署日讲起居注官。（潘中华《钱载年谱》）

冬，金兆燕与程廷祚入卢见曾幕。（陆萼庭《清代戏曲家丛考·金兆燕年表》）

自本年始，岁科试增试五言六韵律诗一首。（素尔讷等撰《钦定学政全书》卷十四《考试题目》）

是岁

张埙入京，与金德瑛同游圆津庵。（李伟《张埙年谱》）

曹仁虎入都。（王鸿逴《曹学士年谱》）

郑虎文任湖南学政。（《清史列传》卷七十二）

王太岳调西安督粮道。（王昶《春融堂集》卷六十三《国子监司业王公行状》）

沈清瑞（—1791）生。（张慧剑《明清江苏文人年表》）

徐鑅庆（—1802）生。（王芑孙《渊雅堂全集·惕甫未定稿》卷十三《署湖北州知州徐君墓志铭》）

卢见曾《山左诗钞》六十卷编成。（法式善《陶庐杂录》卷三）

章薇《历朝诗选简金集》六卷刊行。（《中国古籍善本书目》）

沈廷芳《唐诗韶音》五卷撰成。（《中国古籍善本书目》）

朱琰《唐试律笺》二卷刻行。（《中国古籍善本书目》）

王又曾《薰风协奏集》三卷刻行。（《中国古籍善本书目》）

杭世骏《禁林集》八卷刻行。（《中国古籍善本书目》）

王应奎《海虞诗苑》十八卷刻行。（《中国古籍善本书目》）

李畯《诗筏橐说》四卷刻行。（蒋寅《清诗话考》）

蔡钧《诗法指南》六卷《二编》六卷刻行。（蒋寅《清诗话考》）

徐文弼《汇纂诗法度针》三十三卷首一卷刻行。（蒋寅《清诗话考》）

乾隆二十四年（1759）己卯

三月，吴省钦母病卒，扶榇归乡。（《吴白华自订年谱》）

春，杭世骏以《岭南集》寄袁枚，袁枚赋诗作答。（郑幸《袁枚年谱新编》）

六月，翁方纲任江西乡试副考官，钱维城为正。（沈津《翁方纲年谱》）

是月，钱载任广西乡试正考官。（潘中华《钱载年谱》）

七月，钱大昕充山东乡试正考官。（佚名《钱辛楣先生年谱》）

八月六日，江南乡试毕，程晋芳、吴泰来、严长明、陈毅等小集随园。（郑幸《袁枚年谱新编》）

是月，潘奕隽赴杭州参加乡试不第。（《三松自订年谱》）

李因培调浙江学政。（《汉名臣传》卷二十五《李因培列传》）

九月，蒋子宣刻沈德潜《国朝诗别裁集》成。（《沈归愚自订年谱》）

戴震赴京，为王昶作《郑学斋记》。（陈祖武、朱彤窗《乾嘉学术编年》）

九月，江南乡试主考裘曰修入随园看望袁枚。（郑幸《袁枚年谱新编》）

秋，朱珪任河南乡试副考官，正考官为卢明楷。十一月，奉命祭南岳。（朱锡经《南厓府君年谱》）

十月二十五日，袁枚往扬州，贺卢见曾七十寿。（郑幸《袁枚年谱新编》）

自本年始，乡试第二场经文易以五言八韵唐律一首。（《钦定大清会典则例》卷六十六）

是岁

王昶校勘《续文献通考》，与庄存与、申甫、卢文弨、杨述曾、纪昀、朱筠、朱珪、冯延丞、祝维诰、吴烺交游。（严荣《述庵先生年谱》）

卢见曾为赵执信《声调谱》作序。（胡晓云《卢见曾年谱》）

顾光旭授都察院浙江道监察御史。（王昶《春融堂集》卷五十四《甘肃凉庄道署四川按察使司顾君墓志铭》）

郑虎文任广东学政，后因病归里。（《清史列传》卷七十二；郑虎文《吞松阁集》附王太岳《墓志铭》）

李因培《唐诗观澜集》二十四卷刻行。（《中国古籍善本书目》）

吴成仪《全唐诗钞》八十卷《补》十六卷刻行。（《中国古籍善本书目》）

赵信《同林倡和》一卷刻行。（《中国古籍善本书目》）

董柴《绵山四山人诗集》十卷刻行。（《中国古籍善本书目》）

赵时敏《郭西诗选》四卷刻行。（《中国古籍善本书目》）

沈德潜、钱陈群《嘉禾八子诗选》八卷刻行。（《中国古籍善本书目》）

周春《增订辽诗话》二卷刻行。（蒋寅《清诗话考》）

杨际昌《国朝诗话》二卷刻行。（蒋寅《清诗话考》）

顾龙振《诗学指南》八卷刻行。（蒋寅《清诗话考》）

乾隆二十五年（1760）庚辰

正月，杨揆（—1804）生。（杨芳灿、余一鳌《杨蓉裳先生年谱》）

三月，沈德潜重刻《国朝诗别裁集》。（《沈归愚自订年谱》）

是月，钱大昕、朱珪充会试同考官。后又充《续文献通考》馆纂修官，分修田赋户口王礼三考协修。（佚名《钱辛楣先生年谱》；朱锡经《南厓府君年谱》）

春，钱载与朱筠、翁方纲、朱垣、朱棻元游王氏园。（潘中华《钱载年谱》）

四月，吴省钦入湖南学政吴鸿幕。八月归。（《吴白华自订年谱》）

毕沅成状元，王文治成探花。吴泰来、陈奉兹成进士。（《明清进士题名碑录索引》下册"乾隆二十五年庚辰科"）

陈奉兹授四川知县。（姚鼐《惜抱轩文集》卷十三《江苏布政使德化陈公墓志铭》）

五月二十二日，庶常馆散馆，蒋士铨授编修。（蒋士铨《清容居士行年录》）

七月，朱珪授福建分巡粮驿道。（朱锡经《南厓府君年谱》）

八月二十三日，姚鼐丁父忧。（郑福照《姚惜抱先生年谱》

是月，潘奕隽赴杭州参加恩科乡试不第。（《三松自订年谱》）

章学诚至北京，应顺天乡试。（胡适、姚名达《章实斋先生年谱》）

段玉裁乡试中举。后入都，馆钱海诚家，有意于音韵之学。（刘盼遂《段玉裁先生年谱》）

崔龙见中顺天乡试。（赵怀玉《亦有生斋集》文卷十九《诰授中宪大夫分巡湖北荆宜施道崔府君墓志》）

九月十一日，张庚（1685—）卒，年七十六。（盛百二《柚堂文存》不分卷《布衣张征君墓志铭》）

十月，尹继善在苏，与钱陈群、袁枚叠韵不休。（郑幸《袁枚年谱新编》）

王昶迁寓教子胡同，与赵翼、翁方纲、赵宸为邻。（严荣《述庵先生年谱》）

钱载充《续文献通考》纂修官。十一月，授右春坊右中允。（潘中华《钱载年谱》）

十二月，翁方纲充日讲起居注官，与修《续文献通考》。（沈津《翁方纲年谱》）

是岁

王昙（—1817）生。（郑幸《王昙年谱简编》）

曾燠（—1831）生。（包世臣《艺舟双楫》卷七下《曾抚部别传》）

袁棠（—1810）生。（朱春生《铁箫庵文集》卷四《袁湘湄征君墓志铭》）

詹应甲（—？）生。（詹应甲《赐绮堂集》卷二十三《赐绮堂初稿自序》）

孙原湘（—1829）生。（李兆洛《养一斋文集》卷十二《翰林院庶吉士孙君墓志铭》）

彭沃辑《三泷诗选》十卷刻行，所选皆罗定州诗人之作，何梦瑶、陈华封序。（法式善《陶庐杂录》卷三）

陈毅《古渔诗概》六卷刻行。（李灵年、杨忠《清人别集总目》）

朱琰《明人诗钞》十四卷《续集》十四卷刻行。（《中国古籍善本书目》）

朱琰《诗触》十六种刻行。（蒋寅《清诗话考》）

乾隆二十六年（1761）辛巳

二月，沈德潜增订《国朝诗别裁集》刻成。（《沈归愚自订年谱》）

《国朝诗别裁集》中增补袁枚三妹袁机之作，而颇有改动。袁枚览是集，因不满沈氏诗贵温柔、尊唐抑宋之说，乃作《答沈大宗伯论诗书》《再与沈大宗伯书》质疑。之后又作《答施兰垞论诗书》《答兰垞第二书》，驳其唐宋分

界之说。（郑幸《袁枚年谱新编》）

是月，彭启丰来江宁，访袁枚于随园。（郑幸《袁枚年谱新编》）

春，朱珪任福建分巡粮驿道，后兼福州府事。（朱锡经《南厓府君年谱》）

四月，赵翼成探花，孙士毅、彭绍升、谢启昆、崔龙见、曹仁虎、吴玉纶成进士。（《明清进士题名碑录索引》下册"乾隆二十六年辛巳恩科"）

崔龙见初选广西，引见调陕西南郑。（赵怀玉《亦有生斋集》文卷十九《诰授中宪大夫分巡湖北荆宜施道崔府君墓志》）

段玉裁会试不第，以举人教习景山万善殿官学。（刘盼遂《段玉裁先生年谱》）

彭绍升以知县用，不就选。（彭希涑《净土圣贤录》续编卷二《彭绍升》）

五月二十九，沛县监生阎大镛《俣俣集》案发。（《清实录》第十七册《高宗实录》卷六三七"乾隆二十六年五月下丁卯"）

八月，钱载擢右春坊右庶子。（潘中华《钱载年谱》）

十一月，沈德潜入京祝皇太后寿，进呈《国朝诗别裁集》。乾隆谓此选不应以钱谦益冠籍，又钱名世诗不应入选，慎郡王诗不应称名，特命南书房诸臣删改，重付镌刻。（《沈归愚自订年谱》）

翁方纲补授右春坊右中丞。（沈津《翁方纲年谱》）

是岁

钱沣入五华书院，被苏霖渤视为滇南翘楚。（方树梅《钱南园先生年谱》）

潘奕隽家居课徒，与同里顾元鳌、周赞、顾葵为诗古文之会。以时艺求教陆桂森。（《三松自订年谱》）

浦起龙（1679—）卒于此年前后，年八十三。（张慧剑《明清江苏文人年表》）

钱枚（—1804）生。（钱林《文献征存录》卷七"钱氏家传"）

袁树《红豆村人诗稿》十一卷刻行。（李灵年、杨忠《清人别集总目》）

姚培谦、张景星合编《宋诗百一钞》竣。（傅王露《宋诗百一钞序》）

恽宗和《新订声调谱》一卷撰成。（蒋寅《清诗话考》）

乾隆二十七年（1762）壬午

正月十一日，金德瑛（1701—）卒，年六十二。（蒋士铨《忠雅堂文集》卷七《左都御史桧门金公行状》）

二月，冯敏昌随父读书于端溪书院。（冯士镳《先君子太史公年谱》）

是月，乾隆第三次南巡。十九日，钱陈群与沈德潜于常州白家桥迎驾，赐诗有"二老江浙之大老"句，一时传为佳话。（钱仪吉《文端公年谱》）

三月初三，王又曾（1706—）卒于里第，年五十七。（潘中华《钱载年谱》）

初九，汪孟铜召试行在，考取一等，授内阁中书。（《清实录》第十七册《高宗实录》卷六五六"乾隆二十七年三月上壬寅"）

十三日，江永（1681—）卒。（《戴东原集》卷十二《江慎修先生事略状》）

十四日，赐钱陈群刑部尚书衔。（《清实录》第十七册《高宗实录》卷六五六"乾隆二十七年三月上丙午"）

二十八日，安徽进献诗赋诸生，考取一等之进士吴泰来、陆锡熊、郭元潍授内阁中书，遇缺即补。程晋芳、赵文哲、严长明、徐步云、钱襄特赐举人，授内阁中书。（《清实录》第十七册《高宗实录》卷六五七"乾隆二十七年三月下辛酉"）

五月，钱大昕充湖南乡试正考官。（佚名《钱辛楣先生年谱》）

六月，翁方纲充湖北乡试正考官。（沈津《翁方纲年谱》）

七月，卢见曾刊刻《金石录》。（卢见曾《雅雨堂文集》卷一《金石录序》）

八月，蒋士铨任顺天乡试同考官。（蒋士铨《清容居士行年录》）

戴震、钱维乔、潘奕隽、张熙纯乡试中举。（段玉裁《戴东原年谱》；陆

尊庭《清代戏曲家丛考·钱维乔年谱》；潘奕隽《三松自订年谱》；王昶《春融堂集》卷五十六《内阁中书舍人张君墓志铭》）

钱沣、赵怀玉乡试不第。（方树梅《钱南园先生年谱》；《收庵居士自订年谱略》）

九月，李因培复调江苏学政。（《汉名臣传》卷二十五《李因培列传》）

秋，卢见曾卸任两淮盐运使，赵之壁接任。尹继善、程晋芳、金兆燕、严长明、钱陈群、宫去矜等纷纷作诗送之。（胡晓云《卢见曾年谱》）

是岁

张埙与王昶订交。（李伟《张埙年谱》）

章学诚自京还会稽，不久又北上应顺天乡试，落第。（胡适、姚名达《章实斋先生年谱》）

王文治充顺天乡试同考官。（《王文治诗文集》附录姚鼐《云南临安府知府丹徒王君墓志铭》）

刘嗣绾（—1821）生。（夏宝晋《冬生草堂文录》卷四《翰林院编修刘君墓志铭》）

尤维熊（—1809）生。（彭兆荪《小谟觞馆文续集》卷二《文林郎署蒙自县知县尤君墓表》）

张宗柟《带经堂诗话》三十卷刻行。（蒋寅《清诗话考》）

乾隆二十八年（1763）癸未

正月，潘奕隽入都参加会试。寓大吉巷。与同年戴震、龚褆、陈昌图时时过从。（《三松自订年谱》）

春，冯敏昌入粤秀书院读书。（冯士镳《先君子太史公年谱》）

蘅塘退士《唐诗三百首》刻行。（蘅塘退士《唐诗三百首序》）

黄景仁作《初春》诗，此为《两当轩集》所收第一首诗。（许隽超《黄仲则年谱考略》）

四月，韦谦恒成探花，祝德麟、褚廷璋、李调元、吴省钦、姚鼐、袁树成进士。（《明清进士题名碑录索引》下册"乾隆二十八年癸未科"）

戴震会试不第，后居新安会馆。段玉裁、胡士震、汪元亮辈皆往讲学。夏，戴震南归，段玉裁以札问安，自称弟子。（刘盼遂《段玉裁先生年谱》）

潘奕隽会试不第，返家。（《三松自订年谱》）

张熙纯会试不第。（王昶《春融堂集》卷五十六《内阁中书舍人张君墓志铭》）

钱维乔会试不第，往兄钱维城浙江学政署。（陆萼庭《清代戏曲家丛考·钱维乔年谱》）

五月，庶常馆散馆，曹仁虎授编修。（王鸿逵《曹学士年谱》）

夏，袁枚往苏州，病。沈德潜曾来探望。（郑幸《袁枚年谱新编》）

八月，沈德潜增订《唐诗别裁集》刻成，共二十卷。（沈德潜《重订唐诗别裁集序》）

十月九日，沈德潜《国朝诗别裁集》旧版已于上年销毁，另辑新本进呈。（《清实录》第十七册《高宗实录》卷六九六"乾隆二十八年十月上壬辰"）

冬，朱珪升福建按察使。（朱锡经《南厓府君年谱》）

是岁

王鸣盛丁母忧归籍居苏州，遂不复出。（钱大昕《潜研堂文集》卷四八《西沚先生墓志铭》）

蒋士铨欲奉母南归，钱载招范械士、纪复亨、邵嗣宗、吉梦熊、秦黉集寓斋分赋金陵故事送行。（潘中华《钱载年谱》）

杭世骏以翰林保举御史，御试保和殿，因上言朝廷用人宜泯灭满汉之见而去职。（《龚自珍全集》第二辑《杭大宗逸事状》）

王文治充会试同考官，旋出为云南临安府知府，后以事免归，不复出。（《王文治诗文集》附录姚鼐《云南临安府知府丹徒王君墓志铭》）

金农（1687—）卒于扬州三竺庵，年七十七。（潘中华《钱载年谱》）

钱杜（—1844）生。（钱杜《松壶画赘》上《癸亥再游港内四十生日》）

刘绍攽编关中之诗为《二南遗音》四卷刻行。始孙枝蔚、李因笃，录一百四十人。（法式善《陶庐杂录》卷三）

周熙文《剡中集》四卷刻行。（《中国古籍善本书目》）

许英《本朝五言近体瓣香集》十六卷刻行。（《中国古籍善本书目》）

乾隆二十九年（1764）甲申

正月二十日，阮元（—1849）生于扬州。（王章涛《阮元年谱》）

是月，袁枚赋长诗《寄鱼门舍人一百韵》寄怀程晋芳。（郑幸《袁枚年谱新编》）

二月，李因培授湖北巡抚。（《汉名臣传》卷二十五《李因培列传》）

三月十四日，朱筠同程晋芳、赵文哲、冯延丞、沈炜、吴省钦、陆锡熊泛舟二桥。（罗继祖《朱笥河先生年谱》）

春，姚鼐随世父自天津归里。（郑福照《姚惜抱先生年谱》）

四月十三日，朱筠招钱大昕、钱载、汪孟锔、程晋芳观吕氏宅古藤。程晋芳招朱筠、钱大昕、钱载、汪孟锔、曹仁虎、刘星炜饮于紫藤花下。（罗继祖《朱笥河先生年谱》）

是月，吴省钦在庶常馆，纂编《续文献通考》。（《吴白华自订年谱》）

五月二十七日，张问陶（—1814）生于山东。其父时任山东馆陶县令，故名。（王世芬《张船山先生年谱》）

七月十二日，翁方纲任广东学政，两月后到达广州。（沈津《翁方纲年谱》）

八月，蒋士铨南归。（蒋士铨《清容居士行年录》）

九月二十四日，朱筠丧父，居忧。（罗继祖《朱笥河先生年谱》）

十月，朱珪自福建归。（朱锡经《南厓府君年谱》）

十一月二十六日，翁方纲雨行遂溪道中，读虞集诗，有诗怀谢启昆，兼柬钱载，即用虞集《题柯敬仲画韵》。（沈津《翁方纲年谱》）

是月，蒋士铨归江宁，与袁枚相邻。（郑幸《袁枚年谱新编》）

李因培调湖南巡抚。十二月，调福建。（《汉名臣传》卷二十五《李因培列传》）

冬，姚鼐回京师。（郑福照《姚惜抱先生年谱》）

是岁

袁枚致书沈德潜，询沈用济遗稿下落。（郑幸《袁枚年谱新编》）

钱沣授徒嵩明之邵甸。（方树梅《钱南园先生年谱》）

潘奕隽与汪绹、彭绍升晨夕过从。（《三松自订年谱》）

黄景仁在武进应童子试，县试第一，时年十六。（许隽超《黄仲则年谱考略》）

姚培谦合编陶潜、谢灵运、谢惠连、谢朓四家诗为《陶谢诗集》。（姚培谦《陶谢诗集序》）

薛雪所著《一瓢诗存》《抱珠轩诗存》《吾以吾鸣集》陆续刊行。（李灵年、杨忠《清人别集总目》）

王昶编己卯至是六年诗为《蒲褐山房集》。（严荣《述庵先生年谱》）

曹仁虎编诗为《刻烛集》。（王鸿逵《曹学士年谱》）

陈心颖《明紫琅诗》八卷刻行。（《中国古籍善本书目》）

乾隆三十年（1765）乙酉

正月，冯敏昌参加科试时受到广东学政翁方纲赏识。（冯士镳《先君子太史公年谱》）

二月，毕沅授詹事府右春坊右中允。（史善长《弇山毕公年谱》）

钱载擢侍读学士。（潘中华《钱载年谱》）

闰二月十九日，乾隆第四次南巡驻杭州，晋加钱陈群、沈德潜尚书衔，食一品俸。（《清实录》第十八册《高宗实录》卷七三一"乾隆三十年闰二月下甲子"）

三月十三，赵翼与程晋芳、钱载、钱大昕、曹仁虎、王昶、吴省钦、陆锡熊、赵文哲集陶然亭。（潘中华《钱载年谱》）

四月十一日，翁方纲雨中游峡山寺，有诗和苏轼韵。（沈津《翁方纲年谱》）

是月，黄景仁至江阴应院试，补常州府学附生。（许隽超《黄仲则年谱考略》）

五月，冯敏昌拔贡第一。（冯士镳《先君子太史公年谱》）

六月二十四日，钱载奉命充江南乡试副考官，正考官李宗文。（潘中华《钱载年谱》）

夏，王鸣盛自刻早年诗文，结为《西庄始存稿》三十卷。（《西庄始存稿》卷首张涛《序》）

八月，邵晋涵、张埙乡试中举。（黄云眉《邵二云先生年谱》；李伟《张埙年谱》）

钱沣乡试不第。（方树梅《钱南园先生年谱》）

章学诚第三次应顺天乡试，仍未第。出闱后，馆于沈家。（胡适、姚名达《章实斋先生年谱》）

赵怀玉应顺天乡试落第。（赵怀玉《亦有生斋集》诗卷一《乙酉秋试被放还南管吉士干珍有寄怀四诗沉浮未达夏间入都始出相示今余又以病归追依前韵用志别怀》）

九月四日，舒位（—1816）生。（舒位《瓶水斋诗集》附陈裴之《乾隆戊申恩科举人拣选知县舒君行状》）

秋，钱维乔在兄钱维城浙江学政署，结浣青诗社。（陆萼庭《清代戏曲家丛考·钱维乔年谱》）

十月，袁枚抵杭州，见钱维城，嘱题《随园雅集图》。（郑幸《袁枚年谱新编》）

十二月十二日（公元1766年1月22日），郑燮（1693—）卒，年七十三。（周积寅、王凤珠《郑板桥年谱》）

是岁

乾隆与沈德潜论本朝诗人，以王士禛在诸家中流派较正，追谥文简，改"士正"为"士禛"。（《沈归愚自订年谱》）

翁方纲抄录自甲申七月离京后所得诗作，寄往京师请钱载批示。（潘中华《钱载年谱》）

洪亮吉在外家授徒，暇则与里中诸名士结社，订交始广。（李金松《洪亮吉年谱》）

张熙纯献赋行在，召试授内阁中书舍人。王昶《春融堂集》卷五十六《内阁中书舍人张君墓志铭》

顾光旭《响泉集》十二卷刻行。（李灵年、杨忠《清人别集总目》）

王鸣盛《西庄始存稿》三十九卷刻行。（李灵年、杨忠《清人别集总目》）

沈德潜门生王廷魁编《御赐诗文及恭和御制诗》。（《沈归愚自订年谱》）

李少元《吴楚诗钞》十八卷刻行。（《中国古籍善本书目》）

乾隆三十一年（1766）丙戌

三月，钱大昕充会试同考官。（佚名《钱辛楣先生年谱》）

春，段玉裁参加会试。戴震也来京。两人有讨论《水经注》之语。（刘盼遂《段玉裁先生年谱》）

春，黄景仁入龙城书院从邵齐焘游。在龙城书院，先后与洪亮吉、杨伦、杨梦符等同窗。邵齐焘呼黄景仁、洪亮吉为"二俊"。（许隽超《黄仲则年谱考略》）

四月，汪孟鋗、金兆燕成进士。（《明清进士题名碑录索引》下册"乾隆三十一年丙戌科"）

钱维乔、潘奕隽、邵晋涵、冯敏昌会试落第，返乡。（陆萼庭《清代戏曲家丛考·钱维乔年谱》；潘奕隽《三松自订年谱》；黄云眉《邵二云先生年谱》；冯士镳《先君子太史公年谱》）

五月，金兆燕南归扬州。（陆萼庭《清代戏曲家丛考·金兆燕年表》）

夏，庶常馆散馆，姚鼐改主事，分兵部。（郑福照《姚惜抱先生年谱》）

吴省钦授翰林院编修。（《吴白华自订年谱》）

七月二十一日，袁枚为岳梦渊《海桐书屋诗钞》作序。（郑幸《袁枚年谱

新编》）

二十九日，朱筠同程晋芳、吴烺、冯廷丞、陆锡熊等人集于陶然亭。（罗继祖《朱笥河先生年谱》）

秋，祝维诰（1697—）卒于京师，年七十。（潘中华《钱载年谱》）

十月，钱载擢詹事府少詹事。（潘中华《钱载年谱》）

十一月，赵翼授广西镇安府知府。（《瓯北先生年谱》）

十二月十九日，赵翼携家人出京。（《瓯北先生年谱》）

是月，翁方纲补授右春坊右庶子，兼翰林院侍讲。（沈津《翁方纲年谱》）

除夕，袁枚读蒋士铨诗，爱而歌之，乃题三诗以赠。（郑幸《袁枚年谱新编》）

是岁

杭世骏主讲扬州安定书院，直至乾隆三十五年。（《龚自珍全集》第二辑《杭大宗逸事状》）

王鸣盛选录李绳勉、汪棣铧、姜宸熙、蔡忠立、王廷魁、张梦喈、顾鸿志、高景光、廖景文、薛龙光、吴璃、赵晓荣之作为《江浙十二家诗选》，人各二卷。（法式善《陶庐杂录》卷三）

朱筠、王昶、程晋芳、曹仁虎、赵文哲、陆锡熊、赵翼多有过从。章学诚居朱筠家，从学文章。（罗继祖《朱笥河先生年谱》）

浙江巡抚熊学鹏延蒋士铨主绍兴蕺山书院，结交任应烈、刘文蔚。（蒋士铨《清容居士行年录》）

张熙纯充方略馆纂修官。（王昶《春融堂集》卷五十六《内阁中书舍人张君墓志铭》）

吴嵩梁（—1834）生。（张世沛《吴嵩梁生平事迹考述》）

乐钧（—1814）生。（夏宝晋《冬生草堂文录》卷四《举人乐君权厝志》）

汪之珩辑《东皋诗存》四十八卷刻行，袁枚序。（法式善《陶庐杂录》卷三）

商盘选《越风》三十卷编成，刻行于乾隆三十四年。此书专选会稽一郡之诗，蒋士铨序。（法式善《陶庐杂录》卷三。按：《中国古籍善本书目》著录为乾隆三十七年商盘《越风初编》十五卷《二编》十五卷刻行）

陈毅《所知集》初编十二卷成，袁枚、蒋士铨序。（法式善《陶庐杂录》卷三）

汪之珩《东皋诗存》四十八卷《诗余》二卷刻行。（《中国古籍善本书目》）

张象魏《诗说汇》五卷刻行。（蒋寅《清诗话考》）

何忠相《二山说诗》四卷撰成。（蒋寅《清诗话考》）

顾诒禄《缓堂诗话》二卷刻行。（蒋寅《清诗话考》）

乾隆三十二年（1767）丁亥

正月初七日，朱筠同钱大昕、王昶、曹仁虎、毕沅、陆锡熊登法源寺后阁。（罗继祖《朱笥河先生年谱》）

二十日，郭麐（—1831）生于江苏吴江芦墟。（鹿苗苗《郭麐年谱》）

二月初二，清廷开三通馆，续修《通考》《通典》《通志》。（《清实录》第十八册《高宗实录》"乾隆三十二年二月上丙申"）

二十一日，朱珪授湖北按察使。（朱锡经《南厓府君年谱》）

初春，袁枚与蒋士铨同登清凉山。（郑幸《袁枚年谱新编》）

三月二十三日，程廷祚（1691—）卒，年七十七。（袁枚《小仓山房文集》卷四《征士程绵庄先生墓志铭》）

是月，李因培（1717—）被革职，部议斩决，赐自尽，年五十一。（《汉名臣传》卷二十五《李因培列传》）

杭世骏自扬州安定书院归里。（陈琬婷《杭世骏年谱》）

春，蒋士铨为袁枚校定诗集。（郑幸《袁枚年谱新编》）

钱维乔赴京应内阁中书试，落选。（陆萼庭《清代戏曲家丛考·钱维乔年谱》）

四月，翁方纲转补左春坊左庶子。（沈津《翁方纲年谱》）

五月，毕沅迁右春坊右庶子。（史善长《弇山毕公年谱》）

段玉裁出都返乡。（刘盼遂《段玉裁先生年谱》）

六月五日，华亭举人蔡显《闲渔闲闲录》案发，乾隆颁谕严惩。（郭成康、林铁钧《清朝文字狱》）

是月，钱大昕妻卒，后请假返乡，始著《二十二史考异》。（佚名《钱辛楣先生年谱》）

夏，冯敏昌受业翁方纲。（冯士镳《先君子太史公年谱》）

七月二十四日，翁方纲于雷州道中，读虞集《道园学古录》。用录中韵作诗寄钱载、谢启昆。（沈津《翁方纲年谱》）

是月，赵翼抵镇安。（《瓯北先生年谱》）

九月二十五日，张熙纯（1725—）卒，年四十三。（王昶《春融堂集》卷五十六《内阁中书舍人张君墓志铭》）

十月，钱大昕乞假归嘉定省亲。（佚名《钱辛楣先生年谱》）

毕沅补授甘肃巩秦阶道。（史善长《弇山毕公年谱》）

十一月，翁方纲补授翰林院侍学士。与钱载有书信论诗。（潘中华《钱载年谱》）

十二月四日，齐周华"党恶狂悖"案发，牵连礼部侍郎齐召南，被夺职放归。（郭成康、林铁钧《清朝文字狱》）

五日，翁方纲始兴舟中，读黄庭坚诗。（沈津《翁方纲年谱》）

二十一日，朱筠授右春坊右赞善。（罗继祖《朱笥河先生年谱》）

是月，邵晋涵复游京师，始交汪辉祖。（黄云眉《邵二云先生年谱》）

是岁

王昶、赵翼、毕沅、朱筠、严长明等在京纂修《历代通鉴辑览》。（严荣《述庵先生年谱》）

曹仁虎请假回籍省亲。（王鸿逵《曹学士年谱》）

姚鼐补礼部仪制司主事。（郑福照《姚惜抱先生年谱》）

邵齐焘主讲常州龙城书院，黄景仁从学。秋应江宁乡试，至杭州。（许隽

超《黄仲则年谱考略》）

高文照客金陵，与蒋士铨、方正澍同访明徐达西园遗址，正澍作纪事诗。（张慧剑《明清江苏文人年表》）

顾光旭任工科给事中。（王昶《春融堂集》卷五十四《甘肃凉庄道署四川按察使司顾君墓志铭》）

王鸣盛辑江南知名之士诗为《苕岑集》二卷《附录》二卷。（法式善《陶庐杂录》卷三。按：《中国古籍善本书目》载王鸣盛《苕岑集》二十四卷《附》二卷）

袁景辂《国朝松陵诗征》二十卷刻行。（《中国古籍善本书目》）

李稻塍、李集《梅会诗选》十二卷《二集》十六卷《三集》四卷《附刻》一卷刻行。（《中国古籍善本书目》）

李锳《诗法易简录》十四卷撰成。（蒋寅《清诗话考》）

乾隆三十三年（1768）戊子

正月，沈德潜得张择端《清明易简图》真本，进呈。（《沈归愚自订年谱》）

二月，顾光旭授宁夏府知府。（王昶《春融堂集》卷五十四《甘肃凉庄道署四川按察使司顾君墓志铭》）

三月，李绂诗文案发。（郭成康、林铁钧《清朝文字狱》）

春，袁枚在苏州，曾晤沈德潜。（郑幸《袁枚年谱新编》）

金兆燕任扬州府学教授。（陆萼庭《清代戏曲家丛考·金兆燕年表》）

四月，吴省钦擢翰林院侍读学士。二十五日，任贵州乡试正考官。（《吴白华自订年谱》）

初夏，袁枚过常州龙城书院访邵齐焘。（郑幸《袁枚年谱新编》）

五月二十三日，齐召南（1703— ）卒，年六十六。（袁枚《小仓山房文集》卷二十五《原任礼部侍郎齐公召南墓志铭》）

是月，朱筠擢翰林院侍读学士。（罗继祖《朱笥河先生年谱》）

六月二十五日，朝廷查办两淮盐引案，卢见曾被去职，并查封家产。（胡晓云《卢见曾年谱》）

夏，朱珪调任山西按察使。（朱锡经《南厓府君年谱》）

七月二十四日，王昶、赵文哲、纪昀因向前盐运使卢见曾私通信息被革职。王、赵从军云南，纪发配乌鲁木齐。（《清实录》第十八册《高宗实录》卷八一五"乾隆三十三年七月下己酉"）

七月，姚鼐充山东乡试副考官。九月还京，转祠祭司员外郎。（郑福照《姚惜抱先生年谱》）

八月，钱沣乡试中第。（方树梅《钱南园先生年谱》）

章学诚应顺天乡试，中副榜。（胡适、姚名达《章实斋先生年谱》）

黄景仁、冯敏昌乡试落第。（许隽超《黄仲则年谱考略》；冯士镳《先君子太史公年谱》）

九月十六日，洪亮吉入赘蒋家。（李金松《洪亮吉年谱》）

二十四日，翁方纲《石洲诗话》八卷撰成。（沈津《翁方纲年谱》）

二十八日，卢见曾（1690—）卒于扬州监狱，年七十九。（胡晓云《卢见曾年谱》）

十月八日，翁方纲购苏轼书《天际乌云帖》，自号"苏斋"。（沈津《翁方纲年谱》）

是月，史善长（—1830）生。（陈澧《东塾集》卷五《江西余干县知县史君传》）

十二月二十四日，王昶入滇境。（严荣《述庵先生年谱》）

冬，孙星衍父亲选授句容县教谕。（张绍南《孙渊如先生年谱》）

朱筠与徐昆论诗，推崇《古诗十九首》。（徐昆《古诗十九首说序》）

是岁

王太岳擢湖南按察使。（王昶《春融堂集》卷六十三《国子监司业王公行状》）

钱维乔馆如皋，始自号竹初。（陆萼庭《清代戏曲家丛考·钱维乔年谱》）

许宗彦（—1819）生。（阮元《研经室二集》卷二《浙儒许君积卿传》）

戴敦元（—1834）生。（潘咨《少白先生集》卷七《戴司寇别传》）

钱大昕编次《宋洪文惠公年谱》和《陆放翁年谱》。（佚名《钱辛楣先生年谱》）

王锡侯《国朝诗观》十六卷刻行。（《中国古籍善本书目》）

宫国苞《霄峥集》八卷刻行。（《中国古籍善本书目》）

张允和、张锡麟《时斋倡和诗》不分卷刻行。（《中国古籍善本书目》）

阮学浩、阮学濬《本朝馆阁诗》二十卷《附录》一卷《续附录》一卷刻行。（《中国古籍善本书目》）

查慎行《初白庵诗评》十二卷刻行。（蒋寅《清诗话考》）

乾隆三十四年（1769）己丑

正月十八日，蒋士铨为袁枚骈文集题词。（郑幸《袁枚年谱新编》）

是月，潘奕隽入京参加会试，居大吉巷，与戴震、陈本忠、祝堃、邵晋涵过从甚密。（《三松自订年谱》）

二月，朱珪升山西布政使。（朱锡经《南厓府君年谱》）

是月，孙星衍父亲任句容县教谕，孙星衍随行。（张绍南《孙渊如先生年谱》）

初春，蒋士铨携家返绍兴蕺山书院，袁枚因赋长诗，以作挽留。（郑幸《袁枚年谱新编》）

春，段玉裁入京参加会试，于新安会馆拜会戴震。（刘盼遂《段玉裁先生年谱》）

黄景仁游杭州、徽州。（许隽超《黄仲则年谱考略》）

四月，潘奕隽成进士。（《明清进士题名碑录索引》下册"乾隆三十四年己丑科"）

钱沣会试落第。（方树梅《钱南园先生年谱》）

钱维乔三赴会试不第。（陆萼庭《清代戏曲家丛考·钱维乔年谱》）

六月六日，清廷查禁钱谦益《初学集》《有学集》。（《清实录》第十九册《高宗实录》卷八三六"乾隆三十四年六月上丙辰"）

夏，戴震往山西依朱珪，偕段玉裁往。至，段玉裁主讲寿阳书院，间修《寿阳县志》。（刘盼遂《段玉裁先生年谱》）

黄景仁游扬州。（许隽超《黄仲则年谱考略》）

七月，沈德潜《宋金三家诗》告成。（《沈归愚自订年谱》）

八月二十九日，乾隆密谕钱陈群、沈德潜，缴出钱谦益《初学》《有学》等集。（《清实录》第十九册《高宗实录》卷八四一"乾隆三十四年八月下戊寅"）

是月，潘奕隽告假回乡。（《三松自订年谱》）

九月七日，沈德潜（1673—）卒于里第，年九十七。（《沈归愚自订年谱》）

袁枚赋诗悼沈德潜，后又撰神道碑。（郑幸《袁枚年谱新编》）

秋，风传江宁知府刘墉欲逐袁枚归杭。（郑幸《袁枚年谱新编》）

钱大昕再入都，寓官菜园上街。（佚名《钱辛楣先生年谱》）

黄景仁归里。（许隽超《黄仲则年谱考略》）

秋冬之际，段玉裁自寿阳归京师。（刘盼遂《段玉裁先生年谱》）

十一月初二，翁方纲抄寄本年四月至十月诗一百十八首求钱载批示。（潘中华《钱载年谱》）

十二月，黄景仁至长沙依湖南按察使王太岳。（洪亮吉《卷施阁文甲集》卷十《候选县丞附监生黄君行状》）

冬，段玉裁在京寓法源寺侧之莲花庵。从邵晋涵借书，注释《诗经韵谱》《群经韵谱》。（刘盼遂《段玉裁先生年谱》）

除夕，钱沣在友人万钟杰公安县署度岁。（方树梅《钱南园先生年谱》）

是岁

英廉迁刑部尚书，仍兼户部侍郎、正黄旗满洲都统。（《清史稿》列传一百七本传）

孙士毅随傅恒讨缅甸。（查揆《筼谷诗文钞》卷十一《太子太保文渊阁大

学士孙文靖公神道碑铭》）

杨芳灿致书袁枚，袁枚答之，有"后生可畏"之叹。（郑幸《袁枚年谱新编》）

顾光旭调平凉知府。（王昶《春融堂集》卷五十四《甘肃凉庄道署四川按察使司顾君墓志铭》）

章学诚奉母入京。（胡适、姚名达《章实斋先生年谱》）

孙渊如偕杨伦、洪亮吉、黄景仁看荷至平山堂，有诗。（许隽超《黄仲则年谱考略》）

王鸣盛迁光禄寺卿。寻丁母忧，不复出。（王昶《春融堂集》卷六十五《王鸣盛传》）

彭兆荪（—1821）生。（缪朝荃《彭湘涵先生年谱》）

项章辑《正声前集》八卷《续集》八卷刻行。（法式善《陶庐杂录》卷三）

毕沅著《崆峒山房集》二卷。（史善长《弇山毕公年谱》）

袁枚《小仓山房全集》刻行。（李灵年、杨忠《清人别集总目》）

郭其炳《明诗百一钞》十二卷刻行。（《中国古籍善本书目》）

乾隆三十五年（1770）庚寅

正月，翁方纲三任广东学政，冯敏昌多次前往请教。翁方纲手书云："有此才气，则五岭十郡三州竟无其对，所谓粤之诗家，若南园、前后五子以及近日岭南三家，皆不足道也。"（冯士镴《先君子太史公年谱》）

二月二十七日，朱筠同钱大昕、曹学闵、陈本忠登陶然亭。（罗继祖《朱笥河先生年谱》）

是月，段玉裁《诗经韵谱》《群经韵谱》撰成。（刘盼遂《段玉裁先生年谱》）

三月二十二日，朱筠同钱大昕、钱载、纪复亭、褚廷璋、曹学闵、冯廷丞观法源寺海棠。（罗继祖《朱笥河先生年谱》）

是月，赵翼调守广东广州府。（《瓯北先生年谱》）

段玉裁授贵州玉屏县知县。（刘盼遂《段玉裁先生年谱》）

五月一日，钱大昕自选诗集成，凡十卷。（钱大昕《潜研堂诗集》卷首《自序》）

是月，袁枚作《随园六记》。（郑幸《袁枚年谱新编》）

朱筠任福建乡试正考官。（罗继祖《朱笥河先生年谱》）

闰五月二十八日，汪孟铜（1721—）卒。年五十。（钱载《箨石斋文钞》卷二二《吏部文选司主事广古汪君墓志铭》）

是月，姚鼐任湖南乡试副考官。（郑福照《姚惜抱先生年谱》）

七月，洪亮吉偕黄景仁来江宁乡试，以诗谒袁枚，遂订交。（李金松《洪亮吉年谱》）

八月，程晋芳过访袁枚，小住六日而别。（郑幸《袁枚年谱新编》）

潘奕隽携眷赴京任职。（《三松自订年谱》）

冯敏昌乡试中第。（冯士镳《先君子太史公年谱》）

铁保举顺天乡试。（《梅庵自编年谱》）

洪亮吉、黄景仁皆未第。（李金松《洪亮吉年谱》）

纪昀自乌鲁木齐释还。（孙致中《纪晓岚年谱》）

钱大昕与曹学闵、朱筠、陈伯思、史文量游。始读《说文》，研究声音文字训诂。（佚名《钱辛楣先生年谱》）

冬，朱筠在扬州遇钱陈群。（罗继祖《朱笥河先生年谱》）

除夕，钱沣在友人偃师县署度岁。（方树梅《钱南园先生年谱》）

是岁

薛雪（1681—）卒，年九十，袁枚作《祭一瓢文》。（郑幸《袁枚年谱新编》）

孙韶补县学生。（恽敬《大云山房文稿》二集卷四《孙九成墓志铭》）

查揆（—1834）生。（查揆《筼谷诗钞》卷八《闰花朝与琴坞招同何梦华郭频伽华春涛竹楼赵零门朱闲泉范小湖徐西润夊积堂小集湖舫分得赏字》）

钱大昕《潜研堂诗集》十卷刻行。（李灵年、杨忠《清人别集总目》）

沈裳锦《全唐近体诗钞》五卷刻行。（《中国古籍善本书目》）

汪景龙、姚埙《宋诗略》十八卷刻行。（《中国古籍善本书目》）

严长明《千首宋人绝句》十卷刻行。（《中国古籍善本书目》）

王锡侯《国朝诗观二集》六卷刻行。（《中国古籍善本书目》）

宋景稣《闻川泛櫂集》四卷刻行。（《中国古籍善本书目》）

乾隆三十六年（1771）辛卯

正月，毕沅授陕西按察使。（史善长《弇山毕公年谱》）

二月十九日，随园放灯。袁枚招杨潮观、顾镇、仲蕴檠等人小集卜夜。（郑幸《袁枚年谱新编》）

四月，程晋芳、邵晋涵、周永年、钱沣、孔广森成进士。（《明清进士题名碑录索引》下册"乾隆三十六年辛卯恩科"）

冯敏昌会试落第，以诗见赏于钱载。翁方纲广东学政任满还京，冯敏昌多次请业。（冯士镳《先君子太史公年谱》）

戴震会试落第，再至山西，纂修《汾阳县志》。（段玉裁《戴东原先生年谱》）

钱维乔四应会试不第，明年夏复逢会试正科，遂留都。（陆萼庭《清代戏曲家丛考·钱维乔年谱》）

赵翼擢贵州分巡贵西兵备道。（《瓯北先生年谱》）

六月十八日，吴省钦充湖北乡试正考官。（《吴白华自订年谱》）

曹仁虎任江西乡试副考官。（王鸿逵《曹学士年谱》）

八月六日，纪昀授翰林院编修。（孙致中《纪晓岚年谱》）

二十七日，陈文述（—1843）生。（钟慧玲《陈文述年谱初篇》）

是月，朱筠任安徽学政，邵晋涵、章学诚、吴兰庭、高文照、张凤翔、庄炘、罗华、洪亮吉、黄景仁先后入幕，戴震、汪中时至府中。（罗继祖《朱筠河先生年谱》）

杨芳灿来江宁乡试，过访随园。被袁枚赏识，遂入门下。（杨芳灿、余一

鳌《杨蓉裳先生年谱》）

　　杨芳灿、黄景仁、洪亮吉、赵怀玉应江南乡试，皆不第。（李金松《洪亮吉年谱》；杨芳灿、余一鳌《杨蓉裳先生年谱》；许隽超《黄仲则年谱考略》）

　　十月初九，王昶任主事、赵文哲任内阁中书，随温福往四川办事。（《清实录》第十九册《高宗实录》卷八九四"乾隆三十六年十月上丙子"）

　　是月，章学诚于朱筠幕中见袁枚诗文，心生厌恶。（郑幸《袁枚年谱新编》）

　　十一月二十日，翁方纲自广州起程返京。（沈津《翁方纲年谱》）

　　是月，汪中辞沈业富幕。（汪喜孙《容甫先生年谱》）

　　钱大昕充《大清一统志》纂修官。与钱坫撰次《金石文跋尾》六卷，校正《白虎通》《广雅》。（佚名《钱辛楣先生年谱》）

　　十二月二十六日，朱筠与张凤翔、邵晋涵、章学诚、徐瀚、洪亮吉、黄景仁游采石，登太白楼。（罗继祖《朱笥河先生年谱》）

　　是岁

　　蒋士铨自绍兴蕺山书院至扬州，初开安定书院讲席，与金兆燕交往甚密。（陆萼庭《清代戏曲家丛考·金兆燕年表》）

　　潘奕隽移居七井胡同。在汉票签处行走，同值者许祖京、张埙、张亦栻、范鏊、金光悌。（《三松自订年谱》）

　　姚鼐擢刑部广东司郎中。（郑福照《姚惜抱先生年谱》）

　　段玉裁任玉屏知县。（刘盼遂《段玉裁先生年谱》）

　　洪亮吉《拟两晋南北史乐府》二卷刻行。（李灵年、杨忠《清人别集总目》）

　　毕沅《青门集》撰成。（史善长《弇山毕公年谱》）

　　曹仁虎《炙砚集》撰成。（王鸿逵《曹学士年谱》）

　　宋弼《山左明诗钞》三十五卷刻行。（《中国古籍善本书目》）

乾隆三十七年（1772）壬辰

正月十六日，钱维乔父卒，与兄维城返乡治丧。（陆萼庭《清代戏曲家丛考·钱维乔年谱》）

二十九日，翁方纲抵京。（沈津《翁方纲年谱》）

是月，毕沅督理陕西军台事务。（史善长《弇山毕公年谱》）

二月二十九日，沈廷芳（1702—）卒于京师。（汪中《汪中集》卷六《沈公行状》）

是月，谢启昆任镇江知府。（沈津《翁方纲年谱》）

三月初三，朱筠与洪亮吉、黄景仁诸人，会于采石之太白楼。（许隽超《黄仲则年谱考略》）

初五，朱筠与邵晋涵、章学诚、洪亮吉、黄景仁、张凤翔等游青山，留宿保和庵。（黄云眉《邵二云先生年谱》）

十二日，查世柱《全史辑略》案发。（《清实录》第二十册《高宗实录》卷九〇四"乾隆三十七年三月上丁未"）

是月，吴省钦充会试同考官。（《吴白华自订年谱》）

扬州盐运使郑大进延蒋士铨主安定书院。（蒋士铨《清容居士行年录》）

春，钱大昕补翰林院侍读学士。寻充三通馆纂修官。（佚名《钱辛楣先生年谱》）

四月，段玉裁以耽误入都，后请开复，旋奉命发四川候补。（刘盼遂《段玉裁先生年谱》）

铁保成进士。（《明清进士题名碑录索引》下册"乾隆三十七年壬辰科"）

铁保授吏部文选司额外主事。（《梅庵自编年谱》）

冯敏昌会试又不第。（冯士镳《先君子太史公年谱》）

戴震会试落第，南归，主讲浙东金华书院。（段玉裁《戴东原先生年谱》）

五月，庶常馆散馆，潘奕隽补授内阁撰文中书。（《三松自订年谱》）

钱沣授检讨，充国史馆纂修官。（方树梅《钱南园先生年谱》）

六月，洪亮吉、邵晋涵由朱筠幕归里。（李金松《洪亮吉年谱》，黄云眉《邵二云先生年谱》）

毕沅署理陕西巡抚事务。（史善长《弇山毕公年谱》）

七月十日，江宁织造曹寅过访随园。（郑幸《袁枚年谱新编》）

是月，杭世骏（1696—）卒，年七十七。（陈琬婷《杭世骏年谱》）

九月，翁方纲移居潘家河沿，名书斋为"苏米斋"，邀钱载、钱大昕、吴省钦、曹仁虎、程晋芳、严长明小集同赋。（沈津《翁方纲年谱》）

十一月，徐昆序朱筠口授《古诗十九首说》刻行。（罗继祖《朱笥河先生年谱》）

钱维城卒。（陆萼庭《清代戏曲家丛考·钱维乔年谱》）

十一月，洪亮吉归营葬事。（李金松《洪亮吉年谱》）

是月，王昶因军功擢吏部员外郎。（严荣《述庵先生年谱》）

十二月初三日，吴省钦奉命提督四川学政。（《吴白华自订年谱》）

赵翼以母老辞官，除夕至常德府。（《瓯北先生年谱》）

是月，顾光旭署四川按察使。（王昶《春融堂集》卷五十四《甘肃凉庄道署四川按察使司顾君墓志铭》）

冬，王念孙入朱筠幕。（罗继祖《朱笥河先生年谱》）

是岁

翁方纲出继次子树培为钱载子，名"申锡"。（潘中华《钱载年谱》）

黄景仁客朱筠署中，受业门下。秋至安庆、六安，冬至颍州、凤阳，十二月归里。（许隽超《黄仲则年谱考略》）

王太岳擢云南布政使，是年以审拟逃兵宽纵落职。（王昶《春融堂集》卷六十三《国子监司业王公行状》）

章学诚始著《文史通义》。（邵晋涵《南江文钞》卷八《与章实斋书》）

冯廷丞任宁绍台道，招章学诚入幕。（胡适、姚名达《章实斋先生年谱》）

孙星衍读书龙城书院。（张绍南《孙渊如先生年谱》）

杨芳灿与邵辰焕、储润书、孙星衍、吕星垣订交。（杨芳灿、余一鳌《杨蓉裳先生年谱》）

高士熙编《湖北诗录》不分卷刻行，首武昌，次汉阳，次黄州，次宜昌，次荆州，次安陆，次德安，次襄阳，次郧阳。（法式善《陶庐杂录》卷三）

金华知府黄彬刻行朱笠亭编《金华诗录》六十卷，所附夏苏《跋》论金华诗源流最悉。（法式善《陶庐杂录》卷三）

张熙纯《华海堂诗》八卷刻行。（李灵年、杨忠《清人别集总目》）

查礼《铜鼓书堂遗稿》三十二卷刻行。（李灵年、杨忠《清人别集总目》）

郑王臣《兰陔诗话》不分卷撰成。（蒋寅《清诗话考》）

乾隆三十八年（1773）癸巳

正月三日，吴省钦起程赴四川学政任。（《吴白华自订年谱》）

上旬，章学诚至姚江访邵晋涵。（胡适、姚名达《章实斋先生年谱》）

是月，钱大昕入值上书房。（佚名《钱辛楣先生年谱》）

二月十二日，清廷开馆校核《永乐大典》，乾隆确定他日采录成编，题名《四库全书》。（《清实录》第二十册《高宗实录》卷九二六"乾隆三十八年二月上庚午"）

二十日，赵翼抵家，自是里居不出者数年。（《瓯北先生年谱》）

闰三月十一日，《四库全书》馆开，刘统勋任《四库全书》馆正总裁，纪昀、陆锡熊作总办，姚鼐、程晋芳、任大椿、汪如藻、翁方纲为纂修，余集、邵晋涵、周永年、戴震、杨昌霖令在分校上行走。（《清实录》第二十册《高宗实录》卷九三〇"乾隆三十八年闰三月上庚午"）

邵晋涵与戴震、周永年、余集、杨昌霖等同入馆编校，士林荣之，称"五征君"。（黄云眉《邵二云先生年谱》）

春，卢文弨课士于钟山书院，邀袁枚赋诗为诸生示范。（郑幸《袁枚年谱新编》）

五月，袁枚在扬州，与蒋士铨、金兆燕等游建隆寺。（郑幸《袁枚年谱新编》）

洪亮吉返朱筠幕。（李金松《洪亮吉年谱》）

六月初，黄景仁别安徽学政朱筠幕，访郑虎文于徽州，留月余。（许隽超《黄仲则年谱考略》）

初十，赵文哲（1725—）讨金川，死于木果木之役，追赠光禄少卿，年四十九。（吴省钦《白华前稿》卷二十二《赠中宪大夫光禄寺少卿前户部河南司主事赵公墓碑》）

十一日，王昶补授吏部稽郎司员外郎。（严荣《述庵先生年谱》）

夏，孙星衍游广陵。访杨伦于维扬，客馆与黄景仁同舟对咏。（张绍南《孙渊如先生年谱》）

章学诚于宁波道署遇戴震，时戴震主讲金华书院。两人论史事，多不合。戴震主张修志当详地理沿革，不当侈言文献。（胡适、姚名达《章实斋先生年谱》）

七月，黄景仁游杭州。（许隽超《黄仲则年谱考略》）

八月，黄景仁返徽州，读书不疏园中，与主人汪灼交好，与汪中订交。（许隽超《黄仲则年谱考略》）

九月二十五日，翁方纲授翰林院编修。（沈津《翁方纲年谱》）

是月，杨芳灿与黄景仁、洪亮吉、赵怀玉订交。（杨芳灿、余一鳌《杨蓉裳先生年谱》）

十月初一，朱筠以生员欠考事罢使降级，授编修，在四库馆行走。（罗继祖《朱笥河先生年谱》）

初二，钱载补授内阁学士兼礼部侍郎。（潘中华《钱载年谱》）

是月，洪亮吉访赵怀玉，同游洞庭。（《收庵居士自叙年谱略》）

十二月十七日，翁方纲购得宋椠《苏东坡诗施（元之）顾（禧）注》残本，即商丘宋荦所藏，有毛晋汲古阁、宋商丘诸印，始以"宝苏室"自题屋匾。（沈津《翁方纲年谱》）

岁暮，黄景仁归里。（许隽超《黄仲则年谱考略》）

是岁

李廷敬天津召试，赐举人。（吴锡麒《有正味斋集》续集卷八《李味庄同年诔》）

彭绍升受菩萨戒。（彭希涑《净土圣贤录》续编卷二《彭绍升》）

段玉裁在富顺县任。（刘盼遂《段玉裁先生年谱》）

钱沣在国史馆供职。（方树梅《钱南园先生年谱》）

四库馆开，江浙按采遗书，安徽省设局太平，聘洪亮吉总司其事。沈业富并延洪亮吉兼管书记。（李金松《洪亮吉年谱》）

潘奕隽充《四库全书》馆分校官。（《三松自订年谱》）

朱滋年辑《南州诗略》十六卷刻行，沈德潜序。（法式善《陶庐杂录》卷三）

陆咏《历朝名媛诗词》十二卷刻行。（《中国古籍善本书目》）

张节《嘤鸣集》四卷刻行。（《中国古籍善本书目》）

陈毅《所知集》二编八卷刻行。（《中国古籍善本书目》）

汪启淑《撷芳集》八十卷刻行。（《中国古籍善本书目》）

曹炜《沙头里志诗文征》二卷刻行。（《中国古籍善本书目》）

张廷枚《国朝姚江诗存》十二卷刻行。（《中国古籍善本书目》）

乾隆三十九年（1774）甲午

正月初七日，钱陈群（1686—）卒，年八十九。袁枚作神道碑。（袁枚《小仓山房文集》卷二五《刑部尚书加赠太傅钱文端公神道碑》）

二十五日，翁方纲同朱筠、曹学闵、陈本忠、程晋芳出郊，会饮于钓鱼台图鞳布别业。（罗继祖《朱笥河先生年谱》）

三月初三日，纪昀与陆锡熊、朱筠、林澍蕃、姚鼐、程晋芳、任大椿、周永年、钱载、翁方纲出右安门十里，至草桥，举修禊故事，且集于曹学闵斋中，与会者凡三十九人。（孙致中《纪晓岚年谱》；罗继祖《朱笥河先生年谱》）

春，黄景仁在扬州与杨伦、孙星衍、洪亮吉在平山堂看荷。蒋士铨时为安定书院山长，招洪亮吉、黄景仁宴。（许隽超《黄仲则年谱考略》）

冯敏昌在广州，时与顺德张锦芳、张瑞夫兄弟和益都李文藻唱和。（冯士镳《先君子太史公年谱》）

四月，史正义来江宁，过访袁枚，袁枚为序其诗。（郑幸《袁枚年谱新编》）

是月，王昶因军功擢吏部郎中。（严荣《述庵先生年谱》）

周为汉（—1812）生。（陆耀遹《双白燕堂文集》卷上《清故登仕郎候选县主簿周君墓记》）

六月十三，钱载充江西乡试正考官。（潘中华《钱载年谱》）

七月，钱大昕充河南乡试正考官。之后任广东学政。（佚名《钱辛楣先生年谱》）

八月，高文照、宋大樽、宗圣垣、秦瀛、洪亮吉中举。（李金松《洪亮吉年谱》）

吴蔚光、赵怀玉、孙星衍、杨芳灿、黄景仁乡试未第。（杨芳灿、余一鳌《杨蓉裳先生年谱》；《收庵居士自叙年谱略》；许隽超《黄仲则年谱考略》）

是月，冯敏昌起程入都，准备参加明年会试。（冯士镳《先君子太史公年谱》）

秋，袁枚于随园张灯作会，王友亮、赵怀玉等与之。时亦召黄景仁赴会，以病未赴。（郑幸《袁枚年谱新编》）

十月，黄景仁与洪亮吉赴常熟，吊邵齐焘。黄景仁托付洪亮吉整理文集。（许隽超《黄仲则年谱考略》）

冬，姚鼐辞官南归。行前，翁方纲有序送行。十二月，自京师至山东泰安守朱孝纯署，除夕，观日出。（郑福照《姚惜抱先生年谱》）

除夕，黄景仁在随园度岁。（许隽超《黄仲则年谱考略》）

是岁

孙星衍肄业钟山书院，怀诗谒袁枚，袁目为"奇才"。（郑幸《袁枚年谱

新编》）

洪亮吉与孙星衍订交，与赵怀玉、黄景仁、杨伦、吕星垣、徐书受，唱酬无间，里中号为"七子"。（李金松《洪亮吉年谱》）

吴省钦继任四川学政。（《吴白华自订年谱》）

钱沣国史馆供职。假馆其弟子汉军徐鉴秋之近薮亭。（方树梅《钱南园先生年谱》）

邵晋涵授翰林院编修，纂校《四库全书》，兼辑"续三通"。（黄云眉《邵二云先生年谱》）

薛起凤（1734—）自沂州归，卒，年四十一。（冯桂芬《苏州府志（同治）》卷八十九）

陈毅《所知集》二编八卷成，卢文弨、何忠相序。（法式善《陶庐杂录》卷三）

章学诚撰《和州志》四十二篇，又辑《和州文献征》八卷。（胡适、姚名达《章实斋先生年谱》）

陆炳《蜀游诗钞》六卷刻行。（《中国古籍善本书目》）

桂发枝等《慈水桂氏清芬集》四卷《清芬集》一卷刻行。（《中国古籍善本书目》）

孙涛《全唐诗话续编》二卷撰成。（蒋寅《清诗话考》）

廖景文《罂花轩诗话漱芳集》八卷刻行。（蒋寅《清诗话考》）

乾隆四十年（1775）乙未

正月，蒋士铨因母丧从安定书院返乡。（蒋士铨《清容居士行年录》）

姚鼐自泰安还京，旋南归回桐城。（郑福照《姚惜抱先生年谱》）

春，彭元瑞荐洪亮吉入江宁太守陶易署中修校李锴《尚史》，事竣，延课其孙兼管书记。（李金松《洪亮吉年谱》）

四月，钱大昕父丧，返家。（佚名《钱辛楣先生年谱》）

王念孙、李廷敬、吴锡麒成进士。（《明清进士题名碑录索引》下册"乾

冯敏昌会试不第，留京，常从翁方纲游。（冯士镳《先君子太史公年谱》）

戴震会试不第，赐同进士出身，授翰林院庶吉士。（段玉裁《戴东原先生年谱》）

钱维乔五应会试不第，出都赴陕西视崔龙见夫妇于富平官舍。（陆萼庭《清代戏曲家丛考·钱维乔年谱》）

五月初六，朱珪起身返京。十六日到京，授翰林院侍讲学士，充明纪纲目馆纂修。（朱锡经《南厓府君年谱》）

六月，王昶补吏部文选司郎中。（严荣《述庵先生年谱》）

钱沣请假回昆明。（方树梅《钱南园先生年谱》）

夏，黄景仁应张佩芳之请主寿州正阳书院。（许隽超《黄仲则年谱考略》）

七月，洪亮吉入句容县令林光照幕。（李金松《洪亮吉年谱》）

秋，章学诚还京。（胡适、姚名达《章实斋先生年谱》）

黄景仁赴凤阳县，馆分巡庐凤道栋文幕。（许隽超《黄仲则年谱考略》）

杨芳灿赴金陵，住随园两月。与何士颙、陈毅、蔡元春、方正澍、李葵、丁珠订交，唱酬极一时之盛。后谒江安观察钱金殿，授其子古文辞。（杨芳灿、余一鳌《杨蓉裳先生年谱》）

袁枚为赵怀玉《亦有生斋乐府》作序。（赵怀玉《亦有生斋集·乐府》卷首）

袁枚与洪亮吉辩论明人吴中行劾座主夺情事。（郑幸《袁枚年谱新编》）

十月，吴省钦迁右庶子。（《吴白华自订年谱》）

段玉裁《六书音韵表》成，请戴震撰序。（《六书音韵表》卷首《寄戴东原书》）

曹仁虎父丧守制。应毕沅聘修《关中志》，直至乾隆四十三年，一直在毕沅幕中。著有《二十四气转注》《古义考》《蓉镜堂文稿》。（王鸿逵《曹学士年谱》）

闰十月二十三日，查禁千山和尚（函可）诗集。（《清实录》第二十一册《高宗实录》卷九九五"乾隆四十年闰十月下丙寅"）

十一月，黄景仁自凤阳往京师。十二月二十六日，朱筠、何青招同翁方纲、程晋芳、程瑶田、丁逵鸿、吴省兰、吴兰庭、吴蔚光、洪榜、汪端光、温汝适、金翀、杨揆、黄景仁诸人饮陶然亭，分韵赋诗。黄景仁得识朱珪、翁方纲等。（许隽超《黄仲则年谱考略》）

冬，洪亮吉过访随园。（洪亮吉《鲒轩诗》卷七《游小仓山房即呈袁大令枚》）

钱载与戴震议论龃龉。（翁方纲《复初斋文集》卷七《附录与程鱼门平议钱戴二君议论旧草》；潘中华《钱载年谱》）

孙星衍与洪亮吉游茅山。（张绍南《孙渊如先生年谱》）

是岁

邵晋涵编校《旧五代史》成。邵母卒，南归。（黄云眉《邵二云先生年谱》）

吴锡麒、吴锡麟、黄朴、姚思勤、项朝荣、舒绍言所作《新年杂咏》刻行，王鸣盛、顾光旭序。（法式善《陶庐杂录》卷三）

袁枚《小仓山房全集》编成，陆续付梓。（郑幸《袁枚年谱新编》）

王昶《劳歌集》撰成。（严荣《述庵先生年谱》）

吴锡麒《新年杂咏》二卷刻行。（《中国古籍善本书目》）

章日照《灵岩三家诗选》四卷刻行。（《中国古籍善本书目》）

蒋澜《艺苑名言》八卷刻行。（蒋寅《清诗话考》）

乾隆四十一年（1776）丙申

三月十四日，王昶抵成都，与吴省钦、曹焜、顾光旭、杨潮观、沈清任、彭端淑燕集。（严荣《述庵先生年谱》）

十五日，邵晋涵为张廷枚撰《姚江诗存序》。（黄云眉《邵二云先生年谱》）

是月，毕沅署理陕甘总督。（史善长《弇山毕公年谱》）

春，高文照（1738—）殁于京师，年三十九岁。（张慧剑《明清江苏文人年表》）

四月，乾隆召试各省士子，黄景仁步行赴天津，列二等，五月，充四库誊录生。（许隽超《黄仲则年谱考略》）

王昶抵西安，与毕沅幕中王文治、严长明置酒观剧。（严荣《述庵先生年谱》）

五月初五，王昶擢鸿胪寺卿。（严荣《述庵先生年谱》）

钱载任山东学政。（潘中华《钱载年谱》）

六月，翁方纲选抄钱载诗集《箨石斋诗钞》四卷。（潘中华《钱载年谱》）

毕沅回陕西巡抚任。（史善长《弇山毕公年谱》）

吴省钦转左庶子。（《吴白华自订年谱》）

七月，洪亮吉赴绍兴入浙江学使王杰幕。（李金松《洪亮吉年谱》）

孙星衍偕妻王采薇由句容返里，为其妻访医诊治。（张绍南《孙渊如先生年谱》）

九月二十八，张埙招朱筠、翁方纲、程晋芳、陈崇本，过记珠轩看菊。（李伟《张埙年谱》）

是月，潘奕隽因病乞假归里。（《三松自订年谱》）

朱孝纯任两淮盐运使，建梅花书院，延姚鼐入院。（郑福照《姚惜抱先生年谱》）

钱维乔入资为县令，发往浙江试用。（陆萼庭《清代戏曲家丛考·钱维乔年谱》）

秋，段玉裁离富顺县任。（刘盼遂《段玉裁先生年谱》）

十月二十三日，孙星衍妻王采薇病卒。（张绍南《孙渊如先生年谱》）

十二月一日，乾隆颁谕销毁沈德潜《国朝诗别裁集》版片。（《清实录》第二十一册《高宗实录》卷一〇二二"乾隆四十一年十二月上戊戌"）

十二日，陈熙至江宁，袁枚留住于随园十日。（郑幸《袁枚年谱新编》）

是月，潘奕隽病愈返京。（《三松自订年谱》）

除夕夜，翁方纲自记，言钱载诗律极细。（潘中华《钱载年谱》）

冬，钱沣入京供职。（方树梅《钱南园先生年谱》）

是岁

王昶与京都名流陆锡熊、金榜、周永年、戴震、任大椿、洪朴、洪榜、张埙、吴省兰、吴蔚光、吴兰庭及门人张彤、黄景仁等多有文酒之会。（严荣《述庵先生年谱》）

杨芳灿在钱金殿家授其子古文辞。（杨芳灿、余一鳌《杨蓉裳先生年谱》）

顾光旭告病归籍。（王昶《春融堂集》卷五十四《甘肃凉庄道署四川按察使司顾君墓志铭》）

秦瀛献赋行在，赐内阁中书，未几入军机处。（陈用光《太乙舟文集》卷八《予告刑部右侍郎秦公遂庵墓志铭》）

蒋知让召试举人，官唐河知县。（徐世昌《晚晴簃诗汇》卷九十六）

黎简与张锦芳、吕坚、黄丹书先后订交，有"岭南四家"之称。（周锡馥《黎简诗选》附《黎简年谱》）

张廷枚辑《国朝姚江诗存》十二卷刻行，邵晋涵、陶廷珍序。（法式善《陶庐杂录》卷三）

杭世骏《道古堂文集》四十八卷《诗集》二十六卷刻行。（李灵年、杨忠《清人别集总目》）

段玉裁始注《说文解字》。（刘盼遂《段玉裁先生年谱》）

祝德麟《赓云初集》四卷刻行。（李灵年、杨忠《清人别集总目》）

李其彭《廿一种诗诀》十卷刻行。（蒋寅《清诗话考》）

乾隆四十二年（1777）丁酉

正月二十四日，张埙丧母。（李伟《张埙年谱》）

是月，孙星衍归常州，访杨伦、赵怀玉、吕星垣于澄江。（张绍南《孙渊

如先生年谱》）

三月，王昶擢大理寺卿。（严荣《述庵先生年谱》）

春，陕西巡抚毕沅致书袁枚，嘱校尹继善诗集，以待付梓。袁枚乃作骈文序一篇寄之。（郑幸《袁枚年谱新编》）

袁枚往扬州，与江春、朱孝纯、王文治过从。（郑幸《袁枚年谱新编》）

彭绍升入京，晤戴震，读戴震《原善》《孟子字义疏证》，致书提出商榷。戴震抱病驳诘。（陈祖武、朱彤窗《乾嘉学术编年》）

五月二十七日，戴震（1723—）卒于京师，年五十五。（段玉裁《戴东原先生年谱》）

是月，杨芳灿赴随园，与何士颙、方正澍、陈毅结诗文社，之后黄钺、吴蔚光俱入社。（杨芳灿、余一鳌《杨蓉裳先生年谱》）

六月二十一日，徐书受、钱坫、王复、胡量、金翀、张彤，宴朱筠和王昶于陶然亭。（罗继祖《朱筒河先生年谱》）

夏，赵翼读袁枚《小仓山房集》，为赋题词三首。（郑幸《袁枚年谱新编》）

七月，孙星衍至金陵，以亡妻王氏行状并遗诗乞袁枚作墓志。（张绍南《孙渊如先生年谱》卷上）

八月十九日，王昶宴客于陶然亭，朱筠、翁方纲、程晋芳、孔继涵、孔广森、李威、张埙、赵秉渊、王念孙、钱坫、吴蔚光、陈以纲、王复、张彤、胡量、许乃扬、金翀、钱伯坰、黄景仁、徐书受、谢垣、冯培、金学诗、吴省兰、董耕云、陈鸿宾等四十六人与会。（许隽超《黄仲则年谱考略》）

二十日，张埙扶母枢南归。（李伟《张埙年谱》）

是月，钱大昕服阕，因母年届八旬，不复入都供职。（佚名《钱辛楣先生年谱》）

赵怀玉赴江宁应乡试不第。（《收庵居士自叙年谱略》）

杨梦符以国子监生中陕西乡试。（洪亮吉《卷施阁文乙集》卷八《刑部江苏司员外郎杨君墓表》）

谢振定乡试中举。（秦瀛《小岘山人文集》续集卷二《礼部员外郎前监察

御史谢君墓志铭》）

钱载山东学政任满。（潘中华《钱载年谱》）

九月十一日，姚椿（—1853）生于江苏娄县（今上海松江）。（《续碑传集》卷七十八沈日富《姚先生行状》）

十三日，王昶召朱筠、翁方纲、程晋芳、赵秉渊、陈以纲、徐芗坡、张彤及黄景仁等集寓斋，为钱坫赴陕钱行。（许隽超《黄仲则年谱考略》）

秋，吴文溥入陕西巡抚毕沅幕，佐幕二载。（尚小明《清代士人游幕表》）

十月二十一日，江西王锡侯《字贯》案发。（《清实录》第二十一册《高宗实录》卷一〇四三"乾隆四十二年十月下癸丑"）

十一月，王昶招钱载、吴绶诏、翁方纲、曹学闵、朱筠、朱珪、纪昀、陆锡熊、张焘、施学濂、程晋芳、金榜、黄轩、吴省兰、汪如藻、丁逢鸿、陈以刚、王元勋、汪大梓及黄景仁夜集。（许隽超《黄仲则年谱考略》）

安徽学政刘权之延洪亮吉入幕。（李金松《洪亮吉年谱》）

十二月，吴省钦四川学政离任，返京。（《吴白华自订年谱》）

黄景仁移家来京师，朱筠等师友分金助之。（许隽超《黄仲则年谱考略》）

冬，王昶为通政司副使，职事清简，暇时辄与朱筠、钱载、翁方纲、陆锡熊、曹仁虎、程晋芳等举消寒文酒之会，会自七八人至二十余人，诗自古今体至联句诗余，都下传为盛事。朱筠与王昶互主骚坛，称"南王北朱"。（罗继祖《朱笥河先生年谱》）

吴蔚受知于钱载。（潘中华《钱载年谱》）

是岁

王太岳在《四库全书》馆为总纂官。（王昶《春融堂集》卷六十三《国子监司业王公行状》）

汪中、杨芳灿等为拔贡。（汪喜孙《容甫先生年谱》；杨芳灿、余一鳌《杨蓉裳先生年谱》）

胥绳武拔贡，任湖南萍乡县令，后缘事失职。（唐仲冕《陶山文录》卷八

《原任江西萍乡县知县胥君墓志铭》）

李符清拔贡，后充《四库全书》馆誊录生。（康锐《李符清及其〈濮阳策塞图〉》，《学理论》2013年第27期）

乾隆南巡时赐彭元瑞诗云："江右两名士，汝今为贰卿。"自注云：其一蒋士铨。（蒋士铨《清容居士行年录》）

章学诚主讲定州定武书院。周永清由曲阳调署永清，请章学诚修《永清县志》。（胡适、姚名达《章实斋先生年谱》）

钱沣在京供职，仍馆于徐氏之近薆亭。（方树梅《钱南园先生年谱》）

邵晋涵修《杭州府志》。（黄云眉《邵二云先生年谱》）

冯敏昌仍在京，得朱筠、钱载赏识，与黄景仁、李鼎元等人交游密切。（冯士镳《先君子太史公年谱》）

黄景仁在京师，迎母就养京邸，眷属随侍北行，秋应顺天乡试不第。（许隽超《黄仲则年谱考略》）

彭兆荪父亲任山西宁武县令，彭随父赴山西。（缪朝荃《彭湘涵先生年谱》）

刘大观拔贡。（许隽超《刘大观年谱考略》）

钱维乔任杭州总捕同知，旋丁母忧。（陆萼庭《清代戏曲家丛考·钱维乔年谱》）

徐祚永《闽游诗话》三卷刻行。（蒋寅《清诗话考》）

李汝襄《广声调谱》二卷刻行。（蒋寅《清诗话考》）

乾隆四十三年（1778）戊戌

正月十六日，杨芳灿与从兄杨伦北上入都。三月初一抵京。王昶先邀住寓斋数日。后移寓扬州会馆，与黄景仁、汪端光、施晋、俞鹏翀同寓张萼楼。（杨芳灿、余一鳌《杨蓉裳先生年谱》）

二十六日，王昶被任命为《大清一统志》总裁。（严荣《述庵先生年谱》）

三十日，钱大昕为绍兴知府招邵晋涵游。余姚知县唐若瀛邀邵晋涵修《余姚县志》，负责学校、官田考。（黄云眉《邵二云先生年谱》）

是月，王昶以诗扇寄袁枚，袁枚赋诗谢之。（郑幸《袁枚年谱新编》）

二月，郑虎文主讲杭州崇文书院。（郑虎文《吞松阁集》卷十八《二月二日到崇文书院越二日雨又明日雪登四贤祠楼望雪用东坡北台韵二首》）

潘奕隽因母丧返乡守制。（《三松自订年谱》）

三月，朱珪充会试同考官。（朱锡经《南厓府君年谱》）

四库总校官杨懋珩延杨芳灿、汪端光、施晋、余鹏翀、武亿、黄景仁等校书于扬州会馆。（杨芳灿、余一鳌《杨蓉裳先生年谱》）

孙星衍谒安徽学政刘权之，与洪亮吉校文幕中。（张绍南《孙渊如先生年谱》）

春，袁枚曾返杭州，与王文治、祝德麟过从。（郑幸《袁枚年谱新编》）

四月，吴省兰、管世铭、冯敏昌、章学诚、李鼎元、钱世锡中进士。（《明清进士题名碑录索引》下册"乾隆四十三年戊戌科"）

夏初，两江总督高晋延请钱大昕为钟山书院院长。五月，到院。与袁枚、严长明交游密切。（佚名《钱辛楣先生年谱》）

六月，蒋士铨赴京，七月至京。（蒋士铨《清容居士行年录》）

八月二十七日，徐述夔《一柱楼诗》、殷宝山《岫亭草》两案并发。（《清实录》第二十二册《高宗实录》卷一〇六五"乾隆四十三年八月下甲申"）

是月，吴玉纶举为文酒之会，翁方纲、蒋士铨、曹仁虎、陆锡熊、程晋芳、吴锡麒、陈崇本及黄景仁等与焉。（许隽超《黄仲则年谱考略》）

秋，邵晋涵入都补官，过杭州，别汪沆。入京后，常与王昶、孔广森过从。（黄云眉《邵二云先生年谱》）

十一月二十七日，徐述夔案审结。徐述夔被戮尸，已故沈德潜被革去官爵及宫衔谥典，撤出乡贤祠，扑毁所赐祭葬碑文。（《清实录》第二十二册《高宗实录》卷一〇七一"乾隆四十三年十一月下癸丑"）

冬，冯敏昌请假归里。（冯士镳《先君子太史公年谱》）

洪亮吉移寓法源寺。（许隽超《黄仲则年谱考略》）

是岁

李调元选袁枚诗为《袁诗选》五卷，代为付梓。（郑幸《袁枚年谱新编》）

邵晋涵、孔广森、孔继涵、汪端光、张燕昌、王初桐和门人金德舆、徐书受、汪大经、杨芳灿、杨揆常以谈艺过从王昶。（严荣《述庵先生年谱》）

黄景仁受业王昶门下。（许隽超《黄仲则年谱考略》）

程晋芳授翰林院编修。（程晋芳《勉行堂诗文集》附录翁方纲《墓志铭》）

戴敦元受浙江学政彭元瑞赏识。（潘咨《少白先生集》卷七《戴司寇别传》）

曹仁虎服阕入都。（王鸿逵《曹学士年谱》）

段玉裁任巫山县知县，作《毛诗故训传定本小笺》。（刘盼遂《段玉裁先生年谱》）

钱沣仍在国史馆供职。（方树梅《钱南园先生年谱》）

洪亮吉仍在安徽学政刘权之幕。（李金松《洪亮吉年谱》）

舒位随父之永福任，读书署后铁云山，因以自号。（舒位《瓶水斋诗集》附陈裴之《乾隆戊申恩科举人拣选知县舒君行状》）

黎简赴县试，《拟韩昌黎石鼎联句》受广东学政李调元赞誉，补县学生员。因号"石鼎"。（周锡馥《黎简诗选》附《黎简年谱》）

吴慈鹤（—1826）生。（《清史列传》卷七十二）

雷国辑《龙山诗话》十二卷刻行。（蒋寅《清诗话考》）

乾隆四十四年（1779）己亥

正月，杨芳灿启程赴甘肃。（杨芳灿、余一鳌《杨蓉裳先生年谱》）

二月十一日，王昶起程还乡。（严荣《述庵先生年谱》）

是月，杨芳灿抵关中，时毕沅为陕西巡抚，留住十余日，与严长明、张埙

为诗酒之会。（杨芳灿、余一鳌《杨蓉裳先生年谱》）

三月四日，项墉招袁枚、吴颖芳、王文治、汪沆等人行补修禊事于半舫斋。（郑幸《袁枚年谱新编》）

二十四日，王昶抵家，梁元颖为其妻撰墓志，钱大昕撰神道碑，翁方纲书写碑文。（严荣《述庵先生年谱》）

是月，赵翼与袁枚在杭州相遇。（郑幸《袁枚年谱新编》）

春，浙江盐驿道陈淮招袁枚、赵翼、王文治、顾光等宴集。（郑幸《袁枚年谱新编》）

四月十一日，袁枚访陶元藻于泊鸥山庄，相与论诗。（郑幸《袁枚年谱新编》）

二十七日，杨芳灿至兰州。（杨芳灿、余一鳌《杨蓉裳先生年谱》）

是月，袁枚访钱维乔，为其《竹初诗钞》作跋。（郑幸《袁枚年谱新编》）

毕沅署理陕甘总督事务。（史善长《弇山毕公年谱》）

吴省钦迁侍讲学士。（《吴白华自订年谱》）

五月初二日，洪亮吉抵京寓黄景仁宅。（李金松《洪亮吉年谱》）

十五日，黄景仁、张埙、陈崇本、程晋芳、沈心醇、袁清等人聚翁方纲书斋，同观张埙所携董其昌书杜甫诗卷。（沈津《翁方纲年谱》）

十七日，吴省钦任浙江乡试副考官。（《吴白华自订年谱》）

是月，朱珪任福建乡试正考官，此科得士有伊秉绶。（朱锡经《南厓府君年谱》；吴奇唯《伊墨卿先生年谱》）

钱维乔任浙江吴兴知县。（陆萼庭《清代戏曲家丛考·钱维乔年谱》）

六月初八，钱载任江西乡试正考官。（潘中华《钱载年谱》）

二十二日，翁方纲充江南乡试副考官。（沈津《翁方纲年谱》）

七月，杨芳灿任西和知县。（杨芳灿、余一鳌《杨蓉裳先生年谱》）

八月十八日，王昶赴京，过吴门，见彭绍升。（严荣《述庵先生年谱》）

法式善乡试中第。（阮元《梧门先生年谱》）

孙星衍乡试未中。（张绍南《孙渊如先生年谱》）

洪亮吉、黄景仁应顺天乡试不第，时翁方纲、蒋士铨、程晋芳、周厚辕、吴锡麒、张埙结都门诗社，邀洪亮吉、黄景仁加入。（李金松《洪亮吉年谱》；许隽超《黄仲则年谱考略》）

张锦芳中乡试副榜。（邵晋涵《南江诗文钞》文钞卷十《翰林院编修张君行状》）

是月，朱筠奉命督学福建。（罗继祖《朱笥河先生年谱》）

九月初一，袁枚过常州，往访赵翼，适逢王昶。（郑幸《袁枚年谱新编》）

初二，袁枚离常州，与王昶并舟而行，至北固山话别，彼此赋诗相赠。（郑幸《袁枚年谱新编》）

十一日，汪中拜谒翁方纲。（沈津《翁方纲年谱》）

是月，朱筠视学福建，程晋芳、洪亮吉、杨伦、徐书受、赵怀玉、黄景仁等于陶然亭饯行。（许隽超《黄仲则年谱考略》）

秋，姚鼐撰《古文辞类纂》七十五卷。（郑福照《姚惜抱先生年谱》）

十月初八日，刘大櫆（1698—）卒，年八十二。（钱仪吉《碑传集》卷一百十二吴定《刘先生大櫆墓志铭》。按：《清代人物传稿·上编第十卷·刘大櫆传》据《刘氏家谱》卒年作乾隆四十五年）

是月，王昶迁东华门外西堂子胡同，与洪亮吉、赵怀玉为邻。弟子杨揆、徐书受、张汉宣、黄景仁等常过从。（严荣《述庵先生年谱》）

翁方纲补三通馆纂修官。（沈津《翁方纲年谱》）

十一月十九日，翁方纲招程晋芳、张埙、罗聘、桂馥、吴蔚光、陈鸿宾、周厚辕、吴锡麒、陈崇本、沈心醇、宋世荦、洪亮吉、黄景仁集苏斋，预祝东坡生日，兼送罗聘出都。（沈津《翁方纲年谱》）

十二月八日，毕沅母亲去世。（史善长《弇山毕公年谱》）

十九日，王昶授河南布政使，未赴任，补授都察院左副都御史。（严荣《述庵先生年谱》）

冬，钱维乔任长兴知县。（陆萼庭《清代戏曲家丛考·钱维乔年谱》）

金兆燕入都供职，任国子博士，兼四库馆缮书处分校官。（陆萼庭《清代

戏曲家丛考·金兆燕年表》）

是岁

英廉署直隶总督。（《清史稿》列传一百七本传）

郑虎文主讲紫阳书院。（郑虎文《吞松阁集》卷十九《题赵甥涵春水泛舟册子七十韵》）

曹仁虎补赞善。（王鸿逵《曹学士年谱》）

查礼授四川按察使。（吴省钦《白华后稿》卷二十《诰授通议大夫例授资政大夫兵部侍郎湖南巡抚都察院左副都御史查公神碑》）

汪中客江宁太守章攀桂幕，延请孙星衍。（张绍南《孙渊如先生年谱》）

顾敏恒在贵池修梁昭明太子祠，仿《文选》体作文渤石。（张慧剑《明清江苏文人年表》）

刘大观署柳州府融县令。（许隽超《刘大观年谱考略》）

王昙北上京师，补国子监生。（郑幸《王昙年谱简编》）

潘奕隽丁母忧，掌教玉峰书院。（《三松自订年谱》）

毕沅著《培远堂诗集》四卷，王昶序。（史善长《弇山毕公年谱》）

章学诚著《校雠通义》四卷。（胡适、姚名达《章实斋先生年谱》）

乾隆四十五年（1780）庚子

正月，乾隆第五次南巡。王昶扈从，黄景仁送行。（王昶《春融堂集》卷五十八《黄仲则墓志铭》）

四川张怀滦选袁枚诗为《小仓选集》八卷，李调元为序。（郑幸《袁枚年谱新编》）

毕沅归里守制。（史善长《弇山毕公年谱》）

二月，冯敏昌还京。（冯士镳《先君子太史公年谱》）

三月三日，翁方纲同蒋士铨、程晋芳、张埙、徐铎、吴锡麒、黄景仁等集周厚辕寓斋。（沈津《翁方纲年谱》）

二十八日，乾隆南巡召试两江士子，赵怀玉、杨揆特赐举人，授内阁中

书，蒋知让赏给举人。（《钦定南巡盛典》卷七十四）

孙星衍参加乾隆南巡召试，未中。与方正澍、顾敏恒、储润书读书金陵城西古瓦官寺。（张绍南《孙渊如先生年谱》）

是月，王昶授江西按察使。（严荣《述庵先生年谱》）

蒋士铨病痊，服人参，费银八百余两。（蒋士铨《清容居士行年录》）

春，袁枚为钱琦诗集作序。（郑幸《袁枚年谱新编》）

四月，杨芳灿署广阳府环县事。（杨芳灿、余一鳌《杨蓉裳先生年谱》）

吴蔚光、谢振定、武亿、法式善成进士。（《明清进士题名碑录索引》下册"乾隆四十五年庚子恩科"）

五月十七日，刘大观署桂林府永福令。（许隽超《刘大观年谱考略》）

是月，赵翼守制满，欲赴补，忽两臂中风不能举，遂绝意仕进。（《瓯北先生年谱》）

是月，冯敏昌授编修。（冯士镳《先君子太史公年谱》）

六月，邵晋涵充广西乡试正考官，钱沣为副。（黄云眉《邵二云先生年谱》）

曹仁虎充顺天乡试同考官。（王鸿逵《曹学士年谱》）

八月二十四日，王昶母卒，扶柩归里。（严荣《述庵先生年谱》）

二十六日，吴省钦任湖北学政。（《吴白华自订年谱》）

是月，洪亮吉、杨伦、徐书受、左辅乡试中第。（李金松《洪亮吉年谱》；赵怀玉《亦有生斋集》文卷十八《广西荔浦县知县杨君墓志铭》；洪亮吉《更生斋文续集》卷二《敕受文林郎河南南召县知县候补知州徐君墓志铭》；左辅《杏庄府君自序年谱》）

朱珪奉命代朱筠任福建学政。（朱锡经《南厓府君年谱》）

潘奕隽服阕，入京供职。（《三松自订年谱》）

九月九日，江南乡试主考钱载过访随园，赠袁枚所画松一幅。（郑幸《袁枚年谱新编》）

杨芳灿补巩昌府伏羌县。（杨芳灿、余一鳌《杨蓉裳先生年谱》）

秋，黄景仁应顺天乡试不第，移家南还。（许隽超《黄仲则年谱考略》）

曾燠举顺天乡试。（包世臣《艺舟双楫》卷七下《曾抚部别传》）

徐书受拔贡。（洪亮吉《更生斋文续集》卷二《徐君墓志铭》）

张锦芳举乡试第一，旋考授咸安宫官学教习。（邵晋涵《南江诗文钞》文钞卷十《翰林院编修张君行状》）

袁枚招毕沅、严长明、赵怀玉、方正澍等人集于随园。（郑幸《袁枚年谱新编》）

十月，黄景仁客山东学政程世淳幕。不久，吴蔚光来书促黄景仁北行，作诗留别程世淳。（许隽超《黄仲则年谱考略》）

毕沅延孙星衍入幕，与钱坫同修《关中胜迹图志》。（张绍南《孙渊如先生年谱》）

十一月，潘奕隽丁父忧返乡。（《三松自订年谱》）

毕沅任陕西巡抚。（史善长《弇山毕公年谱》）

十二月三日，朱筠北还。（罗继祖《朱笥河先生年谱》）

十九日，苏轼生日，翁方纲邀叶观国、蒋士铨、程晋芳、张埙、吴锡麒、周厚辕、王友亮、桂馥、沈心醇、宋葆惇到斋。是日，重观宋椠《施顾注苏诗》残本。（沈津《翁方纲年谱》）

冬，黄景仁入都。（许隽超《黄仲则年谱考略》

除夕，孙星衍抵毕沅西安节署。（张绍南《孙渊如先生年谱》）

是岁

英廉任汉大学士。（《清史稿》列传一百七本传）

铁保补詹事府少詹事。（《梅庵自编年谱》）

郑虎文主讲崇文书院。（郑虎文《吞松阁集》卷十九《题赵甥涵春水泛舟册子七十韵》）

钱大昕主持续修《南巡盛典》。（佚名《钱辛楣先生年谱》）

姚鼐主讲安庆敬敷书院，自庚子至丁未（1780—1787），凡八年。（郑福照《姚惜抱先生年谱》）

段玉裁称疾，离巫山县令任，致仕返籍。（刘盼遂《段玉裁先生年谱》）

沈清瑞读书江阴暨阳书院。（张慧剑《明清江苏文人年表》）

查礼转四川布政使。（吴省钦《白华后稿》卷二十《诰授通议大夫例授资政大夫兵部侍郎湖南巡抚都察院左副都御史查公神碑》）

钱维乔调遂昌。（陆萼庭《清代戏曲家丛考·钱维乔年谱》）

张维屏（一1859）生。（陈澧《东塾集》卷五《张南山先生墓碑铭》）

赵函（一1845）生。（袁行云《清人诗集叙录》卷五十八）

彭绍升为亡友罗有高编订《尊闻居士集》八卷。（彭绍升《二林居集》卷六《尊闻居士集叙》）

洪亮吉著《三国疆域志》二卷。（洪亮吉《卷施阁文甲集》卷八《三国疆域志序》）

吴文溥客泾阳，至乾隆四十七年（1782）。（尚小明《清代士人游幕表》）

卢衍仁《古今诗话选隽》二卷刻行。（蒋寅《清诗话考》）

乾隆四十六年（1781）辛丑

二月初一，袁枚招钱大昕、严长明、陶焕悦、袁树随园燕梅。（郑幸《袁枚年谱新编》）

十六日，以《四库全书总目提要》办竣，嘉奖纪昀、陆锡熊等。（《清实录》第二十三册《高宗实录》卷一一二五"乾隆四十六年二月下己未"）

春，章学诚游河南，遇盗，投同年张作祺于肥乡县署，主讲肥乡清漳书院。（胡适、姚名达《章实斋先生年谱》）

四月，段玉裁归途至南京，谒钱大昕于钟山书院。后归金坛，与卢文弨、金榜、刘台拱为友。（刘盼遂《段玉裁先生年谱》）

洪亮吉离京赴陕西依毕沅。时毕沅幕中吴泰来、严长明、钱坫、孙星衍、洪亮吉五人常分韵赋诗。（李金松《洪亮吉年谱》）

章学诚访邱向阁于南乐县署。（胡适、姚名达《章实斋先生年谱》）

钱棨成状元，陈廷庆、杨伦、曾燠成进士。（《明清进士题名碑录索引》下册"乾隆四十六年辛丑科"）

赵怀玉会试落第，与翁方纲、朱筠、程晋芳、管干珍、庄承篯、通敏、刘跃云、张埙、周厚辕、吴锡麒时时过从，后充武英殿分校。（《收庵居士自叙年谱略》）

五月，黄景仁离京赴陕西依毕沅。（许隽超《黄仲则年谱考略》）

六月二十七日，朱筠（1729—）卒于北京，年五十三。（罗继祖《朱笥河先生年谱》）

夏，钱大昕辞钟山书院院长，返家养母。（佚名《钱辛楣先生年谱》）

九月，黄景仁由陕返京待选。（许隽超《黄仲则年谱考略》）

十一月十四日，钱沣授江南道御史，特派稽查通仓。改任御史后，由徐氏近蘑亭移寓北馆。后擢通政司副使，出督湖南学政。（方树梅《钱南园先生年谱》）

十二月十二日，翁方纲序《七言律诗钞》。（沈津《翁方纲年谱》）

十九日，翁方纲等人同集苏斋。（沈津《翁方纲年谱》）

是岁

蒋士铨充国史馆纂修官，后补御史，因病乞休，归南昌。（蒋士铨《清容居士行年录》）

袁枚作论诗绝句三十八首，所论者凡六十九人。（郑幸《袁枚年谱新编》）

金兆燕辞官南归，仍至扬州，客扬州盐商江春之康山草堂。（陆萼庭《清代戏曲家丛考·金兆燕年表》）

冯敏昌在翰林院供职，派武英殿分校官。（冯士镳《先君子太史公年谱》）

法式善授检讨，旋派帮办翰林院清秘堂事，充四库提调。（阮元《梧门先生年谱》）

杨芳灿任伏羌知县，以回教案革职留任，八年无过方准开复。（杨芳灿、余一鳌《杨蓉裳先生年谱》）

蒋业晋官汉阳同知，以讹误被充发乌鲁木齐。（张慧剑《明清江苏文人年表》）

屠倬（—1828）生。（夏宝晋《冬生草堂文录》卷四《江西九江府知府屠公墓志铭》）

曹仁虎撰《刻华集》。（王鸿逵《曹学士年谱》）

乾隆四十七年（1782）壬寅

正月二十日，翁方纲《七言律诗钞》十八卷付梓。（沈津《翁方纲年谱》）

二十九日，《四库全书》告成。（《清实录》第二十三册《高宗实录》卷一一四九"乾隆四十七年正月下丙寅"）

是月，赵怀玉与言朝标登泰山。后过京口，访王文治。（《收庵居士自叙年谱略》）

正月至五月，袁枚先后游天台、雁荡山、永嘉、仙都峰。（郑幸《袁枚年谱新编》）

春，黄景仁在京师，赴部候铨。（许隽超《黄仲则年谱考略》）

三月，赵怀玉返家省亲。（《收庵居士自叙年谱略》）

四月，钱沣弹劾山东巡抚国泰。以敢言擢通政司参议。（方树梅《钱南园先生年谱》）

浙闽总督陈辉祖请王昶纂修《西湖志》。（严荣《述庵先生年谱》）

七月十九日，《四库全书总目》二百卷编成。（陈祖武、朱彤窗《乾嘉学术编年》）

九月二十八日，凌廷堪到京，翁方纲、程晋芳均赞赏有加。（沈津《翁方纲年谱》）

是月，朱珪升詹事府少詹事。（朱锡经《南厓府君年谱》）

赵怀玉同赵翼游阳羡。（《收庵居士自叙年谱略》）

查礼升湖南巡抚。（吴省钦《白华后稿》卷二十《诰授通议大夫例授资政大夫兵部侍郎湖南巡抚都察院左副都御史查公神碑》）

十月三日，童钰（1721—）卒，年六十二。（袁枚《小仓山房文集》卷

二十六《童二树先生墓志铭》）

十一月二十八日，第二部《四库全书》缮竣。（陈祖武、朱彤窗《乾嘉学术编年》）

十二月十九日，翁方纲邀张塒、吴锡麒、洪范、杨宗岱、张锦发、江德量、宋葆惇至苏斋作苏轼生日。（沈津《翁方纲年谱》）

二十九日（公元1783年1月31日），查礼（1715—）卒于京，年六十八。（吴省钦《白华后稿》卷二十《诰授通议大夫例授资政大夫兵部侍郎湖南巡抚都察院左副都御史查公神碑》）

是岁

孙士毅任山东布政使。（查揆《筼谷诗文钞》卷十一《太子太保文渊阁大学士孙文靖公神道碑铭》）

曹仁虎转侍读，与孙士毅、褚廷璋、刘跃云、陈崇本诸公为唱和诗，著《伊人集》。（王鸿逵《曹学士年谱》）

王太岳擢国子监司业。（王昶《春融堂集》卷六十三《国子监司业王公行状》）

法式善任检讨。（阮元《梧门先生年谱》）

钱维乔调鄞县。（陆萼庭《清代戏曲家丛考·钱维乔年谱》）

郭麐补诸生。（鹿苗苗《郭麐年谱》）

蒋士铨作《论诗杂咏》三十首。（蒋士铨《忠雅堂诗集》卷二六）

蒋士铨中风。（蒋士铨《清容居士行年录》）

毕沅著《乐游联唱集》，时在幕府者有吴泰来、严长明、洪亮吉、孙星衍、钱坫，杨芳灿作序。（史善长《弇山毕公年谱》）

钱大昕《廿二史考异》成，凡百卷。又撰《金石后录》。（佚名《钱辛楣先生年谱》）

李调元辑刻《函海》成。（陈祖武、朱彤窗《乾嘉学术编年》）

乾隆四十八年（1783）癸卯

正月，毕沅实授陕西巡抚。（史善长《弇山毕公年谱》）

翁方纲《苏诗补正》刻成。（沈津《翁方纲年谱》）

二月十八日，凌廷堪受业于翁方纲。（沈津《翁方纲年谱》）

三月，钱载以原品休致。（潘中华《钱载年谱》）

王昶授西安按察使。（严荣《述庵先生年谱》）

春，章学诚卧病京旅，邵晋涵带至其家，延医治之，常与论学。（黄云眉《邵二云先生年谱》）

四月二十五日，黄景仁（1749—）出都，将复至西安入毕沅幕，卒于河东盐运使沈业富署中，年三十五。洪亮吉持其丧以归。（许隽超《黄仲则年谱考略》）

是月，钱沣晋太常寺少卿。（方树梅《钱南园先生年谱》）

潘奕隽服阕入都，补授中书，仍协办侍郎事。（《三松自订年谱》）

四月至六月，袁枚游黄山、九华山。过五溪、贵池、桐城，适姚鼐以病家居桐城，两人订交。（郑幸《袁枚年谱新编》）

五月二日，法式善任日讲起居注官。（阮元《梧门先生年谱》）

夏，大兴黄符彩知台州，邀钱大昕游天台山。（佚名《钱辛楣先生年谱》）

曹仁虎任山西乡试正考官。（王鸿逵《曹学士年谱》）

八月六日，翁方纲充顺天乡试副考官。（沈津《翁方纲年谱》）

月初，钱载起程归乡。（潘中华《钱载年谱》）

十七日，江南乡试毕，袁枚招韩廷秀、何士颙、俞葆寅、周之桂、胡莘隆诸人集随园观灯。（郑幸《袁枚年谱新编》）

是月，钱沣任湖南学政。冬，抵任。（方树梅《钱南园先生年谱》）

孙星衍为毕沅校刻宋敏求《长安志》及勘《山海经》，竣事，以赀为贡生。入都应顺天乡试，不中。（张绍南《孙渊如先生年谱》）

彭兆荪由宁武入都，援例为国子生，应顺天乡试，不中，仍回宁里。（缪

朝荃《彭湘涵先生年谱》）

戴敦元举浙江乡试。（潘咨《少白先生集》卷七《戴司寇别传》）

李符清举顺天乡试。（康锐《李符清及其〈濮阳策蹇图〉》，《学理论》2013年第27期）

九月，邵晋涵因父卒而返乡守制。（黄云眉《邵二云先生年谱》）

十月，法式善任国子监司业。（阮元《梧门先生年谱》）

十一月十五日，翁方纲选刻黄景仁遗诗，题曰《悔存诗钞》，计八卷，诗五百首。（许隽超《黄仲则年谱考略》）

是月，朱珪福建学政任满回京复命。（朱锡经《南厓府君年谱》）

十二月初八，赵怀玉与陆寿昌、洪亮吉、吴骐北上入都。（《收庵居士自叙年谱略》）

初九，吴省钦湖北学政任满，抵京复命。（《吴白华自订年谱》）

冬，陈淑兰以素缣绣诗，来乞袁枚序，时乃有"女门生"之称。（郑幸《袁枚年谱新编》）

刘大观调补天保令。（许隽超《刘大观年谱考略》）

是岁

英廉（1707—）卒于直隶总督任，年七十七。（《清史稿》列传一百七本传）

徐书受乡试落第，遵例以本班发河南任县令。（洪亮吉《更生斋文续集》卷二《徐君墓志铭》）

章学诚卧病京寓甚危，邵晋涵延医治之。病愈，主讲永平敬胜书院。（胡适、姚名达《章实斋先生年谱》）

吴玉纶任左都副御史。（王昶《春融堂集》卷五十六《翰林院检讨前兵部右侍郎吴君墓志铭》）

郭麐馆徐涛家。（鹿苗苗《郭麐年谱》）

崔龙见任杭州通判，迁同知，又迁湖北荆州知府。（赵怀玉《亦有生斋集》文卷十九《诰授中宪大夫分巡湖北荆宜施道崔府君墓志》）

英廉《梦堂诗稿》十五卷刻行。（李灵年、杨忠《清人别集总目》）

吴省钦《白华前稿》六十卷刻行。（李灵年、杨忠《清人别集总目》）

乾隆四十九年（1784）甲辰

正月二十一日，乾隆第六次南巡始。（《清实录》第二十四册《高宗实录》卷一一九七"乾隆四十九年正月下丁未"）

是月，郭麐与袁棠、王芑孙相识并订交。（鹿苗苗《郭麐年谱》）

二月二十一日，乾隆颁谕，俟江南三阁《四库全书》缮竣，准许士子钞读。（陈祖武、朱彤窗《乾嘉学术编年》）

是月，朱珪授内阁学士兼礼部侍郎。（朱锡经《南厓府君年谱》）

钱大昕中风，病中自编年谱一卷。（佚名《钱辛楣先生年谱》）

三月，袁枚过南昌，探望蒋士铨，时应袁树之邀，欲游岭南。二十六日，谢启昆招袁枚、蒋士铨集香云书屋赏牡丹。（郑幸《袁枚年谱新编》）

吴省钦任光禄寺正卿。（《吴白华自订年谱》）

闰三月十三日，翁方纲补授詹事府少詹事兼翰林院侍讲学士。（沈津《翁方纲年谱》）

四月二日，段玉裁作《毛诗故训传定本小笺题辞》。是岁过江宁，游承恩寺书肆，遇《白氏六帖》三十卷本。赠王昶，王又赠周漪锡瓒。（刘盼遂《段玉裁先生年谱》）

是月，李骥元成进士。（《明清进士题名碑录索引》下册"乾隆四十九年甲辰科"）

洪亮吉会试未第。五月，抵潼关毕沅幕。（李金松《洪亮吉年谱》）

袁枚由赣入粤，欲访黎简，简峻拒之。（周锡馥《黎简诗选》附《黎简年谱》）

六月三日，翁方纲补授詹事府詹事兼翰林侍读学士。（沈津《翁方纲年谱》）

二十一日，程晋芳（1718—）卒于陕西毕沅幕舍中，年六十七。（程晋芳《勉行堂诗文集》附录翁方纲《墓志铭》）

郑虎文（1714—）卒，年七十一。（郑虎文《吞松阁集》附王太岳《墓志铭》）

九月十六日，袁枚赴桂林。舟中披览白居易集，自质与香山之异同，赋诗三首。（郑幸《袁枚年谱新编》）

十一月，袁枚游湖南衡山、岳阳楼，后入湖北，游黄鹤楼。（郑幸《袁枚年谱新编》）

十月十二日，赵怀玉母卒。贫不能行，岁杪始得奔丧南下。（《收庵居士自叙年谱略》）

冬，赵翼应两淮盐运使全德请，主安定书院讲席。（《瓯北先生年谱》）

是岁

孙士毅任广东巡抚。（查揆《筼谷诗文钞》卷十一《太子太保文渊阁大学士孙文靖公神道碑铭》）

永定河道陈琮请章学诚撰河志，又就保定莲池书院之聘。（胡适、姚名达《章实斋先生年谱》）

邵晋涵主持续修《杭州府志》。（黄云眉《邵二云先生年谱》）

孙星衍客毕沅幕。时王昶为陕西按察使，幕中多才俊，纂《金石萃编》，因留下榻旬日。（张绍南《孙渊如先生年谱》）

王复入毕沅幕。（武亿《授堂诗文钞》卷八《偃师县知县王君行实辑略》）

回民叛乱，杨芳灿率众守伏羌，作《伏羌纪事》诗。（杨芳灿、余一鳌《杨蓉裳先生年谱》）

吴嵩梁受诗法于蒋士铨。（张世沛《吴嵩梁生平事迹考述》）

刘大观乞李宪乔删改所作诗，遂师之。（许隽超《刘大观年谱考略》）

曾燠散馆授户部主事。（包世臣《艺舟双楫》卷七下《曾抚部别传》）

伊秉绶会试中式明通榜第四名，钦点国子监学正。（吴奇唯《伊墨卿先生年谱》）

毕沅《卜砚集》二卷《苏文忠公生日设祀诗》一卷刻行。（《中国古籍善本书目》）

蒋鸣珂《古今诗话探奇》二卷刻行。（蒋寅《清诗话考》）

屠绅《鹗亭诗话》二卷撰成。（蒋寅《清诗话考》）

乾隆五十年（1785）乙巳

正月初六，赵怀玉抵家奔母丧。（《收庵居士自叙年谱略》）

二月二十四日，蒋士铨（1725—）卒于南昌之藏园，年六十一。（蒋士铨《清容居士行年录》）

是月，吴省钦任上书房行走。（《吴白华自订年谱》）

毕沅调任河南巡抚。（史善长《弇山毕公年谱》）

孙星衍至句容省亲。（张绍南《孙渊如先生年谱》）

三月，钱泳始识段玉裁。（刘盼遂《段玉裁先生年谱》）

铁保补翰林院侍讲学士。（《梅庵自编年谱》）

春，巡道章攀桂邀钱大昕主娄东书院。（佚名《钱辛楣先生年谱》）

春、夏间，袁枚赋诗，戏嘲考据之风及王文治礼佛。（郑幸《袁枚年谱新编》）

四月，孙星衍至大梁毕沅幕。（张绍南《孙渊如先生年谱》

五月，袁枚为赵翼《瓯北集》作序。（郑幸《袁枚年谱新编》）

九月十五日，翁方纲撰《雁门集序》。（沈津《翁方纲年谱》）

是月，法式善官左庶子，乾隆为其改名法式善。（阮元《梧门先生年谱》）

秋，赵翼接袁枚所作序，复书答谢，自称"第三人"，而以袁枚为"第一人"。（郑幸《袁枚年谱新编》）

秋，钱世锡致仕还乡。（潘中华《钱载年谱》）

十一月，冯敏昌授户部主事。（冯士镳《先君子太史公年谱》）

吴省钦任顺天府尹。（《吴白华自订年谱》）

十二月十九日，杨芳灿卸伏羌事。（杨芳灿、余一鳌《杨蓉裳先生年谱》）

冬，吴锡麒过访随园。（郑幸《袁枚年谱新编》）

章学诚至京师，馆同年潘廷筠家。（胡适、姚名达《章实斋先生年谱》）

除夕，蒋业晋自乌鲁木齐放还抵家，作《除夕抵家口号》。（张慧剑《明清江苏文人年表》）

是岁

顾光旭主无锡东林书院。（王昶《春融堂集》卷五十四《甘肃凉庄道署四川按察使司顾君墓志铭》）

方正澍在毕沅河南巡抚幕，至乾隆五十二年（1787）。（尚小明《清代士人游幕表》）

王复随毕沅至河南，以改拨河工署浚县丞，后调鄢陵、临漳、武陟、临颍。（武亿《授堂文钞》卷八《偃师县知县王君行实辑略》）

杨之灏客陕西按察使王昶幕，至次年。（尚小明《清代士人游幕表》）

王太岳（1722—）卒，年六十四。（王昶《春融堂集》卷六十三《国子监司业王公行状》）

钱维乔《鸣秋合籁》刻行。（李灵年、杨忠《清人别集总目》）

邵晋涵著《尔雅正义》二十卷成。（黄云眉《邵二云先生年谱》）

乾隆《千叟宴诗》三十四卷《首》二卷刻行。（《中国古籍善本书目》）

朱燮、杨廷兹《古学千金谱》二十五卷刻行。（蒋寅《清诗话考》）

乾隆五十一年（1786）丙午

二月十二日，洪亮吉过访随园。（郑幸《袁枚年谱新编》）

是月，王昶修《青浦县志》成。（严荣《述庵先生年谱》）

朱珪授礼部右侍郎。（朱锡经《南厓府君年谱》）

法式善官翰林院侍讲学士。（阮元《梧门先生年谱》）

孙星衍至西安咸宁庄炘署，纂修长安咸宁县志。（张绍南《孙渊如先生年谱》）

三月，洪亮吉赴河南开封毕沅幕。（李金松《洪亮吉年谱》）

春，张问陶游湖北。（王世芬《张船山先生年谱》）

四月，孙星衍返大梁毕沅幕。（张绍南《孙渊如先生年谱》）

五月，潘奕隽任贵州乡试主考官。（《三松自订年谱》）

六月，朱珪任江南乡试主考。（朱锡经《南厓府君年谱》）

七月二十四日，章攀桂携毕沅所赠金三千过访随园，云将以此抚恤程晋芳之孤儿、寡妻。（郑幸《袁枚年谱新编》）

是月，袁鉴为袁枚重刊《袁太史稿》。（郑幸《袁枚年谱新编》）

孙星衍以乡试来江宁，过访随园，所赠袁枚诗有"避公才笔去研经"之语。（郑幸《袁枚年谱新编》）

八月初二，王昶授云南布政使。（严荣《述庵先生年谱》）

是月，阮元中举。（王章涛《阮元年谱》）

徐鏤庆中举。（王芑孙《渊雅堂全集·惕甫未定稿》卷十三《署湖北州知州徐君墓志铭》）

孙星衍中举。（张绍南《孙渊如先生年谱》）

许宗彦中举。（阮元《研经室二集》卷二《浙儒许君积卿传》）

张问陶赴成都乡试，不中。（王世芬《张船山先生年谱》

朱珪任浙江学政。（朱锡经《南厓府君年谱》）

九月四日，翁方纲任江西学政。（沈津《翁方纲年谱》）

是月，吴文溥入闽，留巡抚徐嗣曾幕。（尚小明《清代士人游幕表》）

杨芳灿至汴梁，谒毕沅，时洪亮吉、钱坫、徐坚、方正澍俱在署，王复为鄢陵县丞，吴泰来主大梁讲席，尽日为文酒之会。（杨芳灿、余一鳌《杨蓉裳先生年谱》）

十月，钱沣留任湖南学政。（方树梅《钱南园先生年谱》）

十一月十九日，阮元抵京师，结识邵晋涵。（王章涛《阮元年谱》）

是月，杨芳灿仍回甘肃，以知州题补。（杨芳灿、余一鳌《杨蓉裳先生年谱》）

十二月初七，张复纯招袁枚、钱泳游毕沅灵岩山馆，次日，往游寒山。（郑幸《袁枚年谱新编》）

初八日（公元1787年1月26日），曹学闵（1718—）卒，年六十九。（钱大昕《潜研堂文集》卷四十一《宗人府丞曹公神道碑》）

是月，袁枚过扬州，访赵翼。时赵翼在扬州安定书院讲席。（郑幸《袁枚年谱新编》）

冬，段玉裁移家镇江。（刘盼遂《段玉裁先生年谱》）

是岁

曾燠丁父忧。（包世臣《艺舟双楫》卷七下《曾抚部别传》）

章学诚在莲池书院。（胡适、姚名达《章实斋先生年谱》）

彭兆荪由宁武入都，参加顺天乡试。（缪朝荃《彭湘涵先生年谱》）

李符清誊录期满，议叙一等，分发直隶以知县试用，先后署顺天府保定县、大名府清丰县事。（康锐《李符清及其〈濮阳策蹇图〉》，《学理论》2013年第27期）

戚学标《三台诗话》二卷刻行。（蒋寅《清诗话考》）

杨芳灿《伏羌纪事诗》刻行。（李灵年、杨忠《清人别集总目》）

张埙《竹叶庵文集》三十三卷刻行。（李灵年、杨忠《清人别集总目》）

方正澍《子云诗集》十卷刻行。（李灵年、杨忠《清人别集总目》）

乾隆五十二年（1787）丁未

正月，洪亮吉、孙星衍北上入都参加会试。（李金松《洪亮吉年谱》）

杨芳灿至汴梁，于毕沅节署遇孙星衍等人，唱酬极一时之盛。（杨芳灿、余一鳌《杨蓉裳先生年谱》）

三月，钱大昕往宁波府撰《鄞县志》三十卷。之后范懋敏招登天一阁，观所藏金石刻，撰《天一阁碑目》二卷。（佚名《钱辛楣先生年谱》）

春，陈毅、何士颙相继卒。袁枚搜何氏遗稿为《南园诗选》，序而梓之。（郑幸《袁枚年谱新编》）

四月，孙星衍成榜眼，沈清瑞、何道生、顾敏恒、杨梦符成进士。（《明清进士题名碑录索引》下册"乾隆五十二年丁未科"）

沈清瑞任江宁府教授。（沈清瑞《群峰集》卷首附石韫玉《序》）

顾敏恒任苏州府教授。（张维屏《国朝诗人征略》卷四十八）

阮元会试未第，后撰《车制图解》。（王章涛《阮元年谱》）

洪亮吉会试未第，后偕庄复旦重赴开封毕沅节署。（李金松《洪亮吉年谱》）

宗圣垣大挑一等，授广东文昌知县。（宗稷震《躬耻斋文钞》卷十《墓志铭》）

五月，朱珪转礼部左侍郎。（朱锡经《南厓府君年谱》）

法式善充文渊阁详校官。（阮元《梧门先生年谱》）

八月五日，姚鼐丁母艰返家，自此离开安庆书院。（郑福照《姚惜抱先生年谱》）

八日，曹仁虎（1731—）卒于广东学政官署，年五十七岁。（王鸿逵《曹学士年谱》）

是月，严长明（1731—）卒于合肥，年五十七。（姚鼐《惜抱轩文集》卷十三《严冬友墓志铭》）

九月，彭兆荪随父由宁武引疾归里。（缪朝荃《彭湘涵先生年谱》）

秋，钱大昕复到娄东书院，撰《疑年录》。（佚名《钱辛楣先生年谱》）

十一月初十，杨芳灿抵灵州任。（杨芳灿、余一鳌《杨蓉裳先生年谱》）

冬，袁枚《随园诗话》成，毕沅许为付梓。（郑幸《袁枚年谱新编》）

岁暮，冯敏昌应毕沅之请，修《孟志》，并主讲河阳书院。（冯士镳《先君子太史公年谱》）

是岁

孙士毅任两广总督。（查揆《篔谷诗文钞》卷十一《太子太保文渊阁大学士孙文靖公神道碑铭》）

陈奉兹任河南按察使。（姚鼐《惜抱轩文集》卷十三《江苏布政使德化陈公墓志铭》）

谢振定授翰林院编修。（秦瀛《小岘山人文集》续集卷二《礼部员外郎前监察御史谢君墓志铭》）

章学诚失莲池书院讲席，侨寓保定，寄居旅店，长孙女及第三子第五子均殇于此时。旋至京，投牒吏部，请注选。岁暮至河南，见毕沅，沅待之甚厚。（胡适、姚名达《章实斋先生年谱》）

邵晋涵教习庶吉士。（黄云眉《邵二云先生年谱》）

吴文溥在闽，入福建学政陆锡熊幕。（尚小明《清代士人游幕表》）

詹应甲游幕山右。（尚小明《清代士人游幕表》）

王昙自京南归。（郑幸《王昙年谱简编》）

乾隆五十三年（1788）戊申

三月初八，王昶转授江西布政使。（严荣《述庵先生年谱》）

是月，赵翼由浙江之温州、处州、金华，并应两淮盐运使全德之请主安定书院。（《瓯北先生年谱》）

袁枚过常熟，吴蔚光荐孙原湘、陈声和等六人，后俱入随园门下。（郑幸《袁枚年谱新编》）

张问陶由栈道入都。（王世芬《张船山先生年谱》）

四月，潘奕隽升户部贵州司主事。（《三松自订年谱》）

赵怀玉游开封，时外兄刘存子任河南学政。（《收庵居士自叙年谱略》）

夏，毕沅升任湖广总督。洪亮吉偕行，杨伦、汪中、毛大瀛、方正澍、章学诚先后至。（史善长《弇山毕公年谱》）

姚鼐主讲歙县紫阳书院，秋初归里。（郑福照《姚惜抱先生年谱》）

七月，张埙始编蒋士铨诗。（李伟《张埙年谱》）

八月，朱珪调吏部右侍郎。（朱锡经《南厓府君年谱》）

李符清署保守府束鹿县知县，期满实授。（康锐《李符清及其〈濮阳策蹇图〉》，《学理论》2013年第27期）

张问陶、张问安兄弟乡试中第。（王世芬《张船山先生年谱》）

王芑孙乡试中第，由国子监典簿出为华亭县教谕。（秦瀛《小岘山人集》续文集补编《王惕甫墓志铭》）

詹应甲乡试中第。（詹应甲《赐绮堂集》卷二十三《赐绮堂初稿自序》）

彭兆荪应江宁乡试，未第。（缪朝荃《彭湘涵先生年谱》）

舒位乡试中第。（舒位《瓶水斋诗集》附陈裴之《乾隆戊申恩科举人拣选知县舒君行状》）

孙原湘参加江南乡试，未第。过随园谒见袁枚。（郑幸《袁枚年谱新编》）

秋，钱维乔引疾辞鄞县任。（陆萼庭《清代戏曲家丛考·钱维乔年谱》）

十一月，江苏巡抚闵鹗邀钱大昕明年主苏州紫阳书院。是岁撰《金石文跋尾》六卷。（佚名《钱辛楣先生年谱》）

十二月二十一日，王昶招翁方纲、曹秉钧、王尚钰、金鸿书、施晋、江藩、任庚、吴照、何元锡诸君小集。（沈津《翁方纲年谱》）

是月，铁保补内阁学士兼礼部侍郎。（《梅庵自编年谱》）

是岁

曾燠服阕，补湖广司，入值军机处，擢贵州司员外郎。（包世臣《艺舟双楫》卷七下《曾抚部别传》）

法式善转侍读学士，充日讲官。（阮元《梧门先生年谱》）

毛大瀛服阕，欲赴陕西任知县，道遇毕沅，随任湖北，权汉阳通判。（毛岳生《休复居文集》卷六《奉直大夫四川简州知州先大父毛公行状》）

孙星衍移居琉璃厂，官翰林院编修，充三通馆校理。（张绍南《孙渊如先生年谱》）

方正澍入毕沅湖广总督幕，至乾隆五十八年（1793）。（尚小明《清代士人游幕表》）

谢振定任江南乡试副考官。（秦瀛《小岘山人文集》续集卷二《礼部员外郎前监察御史谢君墓志铭》）

杨潮观（1710—）卒于四川泸州知州任，年七十九。（袁枚《小仓山房文集》卷三十四《邛州知州杨君笠湖传》）

吴泰来（1722—）卒，年六十七。（王昶《春融堂集》卷三十九《吴企晋净名轩遗集序》）

段玉裁著《古文尚书撰异》十六卷。（刘盼遂《段玉裁先生年谱》）

董肇勋《东阳历朝诗》九卷刻行。（《中国古籍善本书目》）

乾隆五十四年（1789）己酉

正月二日，洪亮吉北上入京参加会试。抵京后居孙星衍寓斋。（李金松《洪亮吉年谱》）

是月，钱大昕主讲紫阳书院。校勘应劭《风俗通义》。（佚名《钱辛楣先生年谱》）

二月二十四日，王昶授刑部右侍郎。（严荣《述庵先生年谱》）

是月，钱沣丁母忧回昆明。（方树梅《钱南园先生年谱》）

翁方纲撰《韩诗雅丽理训诂理字说》。（沈津《翁方纲年谱》）

郭麐在钟山书院读书，时姚鼐主讲书院，郭麐以师事之。（鹿苗苗《郭麐年谱》）

春，章学诚为裴振修《亳州志》。（胡适、姚名达《章实斋先生年谱》）

黎简由广东学政关槐选为拔贡。（周锡馥《黎简诗选》附《黎简年谱》）

江春卒，金兆燕归安徽全椒故里。（陆萼庭《清代戏曲家丛考·金兆燕年表》）

四月，庶常馆散馆，孙星衍以部员用。（张绍南《孙渊如先生年谱》）

阮元、张锦芳、伊秉绶成进士。（《明清进士题名碑录索引》下册"乾隆五十四年己酉科"）

阮元入翰林院为庶吉士、充史馆纂修官等职。（王章涛《阮元年谱》）

张锦芳入翰林院为庶吉士，明年散馆授编修。（邵晋涵《南江诗文钞》文钞卷十《翰林院编修张君行状》）

张问陶会试下第，还蜀，旋于十一月入都。（王世芬《张船山先生年谱》）

六月十二日，黄庭坚诗三集注本刻成，翁方纲集同学诸子于南昌使院谷园

书屋黄山谷像前，荐笋脯赋诗。（沈津《翁方纲年谱》）

是月，章学诚自太平返亳，道经扬州，访沈业富，留扬州一月。（胡适、姚名达《章实斋先生年谱》）

夏，赵怀玉赋诗寄袁枚，有"先生独占性灵多"之语。（郑幸《袁枚年谱新编》）

夏，张埙（1731—）卒于京师，年五十九。（李伟《张埙年谱》）

八月初一，王昶北上，以唐襄文自书研铭赠翁方纲。（沈津《翁方纲年谱》）

十九日，翁方纲刻《黄庭坚诗全注》于南昌使院谷园书屋。（沈津《翁方纲年谱》）

是月，段玉裁以避难赴北京，始与王念孙相见。（刘盼遂《段玉裁先生年谱》）

李廷敬官常州，延洪亮吉修府志并选唐百家诗。（李金松《洪亮吉年谱》）

赵怀玉召试举人，授内阁中书，任《四库全书》馆分校官。（《收庵居士自叙年谱略》）

彭兆荪赴江宁乡试，未第。（缪朝荃《彭湘涵先生年谱》）

九月初一，翁方纲撰《道园诗序》。（沈津《翁方纲年谱》）

二十六日，翁方纲江西学政任满自南昌起程返京。（沈津《翁方纲年谱》）

是月，孙星衍补刑部直隶司主事。（张绍南《孙渊如先生年谱》）

十月十四日，翁方纲补授内阁学士兼礼部侍郎。（沈津《翁方纲年谱》）

是月，朱珪浙江学政任满回京复命，充经筵讲官。（朱锡经《南厓府君年谱》）

十二月二十九日，章学诚致书湖广总督毕沅，应邀入幕，继续编纂《史籍考》。（陈祖武、朱彤窗《乾嘉学术编年》）

冬，法式善得程明愡所贻袁枚《小仓山房诗集》一部，读而爱之，题诗其上；袁枚将《随园诗话》付梓。（郑幸《袁枚年谱新编》）

段玉裁晤邵晋涵。不久，返乡。（刘盼遂《段玉裁先生年谱》）

冬，刘大观丁忧离天保令任。（许隽超《刘大观年谱考略》）

是岁

冯敏昌仍主讲河阳书院兼修孟志。（冯士镳《先君子太史公年谱》）

法式善官翰林院侍读学士。（阮元《梧门先生年谱》）

陈奉兹任江宁布政使。（姚鼐《惜抱轩文集》卷十三《江苏布政使德化陈公墓志铭》）

尤维熊拔贡生，授怀安县训导。（《小谟觞馆文续集》卷二《文林郎署蒙自县知县尤君墓表》）

乐钧拔贡生。（夏宝晋《冬生草堂文录》卷四《举人乐君权厝志》）

赵文哲《娵隅集》十卷刻行。（李灵年、杨忠《清人别集总目》）

周春《杜诗双声叠韵谱括略》八卷撰成。（蒋寅《清诗话考》）

谢鸣盛《范金诗话》二卷刻行。（蒋寅《清诗话考》）

叶葆《应试诗法浅说详解》六卷撰成。（蒋寅《清诗话考》）

乾隆五十五年（1790）庚戌

二月二十一日，黎简至广州，欲赴京廷试。二十七日，父卒，返乡治丧。（周锡馥《黎简诗选》附《黎简年谱》）

是月，章学诚《亳州志》撰成。在武昌编《史籍考》。毕沅方编《续通鉴》，章学诚襄助。（胡适、姚名达《章实斋先生年谱》）

春，姚鼐主钟山书院，袁枚与王文治、章攀桂、姚鼐常聚客游燕。（郑幸《袁枚年谱新编》）

春夏之交，段玉裁至湖广总督毕沅处，晤章学诚。（刘盼遂《段玉裁先生年谱》）

四月八日，翁方纲往盛京校文渊阁《四库全书》。（沈津《翁方纲年谱》）

十三日，袁枚招孙云凤、孙云鹤、张秉彝、徐裕馨、汪妍等女弟子凡十三

人，大会于湖楼。（郑幸《袁枚年谱新编》）

二十五日，乾隆赐伊秉绶进士出身。（吴奇唯《伊墨卿先生年谱》）

是月，王昶往江宁讯案，姚鼐方主钟山书院、赵翼主扬州安定书院，来访。（严荣《述庵先生年谱》）

石韫玉成状元，洪亮吉成榜眼，张问陶成进士。（《明清进士题名碑录索引》下册"乾隆五十五年庚戌恩科"）

五月，袁枚过嘉兴，往访钱载，钱载时已中风。（郑幸《袁枚年谱新编》）

赵怀玉校刻《韩诗外传》成。（《收庵居士自叙年谱略》）

六月，钱大昕入都参加乾隆八十寿辰庆典。入京后曾寓邵晋涵宅。（佚名《钱辛楣先生年谱》）

李符清署天津府天津县知县。（康锐《李符清及其〈濮阳策蹇图〉》，《学理论》2013年第27期）

七月，杨揆补授内阁中书，旋入军机处行走，纂修万寿盛典。（杨芳灿、余一鳌《杨蓉裳先生年谱》）

朱珪授安徽巡抚。（朱锡经《南厓府君年谱》）

八月二日，翁方纲返京。（沈津《翁方纲年谱》）

十月，彭兆荪随父赴颍州教授任。（缪朝荃《彭湘涵先生年谱》）

翁方纲刻朱彝尊《通志堂经解目录》于山东学政署。（法式善《陶庐杂录》卷四）

冯敏昌主讲河阳书院并修孟志。十一月初九北上赴京，岁暮至天津。（冯士镳《先君子太史公年谱》）

十二月，赵翼《陔馀丛考》刊行。（赵翼《陔馀丛考》卷首《小引》）

冬，袁枚与法式善订交。（郑幸《袁枚年谱新编》）

詹应甲佐江苏巡抚长鳞幕。（尚小明《清代士人游幕表》）

是岁

袁枚有"金陵风雅，于斯为盛"之语。（郑幸《袁枚年谱新编》）

孙士毅任四川总督。（查揆《筼谷诗文钞》卷十一《太子太保文渊阁大学

士孙文靖公神道碑铭》）

姚鼐主讲江宁钟山书院。（郑福照《姚惜抱先生年谱》）

舒位入河间知府王朝梧幕，会王朝梧擢黔西观察，从之。（舒位《瓶水斋诗集》附陈裴之《乾隆戊申恩科举人拣选知县舒君行状》）

孙星衍任刑部直隶司主事，总办秋审。所居之为诸名士燕集之所。与阮元交游密切，又与魏成宪、伊秉绶、杨梦符、王念孙、徐大榕、张问陶诸君相过从。（张绍南《孙渊如先生年谱》）

褚寅亮（1715—）卒于苏州，年七十六。（任兆麟《有竹居集》卷十《刑部员外郎鹤侣褚公墓表》）

袁枚《随园诗话》正编撰成。（蒋寅《清诗话考》）

毕沅《灵岩山人诗集》刻行。（李灵年、杨忠《清人别集总目》）

王昶《述庵诗钞》刻行。（李灵年、杨忠《清人别集总目》）

朱彭《抱山堂诗集》十卷刻行。（李灵年、杨忠《清人别集总目》）

徐书受《教经堂诗集》十四卷刻行。（李灵年、杨忠《清人别集总目》）

乾隆五十六年（1791）辛亥

正月，吴省钦由顺天府尹任升礼部右侍郎，即放顺天学政。后因病离顺天学政任，仍任礼部右侍郎。（《吴白华自订年谱》）

二月初十，钱泳拜访袁枚于随园。（《梅溪先生年谱》）

十三日，阮元升詹事府少詹事。（王章涛《阮元年谱》）

是月，邵晋涵迁左春坊左中允。（黄云眉《邵二云先生年谱》）

法式善任兵部员外郎上行走。（阮元《梧门先生年谱》）

春，洪亮吉致书袁枚，盛称张问陶之才。（郑幸《袁枚年谱新编》）

四月，孙士毅任协办大学士，将入京。时袁树绘图，袁枚、浦铣赋诗，姚鼐作文送之。（郑幸《袁枚年谱新编》）

初夏，赵翼游庐山。（《瓯北先生年谱》）

五月，段玉裁《古文尚书撰异》三十二卷成。（刘盼遂《段玉裁先生年

谱》）

吴省钦调工部右侍郎。（吴省钦《吴白华自订年谱》）

钱沣丁父忧。（方树梅《钱南园先生年谱》）

孙星衍升刑部直隶司员外郎。（张绍南《孙渊如先生年谱》）

七月七日，袁枚致书杨芳灿，言及《小仓山房全集》已增价至五金一部，每一刷成，顷刻散尽。时所撰《小仓山房尺牍》《随园诗话》已为三省翻版，而《小仓山房全集》亦有翻刻者。（郑幸《袁枚年谱新编》）

二十一日，纪昀《如是我闻》四卷撰成。（纪昀《如是我闻》卷首《自序》）

是月，周永年（1730—）卒，年六十二。（桂馥《晚学集》卷七《周先生传》）

九月十七日，翁方纲任山东学政。（沈津《翁方纲年谱》）

十月，阮元升詹事府詹事。（王章涛《阮元年谱》）

十一月，冯敏昌由津入都。任职户部，授浙江司行走。（冯士镳《先君子太史公年谱》）

法式善补工部员外郎。（阮元《梧门先生年谱》

冬，袁枚整理海内投赠之作，成《续同人集》；除夕，袁枚以相士寿终之言未验，戏作《告存诗》七章，和者甚多。（郑幸《袁枚年谱新编》）

是岁

王昶与铁保、李骥元、阮元、王念孙、王引之在京师常有文酒之会。（严荣《述庵先生年谱》）

毕沅《续通鉴》修成，章学诚代书寄钱大昕。（胡适、姚名达《章实斋先生年谱》）

潘奕隽与袁枚、王鸣盛、王文治、钱大昕时为文酒之会，颇极一时之盛。（《三松自订年谱》）

洪亮吉在京供职。与法式善、伊秉绶、何道生、王芑孙唱酬甚多。（李金松《洪亮吉年谱》）

张问陶乞假还蜀。（王世芬《张船山先生年谱》）

毛大瀛迁四川中江县知县。（毛岳生《休复居文集》卷六《奉直大夫四川简州知州先大父毛公行状》）

金兆燕（1719—）卒于家，年七十三。（顾春勇《金兆燕研究》）

沈清瑞（1758—）卒，年三十四。（张慧剑《明清江苏文人年表》）

陈毅《所知集》三编十卷成，王宽序，潘瑛刻。（法式善《陶庐杂录》卷三）

钱大昕撰补《唐学士年表》《五代学士年表》《宋学士年表》各一卷。《元氏族表》四卷，《补元艺文志》四卷。（佚名《钱辛楣先生年谱》）

赵文哲《媕雅堂诗集续集》四卷刻行。（李灵年、杨忠《清人别集总目》）

乾隆五十七年（1792）壬子

正月，法式善以阿桂荐补左庶子。（阮元《梧门先生年谱》）

二月二十五日，陆锡熊（1734—）卒于奉天，年五十九。（王昶《春融堂集》卷五五《都察院左副都御史陆君墓志铭》）

二十八日，袁枚重游天台。（郑幸《袁枚年谱新编》）

是月，刘大观补官奉天，四月丁外艰，游江南。（许隽超《刘大观年谱考略》）

三月，袁枚过杭州，与钱泳、徐鑅庆、陈栻往游若耶溪、云门寺，晚宿于智永禅师书阁。三日，绍兴知府李亨特邀袁枚、钱泳、平恕等二十一人修禊于兰亭。（郑幸《袁枚年谱新编》）

翁方纲欲与章学诚合作编辑《三礼》，时章学诚在钜野县麟川书院。（陈祖武、朱彤窗《乾嘉学术编年》）

四月十三日，袁枚在杭州，招王文治并女弟子七人，再会于湖楼。（郑幸《袁枚年谱新编》）

闰四月，张锦芳（1747—）卒，年四十六。（邵晋涵《南江诗文钞》文钞卷十《翰林院编修张君行状》）

六月，纪昀《槐西杂志》撰成。（纪昀《槐西杂志》卷首《自序》）

吴省钦充江西乡试正考官。（《吴白华自订年谱》）

夏，詹应甲辞江苏巡抚长鳞幕。（尚小明《清代士人游幕表》）

七月初五，龚自珍（—1841）生。（樊克政《龚自珍年谱考略》）

是月，法式善招罗聘、洪亮吉等人，集京师积水潭看荷花，并效"随园体"赋诗。本年赵翼亦有"效子才体"之谓。（郑幸《袁枚年谱新编》）

八月，铁保充江南乡试正考官。（《梅庵自编年谱》）

铁保过访随园。（郑幸《袁枚年谱新编》）

洪亮吉任贵州学政。（李金松《洪亮吉年谱》）

赵怀玉北上入都参加会试，至扬州，时赵翼主安定书院，为酬资斧。（《收庵居士自叙年谱略》）

杨揆以军功升内阁侍读。（杨芳灿、余一鳌《杨蓉裳先生年谱》）

九月，法式善奉派办翰林院事，充功臣馆提调。（阮元《梧门先生年谱》）

秋，彭兆荪赴江宁乡试，下第。（缪朝荃《彭湘涵先生年谱》）

十月初一，翁方纲撰《小石帆亭著录序》。（沈津《翁方纲年谱》）

是月，段玉裁移家居苏州，得识黄丕烈、顾广圻。（刘盼遂《段玉裁先生年谱》）

十一月，袁枚应陈熙之邀赴淮。过扬州，与赵翼等人有青鱼之会。（郑幸《袁枚年谱新编》）

十二月十八日，清廷就科举考试命题做出决定，自下科乡试始，《春秋》命题不再用胡安国传。（《清实录》第二十六册《高宗实录》卷一四一九"乾隆五十七年十二月下壬午"）

冬，赵翼辞安定书院讲席，自此不复应人聘。（《瓯北先生年谱》）

张问陶携眷由成都买舟东下，出峡抵荆州。（王世芬《张船山先生年谱》）

是岁

袁枚致书秀才孙辅元，教以古文之法。（郑幸《袁枚年谱新编》）

李宪乔致书袁枚，欲矫沈德潜"温柔敦厚"之诗教，袁枚不以为然，而欲力挽其时矜博、好注之诗风。（郑幸《袁枚年谱新编》）

曾燠任两淮盐运使。（包世臣《艺舟双楫》卷七下《曾抚部别传》）

戴敦元改礼部主事，铨刑部主事。（潘咨《少白先生集》卷七《戴司寇别传》）

石韫玉充福建正考官，旋任湖南学政。（陶澍《陶文毅公全集》卷四十五《恩赏翰林院编修前山东按察使司按察使琢堂石公墓志铭》）

顾敏恒（1748—）卒，年四十五。（张慧剑《明清江苏文人年表》）

姚鼐门人陈用光校刻姚鼐文集十卷。（郑福照《姚惜抱先生年谱》）

毕沅《续资治通鉴》成稿。（章学诚《章氏遗书》卷九《为毕制军与钱辛楣宫詹论续鉴书》）

王士禄所录掖县人之诗《涛音集》八卷刻版，翁方纲序，此书成于顺治十四年（1657）。（法式善《陶庐杂录》卷三）

法式善有《清秘述闻》之编。（阮元《梧门先生年谱》）

杨芳灿《芙蓉山馆集》刻行。（李灵年、杨忠《清人别集总目》）

张问陶《船山诗草》刻行。（李灵年、杨忠《清人别集总目》）

邵飂《历代名媛杂咏》刻行。（李灵年、杨忠《清人别集总目》）

顾光旭《响泉集》三十卷刻行。（李灵年、杨忠《清人别集总目》）

翁方纲《小石帆亭著录》六卷刻行。（李灵年、杨忠《清人别集总目》）

杨揆《桐华吟馆诗稿》六卷《词稿》二卷刻行。（李灵年、杨忠《清人别集总目》）

汪中《述学》刊行。（汪喜孙《容甫先生年谱》）

汤大奎《炙砚琐谈》三卷刻行，赵怀玉为序。（蒋寅《清诗话考》）

乾隆五十八年（1793）癸丑

正月，赵怀玉任内阁行走。（《收庵居士自叙年谱略》）

张问陶由樊城走河南道入都。（王世芬《张船山先生年谱》）

春，郭麐在淮安严守田幕中。（鹿苗苗《郭麐年谱》）

四月十六日，袁枚审定法式善诗集，并为作序，托王友亮寄去。（郑幸《袁枚年谱新编》）

是月，赵翼访老友邵松阿于虞山，又游杭州十日始归。（《瓯北先生年谱》）

戴敦元成进士。（《明清进士题名碑录索引》下册"乾隆五十八年癸丑科"）

五月，庶常馆散馆，张问陶授职检讨。（王世芬《张船山先生年谱》）

六月二十三日，翁方纲回京供职。（沈津《翁方纲年谱》）

二十五日，阮元出任山东学政。（王章涛《阮元年谱》）

是月，张问陶赋诗见怀，又寄袁枚《推袁集》一册，袁枚引为生平第一知己。（郑幸《袁枚年谱新编》）

冯敏昌授刑部河南司主事。（冯士镰《先君子太史公年谱》）

七月二十五日，钱沣服阕，北上入京。选户部江南司主事，以员外郎即用。（方树梅《钱南园先生年谱》）

是日，纪昀《姑妄听之》成。（纪昀《姑妄听之》卷首自题记）

是月，杨揆补内阁侍读，简放四川川北道。（杨芳灿、余一鳌《杨蓉裳先生年谱》）

九月二十一日，钱载（1708—）卒于家，年八十六。（潘中华《钱载年谱》）

是月，王文治来江宁，与袁枚过从。（郑幸《袁枚年谱新编》）

秋，吴蔚光、黄鑾鼎寄诗赵翼，均视袁枚、蒋士铨、赵翼有鼎足成三之势。（郑幸《袁枚年谱新编》）

十一月二十一日，杨梦符（1750—）卒于京，年四十四。（洪亮吉《卷施阁文乙集》卷八《刑部江苏司员外郎杨君墓表》）

二十二日，钱大昕撰《述庵先生七十寿序》。（钱大昕《潜研堂文集》卷二十三《述庵先生七十寿序》）

十二月二十四日，彭兆荪父卒。（缪朝荃《彭湘涵先生年谱》）

冬，吴嵩梁来江宁，袁枚与订交。（郑幸《袁枚年谱新编》）

孙星衍移居孙公园。（张绍南《孙渊如先生年谱》）

吴文溥客湖广总督毕沅幕，至次年春。（尚小明《清代士人游幕表》）

是岁

王昶以病乞致仕。（严荣《述庵先生年谱》）

赵怀玉与法式善、周兆基、孙星衍、张问陶、杨伦过从颇密。（《收庵居士自叙年谱略》

法式善官庶子，纂刻《同馆赋钞》。（阮元《梧门先生年谱》）

詹应甲复客浙江巡抚长鳞幕。（尚小明《清代士人游幕表》）

王昙在江宁知府李尧栋幕中。（郑幸《王昙年谱简编》）

陈奉兹任安徽布政使，未半年回任江苏布政使。（姚鼐《惜抱轩文集》卷十三《江苏布政使德化陈公墓志铭》）

秦瀛出为温处兵备道，调杭嘉湖兵备道，擢浙江按察使，调湖南按察使。（陈用光《太乙舟文集》卷八《予告刑部右侍郎秦公遂庵墓志铭》）

翁方纲《复初斋诗集》六十二卷刻行。（李灵年、杨忠《清人别集总目》）

吴翌凤《宋金元诗选》六卷刻行。（《中国古籍善本书目》）

周秉鉴《甫里逸诗》二卷刻行。（《中国古籍善本书目》）

戚学标《风雅遗闻》四卷刻行。（蒋寅《清诗话考》）

陶元藻《全浙诗话》撰成，邵晋涵为序。次年毕沅为序。（陶元藻《全浙诗话》首附邵晋涵、毕沅序）

乾隆五十九年（1794）甲寅

二月，赵怀玉补内阁中书。（《收庵居士自叙年谱略》）

三月二十四日，魏源（—1857）生于湖南邵阳金潭。（《魏源集》附魏耆《邵阳魏府君事略》）

春，礼亲王世子昭梿寄袁枚《红豆》诗；袁枚接孙士毅、福康安、和琳、

惠龄、弘昈见怀诗札，颇感荣耀。（郑幸《袁枚年谱新编》）

吴文溥入湖北巡抚惠龄幕。（尚小明《清代士人游幕表》）

四月初一，王昶归里。（严荣《述庵先生年谱》）

五月二十二日，王芑孙跋《唐宋十大家全集录》，语及袁枚，意有不满。（郑幸《袁枚年谱新编》）

是月，法式善升国子监祭酒。（阮元《梧门先生年谱》）

孙星衍升广东司郎中。补集郑、马注《古文尚书》，撰《问字堂文集》。（张绍南《孙渊如先生年谱》）

六月十日，翁方纲撰《徐昌谷诗论》。（沈津《翁方纲年谱》）

中旬，有谓张问陶诗学袁枚者，张不以为然。（郑幸《袁枚年谱新编》）

是月，吴省钦充浙江乡试正考官。（《吴白华自订年谱》）

夏，毕沅降任山东巡抚。（史善长《弇山毕公年谱》）

郭麐与吴嵩梁订交。（鹿苗苗《郭麐年谱》）

七月二十七日，朱珪调补广东巡抚。（朱锡经《南厓府君年谱》）

九月，袁枚招姚鼐、浦铣、毛藻、王光晟等人赏芙蓉于随园。（郑幸《袁枚年谱新编》）

秋，王昙举浙省乡试。所作闱墨，有傲兀之概，一时脍炙人口。（郑幸《王昙年谱简编》）

姚椿以国子生应顺天乡试，名噪京师。（《续碑传集》卷七十八沈日富《姚先生行状》）

刘嗣绾顺天乡试中举。（夏宝晋《冬生草堂文录》卷四《翰林院编修刘君墓志铭》）

十月，钱大昕到朱家角访王昶。此期，王鸣盛、王昶与钱大昕皆家居，时有"江南三老"之目。（佚名《钱辛楣先生年谱》）

十一月二十日，汪中（1744—）卒于杭州，年五十一。（汪喜孙《容甫先生年谱》）

是岁

钱沣补户部河南司员外，旋擢湖广道监察御史，值军机处。（方树梅《钱

南园先生年谱》）

顾光旭仿元好问《中州集》所辑《梁溪诗钞》五十八卷刻行，王一峰序。
（法式善《陶庐杂录》卷三）

铁保任山东乡试正考官。（《梅庵自编年谱》）

孙韶于先福守黄州时客其署。（尚小明《清代士人游幕表》）

谢振定考选江南道监察御史。（秦瀛《小岘山人文集》续集卷二《礼部员
外郎前监察御史谢君墓志铭》）

查揆入州学，受知于秦瀛与阮元。（查揆《筼谷文钞》卷十二《先妣朱太
宜人行述》）

刘大观春夏客苏州，秋北上，冬补官奉天。（许隽超《刘大观年谱考
略》）

毕沅辑《吴会英才集》，收黄景仁等十二人诗。（许隽超《黄仲则年谱考
略》）

赵文哲《媕雅堂别集》六卷刻行。（李灵年、杨忠《清人别集总目》）

周准《瓢中集》一卷《鹤阜集》一卷《楮叶集》一卷刻行。（李灵年、杨
忠《清人别集总目》）

沈初《兰韵堂诗集》十二卷《续集》一卷《文集》五卷《经进文稿》二卷
刻行。（李灵年、杨忠《清人别集总目》）

乾隆六十年（1795）乙卯

二月中旬，袁枚在扬州，与张铉、王文治、谢振定、左埔等集于张氏饮绿
山堂。二十日，曾燠招袁枚、王文治、谢振定于清燕堂观剧。（郑幸《袁枚年
谱新编》）

是月，孙星衍燕同馆吴锡麒、张问陶、王芑孙诸人。（张绍南《孙渊如先
生年谱》）

闰二月十一日，翁方纲补内阁侍读学士。（沈津《翁方纲年谱》）

三月二日，袁枚八十诞辰，先有自寿诗，一时和者如云。袁枚择其佳者，

刻《随园八十寿言》六卷。（郑幸《袁枚年谱新编》）

是月，郭麐入都。馆于金光悌家，金时任刑部尚书。并结识法式善、钱清履等人。（鹿苗苗《郭麐年谱》）

春，孙韶入山东学政阮元幕。（尚小明《清代士人游幕表》）

王昙会试报罢。（郑幸《王昙年谱简编》）

四月，刘大观补开原令。（许隽超《刘大观年谱考略》）

五月，孙星衍简放山东兖、沂、曹、济，兼管黄河兵备道。（张绍南《孙渊如先生年谱》）

六月，吴省钦复充浙江乡试正考官。（《吴白华自订年谱》）

八月二十四日，阮元调任浙江学政。（王章涛《阮元年谱》）

九月十八日，钱沣（1740—）卒于官，年五十六。（方树梅《钱南园先生年谱》）

二十八日，阮元升授内阁学士兼礼部侍郎。（王章涛《阮元年谱》）

是月，孙原湘乡试中第。（李兆洛《养一斋文集》卷十二《翰林院庶吉士孙君墓志铭》）

郭麐应顺天乡试，不第归里。（鹿苗苗《郭麐年谱》）

是科乡试，特命六大臣先汰所试卷上合格者乃送礼部，听入闱，彭元瑞、纪昀置姚椿卷第一。此后，姚椿连试不中，与洪亮吉、杨芳灿、张问陶相论词赋。（《续碑传集》卷七十八沈日富《姚先生行状》）

洪亮吉贵州学政任满，入京。（李金松《洪亮吉年谱》）

秋，翁方纲《元遗山先生年谱》由山西忻州知府汪本直刻行。（沈津《翁方纲年谱》）

十月初九，赵怀玉招罗聘、桂馥、邵晋涵、吴锡麒、周有声、李鼎元、李骥元、叶绍楏、熊方受、张问陶、魏成宪、伊秉绶集会。（《收庵居士自叙年谱略》）

初十，冯敏昌父卒。（冯士镳《先君子太史公年谱》）

是月，朱珪补授兵部尚书，仍留广东巡抚任。（朱锡经《南厓府君年谱》）

十一月初一，阮元抵杭州，赴浙江学政任。（王章涛《阮元年谱》）

二十八日（公元1796年1月7日），卢文弨（1717—）卒于常州龙城书院，年七十九。（翁方纲《复初斋文集》卷十四《翰林院侍读学士抱经先生卢公墓志铭》）

十二月十七日，《四库全书总目》刻竣。（《清实录》第二十七册《高宗实录》卷一四九三"乾隆六十年十二月下甲午"）

二十一日，袁枚接李调元书，中有尊袁抑蒋之意。随书附寄代刻之《袁诗选》，并乞袁枚删定《童山集》。（郑幸《袁枚年谱新编》）

是月，王昶抵京参加千叟宴。与吴锡麒、桂馥、辛敬业和门人戴敦元、伊秉绶、徐炘、沈乐善、邓传安等朝夕往还。（严荣《述庵先生年谱》）

冬，彭兆荪客王秉韬幕，为其仲子授经。岁暮归里。（缪朝荃《彭湘涵先生年谱》）

是岁

王昶与王鸣盛、钱大昕同归，得数晨夕。（严荣《述庵先生年谱》）

毕沅著《采芑集》一卷。（史善长《弇山毕公年谱》）

洪亮吉《卷施阁全集文甲集》八卷《乙集》八卷《诗》十六卷附《皓轩诗》八卷刻行。（李灵年、杨忠《清人别集总目》）

吴慈鹤《岑华居士兰鲸录》八卷刻行。（李灵年、杨忠《清人别集总目》）

陈奉兹《敦拙堂诗集》十三卷刻行。（李灵年、杨忠《清人别集总目》）

王文治《梦楼诗集》二十四卷刻行。（李灵年、杨忠《清人别集总目》）

石韫玉《独学庐稿》二十卷刻行。（李灵年、杨忠《清人别集总目》）

顾敏恒《笠舫诗稿》六卷刻行。（李灵年、杨忠《清人别集总目》）

沙维杓《白岸诗钞》一卷刻行。（李灵年、杨忠《清人别集总目》）

铁保《国朝律介》一卷刻行。（《中国古籍善本书目》）

汪启淑《酒帘唱和诗》六卷刻行。（《中国古籍善本书目》）

王昶、许宝善《同音集》八卷刻行。（《中国古籍善本书目》）

李调元《雨村诗话》十六卷本撰成。（詹杭伦、沈时蓉《雨村诗话校

正》）

史承谦《青梅轩诗话》二卷刻行。（蒋寅《清诗话考》）

纪昀《我法集》二卷刻行。（蒋寅《清诗话考》）

嘉庆元年（1796）丙辰

元旦，朱珪授光禄大夫兵部尚书。（朱锡经《南厓府君年谱》）

正月十六日，邵晋涵、罗聘、桂馥、赵怀玉、伊秉绶、倪承宽、翁方纲同集吴锡麒寓斋，送王昶归青浦。（沈津《翁方纲年谱》）

二十日，彭绍升（1740—）卒，年五十七。（彭希涑《净土圣贤录》续编卷二《彭绍升》）

二十九日，洪亮吉入都，充咸安宫总裁，在上书房行走。（李金松《洪亮吉年谱》）

是月，阮元征求扬州十二邑诗篇，编《淮海英灵集》。（王章涛《阮元年谱》）

彭兆荪仍赴淮上，与尤维熊结交。（缪朝荃《彭湘涵先生年谱》）

二月初旬，曾燠招袁枚往扬州，为修禊之游。（郑幸《袁枚年谱新编》）

三月，江西巡抚费淳聘王昶主娄东书院。（严荣《述庵先生年谱》）

春，王昙再与会试，复报罢。（郑幸《王昙年谱简编》）

六月初一，朱珪补授两广总督兼署广东巡抚。（朱锡经《南厓府君年谱》）

十五日，邵晋涵（1743—）卒于京师，年五十四。（黄云眉《邵二云先生年谱》）

二十一日，孙士毅（1720—）卒于军，年七十七。（查揆《筼谷诗文钞》卷十一《太子太保文渊阁大学士孙文靖公神道碑铭》）

是月，冯敏昌返乡。（冯士鏣《先君子太史公年谱》）

刘大观始在都刊刻黄景仁《悔存斋诗钞》八卷，翁方纲为序。（许隽超《黄仲则年谱考略》）

夏，钱大昕《元史考异》付刊。（佚名《钱辛楣先生年谱》）

刘大观入都，引见，升署宁远知州。（许隽超《刘大观年谱考略》）

八月，姚鼐《九经说》十二卷由门人朱则泊、则澜镂版。在回复秦瀛时，云："天下学问之事，有义理、文章、考证，三者之分异，趋而同为不可废，一途之中歧，分而为众家，遂至于百十家同一家矣。"（郑福照《姚惜抱先生年谱》）

九月，翁方纲为陶渊明、王维、孟浩然、韦应物、柳宗元、骆宾王作像赞。（沈津《翁方纲年谱》）

十二月十四日，袁枚过江宁。此次在苏复识闺秀五人，至此随园女弟子已达二十余人，乃推严蕊珠、金逸、席佩兰为闺中三大知己。（郑幸《袁枚年谱新编》）

二十二日，赵翼七十岁生日，门下士江苏巡抚费淳，山西巡抚蒋兆奎及副宪汪承霈、侍御祝德麟祝寿。祝寿诗凡二百余首。（《瓯北先生年谱》）

冬，赵翼《廿二史札记》告成。（《瓯北先生年谱》）

是岁

杨揆以军功升授四川按察使。（杨芳灿、余一鳌《杨蓉裳先生年谱》）

王复任偃师知县。（武亿《授堂诗文钞》卷八《偃师县知县王君行实辑略》）

阮元视学浙江。试诸生，以仿宋画院制团扇命题，诗佳者，许以扇赠。陈文述诗最佳，得团扇，人称为"陈团扇"。又称赞陈文述之文扬班俦也，诗文可及高岑王李。陈文述遂从阮元学。（钟慧玲《陈文述年谱初篇》）

袁棠举孝廉方正，为两江总督铁保记室。（朱春生《铁箫庵文集》卷四《袁湘湄征君墓志铭》）

朱彭诏举孝廉方正，辞不就。（阮元《两浙輶轩录补遗》卷八）

毛大瀛檄赴湖北军营，随剿白莲教，以功擢四川简州知州。（毛岳生《休复居文集》卷六《奉直大夫四川简州知州先大父毛公行状》）

谢振定巡视东城，以惩治和珅家奴而落职。（秦瀛《小岘山人文集》续集卷二《礼部员外郎前监察御史谢君墓志铭》）

石韫玉充日讲起居注官。（陶澍《陶文毅公全集》卷四十五《恩赏翰林院编修前山东按察使司按察使琢堂石公墓志铭》）

张廷俊选《台山怀集》十二卷、附《同怀集》一卷刻行。（法式善《陶庐杂录》卷三）

张怀湘辑《小仓山选集》八卷刻行。（李灵年、杨忠《清人别集总目》）

王复《晚晴轩稿》八卷《词》一卷刻行。（李灵年、杨忠《清人别集总目》）

沈清瑞《沈氏群峰集》五卷《外集》一卷刻行。（李灵年、杨忠《清人别集总目》）

嘉庆《千叟宴诗》三十四卷《首》二卷刻行。（《中国古籍善本书目》）

顾修《读画斋题画诗》十九首刻行。（《中国古籍善本书目》）

陶元藻《凫亭诗话》二卷刻行。（蒋寅《清诗话考》）

戴璐《吴兴诗话》十六卷撰成。（蒋寅《清诗话考》）

吴文溥《南野堂笔记》十二卷撰成。（蒋寅《清诗话考》）

嘉庆二年（1797）丁巳

正月二十二日，阮元选浙江学人编纂《经籍纂诂》。（王章涛《阮元年谱》）

是月，毕沅往湖南办理苗疆事务。（史善长《弇山毕公年谱》）

二月初十，吴锡麒南归，与翁方纲辞行。（沈津《翁方纲年谱》）

钱大昕补校《四史朔闰考》。《金史考异》付刊。（佚名《钱辛楣先生年谱》）

三月初三，洪亮吉在上书房行走，侍皇曾孙奕纯读书。（李金松《洪亮吉年谱》）

是月，朱锡庚手录黄景仁诗，题曰《黄仲则诗钞》。（许隽超《黄仲则年谱考略》）

春，朱文藻、陈文述、吴文溥、孙韶、袁钧等人助阮元编录《两浙轺轩

录》。（王章涛《阮元年谱》）

五月初五，冯敏昌抵家。（冯士镰《先君子太史公年谱》）

是月，袁枚感旧交零落，作《后知己诗》十一首，所怀人依次为福康安、孙士毅、和琳、托庸、陶易、孔传炯、程明愫、童钰、彭翥、张朝缙、金逸。（郑幸《袁枚年谱新编》）

陈束浦介绍章学诚到扬州投盐运使曾燠。（胡适、姚名达《章实斋先生年谱》）

闰六月二十六日，顾光旭（1731—）卒，年六十七。（王昶《春融堂集》卷五十四《甘肃凉庄道署四川按察使司顾君墓志铭》）

七月三日，毕沅（1730—）卒于辰州行馆，年六十八。（史善长《弇山毕公年谱》）

八月，吴省钦调补吏部右侍郎。（《吴白华自订年谱》）

秋，张问陶出京，由秦栈还成都。（王世芬《张船山先生年谱》）

十一月十七日（公元1798年1月3日），袁枚（1716—）卒于南京随园，年八十二。（郑幸《袁枚年谱新编》）

十二月初二（公元1798年1月18日），王鸣盛（1722—）卒于苏州，年七十六。（钱大昕《潜研堂文集》卷四十八《西沚先生墓志铭》）

十九日，罗聘、赵怀玉、法式善、石韫玉、方楷于翁方纲苏斋拜苏轼生日。（沈津《翁方纲年谱》）

是月，王昶辞娄东书院院长返乡，编是年诗为《存养斋集》。（严荣《述庵先生年谱》）

是岁

杨揆加布政使衔，食二品俸，旋授甘肃布政使，以兵事留原任。（杨芳灿、余一鳌《杨蓉裳先生年谱》）

彭兆荪仍在淮上，与郭麐订交。（缪朝荃《彭湘涵先生年谱》）

姚鼐《九经说》刻成。自定诗集十卷付梓，次年夏刻成。（郑福照《姚惜抱先生年谱》）

祝德麟《悦亲楼诗集》三十卷刻行。（李灵年、杨忠《清人别集总目》）

法式善编《成均课士录》《槐厅载笔》《九家诗》。（阮元《梧门先生年谱》）

王楷苏《骚坛八略》二卷刻行。（蒋寅《清诗话考》）

吴绍溁《声调谱说》一卷附《蠡说》一卷刻行。（蒋寅《清诗话考》）

吴骞《拜经楼诗话》四卷《续》二卷撰成，秦瀛序。（蒋寅《清诗话考》）

黎简《五百四峰堂诗钞》刻成。（周锡馥《黎简诗选》附《黎简年谱》）

嘉庆三年（1798）戊午

正月，阮元修《淮海英灵集》成。（王章涛《阮元年谱》）

张问陶发成都，由秦栈入京。是时，白莲教扰蜀，其感喟时事，过宝鸡县，题七言律十八首于旅次壁上，脍炙人口。（王世芬《张船山先生年谱》）

二月二十七日，洪亮吉在朝政疏中力陈内外弊政。（李金松《洪亮吉年谱》）

是月，姚鼐所选《五七言今体诗钞》付梓于金陵。（郑福照《姚惜抱先生年谱》）

三月初七，洪亮吉以仲弟凶讣陈情引疾归里。（李金松《洪亮吉年谱》）

是月，袁廷梼召王昶、潘奕隽、段玉裁、蒋业晋集渔隐小圃。（佚名《钱辛楣先生年谱》；刘盼遂《段玉裁先生年谱》）

吴省钦升都察院左都御史。（《吴白华自订年谱》）

杨芳灿署平凉府知府。（杨芳灿、余一鳌《杨蓉裳先生年谱》）

王昙至昭文，访孙原湘。（郑幸《王昙年谱简编》）

四月，阮元撰《两浙辅轩录》成。（王章涛《阮元年谱》）

彭兆荪北上应顺天乡试，至清江浦以病归里。（缪朝荃《彭湘涵先生年谱》）

六月九日，法式善邀翁方纲、赵怀玉等人于法华旧刹水石间作李东阳生

日。（沈津《翁方纲年谱》）

十日，伊秉绶任湖南乡试副主考。（吴奇唯《伊墨卿先生年谱》）

二十七日，孙星衍母卒。九月，奉枢归里。（张绍南《孙渊如先生年谱》）

八月，铁保调吏部右侍郎，充顺天乡试副考官。（《梅庵自编年谱》）

九月初二，王复（1748—）卒于偃师知县任，年五十一。（武亿《授堂诗文钞》卷八《偃师县知县王君行实辑略》）

初三，阮元撰《经籍纂诂》成。（王章涛《阮元年谱》）

秋，陈文述中乡试副榜。九月，随阮元入都。（钟慧玲《陈文述年谱初篇》）

十一月，赵怀玉挚友管世铭暴卒。（《收庵居士自叙年谱略》）

洪亮吉至杭州访阮元、秦瀛。（李金松《洪亮吉年谱》）

冬，王昙与舒位相约北上，以赴明春之试。后皆不果行。（郑幸《王昙年谱简编》）

石韫玉入上书房行走，冬任四川知府。（陶澍《陶文毅公全集》卷四十五《恩赏翰林院编修前山东按察使司按察使琢堂石公墓志铭》）

是岁

章学诚以《文史通义》初刻稿送钱大昕。（陈祖武、朱彤窗《乾嘉学术编年》）

王昶编《湖海诗传》毕。（严荣《述庵先生年谱》）

顾嗣立《元诗选癸集》原编有录无书，其甥孙席世臣校勘补刻。（法式善《陶庐杂录》卷三）

李骥元（1756—）卒，年四十三。（李骥元《中允诗集》附杨芳灿序）

阮元刻胡天游《石笥山房诗文集》。（王章涛《阮元年谱》）

陈声和《响琴斋诗集》六卷《诗余》二卷刻行。（李灵年、杨忠《清人别集总目》）

李符清《海门诗钞》十三卷刻行。（李灵年、杨忠《清人别集总目》）

蒋业晋《立厓诗钞》刻行。（张慧剑《明清江苏文人年表》）

柴望《柴氏四隐集》五卷《秋堂集补遗》一卷《附录》一卷刻行。（《中国古籍善本书目》）

贾季超《护花铃语》四卷刻行。（蒋寅《清诗话考》）

宋大樽《茗香诗论》一卷撰成。（蒋寅《清诗话考》）

嘉庆四年（1799）己未

正月初三，朱珪奉命赴京供职。命值南书房，管理户部三库事务。（朱锡经《南厓府君年谱》）

十二日，吴省钦以和珅将败，图自保其身，乃以王昙荐，云能作掌中雷。嘉庆斥为荒谬，吴省钦以微罪避祸，王昙则受其连累。（郑幸《王昙年谱简编》）

十七日，王昶入都。与法式善、何道生、张船山偶相过从谈艺。（严荣《述庵先生年谱》）

是月，吴省钦罢职返乡。赵怀玉典衣为赠。（《收庵居士自叙年谱略》）

陈奉兹（1726—）卒于苏州，年七十四。（姚鼐《惜抱轩文集》卷十三《江苏布政使德化陈公墓志铭》）

伊秉绶出为惠州知府。（吴奇唯《伊墨卿先生年谱》）

二月初九，翁方纲补授鸿胪寺卿。（沈津《翁方纲年谱》）

三月初二，洪亮吉入京，寓戴敦元家。（李金松《洪亮吉年谱》）

初二，阮元调补户部左侍郎。初四，充经筵讲官。初六，充会试副总裁。（王章涛《阮元年谱》）

春，杨揆卸平凉府知府任，授宁夏水利同知。至此，在甘肃任职二十年。（杨芳灿、余一鳌《杨蓉裳先生年谱》）

冯敏昌主端溪书院讲席。（冯士镳《先君子太史公年谱》）

彭兆荪赴吴门馆陈希哲家。（缪朝荃《彭湘涵先生年谱》）

四月二十日，王昶返乡。（严荣《述庵先生年谱》）

王引之成探花，宋湘、张惠言、许宗彦、钱枚成进士。（《明清进士题名碑录索引》下册"嘉庆四年己未科"）

钱枚授吏部主事。（龚自珍《定庵全集》续集卷三《钱吏部遗集叙》）

许宗彦授兵部车驾司主事。两月后即以亲老引病归。丁母忧，复丁父忧，不复仕。（阮元《研经室二集》卷二《浙儒许君积卿传》）

钱枚授吏部主事。（《龚自珍全集》第三辑《钱吏部遗集序》）

五月二十四日，洪亮吉上书极陈时政，落职，发往伊犁。（李金松《洪亮吉年谱》）

六月，钱大昕校定《臧氏经义杂记》。（佚名《钱辛楣先生年谱》）

七月，钱大昕校勘《金石文跋尾》三集。又撰《十驾斋养新录》。（佚名《钱辛楣先生年谱》）

八月二十五日，以洪亮吉投递书札诗句中语涉狂悖，朱珪未即呈出，交都察院察议。（朱锡经《南厓府君年谱》）

九月二日，张维屏谒翁方纲。（张维屏《国朝诗人征略》卷三十四"翁方纲"条）

谢振定重被起用，任礼部主事。（秦瀛《小岘山人文集》续集卷二《礼部员外郎前监察御史谢君墓志铭》）

十月初三，阮元任浙江巡抚。（王章涛《阮元年谱》）

初七，朱珪调户部尚书。（朱锡经《南厓府君年谱》）

是月，钱大昕集毕生为学札记，编定《十驾斋养新录》。（陈祖武、朱彤窗《乾嘉学术编年》）

武亿（1745—）卒于河南邓州旅邸，年五十五。（孙星衍《五松园文稿》不分卷《武亿传》）

阮元编成《畴人传》。（王章涛《阮元年谱》）

陈文述随从阮元赴浙。（钟慧玲《陈文述年谱初篇》）

十一月初一，翁方纲为谢启昆《树经堂诗集》作序。（沈津《翁方纲年谱》）

初七，黎简（1747—）卒，年五十三。（周锡馥《黎简诗选》附《黎简年谱》）

十二月，阮元《经籍籑诂》刻成。（王章涛《阮元年谱》）

法式善被革去国子监祭酒，改任编修，在实录馆效力。（阮元《梧门先生年谱》）

杨揆调任四川。（杨芳灿、余一鳌《杨蓉裳先生年谱》）

铁保补漕运总督，兼兵部侍郎。（《梅庵自编年谱》）

冬，吴文溥、孙韶客浙江巡抚阮元幕，吴文溥至次年夏，孙韶至嘉庆七年（1802）夏。（尚小明《清代士人游幕表》）

陈文述识孙韶，同客阮元幕下，交谊最善。（钟慧玲《陈文述年谱初篇》）

是岁

阮元聘王昶主杭州敷文书院。（严荣《述庵先生年谱》）

在京日，陈文述手录朱珪诗册，阮元命校以付梓。在杭日，陈文述与吴文溥同复勘《两浙輶轩录》，去取之间，二人观点不尽相合。（钟慧玲《陈文述年谱初篇》）

孙星衍居金陵守制，至浙中晤谢启昆、秦瀛。（张绍南《孙渊如先生年谱》）

张问陶在京供职。（王世芬《张船山先生年谱》）

姚椿见王昶于杭州，姚椿论诗曰"以讽谕为主，以音节为辅，以独造为境，以自然为宗"，王昶激赏不已。（《续碑传集》卷七十八沈日富《姚先生行状》）

王昶《春融堂集》刻行。（李灵年、杨忠《清人别集总目》）

姚鼐补刻诗集五卷。（郑福照《姚惜抱先生年谱》）

李鼎元《师竹斋集》十四卷刻行。（李灵年、杨忠《清人别集总目》）

赵希璜于安阳刊刻《两当轩诗钞》，吴尉光作序。（许隽超《黄仲则年谱考略》）

袁文揆编《滇南诗略》十八卷《补遗》二卷《流寓》二卷刻行。（法式善《陶庐杂录》卷三）

阮元邀法式善至琅嬛仙馆校勘《两浙輶轩录》，历三月始毕，分四十卷，

得3133人，诗9241首。（法式善《陶庐杂录》卷三）

李苞编《洮阳诗钞》十卷刻行，专录清朝狄道州人诗，杨芳灿序。（法式善《陶庐杂录》卷三）

齐召南《宝纶堂文钞》八卷《诗钞》六卷刻行。（李灵年、杨忠《清人别集总目》）

宋大樽《学古集》四卷附《诗论》一卷刻行。（李灵年、杨忠《清人别集总目》）

赵翼《廿二史札记》刻成。（《瓯北先生年谱》）

徐传诗《星湄诗话》二卷撰成。（蒋寅《清诗话考》）

嘉庆五年（1800）庚申

正月十六日，洪亮吉抵乌鲁木齐戍所。（李金松《洪亮吉年谱》）

二月，两淮盐运使曾燠聘孙星衍主讲安定书院。不久，阮元招孙星衍佐理幕务，并延主绍兴蕺山书院。（张绍南《孙渊如先生年谱》）

三月三日，陈文述同吴文溥、孙韶、陈鸿寿奉陪阮元暨阮父至皋亭修禊。（钟慧玲《陈文述年谱初篇》）

是月，毛大瀛（1735—）在与白莲教张子聪部激战中阵亡，年六十六。（毛岳生《休复居文集》卷六《奉直大夫四川简州知州先大父毛公行状》）

四月，洪亮吉得释。后归里，自号更生居士。（李金松《洪亮吉年谱》）

法式善升侍讲，充宫史纂修官。（阮元《梧门先生年谱》）

初夏，李鼎元出使琉球，过访王昶。（王昶《湖海诗传》卷三十六）

五月，阮元立诂经精舍。选两浙诸生读书其中，并奉祀许慎、郑玄。（阮元《研经室二集》卷七《西湖诂经精舍记》）

夏，赵翼编《陆放翁年谱》一卷。（《瓯北先生年谱》）

八月，杨芳灿、陈文述、吴嵩梁中举。（陈文述《颐道堂诗自叙》；杨芳灿、余一鳌《杨蓉裳先生年谱》；张世沛《吴嵩梁生平事迹考述》）

彭兆荪赴江宁乡试，未第，仍馆吴门。（缪朝荃《彭湘涵先生年谱》）

陈文述乡试中举，遂入仕途。（钟慧玲《陈文述年谱初篇》）

九月十六日，朱珪招丁卯同年冯光熊、纪昀、秦蕙田、翁方纲小集。（沈津《翁方纲年谱》）

是月，孙星衍服阕，因赔项未缴，绝意仕进。（张绍南《孙渊如先生年谱》）

法式善招赵怀玉、吴锡麒、汪学金、谢振定、郭𡎴、蒋棠、姚椿、吴九思等十四人游西山。（《收庵居士自叙年谱略》）

十月，杨芳灿入都，得户部广东司行走。寓居菜园上街，与张问陶、汪端光、赵怀玉相过从，并与吴锡麒、法式善、李鼎元订交。（杨芳灿、余一鳌《杨蓉裳先生年谱》）

十一月，孙星衍至吴门，段玉裁与蒋业晋、钮树玉、袁廷梼、黄丕烈、顾莼、顾千里、何元锡、李总、瞿中溶、夏文焘、陶梁、沈培、徐颋、唐鉴、李福、戴延祢诸名士饯别于虎丘山。（刘盼遂《段玉裁先生年谱》）

赵怀玉与熊枚、周兴岱、周厚辕、吴锡麒、吴裕德、张问陶为消寒会。（《收庵居士自叙年谱略》）

十二月十九日，法式善、赵怀玉、吴锡麒、张问陶、孙铨、柳莲、方楷、周邵莲、高玉阶等集翁方纲苏斋，拜苏轼生日。（沈津《翁方纲年谱》）

十二月，赵怀玉选山东青州府海防同知。（《收庵居士自叙年谱略》）

冬，江宁诸生合为镌刻姚鼐文集十六卷。（郑福照《姚惜抱先生年谱》）

孙原湘访王昙。（郑幸《王昙年谱简编》）

是岁

章学诚病瘖，请人录草。（胡适、姚名达《章实斋先生年谱》）

冯敏昌仍主端溪书院。（冯士镳《先君子太史公年谱》）

吴颢编《杭郡诗辑》十六卷刻行，自黄机起，凡一千四百余人。（法式善《陶庐杂录》卷三）

孙原湘《天真阁集》刻行。（李灵年、杨忠《清人别集总目》）

宗圣垣《九曲山房诗钞》十六卷刻行。（李灵年、杨忠《清人别集总目》）

毛济美《娄东五先生诗选》五卷《附录》三卷刻行。（《中国古籍善本书目》）

赵知希《泾川诗话》三卷刻行。（蒋寅《清诗话考》）

檀萃《滇南草堂诗话》十四卷刻行，钱榢为序。（蒋寅《清诗话考》）

阮元撰，陈文杰、吴文溥编《定香亭笔谈》四卷撰成。（蒋寅《清诗话考》）

嘉庆六年（1801）辛酉

正月，阮元在杭州立诂经精舍，先后延请王昶、孙渊如主讲席。（王章涛《阮元年谱》）

姚鼐以年衰畏涉江涛，改主敬敷书院。（郑福照《姚惜抱先生年谱》）

春，冯敏昌由端溪至省，主讲粤秀书院。（冯士镳《先君子太史公年谱》）

赵翼游茅山，与刘烜、刘种之、庄通敏、洪亮吉、蒋熊昌、蒋骐昌、陈春山、赵绳男为看花之会。（《瓯北先生年谱》）

陈文述入京参加会试，居京师五年。（钟慧玲《陈文述年谱初篇》）

四月，赵怀玉将赴青州任。先请假回乡省亲，后至京口访王文治，过六安遇吴锡麒乞养南归。（《收庵居士自叙年谱略》）

五月十二日，阮元招段玉裁、孙星衍、程瑶田雅集于诂经精舍。（刘盼遂《段玉裁先生年谱》）

夏，张问陶奉派教习庶吉士。（王世芬《张船山先生年谱》）

秋，乐钧中顺天乡试举人。（夏宝晋《冬生草堂文录》卷四《举人乐君权厝志》）

十月，黄丕烈招段玉裁、钱大昕、陈鸿寿、顾仪集于红树山馆。（刘盼遂《段玉裁先生年谱》）

十一月二十八日（公元1802年1月2日），章学诚（1738—）卒于绍兴故里，年六十四。逝世前曾以所著文稿交萧山王宗炎编定。（陈祖武、朱彤窗

《乾嘉学术编年》）

　　冬，刘大观捐升道员。（许隽超《刘大观年谱考略》）

　　是岁

　　洪亮吉与赵翼、庄通、敏宇逵、蒋骐昌、吴端彝、陈宾、蒋廷耀等唱酬。（李金松《洪亮吉年谱》）

　　杨芳灿在京，与吴锡麒、法式善诸公为诗文会，一月一集。（杨芳灿、余一鳌《杨蓉裳先生年谱》）

　　陈文述与杨芳灿相识，先后过从五年。二人诗名并重，京师称"杨陈"。（钟慧玲《陈文述年谱初篇》）

　　王昙改名良士，会试仍报罢。南还，赋《落花诗》，舒位、孙原湘皆有和诗。（郑幸《王昙年谱简编》）

　　吴文溥（1740—）卒，年六十二。（《文学遗产》1999年第1期蒋寅《吴文溥生卒年考》）

　　李锡麟辑《山右诗存》二十四卷《名媛方外》二卷《附集》八卷《名媛方外》一卷，共三十二卷刻行，张师诚序。（法式善《陶庐杂录》卷三）

　　阮元《两浙輶轩录》刻行。（法式善《陶庐杂录》卷三）

　　赵翼《唐宋以来十家诗话》（即《瓯北诗话》）撰成。（《瓯北先生年谱》）

　　姚鼐《惜抱轩文集》十六卷《诗集》十卷刻行。（李灵年、杨忠《清人别集总目》）

　　乐钧《韩江棹歌》一卷刻行。（李灵年、杨忠《清人别集总目》）

　　钱沣《南园诗存》二卷刻行。（李灵年、杨忠《清人别集总目》）

　　李调元《雨村诗话补遗》四卷撰成。（詹杭伦、沈时蓉《雨村诗话校正》）

　　阮元《广陵诗事》十卷刻行。（蒋寅《清诗话考》）

嘉庆七年（1802）壬戌

正月，冯敏昌因母丧辞粤秀书院讲席。（冯士镳《先君子太史公年谱》）

二月一日，徐鑅庆（1758—）卒，年四十五。（王芑孙《渊雅堂全集·惕甫未定稿》卷十三《署湖北州知州徐君墓志铭》）

四月二十六日，王文治（1730—）卒，年七十三。（《王文治诗文集》附录姚鼐《云南临安府知府丹徒王君墓志铭》）

是月，孙星衍《五松园文稿》刻行。（张绍南《孙渊如先生年谱》）

梁章钜、陶澍、张鉴成进士。（《明清进士题名碑录索引》下册"嘉庆七年壬戌科"）

王昙、舒位、孙原湘会试皆下第。（郑幸《王昙年谱简编》）

陈文述会试下第。（钟慧玲《陈文述年谱初篇》）

五月，赵怀玉任兖州太守。舒位、王昙、孙原湘、席元侃下第，过兖，访赵怀玉。（《收庵居士自叙年谱略》）

法式善升侍讲学士。（阮元《梧门先生年谱》）

六月三日，张惠言（1761—）卒于翰林院编修任，年四十二。（恽敬《大云山房文稿》初集卷四《张编修惠言墓志铭》）

二十六日，谢启昆（1737—）卒于广西巡抚任，年六十六。（姚鼐《惜抱轩文集》后集卷七《广西巡抚谢公墓志铭》）

七月，孙星衍应庐州太守张祥云之请纂修郡志。（张绍南《孙渊如先生年谱》）

杨芳灿为会典馆总纂修官。（杨芳灿、余一鳌《杨蓉裳先生年谱》）

八月，王昶辑《明词综》十二卷成。（王昶《明词综》卷首《自序》）

九月，吴玉纶（1732—）卒，年七十一。（王昶《春融堂集》卷五十六《翰林院检讨前兵部右侍郎吴君墓志铭》）

十月十五日，钱大昕为吴骞《拜经楼诗集》撰序，倡言诗与学无二道。（陈鸿森《钱大昕潜研堂遗文辑存》卷上《拜经楼诗集序》）

是月，沈清直任兖州太定，赵怀玉回青州原任。（《收庵居士自叙年谱

十一月，姚鼐付六安州为修志书。（郑福照《姚惜抱先生年谱》）

十二月二十一日（公元1803年1月14日），李调元（1734—）卒于四川绵州故里，年六十九。（杨懋修《李雨村先生年谱》）

铁保补授广东巡抚。（《梅庵自编年谱》）

是岁

王昶以生平所撰《金石萃编》、诗文两集及《湖海诗传》《续词综》《天下书院志》诸书，请朱文藻、彭兆荪及门人陈兴宗、钱侗、陶梁分校。（陈祖武、朱彤窗《乾嘉学术编年》）

洪亮吉主洋川书院。（李金松《洪亮吉年谱》）

詹应甲任湖北天门知县。（詹应甲《赐绮堂集》卷二十三《赐绮堂初稿自序》）

查揆在阮元诂经精舍。（查揆《筼谷诗钞》卷八《云台夫子辟精舍于西湖孤山之麓以浙东西为训诂词赋之学者舍其中得三十二人揆亦与焉同舍孙文作诂经舍图属题其后》）

秦瀛引疾归。（陈用光《太乙舟文集》卷八《予告刑部右侍郎秦公遂庵墓志铭》）

毛大瀛《戏鸥居诗钞》九卷刻行。（李灵年、杨忠《清人别集总目》）

孙韶《春雨楼诗略》十卷刻行。（李灵年、杨忠《清人别集总目》）

袁廷梼《渔隐录》一卷刻行。（《中国古籍善本书目》）

嘉庆八年（1803）癸亥

正月，李符清升大名府开州知州。（康锐《李符清及其〈濮阳策蹇图〉》，《学理论》2013年第27期）

铁保调补山东巡抚。（《梅庵自编年谱》）

二月，阮元刊刻朱珪《知足斋诗集》。（王章涛《阮元年谱》）

盐政额勒布聘洪亮吉主梅花书院。（李金松《洪亮吉年谱》）

闰二月，刘大观离宁远知州任候选。（许隽超《刘大观年谱考略》）

春，赵翼偕王昙游洞庭，又游焦山，往扬州看芍药。（《瓯北先生年谱》）

五月二十二日，赵怀玉父卒，闻讣返乡。（《收庵居士自叙年谱略》）

六月初二，吴省钦（1730—）卒于家，年七十五。请王昶作墓志铭。（《吴白华自订年谱》）

七月，孙星衍以山东道员用，后请假回籍。（张绍南《孙渊如先生年谱》）

八月初四，朱彭（1731—）卒，年七十三。（阮元《两浙輶轩录补遗》卷八）

二十三日，吴蔚光（1743—）卒，年六十一。（法式善《存素堂文集》卷四《例授奉直大夫礼部主事吴君墓表》）

秋，袁枚长子袁通来京，杨芳灿约孙星衍、刘大观等好友二十余人于陶然亭聚会。（杨芳灿、余一鳌《杨蓉裳先生年谱》）

十一月，王昶八十生辰，吴锡麒征诗，吴越士大夫挐舟来祝者数日不绝，得诗百余首。而京城及远方寄诗来祝者亦众。（严荣《述庵先生年谱》）

十二月二十六日（公元1804年1月24日），钱枚（—1761）卒，年四十三。（钱林《玉山草堂集·十二月二十六日述悲怀》）

是月，钱大昕《十驾斋养新录》刊刻。（钱庆曾《竹汀居士年谱续编》）

冬，钱大昕《长兴县志》成。（佚名《钱辛楣先生年谱》）

客扬州。（许隽超《刘大观年谱考略》）

是岁

洪亮吉与曾燠、赵翼等唱酬。（李金松《洪亮吉年谱》）

法式善作《三君咏》，称赞舒位、王昙、孙原湘，托人寄至吴下。舒位、孙原湘均有谢诗。（郑幸《王昙年谱简编》）

王昶《湖海诗传》四十六卷刻行，此书汇集生平友人，得六百余人，起于康熙五十一年（1712）。（法式善《陶庐杂录》卷三）

吕星垣《白云草堂文钞》七卷《诗钞》三卷《首》二卷刻行。（李灵年、

杨忠《清人别集总目》）

王芑孙《渊雅堂全集》刻行。（李灵年、杨忠《清人别集总目》）

吴锡麒《有正味斋试帖诗详注》刻行。（李灵年、杨忠《清人别集总目》）

邵晋涵《南江诗钞》四卷《文钞》十二卷《札记》四卷刻行。（李灵年、杨忠《清人别集总目》）

范起凤《瘦生诗钞》六卷刻行。（李灵年、杨忠《清人别集总目》）

吴文晖《澉浦诗话》二卷《续》四卷刻行，周春为序。（蒋寅《清诗话考》）

黄培芳《诗说》一卷撰成。（蒋寅《清诗话考》）

魏景文《古诗声调细论》一卷撰成。（蒋寅《清诗话考》）

嘉庆九年（1804）甲子

正月，朱珪晋太子太傅。（朱锡经《南厓府君年谱》）

洪亮吉访王昶，又应李廷敬之邀游上海。（李金松《洪亮吉年谱》）

二月十七日，翁方纲原品休致回籍。（沈津《翁方纲年谱》）

是月，孙星衍补授山东督粮道。（张绍南《孙渊如先生年谱》）

春，彭兆荪赴吴门，在里中患病，半年始愈，拟赴江宁乡试未果。（缪朝荃《彭湘涵先生年谱》）

四月初五，宋大樽（1746—）卒，年五十九。（戚学标《鹤泉文钞续选》卷七《国子助教茗香宋君墓志铭》）

初八，伊秉绶罢惠州知府任。（吴奇唯《伊墨卿先生年谱》）

是月，冯敏昌主越华书院。（冯士镳《先君子太史公年谱》）

五月十九日，法式善纂八旗人诗一百三十四卷成。嘉庆作序，并赐名《熙朝雅颂集》。（阮元《梧门先生年谱》）

六月初一，杨揆（1760—）卒，年四十五。（杨芳灿、余一鳌《杨蓉裳先生年谱》）

夏，赵翼来苏州，邀王昙、潘奕隽同游洞庭。（郑幸《王昙年谱简编》）

八月，赵怀玉至上海，与吴锡麒、郑澂、祝堃、洪亮吉等人集会。（《收庵居士自叙年谱略》）

秋，彭兆荪赴邗上，先后客曾燠、张敦仁幕。（缪朝荃《彭湘涵先生年谱》）

查揆浙江乡试中举。（查揆《筼谷文钞》卷十二《先姚朱太宜人行述》）

严学淦顺天乡试中举。（严学淦《海云堂文钞·皇清诰授中宪大夫例晋通议大夫河南按察使司按察使先考筼亭府君行略》）

十月二十日，钱大昕（1728—）卒于苏州紫阳书院，年七十七。王昶撰墓志，伊秉绶分书勒石。（佚名《钱辛楣先生年谱》）

是岁

阮元为刻段玉裁《说文解字注》第五篇上，加以句读。（刘盼遂《段玉裁先生年谱》）

洪亮吉与吴锡麒、祝坤、赵怀玉诸人有唱酬。（李金松《洪亮吉年谱》）

彭兆荪与乐钧、刘嗣绾、顾广圻订交。（缪朝荃《彭湘涵先生年谱》）

谢振定充陕西乡试副考官，迁礼部员外郎。（秦瀛《小岘山人文集》续集卷二《礼部员外郎前监察御史谢君墓志铭》）

秦瀛病痊，补广东按察使，寻擢浙江布政使。（陈用光《太乙舟文集》卷八《予告刑部右侍郎秦公遂庵墓志铭》）

蒋业晋（1728—）卒，年七十七。（张慧剑《明清江苏文人年表》）

曾燠纂辑《江西诗征》九十五卷刻行。（法式善《陶庐杂录》卷三）

郭麐《灵芬馆诗二集》刻行。（鹿苗苗《郭麐年谱》）

史梦蛟校全祖望《鲒埼亭集》三十八卷附《卷首》一卷《年谱》一卷《经史问答》十卷《外编》五十卷刻行。（李灵年、杨忠《清人别集总目》）

孙士毅《百一山房诗文集》十二卷刻行。（李灵年、杨忠《清人别集总目》）

朱彭《抱山堂诗集》十八卷刻行。（李灵年、杨忠《清人别集总目》）

汪淮《小海自定诗》一卷《黟山纪游》一卷刻行。（李灵年、杨忠《清人

别集总目》）

汪学金《娄东诗派》二十八卷刻行。（《中国古籍善本书目》）

江振鸿《新安二江先生集》八卷《附》二卷刻行。（《中国古籍善本书目》）

嘉庆十年（1805）乙丑

正月，冯敏昌主粤秀书院。（冯士镳《先君子太史公年谱》）

彭兆荪仍赴邗上，客曾燠幕。（缪朝荃《彭湘涵先生年谱》）

二月十四日，纪昀（1724—）病逝于协办大学士任，年八十二。（孙致中《纪晓岚年谱》）

是月，上海观察李廷敬邀赵怀玉修《廿三史》。同修者有何琪、林镐，赵怀玉负责《宋史》。（《收庵居士自叙年谱略》）

三月，泾县县令李德淦邀洪亮吉修县志。（李金松《洪亮吉年谱》）

春，陈文述于孙均邸第与查揆相识，情谊甚笃。（钟慧玲《陈文述年谱初篇》）

四月，姚鼐应铁保之请主钟山书院。嘉庆二十年方离任。（郑福照《姚惜抱先生年谱》）

阮元刻《熙朝雅颂集》成。（王章涛《阮元年谱》）

伊秉绶任扬州知府。（吴奇唯《伊墨卿先生年谱》）

孙原湘成进士。（《明清进士题名碑录索引》下册"嘉庆十年乙丑科"）

孙原湘改翰林院庶吉士，充武英殿协修官，假归，不复出。（李兆洛《养一斋文集》卷十二《翰林院庶吉士孙君墓志铭》）

查揆进士不第，留京师，充实录誊录官。（查揆《篔谷文钞》卷十二《先妣朱太宜人行述》）

石韫玉擢山东按察使。（陶澍《陶文毅公全集》卷四十五《恩赏翰林院编修前山东按察使司按察使琢堂石公墓志铭》）

六月，秦瀛改官京卿，与杨芳灿相见甚欢，互以诗文相质。（杨芳灿、余

一鳌《杨蓉裳先生年谱》）

闰六月十五日，阮元丁父忧。（王章涛《阮元年谱》）

七月初一，翁方纲撰《重刻王文简公五言诗钞序》。（沈津《翁方纲年谱》）

九月二十八日，张问陶改官江南道御史。（王世芬《张船山先生年谱》）

是月，翁方纲《咏物七言律诗偶记》一卷由谢学崇刻行。（沈津《翁方纲年谱》）

秋，扬州知府伊秉绶过访潘奕隽。（《三松自订年谱》）

十一月，王昶辑刻《金石萃编》成。（陈祖武、朱彤窗《乾嘉学术编年》）

十二月十五日，刘大观补授山西河东道。（许隽超《刘大观年谱考略》）

是岁

王昶居家，赵怀玉、姚椿等时时过访。（严荣《述庵先生年谱》）

法式善官侍讲学士，有《西山唱和诗》。（阮元《梧门先生年谱》）

孙星衍为山东督粮道，旋擢布政使。（张绍南《孙渊如先生年谱》）

孙均为刊陈文述《碧城仙馆诗钞》，京师多相传诵。杨芳灿、查揆、李元恺作序。（钟慧玲《陈文述年谱初篇》）

桂馥（1736—）卒于云南永平知县任，年七十。（桂馥《晚学集》附录蒋祥墀《桂君未谷传》）

徐书受（1751—）卒，年五十五。（洪亮吉《更生斋文续集》卷二《徐君墓志铭》）

曾燠编《朋旧遗诗合钞》二十二卷刻行，共三十家。（法式善《陶庐杂录》卷三）

徐达源编《褉湖诗拾》八卷刻行，所录皆吴江诗人逸篇，始于明初，迄于嘉庆十年。（法式善《陶庐杂录》卷三）

史善长《秋树读书楼遗集》十六卷刻行。（李灵年、杨忠《清人别集总目》）

铁保《梅庵诗文钞》十四卷刻行。（李灵年、杨忠《清人别集总目》）

嘉庆等《沛甘唱和诗》一卷刻行。（《中国古籍善本书目》）

钱泳《吴越钱氏传芳集》一卷刻行。（《中国古籍善本书目》）

李怀民《重订中晚唐诗主客图》二卷刻行，刘大观序。（蒋寅《清诗话考》）

嘉庆十一年（1806）丙寅

正月，扬州知府伊秉绶招赵怀玉修《扬州图经》。时吴锡麒主讲安定书院，时相过从。（《收庵居士自叙年谱略》）

二月十一日，冯敏昌（1747—）卒于粤秀书院，年六十。（冯士镰《先君子太史公年谱》）

是月，翁方纲重订《渔洋先生五七言诗》付梓。（沈津《翁方纲年谱》）

宁国太守鲁铨聘洪亮吉修《宁国府志》。（李金松《洪亮吉年谱》）

李符清发直隶以知府候补。（康锐《李符清及其〈濮阳策蹇图〉》，《学理论》2013年第27期）

三月，彭兆荪仍赴邗上客曾燠幕，校勘《骈体正宗》。刊《小谟觞馆集》成。（缪朝荃《彭湘涵先生年谱》）

六月七日，王昶（1725—）卒于青浦故里，年八十三。（严荣《述庵先生年谱》）

八月，杨芳灿母卒，挈眷出都。（杨芳灿、余一鳌《杨蓉裳先生年谱》）

九月初七，李廷敬（？—）卒于上海观察任。（吴锡麒《有正味斋集》续集卷八《李味庄同年诔》）

是月，翁方纲撰《渔洋先生像赞》。（沈津《翁方纲年谱》）

十月，阮元纂刊《十三经校勘记》二百四十三卷成。（王章涛《阮元年谱》）

十二月初五日（公元1787年1月13日），朱珪（1731—）卒于大学士任，年七十六。（朱锡经《南厓府君年谱》）

是月，赵怀玉与丁忧归里的杨芳灿、韩文绮在扬州聚会。（《收庵居士自

叙年谱略》）

冬，王昶《湖海诗传》刻行。（严荣《述庵先生年谱》）

是岁

陈文述归里门，旋被任安徽。安徽巡抚铁保留佐河工。（陈文述《颐道堂文钞》卷一《颐道堂诗自序》）

姚椿从姚鼐学，始重程朱之学。（《续碑传集》卷七十八沈日富《姚先生行状》）

谢振定授通州坐粮厅，监收漕粮。（秦瀛《小岘山人文集》续集卷二《礼部员外郎前监察御史谢君墓志铭》）

钱维乔（1739—）卒，年六十八。（陆萼庭《清代戏曲家丛考·钱维乔年谱》）

钱大昕《潜研堂文集》五十卷《诗集》十卷《诗续集》十卷刻行。（李灵年、杨忠《清人别集总目》）

师范《雷音》十二卷刻行。（《中国古籍善本书目》）

梁章钜辑《长乐诗话》六卷。（蒋寅《清诗话考》）

嘉庆十二年（1807）丁卯

正月，阮元编《瀛舟书记》成。（王章涛《阮元年谱》）

三月，伊秉绶、赵怀玉过访杨芳灿。（《收庵居士自叙年谱略》）

四月，杨芳灿拜袁枚墓。（杨芳灿、余一鳌《杨蓉裳先生年谱》）

夏初，洪亮吉《春秋左传诂》成。（洪亮吉《更生斋文续集》卷一《春秋左传诂序》）

五月，杨芳灿访阮元。（杨芳灿、余一鳌《杨蓉裳先生年谱》）

夏，彭兆荪由邗上归里，参加江宁乡试，后未第。（缪朝荃《彭湘涵先生年谱》）

八月二十八日，王士禛生日，翁方纲于吴嵩梁诗舫作诗二首。（沈津《翁方纲年谱》）

秋,毕华珍中举,分发浙江。(包世臣《小倦游阁集》卷九《送毕子筠分发浙江知县序》)

十月初六,阮元服阕入都,后署户部右侍郎。(王章涛《阮元年谱》)

十一月十四日,崔龙见(1741—)卒于常州,年六十七。(赵怀玉《亦有生斋集》文卷十九《诰授中宪大夫分巡湖北荆宜施道崔府君墓志》)

是月,洪亮吉修《宁国府志》告成。(李金松《洪亮吉年谱》)

十二月,阮元任河南巡抚。(王章涛《阮元年谱》)

冬,彭兆荪赴吴门,客胡克家幕,校勘李善注《文选》。(缪朝荃《彭湘涵先生年谱》)

是岁

陈文述以佐铁保治河之功改官江南。(陈文述《颐道堂文钞》卷一《颐道堂诗自序》)

《高宗实录》成,查揆议叙超等,引见,以知县用,分发安徽。(查揆《篔谷文钞》卷十二《先妣朱太宜人行述》)

曾燠擢湖南按察使。(包世臣《艺舟双楫》卷七下《曾抚部别传》)

常州大旱,洪亮吉设局赈饥。(李金松《洪亮吉年谱》)

姚鼐应段玉裁之请为其父作封文。段玉裁《说文解字注》三十卷成。(刘盼遂《段玉裁先生年谱》)

段玉裁邀请潘奕隽游龙树庵观古梅。(《三松自订年谱》)

陈文述官江南,先后任全椒、繁昌、昭文、江都、崇明知县,凡十四年。(陈文述《颐道堂诗自叙》)

伊秉绶父丧,丁忧返闽,家居八年。(吴奇唯《伊墨卿先生年谱》)

法式善《存素堂初集》刻行。(李灵年、杨忠《清人别集总目》)

伊秉绶《留春草堂诗钞》七卷刻行。(李灵年、杨忠《清人别集总目》)

严学淦《海云堂诗钞》十四卷《补遗》一卷《词钞》二卷《文钞》二卷刻行。(李灵年、杨忠《清人别集总目》)

郭麐《灵芬馆诗初集》四卷《二集》十卷《三集词》四卷《杂著》二卷刻行。(李灵年、杨忠《清人别集总目》)

杨揆《桐华吟馆诗稿》十二卷《词稿》二卷《文钞》一卷刻行。（李灵年、杨忠《清人别集总目》）

金兆燕《棕亭诗钞》十八卷刻行。（李灵年、杨忠《清人别集总目》）

黄金《梨红馆笔谈》二卷刻行。（蒋寅《清诗话考》）

嘉庆十三年（1808）戊辰

二月，杨芳灿赴衢州主讲正谊书院。（杨芳灿、余一鳌《杨蓉裳先生年谱》）

三月，阮元延杨芳灿主诂经精舍，与洪亮吉、吴锡麒、郭麐等往来甚密。旋受方葆岩中丞书，延主关中书院。（杨芳灿、余一鳌《杨蓉裳先生年谱》）

阮元由河南巡抚转任浙江巡抚。（王章涛《阮元年谱》）

李符清（1754—）卒，年五十五。（康锐《李符清及其〈濮阳策蹇图〉》，《学理论》2013年第27期）

赵怀玉抵通州，唐仲冕招游狼山。同游者张焘、洪亮吉、陆镛。（《收庵居士自叙年谱略》）

钱林、钱仪吉、屠倬、刘嗣绾、姚莹成进士。（《明清进士题名碑录索引》下册"嘉庆十三年戊辰科"）

刘嗣绾改庶吉士，授编修。（夏宝晋《冬生草堂文录》卷四《翰林院编修刘君墓志铭》）

屠倬改庶吉士，后散馆选授仪征知县。（夏宝晋《冬生草堂文录》卷四《江西九江府知府屠公墓志铭》）

春末夏初，郭麐至杭州，与杨芳灿同寓阮元诂经精舍。（鹿苗苗《郭麐年谱》）

五月，王念孙为段玉裁《说文解字注》作序，谓："训诂声音明而小学明，小学明而经学明。盖千七百年无此作。"（刘盼遂《段玉裁先生年谱》）

九月初，郭麐与潘眉往江西。（鹿苗苗《郭麐年谱》）

初六，秦瀛集同人补作王渔洋生日，翁方纲有诗。（沈津《翁方纲年

谱》）

十月，姚鼐《五七言今体诗钞》十八卷刻行。（郑福照《姚惜抱先生年谱》）

十二月十日，翁方纲为冯敏昌诗集作序。（沈津《翁方纲年谱》）

是岁

洪亮吉继续在常州设局赈饥。（李金松《洪亮吉年谱》）

法式善总纂《全唐文》。程邦瑞刻《存素堂文集》于扬州。（阮元《梧门先生年谱》）

本年前后，王昙掌教江苏宝山学海书院二年。（郑幸《王昙年谱简编》）

曾燠任湖北按察使。（包世臣《艺舟双楫》卷七下《曾抚部别传》）

胥绳武（1757—）卒于浙江藩司幕中，年五十二。（唐仲冕《陶山文录》卷八《原任江西萍乡县知县胥君墓志铭》）

阮元《琅嬛仙馆诗略》刻行。（王章涛《阮元年谱》）

刘嗣绾《尚絅堂诗集》五十二卷《筝船词》二卷《骈体文》二卷刻行。（李灵年、杨忠《清人别集总目》）

钱维乔《竹初诗钞》十六卷《文钞》六卷刻行。（李灵年、杨忠《清人别集总目》）

陈熙《腾啸轩诗钞》三十八卷刻行。（李灵年、杨忠《清人别集总目》）

吴锡麒《有正味斋集》七十一卷刻行。（李灵年、杨忠《清人别集总目》）

郑沄《玉勾草堂诗集》四卷刻行。（李灵年、杨忠《清人别集总目》）

管世铭《读雪山房唐诗序例》一卷撰成，洪亮吉、赵怀玉分别为序。（蒋寅《清诗话考》）

徐涵《芙蓉港诗词话》一卷撰成。（蒋寅《清诗话考》）

嘉庆十四年（1809）己巳

二月，法式善跌伤。（阮元《梧门先生年谱》）

三月，铁保与江苏巡抚汪志伊筹议添置尊经、正谊书院。（《梅庵自编年谱》）

春，王昙以应试入京，与龚自珍订交。落第后赴南京，在河督徐端幕中。（郑幸《王昙年谱简编》）

四月，尤维熊（1762—）卒，年四十八。（《小谟觞馆文续集》卷二《文林郎署蒙自县知县尤君墓表》）

吴慈鹤、许乃济成进士。（《明清进士题名碑录索引》下册"嘉庆十四年己巳恩科"）

五月十二日，洪亮吉（1746—）卒于常州故里，年六十四。（李金松《洪亮吉年谱》）

十五日，谢振定卒（1753—）于京，年五十七。（秦瀛《小岘山人文集》续集卷二《礼部员外郎前监察御史谢君墓志铭》）

六月二日，凌廷堪（1757—）卒于歙县故里，年五十三。（张其锦《凌次仲先生年谱》）

七月，张问陶选吏部验封司郎中。（王世芬《张船山先生年谱》）

是月，法式善校《全唐文》。（法式善《陶庐杂录》卷一）

铁保以失察山阳县谋毒冒赈案谪戍乌鲁木齐。（《梅庵自编年谱》）

九月初三，阮元因失察刘凤诰科场案被革去浙江巡抚，解京，后授编修。（王章涛《阮元年谱》）

十月，法式善检《道藏》。（法式善《陶庐杂录》卷一）

冬，姚鼐增益《九经说》十七卷，由门人陶定申补锓于江宁。（郑福照《姚惜抱先生年谱》）

是岁

赵翼目半明半昧，耳半聪半聋，喉音亦半响半哑，因自号"三半老人"。（《瓯北先生年谱》）

杨芳灿主关中书院。（杨芳灿、余一鳌《杨蓉裳先生年谱》）

彭兆荪仍赴吴门，时胡克家入都拜司寇之命，移寓玉清道院校勘《文选》毕，成《考异》十卷。（缪朝荃《彭湘涵先生年谱》）

孙韶客江西巡抚先福幕，至嘉庆十六年（1811）。（尚小明《清代士人游幕表》）

姚椿别姚鼐于金陵而入蜀。（《续碑传集》卷七十八沈日富《姚先生行状》）

钱杜自滇南还居金陵。（张慧剑《明清江苏文人年表》）

查揆丁父忧。（查揆《筼谷文钞》卷十二《先妣朱太宜人行述》）

方正澍（1742—）卒，年六十八。（吴翌凤《怀旧集》不分卷《小传》）

鲍廷博等《读画斋偶辑》十一卷刻行。（《中国古籍善本书目》）

王元常等《西园瓣香集》三卷刻行。（《中国古籍善本书目》）

周春《耄余诗话》十卷撰成。（蒋寅《清诗话考》）

嘉庆十五年（1810）庚午

二月，刘大观落职。（许隽超《刘大观年谱考略》）

四月二十六日，阮元授翰林院侍讲。（王章涛《阮元年谱》）

二十八日，翁方纲为刘大观《玉磬山房诗稿》撰序。（沈津《翁方纲年谱》）

六月十日，袁棠（1760—）卒于归家之尹山舟中，年五十一。（朱春生《铁箫庵文集》卷四《袁湘湄征君墓志铭》）

七月，张问陶选莱州府知府。（王世芬《张船山先生年谱》）

铁保补授翰林院侍讲学士。（《梅庵自编年谱》）

八月，吴嵩梁以丁忧归里，郭麐作诗慰之。（鹿苗苗《郭麐年谱》）

秋乡试，姚鼐与赵翼重赴鹿鸣宴，诏加四品衔。（郑福照《姚惜抱先生年谱》）

九月二十日，阮元充日讲起居注官。（王章涛《阮元年谱》）

是月，彭兆荪赴淮上访胡克家，时以漕运落职，权领淮安郡守。（缪朝荃《彭湘涵先生年谱》）

龚自珍应顺天乡试，中第二十八名副贡生。（樊克政《龚自珍年谱考

略》）

十月，郭麐与查揆同访屠倬于真州，同至扬州，同回苏州，舟行所作，集为《江行倡和集》，彭兆荪为之序。（鹿苗苗《郭麐年谱》）

十二月十八日，姚鼐作《程绵庄文集序》。（郑福照《姚惜抱先生年谱》）

是岁

法式善家居养疴。（阮元《梧门先生年谱》）

曾燠擢广东布政使。（包世臣《艺舟双楫》卷七下《曾抚部别传》）

宗圣垣以老疾归。（宗稷震《躬耻斋文钞》卷十《墓志铭》）

杨梦符《心止居诗集》四卷《文集》二卷刻行。（李灵年、杨忠《清人别集总目》）

刘大观《玉磬山房诗集》六卷《文集》三卷刻行。（李灵年、杨忠《清人别集总目》）

吴慈鹤《吴侍读全集》刻行。（李灵年、杨忠《清人别集总目》）

吴省钦《白华后稿》四十卷刻行。（李灵年、杨忠《清人别集总目》）

陈本礼《汉诗统笺》三卷刻行。（《中国古籍善本书目》）

嘉庆十六年（1811）辛未

三月三日，阮元治具小集万柳堂，为秦瀛送别，翁方纲有诗《补柳小集》。（沈津《翁方纲年谱》）

四月，阮元编《经郛》一百余卷成。（王章涛《阮元年谱》）

林则徐、程恩泽成进士。（《明清进士题名碑录索引》下册"嘉庆十六年辛未科"）

王昙赴京会试。后落第。（郑幸《王昙年谱简编》）

五月，刘大观携家居怀庆府城。（许隽超《刘大观年谱考略》）

六月，陕西巡抚朱勋聘赵怀玉主关中书院。（《收庵居士自叙年谱略》）

七月，孙星衍引病离山东督粮道任。（张绍南《孙渊如先生年谱》）

十月二十日，孙韶（1752—）卒，年六十。（恽敬《大云山房文稿》二集卷四《孙九成墓志铭》）

是月，杨芳灿抵成都，修《四川通志》。（杨芳灿、余一鳌《杨蓉裳先生年谱》）

铁保补授浙江巡抚。十一月，升授吏部左侍郎兼管国子监事务。（《梅庵自编年谱》）

十二月初十，阮元授内阁学士兼礼部侍郎。（王章涛《阮元年谱》）

是岁

翁方纲作《粤东三子诗序》，把黄培芳、谭敬昭、张维屏标举为"粤东三子"。（翁方纲《复初斋外集》文集卷一）

江宁太守吕某邀姚鼐为修府志。门人陈用光校刻《庄子章义》于湖北。（郑福照《姚惜抱先生年谱》）

石韫玉致仕，主金陵尊经书院讲席。（陶澍《陶文毅公全集》卷四十五《恩赏翰林院编修前山东按察使司按察使琢堂石公墓志铭》）

查揆服阕，仍赴安徽，历署怀远县、巢县。（查揆《篔谷文钞》卷十二《先妣朱太宜人行述》）

曾国藩（—1872）生。（黎庶昌《曾文正公年谱》）

法式善《存素堂文续集》刻行。（李灵年、杨忠《清人别集总目》）

吴蔚光《素修堂诗集》二十四卷《补遗》一卷刻行。（李灵年、杨忠《清人别集总目》）

朱抡英《国朝三槎风雅》十六卷刻行。（《中国古籍善本书目》）

黄培芳《香石诗话》四卷刻行。（蒋寅《清诗话考》）

释明理《梅村笔记》二卷刻行。（蒋寅《清诗话考》）

嘉庆十七年（1812）壬申

二月二十日，赵怀玉始成行往陕西。（《收庵居士自叙年谱略》）

三月九日，张问陶辞职，就医吴门，侨寓虎邱。（王世芬《张船山先生年

谱》）

春，法式善携子前往西山大觉寺养疾。（阮元《梧门先生年谱》）

八月十四日，阮元任漕运总督，管理七省漕粮。（王章涛《阮元年谱》）

九月，阮元为纪昀遗集撰序，称"主持风雅，非公不能"。（陈祖武、朱彤窗《乾嘉学术编年》）

十一月，周为汉（1774—）卒于武昌。（陆耀遹《双白燕堂文集》卷上《清故登仕郎候选县主簿周君墓记》）

十二月十九日，吴荣光、叶筠潭、陈用光、刘嗣绾、董琴南、谢向亭、叶志诜小集翁方纲苏斋。（沈津《翁方纲年谱》）

是岁

彭兆荪赴金陵，客胡克家幕。（缪朝荃《彭湘涵先生年谱》）

龚自珍充武英殿校录，始为校雠之学。（樊克政《龚自珍年谱考略》）

段玉裁为其外孙龚自珍《怀人馆词》撰序，告诫勿以诗词而误经史。（陈祖武、朱彤窗《乾嘉学术编年》）

左宗棠（—1885）生。（罗正钧《左文襄公年谱》）

胡林翼（—1861）生。（夏先范《胡文忠公年谱》）

石韫玉《袁文笺正》刻行。（李灵年、杨忠《清人别集总目》）

赵翼《瓯北集》刻行。（李灵年、杨忠《清人别集总目》）

李骥元《李中允集》六卷刻行。（李灵年、杨忠《清人别集总目》）

尤维熊《二娱小庐诗钞》五卷《补编》一卷《词钞》二卷刻行。（李灵年、杨忠《清人别集总目》）

钱杜《松壶画赘》成书。（张慧剑《明清江苏文人年表》）

梁章钜《南浦诗话》八卷刻行。（蒋寅《清诗话考》）

嘉庆十八年（1813）癸酉

正月，刘熙载（—1881）生于江苏兴化。（王气中《艺概笺注》附录三《刘熙载行年小志》）

铁保授礼部尚书。（《梅庵自编年谱》）

二月初五，法式善（1753—）卒，年六十一。（阮元《梧门先生年谱》）

是月，彭兆荪赴皖，客胡克家幕，校勘《通鉴》。（缪朝荃《彭湘涵先生年谱》）

春，刘大观主覃怀书院讲席。（许隽超《刘大观年谱考略》）

四月，孙星衍往云间修《松江府志》。（张绍南《孙渊如先生年谱》）

六月初一，凌廷堪《校礼堂文集》在安徽宣城刊成。（凌廷堪《校礼堂文集》卷首张其锦《跋》）

九月，铁保调补吏部尚书。（《梅庵自编年谱》）

冬，段玉裁《说文解字注》始刻。弟子徐颋、胡积城、江沅、陈焕主其事。（刘盼遂《段玉裁先生年谱》）

是岁

魏源考选拔贡。（《魏源集》附魏耆《邵阳魏府君事略》）

陈廷庆（1754—）卒，年六十。（陈廷庆《谦受堂全集》卷首附《传》）

温汝能《粤东诗海》一百卷《补遗》六卷刻行。（《中国古籍善本书目》）

刘彬华《岭南群雅初集》三卷《二集》三卷刻行。（《中国古籍善本书目》）

马国伟、马用俊《小峨嵋山馆五种》十八卷刻行。（《中国古籍善本书目》）

嘉庆十九年（1814）甲戌

二月二十四日，铁保因前在哈什噶尔参赞任内办理回民敛钱滋事一案革职，发往吉林效力。（《梅庵自编年谱》）

是月，杨芳灿兼主锦江书院讲席。（杨芳灿、余一鳌《杨蓉裳先生年谱》）

胡克家招彭兆荪，以妇病未果行。在里，与萧抡、张景江、毕宪曾、温云

璇、汪彦博等人情谊甚密。（缪朝荃《彭湘涵先生年谱》）

三月十二日，阮元授江西巡抚。（王章涛《阮元年谱》）

四月十七日，赵翼（1727—）卒于江苏故里，年八十八。（《瓯北先生年谱》）

祁寯藻成进士。（《明清进士题名碑录索引》下册"嘉庆十九年甲戌科"）

王昙入京与会试，不录如故。（郑幸《王昙年谱简编》）

五月，翁方纲有诗《读苏诗四首》《读元遗山诗四首》。（沈津《翁方纲年谱》）

七月十六日，龚自珍撰《明良论》四篇，疾呼"变法"。（陈祖武、朱彤窗《乾嘉学术编年》）

是月，扬州盐政阿公聘孙星衍校勘《全唐文》。（张绍南《孙渊如先生年谱》）

秋，王昙至陕西一带。（郑幸《王昙年谱简编》）

十月，赵怀玉离开关中书院返乡。（《收庵居士自叙年谱略》）

十二月初二，段玉裁辑《戴东原年谱》及《札册》成。（陈祖武、朱彤窗《乾嘉学术编年》）

是岁

魏源入都，从胡培翚问汉儒家法。周系英见魏源诗篇敦雅，四出揄扬，数日名满京师。（《魏源集》附魏耆《邵阳魏府君事略》）

乐钧（1766—）卒于扬州，年四十九。（夏宝晋《冬生草堂文录》卷四《举人乐君权厝志》）

张问陶（1764—）卒于吴中，年五十一。（王世芬《张船山先生年谱》）

程瑶田（1725—）卒于歙县故里，年九十。（《清史列传》卷六十八《程瑶田传》）

吴嵩梁《庐山武夷纪游诗》刻行。（李灵年、杨忠《清人别集总目》）

嘉庆二十年（1815）乙亥

二月，孙星衍《尚书今古文注疏》成。（陈祖武、朱彤窗《乾嘉学术编年》）

三月，赵怀玉主湖州书院。（《收庵居士自叙年谱略》）

王昙至扬州，得资助于屠倬。（郑幸《王昙年谱简编》）

四月八日，翁方纲《石洲诗话》八卷刻行。（沈津《翁方纲年谱》）

五月，段玉裁《说文解字注》全部刊成。（刘盼遂《段玉裁先生年谱》）

六月七日，朱锡庚刊刻其父朱筠遗著《笥河文集》。（《笥河文集》卷首朱锡庚《序》）

九月八日，段玉裁（1735—）卒于苏州，年八十一。后归葬金坛县。（刘盼遂《段玉裁先生年谱》）

十一日，伊秉绶（1754—）卒于扬州旅次，年六十二。（吴奇唯《伊墨卿先生年谱》）

十三日，姚鼐（1731—）卒于江宁书院，年八十五。（郑福照《姚惜抱先生年谱》）

十一月，孙星衍访赵怀玉。（《收庵居士自叙年谱略》）

十二月二十一日（公元1816年1月19日），杨芳灿（1754—）卒，年六十三岁。（杨芳灿、余一鳌《杨蓉裳先生年谱》）

除夕（公元1816年1月28日），舒位（1765—）卒，年五十一。（《瓶水斋诗集》附陈裴之《乾隆戊申恩科举人拣选知县舒君行状》）

是岁

姚椿至金陵，时姚鼐有疾，视医药者数月。及姚鼐卒，亲视含殓，又哀辑其遗书。既归，不复应举。（《续碑传集》卷七十八沈日富《姚先生行状》）

曾燠擢贵州巡抚。（包世臣《艺舟双楫》卷七下《曾抚部别传》）

张问陶《船山诗草》二十卷《补遗》六卷刻行。（李灵年、杨忠《清人别集总目》）

梁章钜同刘嗣绾、吴嵩梁、陈用光、李彦章谒翁方纲。（梁章钜《退庵自

订年谱》）

宗圣垣（1736—）卒，年八十。（宗稷震《躬耻斋文钞》卷十《墓志铭》）

李鼎元（1750—）卒，年六十六。（陈文述《颐道堂诗选》卷十二《闻墨卿太守墨庄驾部先后殁于扬州诗以哭之》）

孙星衍辑《孔子集语》刊行。（陈祖武、朱彤窗《乾嘉学术编年》）

袁棠《秋水池堂诗》刻行。（李灵年、杨忠《清人别集总目》）

赵怀玉《亦有生斋诗钞》三十二卷刻行。（李灵年、杨忠《清人别集总目》）

罗安《吟次偶记》四卷刻行。（蒋寅《清诗话考》）

嘉庆二十一年（1816）丙子

二月，孙星衍主讲钟山书院，与严可均、孙星衡撰辑《全上古三代秦汉三国六朝文》。（张绍南《孙渊如先生年谱》）

春，彭兆荪赴胡克家幕。（缪朝荃《彭湘涵先生年谱》）

六月三十日，阮元改任河南巡抚。（王章涛《阮元年谱》）

七月，王昙偕钱泳游云台山，同客海州知州师亮采幕中。（郑幸《王昙年谱简编》）

八月，阮元刊《十三经注疏》并附录《校勘记》成。（王章涛《阮元年谱》）

十一月初七，阮元任湖广总督。（王章涛《阮元年谱》）

是岁

自上年至是年间，龚自珍撰《乙丙之际著议》二十五篇，再次疾呼“改革”。（陈祖武、朱彤窗《乾嘉学术编年》）

查揆官宣城知县。（查揆《筼谷文钞》卷十二《吴宜人行略》）

曾燠以母年高乞养。（包世臣《艺舟双楫》卷七下《曾抚部别传》）

石韫玉主苏州紫阳书院讲席，修《苏州府志》。（陶澍《陶文毅公全集》

卷四十五《恩赏翰林院编修前山东按察使司按察使琢堂石公墓志铭》）

史善长因事夺职，遣戍乌鲁木齐。（陈澧《东塾集》卷五《江西余干县知县史君传》）

法式善《存素堂诗续集》刻行。（李灵年、杨忠《清人别集总目》）

陈文述《颐道堂诗文钞》刻行。（李灵年、杨忠《清人别集总目》）

郭麐《灵芬馆诗话》十二卷刻行。（鹿苗苗《郭麐年谱》）

舒位《瓶水斋诗话》一卷刻成。（蒋寅《清诗话考》）

陆坊问，徐熊飞答《修竹庐谈诗问答》一卷刻行。（蒋寅《清诗话考》）

余成教《石园诗话》二卷刻行。（蒋寅《清诗话考》）

嘉庆二十二年（1817）丁丑

二月初八，阮元到汉阳接任湖广总督。（王章涛《阮元年谱》）

是月，孙星衍访赵怀玉。（《收庵居士自叙年谱略》）

七月二十五日，汪淮（1746—）卒，年七十二。（秦瀛《小岘山人文集》续文集卷二《贡生汪小海墓志铭》）

八月初一，王昙（1760—）卒于杭州，年五十八。龚自珍助葬，并作《王仲瞿墓表铭》。（郑幸《王昙年谱简编》）

二十三日，恽敬（1757—）卒于武进，年六十一。（吴德旋《初月楼文钞》卷八《恽子居先生行状》）

二十八日，阮元调任两广总督。（王章涛《阮元年谱》）

十月，郑炳文补刻黄景仁《两当轩诗钞》竟。（郑炳文《两当轩诗钞后跋》）

十二月一日（公元1818年1月7日），王芑孙（1755—）卒，年六十三。（秦瀛《小岘山人集》续文集补编《王惕甫墓志铭》）

二十二日，翁方纲序法式善遗著《陶庐杂录》。（沈津《翁方纲年谱》）

是岁

彭兆荪赴吴门，仍客胡克家幕，刊《小谟觞馆续集》成。（缪朝荃《彭湘

涵先生年谱》）

石韫玉归里，主苏州紫阳书院。（陶澍《陶文毅公全集》卷四十五《恩赏翰林院编修前山东按察使司按察使琢堂石公墓志铭》）

章炜应刘大观请，重刻黄景仁《悔存斋诗钞》。（许隽超《黄仲则年谱考略》）

乐钧《青芝山馆诗集》二十二卷刻行。（李灵年、杨忠《清人别集总目》）

吴文溥《南野堂诗集》七卷《笔记》十二卷刻行。（李灵年、杨忠《清人别集总目》）

秦瀛《小岘山人诗集》二十六卷《文集》六卷《文续集》二卷刻行。（李灵年、杨忠《清人别集总目》）

雪北山樵《花薰阁诗述》十卷撰成，吴锡麒为序。（蒋寅《清诗话考》）

钟廷瑛《全宋诗话存》十三卷撰成。（蒋寅《清诗话考》）

嘉庆二十三年（1818）戊寅

正月十二日，孙星衍（1753—）卒于南京，年六十六岁。严可均辑其骈体文未刊者为《冶城山馆遗稿》。（张绍南《孙渊如先生年谱》）

二十七日，翁方纲（1733—）卒于北京，年八十六。（沈津《翁方纲年谱》）

四月，包世臣、张铉来晤潘奕隽。（《三松自订年谱》）

赵怀玉诗文集付梓。（《收庵居士自叙年谱略》）

八月，龚自珍应浙江乡试。九月，放榜，中式第四名举人。（樊克政《龚自珍年谱考略》）

十二月初四日，胡翔云过访潘奕隽，邀晤秦瀛。（《三松自订年谱》）

二十二日（公元1819年1月17日），许宗彦（1768—）卒于杭州，年五十一。（阮元《研经室二集》卷二《浙儒许君积卿传》）

是岁

彭兆荪赴吴门，仍客胡克家幕。胡病殁，馆吴门孙均，课其从弟及其子。（缪朝荃《彭湘涵先生年谱》）

查揆丁母忧。（查揆《筼谷文钞》卷十二《先妣朱太宜人行述》）

吴锡麒（1746—）卒，年七十三。（《清史列传》卷七十二）

郭麐《灵芬馆诗话续编》刻行。（鹿苗苗《郭麐年谱》）

吴嵩梁《香苏山馆诗钞》三十卷刻行。（李灵年、杨忠《清人别集总目》）

孙星衍《芳茂山人诗录》九卷刻行。（李灵年、杨忠《清人别集总目》）

嘉庆二十四年（1819）己卯

三月，龚自珍会试落第。居京师，从刘逢禄受《公羊春秋》。又拜谒王念孙，叹外祖段玉裁门祚不振。（樊克政《龚自珍年谱考略》）

七月十七日，阮元入京祝嘏，十二月返回广州。（王章涛《阮元年谱》）

九月，魏源中顺天乡试副贡生。（《魏源集》附魏耆《邵阳魏府君事略》）

是岁

戴敦元授广东高廉道。（《清史稿》列传一百六十一本传）

彭兆荪仍赴吴门，馆孙氏。（缪朝荃《彭湘涵先生年谱》）

吴慈鹤充云南乡试副考官。（《清史列传》卷七十二）

史善长释回。（陈澧《东塾集》卷五《江西余干县知县史君传》）

阮元《文选楼诗存》五卷刻行。（王章涛《阮元年谱》）

许宗彦《鉴止水斋集》二十卷刻行。（李灵年、杨忠《清人别集总目》）

张维屏《国朝诗人征略初编》编竟。（张维屏《国朝诗人征略序》）

许嗣云《芷江诗话》八卷《补遗》一卷刻行。（蒋寅《清诗话考》）

嘉庆二十五年（1820）庚辰

正月二十一日，程晋芳遗著《勉行堂文集》在西安刊刻。（陈祖武、朱彤窗《乾嘉学术编年》）

三月初二，阮元创办学海堂。（王章涛《阮元年谱》）

春，龚自珍会试落第，捐职内阁中书。（樊克政《龚自珍年谱考略》）

八月，秦瀛访赵怀玉。（《收庵居士自叙年谱略》）

秋，彭兆荪应林则徐之招，赴杭州。（缪朝荃《彭湘涵先生年谱》）

是岁

焦循（1763—）卒。（闵尔昌《焦理堂先生年谱》）

周绂堂《补校袁文笺正》刻行。（李灵年、杨忠《清人别集总目》）

陈銮、王直渊、温曰鉴、陈经《雪南倡和编》三卷刻行。（《中国古籍善本书目》）

凌霄《快园诗话》八卷刻行，阮元为序。（蒋寅《清诗话考》）

袁洁《蠹庄诗话》十卷刻行。（蒋寅《清诗话考》）

主要参考文献

（一）参考文献名排列，著作类以拼音为序，论文类以发表时间为序。

（二）常见大型丛书，在《中国丛书综录》中有著录者，版本不细列。

（三）影印本所用底本提法，一般据影印本原书著录。

（四）版本某些子项原缺或未详者，俱付阙如。

一、著作类

B

《白氏长庆集》，［唐］白居易撰，上海古籍出版社1994年版。

《宝纶堂诗文钞》，［清］齐召南撰，《续修四库全书》第1428册，据辽宁省图书馆清嘉庆二年（1797）刻本影印。

《抱冲斋诗集》，［清］斌良撰，《续修四库全书》第1508册，据清光绪五年（1879）崇福湖南刻本影印。

《抱经堂文集》，［清］卢文弨撰，《续修四库全书》第1432—1433册，据清乾隆六十年（1795）刻本影印。

《碑传集》，［清］钱仪吉撰，中华书局1993年版。

《碑传集补》，闵尔昌编，台北明文书局1986年版。

《北江诗话》，［清］洪亮吉撰，陈迩冬校点，人民文学出版社1983年版。

《泊鸥山房集》，［清］陶元藻撰，《续修四库全书》第1441册，据复旦大学藏清刻本影印。

C

《采菽堂古诗选》，［清］陈祚明评选，李金松点校，上海古籍出版社2008年版。

《沧浪诗话校笺》，［宋］严羽著，张健校笺，上海古籍出版社2012年版。

《曹学士年谱》，［清］王鸿逵撰，《北京图书馆藏珍本年谱丛刊》第106册，北京图书馆出版社1999年版。

《茶余客话》，［清］阮葵生撰，《续修四库全书》第1138册，据复旦大学图书馆藏清光绪十四年（1888）铅印本影印。

《陈拾遗集》，［唐］陈子昂撰，上海古籍出版社1992年版。

《陈子昂诗注》，彭庆生著，四川人民出版社1981年版。

《陈子龙文集》，［明］陈子龙撰，华东师范大学出版社1988年版。

《初月楼文钞》，［清］吴德旋撰，《清代诗文集汇编》第486册，据道光三年（1823）刻本影印。

《船山诗草》，［清］张问陶撰，中华书局1986年版。

《春酒堂诗话》，［清］周容撰，《清代诗文集汇编》第66册，据民国二十一年（1932）四明张氏约园刻本影印。

《春秋左传正义》，［晋］杜预注，［唐］孔颖达等正义，《十三经注疏》本，上海古籍出版社1997年版。

《春融堂集》，［清］王昶撰，陈明洁、朱惠国、裴风顺点校，上海文化出版社2013年版。

《春在堂杂文》，［清］俞樾撰，《续修四库全书》第1550册，据上海辞书出版社图书馆藏清光绪二十五年（1899）刻春在堂全书本影印。

《辍锻录》，［清］方贞观撰，《清诗话续编》本，上海古籍出版社1983年版。

《词科余话》，〔清〕杭世骏撰，《四库未收书辑刊》第1辑第19册，据乾隆道古堂刻本影印。

《词科掌录》，〔清〕杭世骏撰，《四库未收辑刊》第1辑第19册，据乾隆道古堂刻本影印。

《赐绮堂集》，〔清〕詹应甲撰，《续修四库全书》第1484册，据山东省图书馆藏清道光止园刻本影印。

《存素堂诗初集录存》，〔清〕法式善撰，《续修四库全书》第1476册，据中国科学院图书馆藏清嘉庆十二年（1807）王墉刻本影印。

《存素堂文集》，〔清〕法式善撰，《续修四库全书》第1476册，据复旦大学图书馆藏清嘉庆十二年（1807）程邦瑞扬州刻增修本影印。

D

《大云山房文稿》，〔清〕恽敬撰，《续修四库全书》第1482册，据民国八年（1919）上海商务印书馆四部丛刊影印清同治八年（1869）刻本影印。

《带经堂诗话》，〔清〕王士禛著，张宗柟纂集，人民文学出版社1963年版。

《戴东原集》，〔清〕戴震撰，《续修四库全书》第1434册，据上海辞书出版社图书馆藏清乾隆五十七年（1792）段玉裁刻本影印。

《戴东原先生年谱》，〔清〕段玉裁撰，《北京图书馆藏珍本年谱丛刊》第104册。

《道古堂文集》，〔清〕杭世骏撰，《续修四库全书》第1426册，据清乾隆四十一年（1776）刻光绪十四年（1888）汪曾唯增修本影印。

《订讹类编》，〔清〕杭世骏撰，《续修四库全书》第1148册，据民国七年（1918）刻嘉业堂丛书本影印。

《东江诗钞》，〔清〕唐孙华撰，《清代诗文集汇编》第136册，据康熙五十六年（1717）太仓唐氏刻本影印。

《东庄遗集》，〔清〕陈黄中撰，《四库未收书辑刊》第10辑第21册，据清乾隆大树斋刻本影印。

《独学庐稿》，［清］石韫玉撰，《续修四库全书》第1467册，据华东师范大学图书馆藏清写刻独学庐全稿本影印。

《杜甫全集校注》，萧涤非主编，人民文学出版社2014年版。

《杜诗偶评》，［清］沈德潜撰，乾隆十二年（1747）赋闲草堂刻本，北京大学图书馆藏。

《段玉裁先生年谱》，刘盼遂撰，《北京图书馆藏珍本年谱丛刊》第108册。

《钝吟杂录》，［清］冯班撰，《景印文渊阁四库全书》第886册，上海古籍出版社1987年版。

E

《蛾术编》，［清］王鸣盛撰，迮鹤寿参校，《续修四库全书》第1151册，据清道光二十一年（1841）世楷堂刻本影印。

《而庵诗话》，［清］徐增撰，《清诗话》本，上海古籍出版社1978年版。

《二林居集》，［清］彭绍升撰，《续修四库全书》第1461册，据南京图书馆藏清嘉庆四年（1799）昧初堂刻本影印。

F

《樊榭山房集》，［清］厉鹗著，［清］董兆熊注，陈九思标校，上海古籍出版社1992年版。

《方苞集》，［清］方苞撰，上海古籍出版社1983年版。

《复初斋集外文》，［清］翁方纲撰，《清代诗文集汇编》第382册，据民国六年（1917）吴兴刘氏嘉业堂刻本影印。

《复初斋诗集》，［清］翁方纲撰，《续修四库全书》第1454—1455册，据清刻本影印。

《复初斋文集》，［清］翁方纲撰，《续修四库全书》第1455册，据清李彦章校刻本影印。

G

《高密县志》，余友林、王照青等撰，《中国方志丛书》华北地方第63号，台北成文出版社1968年版。

《龚自珍年谱考略》，樊克政著，商务印书馆2004年版。

《龚自珍全集》，〔清〕龚自珍著，王佩诤校，上海人民出版社1975年版。

《古典文学研究资料汇编（杜甫卷）》，华文轩编，中华书局1964年版。

《古典文学研究资料汇编（李白卷）》，裴斐、刘善良编，中华书局1994年版。

《古典文学研究资料汇编（李商隐资料汇编）》，刘学锴、余恕诚、黄世中编，中华书局2001年版。

《古夫于亭杂录》，〔清〕王士禛撰，中华书局1988年版。

《古欢堂集杂著》，〔清〕田雯撰，《清诗话续编》本，上海古籍出版社1983年版。

《古诗类苑》，〔明〕张之象辑，《四库全书存目丛书》集部第320册，据北京大学图书馆藏明万历三十年（1602）刻本影印。

《古诗赏析》，〔清〕张玉谷编撰，许逸民点校，上海古籍出版社2000年版。

《古诗源》，〔清〕沈德潜选，文学古籍刊行社1957年版。

《广州府志（光绪）》，〔清〕瑞麟等撰，《中国方志丛书》广东省第1号，台北成文出版社1968年版。

《国朝汉学师承记》，〔清〕江藩撰，中华书局1983年版。

《国朝畿辅诗传》，〔清〕陶梁撰，《续修四库全书》第1681册，据山东省图书馆藏清道光十九年（1839）红豆树馆刻本影印。

《国朝诗话》，〔清〕杨际昌撰，《清诗话续编》本，上海古籍出版社1983年版。

《国朝诗人征略》，［清］张维屏辑，《续修四库全书》第1712—1713册，据清道光十年（1830）刻本影印。

《国朝先正事略》，［清］李元度撰，《续修四库全书》第538—539册，据北京大学图书馆藏清同治八年（1869）循陔草堂刻本影印。

H

《海桐书屋诗钞》，［清］岳梦渊撰，《清代诗文集汇编》第291册，据乾隆三十二年（1767）刻本影印。

《韩昌黎诗系年集释》，［唐］韩愈著，钱仲联集释，上海古籍出版社1984年版。

《寒厅诗话》，［清］顾嗣立撰，《清诗话》本，上海古籍出版社1978年版。

《汉魏盛唐咏史诗研究》，李翰著，广西师范大学出版社2006年版。

《汉语诗律学》，王力著，上海教育出版社1962年版。

《合肥学舍札记》，［清］陆继辂撰，《续修四库全书》第1157册，据华东师范大学图书馆藏清光绪四年（1878）兴国州署刻本影印。

《何大复集》，［明］何景明撰，中州古籍出版社1989年版。

《鹤泉文钞续选》，［清］戚学标撰，《续修四库全书》第1462册，据中国科学院图书馆藏清嘉庆十八年（1813）刻本影印。

《珩石斋记事稿》，［清］钱仪吉撰，《续修四库全书》第1508册，据复旦大学图书馆藏清道光刻咸丰四年（1854）蒋光煦增修光绪六年（1880）钱彝甫印本影印。

《洪亮吉集》，［清］洪亮吉撰，刘德权点校，中华书局2001年版。

《洪亮吉年谱》，李金松著，人民出版社2015年版。

《后村大全集》，［宋］刘克庄撰，《四部丛刊初编》第277册，商务印书馆1935年版。

《后村诗话》，［宋］刘克庄撰，王秀梅点校，中华书局1983年版。

《胡文忠公年谱》，〔清〕夏先范撰，《北京图书馆藏珍本年谱丛刊》第58册。

《湖海诗传》，〔清〕王昶撰，商务印书馆1937年版。

《湖南通志（光绪）》，〔清〕曾国荃撰，《续修四库全书》第661—668册，据商务印书馆1934年影印清光绪十一年（1885）刻本影印。

《怀麓堂诗话校释》，〔明〕李东阳著，李庆立校释，人民文学出版社2009年版。

《皇明诗选》，〔明〕陈子龙、李雯、宋征舆编，华东师范大学出版社1991年版。

《黄庭坚诗学体系研究》，钱志熙著，北京大学出版社2003年版。

《黄仲则年谱考略》，许隽超著，上海古籍出版社2008年版。

《黄宗羲全集》，沈善洪主编，浙江古籍出版社1993年版。

《晦庵集》，〔宋〕朱熹撰，《景印文渊阁四库全书》第1143册，上海古籍出版社1987年版。

J

《纪晓岚文集》，〔清〕纪昀著，孙致中、吴恩扬、王沛霖、韩嘉祥校点，河北教育出版社1991年版。

《纪昀文学思想研究》，杨子彦著，中国社会科学出版社2015年版。

《茧斋诗谈》，〔清〕张谦宜撰，《清诗话续编》本，上海古籍出版社1983年版。

《剑溪说诗》，〔清〕乔亿撰，《清诗话续编》本，上海古籍出版社1983年版。

《绛跗阁诗稿》，〔清〕诸锦撰，《四库全书存目丛书》集部第274册，据福建师范大学图书馆藏清乾隆二十七年（1762）刻本影印。

《焦理堂先生年谱》，闵尔昌撰，《北京图书馆藏珍本年谱丛刊》第127册。

《校礼堂文集》，〔清〕凌廷堪撰，《续修四库全书》第1480册，据复旦大学图书馆藏清嘉庆十八年（1813）张其锦刻本影印。

《鲒埼亭集》，〔清〕全祖望撰，《续修四库全书》第1428—1429册，据清嘉庆九年（1804）史梦蛟刻本影印。

《鲒埼亭集外编》，〔清〕全祖望撰，《续修四库全书》第1430册，据上海图书馆藏清嘉庆十六年（1811）刻本影印。

《近三百年人物年谱知见录》，来新夏著，上海人民出版社1983年版。

《经笥堂文钞》，〔清〕雷铉撰，《清代诗文集汇编》第285册，据嘉庆十六年（1811）宁化伊氏秋水园刻本影印。

《荆溪林下偶谈》，〔宋〕吴子良撰，《景印文渊阁四库全书》第1481册，上海古籍出版社1987年版。

《静志居诗话》，〔清〕朱彝尊著，姚祖恩编，黄君坦校点，人民文学出版社1990年版。

《镜与灯》，〔美〕M.H.艾布拉姆斯著，北京大学出版社1989年版。

《旧唐书》，〔后晋〕刘昫等撰，中华书局1975年版。

K

《孔尚任全集辑校注评》，〔清〕孔尚任撰，徐振贵主编，齐鲁书社2004年版。

L

《郎潜纪闻》，〔清〕陈康祺撰，中华书局1984年版。

《冷庐杂识》，〔清〕陆以湉撰，中华书局1984年版。

《礼记正义》，〔汉〕郑玄注，〔唐〕孔颖达等正义，《十三经注疏》本，上海古籍出版社1997年版。

《李杜论略》，罗宗强著，内蒙古人民出版社1980年版。

《力本文集》，〔清〕马荣祖撰，《四库未收书辑刊》第9辑第26册，据清乾隆十七年（1752）石莲堂刻本影印。

《厉樊榭先生年谱》，［清］朱文藻撰，缪荃孙重订，《樊榭山房集》附录，上海古籍出版社1992年版。

《两当轩集》，［清］黄景仁撰，上海古籍出版社1983年版。

《两浙𬨎轩录》，［清］阮元、杨秉初辑，夏勇等整理，浙江古籍出版社2012年版。

《列朝诗集》，［清］钱谦益撰集，许逸民、林淑敏点校，上海古籍出版社2007年版。

《列朝诗集小传》，［清］钱谦益撰，古典文学出版社1957年版。

《林蕙堂全集》，［清］吴绮撰，《景印文渊阁四库全书》第1314册，上海古籍出版社1987年版。

《岭南群雅》，［清］刘彬华撰，《续修四库全书》第1693册，据浙江图书馆藏清嘉庆十八年（1813）玉壶山房刻本影印。

《刘大观年谱考略》，许隽超著，人民文学出版社2013年版。

《柳河东集》，［唐］柳宗元撰，上海古籍出版社2008年版。

《六臣注文选》，［南朝梁］萧统编，［唐］李善、吕延济、刘良、张铣、吕向、李周翰注，中华书局2012年版。

《龙性堂诗话初集》，［清］叶矫然撰，《清诗话续编》本，上海古籍出版社1983年版。

《履园丛话》，［清］钱泳撰，中华书局1979年版。

M

《毛诗正义》，［汉］郑玄笺，［唐］孔颖达等正义，《十三经注疏》本，上海古籍出版社1997年版。

《勉行堂诗文集》，［清］程晋芳著，魏世民校点，黄山书社2012年版。

《明代文论选》，蔡景康选，人民文学出版社1993年版。

《明清江苏文人年表》，张慧剑著，人民文学出版社2008年版。

《明清进士题名碑录索引》，朱保炯、谢沛霖著，上海古籍出版社1979年版。

《明人诗钞》，〔清〕朱琰编次，《四库禁毁书丛刊》集部第37册，据清华大学藏清乾隆刻本影印。

《明诗别裁集》，〔清〕沈德潜、周准辑，上海古籍出版社1979年版。

《明诗话全编》，吴文治主编，凤凰出版社1997年版。

《明史》，〔清〕张廷玉等撰，中华书局1974年版。

N

《南江诗文钞》，〔清〕邵晋涵撰，《续修四库全书》第1463册，据南京图书馆藏清道光十二年（1832）胡敬刻本影印。

《南齐书》，〔南朝梁〕萧子显撰，中华书局1972年版。

《南厓府君年谱》，〔清〕朱锡经撰，《北京图书馆藏珍本年谱丛刊》第106册。

O

《瓯北诗话校注》，〔清〕赵翼撰，江守义、李成玉校注，人民文学出版社2013年版。

《欧阳修全集》，〔宋〕欧阳修撰，李逸安点校，中华书局2001年版。

P

《彭湘涵先生年谱》，缪朝荃著，《北京图书馆藏珍本年谱丛刊》第130册。

《瓶水斋诗集》，〔清〕舒位著，曹光甫点校，上海古籍出版社2009年版。

《蒲褐山房诗话新编》，〔清〕王昶著，周维德校点，人民文学出版社2011年版。

《曝书亭集》，〔清〕朱彝尊撰，《清代诗文集汇编》第116册，据康熙四十八年（1709）刻初印本。

Q

《钱牧斋全集》，［清］钱谦益著，钱曾笺注，钱仲联标校，上海古籍出版社2003年版。

《钱南园先生年谱》，［清］方树梅撰，《北京图书馆藏珍本年谱丛刊》第110册。

《钱辛楣先生年谱》，佚名，《北京图书馆藏珍本年谱丛刊》第105册。

《钱仲联讲论清诗》，魏中林编，苏州大学出版社2004年版。

《乾嘉诗坛点将录》，［清］舒位撰，《双梅影闇丛书》本，海南国际新闻出版中心1998年版。

《乾嘉学派研究》，陈祖武、朱彤窗著，河北人民出版社2007年版。

《乾嘉学术编年》，陈祖武、朱彤窗著，河北人民出版社2005年版。

《潜研堂集》，［清］钱大昕撰，吕友仁校点，上海古籍出版社2009年版。

《钦定大清会典则例》，《景印文渊阁四库全书》第620—625册，上海古籍出版社1987年版。

《钦定国朝诗别裁集》，［清］沈德潜纂评，清乾隆二十六年（1761）刻本，北京大学图书馆藏。

《钦定南巡盛典》，《景印文渊阁四库全书》第658—659册，上海古籍出版社1987年版。

《钦定学政全书》，《续修四库全书》第828册，据辽宁省图书馆藏清乾隆三十九年（1774）武英殿刻本影印。

《清稗类钞》，徐珂编撰，中华书局1984年版。

《清朝文字狱》，郭成康、林铁钧著，群众出版社1990年版。

《清代高密派诗学研究》，宫泉久著，人民出版社2012年版。

《清代格调论诗学研究》，王顺贵著，中国社会科学出版社2010年版。

《清代广东诗学考论》，程中山著，广东人民出版社2012年版。

《清代经济简史》，张研著，中州古籍出版社1998年版。

《清代考据学研究》，郭康松著，崇文书局2001年版。

《清代科举考试述录及有关著作》，商衍鎏著，商志馥校注，百花文艺出版社2004年版。

《清代李商隐诗歌接受史稿》，米彦青著，中华书局2007年版。

《清代毗陵诗派研究》，纪玲妹著，凤凰出版社2009年版。

《清代朴学大师列传》，支伟成撰，岳麓书社1986年版。

《清代朴学与中国文学》，陈居渊著，百花洲文艺出版社2000年版。

《清代七百名人传》，蔡冠洛编著，中国书店1984年版。

《清代人物生卒年表》，江庆柏编著，人民文学出版社2005年版。

《清代人物传稿（上编第九卷）》，清史编委会编，中华书局1995年版。

《清代人物传稿（上编第十卷）》，清史编委会编，中华书局1995年版。

《清代诗学》，李世英、陈水云著，湖南人民出版社2000年版。

《清代诗学初探》，吴宏一著，台北学生书社1986年版。

《清代诗学话语》，李剑波著，岳麓书社2007年版。

《清代诗学史（第一卷）》，蒋寅著，中国社会科学出版社2012年版。

《清代诗学研究》，张健著，北京大学出版社1999年版。

《清代诗学与中国文化》，魏中林著，巴蜀书社2000年版。

《清代士人游幕表》，尚小明，中华书局2005年版。

《清代唐诗选本研究》，贺严著，人民出版社2007年版。

《清代唐宋诗之争流变史》，王英志主编，人民文学出版社2012年版。

《清代通史》，萧一山著，华东师范大学出版社2006年版。

《清代文化与浙派诗》，张仲谋著，东方出版社1997年版。

《清代文学评论史》，［日］青木正儿著，中国社会科学出版社1988年版。

《清代戏曲家丛考》，陆萼庭著，学林出版社1995年版。

《清代学术概论》，梁启超著，中国人民大学出版社2004年。

《清代学术思想的变迁与文学》，马积高著，湖南人民出版社2002年版。

《清代职官年表》，钱实甫编，中华书局1980年版。

《清乾隆嘉庆道光时期诗学》，王济民著，巴蜀书社2007年版。

《清人别集总目》，李灵年、杨忠主编，安徽教育出版社2008年版。

《清人诗集叙录》，袁行云著，文化艺术出版社1994年版。

《清人诗文集总目提要》，柯愈春著，北京古籍出版社2001年版。

《清人室名别称字号索引（增补本）》，杨廷福、杨同甫编，上海古籍出版社2001年版。

《清人选清诗与清代诗学》，王兵著，中国社会科学出版社2011年版。

《清容居士行年录》，〔清〕蒋士铨撰，《北京图书馆藏珍本年谱丛刊》第105册。

《清诗别裁集》，〔清〕沈德潜等编，上海古籍出版社1984年版。

《清诗话考》，蒋寅撰，中华书局2005年版。

《清诗纪事》，钱仲联主编，凤凰出版社2004年版。

《清诗考证》，朱则杰著，人民文学出版社2012年版。

《清诗流派史》，刘世南著，人民文学出版社2004年版。

《清诗史》，严迪昌著，浙江古籍出版社2002年版。

《清诗史》，朱则杰著，江苏古籍出版社2000年版。

《清实录》第9—27册《高宗实录》，中华书局1985—1986年版。

《清史稿》，赵尔巽等撰，中华书局1977年版。

《清史列传》，中华书局1987年版。

《全宋诗》，北京大学出版社1991年版。

《全唐诗》，〔清〕彭定求等编，中华书局1960年版。

《全唐诗话》，〔宋〕尤袤撰，《历代诗话》本，中华书局1981年版。

《全唐文》，〔清〕董诰等编，中华书局1983年版。

《全谢山先生年谱》，〔清〕董秉纯撰，《北京图书馆藏珍本年谱丛刊》第97册。

《全浙诗话》，〔清〕陶元藻编，中华书局2013年版。

R

《然镫记闻》，［清］王士禛口授，［清］何世璂述，《清诗话》本，上海古籍出版社1978年版。

《容甫先生年谱》，［清］汪喜孙撰，《北京图书馆藏珍本年谱丛刊》第111册。

《阮元年谱》，王章涛著，黄山书社2003年版。

S

《三松堂集》，［清］潘奕隽撰，《续修四库全书》第1460—1461册，据天津图书馆藏清嘉庆刻本影印。

《三松自订年谱》，［清］潘奕隽撰，《北京图书馆藏珍本年谱丛刊》第110册。

《邵二云先生年谱》，［清］黄云眉撰，《北京图书馆藏珍本年谱丛刊》第110册。

《射鹰楼诗话》，［清］林昌彝撰，《续修四库全书》第1706册，据复旦大学图书馆藏清咸丰元年（1851）刻本影印。

《沈德潜诗论探研》，胡幼峰著，台北学海出版社1986年版。

《沈德潜诗文集》，［清］沈德潜著，潘务正、李言编辑点校，人民文学出版社2011年版。

《沈德潜诗学思想研究》，王宏林著，人民出版社2010年版。

《沈德潜诗学研究》，陈岸峰著，齐鲁书社2011年版。

《葚原诗说》，［清］冒春荣撰，《清诗话续编》本，上海古籍出版社1983年版。

《升庵诗话新笺证》，［明］杨慎撰，王大厚笺证，中华书局2008年版。

《声调谱》，［清］赵执信撰，《清诗话》本，上海古籍出版社1978年版。

《声调谱拾遗》，［清］翟翚撰，《清诗话》本，上海古籍出版社1978年版。

《圣祖仁皇帝御制文集》，［清］康熙撰，《景印文渊阁四库全书》第

1298册，上海古籍出版社1987年版。

《师友诗传录》，〔清〕郎廷槐撰，《清诗话》本，上海古籍出版社1978年版。

《师友诗传续录》，〔清〕刘大勤撰，《清诗话》本，上海古籍出版社1978年版。

《诗辩坻》，〔清〕毛先舒撰，《清诗话续编》本，上海古籍出版社1983年版。

《诗法家数》，〔元〕杨载撰，《历代诗话》本，中华书局1981年版。

《诗法醒言》，〔清〕张潜撰，《四库未收书辑刊》第6辑第30册，据清乾隆刻本影印。

《诗法易简录》，〔清〕李锳撰，《续修四库全书》第1702册，据山东省图书馆藏清道光二年（1822）刻本影印。

《诗归》，〔明〕钟惺、谭元春辑，《续修四库全书》第1589—1590册，据辽宁省图书馆藏明刻本影印。

《诗话总龟》，〔宋〕阮阅编，周本淳校点，人民文学出版社1987年版。

《诗镜总论》，〔明〕陆时雍撰，《历代诗话续编》本，中华书局1983年版。

《诗品笺注》，〔南朝梁〕钟嵘著，曹旭笺注，人民文学出版社2009年版。

《诗人玉屑》，〔宋〕魏庆之编，王仲闻点校，中华书局2007年版。

《诗式校注》，〔唐〕皎然著，李壮鹰校注，人民文学出版社2003年版。

《诗薮》，〔明〕胡应麟撰，上海古籍出版社1979年版。

《诗学纂闻》，〔清〕汪师韩撰，《清诗话》本，上海古籍出版社1978年。

《诗言志辨》，朱自清著，华东师范大学出版社1996年版。

《诗源辩体》，〔明〕许学夷著，杜维沫校点，人民文学出版社1987年版。

《石洲诗话》，〔清〕翁方纲撰，陈迩冬校点，人民文学出版社1981年版。

《实事求是斋遗稿》，〔清〕汪廷珍撰，《清代诗文集汇编》第450册，据光绪八年（1882）刻本影印。

《收庵居士自订年谱略》，〔清〕赵怀玉撰，《北京图书馆藏珍本年谱丛刊》第117册。

《树经堂文集》，［清］谢启昆撰，《续修四库全书》第1458册，据上海辞书出版社图书馆中国科学院图书馆藏清嘉庆刻本影印。

《漱芳居文钞》，［清］赵青藜撰，《清代诗文集汇编》第306册，据乾隆刻本影印。

《说诗菅蒯》，［清］吴雷发撰，《清诗话》本，上海古籍出版社1978年版。

《说诗晬语笺注》，［清］沈德潜著，王宏林笺注，人民文学出版社2013年版。

《司空表圣诗文集笺校》，司空图撰，祖保泉、陶礼天笺校，安徽大学出版社2002年版。

《四库全书总目》，［清］永瑢等撰，中华书局1965年版。

《四溟诗话》，［明］谢榛撰，《历代诗话续编》本，中华书局1983年版。

《宋金三家诗选》，［清］沈德潜编，齐鲁书社1983年亦园藏版影印本。

《宋诗钞》，［清］吴子振编，中华书局1986年版。

《宋史》，［元］脱脱等撰，中华书局1977年版。

《宋书》，［南朝梁］沈约撰，中华书局1974年版。

《苏东坡全集》，［宋］苏轼撰，中国书店1986年版。

《苏州府志（同治）》，［清］冯桂芬编，《中国方志丛书》华中地方第432号，台北成文出版社1968年版。

《素修堂诗集》，［清］吴蔚光撰，《清代诗文集汇编》第405册，据嘉庆十六年（1811）古金石斋刻本影印。

《隋书》，［唐］魏徵等撰，中华书局1973年版。

《随园诗话》，［清］袁枚著，顾学颉校点，人民文学出版社1982年版。

《岁寒堂诗话》，［宋］张戒撰，《历代诗话续编》本，中华书局1983年版。

《孙渊如先生年谱》，［清］张绍南撰，《北京图书馆藏珍本年谱丛刊》第119册。

《孙渊如先生全集》，［清］孙星衍撰，《续修四库全书》第1477册，据民国八年（1919）商务印书馆《四部丛刊》影印清嘉庆刻本影印。

T

《太乙舟文集》，［清］陈用光撰，《续修四库全书》第1493册，据浙江图书馆藏清道光二十三年（1843）孝友堂刻本影印。

《谈龙录》，［清］赵执信撰，《清诗话》本，上海古籍出版社1978年版。

《谈艺录》，钱锺书著，中华书局1984年版。

《唐才子传》，［元］辛文房撰，中州古籍出版社1987年版。

《唐代歌行论》，薛天纬著，人民文学出版社2006年版。

《唐代文学丛考》，陈尚君著，中国社会科学出版社1997年版。

《唐七律诗精品》，孙琴安，上海社会科学院出版社1989年版。

《唐人选唐诗新编》，傅璇琮编，陕西人民教育出版社1996年版。

《唐诗别裁集》，［清］沈德潜选注，康熙五十六年（1717）碧梧书屋刻本，广东省中山图书馆藏。

《唐诗别裁集》，［清］沈德潜选注，上海古籍出版社1979年版。

《唐诗汇评》，陈伯海著，浙江教育出版社1995年版。

《唐诗品汇》，［明］高棅编，上海古籍出版社1988年版。

《唐诗评选》，［清］王夫之评选，王学太校点，文化艺术出版社1997年版。

《唐诗三百首》，［清］蘅塘退士编，陈婉俊补注，中华书局1959年版。

《唐诗三百首新注》，金性尧注，上海古籍出版社1980年版。

《唐诗选》，［明］李攀龙选，［明］王稚登评，《续修四库全书》第1611册，据复旦大学图书馆藏明闵氏刻朱墨套印本影印。

《唐诗选本提要》，孙琴安著，上海书店出版社2005年版。

《唐诗宗》，［清］沈德潜编选，清康熙抄本，中国国家图书馆藏。

《唐音癸签》，［明］胡震亨撰，上海古籍出版社1981年版。

《唐音评注》，［元］杨士弘编选，［明］张震辑注，［明］顾璘评点，陶文鹏、魏祖钦整理点校，河北大学出版社2006年版。

《陶庐杂录》，［清］法式善撰，《清代史料笔记丛刊》，中华书局1959年版。

《陶文毅公全集》，［清］陶澍撰，《续修四库全书》第1502—1504册，据清道光二十年（1840）两淮淮北士民刻本影印。

《天真阁集》，［清］孙原湘撰，《续修四库全书》第1487—1488册，据华东师范大学图书馆藏清嘉庆五年（1800）刻增修本影印。

《铁箫庵文集》，［清］朱春生撰，《清代诗文集汇编》第463册，据嘉庆九年（1804）袁浦汪氏刻本影印。

《吞松阁集》，［清］郑虎文撰，《四库未收书辑刊》第10辑第14册，据清嘉庆十四年（1809）冯敏昌等刻本影印。

《萚石斋诗集》，［清］钱载撰，《续修四库全书》第1443册，据清乾隆刻本影印。

W

《晚晴簃诗话》，徐世昌著，傅卜棠编校，华东师范大学出版社2009年版。

《汪辟疆说近代诗》，汪辟疆著，上海古籍出版社2001年版。

《王文治诗文集》，［清］王文治撰，刘奕校点，人民文学出版社2014年版。

《王渔洋与康熙诗坛》，蒋寅著，中国社会科学出版社2001年版。

《王忠文集》，［明］王祎撰，《景印文渊阁四库全书》第1226册，上海古籍出版社1987年版。

《望溪先生文集》，［清］方苞撰，《续修四库全书》第1420—1421册，据上海图书馆藏清咸丰元年（1851）戴钧衡刻本影印。

《围炉诗话》，［清］吴乔撰，《清诗话续编》本，上海古籍出版社1983年版。

《魏源集》，［清］魏源撰，中华书局1976年版。

《文端公年谱》，［清］钱仪吉撰，《北京图书馆藏珍本年谱丛刊》第93册，北京图书馆出版社1999年版。

《文简集》，［明］孙承恩撰，《景印文渊阁四库全书》第1271册，上海古籍出版社1987年版。

《文镜秘府论汇校汇考》，［日］遍照金刚撰，卢盛江校考，中华书局2006年版。

《文史通义校注》，［清］章学诚著，叶瑛校注，中华书局1985年版。

《文宪集》，［明］宋濂著，《景印文渊阁四库全书》第1224册，上海古籍出版社1987年版。

《文心雕龙注》，［南朝梁］刘勰著，范文澜注，人民文学出版社1958年版。

《文学理论》，［美］勒内·韦勒克、奥斯汀·沃伦著，刘象愚、邢培明、陈圣生、李哲明译，江苏教育出版社2005年版。

《翁方纲年谱》，沈津著，台北中研院文哲所2002年版。

《翁方纲诗学之研究》，宋如珊著，台北文津出版社1995年版。

《翁方纲与乾嘉形式诗学研究》，吴中胜著，中国社会科学出版社2013年版。

《翁心存日记》，张剑整理，中华书局2011年版。

《吴白华自订年谱》，［清］吴省钦撰，《北京图书馆藏珍本年谱丛刊》第106册。

《梧门诗话合校》，［清］法式善著，张寅彭、强迪艺编校，凤凰出版社2005年版。

《梧门先生年谱》，［清］阮元撰，《北京图书馆藏珍本年谱丛刊》第119册。

《五百石洞天挥麈》，［清］邱炜萲撰，《续修四库全书》第1708册，据清光绪二十五年（1899）邱氏粤垣刻本影印。

X

《西圃诗说》，〔清〕田同之撰，《清诗话续编》本，上海古籍出版社1983年版。

《惜抱轩诗文集》，〔清〕姚鼐撰，刘季高标校，上海古籍出版社1992年版。

《先君子太史公年谱》，〔清〕冯士镶撰，《北京图书馆藏珍本年谱丛刊》第117册。

《先秦汉魏晋南北朝诗》，逯钦立辑校，中华书局1983年版。

《岘佣说诗》，〔清〕施补华撰，《清诗话》本，上海古籍出版社1978年版。

《香石诗话》，〔清〕黄培芳撰，《续修四库全书》第1706册，据上海图书馆藏清嘉庆十五年（1810）岭海楼刻嘉庆十六年（1811）重校本影印。

《香树斋续集》，〔清〕钱陈群撰，《四库未收书辑刊》第9辑第18册，据清乾隆刻本影印。

《香苏山馆诗集》，〔清〕吴嵩梁撰，《清代诗文集汇编》第482册，据道光六年（1826）刻本影印。

《响泉集》，〔清〕顾光旭撰，《续修四库全书》第1451册，据上海图书馆藏清宣统二年（1910）顾氏刻本影印。

《小仓山房尺牍》，〔清〕袁枚撰，《丛书集成三编》第77册，台北新文丰出版公司1985年版。

《小仓山房诗文集》，〔清〕袁枚著，周本淳标校，上海古籍出版社1988年版。

《小谟觞馆诗文集》《小谟觞馆续集》，〔清〕彭兆荪撰，《续修四库全书》第1492册，据中国科学院图书馆藏清嘉庆十一年（1806）刻二十二年（1817）增修本影印。

《小岘山人诗文集》，〔清〕秦瀛撰，《续修四库全书》第1464—1465册，据上海图书馆藏清嘉庆刻增修本影印。

《筱园诗话》，〔清〕朱庭珍撰，《清诗话续编》本，上海古籍出版社1983年版。

《新唐书》，〔宋〕欧阳修、宋祁撰，中华书局1975年版。

《性灵派研究》，王英志著，辽宁大学出版社1998年版。

《须溪集》，〔宋〕刘辰翁撰，《景印文渊阁四库全书》第1186册，上海古籍出版社1987年版。

《续修四库全书总目提要（稿本）》，中国科学院图书馆整理，齐鲁书社1996年版。

《玄英集》，〔唐〕方干撰，《景印文渊阁四库全书》第1084册，上海古籍出版社1987年版。

《雪桥诗话全编》，〔清〕杨钟羲著，雷恩海、姜朝晖校点，人民文学出版社2011年。

Y

《烟屿楼读书志》，〔清〕徐时栋撰，《续修四库全书》第1162册，据中国科学院图书馆藏民国十七年（1928）铅印本影印。

《研经室集》，〔清〕阮元撰，刘经元点校，中华书局1993年版。

《弇山毕公年谱》，〔清〕史善长撰，《北京图书馆藏珍本年谱丛刊》第106册。

《婣雅堂别集》，〔清〕赵文哲撰，《四库未收书辑刊》第10辑第26册，据清乾隆五十九年（1794）刻本影印。

《杨芳灿集》，〔清〕杨芳灿撰，杨绪容、靳建明点校，人民文学出版社2014年版。

《养一斋诗话》，〔清〕潘德舆著，朱德慈辑校，中华书局2010年版。

《尧峰文钞》，〔清〕汪琬著，《景印文渊阁四库全书》第1315册，上海古籍出版社1987年版。

《姚惜抱先生年谱》，〔清〕郑福照撰，《北京图书馆藏珍本年谱丛刊》

第107册。

《野鸿诗的》，［清］黄子云撰，《清诗话》本，上海古籍出版社1978年版。

《颐道堂诗选》《颐道堂诗外集》《颐道堂文钞》，［清］陈文述撰，《续修四库全书》第1505册，据中国科学院图书馆藏清嘉庆二十二年（1817）刻道光增修本影印。

《已畦文集》，［清］叶燮撰，《丛书集成续编》第124册，上海书店出版社1994年版。

《义门读书记》，［清］何焯撰，崔高维点校，中华书局1987年版。

《艺苑卮言》，［明］王世贞撰，《历代诗话续编》中册，中华书局1983年版。

《艺舟双楫》，［清］包世臣撰，《续修四库全书》第1082册，据上海图书馆藏清道光二十六年（1846）白门倦游阁木活字印安吴四种本影印。

《亦有生斋集》，［清］赵怀玉撰，《续修四库全书》第1469—1470册，据辽宁省图书馆藏清道光元年（1821）刻本影印。

《瀛奎律髓汇评》，［元］方回选评，李庆甲集评校点，上海古籍出版社2005年版。

《应试诗法浅说》，［清］叶葆撰，清乾隆五十四年（1789）悔读斋刻本，河南大学图书馆藏。

《有正味斋诗集》《有正味斋骈体文》，［清］吴锡麒撰，《续修四库全书》第1468—1469册，据清嘉庆十三年（1808）刻有正味斋全集增修本影印。

《渔洋精华录集释》，［清］王士禛著，李毓芙、牟通、李茂肃整理，上海古籍出版社1999年版。

《雨村诗话校正》，［清］李调元著，詹杭伦、沈时蓉校正，巴蜀书社2006年版。

《玉溪生诗详注》，［唐］李商隐撰，冯浩注，《续修四库全书》第1312册，据南京图书馆藏清乾隆四十五年（1780）德聚堂刻本影印。

《御定佩文斋咏物诗选》，［清］康熙御定，《景印文渊阁四库全书》第

1432册，上海古籍出版社1987年版。

《御定全唐诗录》，〔清〕徐倬编，《景印文渊阁四库全书》第1472册。

《御选乐善堂全集定本》，〔清〕乾隆撰，《景印文渊阁四库全书》第1300册。

《御选唐诗》，〔清〕陈廷敬等编，《景印文渊阁四库全书》第1446册，上海古籍出版社1987年版。

《御选唐宋诗醇》，〔清〕乾隆敕编，《景印文渊阁四库全书》第1448册，上海古籍出版社1987年版。

《御制诗初集》，〔清〕乾隆撰，《景印文渊阁四库全书》第1302册。

《御制文集》，〔清〕乾隆撰，《景印文渊阁四库全书》第1301册。

《渊雅堂全集》，〔清〕王芑孙撰，《续修四库全书》1480—1481册，据上海辞书出版社图书馆藏清嘉庆刻本影印。

《元好问论诗三十首小笺》，〔金〕元好问著，郭绍虞笺释，人民文学出版社1978年版。

《元诗选》，〔清〕顾嗣立编，中华书局1987年版。

《元稹集校注》，〔唐〕元稹著，周相录校注，上海古籍出版社2011年版。

《袁桷集校注》，〔元〕袁桷著，杨亮校注，中华书局2012年版。

《袁枚年谱新编》，郑幸著，上海古籍出版社2011年版。

《袁枚续诗品详注》，刘衍文、刘永翔合注，上海书店出版社1993年版。

《原诗笺注》，〔清〕叶燮著，蒋寅笺注，上海古籍出版社2014年版。

《原诗 一瓢诗话 说诗晬语》，〔清〕叶燮、薛雪、沈德潜著，霍松林、杜维沫校注，人民文学出版社1979年版。

《筼谷诗文钞》，〔清〕查揆撰，《续修四库全书》第1494册，据上海辞书出版社图书馆藏清道光十五年（1835）菽原堂刻本影印。

Z

《载酒园诗话又编》，〔清〕贺裳撰，《清诗话续编》本，上海古籍出版社1983年版。

《曾文正公年谱》，〔清〕黎庶昌等撰，《续修四库全书》第557册，据清光绪二年（1876）传忠书局刻本影印。

《张船山先生年谱》，〔清〕王世芬撰，《北京图书馆藏珍本年谱丛刊》第127册。

《张亨甫文集》，〔清〕张际亮撰，《清代诗文集汇编》第601册，据同治六年（1867）建宁孔庆衢刻本影印。

《章实斋先生年谱》，胡适、姚名达著，商务印书馆1933年版。

《赵秋谷所传声调谱》，〔清〕翁方纲撰，《清诗话》本，上海古籍出版社1978年版。

《赵翼全集》，〔清〕赵翼著，曹光甫校点，凤凰出版社2009年版。

《照隅室古典文学论文集》，郭绍虞著，上海古籍出版社2009年版。

《贞一斋诗说》，〔清〕李重华撰，《清诗话》本，上海古籍出版社1978年版。

《郑板桥年谱》，周积寅、王凤珠著，山东美术出版社1991年版。

《知足斋诗集》，〔清〕朱珪撰，《续修四库全书》第1452册，据上海辞书出版社图书馆藏清嘉庆九年（1804）阮元刻增修本影印。

《中国古代文学批评方法研究》，张伯伟著，中华书局2002年版。

《中国古籍善本书目》，上海古籍出版社1998年版。

《中国近三百年学术史》，梁启超著，东方出版社1996年版。

《中国历代文论选》，郭绍虞、王文生主编，上海古籍出版社1979年版。

《中国诗话史》，蔡镇楚著，湖南文艺出版社1988年版。

《中国诗论史》，〔日〕铃木虎雄著，许总译，广西人民出版社1989年版。

《中国文学发展史》，刘大杰著，百花文艺出版社1999年版。

《中国文学家大辞典（清代卷）》，钱仲联主编，中华书局1996年版。

《中国文学流派史》，朱培高著，黄山书社1998年版。

《中国文学批评史》，郭绍虞著，百花文艺出版社2008年版。

《中国文学批评通史（清代卷）》，邬国平、王镇远著，上海古籍出版社

1996年版。

《中国文学史》，游国恩等主编，人民文学出版社1963年版。

《中国文学史》，袁行霈主编，高等教育出版社2005年版。

《中国新文学的源流》，周作人著，华东师范大学出版社1995年版。

《忠雅堂集校笺》，〔清〕蒋士铨著，邵海清校，李梦生笺，上海古籍出版社1993年版。

《朱筠河先生年谱》，〔清〕罗继祖撰，《北京图书馆藏珍本年谱丛刊》第106册。

《朱子语类》，〔宋〕黎靖德编，王星贤点校，中华书局1986年版。

《朱自清古典文学论文集》，朱自清撰，上海古籍出版社1981年版。

《竹初诗钞》，〔清〕钱维乔撰，《续修四库全书》第1460册，据上海辞书出版社图书馆藏清嘉庆刻本影印。

《资治通鉴》，〔宋〕司马光编著，〔元〕胡三省音注，中华书局1956年版。

《滋溪文稿》，〔元〕苏天爵撰，《景印文渊阁四库全书》第1214册，上海古籍出版社1987年版。

《左文襄公年谱》，〔清〕罗正钧撰，《北京图书馆藏珍本年谱丛刊》第159—160册。

二、论文类

（一）期刊论文

《唐代科举制度与五言诗的关系》，施之愉撰，（香港）《东方杂志》第40卷第8期，1933年4月。

《论〈列朝诗集〉与〈明诗综〉》，容庚撰，《岭南学报》1950年第1期。

《论高密诗派》，汪辟疆撰，《中华文史论丛》1962年第2辑。

《三百年来浙江的古典诗歌》，钱仲联撰，《文学遗产》1984年第2期。

《清代人口问题与婚姻状况的考察》，郭松义撰，《中国史研究》1987年第3期。

《李杜优劣论再议》，邓元煊撰，《四川师范大学学报》1988年第5期。

《韩国的〈四家诗〉与清朝李调元的〈雨村诗话〉》，〔韩〕朴现圭撰，《四川师范大学学报》1998年第4期。

《吴文溥生卒年考》，蒋寅撰，《文学遗产》1999年第1期。

《翁方纲的"肌理"说探析》，吴兆路撰，《兰州大学学报》1999年第3期。

《龚自珍"尊情说"新探》，程亚林撰，《文艺理论研究》2000年第1期。

《陈文述年谱初篇》，钟慧玲撰，《东海中文学报》第16期，2004年7月。

《论乾嘉之际诗歌创作力量结构及其诗史意义》，刘靖渊撰，《西北师大学报》2006年第5期。

《清代会试试帖诗题目出处及内容类型分析》，杨春俏、吉新宏撰，《晋阳学刊》2007年第2期。

《黄仲则与清中叶考据学风》，李圣华撰，《文艺研究》2007年第8期。

《清代唐试帖诗选本的诗学意义》，韩胜撰，《合肥师范学院学报》2008年第1期。

《"辽东三老"考辨》，朱则杰、陈凯玲撰，《社会科学战线》2009年第3期。

《〈乾嘉诗坛点将录〉（整理本）校读札记》，王艳撰，《文教资料》2009年6月号下旬刊。

《抒情传统与儒家诗教的结合——王夫之〈古诗评选〉选诗评诗论》，马玉撰，《阜阳师范学院学报》2011年第3期。

《论乾嘉时期的咏史组诗热——兼论清诗中的组诗现象》，李鹏撰，《山西师大学报》2011年第5期。

《清代通江"三李"与〈雪鸿堂文集〉关系考辨》，赵光明撰，《内江师范学院学报》2011年第7期。

《赵执信〈谈龙录〉与康雍乾诗风转移》，邬国平撰，《徐州师范大学学报》2012年第1期。

《清代明诗选本论七子派平议》，马卫中、尹玲玲撰，《西北师大学报》2012年第1期。

《诂经精舍诗人群论》，刘靖渊撰，《山东师范大学学报》2012年第3期。

《李符清及其〈濮阳策蹇图〉》，康锐撰，《学理论》2013年第27期。

（二）学位论文

《乾隆代表诗人研究》，赵杏根撰，苏州大学1999年博士论文，指导教师：钱仲联。

《卢见曾年谱》，胡晓云撰，兰州大学2006年硕士论文，指导教师：王传明。

《元嘉三大家研究》，时国强撰，陕西师范大学2008年博士论文，指导教师：魏耕原。

《钱载年谱》，潘中华撰，南京师范大学2008年博士论文，指导教师：范景中。

《清代宋诗选本研究》，高磊撰，苏州大学2010年博士论文，指导教师：马卫中。

《郭麐年谱》，鹿苗苗撰，上海大学2011年硕士论文，指导教师：姚蓉。

《清初咏物诗研究》，刘利侠撰，陕西师范大学2011年博士论文，指导教师：霍有明。

《清代诗人并称群体研究》，陈凯玲撰，浙江大学2011年博士论文，指导教师：朱则杰。

《翁方纲诗学研究》，唐芸芸撰，中国社会科学院2011年博士论文，指导教师：蒋寅。

《吴嵩梁生平事迹考述》，张世沛撰，南昌大学2012年硕士论文，指导教师：段晓华。

《张埙年谱》，李伟撰，江苏师范大学2012年硕士论文，指导教师：赵兴勤。

《清人选明诗总集研究》，尹玲玲撰，苏州大学2012年博士论文，指导教师：马卫中。

《〈乾嘉诗坛点将录〉研究》，周文静撰，扬州大学2013年硕士论文，指导教师：许建中。

《金兆燕研究》，顾春勇撰，扬州大学2013年硕士论文，指导教师：明光。

《清代诗人屈复及其诗歌研究》，武晓丹撰，南京师范大学2013年硕士论文，指导教师：李忠明。

《伊墨卿先生年谱》，吴奇唯撰，中国美术学院2013年硕士论文，指导教师：范景中。

《胡天游年谱》，宋子恺撰，上海大学2014年硕士论文，指导教师：郑幸。

后　记

　　本书是我主持的国家社科基金项目"乾嘉诗学研究"的结项成果。从2011年获得立项到2016年提交结项报告，其间难免有些思路不畅或琐事干扰，但整个过程却是充实而愉悦的。

　　本书的完成离不开家人的支持、师长的教诲和学界朋友的帮助。同事张清民先生、马予静先生和白金先生在初稿完成后最早阅读全文，他们提出了许多精辟而中肯的修改意见。我的博士生张悦也曾阅读初稿并指出了许多错误。百花洲文艺出版社副总编辑毛军英先生与我素未谋面，她的盛情和对学术的热爱最终促成了本书在百花洲文艺出版社的出版。本书责任编辑臧利娟先生为本书的出版付出了很多精力和劳动，她的严谨负责的工作态度给我留下了深刻印象。在此，谨向各位先生致以诚挚谢意。

　　乾嘉诗学是中国古典诗学的最后阶段，目前研究成果多集中于袁枚、沈德潜和翁方纲等少数诗论家，对其整体面貌和集大成的具体表现缺少论述。本书尝试立足于"乾嘉诗坛格局""诗是什么""何为好诗""如何作诗"四个问题来考察乾嘉诗坛有哪些诗学群体流派，以及他们对诗歌本质、历代诗歌成就和诗歌写作方法技巧的认识。限于学力，本书对这些问题的探讨仍然不够深刻，真诚希望得到来自学界师友的批评。

王宏林

2017年4月4日于河南大学仁和寓所